《新經學》編委會

新經學

第五輯

鄧秉元 主編

上海人民出版社

目　録

學人自述

序跋、札記

羅倬漢《詩樂論》審查意見書*

朱光潛

秦燕春附識**

本書研究《詩經》,脱去章句訓詁窠臼,就全經要旨及其相關問題,詳加考訂,頗多創見。舉其要義,略有三端。一、《詩經》編定,寓有尊王之義,孔子正樂非刪《詩》,《詩》在孔子正樂前已有定本,惟孔子亦略有增益及更動。二、論《詩》與樂之關係,風、雅、頌不同。雅爲樂曲,存於《詩》先;頌義爲歌,聲爲主而舞容次之;風之名起於編《詩》之後,其始僅爲歌謠,後始入樂。三、禮樂起於生活,徵於宗教,極於政教一貫、情理雙融。詩與樂相通,亦與禮相會。此僅其粗略者,至於書中因發揮要旨而涉及枝節問題,陳義甚多,兹難枚舉。

總評:作者記問甚淵博,能貫通群經諸子,以自圓其説;不囿於漢宋而兼有漢宋之長。其意見頗新穎,而思想則甚平正通達,無時下考據家穿鑿附會之病。本書爲冥心孤往、慘澹經營之作,一望而可知。惟本書頗不易讀,其由有二:一、作者擅長在考訂而不在立論,其述考訂者尚能明白曉暢,而立論處則迷離恍惚,不易捉摸。二、全書文章組織似欠周密之斟酌,繁簡重輕未能安排適宜,例如論經今古文學及考訂《左傳》諸節本

---

* 本文原件蒙新竹清華大學中文系教授楊儒賓先生提供,特致謝忱。

** 作者單位:中國藝術研究院中國文化研究所。

身雖多可取,而混入本書,不免令人易忘本題;第二篇第三章論封建諸節,以及第四篇第二章論禮樂之情諸節,意本簡單而文則冗曼晦澀。

論内容,可列第一等;以文字稍遜,擬置第二等。

審查人　朱光潛(簽名蓋章)

卅二年一月八日

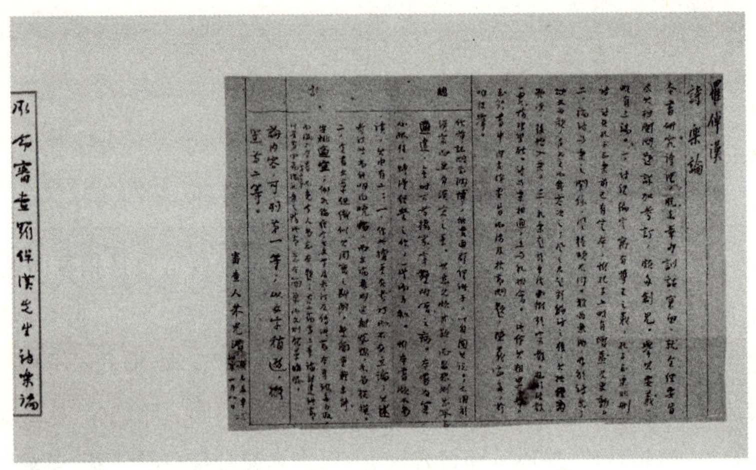

附識:

1940 年,全國性的學術評定機構"學術審議委員會"(簡稱"學審會")成立,如何力爭允妥地評價和獎勵高校的學術研究事項,嘗試在國家層面對學人的著述與發明建立一高級别的評審機制,成爲其工作的重心之一。這既反應了中國近代學術史採用量化標準考察科研成果的趨向,顯示出國民政府經由專家學者的審定協理試圖建立統一學術標準的探索與努力;同時也與緊張的抗戰時期試圖經由學術研究振發民族信心有相當關係。教育部設立的"著作發明及美術獎勵"範圍初定爲三類:著作分文學、哲學、自然科學、社會科學、古代經籍研究;實科分自然科學、應用科學、工藝製造;美術分繪畫、雕塑、音樂、工藝美術。受獎作品"應以最近三年内完成者爲限"。候選人可由教育部徑行提出、學術審議委員會推薦,也可自行申請。評審希望以寧缺毋濫爲原則,每年倘某類無最佳之著作或發明時即暫停該類獎勵。該獎項一共舉辦六届,1941 年爲第一届,1946、1947 年兩年合併評獎,1948 年因戰事中止。共評出 281 件正式獲獎作品和 54 件獎助作品,含一等獎 15 件、二等獎 88 件、三等獎 178 件。其中人文社科類共有 151 件正式獲獎作品,27 件獎助作品,含一等獎 6 件,二等獎 38 件。

羅倬漢(1898—1985),字孟韋,廣東興寧人。1919 年入北京大學哲學系就讀,1933 年入日本東京帝國大學研究院攻讀歷史和哲學,1937 年回國先後任教於桂林師專、廣州中山大學、南京金陵大學、廣州省立文理學院、華南師範學院。所著《詩樂論》獲得第二届(1942 年)著作類"古代經籍研究類"獎項二等獎。之前的 1941 年,他另一名著《〈史記〉十二諸侯年表考證》(1943 年商務印書館出版,錢穆序)也獲得了該獎項三等獎。羅倬漢是該獎項唯一曾兩次獲獎的學者。

按照評獎流程,申請作品按規定呈報後,經教育部統一安排,寄送給相關領域的專家學者。先由兩到三名專家初審,出具"審查意見"和評定等級後,交由"學審會"各小組審查並給出意見,進而提交"學審會"常會和大會討論,最終評定出優勝作品等級,並在報刊上予以公佈。如上評議書即由朱光潛(1897—1986)應邀擬定。

《詩樂論》成書於 1941 年。正文前有"序例"十則。書凡三篇,每篇再分若干章節。第一篇《詩》與孔學,第二篇《詩》教,第三篇《詩》與樂。作者自謂首篇爲綱,二篇三篇爲目,然第三篇實更有價值。該書與《〈史記〉十二諸侯年表考證》雖均爲側重考證之作,但考證的根基是在經學思想問題,經學的根基是在"情理雙融"的仁心、用"仁"爲經學樹立生命,作者認爲《詩樂》正是《年表》的"接著説"。故朱評之特重羅書"能貫通群經諸子"、"不囿於漢宋而兼有漢宋之長,思想甚平正通達,無時下考據家穿鑿附會之病"、"本書爲冥心孤往、慘澹經營之作,一望而可知",亦是知音之見了。

答施志偉

王蘧常

郭建中整理

説明:以下兩篇答問係王蘧常先生於二十世紀八十年代初,為其學生施志偉所請而作,從未發表過。此次徵得施志偉先生的同意,特予以刊發,以紀念王蘧常先生誕辰一百二十週年。由於手稿書寫草草,有的文字難以辨識,皆以口代之。

另,這兩篇答問的圖版和釋文亦收於即將出版的《蘧草法帖》(王運天、郭建中編,上海書畫出版社,2020年)中,亦作《師法帖》和《原性帖》,惟《蘧草法帖》中釋文皆按照手稿原格式排版,讀者幸留意焉。帖名皆為整理者所加。

一、《師法帖》

問:《荀子》一書屢次提到"師法"一詞,新版《辭海》解釋爲"師長和法度",解釋是否妥當?

答:漢時説經,最重師法,師之所傳,弟子之所守,一字不敢出入。《漢書·魏相傳》"本治《易經》,有師法",即謂師所傳授之法也。《荀子》屢稱孔子、子弓,此即師法所自。如以師長和法度分釋,似非。

問:《禮記》中《樂記》一篇,或曰取公孫尼子,或曰爲《荀子·樂論》

的發揮,此二説,何者爲當?

答:《漢書・藝文志》儒家《公孫尼子》二十八篇,班注"七十子弟子",列於子夏弟子李克之後、孟子之前。《隋書・音樂志》、《禮記・樂記》引公孫尼子。今案,唐徐堅《初學記》引《公孫尼子》云:"樂者,審一以定和,比物以飾節。"馬總《意林》引《公孫尼子》:"樂者,先王之所以飾喜也。"皆見今《樂記》,則《樂記》出《公孫尼子》,確也。

問:《韓非子・顯學》有孫氏之儒,或曰孫氏孫卿子,或曰公孫尼子也,此二説孰是?

答:顧廣圻、梁任公皆以爲孫卿子即荀子,日人津田鳳卿、陳奇猷則以爲公孫尼子。陳氏且持之有理,其《韓非子集釋》曰:"此孫氏以指公孫尼子爲是,蓋本篇乃詆儒者,諒不致詆毀其師。韓對其師頗愛護。《難三》篇云:'燕子噲賢子之而非孫卿,故身死爲僇。'燕子噲非孫卿,韓非即出此憤慨語,豈在此又指其師而詆之?於理不合。公孫氏可省作爲孫氏。王先謙《荀子集解》云:'孫卿者,蓋郇伯公孫之後,以孫爲氏也。'"案,陳氏頗持之有理,則公孫尼子亦可稱孫氏也。

問:關於公孫尼子,史籍有何記載?

答:公孫尼子,最先見於《漢書・藝文志》,班固注云"七十子弟子",已見上述。《漢志》本劉向《七略》,則其來已久。唐陸德明《經典釋文》引劉瓛云:"《緇衣》,公孫尼子作。"《隋書・音樂志》謂《樂記》取《公孫尼子》,亦已見上述。此外如《意林》、《太平御覽》亦引其説,則謂其爲顯學未嘗不可也。《聖賢羣輔録》謂公孫氏傳《易》,亦謂其人。

二、《原性帖》

問:孔子"性相近也,習相遠也"句,與"上智與下愚不移"句相連,是否可以説孔子所謂性即有上智與下愚等區别?

答:"性相近也,習相遠也"與下"惟上智與下愚不移",古章句實分爲兩章,但意則相承耳。性相近,謂一般人,此外有“上智”,又有“下愚”,確有區别。故韓愈《原性》即因此爲三品之説,性之品有上中下三:“上焉者善焉而已矣”,即此所謂上智也;“中焉者,可導而上下也”,即此所謂“性相近,習相遠”也;“下焉者惡焉而已矣”,即此所謂下愚也。然阮元《論性篇》曰:“愚者,非惡也。”戴震《孟子字義疏證》云,愚者“苟畏威懷惠,一旦觸於所畏所惠之人,啓其心而憬然覺悟,悔而從善,則非下愚矣,故曰不移,不曰不可移”。(推其下愚非惡,故亦有不待畏威感惠而出於自奮者也。)愚案,清人閻若璩幼時讀書一日一行,猶不能記,其後廢寢忘食,忽憬然大悟,終爲通人,則愚非不可移,在己之勉勵而已。下愚既可移,則上智而不勉,亦未嘗不可移,如王安石所記方仲永,農人之子,生五年即書詩四句,自是指物作詩立就,文理可觀,父日扳仲永環謁於邑人,不使學,二十岁後泯然衆人矣。此非上智不學亦可移乎矣?可不哀哉?

問:《墨子》中的告子,是否即《孟子》中的告子?

答:《墨子·公孟》篇:“二三子復於子墨子曰:‘告子曰:言義而行甚惡。’”案,《孟子》趙岐注:“告,姓也,名不害,兼治儒墨之道者,嘗學於孟子。”似趙岐隱據此文以爲一人。王應麟、洪頤煊並同,蘇時學則以爲《墨子》之告子自與墨子同時,與孟子問答者當另爲一人。案,蘇説是也。錢穆《墨子年表》起周敬王四十一年,公元前四七九年,即孔子卒年,迄安王二十一年,即公元前三八一年,即吴起卒年。元程復心《孟子年譜》、清狄子奇《孟子編年》生於周烈王四年,紀元前三七二年,卒於周赧王二十六年,公元前二八九年。據此則孟子後墨子之生達一百零七年之久。雖其估計不一定準確,然必百年左右矣,則與孟子問答之告子安得爲墨子時之告子乎?

問:告子屬於儒家還是道家?

答:告子,趙岐注:“告子名不害,兼治儒墨之道者,嘗學於孟子,而不能純徹性命之理。”案,此注多誤。一名不害,蓋誤以《孟子·盡心》篇之浩生不害爲一人，浩生双姓，告單姓，且告不能通浩，此一誤也；兼治儒墨，蓋誤以墨子時之告子爲孟子時之告子，且墨子時之告子斥墨子言義而行甚惡，安得爲率筆道也？考其言論，亦言仁道義，當是儒家，實非墨家，更非道家，此二誤也；觀告子與孟子辯論之詞，决非孟子弟子，其誤三也。

問：告子所謂“食色性也”，與孟子所謂“形色天性也”，有什麼區别？

答：告子所謂“食色性也”，謂人之甘食悦色者，人之性也；孟子所謂“形色天性”，形謂君子體貌、尊嚴，色謂婦人容顔妖冶，此皆天之所賦於人也。下文云“惟聖人然後可以踐形”，謂能以正道履居此美形。二説完全不同。

問：《莊子·庚桑楚》篇“性者，生之質也”是否與告子的“生之謂性”意思相同？

答：“性者，生之質也”，成玄英云：“質，本也，自然之性，是禀生之本。”《春秋繁露·深察名號》篇“如其生之自然之資謂之性”，與告子所謂“生之爲性”是相同的。

問：《莊子》之《外篇》與《雜篇》的成文年代是否考證過？

答：我之弟子張心滄，桂林人，今任英國劍橋大學漢文教授，其父張子武，名其鍠，曾任廣西省，博通諸子之學，精於《墨子》、《莊子》，於《莊子》尤多創見。如云《莊子》之《外篇》，實《内篇》之傳注，戰國末葉乃至西漢初治《莊子》之所爲；歷指某某等篇注《逍遙游》，某某等篇注《齊物論》，如是乃至《内篇》七篇中之每條，其解釋在《外篇》某篇之某段。其《雜篇》則《内篇》之通釋(本)[或]廣釋。時代先後更不一，最早者或周手箸，最晚者或與《淮南》同時。凡所推論，率從思想系統演進上及文體變遷上互證，什九皆創論。見梁任公《墨經通解敘》。

早期儒家的名辯思想

——孔子與荀子之間

鄧秉元*

墨辯與名家是先秦諸子的重要分支,二者皆是知性思維的體現,在華夏文化傳統中並没有真正發展起來,漢代以後轉入潛流。華夏經學傳統一向以德性之學爲大宗。[1] 但也正是因此,近代以來,在與西洋知性學術(特别是哲學與科學)相互碰撞之際,便顯得彌足珍貴,因而受到重視。在清季民初墨學復興的潮流之下,名辯之學得以與西洋邏輯學相提並論,甚至與印度因明學一起,被視作人類三大邏輯系統,這一進路成爲二十世紀名學研究的主流。[2]由於主要以西洋邏輯學爲視角,不少學者更爲關注名學與邏輯學之同,而對其相異處反而不甚措意,由此引起一些思想史家的反動。後者顯然更爲强調先秦名學討論的實踐性或政治義涵。有學者甚至把這一路徑劃爲"名法家"、"形名法

* 作者單位:復旦大學歷史學系。

〔1〕 筆者關於德性概念的討論,可參《德性與工夫:孔門工夫論發微》,收入楊乃喬主編《中國經學詮釋學與西方詮釋學》,上海:中西書局,2016 年;《思孟五行説新論》,《學術研究》2018 年第 8 期;《易象與時間:關於易象學的論綱》,劉夢溪主編《中國文化》2018 年春季號。需要特别指出的是,德性並非時下許多學者所謂的"道德理性",而是一種特别的思維方式。

〔2〕 這方面的研究在孫詒讓以後,不妨以梁啓超、胡適、伍非百、馮友蘭、侯外廬、譚戒甫、王琯、牟宗三等人爲代表。

術派"或"名的政治學",以與傳統的名辯之學分庭抗禮。[1]

倘從"名"的運用情境而言,這一分疏似不無道理;但從思維方式而言,這種判分其實並不必要。首先,邏輯學作爲對知性思維嚴密性的自覺反思,已經獲得與數學幾乎同等地位,和利用現代科技成就反觀歷史上對自然的理解能力一樣,用邏輯學視角反觀名辯與因明有其合理性,這與用西方哲學衡判其他文化的哲學思維不可同日而語。邏輯學嚴格來説衹能有一個系統,可以承認有幾個重要淵源,所謂三大邏輯系統之類的觀點並不成立。先秦名學在發展過程中常常與本體論、宇宙論、心性論、政治學等糾纏不清,本身便是知性思維在中國文化内部尚缺少徹底性的表現,這一點亦無庸諱言。二十世紀的名學研究史背後,無疑都有著與西人爭勝的隱衷。祇不過在今天看來,以知性之學作爲人類文化的唯一尺度既無必要,也不符合事實,德性與知性兩種思維在先秦學術中相互扭結的情狀,正是中國文化的特色所在。何況西學内部也祇是以知性思維爲大宗,並没有完全消除德性思維,事實上亦無法消除。從思想史角度研究具體學術形態本來無可厚非,但倘若没有首先在義理上對這些學術予以内在而清晰的衡判,反而過早强調學術演化的具體形態,往往便會陷入某種"具體主義"的窠臼。義理之學是有"理"可言的。

其次,與"道""德""性""命"等概念一樣,"名"祇是人類思維系統中的一個層次或環節,各家學術對此皆有涉及,胡適便認爲各家有各家的名學。[2]同樣,各家皆有自己的道論,或偏重天道,或偏重政治,我們固然可以承認不同學科意義上"道"的分野,但卻不必認爲都屬於"道家"。因此,邏輯學(名辯)意義上的"名"與政治學(名法)意義上的"名",其實分屬於邏輯學與政治學兩個論域,不可以視爲名家的兩個學派。所謂"名

---

〔1〕 關於近代中日兩國的名學研究,大概可參曹峰《中國古代"名"的政治思想研究》序言,上海:上海古籍出版社,2017年。徐復觀等亦極爲强調名學的實踐性,相關討論見下。

〔2〕 胡適《中國古代哲學史》第八篇《别墨》。收入歐陽哲生編《胡適文集》第六册,北京:北京大學出版社,1998年,第283頁。

法家"與"形名法術派",與原有的法家或黄老刑名之學其實並無大異,不必作爲名家下的學派,而與名家相混淆。當然,在《七略》和《漢志》所見的學術傳統中,各家本來便可以互相出入,惠施、公孫龍固然是名家的正宗,把尹文子列入名家,並不妨礙他的另外作品可以同時放入黄老刑名之學來理解。衹不過《漢志》依人分家的立場同样難免"汗漫"之弊,這也是不爭的事實。與《論六家要旨》一樣,《七略》、《漢志》对百家的理解是否完全與戰國時代諸子的家派分野相合,需要重新加以審視。

從義理角度來看,先秦某一學派之所以稱某家,是因爲這一學派試圖把原有作爲知識系統具體環節的"方術"拓展到道的層次,所以纔有儒、道、墨、名、法、陰陽等流派的産生,"家"也就意味著學術的某種自覺。這樣,衹有像老莊這種把玄同、無名等理論貫徹於天道、政治與生活各個層次的學説,才可以稱爲道家,司馬談對六家的定位,特别是對道家的定位,主要是源自黄老道家,並不符合道家學術在戰國時代的典型樣態。像六藝之學與黄老刑名這種同時承認各種學術並存的綜合系統,反而不必以家學視之。這也是二者先後被漢代帝國官方學術承認的主要原因。在這個意義上,所謂名家衹能是試圖把名辯觀念拓展到一切環節的墨辯、惠施、公孫龍等學術。司馬談、劉歆、班固等從政治角度理解名家,顯然預設了後來的視角。

也正是因此,研究先秦學術,必須避免某種目的論成見。譬如在秦漢帝國相繼建立的大背景下,司馬談所謂"百家皆務爲治者也"(《論六家要旨》),以及《漢書·藝文志》所言諸子出於王官,便很容易被誤解爲諸子百家都是政治學説,近代以來"中國學術缺乏理論思維"等論述便甚囂塵上。實則百家學術皆有其内聖外王,絶不可以因其常常在同一文本中把天道、心性與政治混爲一談,便"一言以蔽之",簡單以政治學説視之。[1]另如孟子的《告子》、《盡心》,荀子的《解蔽》、《正名》、《性

〔1〕 参拙作《説"絜矩之道"》,《中國文化》2019 年秋季號。

惡》,便都是純粹的心性論或名學探討,不可以因爲語涉政治、禮樂而與政治學、禮學等相混淆。從中國學術自身角度而言,百家學術分别有其純粹性,衹是由於近代經學解體,這一純粹性也因而難以在新的學術體系之下得到理解。因此,如何從經子之學自身視角出發,重新理解先秦學術的義理架構,便是傳統學術研究的應有之義。此前許多研究糾結於諸子之間的相互影響或爭論——這實際上是思想史視角,但對於諸子自身的義理架構大多尚未明晰。本文以孔、孟、荀爲例,嘗試對先秦儒學内部名辯思想的演化作一勾勒,以就教於方家。

一、名學的兩個淵源

縱觀名學自上古以來的發展,不能不注意商周兩大族羣融合的歷史。荀子所謂“刑名從商,爵名從周,文名從禮”(《正名》),儘管不斷被人引用,但卻罕見有人從這一角度理解。刑名有時也作形名,姑且不論形、刑(型)二字在文字學上的聯繫,假如注意到商代刑法的“發達”(所謂“炮格之刑”),[1]以及殷人工商業文明的發展(鑄造需要“型範”;“商人”的提法可能就來自於殷商),便可略知知性思維在商代所能達到的程度。儘管這一思維與基於德性的觀象思維在商代同時存在,[2]但商代的工商業乃至法律條文的發展程度皆爲周代所不及,應該是一個事實。按《尚書・吕刑》所言,周穆王時作“五刑之屬三千”,然則荀子所言衹能意味後者乃是對商代刑法的沿襲。而從考古來看,周代的青銅器

〔1〕楊倞注:“商之刑法未聞。康誥曰:‘殷罰有倫’。”王先謙《荀子集解》,沈嘯寰、王星賢點校,北京:中華書局,1988年,第411頁。墨子曾引用“湯之《官刑》”,見《墨子・非樂》。《史記・殷本紀》言紂王“重刑辟,有炮格之法”。近代古文字及殷商史學者也對商代刑罰多所討論,但似乎尚未形成完備系統,兹不具引。

〔2〕譬如方位、數字、音律等都有德性思維的介入,文字的形成更是德性思維的集中體現,參拙作《觀象思維的早期形式:以方位、數字、音律爲中心》,未刊稿。本文關於商周文化以知性、德性分野來立論,衹是强調兩個族羣的差異所在,並不是以此定位兩個族羣的文化傾向。

製造水平不僅並未超過商朝,反而在春秋以後逐漸退步。西周許多銅器鑄造很可能便是已經臣服的商人所爲。像《周禮・考工記》等傑出的工業史文獻,儘管由周人寫定,但絶不可以忽視商代的已有傳統。[1]而齊國後來"冠帶衣履天下"(《史記・貨殖列傳》),工商業率先得到發展,除了管子等人的具體功勞之外,或許也有久居"東夷"的殷民之遺澤。《莊子・天下》後來追溯數度之學的淵源,有所謂"舊法世傳之史",其中或許便包含不少商民的後裔。商周之間在文化上的轉移,同時反映在不同層面。[2]

相比商人知性思維之深入,周人的優點是自覺的德性意識。作爲擅長農業的部族,周人的宇宙觀之中,基於中心地位的便是無所不在的一體性思維。所謂"聖人法天",天象自然的週期變化對於農業社會具有決定性意義。與此相異的是,商代的上帝雖然不無本源之義,但卻無疑主要是敬畏的對象。從甲骨卜辭所見,在商代複雜的祭祀活動中,對於上帝及各種神靈的報答與求告佔據政治生活的中心位置。這是典型的人我分立式思維。這種祭祀活動後來成爲"清廟之守",因此被《漢書・藝文志》視爲"墨家"的一個淵源:

> 墨家者流,蓋出於清廟之守。茅屋采椽,是以貴儉;養三老、五更,是以兼愛;選士大射,是以上賢;宗祀嚴父,是以右鬼;順四時而行,是以非命;以孝視天下,是以上同。此其所長也。及蔽者爲之,見儉之利,因以非禮;推兼愛之意,而不知别親疏。

劉歆、班固所言或不無穿鑿之處,但墨家"尊神右鬼",好言"天志"

---

〔1〕比如根據出土商代青銅器成分的研究,作爲銅、錫、鉛合金,錫大約與《考工記》所謂"鐘鼎之齊",即"六分其金而錫居一"相近。參胡厚宣、胡振宇《殷商史》,上海:上海人民出版社,2003年,第584頁。

〔2〕日本學者白川靜早已有見於此,其相關研究頗爲上古史研究者所重。參李亞農《西周與東周》,上海:上海人民出版社,1956年,第34頁以下。另如《禮記》等常常提到"商祝",孔穎達認爲是"謂習商禮而爲祝者"(《禮記正義・樂記》疏)。另如周人流行"筮短龜長"(《左傳》僖公四年)之説,周初雖然也用龜卜,但在這方面顯然也會保有商代文化。作爲歷史事例不勝枚舉,兹引此以見意。

卻是事實。這種傾向与出自西方的夏人和周人的"事鬼敬神而远之"在精神上可以说完全相異。《禮記·表記》:

> 子曰:"夏道尊命,事鬼敬神而遠之,近人而忠焉,先禄而後威,先賞而後罰,親而不尊。其民之敝,蠢而愚,喬而野,朴而不文。殷人尊神,率民以事神,先鬼而後禮,先罰而後賞,尊而不親。其民之敝,蕩而不静,勝而無恥。周人尊禮尚施,事鬼敬神而遠之,近人而忠焉,其賞罰用爵列,親而不尊。其民之敝,利而巧,文而不慚,賊而蔽。"

墨學與商代的關係其實極爲顯明,但由於近代學者大都從貴儉與力行的角度强調其對大禹的精神認同,[1]所以忽視了其與殷商的内在淵源。實則對古代文化傳統,諸子百家大體仍然是根據自身立場了以揚棄。

相形之下,周人更重視"德"的發展,"德者得也",所謂德便是對道的分有。與人我分立的觀察理性不同,德性(或者説"得性")更强調人我之間的一體性聯繫。以往研究已經注意到帝、天這種至上神的變化中隱含的商周之異,但對其背後思維方式的歧義卻很少作深入探討。所謂"性相一如",宇宙在顯象上的差異,本身便源於觀象者("性")的不同。

具體而言,周人這種對一體性的理解最主要的成就並非表現於對自然事物的理解,相反,宇宙乃是一體性思維所體認的生命宇宙。在生命自然展開的過程中,宇宙體現爲某種一體性與差異性有機結合的秩序構造,這就是禮。所謂差異性並非是與一體性對立的結構,而同時就是對一體性的分有。因此,統體的禮乃是"天之經也,地之義也",而具體的禮則是"民之行也"(《左傳》昭公二十五年),假如把這一秩序在時

---

〔1〕譬如康有爲《孔子改制考》卷四《墨子託古》便説,"墨子多託於禹,以尚儉之故。"姜義華編校《康有爲全集》第三卷,上海:上海古籍出版社,1992年,第81頁。這一觀點在二十世紀被廣爲接受。

空的意義上加以表達,便是《周易》的時位觀。《周易》的時並非絶對的時間觀,而是"天地節而四時成"(《周易·節卦》),時間祗是生命顯現自身的方式;同樣,位也不是絶對的空間概念,而是分有了生命宇宙之後所自然顯現出的位置,這就是位分或恰如其"分"。禮的含義後來發生了分化,禮的目的便是明"分"(fèn),而與一體性的溝通則是樂的功能。這就是《樂記》所謂"樂統同,禮辨異"。當禮樂並提的時候,禮便是狹義的"禮",而禮樂則是廣義的"禮",這一點不必以辭害意。

依《説文》,"名,自命也。从口,从夕。夕者,冥也。冥不相見,故以口自名"。從禮的角度來説,事物既分有了宇宙,便已內在地蘊含了受其所命(《中庸》"天命之謂性"),得其所宜(《中庸》"率性之謂道"),也就是具有了自性(利),這就是五常之"義"。事物能夠依循天理(《莊子·養生主》所謂"因其固然"),而有其節制,便是禮,所以説"禮以節人,樂以發和"(《史記·滑稽列傳》),此即《中庸》所謂"修道之謂教"。而由命到禮的過程,便是《左傳》所謂"名以制義,義以出禮"(桓公二年)。禮的核心觀念便是"名分"或"名位","名位不同,禮亦異數"(《左傳》莊公十八年),禮名的根本不在於對自然物性質(類屬性)的確定,而是事物在宇宙中所應然具有的名分。譬如同樣是一頭牛,作爲自然物的牛,與作爲犧牲的牛在名分上是不同的。所以禮儀中爲祭物或不同事物都起了專名:

> 凡祭宗廟之禮,牛曰一元大武,豕曰剛鬣,豚曰腯肥,羊曰柔毛,雞曰翰音,犬曰羹獻,雉曰疏趾,兔曰明視,脯曰尹祭,槁魚曰商祭,鮮魚曰脡祭,水曰清滌,酒曰清酌,黍曰薌合,梁曰薌萁,稷曰明粢,稻曰嘉蔬,韭曰豐本,鹽曰鹹鹺,玉曰嘉玉,幣曰量幣。
>
> 天子死曰崩,諸侯死曰薨,大夫死曰卒,士曰不禄,庶人曰死。在床曰屍,在棺曰柩。羽鳥曰降,四足曰漬。死寇曰兵。
>
> 祭王父曰"皇祖考",王母曰"皇祖妣"。父曰"皇考",母曰"皇妣",夫曰"皇辟"。生曰父,曰母,曰妻,死曰考,曰妣,曰嬪。壽考曰卒,短折曰不禄。(《曲禮下》)

當然這些祇是禮名中極小的一部分，所謂吉凶軍賓嘉五禮，構成了繁複的體系。周人的理想是法天，並對每一事物的當然之則加以嚴密而精審的討論，這就是《詩經》所説的“天生烝民，有物有則”(《大雅·烝民》)。禮名的所指因此也就是事物所應然的天理，猶如治玉的天然紋理，所以也叫作“文”。禮的極致則是追求“文”的境界，[1]這就是荀子所説的“文名從禮”。孔子曰：“郁郁乎文哉，吾從周！”這一境界，孔門以“中和”加以詮釋，“中也者，天下之大本；和也者，天下之達道”；“致中和，天地位焉，萬物育焉”(《中庸》)；“禮之用，和爲貴，先王之道斯爲美”(《論語·學而》)。禮樂便是周代文化的表現形式，彌綸於天地宇宙之間。

如果説禮是宇宙自身的顯現形式，禮在人類社會中的合理形式之一便是王政。戰國時代成書的對官制系統的完整構畫便被稱作《周官》或《周禮》。君者羣也，君權的目的本身便是合羣，所以政治無法擺脱一體性的問題。人類一切政治的根本所在，便是如何對待和理解這一一體性。這就是儒道墨所分别討論的“同”的問題，道家的玄同，儒家的大同，墨者的尚同，於焉分野。[2]王政法天，周人理解的政治合法性來源於“德”能配天，君權亦因之分有天德，這就是“天子”。子之於父乃是分身之繼體。當然，具體的君權(私人性君權)是否能夠承擔這一職責，則是别一問題。[3]而政權的分有方式便是“分封”。周代的“封邦建國”，《周易》所謂“建侯”，《左傳》所謂“胙土命氏”(隱公八年)，是周代政權的基本形態。與政權分立的則是治權，治權出於“設官分職”。由政權而

---

[1] 拙作《孔曾禮學發微》，未刊稿。關於文，另參拙作《“以經術緣飾吏治”發微——早期的經學、禮教與政治》，收入洪濤主編《復旦政治哲學評論》第 11 輯，上海：上海人民出版社，2019 年。

[2] 參拙作《孟子章句講疏》卷二《梁惠王下》第二章講疏，上海：華東師範大學出版社，2011 年。

[3] 如《逸周書·克殷解》所言，“殷末孫受，德迷先成湯之明”，便隱含了這一問題。此受，即《尚書·牧誓》“今商王受”之“受”，唐張守節《史記正義》(《史記·周本紀》作“殷之末孫季紂”)以“受德”連讀爲紂名，不必從。黄懷信、張懋鎔、田旭東等已指出，參氏著《逸周書彙校集注》卷四，上海：上海古籍出版社，2007 年，第 354 頁。

來的是爵制,由治權而來的是官制。荀子所謂"爵名從周",大概可以統括爵制與官制而言。

周代是一個農耕民族對工商業民族的征服,表現在思維上,則是德性思維對知性思維的勝利。但知性同樣是一種普偏性思維,有著强悍的常識以及人類操控自然的技術爲後盾。德性思維勝利的結果,便是周代君子小人分層而治的政教模式。所謂君子,便是作爲征服者的周人,而小人則是被征服的商代遺民或被視作蠻夷的各種部族。這一點已經爲史家所注意。周人相互聯結的方式便是宗法與爵制、官制,這是一般意義上的周禮;而商人除了宋國及少数已经进入周室成为高等贵族之外,雖然也有禮俗或宗教意義上的"委巷之禮"(《禮記·檀弓上》),[1]但在公共生活中主要是受刑罰的約束,這就是所謂"禮不下庶人,刑不上大夫"(《曲禮上》),"出乎禮而入乎刑","君子任德,小人任力"的直接含義。荀子所謂"由士以上則必以禮樂節之,衆庶百姓則必以法數制之"(《富國》)。[2]周代的這一精神構造,在孔門那裡,則變成德知一體的心性結構。祇不過孔子的立場是以德統知,所以在德性論上,知仍然需要以仁爲本,而不是純粹的知性。這一智仁勇三達德的心性結構到了思、孟那裡,則演化爲三達德與五常交攝互徧的複雜形態,也就是荀子所說的五行。[3]德性與知性的關係,也即孟子所反復論説的小大之别,所謂德性,孟子以本心視之。本心既然淪喪,則爲情感、慾望與功利算計所左右,知性雖然隱含其間,但尚未得到澄清。

也正是在這個意義上,東周以降社會秩序崩解的直接後果,所謂"禮崩樂壞",便是西周時代原有的德知一體的精神結構開始解體。一方面,貴族文化流散民間,於是有孔子的出現,倡導有教無類,

---

〔1〕參前揭拙作《孔曾禮學探微》。

〔2〕胡適《先秦名學史》已經注意到這一問題,見《胡適文集》第六册,第46頁。但他認爲這是一種"極不高尚"的"兩重道德"。

〔3〕拙作《思孟五行説新論》,《學術研究》2018年第8期。

把原來由統治者所壟斷的禮樂文化改造成具有普世意義的學説。這一轉變與猶太教由部族宗教演化出基督教這一普世性宗教的意義並無二致。另一方面,則是庶民的文化上移,所謂“初税畝”(魯國),所謂“鑄刑鼎”(鄭國、晉國),所謂“尚首功”(秦國),既是功利計度思維的勝利,同時也是在迎合或拉攏民衆。這也是孔子反對晉國鑄刑鼎的原因所在。

> 鄭人鑄刑書。叔向使詒子産書,曰:“昔先王議事以制,不爲刑辟,懼民之有爭心也。猶不可禁禦,是故閑之以義,糾之以政,行之以禮,守之以信,奉之以仁,制爲禄位以勸其從,嚴斷刑罰以威其淫。懼其未也,故誨之以忠,聳之以行,教之以務,使之以和,臨之以敬,涖之以彊,斷之以剛。猶求聖哲之上,明察之官,忠信之長,慈惠之師,民於是乎可任使也,而不生禍亂。民知有辟,則不忌於上,並有爭心,以徵於書,而徼幸以成之,弗可爲矣。夏有亂政而作《禹刑》,商有亂政而作《湯刑》,周有亂政而作《九刑》,三辟之興,皆叔世也。今吾子相鄭國,作封洫,立謗政,制參辟,鑄刑書,將以靖民,不亦難乎?……民知爭端矣,將棄禮而徵於書。錐刀之末,將盡爭之。亂獄滋豐,賄賂並行,終子之世,鄭其敗乎!”(《左傳》昭公六年)

> 冬,晉趙鞅、荀寅帥師城汝濱,遂賦晉國一鼓鐵,以鑄刑鼎,著范宣子所爲刑書焉。仲尼曰:“晉其亡乎! 失其度矣。夫晉國將守唐叔之所受法度,以經緯其民,卿大夫以序守之。民是以能尊其貴,貴是以能守其業。貴賤不愆,所謂度也。文公是以作執秩之官,爲被廬之法,以爲盟主。今棄是度也,而爲刑鼎,民在鼎矣,何以尊貴? 貴何業之守? 貴賤無序,何以爲國? 且夫宣子之刑,夷之蒐也,晉國之亂制也,若之何以爲法?”(《左傳》昭公二十九年)

近代以來,許多學者基於抽象的平等觀念,力斥叔向與孔子的保守,卻很少有人意識到批評者背後的意旨所在。東周以後,隨著列國的自由發展,並進而相互兼併圖强,周禮已經極速崩壞,逐漸讓位於一種講求效率、如身使臂的新的官僚系統。春秋以降私人性君權的上揚與這一趨勢也是相合的。儘管齊桓、晉文的霸政大體依然維繫著華夏文明的體面,但背後的精神實質不過是孟子所謂"以力假仁",衹是相對於秦楚的任力而言,仍然保持著禮樂文明的基本格局。這其中,誠如孔子所言,"齊一變至於魯,魯一變至於道"(《論語·雍也》),"齊桓公正而不譎,晉文公譎而不正"(《憲問》),魯、齊、晉之間依然不無軒輊。孔子所以欲王魯,"吾其爲東周乎"(《陽貨》),正是在這個形勢下試圖扭轉天下危局的表現。對禮的維護與其説是捍衛貴族的利益,不如説是試圖對新興的那個私人性君主權力有所限制。周禮中原有的"親民"之義(《大學》)喪失殆盡,在"尚首功"的背後,長平之戰可以坑殺四十萬降卒。貴族的消亡表面上是庶民得到了平等的地位,但卻成爲某些好大喜功的君主以及充滿功利算計的官僚集團魚肉的對象。二十世紀學術背後隱含的是十九世紀社會達爾文主義的基本觀念,唯富强是務,對新生事物完全是盲從的態度,以至於對戰國以降私人性君權的上升以及法家的意識形態缺少反思能力。

隨著戰國時代到來,各國變法圖强,法家與兵家的崛起成爲政治上最大的變化。在民間,則是精於工匠之學的墨者之道成爲顯學。戰爭的需要使得善於攻城略地的技術之學地位得到提升,這在墨子《非攻》、《城守》諸篇可以一覽無遺。公輸般這樣的人物已經開始挑戰貴族禮制。[1]由《墨子》所見,墨子及其後學不僅在數度之學(數學、物理學)的發展上已經有了極高成就,而且在對數度本身的反思,如名辯之學(邏輯學)、知識論等方面也已發生了自覺。在某種意義上説,墨子的思想已經是純粹知性的運用,其思理之深至,即便置諸古希臘諸大哲之間也

〔1〕《禮記·檀弓下》:"季康子之母死,公輸若方小。斂,般請以機封,將從之。公肩假曰:'不可。夫魯有初:公室視豐碑,三家視桓楹。'""機封"猶言在下葬的時候用其技巧。

絲毫無愧。二十世紀一些學者從抽象的階級論出發,已經開始把墨者視作"國民階級"的代言,[1]衹不過從長時段而言,僅從階級角度立論未免有些狹隘,墨者的文化其實乃是源自商朝。墨子本來是宋人,一説是魯人,[2]宋、魯皆與商代文化有著自然的精神聯繫。[3]對於商人而言,這些數度之學絶非孔子眼中老農、老圃之類的小人之學:

> 樊遲請學稼,子曰:"吾不如老農。"請學爲圃,曰:"吾不如老圃。"樊遲出,子曰:"小人哉樊須也!上好禮,則民莫敢不敬;上好義,則民莫敢不服;上好信,則民莫敢不用情。夫如是,則四方之民繈負其子而至矣,焉用稼?"(《論語》)

相反,在墨子心目中,所謂賢人並非"王公大人骨肉之親,無故富貴,面目美好者",而是各個領域能夠"爲義"之士,即有能力者:

> 是故古者聖王之爲政也,言曰:"不義不富,不義不貴,不義不親,不義不近。"是以國之富貴人聞之……逮至遠鄙郊外之臣、門庭庶子、國中之衆、四鄙之萌人聞之,皆競爲義。……故古者聖王之爲政,列德而尚賢。雖在農與工肆之人,有能則舉之。高予之爵,重予之禄,任之以事,斷予之令。……故官無常貴而民無終賤。有能則舉之,無能則下之。舉公義,辟私怨,此若言之謂也。(《尚賢上》)

與孟子的義利之辨不同,墨子對義的定義就是利:"義,利也。"(《經上》)賢者因此就是能夠爲國家帶來利益的人。因此,墨子並不是爲那

---

〔1〕侯外廬、趙紀彬、杜國庠《中國思想通史》第一卷,北京:人民出版社,1957年,第197—198頁。

〔2〕《史記》言"墨子宋大夫",伍非百據《墨子·公輸》言"墨子歸而過宋"一語認爲墨子不可能是宋人,且引四證明墨子爲魯人。見氏著《墨子大義述》,濟南:山東文藝出版社,2018年,第4頁。此説與墨子少學孔子之術亦合。蓋魯人而嘗仕宋者歟?宋本守商人社稷,魯地亦多殷之遺民,觀墨子一生行跡,雖云兼愛非攻,而於宋國護持尤力,或亦魯地之殷遺也。

〔3〕參傅斯年《周東封與殷遺民》,載《國立中央研究院歷史語言研究所集刊》1934年第四本第三分。按:該文主要從文字、宗教及禮制等方面探討,尚不完備,但頗有見識。

些"農與工肆之人"張目,或侯外廬所謂"堅持國民階級的立場以反對氏族貴族",[1]而是爲商周易代以後那些淪落爲"遠鄙郊外之臣、門庭庶子、國中之衆、四鄙之萌人"的商族能人志士鳴不平。墨子所夢想的是像商湯之任用伊尹、武丁之起用傅説一樣,把這些能人志士拔擢於草野之間:

> 《湯誓》曰:"聿求元聖,與之勠力同心,以治天下。"則此言聖之不失以尚賢使能爲政也。……古者舜耕歷山,陶河瀕,漁雷澤。堯得之服澤之陽,舉以爲天子,與接天下之政,治天下之民。伊摯,有莘氏女之私臣,親爲庖人。湯得之,舉以爲己相,與接天下之政,治天下之民。傅説被褐帶索,庸築乎傅岩。武丁得之,舉以爲三公,與接天下之政,治天下之民。(《尚賢中》)

當然,和主張"行夏之時,乘殷之輅,服周之冕"(《論語·衛靈公》)、"祖述堯舜,憲章文武"(《漢書·藝文志》)、貫通虞夏商周四代的孔子一樣,墨子也已經揚棄了對族羣的偏愛,而對上古及三代文化都有新的整合。從這個角度來説,胡適在《説儒》一文中把孔子描寫爲努力復興商代輝煌的宗教家,[2]未免有所偏頗。孔、墨兩位同樣出自商代族裔的哲人,分别在精神上接續了商周兩個族羣的文化傳統,而且皆能融匯古今,從德性(仁)與知性(知)兩個層次自覺予以反思。

春秋戰國之交,諸子最初的分野其實祇有三家,這就是儒道墨。儒墨以德(仁)、智分野,而主張"絶聖棄智"、"絶仁棄義"(《老子》)的道家則代表了對二家的消解。三家皆有自已對名的理解:道家欲遣除名相,反對"常名"(恒名),復歸無名之樸(《老子》);儒者則欲"正名",孔子故作《春秋》"以道名分"(《莊子·天下》);墨家則極力辯名,以"察名實之理"(《墨子·小取》)。戰國後期,"儒分爲八,墨離爲三"(《韓非子·顯學》),辯者之徒,縱横天下,其中惠施、公孫龍、尹文等皆能提出一貫之

[1] 前引侯外廬等書,第198頁。

[2] 胡適《説儒》,《胡適文存四集》,歐陽哲生編《胡適文集》第五册。

學,是即所謂名家,其學分别與墨家及黄老道家相表裏。惠施、公孫龍大體源於墨辯,而一主"合同異",一主"離堅白",[1]但其辯術同時也可以爲縱横家張本,縱横家與兵家一樣,實質上脱胎於道家而詭譎不正。由於儒道墨三個主要流派對名的問題皆有探討,而且相互雜糅,在戰國以後形成極爲複雜的局面。其中墨辯與名家學術由於有古近西洋知性之學作參照,其思維方式至今已不難理解,反而是儒學自身在與知性思維的辯論過程中産生了新的變異,值得重新加以考察。

二、孔門言語之學

孔子曾明確提出"正名"問題:

子路曰:"衛君待子而爲政,子將奚先?"子曰:"必也正名乎!"子路曰:"有是哉,子之迂也！奚其正?"子曰:"野哉,由也！君子于其所不知,蓋闕如也。名不正,則言不順;言不順,則事不成;事不成,則禮樂不興;禮樂不興,則刑罰不中;刑罰不中,則民無所措手足。故君子名之必可言也,言之必可行也。君子于其言,無所苟而已矣。"(《論語·子路》)

這裡的"正名",《漢書·藝文志》主要是從名位角度加以解釋,並把名家的興起溯源於古代的禮官。其後鄭玄解釋爲"正書字。古者曰名,今謂之字",可以説完全錯誤,但卻符合漢儒有關名的理解,這涉及西漢後期名學的轉向問題。[2]而在後世的解釋傳統中,大體因襲《漢志》的觀點而遞有發揮。有些學者(如皇侃《論語義疏》、朱子《論語集注》)把

〔1〕 此馮友蘭説,參氏著《中國哲學史》上册,其後侯外廬《中國思想通史》第一卷、牟宗三《名家與荀子》(臺北:臺灣學生書局,1979年)二書亦續有發揮。王琯亦引樂調甫之説,以公孫龍爲墨子後學之"離宗",與墨經所代表之"合宗"相對。參氏著《公孫龍子懸解》卷首,北京:中華書局,1992年。譚戒甫則以墨辯爲名學,而以公孫龍爲形名學,參氏著《公孫龍子形名發微》,北京:中華書局,1963年。

〔2〕 關於這一問題,擬專文探討。

這裡的名、事關係引申爲名實關係,近世名學或邏輯學研究便據此認爲孔子已開了"名實一致"論的先河。反對者則認爲《論語》所論"正名"乃是孤證,不足以證明孔子具有相關思想,甚至認爲"這段話本來也無固定的含義,那些明確的意涵都是後代附加上去的"。[1]

事實上,今存《尹文子・大道上》不僅開篇便引用孔子正名的論述,而且同樣是從名分的角度加以發揮:

> 大道無形,稱器有名。名也者,正形者也。形正由名,則名不可差。故仲尼云"必也正名乎! 名不正,則言不順"也。
>
> 名稱者,别彼此而檢虛實者也。自古至今,莫不用此而得,用彼而失。失者,由名分混;得者,由名分察。
>
> 名定則物不競,分明則私不行。物不競,非無心;由名定,故無所措其心。私不行,非無欲;由分明,故無所措其欲。……遊於諸侯之朝,皆志爲卿大夫而不擬於諸侯者,名限之也。
>
> 慶賞刑罰,君事也;守職效能,臣業也。君料功黜陟,故有慶賞刑罰;臣各慎所任,故有守職效能。君不可與臣業,臣不可侵君事。上下不相侵與,謂之名正。名正而法順也。

所謂"君不可與臣業,臣不可侵君事,上下不相侵與,謂之名正。名正而法順",很明顯便是孔子對齊景公所言"君君臣臣,父父子子"之説。[2]假如明瞭上文所言名位、名分的含義,所謂"正名"其實也不過是

---

〔1〕關於歷代對孔子正名論的探討,大概參曹峰《中國古代"名"的政治思想研究》下編第一章,引文見該書第109頁。總的來説,該書反對從名實論角度理解孔子的"正名"説是對的,並且與陳啓雲都意識到應該注意孔子的"語言"觀或"言行"論。但該文基本没有延續歷代儒者有關名分的見解,衹是把此"言"視爲一種"政治上的敏感",未免對傳統經學義理有所隔膜。相關討論見下。文中引用的一些西方與日本漢學家的研究,大體也具有同樣的問題。

〔2〕上引曹峰的著作雖然也注意到《尹文子》對孔子"正名"一語的引用,但很奇怪的是没有注意到下文有關名分的具體討論,認爲"這是一句孤零零的話,没有做任何闡釋"。同時根據近代以來《尹文子》一書可能被懷疑爲僞書的理由,仍然把這本書當作漢代的著作,卻並没有給出堅實的理由。見該書第106頁。尹文本來活躍於稷下學宫,與孟子同時或稍晚。

回復禮名之義。由回復禮名,方可以循名責實,君應如何,臣應如何,是所謂君君、臣臣,各守其軌轍。依禮而言則言順,依禮而行則事成。凡事皆能依禮而行,猶如孟子所言"依仁由義"、"集義",於是禮樂可興;依禮而行即是真正的"直道",直道而行才能真正使刑罰得中,民才能真正措其手足。[1]這在經學義理而言,本來是怡然而理順的。孔子此言其實正好對治經學的一大弊端,便是在流行的過程中因爲相互恭維等等,或流於門面,或流於虛僞。[2]循名責實也不簡單是二十世紀許多學者所説的君主御下之術,同時也可以正君,這纔是"君君臣臣"的真實含義,也就是尹文子所説的"上下不相侵與"。從這個意義上説,尹文方符合班固所定位的名家,至於惠施與公孫龍,或許衹是他心目中的"警者",衹不過這是按照儒者視角理解的名家,不足以作爲名家的定論:

名家者流,蓋出於禮官。古者名位不同,禮亦異數。孔子曰:"必也正名乎!名不正,則言不順;言不順,則事不成。"此其所長也。及警者爲之,則苟鉤鈲析亂而已。(《漢書·藝文志》)

所謂"警者",也就是《論語》中子貢所説的"徼以爲知者":

子貢曰:"君子亦有惡乎?"子曰:"有惡。惡稱人之惡者,惡居下流而訕上者,惡勇而無禮者,惡果敢而窒者。"曰:"賜也亦有惡乎?""惡徼以爲知者,惡不孫以爲勇者,惡訐以爲直者。"(《陽貨》)

徼,朱子訓爲"伺察也"(《論語集注》),其義甚精,但未言所本。《説文》:"徼,循也。"《老子》"常有欲以觀其徼",陸德明《釋文》:"徼,小道也。"《史記·五宗世家》"常夜從走卒行徼邯鄲中",司馬貞索隱:"徼是郊外之路,謂循徼而伺察境界。"秦漢因此有小吏曰游徼,負責基層治安之事。至此,諸義皆可貫通。所謂伺察,猶今言偵查、觀察。《列子·説符》:"吾君恃伺察而得盜,盜不盡矣。"《三國志·曹爽傳》:"臣輒力疾,

---

〔1〕 關於直道與禮及訴訟等問題,參拙作《説"絜矩之道"》,《中國文化》2019年秋季號。

〔2〕 關於經學的弊端,我曾在《新經學》第三輯編後記中略作探討,上海:上海人民出版社,2018年。

將兵屯洛水浮橋,伺察非常。"《宋書·律曆志下》:"宿度違天,則伺察無准。"從這一角度來看,所謂"徼以爲知"其實就是把運用觀察理性理解事物的方法稱爲知,這實際上就是數度之學,或之後墨家的觀察方法。這種方法儒者視之爲小道,雖然不廢,但卻並不認爲這是真正的智慧,所以不能視爲德性論意義上的知。子夏有言:"雖小道,必有可觀者焉,致遠恐泥。"(《論語·子張》)《藝文志》從"苟鉤釽析亂"的角度解釋,其實也是明白孔門這一思想的。由此可見,儘管孔門儒學並不主要從知性視角理解事物,但對這一思維的邊界其實是有著清楚理解的。

從知性視角出發,墨家對事物的理解形成了嚴密的體系。這主要體現在《墨子》的《經上》、《經下》、《經説上》、《經説下》、《大取》、《小取》諸篇,所以歷來受到研究者重視。所謂"大取"、"小取",也就是"利之中取大,害之中取小"(《墨子·大取》),引申爲篇名,則一重在道,"其所取者大,故曰《大取》";一重"在術,其所取者小,故曰《小取》"。[1]大取、小取其實也就是辨别、權衡輕重之義,這是數度之學的應有之義,而後來儒者也借用類似觀念對德性予以討論,孟子所謂"權然後知輕重,度然後知長短"(《梁惠王上》),衹是具體思維依然有别。在墨子這裡,對事物予以理解的活動便稱爲"辯":

> 夫辯者,將以明是非之分,審治亂之紀,明同異之處,察名實之理,處利害,決嫌疑。焉(乃)摹略萬物之然,論求羣言之比。以名舉實,以辭抒意,以説出故。以類取,以類予。有諸己不非諸人,無諸己不求諸人。(《小取》)[2]

所謂"以名舉實",其實便是以名表實,猶《莊子》所謂"名者,實之賓也"(《逍遥遊》)。《經上》:"舉,擬實也。"對實的不正當的表達因此便是"狂舉",《墨子·經説下》:"若舉'牛有角'、'馬無角',以是爲'類之不同

〔1〕伍非百《大小取章句序》,氏著《中國古名家言》,成都:四川大學出版社,2009年,第414頁。
〔2〕引文據譚戒甫《墨辯發微》第三編《墨辯軌範》。

也’,是狂舉也。”《公孫龍子・通變論》也説:“與馬以雞甯馬。材不材,其無以類,審矣! 舉是亂名,是謂狂舉。”〔1〕“辭”有時也稱作“言”,《經上》:“言,出舉也。”“以名舉實”的活動用句子表達出來便是言。〔2〕孔子所謂“《志》有之,‘言以足志,文以足言’。不言誰知其志? 言之無文,行而不遠”(《左傳》襄公二十五年)。孔子這裡所謂“文”應該便是言之成理,〔3〕也就相當於墨子的“以説出故”。《墨子・經上》:“故,所得而後成也。”其實也就是因果之理。名、辭、説大體相當於邏輯學的概念、判斷、推理,這一觀點基本已爲許多研究者所接受。〔4〕建立在這樣一種邏輯推演基礎上的墨學,總的來説可以視作一個自覺以知性爲進路的學術體系。這個體系不僅可以描摹事物(名實),也可以討論事物之間的關係(同異),還可以衡量判斷是否合理(治亂),〔5〕以及最終確定説理的正確與否(是非)。這一全部過程可以稱作“辯”。《墨子・經上》:

---

〔1〕孫詒讓已經指出,《墨子閒詁・經説下》:“《公孫龍子》亦有正舉狂舉之文,以意求之,蓋以舉之當者爲正,不當者爲狂。”諸子集成本。

〔2〕按譚戒甫《上經校釋》第 32 條以爲墨子經文有誤,故改爲“言,出故也”。按《經説上》釋此條,原作“故言也者,諸口能之出民者也。民若畫俿也。言也謂言猶石致也”。孫詒讓以爲“出民”之民、“石致”之石皆是“名”之訛誤,譚氏另以爲“民”亦“氏”之訛文而有倒錯,因改爲“故也者,諸口之能出名者也。若氏畫俿也。言也‘謂’言,猶名致也”。民、石二字二家之義大體近是,仍似小有未諦。按:“民”當爲“氏”之誤,是也,二“民”字皆然。“能之”當作“之能”,原文當校正爲:“故言也者,諸口之能出氏者也。氏若畫俿也。言也謂‘言’,猶名致也。”意謂:譬如某姓氏用畫俿(可能是族徽)來表示,口中能説出這一姓氏與俿的關係,這就叫“言”。以名擬實的過程就是“舉”,“言”之所以叫“出舉”,猶如盡(致)名的擬實之道。這裡的“言”與《小取》及上文討論中所謂“辭”含義是相通的。假如依譚氏改爲“言,出故也”,那是與“説”相應,不可以説“名致”了。

〔3〕此“文”常常被解釋爲“文采”,其實是不對的。講究文采在孔子那裡不過是“巧言”,正是孔子所反對的。詳下文。關於文在禮樂中的意義,可參前揭拙作《“以經術緣飾吏治”發微——早期的經學、禮教與政治》。

〔4〕胡適在《〈墨子・小取篇〉新詁》中把説理解爲“前提”(premise),這是不準確的。見前引《胡適文集》第六册,第 189 頁。譚戒甫則以爲“可當因明三支式之‘因’”,見《墨辯軌範》,前揭《墨辯發微》,第 420 頁。

〔5〕這裡的“治亂”,許多學者都望文生義解釋爲政治性的治亂,如前揭譚戒甫《墨辯軌範》,第 412 頁。從上下文角度而言似當解釋爲是否合乎事物的條理。按《墨子・經上》:“治,求得也。”治的一個含義是依其文理而治玉,而在衡量判斷是否合理時可以按照邏輯規則(文理)予以考求,正確的判斷便是求而能得。

"辯,爭彼也。辯勝,當也。"此言"辯"即是彼此相爭,衹有推理得"當"的纔能勝利。在"辯"的過程中應該遵守兩個原則:一是對事物的推求(取,求,歸納;予,推,演繹)要符合其"類",[1]不可以隨意比附;一是對是非的判斷要符合推己及人的同一性原則,這個原則其實也就是儒家所説的"恕道"或"直道",衹不過二家對"直"的理解有異。[2]

從歷史傳統的角度來説,墨子關於辭、辯等概念的使用與此前的刑名傳統有一定關聯。胡適已經注意到"辭"與司法判案在思維上的相通之處,提出"辭即今人所謂判斷(judgment)。辭從𤔔辛,有決獄理辜之義,正合判斷本義,判斷之表示爲命辭(proposition),或稱"命題",或稱"辭"。[3]《説文》:"辛痛即泣出。从一从辛。辛,辠也。"段注:"辛痛泣出,罪人之象。凡辠(罪)、宰、辜、辭皆從辛者由此。"獄訟之時,兩造各執一辭,是所謂辯,法官辨而治之,猶如治玉,所以古代法官稱作理官。《説文》:"辯,治也。從言在辡之間。"段玉裁注:"(辯)治也。治者,理也。俗多與辨不别。辨者,判也。'從言在辡之閒',謂治獄也。"辡就是兩辛,代指罪人各執一詞(辭)。故《説文》言:"辭,訟也。從𤔔,𤔔猶理辜也。𤔔,理也。"儘管段注以爲訟乃説之訛,但辭與司法判案的關係是很明顯的。在《尚書·吕刑》篇中,短短的一篇文字,"辭"字出現十次之多,除了個别地方含義或有疑問之外,大都意指斷獄時的兩造之辭[4]:

---

[1] 譚戒甫《墨辯規範》引《説文》"予,相推予也"釋予,良是。釋取則頗迂曲,今不從。取者予之反,予爲推,則取爲求也。《經上》:"慮,求也。"推求也就是慮。也有學者釋爲歸納與演繹。參梅榮照《墨經數理》第八章,瀋陽:遼寧教育出版社,2003年,第134頁。

[2] 參前揭拙作《説"絜矩之道"》。

[3] 胡適《〈墨子·小取篇〉新詁》,歐陽哲生編《胡適文集》第二册,第189頁。按胡適此文發表於1919年,此前其博士論文《先秦名學史》已經指出"辭"字本來指"法官宣判的'判辭'或'判決'。有些辭在《易經》裏甚至叫作'彖'(引者按:在注釋中他還分析了彖字可以釋爲'斷'),所以在字義上辭是對某事物的判斷和斷定。"同上《胡適文集》第六册,第42頁。應該説這是非常有見地的。

[4] 明王樵、清朱駿聲皆已指出,辭即後人所謂"供"或"口供"。轉引自劉起釪《尚書校釋譯論》第四册,北京:中華書局,2005年,第2003頁。

越兹麗刑並制，罔差有辭。

上帝不蠲，降咎于苗，苗民無辭於罰，乃絶厥世。

兩造具備，師聽五辭。五辭簡孚，正於五刑。

上下比罪，無僭亂辭，勿用不行，惟察惟法，其審克之！

非佞折獄，惟良折獄，罔非在中。察辭於差，非從惟從。

今天相民，作配在下。明清于單辭，民之亂，罔不中聽獄之兩辭，無或私家於獄之兩辭！

哲人惟刑，無疆之辭，屬於五極，咸中有慶。

有時也可用作指控的理由，《左傳》所謂“欲加之罪，其無辭乎?”(僖公十年)及至春秋戰國之交，“子曰：‘聽訟吾猶人也，必也使無訟乎!’無情者不得盡其辭，大畏民志”(《大學》)，依然是在這個意義上使用。當然，此時的“辭”也可以泛指一般的表達，所以子曰：“辭達而已矣。”(《衛靈公》)而《墨子》則把這一法律術語直接用作名辯的概念，從這個地方大概也可以看出墨家與刑名法律乃至上文所言商代文化之間的隱秘聯繫。

如前所述，孔子所謂“言以足志，文以足言”，此處大體是以“言”相當於墨子之“辭”，而以“言之成文”相當於墨子之“説”。這種成文之言，有時也可以稱作“言”、“文”、“説”。衹不過三者未必是墨子所意指的推理，而是申説某種具有合理性的道理。

子曰：“法語之言，能無從乎？改之爲貴。”(《子罕》)

孔文子何以謂之文也？曰：“敏而好學，不恥下問。”(《公冶長》)

子以四教，文，行，忠，信。(《述而》)

子曰：“文莫吾猶人也。躬行君子，則未之有得。”(《述而》)

顔淵曰：“夫子循循然善誘人，博我以文，約我以禮。”(《子罕》)

或問禘之説。子曰：“不知也。知其説者之於天下，其如示諸斯乎!”(《八佾》)

子曰：“道聽而途説，德之棄也。”(《陽貨》)

綜合上述材料,孔子顯然不是從後世辯者的角度來使用上述概念。所謂"名正言順"仍然是從《詩》《書》禮樂這些周代貴族文化角度而言的,是孔子所"雅言":"子所雅言,《詩》《書》執禮,皆雅言也。"言首先與巫祝在祭祀時的祝禱活動有關,祝禱本身便需要對言語的訓練。流風所及,如楚國巫風甚盛,所以在文化上表現爲"楚地好辭,巧説少信"(《史記·貨殖列傳》),相應的則是文學上《楚辭》等文學形式的出現。而在周代,無論是祭祀還是太學的養老之禮、宴飲的旅酬儀式,都有"乞言"、"合語"的環節(《禮記·文王世子》),[1]即希望長老能以言垂範,所以能"言"善"語"是貴族士大夫的重要能力,其可以垂範者便是"立言",可以不朽。言語因此也是太學教育的重要内容,《周禮·大司樂》"以樂語教國子興、道、諷、誦、言、語",《國語》也説:"教之(指世子)語,使明其德,而知先王之務用明德於民也。"(《國語·楚語上》)這種言語能力的培養因此是士大夫教育的應有之義,所謂"登高能賦,可以爲大夫"(《漢書·藝文志》),理想的士則是出使四方,可以"專對"。在這一過程中,周代士大夫的德性思維表現無疑,其中表現在人我交流中很關鍵的便是觀象。[2]象是觀象者有所得的結果,因此以此爲溝通的觀象者之間需要某種共喻的前提。[3]而在周代文化之中,樂正以《詩》《書》禮樂爲中心的大學教育成爲彼此共喻的基礎。在言的角度看來表現最爲直接的便是《詩經》,引《詩》(包括《詩經》之外的部分逸詩)成爲各種政治或公共生活中的基本溝通方式。而詩歌意象的自由甚至使得"斷章取義"成爲常態,以至於不學好《詩》便無法成爲一個合格的士人。孔子要求兒子孔鯉學《詩》,理由便是"不學《詩》,無以言"(《論語·季

〔1〕孫希旦説:"乞言,求善言可行者也。合語,謂於旅酬之時,而論説義理,以合於升歌之義。"氏著《禮記集解》,沈嘯寰、王星賢點校,北京:中華書局,1989年,第558頁。

〔2〕八十年代以來關於"象"思維的討論逐漸受到學者重視,筆者關於這一問題的基本看法,可參《易象與時間:關於易象學的論綱》,《中國文化》2018年春季號。

〔3〕關於"共喻"問題的討論,參拙作《歷史經學導論》,《新經學》第四輯,上海:上海人民出版社,2019年。

氏》)。孔子還説:

誦《詩》三百,授之以政,不達;使於四方,不能專對;雖多,亦奚以爲?(《論語・子路》)

由於《詩》的語言本意即在取象,所以言與言之間未必總是合乎邏輯的語言。這是因爲一體性統攝下“同而異”的禮的秩序遵守的不止是邏輯,後者是知性的基本原則。在“同”的最高層次(如形而上的玄同),事物間的差異被消泯,因差異而表現出的矛盾同時也被消泯。這個境界除了某些喻象之外,往往很難用日常語言所表達,這就是《繫辭上》所説的“言不盡意”、“立象以盡意”。譬如西洋哲學中關於上帝的理解,以及經學中關於天道的體認。所以孔子説:

予欲無言。子貢曰:“子如不言,則小子何述焉?”子曰:“天何言哉?四時行焉,百物生焉,天何言哉?”(《陽貨》)

在這個層次上,深於德性思維的人往往更强調言的局限性。這種局限性常常表現在兩個方面,一是言的濫用導致德性的缺失,這就是“巧言”,而仁不仁主要看其德而非言:

子曰:“巧言令色,鮮矣仁!”(《學而》)

子曰:“始吾於人也,聽其言而信其行;今吾於人也,聽其言而觀其行。”(《公冶長》)

子曰:“君子恥其言而過其行。”(《憲問》)

子曰:“仁者其言也訒。”(《顔淵》)

一是對言與其所指及對象可能有的背離:

子曰:“可與言而不與之言,失人;不可與言而與之言,失言。知者不失人,亦不失言。”(《衛靈公》)

子曰:“夫人(指閔子騫)不言,言必有中。”(《先進》)

子曰:“有德者必有言,有言者不必有德。”(《憲問》)

理想的“言”則既可以是《周易》的“文言”,也可以是孔子的“微言”,揚雄則另作《法言》。所謂“仲尼殁而微言絶”(《漢書・藝文志》),便是指此。在周代,《詩》既然作爲取象的淵藪,同時也是"言"的淵藪。"《詩》可以興,可以觀,可以羣,可以怨。"(《論語·陽貨》)除此之外,"語"則是前代賢人所留下足以訓後的文獻,代表了各種不同的德性境界。這應該就是《左傳》所謂"太上立德,其次立功,其次立言"之"立言"。《國語》中便記載了楚國用"語"訓教太子的傳統,"語"甚至被視作一種文體,〔1〕典型的如《國語》、《論語》以及漢代陸賈的《新語》。孔門四科之中因此也就有了以宰我、子貢所代表的言語之學,當此派後來的學者失去對禮樂政教的信念,如《乾文言》所謂"修辭立其誠",而祇是追求一己私利的時候,辯士(所謂縱橫家)也就應運而生。如果説儒者與墨家的區别是在德性與知性思維的不同,與辯士的區别則在誠意之有無。當然主張"無成勢,無常形"(司馬談《論六家要旨》)的道家也可能給縱横家提供觀念上的滋養,這種辯士其實是儒道兩家的一種腐化形態。〔2〕《漢書·藝文志》:

> 縱横家者流,蓋出於行人之官。孔子曰:"誦詩三百,使于四方,不能專對,雖多亦奚以爲?"又曰:"使乎!使乎!"言其當權事制宜,受命而不受辭,此其所長也。及邪人爲之,則上詐諼而棄其信。〔3〕

由於德性思維總的來説不是在邏輯學(墨辯)意義上探討問題,而是從境界上對事物予以觀象,所以常常表現爲對某種境界的體驗,在具體問題上常常是"當機指點",這在對孔子的研究中早已爲學者所熟知。譬如同樣一個孝的名相,在不同情境中會有完全不同的表現。《論語·爲政》篇接連記載孟懿子、孟武伯、子遊、子夏四人問孝,而孔子所答不同,其實便明確體現了這一思維特點。另如關於士的探討,孔子便明確指出三種境界:

---

〔1〕此點王樹民《中國史學史綱要》較早注意到,參該書第二章第四節,北京:中華書局,2005年。

〔2〕關於道家,另擬專文探討。我曾經指出,假如從遊説秦孝公的方式來看,商鞅其實是一個縱横家。參拙作《孟子章句講疏》卷一《梁惠王上》第一章講疏。

〔3〕關於這一問題,前揭拙作《孔曾禮學探微》已經有所討論。

子貢問曰:"何如斯可謂之士矣?"子曰:"行己有恥,使于四方,不辱君命,可謂士矣。"曰:"敢問其次。"曰:"宗族稱孝焉,鄉黨稱弟焉。"曰:"敢問其次。"曰:"言必信,行必果,踁踁然小人哉! 抑亦可以爲次矣。"曰:"今之從政者何如?"子曰:"噫! 斗筲之人,何足算也!"(《子路》)

子貢長於言語之學,故其所問本身便蘊含著不同層次。如前所述,這種思維本身便是周禮的特徵,所謂"名位不同,禮亦異數",便是指同樣的名,在不同的位置層次,其實對應著不同的禮數。譬如同樣是三年喪,子女對父親、父親爲長子、父在爲母,父不在爲母,其實禮數是不同的。同樣是葬禮,天子、諸侯、大夫、士等的時間、儀節等禮數也是不同的。這一思維貫徹在禮的整個系統之中。許多對孔子名學的討論似乎並未注意到這一基本的思維方式,而大多在循名責實等問題上兜圈子,觀此似可以解紛。

相反,墨子討論事物首先要從定義開始,這是知性思維的特徵。許多重要的定義直接被稱作"經"(《經上》、《經下》),表明對事物的定義其實是墨學的基礎。通過一系列基本的定義與遵守名辯(邏輯)規則的論式,墨子一切關於政治的觀點都可以由此推出。

當然,誠如知性思維可能因是否遵守邏輯規律出現問題,德性思維也同樣有自己的脱落形式。譬如當無法在德性境界上理解事物的邊界時,以往各種賢人所留下的"立言"之作(即"言語")便不過是普通人所理解的格言匯編,典型的如黑格爾在《歷史哲學》中對《論語》便有類似的看法。這並非黑格爾的思想不夠深邃,而是因爲他並不真正理解孔子的思維方式。對這一問題,孔子其實早有所見,同樣是與子貢的探討:

子曰:"賜也! 女以予爲多學而識之者與?"對曰:"然,非與?"曰:"非也。予一以貫之。"(《衛靈公》)

孔子的一以貫之,曾子解釋爲"忠恕",那顯然是從德性角度著眼的。在這一問題上,曾子的理解顯然比子貢要更爲接近孔子。那以後,孟子之倡言本心,主張"先立乎其大",雖不言一貫而自然一貫;荀子則明確反對缺少一貫的那種"博學",文繁不引。[1]

三、孟子的"知言"與比類

在孔子思想中,所謂"言語"主要不是從辯者角度考慮的,但卻並非没有自己的辯。在禮的框架中,辯的工作主要體現在兩個方面:首先是關於事物本末的考慮,其次是關於禮數輕重的衡量。本大而末小,這就是經學中的"小大之辯"。《大學》所謂"物有本末,事有終始,知所先後,則近道矣"。《莊子·逍遥遊》中其實也充斥著這一問題。我曾多次指出,德性意識背後依託的是生命意識,隨著生命的展開,事物表現出時間相,對時間相最直接的表述便是本末觀念。因此從本末先後的角度對事物觀象,便是經學的應有之義。在《周易》則是卦時,因此六十四卦首先是一系列在生命中展開的象,相互間在本末的意義上構成有機的聯繫。[2]這一工作也叫作"辯",與"辨"相通。《坤文言》:

> 積善之家,必有餘慶;積不善之家,必有餘殃。臣弑其君,子弑其父,非一朝一夕之故,其所由來者漸矣。由辯之不早辯也。《易》曰:"履霜,堅冰至。"蓋言順也。

譬如孟子有名的"義利之辨",便需要從本末角度纔可以真正理解。《孟子·離婁上》有關"道揆"、"法守"的分辨,其實也是"小大之辯"的具體體現。[3]類似問題幾乎反映在孟子絶大多數討論之中,如誠僞、本心、習心,等等。"小大"之外則是"輕重",如"禮與食孰重"等也是孟子

〔1〕如《致士篇》便明言"師術有四,而博習不與焉"。《儒效篇》則反對"繆學雜舉"、不知統類的"俗儒"。

〔2〕參拙作《周易義疏》的相關討論,特别是對卦序的疏解。簡單地可參前揭《易象與時間》一文。

〔3〕參拙作《〈孟子·離婁上〉講疏》,《新經學》第一輯,上海:上海人民出版社,2017年。

與時人經常討論的問題。這一問題的源頭其實也在周禮。輕重無疑早已成爲禮(特別是喪禮)的重要概念。譬如:

曾子問曰:"並有喪,如之何?何先何後?"孔子曰:"葬,先輕而後重;其奠也,先重而後輕,禮也。自啓及葬,不奠,行葬不哀次;反葬奠,而後辭於殯,逐修葬事。其虞也,先重而後輕,禮也。"(《禮記·曾子問》)

《傳》曰"有從輕而重",公子之妻爲其皇姑;"有從重而輕",爲妻之父母。(《禮記·服問》)

類似例子比比皆是。之所以叫輕重,其實便是因爲可以換算爲具體的數量關係,如天子殯七月、諸侯五月、大夫三月、士一月等,各有等差。關於具體禮數輕重的討論,其實已經涉及知性思維的運用,衹不過輕重的衡量最終依然是德性與知性思維同時運用的結果。譬如上文《禮記·曾子問》所謂"並有喪",鄭玄注爲"父母若親同者同月死",孔穎達疏以爲"親同者"譬如"祖父母及世叔兄弟"。這裡的輕重首先是以親親尊尊之義爲判斷依據,如父母親同,但父更尊,所以父重於母。這些在禮數上都會有具體的體現。另如喪禮常重於祭禮,親親先於尊尊,[1]但這些原則有時也要根據具體情境加以調整。如三年喪重於君臣關係,但假如有特殊情況(如兵革之事)也可以奪情。這一討論方式最集中體現在《曾子問》中,曾子作爲孔門禮學最重要的傳人,借用各種特殊情境來對孔子設問。師生間的問答同樣是"言語"的一種形態。與兩造各執一辭式的"辯"不同,這是一種基於某種原則的"辨"。從文字學角度來説,"辯"與"辨"本來應該同源,衹是後來在含義上有了分化。

應該指出,禮的輕重與數量關係並非簡單的對應關係,而是要隨具體的情境加以考察。《禮記·禮器》:

---

〔1〕 親親、尊尊是殷周共通之大義,但一般而言殷道親親,周道尊尊,是指對二者孰輕孰重的判别。孔子後來對禮制的調整中,綜合了殷周兩種原則。

禮有以多爲貴者:天子七廟,諸侯五,大夫三,士一。……此以多爲貴也。有以少爲貴者:天子無介;祭天特牲;天子適諸侯,諸侯膳以犢;……此以少爲貴也。有以大爲貴者:宫室之量,器皿之度,棺椁之厚,丘封之大。此以大爲貴也。有以小爲貴者:宗廟之祭,貴者獻以爵,賤者獻以散,尊者舉觶,卑者舉角;五獻之尊,門外缶,門内壺,君尊瓦甒。此以小爲貴也。有以高爲貴者:天子之堂九尺,諸侯七尺,大夫五尺,士三尺;天子、諸侯臺門。此以高爲貴也。有以下爲貴者:至敬不壇,埽地而祭。天子諸侯之尊廢禁,大夫、士棜禁。此以下爲貴也。禮有以文爲貴者:天子龍衮,諸侯黼,大夫黻,士玄衣纁裳;天子之冕,朱緑藻十有二旒,諸侯九,上大夫七,下大夫五,士三。此以文爲貴也。有以素爲貴者:至敬無文,父黨無容,大圭不琢,大羹不和,大路素而越席,犧尊疏布鼏,樿杓。此以素爲貴也。

所謂多少、大小、高下、文素,都是普通的知性判斷,但至於以何爲貴,卻是根據不同的精神原則。這也同樣表明,在禮數的計算中其實已經同時有了德性、知性兩個方面的運用。也正是因此,孔子的正名之學籠統而言固然意味著使名與位得以相應,但具體操作中則是要保證名與數的相應,而孔子也正是因此才對原有的周禮多所是正,綜合三代禮樂而求得“情文具盡”(《荀子·禮論》),這纔是真正意義上的“文”,同時也是孔門新禮的目標所在。

商周史官已經形成較爲系統的數度之學,輕重本來就是重量測量,也爲世俗社會所習見。禮家用之稱量禮數,政治家則用以平準物價,《管子》所以有《輕重篇》。孔子以後,對德性的省察分析成爲心性領域的重要轉折,《中庸》所謂“博學、審問、慎思、明辨、篤行”,“明辨”是其中的重要一環。到了孟子這裡,輕重有時則成爲權衡的代名詞。他對梁惠王説:

權然後知輕重,度然後知長短,物皆然,心爲甚。王請度之!(《孟子·梁惠王上》)

“物皆然”,表明孟子並不否認數度之學對自然事物的理解。在孟子所建構的仁智一體的心性結構中,同樣爲知性預留了位置。[1]祇不過孟子所關注的主要在天道、心性及政治,而且主要從德性角度出發,並没有在這些問題上展開討論。而在孟子生活的時代,墨學已經興起,道家、法家也已張大其軍,儀、秦之徒開始放言天下,孟子儘管上承周禮及孔子對事物的理解,在禮樂已經崩壞的情況下卻也不得不奮起與辯。而周禮及孔子的“明辨”原則便成爲孟子與他人論辯的原則所在。孔子自言“於辭命則未能也”(《孟子・公孫丑上》),因此反對“巧言”、“利口”(《陽貨》),欣賞“其言也訒”的仁者,至孟子則自言“予豈好辯哉?予不得已也”。這些論辯體現在他與楊(道)、墨兩家關於“無父無君”的辯論,與農家關於分工的討論,以及對儀、秦之徒的指斥,等等。從名辯的角度而言,最爲重要的顯然是他的“知言”論:

“敢問夫子惡乎長?”

曰:“我知言,我善養吾浩然之氣。”

……

“何謂知言?”

曰:“詖辭知其所蔽,淫辭知其所陷,邪辭知其所離,遁辭知其所窮。生於其心,害於其政;發於其政,害於其事。聖人復起,必從吾言矣。”

……

曰:“宰我、子貢、有若,智足以知聖人,汙不至阿其所好。宰我曰:‘以予觀于夫子,賢於堯、舜遠矣。’子貢曰:‘見其禮而知其政,聞其樂而知其德,由百世之後,等百世之王,莫之能違也。自生民以來,未有夫子也。’有若曰:‘豈惟民哉!麒麟之於走獸,鳳凰之于飛

---

〔1〕 關於這一問題,拙作《〈孟子・離婁上〉講疏》、《〈離婁下〉講疏》、《〈告子上〉講疏》等都有所討論,兹不具論。

鳥,泰山之於丘垤,河海之於行潦,類也。聖人之于民,亦類也。出於其類,拔乎其萃,自生民以來,未有盛於孔子也。'"(《公孫丑上》)

在此時的諸子百家之中,道家忘言、遺言,墨家辯言,縱横家爲了一己私利不惜自亂其言,法家則一旦當政即不許人言。但不管怎樣,名實等問題便成爲根本問題。幾乎所有人都承認"循名責實"或名實一致的基本原則,但如何才算名實一致,卻是各家真正的分歧所在。從這個意義上説,近代有些學者根據"循名責實"的字面含義,便把戰國各種名家思想視作爲專制主義服務,未免太過武斷。

孟子以"知言"自許,實質是用孔門德性論爲衡判尺度,對百家之言加以"明辨",這一德性論的具體表達便是仁義禮智信五常。我曾經指出:

> 言爲心聲,心之所發,在内爲意,在外爲言,意雖難測,言則可求。誠意則即乎己,知言則視乎人。所謂詖辭者,偏而不公,仁之失也,故蔽;所謂淫辭者,蕩而無本,禮之失也,故陷;所謂邪辭者,惟務私曲,義之失也,故離;所謂遁辭者,惟務自謀,信之失也,故窮。統之者即所謂智也,由智故能知言。若不能知言,而陷於詖、淫、邪、遁,則源頭既濁,是未能持志矣。[1]

孟子下文還引用宰我、子貢、有子的言論,三家大體皆屬言語科,[2]似乎在暗示知言的理論與言語科的聯繫。所謂詖辭、淫辭、邪辭、遁辭的判斷尺度,其實便是仁、禮、義、信四德之失。道家失仁,墨家失禮,法家失義,縱横家失信,雖不必指實,但也可以大體相應。孔門德性論本來是實踐之學,所以更爲看重言辭背後隱含的目的性,並不衹是從字面角度去理解"言"。所以孔子把顔淵、閔子騫、仲弓、冉伯牛視爲"德行"科。孔子所謂"聽其言而觀其行"(《公冶長》),所謂"君子欲訥於

---

〔1〕 前揭《孟子章句講疏》卷三《公孫丑上》第二章。

〔2〕 宰我、子貢屬於言語科無疑,有子屬於此科,可參王應麟説。《孟子章句講疏》卷三《公孫丑上》第二章已加以討論。

言而敏於行”(《季氏》),所謂“視其所以,觀其所由,察其所安,人焉廋哉,人焉廋哉”(《爲政》),《繫辭上》也説:“言行,君子之樞機。”所以在德行科這裡,語言本身也是行爲的一部分,都是内在德性境界的體現。通過觀察言行,對他人的境界予以考察,是德行科與人交往時的應有之義。與孟子上文類似,《繫辭下》指出:

將叛者其辭慚,中心疑者其辭枝,吉人之辭寡,躁人之辭多,誣善之人其辭遊,失其守者其辭屈。

所謂“觀水有術,必觀其瀾”(《孟子・盡心上》),在孟子這裡,這種對人的審視有時甚至不僅僅在言行,神情等也都是可以觀察的對象:

孟子曰:“存乎人者,莫良於眸子。眸子不能掩其惡。胸中正,則眸子瞭焉;胸中不正,則眸子眊焉。聽其言也,觀其眸子,人焉廋哉?”(《離婁上》)

推而廣之,宇宙間一切莫不可觀,這就是《繫辭》所言庖犧氏的“仰觀俯察”。表現在政治上則是觀禮、觀樂、觀風。

風行地上,觀。先王以省方觀民設教。(《周易・大象》)

禮也者,反其所自生;樂也者,樂其所自成。是故先王之制禮也以節事,修樂以道志。故觀其禮樂,而治亂可知也。蘧伯玉曰:“君子之人達。”故觀其器而知其工之巧,觀其發而知其人之知。故曰:君子慎其所以與人者。(《禮記・禮器》)

在關於儒家名辯思想的討論中,許多學者注意到孟子的比類觀念。古人應該很早就有了同類的觀念,《左傳》所謂“神不歆非類,民不祀非族”(僖公十年),《國語》“其類惟何”(《周語下》),類都是族類的意思。在墨家的名辯思想中,類具有了嚴格的界定,《經上》:“名,達、類、私。”私名、類名、通名構成了一個對自然事物種屬關係的分類體系。這一點幾乎爲所有研究墨辯的學者所注意。相形之下,孟子對類的使用主要是從類似的角度,所謂比類,似乎主要是一種比喻,並非墨子所言的類。也正是因此,在近代一些科學主義派學者看來,這充其量是一種“比附邏輯”,“全然爲一種‘無故’、‘亂類’的恣意推論。……將不倫不類的事物認爲‘同類’……孟子的‘類’概念的混亂,其根源更在於他的先驗主義的知識論。”〔1〕

把思孟的德性觀念説成“先驗主義”,固然是從知性視角所作的一種削足適履的觀點,損失了思孟學術自身的獨特視野,但孟子的心性論本身確實揭示了一種類似康德先天範疇的結構,衹不過二者分别遵循德性、知性的不同進路而已。〔2〕至於説孟子的邏輯是一種“無類”邏輯,最初是根據荀子對孟子的批評,所謂“僻違而非類”(《非十二子》)。對荀子的這一觀點我曾予以批評,〔3〕下文還會討論。至於把孟子的觀點説成比附,不妨稍作探討。譬如:

> 挾太山以超北海,語人曰“我不能”,是誠不能也。爲長者折枝,語人曰“我不能”,是不爲也,非不能也。故王之不王,非挾太山以超北海之類也;王之不王,是折枝之類也。(《梁惠王上》)
>
> 麒麟之於走獸,鳳凰之於飛鳥,太山之於丘垤,河海之於行潦,類也。聖人之於民,亦類也。出於其類,拔乎其萃,自生民以來,未有盛於孔子也。(《公孫丑上》)
>
> 今有無名之指,屈而不信,非疾痛害事也,如有能信之者,則不遠秦、楚之路,爲指之不若人也。指不若人則知惡之,心不若人則不知惡,此之謂不知類也。(《告子上》)

這幾段論述曾經被侯外廬等視作比附。不過假如加以分析,便可知這種觀點其實並未真正理解比喻或比類的意義所在。孟子比類觀念與漢代經學中那種比附,譬如董仲舒所謂“人副天數”,在根本上是不同的。從表面上看,“挾太山以超北海”、“爲長者折枝”、“王之不王”是三件事,麒麟、鳳凰、泰山、河海、聖人分屬五事,“指不若人”與“心不若人”

〔1〕 前揭侯外廬等《中國思想史》第一卷,第399—413頁。

〔2〕〔3〕 參前揭拙作《思孟五行説新論》。

是兩件事,所以相互間似乎無關,從前者無法推出後者。但孟子所比類的不是具體事物,而是對事物的判斷。假如把整個表達拆開,其實便很容易理解:

1)"挾太山以超北海"是不能的;"爲長者折枝"是可能的;君主成爲聖王是可能的。假如我們設定兩個集合,a是"不能的",b是"可能的",那麽君主成爲聖王顯然是可能的,至少對於周人而言,虞夏商周歷史上都曾有聖王存在過。

2)麒麟是走獸中的出類拔萃者;鳳凰是飛鳥中的出類拔萃者;泰山是丘陵中的出類拔萃者;河海是湖沼中的出類拔萃者;聖人是人類的出類拔萃者。如果把"出類拔萃者"設定爲集合,並稱之爲類,那麽顯然是成立的。

3)手指有缺陷,因而不快;德性及心智有缺陷,因而不快;德性及心智有缺陷,無所謂。如果我們設定兩個集合,a是"因爲不如别人而感到不快",b是"因爲不如别人而無所謂",那麽"德性及心智不如别人,無所謂",顯然與前二者屬於不同集合(類),不理解這一點,便可以説"不知類"。當然,這裡隱含了孟子對人性的基本預設,即人應該有自尊心,儘量彌補自己的缺陷。我們可以不同意孟子的預設,但這也不能認爲孟子犯了比附的錯誤。

由此可見,孟子的類可以在集合論意義上理解,與墨子對自然物分類顯然不可混淆。用墨子的類概念否認集合論,似乎也大可不必。而誠如《周易·同人》所言,"天與火,同人,君子以類族辨物"。以孟子對數度之學的尊重,不必完全否認墨子的類概念,衹不過可能反對墨子把這一應用於自然事物分類的做法無限制地推廣到人文領域。相反,孟子的比類觀念反而可以統攝墨子的類概念,後者其實是前者的一種特殊狀態。正如在集合論中,自然事物的種屬分類可以視作對相關事物所有集合中的一個子集。此外應該特别指出是,<u>比類衹是一種在論辯中加强理解的方式,而非邏輯推理方式</u>。比類其實可以無限制地增減,並不影響説理的具體内容。

事實上,孟子這一比類之法也就是上文所説的觀象思維,换言之,觀象思維中象之所以“像”,從知性角度理解,便在於“相像者”可以通過某種方式被納入同一個集合。[1]“相像者”作爲自然物可能並無關係,但其狀態背後所隱含的象或義卻是相通的。這在經學中便被稱作“同異”。《周易·睽》:“火澤,睽。君子以同而異。”如前所述,禮的具體形態便是禮樂,按照《樂記》所言,“樂統同,禮辨異”,名家學者惠施因此把它推演到極端狀態,因此有“畢同畢異”之論:“大同而與小同異,此之謂小同異;萬物畢同畢異,此之謂大同異。”(《莊子·天下》)關於同異的問題,下文還會有所討論。

四、非相:荀子的辯説觀

春秋晚期到戰國這段時間,政治與文化領域發生了劇烈變化。孔子時代,禮樂秩序雖然開始崩壞,但形式還没有完全改變,無論貴族社會還是民間禮俗,禮樂實踐依然極爲普及。有些行將没落的貴族(如孟僖子),還試圖通過復禮恢復以往的榮光。[2]孔子一方面試圖重構新的禮樂系統,以接續周禮的輝煌,同時也希望爲新興官僚集團注入禮的因素,以扭轉危局。所謂“從道不從君”,所謂“天下有道則見,無道則隱”,所謂“天下有道,貧且賤焉,恥也;天下無道,富且貴焉,恥也”,“不義而富且貴,於我如浮雲”,都是針對官僚時代士大夫可能出現的弊端。這就是孔子所欲行而未成的“正名”。隨著秩序的逐漸崩解,在社會夾縫之中,墨家一類的社會組織逐漸出現,相互結成嚴密的團體,並有機會進入仕途。

---

〔1〕關於這一問題,另擬專文探討。

〔2〕如孟僖子臨死,便讓兒子孟懿子、南宫敬叔隨孔子習禮。事見《左傳》昭公七年。

到了孟子的時代,法家開始逐漸得勢,吴起、商鞅之徒紛紛在列國掌控政權。但由於齊晉兩大國都發生了政權巨變,此即“三家分晉”(前 403 年)與“田氏代齊”(前 386 年),同樣影響了文化領域的發展。作爲兩個新興的貴族政權,儘管在政治上都努力變法圖强,但爲了證明自身更有資格得到周天子的承認,同時採取“右文”的文化政策。當然,這種政策在客觀上也確實可以延攬人才。魏文侯(前 445 年—前 396 年在位)以孔門高弟子夏爲師,以儒者田子方、段干木爲友,據説子夏至魏,文侯不僅郊迎,甚至“擁篲前驅”。魏文侯的這一以孔門新經學自文的政策爲他晚年得到周天子的承認,或許也起了作用。[1]至於齊國,則在威王(前 356 年—前 320 年在位)國力張大之後,同樣開始鼓勵學術,這就是稷下學派的興起。齊國一時成爲國際間的文化中心,以至於有齊宣王“濫竽充數”的寓言出現(《韓非子・内儲説上》)。在這一背景下,孟子在魏、齊兩國頗受禮遇,甚至在齊國攝居卿位,出使他國。也正是因此還可以對不同學説從容析辨,申説王道,這就是孟子的“知言”。

荀子是儒家名辯思想的集大成者。在荀子生活的時代,法家已經在多國取得勝利,大國相爭的態勢之下,圖强成爲幾乎所有大國的共同目標。官僚制度此時已經成型,臣之於君,常常有如僕役,禮樂形式未免成爲虚文。德行已經不是評價人才的尺度,游士所追求的是能以辭辯勝人。荀子早年遊於稷下,據説還“三爲祭酒”(《史記・孟子荀卿列傳》),在百家爭鳴的環境中,得以脱穎而出,應該便是靠他的辯才無礙。即便是真正的君子,此時也必須能言善辯,這才是所謂“誠士”。有德卻無法表達,衹是荀子心目中的“腐儒”。所謂“誠士”,便是把精誠加諸事務,猶如孔子、曾子精誠地研求禮的完備,而在荀子這裡,遵守禮義還不夠,還要能夠用語言表達出來。從這個意義上説,荀子並非反對孔子的觀念,而是加深了儒學在“言”方面的拓展。孔子的不辯也衹能是針對

〔1〕 參錢穆《先秦諸子繫年》第四十《魏文侯禮賢考》,北京:商務印書館,2001 年,第 149 頁。

“姦言”:

凡言不合先王,不順禮義,謂之姦言;雖辯,君子不聽。法先王,順禮義,黨學者,然而不好言,不樂言,則必非誠士也。故君子之于言也,志好之,行安之,樂言之,故君子必辯。凡人莫不好言其所善,而君子爲甚。故贈人以言,重于金石珠玉;觀人以言,美于黼黻文章;聽人以言,樂於鐘鼓琴瑟。故君子之于言無厭。鄙夫反是:好其實不恤其文,是以終身不免埤汙傭俗。故《易》曰:“括囊,無咎無譽。”腐儒之謂也。(《非相》)

從孔子的“於辭命則未能”,到孟子的“不得已”而辯,再到荀子的“君子必辯”,時代的變化顯然給主張力行的儒者以巨大壓力。但也正是在這一過程中,儒學不得不面對百家諸子各自的論辯邏輯,並逐一予以回應。同時也使儒學在知性領域大爲拓展,把以往那種偏重實踐性的經學系統用知性思維可以理解的方式加以表達。這使得荀子的思想帶有知性反思的意味,他的每一篇著作都有著明確的中心觀念,並且大體上前後能夠一以貫之。而在此前,《論語》和孟子的編纂雖然也同樣有其一以貫之的命意,[1]但卻儘量隱藏在渾融的具體討論之中。當然,《荀子》這一命篇方式本來便是諸子的習慣使然,其他較早的經典著作,如《孫子兵法》、《墨子》、《商君書》、《管子》、《莊子》等,大都具有明確的分篇命意。

不過,假如祇是從時代壓力角度理解,又似乎過於簡單了。荀子關於辯的探討放在《非相篇》,其故到底若何,少見有人加以探討。由於文章開首便批評相術,所以楊倞注以爲:

相,視也,視其骨狀以知吉凶貴賤也。妄誕者多以此惑世,時人或矜其狀貌而忽於務實,故荀卿作此篇非之。《漢書》形法家有

---

〔1〕自趙岐《孟子注》專言“章旨”之外,歷代學者對《孟子》各篇大義多所討論。拙作《孟子章句講疏》對此問題亦不無探討。暫不詳及。關於《論語》通篇大旨的探討,似以唐文治《論語大義》一書爲最精。

《相人》二十四卷。

這一注釋可以説似是而非。荀子下文歷舉古代聖賢暴君形貌與德行功業的相反,試圖證明"相形不如論心,論心不如擇術",簡言之便是據形貌不如論心術。形貌是事物的外在表現,從義理角度便可以稱作象,後世有時便直稱作"體、相、用"之相。因此,在人的形貌之外,歷史時代也在人心目中形成不同的相,譬如"五帝之外無傳人"、"五帝之中無傳政"、"禹湯有傳政而不如周之察",等等。普通人基於對歷史表象的誤解,便認爲"古今異情,其以治亂者異道"。而荀子正是要破斥這些對表象的迷執,認爲對歷史記述的不同,衹不過是"久故也",並不意味著五帝三王的歷史有何不同。在他看來,"古今一度也,類不悖,雖久同理",歷代聖王既屬一類,其法度自然都可以由後王即"周道"觀之,這就是"法後王"之義。在這個意義上説,荀子的"法後王"絶非近代一些學者望文生義的所謂歷史進化論,這一點其實與其主張"世易時移,變法宜矣"的弟子韓非頗有不同,法後王便是法先王。對歷史本來可以觀象,這一問題涉及荀子的歷史哲學,暫且不論。

另外應當指出的是,荀子此處所説的"類",並不像許多人所證明的來自墨子,反而與孟子"類"的含義相近。荀子事實上也不排斥譬喻在論辯中的作用,他説:

> 談説之術:矜莊以蒞之,端誠以處之,堅强以持之,分别以喻之,譬稱以明之,欣驩芬薌以送之,寶之,珍之,貴之,神之。如是則説常無不受。(《非相》)〔1〕

荀子書中大量引《詩》,其實便是這一傳統的孑遺。另如《正名篇》所謂"有欲無欲,異類也,生死也,非治亂也",便是以生死比喻有欲、無欲兩種境界。此類例子不煩多舉。本節所謂"譬稱"便是譬喻或孟子的

〔1〕 王念孫以爲應據《韓詩外傳》、《説苑》所引改爲"譬稱以喻之,分别以明之",參王先謙《荀子集解》(沈嘯寰、王星賢點校)卷三,北京:中華書局,1988年,第86頁。按:喻本來便是曉知之義,後世譬喻、比喻之詞重點在譬、在比,不改亦無妨。

比類,"分别"則是墨子意義上的分類。衹不過荀子對表象的懷疑還是與德行科頗有不同,《大學》所謂"富潤屋,德潤身,心廣體胖","孟子自范之齊,望見齊王之子,喟然歎曰:'居移氣,養移體。大哉居乎! 夫非盡人之子與?"(《盡心上》)慨歎的背後是對氣象的重視,而這同時也便是古人重視威儀或禮容的傳統,〔1〕《尚書·洪範》所謂"貌曰恭",氣象往往是内在德性的顯現。荀子則並不反對禮容,譬如在《非十二子篇》中還用很長的段落討論"士君子之容"、"學者之嵬容",但子張氏、子遊氏之"賤儒"卻也有容,所以這種觀象的方法其實並不可恃。

表象破斥之後,事物顯現出情實,這一過程乃是基於人的基本能力,這就是"辨",所以說:"人之所以爲人者,何已(以)也? 曰:以其有辨也。"辨的含義便是判分,在宇宙間所有判分之中,"辨莫大於分,分莫大於禮,禮莫大於聖王"。楊倞注釋説"分"是指"有上下親疏之分(fèn)",可謂得之,但荀子其實不必否認一般的分類觀念。在此荀子給出一個判斷情實的準繩,那就是周禮,這裡體現了荀子的儒學立場。至於爲什麼"分莫大於禮,禮莫大於聖王",是因爲聖人能夠做到"不【可】欺",〔2〕也就是不受欺蔽,能夠做到"以己度",並觀察到宇宙萬物的實相:

> 聖人何以不【可】欺? 曰:聖人者,以己度者也。故以人度人,以情度情,以類度類,以説度功,以道觀盡,古今一也。類不悖,雖久同理,故鄉乎邪曲而不迷,觀乎雜物而不惑。

在某種意義上,這種"以己度"在形式上倒是符合孔子所言"直道"或《大學》所謂"絜矩之道"。對具體事物的理解依循具體原則,而最終由更爲圓融的"道"統攝之。衹不過孔子、曾子等的"直道"依然保有的德性立場,〔3〕在荀子這裡卻無法體現出來。至於如何做到"以己度",便是荀子《解蔽篇》所説的"大清明"之境,下文另有討論。

---

〔1〕關於威儀問題,參拙作《孟子章句講疏》卷一《梁惠王上》第六章講疏。
〔2〕"可"字據王念孫補,引文同前書,第 82 頁。
〔3〕參前揭拙作《説"絜矩之道"》。

問題是,假如我們可以接受相不能代表事物之用,那麽爲什麽要轉到對辯的探討?荀子在《非相》一文並没有明確探討,祇是提了一句“以説度功”似乎與此有關。那麽功究竟何指?這裡不妨引用《正名篇》:

今聖王没,天下亂,姦言起,君子無勢以臨之,無刑以禁之,故辨説也。實不喻然後命,命不喻然後期,期不喻然後説,説不喻然後辨。故期、命、辨、説也者,用之大文也,而王業之始也。名聞而實喻,名之用也。累而成文,名之麗也。用、麗俱得,謂之知名。名也者,所以(期)累實也。辭也者,兼異實之名以論一意也。辨、説也者,不異實名以喻動静之道也。期、命也者,辨、説之用也。辨、説也者,心之象道也。心也者,道之工宰也。道也者,治之經理也。心合於道,説合於心,辭合於説,正名而期,質請而喻,辨異而不過,推類而不悖,聽則合文,辨則盡故。

辨、説相合,其實也就是辯。至於期、命,楊倞注:

命,謂以名命之也。期,會也。言物之稍難名,命之不遇者,則以形狀大小會之,使人易曉也。謂若白馬,但言馬則未喻,故更以白會之。若是事多,會亦不遇者,則説其所以然。若説不喻者,則反覆辨明之也。

按:楊説大義不誤,但其説未暢。命固是命名,期便是“累實”,也就是通過名的疊加(所謂“會”或“麗”,麗即附麗之義)而達到對實的描述(“文”)。期的結果便是“辭”,也就是句子或判斷。所以辭也就是“兼異實之名以論一意”。説是説理(“動静之道”),但説理如有爭議,則當辨而明之,這就是辨。所以命名(命)及成辭(期)是辨、説的手段,而辨、説則是心對道的擬構(“心之象道”),而道則是對“治”的統攝。這裡的“治”既可以指一切事物的條理性,也當然包括政治的合理性。因此期、命、辨、説(依層次當爲命、期、説、辨)便是通向“道”及“治”的手段,所以説“王業之始也”。然則所謂“説以度功”便不難索解,“説”是指聖賢君子的辨説,“功”便是王業。對於周禮而言,禮和政治本來便是同構的,政治對應人羣,禮則可以拓展到整個宇宙,都是天理秩序的體現。

由上述討論可知,《非相篇》破斥事物表象之目的,其實是爲了能夠捍衛語言對事物的描述能力,所以“辨、説也者,心之象道也”,便意味著道可以通過言語的方式來表現。這一觀點其實是對德行科儒者及道家“言不盡意”觀念的重大挑戰。儘管這一問題還有深入討論的餘地,但應該清楚的是,衹有真正承認語言的這一能力,知性纔可以宣稱自己具有通達道的能力。西洋哲學中,海德格爾的學説其實已頗有跳出主流西方知性傳統的傾向,但即便如此,卻依然宣稱“語言是存在的家”。當然,象或符號其實也仍然是一種語言。關於這一問題還可以另加探討。從歷史的角度而言,對言的這種理解其實在晉人中可謂淵源有自:

> 陽處父如衛,反,過寧,舍于逆旅寧嬴氏。嬴謂其妻曰:“吾求君子久矣,今乃得之。”舉而從之。陽子道與之語,及山而還。其妻曰:“子得所求而不從之,何其懷也!”曰:“吾見其貌而欲之,聞其言而惡之。夫貌,情之華也;言,貌之機也。身爲情,成於中。言,身之文也。言文而發之,合而後行,離則有釁。今陽子之貌濟,其言匱,非其實也。若中不濟,而外强之,其卒將復,中(以)外易矣。若内外類,而言反之,瀆其信也。夫言以昭信,奉之如機,歷時而發之,胡可瀆也!(《國語·晉語五》)

寧嬴觀陽處父之貌,深爲欽慕,以爲是真正君子之人,及與之交談,反而“惡之”。故言:如以性情爲人之實,那麽相貌僅是其華而非其實,不能完全體現性情的實際狀態。而語言則是性情的機括,乃是性情之所發。疑“貌之機”當爲“情之機”之誤。言是性情之文理(“身之文”),所以纔真正是能夠表現人實際性情的“樞機”。三晉之地本來是儒家古史派的淵藪,[1]與數度之學淵源甚深,荀子作爲趙人,或許便因此深受此類“語”的熏陶。

---

〔1〕 此用蒙文通説,參《經學抉原》,收入氏著《經史抉原》,成都:巴蜀書社,1995年。

五、解蔽:荀子的知識論

語言或辯説既然是通向道的方式,便自然成爲知識論探討的對象。知識論主要包括兩個層次,一是對知識的總體理解,一是求取知識的方法,後者也就是哲學上的認識論,與中土心性論相通。但知識論的探討卻並不侷限於語言問題。由於都注重對實的描述,荀子的命、期、説與墨子的名、辭、説在層次上其實是完全相合的。許多學者强調墨辯對荀子的影響,從概念使用角度而言應該是可能的。但荀子的系統顯然比墨子多了一層,這就是辨的環節,所謂"辨則盡故",也就是上文"以道觀盡"。此處"盡故"並不是墨子的"以説出故",〔1〕而是窮盡並統攝所有的"故"。這個層次大體與孟子的"知言"相當。

上文曾經指出,"故"便是因果之理。也正是因此,對於以純粹知性觀察事物、並試圖洞悉其理的墨家而言,對事物的認知其實是開放的。但荀子顯然承認在並不理解具體事物之前,已經可能形成一個真理的架構,這就是能夠提前通達萬物邊界的道,其具體形態便是禮。對於孔子及德行科儒者而言,這個禮本是德性思維自然而然的産物;但對荀子似乎偏於知性的心靈而言,卻祇能是聖人的"師法之化"。荀子心目中的聖人在某種意義上是天啓的,這與戰國以降今文經學及緯書所言孔子"端門受教"、"爲後世立法"等宗教化的傾向是相合的。知性的心靈假如要承認前定真理,那就祇能走向超越式的宗教,這同時也是西方文化的基本格局。墨家其實也有類似問題,祇不過墨子所言"天志"祇是對人世賞善罰惡,並不像禮一樣與世界渾然一體。當然,下文將會指出,荀子並非純粹的知性思維,而是介乎德性與知性之間的一種思維。〔2〕

---

〔1〕侯外廬等便錯誤地認爲"《正名篇》所説的'辨則盡故',與《墨經・小取篇》所説的'以説出故'爲同義語"。前引書,第558頁。

〔2〕我曾經在《思孟五行説新論》一文中沿襲近代學者之見,把荀子理解爲純粹的知性思維,現在看來也當修正。

由此我們也就明白,爲什麽在《非相》討論辯説之後緊跟的便是《非十二子》。十二子分屬六家,其實都有自己的學術系統,所以荀子稱許他們"其持之有故,其言之成理"。這裡的故便是事物内在的因果之理,而"言之成理"則是具體的論説,也就是墨子所謂"以説出故"。這樣,荀子對十二子的批評主要還是因爲各家雖然可以"出故",卻並未真正"盡故",充其量也衹是《莊子・天下》篇所言的百家"方術",即一曲之術。莊生、荀子的這一觀念後來被司馬談所繼承,雖然把道家視爲最高,但結構無疑是相同的。到了武帝表彰六經,在新王官學體制下,以六經統攝諸子,其實是同樣的學術架構。

在這個意義上,百家諸子便如盲人摸象,雖然各得一體,但正是其所得成爲其所蔽。换言之,對於整全的世界而言,視野本身便構成一種遮蔽。這與西哲海德格爾關於成見的洞察頗有異曲同工之妙,所不同的是,在海德格爾那裡成見無法消泯,卻可以規範詮釋者的視域,而在荀子這裡,依然承認可以達到對成見的完全消除,這就是"解蔽"。所以他説:

> 墨子蔽於用而不知文,宋子蔽於欲而不知得,慎子蔽於法而不知賢,申子蔽於勢而不知知,惠子蔽於辭而不知實,莊子蔽於天而不知人。故由用謂之道,盡利矣;由俗謂之道,盡嗛矣;由法謂之道,盡數矣;由勢謂之道,盡便矣;由辭謂之道,盡論矣;由天謂之道,盡因矣。此數具者,皆道之一隅也。夫道者,體常而盡變,一隅不足以舉之。(《解蔽》)

從這些討論來看,荀子對各家的理解極爲深刻。在激烈的批評背後,其實是對諸家學術的委婉承認。問題是怎樣才能去除遮蔽呢?聖人明曉這個道理,當然可以做到,他説:

> 聖人知心術之患,見蔽塞之禍,故無欲無惡,無始無終,無近無遠,無博無淺,無古無今,兼陳萬物而中縣衡焉。是故衆異不得相蔽以亂其倫也。

所謂"無欲無惡",類似《大學》所謂"正心",没有任何好惡傾向性,也不被本末始終、時間長短、距離遠近,甚至知識的多寡所左右。[1]换言之,聖人體道之法完全是一種"放空"狀態,萬物現前(兼陳)而中間懸著一桿秤(衡),此即後人所謂"鑑空衡平"。而這一"衡"在《解蔽》中被明確表達爲"道"。這其實是《大學》"絜矩之道"或禮攝三才的另外一種表達形式,衹不過《大學》是用以表達人我之間的政治關係,禮攝三才是從客觀角度理解宇宙的基本構造,而荀子把這一過程翻轉,變成宇宙向"心"的顯現。(見下圖)[2]

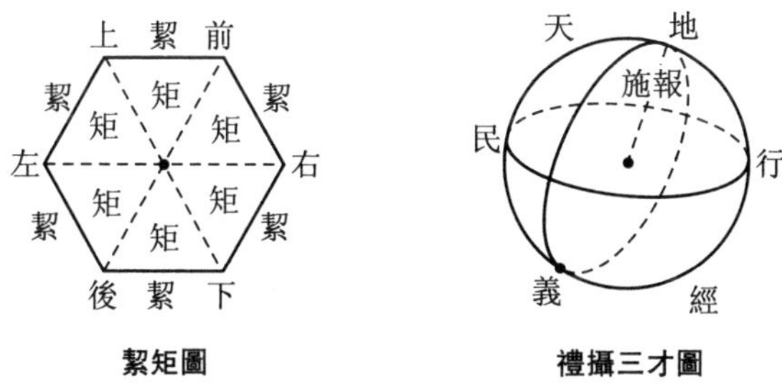

絜矩圖　　禮攝三才圖

因此,理論上解蔽的前提衹能是"心不可以不知道"。假如"心不知道,則不可道而可非道"。這裡似乎存在一個理解事物的循環,即假如要解蔽,衹能是知"道",而知"道"則必須解蔽。衹不過後一解蔽之法乃是一種心性工夫,此即上文所謂"無欲無惡,無始無終,無近無遠,無博無淺,無古無今",與面對事物時的解蔽並非同一層次。所以荀子在《解蔽篇》裏對認知的探討,就並不像近代許多學者一樣,理解爲純粹的知性活動,而是對道的體察,這種體察分兩個層次,一種是體道,一種則是知道:

> 人何以知道?曰:心。心何以知?曰:虚壹而静。心未嘗不臧也,然而有所謂虚;心未嘗不满也,然而有所謂一;心未嘗不動也,

〔1〕據《修身篇》,博淺當指多聞、寡聞。

〔2〕《絜矩圖》、《禮攝三才圖》及其義旨參前揭《說"絜矩之道"》。

然而有所謂靜。人生而有知,知而有志,志也者,臧也;然而有所謂虛,不以所已臧害所將受,謂之虛。心生而有知,知而有異,異也者,同時兼知之;同時兼知之,兩也;然而有所謂一,不以夫一害此一謂之壹。心,卧則夢,偷則自行,使之則謀。故心未嘗不動也,然而有所謂靜,不以夢劇亂知謂之靜。未得道而求道者,謂之虛壹而靜:作之,則將須道者之虛,【虛】則入;將事道者之壹,【壹】則盡;(盡)將思道者【之】靜,【靜】則察。知道察,知道行,體道者也,(虛壹而靜,)謂之大清明。萬物莫形而不見,莫見而不論,莫論而失位。坐于室而見四海,處於今而論久遠,疏觀萬物而知其情,參稽治亂而通其度,經緯天地而材官萬物,制割大理而宇宙(裡)【理】矣。恢恢廣廣,孰知其極!睪睪廣廣,孰知其德!涫涫紛紛,孰知其形!明參日月,大滿八極,夫是之謂大人。夫惡有蔽矣哉!

所謂"心何以知",不是指純粹的認知,而是指知"道"。許多近代學者把"虛壹而靜"直接理解爲觀察理性或知性,實際上便把這一問題簡單化了。如何可以知"道"?不是因爲心自然能做到虛壹而靜,而是心可以虛壹而靜。臧即藏,楊倞注爲"心未嘗不苞藏",即下文所謂"志",泛指各種有所指向的意識(心之所發),其實也就略當今天所謂"成見"或預設。但心還是可以放下這些預設,以不影響對外物的理解,這就是虛。海德格爾所謂"前理解"在義理上固然難以消除,這涉及人類自身的生存狀態,但並不意味著具體的前見不可以在某種境界下消除。譬如一個科學家同時也可以放下科學的懷疑精神,完全成爲一個上帝的信仰者,同樣一名儒者也不妨撇開自身立場如其所是地理解墨家。倘若在所有情境下都舞動成見的利器,其實就是一種詭辯。這裡的虛,從經學而言便是《周易·咸卦》所謂"澤山,咸。君子以虛受人"。[1]

---

〔1〕《荀子·大略篇》乃平日講學記録,便明確提及:"《易》之咸,見夫婦。夫婦之道,不可不正也,君臣父子之本也。咸,感也,以高下下,以男下女,柔上而剛下。"所引大體皆出《易傳》。

滿,一般以爲是"兩"字的訛文,兩並非衹是指兩種意識或兩種問題,其實就意味著意識的歧出(下文"異"),這種歧出不必是指自然物的分類,但自然物的分類其實也可以包括其中。對於荀子來說,其實是指不同學術的分類,譬如下文所提到的農、賈、工各業,也可以指各守一隅的諸子百家。心對這些不同的門類其實是可以"兼知"的,但欲對某一門類真正有所"精",則必須心思專一。〔1〕這其實也就是孟子所說的"專心致志"或秦人所說"摶心揖志"(《史記·秦始皇本紀》)。這裡的志固然可以統攝知性思維,譬如孟子所提到的博弈,當然也可以包括德性思維。在這個意義上荀子的心性論尚不能以純粹知性視之。專心的過程就是認知某一學術的過程,譬如欲學農業就專心於農業;欲習商業就專心於商業,研究某一學術時不致受到影響,"不以夫一(農)害此一(賈)"。這一過程就是"壹"。研究具體問題亦然。此時不必以辭害意,說學農科的人也可以輔修商科。這是從心性角度討論認識事物的機理。

關於靜,以往解釋頗有不夠,虛、靜在境界上的差別也一直沒有得到仔細剖析。如上所述,虛是指認識事物之前內心成見的放空,所以可以"將受"外物;然後則是通過壹(專一)的方法觀察萬物之理;至於靜,則是把"壹"的各種意識指向收回,達到一種湛然澄然之境,於是事物顯現其門類的邊界和條理。關於這一問題,荀子有兩段論述,其中一個便是上文所言:"心,卧則夢,偷則自行,使之則謀。故心未嘗不動也,然而有所謂靜,不以夢劇亂知謂之靜。"楊倞注:"夢,想象也。劇,囂煩也。言處心有常,不蔽於想象、囂煩,而介於胸中以亂其知,斯爲靜也。"尚大體不謬,但緊接著說,"此皆不蔽於一端,虛受之義也",以虛釋靜,未免畫蛇添足了。荀子首先對意識作了劃分,所謂夢未必衹是指睡眠中的夢境("卧則夢"),而是以夢境代指各種散亂意識,或佛家所說"獨頭意識",所以楊倞把第二個"夢"字理解爲"想象",其實是對的。當然"獨頭

〔1〕這一點自清代王引之等以來大體皆作此解。王先謙《荀子集解》已引及。

意識"除夢境、散亂意識之外,還包括定中意識,即入定修行時所見,這是各種宗教所獨有的,譬如儒家的"心齋"、基督教的聖靈充滿大體都可以相當於這個境界。除了這兩種意識之外,還有一種是在意志支配下所驅使的意識,這就是"謀",《周易》所謂"坎險",〔1〕也就是知性的思維計度之心。這些都是心之"未嘗不動"。問題是,何謂"不以夢劇亂知"?假如祇是要避免思慮紛雜對知性之"謀"或佛家所謂"了别意識"的影響,那其實就是上文所謂"壹",荀子特别提出静字其實就未免多餘。事實上,所謂"夢劇亂知"大體相當於《周易》咸卦九四的境界,即"憧憧往來,朋從爾思",也就是思慮紛紜的狀態。〔2〕這種思慮紛紜的狀態,不止獨頭意識,即便是各種言之成理的具體思維也可以包括其中。所以荀子特别提出一個譬喻以解釋這一境界,不用説,這也就是荀子所謂"譬稱"或孟子的"類":

> 故人心譬如槃水,正錯而勿動,則湛濁在下,而清明在上,則足以見鬚眉而察理矣。微風過之,湛濁動乎下,清明亂於上,則不可以得大形之正也。心亦如是矣。

槃,盤。正錯就是正措,猶言端放。大形是指人的全體之形。〔3〕此言盤水端置,沈濁在下,清明在上,可以使毫髮紋理皆纖悉畢現;但假如微風吹過,水不復清澈,就連全身輪廓其實也看不清了。所以"虚壹而静"便是一種求道時的"清明"之境,如同佛家所謂"大圓寶鏡","物來而纖悉畢照",就荀子本文而言,其實便是不同的"壹"或者學術之理,都能顯現於心中,這就是"察"。"察"所對應的是一個總體的知識體系,也就是荀子所説的道。祇不過這一"察"與《非相篇》"小辯而察,見端而明,本分而理"之"察"層次不同,反而是"本分而理"的境界,百家一隅之學

〔1〕參拙作《周易義疏》坎卦義解。

〔2〕參拙作《周易義疏》咸卦的相關詮解。

〔3〕王先謙注:"'大'字無義。上言槃水見鬚眉膚理,非能見身之全形也。'大形'疑當爲'本形',《富國篇》'天下之本利也','本'當爲'大',明二字互誤。"引文見前揭《荀子集解》,第401頁。按:王説無理。大形就是指人的全身輪廓。詳下正文。

各得其分,成爲統體之“理”的有機組成部分。“察”因此衹是普通的語言,而非特定境界,在此不必以辭害義。由此我們可以理解後面這段非常聚訟的表述:“則將須道者之虚,【虚】則入;將事道者之壹,【壹】則盡;(盡)將思道者【之】静,【静】則察。”原文斷句頗有爭議,楊倞甚至疑有脱誤,方括號中字乃是據清儒王引之所加,[1]文意始與上文密合無間。實則按照古人語氣,“虚”、“壹”、“静”三字不加亦可。然此乃小節,暫不具論。王引之解之如下:

將,語詞也。道者,即上所謂“道人”也。言心有動作,則將須道者之虚,虚則能入;將事道者之壹(事,如“請事斯語”之事),壹則能盡;將思道者之静,静則能察也。虚則入者,入,納也,猶言“虚則能受”也。故上文云“不以已所已臧害所將受謂之虚”也。壹則盡者,言壹心於道,則道無不盡也。静則察者,言静則事無不察也。今本“入”誤作“人”,其餘又有脱文衍文耳。

王説甚精,但似仍然有誤。這主要就是因爲王氏把“壹則盡”理解爲壹心於道,殊不知荀子已經明言“不以夫一害此一謂之壹”。所以壹的結果是明各“一”之故或“理”,即明白某家的“持之有故,言之成理”。此“一”既明,則亦可以明其餘之“一”,及窮盡各家之“故”。這就是上文所謂“盡故”,也就是本段所言“壹則盡”。由於對“壹則盡”的理解有偏,所以王氏把“静則察”理解爲“事無不察”,這也是錯的。荀子在本節討論的便是如何知“道”,並不是爲了察“事”,所以下文纔説“知道察”。事實上,察“事”本來便是“一”的過程中的專家之學,亦即下文所謂“物物”,並不是求道者關注的重點。所以下文荀子説:

農精於田而不可以爲田師,賈精於市而不可以爲市師,工精於器而不可以爲器師。有人也,不能此三枝而可使治三官,曰:精於道者也,【非】精於物者也。精於物者以物物,精於道者兼物物。

---

〔1〕王先謙《荀子集解》,第396—397頁。

"非"字原文無,據俞樾説所加。專家之學所精在物(事),爲官者雖不"精於物",但卻可以"精於道",所以能"物物",也就是使不同的事物皆能各得其所。此猶劉邦與韓信,韓信自言能將兵,而劉邦自言將將。

不過,有一個問題似少見學者注意,上文出現兩個"虚壹而靜",後者實際上應該是衍文。前文明言"未得道而求道者,謂之虚壹而靜",所以"虚壹而靜"衹是"知道"的境界,而非"體道"的境界。衹有"知道察",且能"知道行",這纔是真正的"體道者也",也就是"大清明"。而在同篇文字中,用盤水的清明比喻"虚壹而靜",所以"體道"的境界纔是"大清明"。據盧文弨説,"元刻本無'大'字",或許元代已有學者意識到這一問題。但由於上文"大清明"之後都是敘述大人無蔽的境界,中間忽然穿插"虚壹而靜,謂之清明"殊無必要。所以衹能認爲後一"虚壹而靜"是衍文。

有了這種"大清明"之境,當以此觀物之時,纔可以"萬物莫形而不見,莫見而不論,莫論而失位",三句分别對應的是虚、壹、靜,這是"知道察"的境界。"莫形而不見"是"虚而能入","莫見而不論"是盡知其故,"莫論而失位",是各明其分位與邊界,這就是上文命、期、説之後的環節"辨"。"位"本是禮學和政治概念,表明荀子所謂"道"在架構上其實就是禮。下文"坐于室而見四海,處於今而論久遠,疏觀萬物而知其情",則是完全無蔽的狀態,"参稽治亂而通其度,經緯天地而材官萬物,制割大理而宇宙裡(理)矣",則是所謂"知道行",其實也就是《中庸》"参天地之化育"。對"知道行"的境界,荀子因此也稱之爲"故君子壹於道而以贊稽物。壹於道則正,以贊稽物則察,以正志行察論,則萬物官矣。昔者舜之治天下也,不以事詔而萬物成"。贊,助;稽,考。所謂"壹於道"故能"知道察",是所謂"正志";明瞭事物的邊界("位"),以助"精於物"者之考求事物("贊稽物"),萬物纔能各得其分位("官")。需要指出的是,這裡的"察"是指"察論",而非察事,上文王引之可能便是因此致誤。在這個架構中,"壹於道而贊稽物"的是大人,"稽物"的是小人,這與孔子所言"我不如老農"、"我不如老圃",含義是相通的。當然,我曾多次指出,儒家這裡所謂小人是指普通人,後世因爲許多人動以君子自居,所以斥小人爲不足道,這是完全錯誤的。所以接下來荀子説"昔者舜之治天下也,不以事詔而萬物成",其實是怡然理順的。這裡並不是在討論"無爲而治"的政治學問題,仍然是在描摹去蔽之後在大人境界上"道察"及"道行"的問題。[1]

同樣,也正是因此,對於那些以道爲蘄向的君子而言,荀子並不主張對所有學術都内在地理解,成爲某個領域的專家。而是强調應該"學止":

凡以知,人之性也;可以知,物之理也。以可以知人之性,求可以知物之理,而無所疑止之,則没世窮年不能徧也。其所以貫理焉雖億萬,已不足以浹萬物之變,與愚者若一。學,老身長子,而與愚者若一,猶不知錯,夫是之謂妄人。故學也者,固學止之也。惡乎止之?曰:止諸至足。曷謂至足?曰:聖也。聖也者,盡倫者也;王也者,盡制者也;兩盡者,足以爲天下極矣。故學者以聖王爲師,案以聖王之制爲法,法其法以求其統類,以務象效其人。向是而務,士也;類是而幾,君子也;知之,聖人也。

所謂學止,其實也就是知道事物的邊界,否則便如莊生所言,"吾生也有涯,而知也無涯,以有涯隨無涯,殆矣"(《養生主》)。二者的理由固然不必相同,但在根本上又確有相通之處,因爲衹要强調大道可以親證,在某種意義上就不可能通過逐物而得。但荀子不是如莊子、孟子那樣返本内求,而是試圖從學理上打通事物的邊界,這種打通的過程其實也就是在遵守宇宙統體的大框架之下,能夠辨章學術,在這個意義上,

[1] 按:舜的這一境界應該與上文"知道行"的境界放在一起來理解。楊倞注把關於舜的這句話與下文論人心之危、道心之微的討論聯繫起來,其實是錯誤的,也誤導了後世許多學者。譬如樓宇烈《荀子新注》便依此分段。廖名春《"人心之危,道心之微"本義考——兼論〈大禹謨〉"虞廷十六字"的真僞》一文也因此認爲,荀子"人心之危,道心之微"的"主旨是强調君主'無爲而治'","屬於典型的儒家的'無爲而治'論"。文見《社會科學》2019年第1期。

荀子的工作和《莊子・天下》、《七略》(《漢書・藝文志》)在實質上是相同的。荀子把這一工作理解爲聖人的“盡倫”,倫也就是類,或者事物的内在之“理”。而在政治上的理想則是真正意義上的“王”,“王也者,盡制者也”,這一王並非世俗意義上的王。

但也正是因此,荀子心目中的聖王不僅喪失了傳統儒學聖王那種神聖性,聖人其實可以通過學術的累積而成,所以荀子强調“化性起僞”,而之所以能夠“化性起僞”靠的便是“積”。這樣,所謂“易終未濟”、“聖人法天”,孔孟所堅持的聖人不可即身而成便顯然被超越,一個百科全書式的學者或一個自信可以統貫政治不同領域的人物,便可以心安理得地以聖、王自居。荀子的弟子甚至認爲他本人已經超越了孔子。[1]以聖自居在秦始皇那裡達到極致,自以爲德兼三皇,功蓋五帝,因此以皇帝自稱。這樣一種觀念固然在當時百家諸子中都可以看到,但儒家顯然並未在這一點上捍衛住自身傳統。荀子本人尚不致俯首於政治,但其著名弟子李斯、韓非紛紛成爲法家代表人物,不能説與荀子這一思想没有關聯。荀子因此引用孔子殺少正卯的傳説來證明聖王對辯者的禁止,[2]主張“明君臨之以勢,道之以道,申之以命,章之以論,禁之以刑”(《正名》),儘管還不能因此就簡單把荀子理解爲一個專制主義者,但其學術態度顯然與其聖王觀有直接關聯。在這個意義上,對聖人的理解在儒家政治學中具有關鍵意義。孔孟二師的政治儒學無疑在源頭上便體現著自由精神,荀子則背離了這一精神傳統。

從“虚壹而静”到“大清明”,荀子把求道、知道、體道分成三個層次,“知道”與“體道”無疑還有一間之隔。這種境界上的差異,宋儒分别稱之爲“造道之言”和“有德之言”,在《中庸》及孟子那裡其實也就是“誠”、

---

〔1〕 參《荀子・堯問篇》。

〔2〕 孔子誅少正卯一事,《尹文子》等書也曾提及,後世學者對此事真僞頗多爭議,兹不詳及。

“明”之異。荀子對大人境界的禮贊其實也與《中庸》對聖人的描述頗爲相類。衹不過《中庸》及孟子都主張“誠則明矣,明則誠矣”,誠、明之間可以自然轉换,這一轉换之關竅一是本心的坎陷,一是明體的“反身而誠”。而在荀子的心性結構中,所謂誠衹是表現在“精”與“壹”的環節,所謂“倕作弓,浮游作矢,而羿精於射;奚仲作車,乘杜作乘馬,而造父精于禦。自古及今,未嘗有兩而能精者也”。所以下文他批評“孟子惡敗而出妻,可謂能自强矣,有子惡卧而焠掌,可謂能自忍矣,未及好也”,主張“聖人縱其欲,兼其情,而制焉者理矣,夫何强,何忍,何危? 故仁者之行道也,無爲也;聖人之行道也,無强也。仁者之思也恭;聖人之思也樂:此治心之道也”。荀子對有子、孟子乃至同段中曾子、子思的批評是否正確,其實是别一問題,[1]但在這裡他顯然意識到自己學説與德行科儒者的關鍵差異。思孟是在一體性的本心立場上討論誠、明,而荀子衹能理解爲“治心之術”,這表明荀子所認可的道與思孟之間尚有一道不可逾越的鴻溝。因爲荀子衹能從意志角度理解本心:

> 心者,形之君也,而神明之主也;出令而無所受令,自禁也,自使也,自奪也,自取也,自行也,自止也。故口可劫而使墨云,形可劫而使詘申,心不可劫而使易意,是之則受,非之則辭。故曰:心容其擇也,無禁心自見,其物也雜博,其情之至也不貳。

這裡已經觸及本心的層次,但荀子顯然衹是視之爲心的固有能力。在《解蔽篇》中荀子仍然希望進一步予以探討,這就是人心、道心之論:

> 處一(危)之【危】,其榮滿側;養一之微,榮矣而未知。故《道經》曰:“人心之危,道心之微。”危微之幾,惟明君子而後能知之。故人心譬如槃水,正錯而勿動,則湛濁在下,而清明在上,則足以見鬚眉而察理矣。微風過之,湛濁動乎下,清明亂於上,則不可以得

---

〔1〕《解蔽篇》所提到的“空石之中有人,其名曰觙”,郭沫若認爲便是子思(孔伋),甚是。關於思孟這一段的討論,參前揭拙作《思孟五行説新論》。

> 大形之正也。心亦如是矣。故導之以理,養之以清,物莫之傾,則足以定是非決嫌疑矣。小物引之則其正外易,其心内傾,則不足以決庶理矣。故好書者衆矣,而倉頡獨傳者,壹也……自古及今,未嘗有兩而能精者也。曾子曰:"是其庭可以搏鼠,惡能與我歌矣!"空石之中有人焉,其名曰觙。其爲人也,善射以好思。耳目之欲接則敗其思,蚊虻之聲聞則挫其精。是以辟耳目之欲,而遠蟻虻之聲,閒居静思則通。思仁若是,可謂微乎?孟子惡敗而出妻,可謂能自强矣;有子惡卧而焠掌,可謂能自忍矣,未及好也。辟耳目之欲,可謂能自强矣,未及思也;蚊虻之聲聞則挫其精,可謂危矣,未可謂微也。夫微者至人也。至人也,何强,何忍,何危?故濁明外景,清明内景。聖人縱其欲,兼其情,而制焉者理矣,夫何强,何忍,何危?故仁者之行道也,無爲也;聖人之行道也,無强也。仁者之思也恭,聖人之思也樂,此治心之道也。

關於危、微的討論歷來聚訟不已,特别是這段話又與僞《古文尚書·大禹謨》所謂"人心惟危,道心惟微,惟精惟一,允執厥中"大體呼應,所以歷來受到學者重視。許多學者由於受宋儒影響,常常用《中庸》"戒慎恐懼"之義加以解釋。多數學者訓危爲"危懼",訓微爲"微妙"。由危到微,代表著由人心到道心的工夫論。近年有學者另發新義,認爲危當訓爲正直、端正,微當訓爲無,並根據文中所言至人及聖人"何强,何忍,何危"、"無爲"之義,認爲與儒家"無爲而治"思想相通,所以把這兩句解釋爲"'人心之危'强調的是一般人需要約束,需要紀律,需要强制;'道心之微'强調的是得道的'至人'不需要約束,不需要紀律,不需要强制"。危和微都是指心而言。〔1〕應該説,相對於傳統注釋的單言隻句而言,這一説法非常有説服力。不過,從上文關於人心道心的探討來看,似乎還可以有不同解釋。

---

〔1〕 以上大體可參前揭廖名春《"人心之危,道心之微"本義考》一文。

由於本篇主旨是討論知識論，所以人心與道心的探討也以這一問題爲歸宿。上文曾引“人心譬如盤水”一段解釋“虚壹而靜”之靜，這仍然是求道的境界。求道的環節有三，一是虚，也就是放空自己，其中便包括“無欲無惡”。所以下文説孟子自强、有子自忍，其實都屬於“無欲”。子思的“辟耳目之欲”，也是屬於“無欲”。曾子自言庭中雖然捕鼠，紛亂一團，但也不會影響自己唱歌，其實便是“無惡”。所以都是虚的境界。但虚還衹是第一步，子思則還能“好、思”，“好”是指運用心官，專力於對象；“思”則是上文所謂“將思道者”之“思道”。文中所謂“能自强矣……能自忍矣；未及好也。……自强矣，未及思也”，應該是互文的寫法，也就是説自强、自忍的境界既没有達到“好”，也没有達到“思”。“好”實質上也就是“壹”，假如真正做到“壹”，則是能夠“精”於某種事業。由“蚊虻之聲聞則挫其精”，説明子思已經可以做到排除外物的干擾(即下文“小物”)，而避免“挫其精”，這無疑已經是“壹”而能“精”的境界。至於“靜思則通”，則顯然已經達到上文所謂“靜”及“思道”的境界，所以能通。這個“虚壹而靜”的境界被荀子認定爲“危”，但還没有達到“微”。所以子思的境界其實也就是“人心之危”的境界。這也就是“導之以理，養之以清，物莫之傾，則足以定是非決嫌疑矣”。但倘若“小物引之則其正外易，其心内傾，則不足以決庶理矣”。由此可見，儘管在《非十二子》中，荀子對思孟五行説予以嚴厲批評，但至少對子思本人，其實是予以很高的評價。

上文“其正外易”，所謂“正”不是指端正的正，而應該訓爲《中庸》“失諸正鵠”之“正”，引申爲目標。鄭玄注：“畫布曰正，棲皮曰鵠。”或者如《周禮・天官・司裘》“設其鵠”，鄭玄引鄭司農注：“方十尺曰侯，四尺曰鵠，二尺曰正。”所以一旦受小物的影響，内心無法專力於目標，也就是“壹”，那麽便會失去對象，這就是“其正外易，其心内傾”。由於專一於對象的時候其實是極易失敗的，所以叫作“危”；但這裡的“人心之危”，則是人爲了守住目標，那種戒慎恐懼之狀。曾子引《詩》“戰戰兢兢,如臨深淵,如履薄冰"(《論語·泰伯》),老子所謂"豫焉若冬涉川,猶兮若畏四鄰",《中庸》所謂"戒慎乎其所不覩,恐懼乎其所不聞"。由此可見,"人心之危"的"危"還是應該理解爲人在集中精神面對事物時那種審慎的心態。孟子所謂"孤臣孽子,其操心也危,其慮患也深"(《盡心上》),已經有這個意思。至於"道心之微"則自然可解,也就是在體道那種"大清明"之境中,物來順應、怡然理順的境界,這種境界中,心的狀態不必再分虚、壹、静等層次,本來便是若有若無之間。如孔子所謂"從心所欲不逾矩",與"無欲"相比,反而是在有無之間,所以叫作"微"。老子所謂"摶之不得,名曰微"。微固然可以訓無,但在這裡並非純粹的無,反而還是訓爲某種微妙之境爲好。傳統的解釋雖然有點兒望文生義,但卻可以説誤打誤中。

總的來説,荀子從知性立場層層上進,卻並没有真正親證萬物一體之境,甚至也没有達到對一體之理的進一步反思。荀子的心性結構因此依然處於德性與知性的中間狀態,既不是德性思維,卻也不是純粹的知性思維,[1]假如"强名之",不妨以"智性"稱之。荀子的心性結構其實與已經有任智傾向的黄老學派頗有相應之處,衹不過立場不同而已。這個問題暫時不作討論。

六、荀子的"正名"之學

荀子的名辯思想無疑建立在其知識論基礎之上。其知識體系本來便是一個以道統物的架構,這個架構與禮樂的"統同别異"以及政治的"設官分職"其實是同構的。荀子許多時候把這一結構稱爲"統類",以

〔1〕侯外廬等已經因爲荀子對意志的探討指出其知性思維的不純粹之處,並稱之爲"唯心主義成分",前揭《中國思想通史》第一册,第541頁。唐端正也認爲荀子思維中具有德性思維,見氏著《荀學探微》(北京:中國人民大學出版社,2019年),本文與之可謂不謀而合。當然,各家有關德性思維的理解並不相同,故所指並不完全一致。

道統物,是爲“統”;物各從其類,是爲“類”。[1]因此從心性論角度,荀子建立了一個“虚壹而靜”的認識及理解層次。“壹”的層次是爲了“精於物”,“靜”的層次則是爲了“精於道”。前者隱含了對觀察理性的肯定,後者又隱含著德性思維。假如把宇宙自然視爲“體”,那麽知識體系則是“用”,心性論則是“性”,而名相系統則是“相”。體用不二,性相一如,對知識體系及心性論的理解必然要反映在名相系統中來。不同知識體系間的異同或爭議也就在名相上表現出來,這就是“辯”;而對這一問題的反思,便是所謂“名辯之學”。

正名是儒學的基本傳統,荀子仍然在總體上接受了孔門六藝統攝諸子這一基本架構,儘管在心性方面與德性傳統不無微異,但反映在名相的劃分上,卻並没有突破儒學的傳統。衹是在對如何“正”名的探討中,表現出知性思維的特殊傾向。當然,荀子之所以被稱作儒家名辯之學的集大成者,是因爲在孔孟那裡,這些名相觀念衹是隱含的,直到荀子纔給出了明確的理論系統。以往對這一系統的探討非常之多,但由於關於荀子知識論、心性論的理解並不相同,因此並非本文直接的淵源所自,所以在這裡儘量不去討論辨析,以避枝蔓。

《正名篇》大體可以劃分爲四個部分。首先是從儒學角度對名、辭等基本概念以及“制名”的原理加以反思;其次則是根據儒家的名理結構對不同學説予以衡判;再次則是討論如何開展論辯;最後則探討如何遵守正確的論辯結果。由明理、辨異,到説理、實踐,“正名”因此表現爲一個動態過程,思理極爲嚴密。

荀子的理想是“法後王”,也就是他所自言的“周道”,當然也包括他所認同並加以闡釋的孔子之學。所以文章劈頭便提出“後王之成名”,

〔1〕 荀子多次提及“統類”,除《儒效》及上引《解蔽篇》外,《非十二子》的兩處也很重要。一是批評思孟“略法先王而不知統……僻違而非類”,一是説仲尼、子弓能夠“總方略,齊言行,壹統類”。統類概念此前訓詁多泛泛而言“綱紀”、“比類”,雖不誤,亦不中。衹有在本文所述道物兩分的框架下纔真正可以理解。

實際上是從名的角度重述上面那個以禮樂政教爲中心的知識體系:

> 後王之成名:刑名從商,爵名從周,文名從禮。散名之加於萬物者,則從諸夏之成俗曲期;遠方異俗之鄉,則因之而爲通。散名之在人者,生之所以然者謂之性。性之和所生,精合感應,不事而自然謂之性。性之好、惡、喜、怒、樂謂之情。情然而心爲之擇謂之慮。心慮而能爲之動謂之僞。慮積焉能習焉而後成謂之僞。正利而爲謂之事。正義而爲謂之行。所以知之在人者謂之知。知有所合謂之智。智所以能之在人者謂之能。能有所合謂之能。性傷謂之病。節遇謂之命。是散名之在人者也,是後王之成名也。故王者之制名,名定而實辨,道行而志通,而慎率民則一焉。故析辭擅作名以亂正名,使民疑惑,人多辨訟,則謂之大奸;其罪猶爲符節、度量之罪也。故其民莫敢託爲奇辭以亂正名……故壹于道法而謹於循令矣。

與墨子那種較爲純粹的知性思維不同,荀子並沒有從對自然物的定義開始,層層向上逐漸探討名的起源,而是從完備的知識系統出發,在一個社會系統内部,給出了名的基本架構。這個架構便是來源於商代的法律系統,源出周代的官爵系統、禮制系統,以及關於物的"散名"系統。"爵名"、"文名"相當於上文"精於道","刑名"、"散名"系統則是"精於物"。荀子之後對"散名"加以舉例,表明知性思維早已内嵌於荀子的名學構造之内。"散名"來源於民衆間的相互約定,用以表述彼此相通的心意(志),而心意的對象或所指便是"實",在原有這個系統内部,名、志、實是相互對應的,而社會也在一個整體架構(道)之下運行,這就是"名定而實辨,道行而志通"。而在具體政治上,則表現爲下文所謂"(民)壹於道法而謹於循令",道與"法令"便分屬於道物兩個層次。當然假如細分,道(爵名、文名)、法(刑名)、令(散名)分别與君、臣、民三個層次相應。孟子此前對政治的層次予以細分,把君臣關係對應於"上無道揆"、"下無法守",其實仍然是相同的架構。所謂"法家",便是指這個“法”。子産、鄧析時代,[1]刑名的觀念與禮制首先發生衝突,所以叫“析辭擅作名”,而亂了原有道物相分的“正名”。老子所謂“法令滋彰,盜賊多有”,其實便是針對這一社會變動而言。

不過,當“奇辭”出現、名實淆亂已經成爲必然,新的聖王必須明瞭名的形成原理與“制名”的樞要,這主要表現在三個方面:“然而所爲有名,與所緣以同異,與制名之樞要,不可不察也。”首先是名的産生,這就是“所爲有名”:

> 異形離心交喻,異物名實玄紐,貴賤不明,同異不別。如是,則志必有不喻之患,而事必有困廢之禍。故知者爲之分別,制名以指實,上以明貴賤,下以辨同異,貴賤明,同異別。如是,則志無不喻之患,事無困廢之禍,此所爲有名也。

關於“異形離心交喻,異物名實玄紐”,訓詁上尚有爭議,[2]但大義其實不難理解。喻就是明,也就是所指或所“意味”,人我之間所見事物之形式在内心中的呈現(象)相互交錯,不同事物的名(能指)與實(所指)之間也有莫可名狀的紐結(玄紐),所以心意(志)不能相通(喻),事則困廢,也就是孔子所謂“事不成”。“異形”、“異物”之所以分言,是因爲二者隱含著重名與重實之别。在知性領域,便是墨辯與名家的分野。“墨離爲三”,早期墨者重實,後期墨家重名,所以纔有所謂專門的“名家”。至於“名家”内部的分化,暫不詳及。後文荀子其實對此予以討論,但顯然贊同墨子的立場。針對上述問題,“知者爲之分别,制名以指實”的結果,便是“上以明貴賤,下以辨同異”,可見荀子的名理架構其實還是與上述道物兩分的架構相應的,“明貴賤”就是禮制及官爵之制,也就是“文名”和“爵名”;“辨同異”則是指具體事物的判分,這包括“刑名”

〔1〕楊倞注便引《新序》子産殺鄧析一事爲言,這是對的,但子産其實也是這一潮流的一部分,故後來殺鄧析而用其書。伍非百把這批人物稱之爲“名法家”。二人事實上都是法家的先驅,視之爲名家則大可不必。

〔2〕譬如伍非百斷句爲“異形離心,交喻異物,名實玄紐”。參氏著《荀子正名解》,前揭《中國古名家言》之六,第751頁。但其實並不影響大義。

與“散名”。[1]辨明“所以爲有名”的關鍵便是考察名的不同層次,不可混淆,這是荀子正名論的基礎。“刑名”與“散名”的原則其實是相通的,所以關於同異的討論,主要便以“散名”爲主:

> 然則何緣而以同異?曰:緣天官。凡同類同情者,其天官之意物也同;故比方之疑似而通。是所以共其約名以相期也。形體、色、理,以目異;聲音清濁,調竽奇聲,以耳異;甘、苦、鹹、淡、辛、酸、奇味,以口異;香、臭、芬、鬱、腥、臊、灑、酸、奇臭,以鼻異;疾、養、滄、熱、滑、鈹、輕、重,以形體異;説、故、喜、怒、哀、樂、愛、惡、欲,以心異。心有徵知。徵知則緣耳而知聲可也,緣目而知形可也,然而徵知必將待天官之當簿其類然後可也。五官簿之而不知,心徵之而無説,則人莫不然謂之不知,此所緣而以同異也。

這一段文字經過二十世紀學者的討論,已經完全解決了。這完全是知性理解事物的視角,孟子其實也不反對。眼耳鼻舌身意,佛家所謂六根,也就是此文所謂“天官”。緣就是“夤緣”之緣,“緣天官”就是通過心及感官。前五種感官獲得的感覺作用,大體可以分感知、分類、簿記三個環節,再通過心的“徵知”即主動的思維,而成爲各隨其情(實)、各從其類的名相。徵,召。由於這是人類天官所共同具有的能力,“凡同類同情者,其天官之意物也同;故比方之疑似而通。是所以共其約名以相期也”。這是分別事物同異的關鍵。

由此層層上推,可以爲事物分出共名、别名、大共名、大别名,與邏輯學的種屬關係可以相應,這些都很容易理解。同時提出名的約定性,但在約定中要符合“經濟原則”,即“徑易而不拂”,簡單明晰、不違背人

〔1〕伍非百先生把明貴賤、别同異視爲“古代名家之兩大宗。明貴賤,所以定治亂也,後世名法家守之,蓋出於春秋時之名家;别同異,所以明是非也,後世名辯家守之,蓋出於戰國時之名家。荀卿通言二者,乃襲名家常語。”氏著《荀子正名解》,前揭《中國古名家言》之六,第751頁。這一判分可謂卓識,但由於伍氏尚未把《正名》與荀子道物二分的知識系統結合起來加以考慮,所以祇是認爲在因襲名家常語,這是不確的。

的基本感受。但名實問題的關鍵是“稽實定數”,所以要知道事物分類的原則當以實不以名。在這個地方荀子的思想與墨子相同,也與名家之學形成對話:

然後隨而命之:同則同之,異則異之,單足以喻則單;單不足以喻則兼;單與兼無所相避則共,雖共,不爲害矣。知異實者之異名也,故使異實者莫不異名也,不可亂也。猶使異實者莫不同名也。故萬物雖衆,有時而欲徧舉之,故謂之物。物也者,大共名也。推而共之,共則有共,至於無共然後止。有時而欲徧舉之,故謂之鳥獸。鳥獸也者,大别名也。推而别之,别則有别,至於無别然後止。名無固宜,約之以命,約定俗成謂之宜,異於約則謂之不宜。名無固實,約之以命實,約定俗成謂之實名。名有固善,徑易而不拂,謂之善名。物有同狀而異所者,有異狀而同所者,可别也。狀同而爲異所者,雖可合,謂之二實。狀變而實無别而爲異者,謂之化;有化而無别,謂之一實。此事之所以稽實定數也,此制名之樞要也。後王之成名,不可不察也。

荀子因此特别指出“物有同狀而異所者,有異狀而同所者”,這其實便是否定名家的重名之説,也與上文所言“異形”、“異物”相互呼應。在這個意義上,荀子、墨子與西洋自然科學或常識相通,名家則是一種對名相或邏輯問題予以反思的形而上學。[1]

有了這一基礎,荀子便可以很容易對各家所犯錯誤加以辨析:

“見侮不辱”,“聖人不愛己”,“殺盗非殺人也”,此惑於用名以亂名者也。驗之“所以爲有名”,而觀其孰行,則能禁之矣。“山淵平”,“情欲寡”,“芻豢不加甘,大鍾不加樂”,此惑於用實以亂名者也。驗之“所緣以同異”,而觀其孰調,則能禁之矣。“非而謁,楹有牛,馬非

〔1〕陳聲柏、李巍便認爲,公孫龍把“物名”與“實名”(個體物的性質)加以判分,“其價值與其説是邏輯的,不如説是形而上學的”。參氏著《從“物”、“實”之别看公孫龍名學的價值:以荀況爲參照》,《臺灣大學哲學評論》2008 年 3 月號。

馬也”,此惑於用名以亂實者也。驗之“名約”,以其所受悖其所辭,則能禁之矣。凡邪説辟言之離正道而擅作者,無不類於三惑者矣。

關於這一段,許多學者多糾纏於荀子是在批評宋鈃的“見侮不辱”之説,或者《墨子・大取》《小取》的“愛人不愛己”、“殺盜非殺人之論”,反而忘記荀子祇是引用這幾個例子證明己説而已。相關思想史討論固然不無道理,但事實上在本篇都是枝節問題。中國學術史研究中這種思想史興趣,影響了對古人學術的系統性理解,這也是許多當代中國研究思維不嚴密的表現。

本段的三個方面其實便與上文關於名的原理與制名樞要的三個方面相應。“所以爲有名”本來是通過貴賤、同異的不同層次説明名的層次並不相同,因此不可以把不同層次的名加以平列,作出判斷(辭)。[1]譬如侮是一個事實判斷,而不辱(不以爲辱)則是一種精神境界,荀子並不否認這一境界的存在(譬如無知之人、忍辱者或修道人,譬如宋鈃),但侮和不辱二者並非同一層次,所以用“所以爲有名”的尺度就可以判斷其誤。同樣,“聖人不愛己”,己是指事實意義上的“小我”,聖人不惜小我、遵從大我則是一種“道”的境界,二者也不可以混淆。殺盜和殺人雖然都是事實的層次,但人包括盜,二者仍然屬於不同層次,所以也是不可以“累實”而成辭的。這就是“以名亂名”,即不同層次的名相亂,猶如孟子與人討論“禮與食孰重”,指出必須要“齊其本”,否則不可以隨意比較。所謂“男女授受不親”、“嫂溺援之以手”,大體也與此相類。古人所謂“以理殺人”、近世所謂“上綱上線”,問題便出於此。

第二個方面容易理解。所謂“以實亂名”,用天官的“所緣以同異”便可以判斷。三説亦分别是名家、宋鈃、墨子所言。“山淵平”其實是從

〔1〕胡適在《先秦名學史》中其實已經意識到這三個方面。“如我們已經知道的,名的用處首先在於明貴賤,其次是别同異。然而荀子没有告訴我們,應如何應用這種檢驗。”《胡適文集》第六册,第133頁。這表明胡氏對第一個層次還没有正確理解。後來的許多研究者連胡適的這一見解往往也丢掉了。

萬物畢同角度而言,是一種形而上學境界,也不能説不對;但假如在日常語言下使用,便違背了感官的基本感受,所以成爲詭辯。宋鈃所謂"人之情,欲寡",是希望人能向寡欲的方向修養,但作爲事實判斷其實是不符合人的自然本性的。墨子所言"芻豢不加甘,大鍾不加樂"也是同樣道理。

第三個方面也不難索解。"馬非馬"應該便是公孫龍等的"白馬非馬"論。如果按照名家所言,白馬、馬都是指"名"而非實,那麽"白馬"自然非"馬"。但從日常語言角度,白馬、馬都是指"實"而言,依上文以同所、異所判斷"實"的方法,作爲實的白馬與馬可能是同所的,那麽説白馬不是馬顯然在邏輯上是不成立的。這就是"以實亂名"。至於"非而謁"、"楹有牛"未及詳考,以意推之,楹或指柱子、或指房屋之一間,倘柱子上畫牛,或屋中有一人名牛(如司馬牛、冉伯牛),則説"楹有牛",這其實就是偷换概念,"以實亂名"。

正名的第三步便是運用合適的名辯方式與人説理,所以荀子下文探討了辯的三種境界。聖人以道觀物,處於"大清明"之境,所以在期、命、辨、説四個層次,完全與道相合,事物各從其類,怡然理順。其中命、期、説與墨子名、辯、説三個層次相合,辨則是道的層次,所謂"心合於道,説合於心,辭合於説,正名而期,質請而喻,辨異而不過,推類而不悖,聽則合文,辨則盡故",這一點上文已經討論。這是"聖人之辨説":

> 以正道而辨奸,猶引繩以持曲直;是故邪説不能亂,百家無所竄。有兼聽之明,而無備矜之容;有兼覆之厚,而無伐德之色。説行則天下正,説不行則白道而冥窮,是聖人之辨説也。

士君子之辨説則稍下一等,正好對應上文"虚壹而靜"的境界:

> 辭讓之節得矣,長少之理順矣,忌諱不稱,祅辭不出;以仁心説,以學心聽,以公心辨;不動乎衆人之非譽,不治觀者之耳目,不賂貴者之權勢,不利傳辟者之辭;故能處道而不貳,吐而不奪,利而不流,貴公正而賤鄙爭,是士君子之辨説也。

所謂"以學心聽"便是能"虚",所謂"以仁心説"便是能"壹",所謂"以公心辨"便是"静"。仁心之所以是"壹",是因爲假如是認識事物的環節,"壹"是專注於不同事物之理(贊稽物),"壹"隨著對象而有所不同;但在與人説理的環節,則是要堅持儒者自身的"壹",這就是仁心。至於"公心"正是辨析不同門類事物的環節,對於與自己不同的事物,譬如諸子百家之"持之有故"、"言之成理",都能予以理解,這是"辨"或"知道察"的環節。如前所述,"虚壹而静"已經是德性的某種境界,所以能夠"不動"、"不冶"、"不賂"、"不利"。不冶就是不蠱惑,[1]即不譁衆取寵。

但君子的傳統猶如孔子所言"辭達而已矣",荀子也認爲名辭衹是"志義之使",不可以"苟之",否則便是詭辯派等奸人之辨説:

> 君子之言,涉然而精,俛然而類,差差然而齊。彼正其名,當其辭,以務白其志義者也。彼名辭也者,志義之使也,足以相通則舍之矣;苟之,姦也。故名足以指實,辭足以見極,則舍之矣。外是者謂之訒,是君子之所棄,而愚者拾以爲己寶。故愚者之言,芴然而粗,嘖然而不類,誻誻然而沸。彼誘其名,眩其辭,而無深於其志義者也。故窮藉而無極,甚勞而無功,貪而無名。故知者之言也,慮之易知也,行之易安也,持之易立也;成則必得其所好而不遇其所惡焉。而愚者反是。

《正名篇》最後一部分討論導欲、正心的問題,許多學者頗爲不解,以爲與"正名"的大旨無關。事實上,名辯儘管首先表現爲語言,但命(名)、期(辭)、説、辨都是心的産物,荀子末章所論因此便是正名的德性論基礎。上文所謂心能"自禁也,自使也,自奪也,自取也,自行也,自止也",本節則探討這一機制所在。其中關鍵便在於如何對待"欲"。在荀子之前,儒道兩家大體都强調心性修養,譬如宋鈃的"情欲寡"及孟子的

〔1〕"冶"當爲"冶"之誤,從王念孫説。王先謙《荀子集解》,第425頁。

“養心莫善於寡欲”,都是其中的代表性論述。而由上文可知,荀子也大體承認思孟達到了“虛壹而靜”,但除了對五行説的不同理解,二者究竟有何區别呢?荀子其實有著明確的自覺。

如前所述,在認識事物過程中首先是“虛”的環節,此時爲了消泯成見,需要“無欲無惡”。但這種“無欲”顯然不是道家與德行科儒者的“無欲”或“寡欲”,而是把欲求暫時懸置起來。“雖爲守門,欲不可去,性之具也。雖爲天子,欲不可盡。”這些在認知過程中暫時懸置的欲求,並没有真正被消除。而在真正做判斷的過程中,恰恰是被心所選擇的“欲求”在參與著決斷:

> 欲不待可得,而求者從所可。欲不待可得,所受乎天也。求者從所可,所受乎心也。所受乎天之一欲,制於所受乎心之多,固難類所受乎天也。人之所欲,生甚矣;人之所惡,死甚矣。然而人有從生成死者,非不欲生而欲死也,不可以生而可以死也。故欲過之而動不及,心止之也。心之所可中理,則欲雖多,奚傷於治!欲不及而動過之,心使之也。心之所可失理,則欲雖寡,奚止於亂!故治亂在於心之所可,亡於情之所欲。不求之其所在,而求之其所亡,雖曰我得之,失之矣。

這一段爭論頗多,可暫置勿論。大意是説:欲求本是天生,所以“不待”而“可得”,但真正決定行爲的卻是心之“所可”(選擇)。捨生取義作爲常見的現象,孟子也曾言之,目的是爲了證明“本心”的存在;荀子不主張本心,但是仍然從這一現象出發,指出心(意志)對理的抉擇作用。所以事物是否合理(治亂)不在於“情之所欲”,而在於“心之所可”。所以關鍵不在於欲求,而在於如何使心的抉擇合理。那麽如何纔能作出合理的抉擇呢?“凡人莫不從其所可而去其所不可。知道之莫之若也,而不從道者,無之有也。”既然如此,關鍵還是要知“道”。人類的心性狀態五花八門,孟子便指出民之“無恒心”,所以荀子這裡所言“凡人”衹能説是一種理性化的普通人,有點兒類似西學中的“理性人”或理想類型。

那麽,爲什麽説道是"莫之若"呢? 在荀子那裡,自然人的本性其實是爲了滿足自己的欲求,"性之好、惡、喜、怒、樂謂之情,情然而心爲之擇謂之慮"。"所欲雖不可盡,求者猶近盡;欲雖不可去,所求不得,慮者欲節求也。道者,進則近盡,退則節求,天下莫之若也。"(《正名》)雖然天子也不能完全滿足自己的欲求,但人類卻追求欲望的滿足,有時當"所求不得",爲了滿足欲求,甚至還會選擇"節求"。而道就是這個儘量滿足人性欲求最好的準衡。"道者,古今之正權也,離道而内自擇,則不知禍福之所托。"從這個角度來看,荀子的合道之心,其實也就是一個在理性意義上可以使人性滿足最大欲求的功利之心。這個心是如此理性,乃至於完全成爲外物的主宰,這就是"重己役物"。所謂"兼陳萬物而中縣(懸)衡焉"(《解蔽篇》),在萬象森然之中,成爲宇宙秩序的源泉。這是未來秦漢帝國時代理想的精神結構,但與孟子的本心相比,卻無疑少了一種正氣浩然、生機勃勃的氣象。

本文曾於2019年11月10日、23日分别在復旦大學哲學學院"孟荀倫理學暨兩岸儒學工作坊"、中央民族大學召開的"中國哲學的現代性與民族性"學術研討會(中國哲學史學會2019年年會)上宣讀。

論"廟見成婦"鄭玄説[*]

林秀富[**]

一、前言

"廟見成婦"問題來源於《曾子問》的兩段文獻:

> 孔子曰:"嫁女之家,三夜不息燭,思相離也。取婦之家,三日不舉樂,思嗣親也。三月而廟見,稱來婦也。擇日而祭于禰,成婦之義也。"
>
> 曾子問曰:"女未廟見而死,則如之何?"孔子曰:"不遷于祖,不祔皇姑,婿不杖、不菲、不次,歸葬於女氏之黨,示未成婦也。"[1]

"廟見"的解釋以及新婦成婦的時機歷來是爭議所在。

對"廟見"解釋的分歧,來自於將《曾子問》"三月而廟見,稱來婦也。擇日而祭于禰,成婦之義也",或視爲一事,或視爲二事。將"廟見"視爲一事的説法來自鄭玄,鄭玄説"謂舅姑没者也。必祭成婦義者,婦有供

---

* 本文於 2019 年第八届中國經學國際學術研討會宣讀,並經北京大學哲學系吴飛教授點評、指導,重新修定完成。謹此申謝。

** 作者單位:洛陽師範學院文學院。

〔1〕 鄭玄注,孔穎達疏《禮記注疏》卷十八,臺北:藝文印書館《重栞宋本十三經注疏附校勘記》本,1981 年,第 365b—366a 頁。

養之禮,猶舅姑存時,盥饋特豚於室",[1]以廟見爲《士昏禮》補述:"若舅姑既没,則婦入三月乃奠菜",[2]是婚禮的變禮。

鄭玄之後,賈公彦、孔穎達、孫希旦[3]等也採取這個觀點,孔穎達直言:"廟見、奠菜、祭禰,是一事也。"[4]另外,毛奇齡同意鄭玄的主張,但反對孔疏將奠菜、祭禰視爲一事,認爲奠菜相當於婚禮隔天新婦執笲、棗、栗、腶脩拜見舅姑;祭禰則相當於新婦入室盥饋舅姑,皆是新婦見已故舅姑的廟見禮。[5]

將"廟見"視爲二事的有萬斯大、[6]胡培翬,[7]以《曾子問》"廟見"是婚禮之達禮,無論舅姑在否,新婦都須廟見。至於《曾子問》所説的"祭禰",是舅姑已歿的奠菜禮。同時,萬斯大認爲《士昏禮・記》"婦入三月,然後祭行"就是《曾子問》所述的"廟見"。

關於新婦成婦時機也因廟見爲變禮、或達禮而有所不同。主張廟見爲變禮,新婦成婦依據《士昏禮》正文是婚禮的完成,因此,新婦"奠菜"成婦。

主張新婦"奠菜"成婦的觀點,對於成婦並未再加説明,相關討論集中在以《儀禮》爲證,申説鄭注。如孔穎達引《儀禮・記》爲證,説明"來

〔1〕鄭玄《禮記注疏》卷十八,第366a頁。

〔2〕《儀禮注疏》卷六,第59a頁。

〔3〕孫希旦《禮記集解》卷十八,臺北:文史哲出版社,1988年,第474頁。

〔4〕孔穎達《禮記注疏》卷十八,第366b頁。

〔5〕毛奇齡《曾子問講録》卷四,《續修四庫全書》第108册,上海:上海古籍出版社,2002年,第12—13頁。

〔6〕萬斯大:"三月廟見即《士昏禮》所謂'婦入三月,然後祭行也',謂行祭于高曾祖廟,此指舅姑在者。擇日而祭於禰,即《士昏禮》所謂'舅姑既没,則婦入三月乃奠菜也'。……故必于時祭之先,擇日行之,而後可以與於祭,其不即于時祭見者,祭禮煩,見廟簡,且祝辭難兼,故於祭禰言擇日,明不與時祭同日也。"見萬斯大《禮記偶箋》卷二,中國哲學書電子計劃 https://ctext.org/library.pl?if=gb&file=94573&page=1&remap=gb(原書來源:北京大學圖書館),第14頁。

〔7〕胡培翬:"《曾子問》所云廟見,是專指舅姑在者。其所云祭禰,即此經之奠菜,指舅姑没者,非謂舅姑没者止行祭禰,而别無廟見。又非廟見即祭禰,如注疏家之説也。"見胡培翬《儀禮正義》卷二,中國哲學書電子計劃 https://ctext.org/library.pl?if=gb&res=1371&remap=gb(原書來源:北京大學圖書館),第37頁。

婦”是奠菜禮祝的告神之辭,[1]賈公彦則增加討論奠菜中舅姑存歿的情形,[2]孫希旦討論庶婦是否奠菜以及三月祭行時列位的情況等。[3]

主張廟見是婚禮達禮,祭禰爲奠菜禮者,將廟見禮視爲婚禮的一部分,新婦行廟見完成婚禮,因此,廟見之後成婦。在清人的討論中,引入賈逵、何休、服虔的説法,讓廟見問題更加複雜。賈、服認爲“大夫以上無問舅姑在否,皆三月見祖廟之後,乃始成昏”,[4]“禮齊而未配,三月廟見,然後配”。[5]是廟見之後新人才同房成婚配之意。何休説明三月才廟見的緣故,是爲了“别貞信”。[6]於是廟見問題有了士與大夫以上婚禮同異的爭議,以及廟見成婚配的説法。

主張士與大夫以上婚禮有區别的,如劉毓崧、劉壽曾父子,引《詩經》爲證,論述大夫以上先廟見,後成婚;士以下則是當夕成婚,次日成婦,如《士昏禮》正文所述。[7]主張士與大夫以上婚禮無區别的,如劉鷺汀,則認爲士禮與大夫以上嫁娶皆當夕成婚,三月廟見成婦。[8]

---

〔1〕孔穎達疏《禮記注疏》卷十八,第366b頁。

〔2〕賈公彦疏:“若舅没姑存,則當時見姑,三月亦廟見舅。若舅存姑没,婦人無廟可見,或更有繼姑,自然如常禮也。”見鄭玄注,賈公彦疏《儀禮注疏》卷六,臺北:藝文印書館《重栞宋本十三經注疏附校勘記》本,1981年,第59a頁。

〔3〕孫希旦《禮記集解》卷十八,第474—475頁。

〔4〕孔穎達疏引賈、服之義見《禮記注疏》卷十八,第366b頁。

〔5〕孔穎達引賈逵之説。見杜預注,孔穎達疏《春秋左傳注疏》卷四,臺北:藝文印書館《重栞宋本十三經注疏附校勘記》本,1981年,第74b頁。

〔6〕何休注:“古者婦人三月而後廟見稱婦,擇日而祭于禰,成婦之義也。父母使大夫操禮而致之,必三月者,取一時足以别貞信。貞信著,然後成婦。禮書者與上納幣同義,所以彰其絜,且爲父母安榮之言。女者謙不敢自成禮,婦人未廟見而死,歸葬於女氏之黨。”見何休解詁,徐彦疏《春秋公羊傳注疏》卷十七,臺北:藝文印書館《重栞宋本十三經注疏附校勘記》本,1981年,第222b頁。

〔7〕劉壽曾:“先君下篇引《關雎》,以證天子之后妃先行祭,後成昏;引《采蘩》,以證諸侯之夫人先行祭,後成昏;引《草蟲》、《采蘋》,以證大夫之内子先行祭,後成昏。”劉毓崧:“此士以下之昏禮,蓋當夕成昏,故次日即成婦也。”見劉壽曾《昏禮重别論對駁義》,《皇清經解續編》卷一四二三、第17頁,卷一四二四,第1頁。

〔8〕劉鷺汀:“《記》云‘無大夫冠禮,而有其昏禮’,即《士昏禮》此篇是也。以此推則《昏義》、《郊特牲》所言昏禮,泛及天子諸侯。雖禮之隆殺與士不同,而節文大義則未有不同,故舉錯以見義可知也。”見劉壽曾《昏禮重别論對駁義》,《皇清經解續編》卷一四二三,第9頁。

現代學者對於廟見問題,或承繼古文獻討論的方式,如季旭昇、[1]王青等。[2]或有加入現代觀點,如張壽安,從清人議婚、考婚的現象切入,加入現代法律的觀點,探討婚禮觀念差異的轉捩點;[3]又如林素娟、[4]胡新生,[5]加入人類學、民族學的成果,進一步探討廟見的對象及三月廟見禮的起源。

"廟見成婦"問題從鄭玄以下,朝向以廟見爲達禮及大夫以上婚禮婚配的方向發展。鄭玄以廟見爲奠菜禮的説法,或因其立論於《士昏禮》,除了孔穎達以《士昏禮·記》進行補充之外,少有學者重新論證鄭玄的説法,形成鄭玄説法未能充分論證的情況。因此,本文嘗試從《士昏禮》禮典來論證鄭玄對於《曾子問》"廟見"的觀點,處理"成婦"問題,補充鄭玄注的説法。

二、《儀禮》禮典正文是解讀補述的標準

鄭玄注《曾子問》"廟見":"謂舅姑没者也。必祭成婦義者,婦有供養之禮,猶舅姑存時,盥饋特豚於室。"這段話一般被理解爲兩個層次,其一,"謂舅姑没者也",這句話很自然地聯結到《士昏禮》補述"若舅姑既没,則婦入三月,乃奠菜"一事,因此,"廟見"指《士昏禮》補述之奠菜禮。其二,"必祭成婦義者,婦有供養之禮,猶舅姑存時,盥饋特豚於室",指奠菜禮猶如《士昏禮》正文"舅姑入于室,婦盥饋"[6]之禮,是新

[1] 季旭升《〈禮記·曾子問〉"三月廟見"考辨》,《中國學術年刊》第9期,1987年6月,第51—70頁。

[2] 王青《"三月廟見"平議——兼談對古代禮制的理解方法》,《湖湘論壇》第2期(總第167期),2016年,第124—129頁。

[3] 張壽安《十八、十九世紀中國傳統婚姻觀念的現代轉化》,《近代中國婦女史研究》第8期,2006年6月,第42—87頁。

[4] 林素娟《古代婚禮"廟見成婦"説探究》,《漢學研究》第21卷第1期,2003年,第47—76頁。

[5] 胡新生《周代的禮制》,北京:商務印書館,2016年,第106—133頁。

[6] 《儀禮注疏》卷五,第54a頁。

婦成婦之禮。

鄭玄注先説明“廟見”是《士昏禮》的補述，接著又以《士昏禮》正文加以説明，是立足在對於《儀禮》禮典文本正文與補述關係的理解之上。此理解是以廟見爲奠菜一系學者的基本認知，通常不會再加以説明，卻往往爲以廟見爲達禮一系使用鄭玄注的研究者所忽視。一方不説，一方忽視的結果，導致鄭玄注的内容並未完全被掌握，在“廟見”問題上滋生了糾葛。因此，想要解讀鄭玄注的“廟見”，就得先澄清《儀禮》禮典文本的特性，並究明正文與補述的關係。

《儀禮》十七篇，可以粗分成兩種文本：一是記載禮典的文本，如《士冠禮》、《士昏禮》；二是記載喪服服制的《喪服》篇。禮典文本在禮學文獻中極具特色，禮經逸禮的輯佚即在鄭玄提示下，〔1〕利用禮典文本特性進行搜尋。

《儀禮》禮典文本的特性有整體性、理想性與標準性。〔2〕整體性有兩個面向，其一，從時間軸來説，《儀禮》禮典文本記載的禮典都是從開始到結束的完整禮典。如《士冠禮》記載士階層舉行冠禮禮典的過程，有開始，有中間，有結束，是一個完整的禮典。

整體性的第二個面向是指禮典文獻整體與部分的關係，筆者在《試論〈儀禮〉禮典文本辨識禮文獻場合的功能》一文曾經探討過：“禮典是整體的，是活生生的，禮典所有組成的元素，彼此之間都是互相連屬的，同時，也互相定義。以現象學的概念來説，禮典中的組成元素與整體之間是環節與整體的關係，没有任何一個部分是片段的。”〔3〕因此，使用禮典文獻得將其置放在禮典整體之中，才有機會準確地解讀其爲禮典

〔1〕孔穎達引《鄭目録》指出《投壺》、《奔喪》“實逸曲禮之正篇”、“實曲禮之正篇”。見《禮記注疏》卷五十六，第940a頁；卷五十八，第965a頁。

〔2〕關於《儀禮》禮典文本的整體性、理想性與標準性特徵，詳見林秀富《析論鄭玄正禮説——從〈儀禮〉進行開展》，輔仁大學博士論文，2016年6月，第37—54頁。

〔3〕林秀富《試論〈儀禮〉禮典文本辨識禮文獻場合的功能》，2018年歷史典籍與兩浙文化學術研討會暨中國歷史文獻研究會第39届年會，2018年，第149頁。

整體性所限制的意義。

《儀禮》禮典文本的理想性指禮典正文設定在一種人倫的理想狀態。理想狀態的意思主要有三種:其一,指嫡正禮典,如《士冠禮》設定爲嫡子冠禮,如《士昏禮》設定爲嫡子、嫡婦婚禮,其他非嫡正的禮典,採用補述記載。其二,指無喪禮,如《聘禮》設定的是兩國國君及使臣均無喪事的情況,有喪事的情況以補述的方式記載。其三,指世代交替,後繼有人,如《士喪禮》設定爲宗子的喪禮,有成年嫡子可爲喪主。《曾子問》"君薨,世子生",〔1〕即討論喪禮嫡子出生、未成年的情況。

由於禮典正文理想性的設定,讓正文成爲禮典的標準,此即《儀禮》禮典文本的標準性。禮典正文是禮典的標準,補述敘述以正文爲標準,依正文辨理,正文已有的部分不再重複,僅記載差異的部分。補述依於正文,且無法脱離正文,因此,補述文本其内在理路蘊含著補述若未敘述則依正文記載的概念,所以,正文自然而然地成爲該類禮典的標準。

《儀禮》補述根據内容可區分爲三種八類。第一種補述的内容爲正文,或爲了不混淆禮典進程,補述於篇末,或因錯簡而置於篇末,或非禮典之固定儀節,以補述的方式記載。第二種補述内容爲相關制度、儀節。第三種補述内容爲禮典的片段,又可區分爲人倫變異情況的補述、不同政治階層的補述、不同禮數等級的補述、單一儀節的補述。

奠菜禮補述屬於第三種第一類的人倫變異情況的禮事。此種補述的記載方式,是在理想禮典的標準模式下,依特殊狀況的需要,進行差異的補述。與標準模式相同的部分,在補述中則不再重述,補述的意義也是在與正文對照之下産生,不能孤立地被解讀。因此,解讀補述,必得溯源至正文,以正文的標準、理想禮典爲依歸,從正文的意義之中去做對照,此對照的内容包括禮典的所有内容,包括文字、儀節、人員、空間、器物等,如此方可得到補述文本的完整意義。换句話説,解讀人倫

〔1〕《禮記注疏》卷十八,第358a頁。

變異情況的補述必須有正文全體的概念,才不致産生斷章取義的情形。這是使用《儀禮》人倫變異情況補述進行論證的前提。[1]

奠菜禮依循《儀禮》禮典文本的記述方式,以“若”字開頭,補述於《士昏禮》正文之末,説明舅姑既歿婚禮禮典辦理的方式。從《儀禮》禮典文本的整體性來説,舅姑已歿婚禮的禮典,也是一個完整的禮典。從標準性來説,奠菜禮是以《士昏禮》禮典爲標準禮典模式進行的記述,因此,透過與《士昏禮》的對照,可以求得一個由開始到結束具有完整結構的舅姑既歿婚禮禮典。從理想性來説,婚禮禮典的意義由《士昏禮》正文所定義,要解讀舅姑既歿婚禮禮典或奠菜禮的意義,必須以《士昏禮》正文所載理想性婚禮禮典的意義爲基礎。

因此,研究奠菜禮的第一步必須先復原舅姑既歿婚禮禮典,其次,要將奠菜禮置放在整個婚禮禮典當中進行解讀,即以《士昏禮》正文作爲解讀補述的標準,如此方能準確地解讀鄭玄注指向《士昏禮》補述完整的意涵。

三、以《士昏禮》正文來建構舅姑已歿婚禮禮典内容

根據《儀禮》正文與補述的關係,“奠菜”禮補述是在舅姑已歿情況下辦理婚禮的方式,將其與《士昏禮》禮典禮程進行對照,將可求得舅姑已歿婚禮禮典的全程。

朱熹《儀禮經傳通解》“士昏禮”分章,婚禮禮程有“納采”、“問名”、“醴賓”、“納吉”、“納徵”、“請期”、“陳器饌”、“親迎”、“婦至”、“婦見”、“醴婦”、“婦饋”、“饗婦”、“舅姑饗送者”等十四章。[2]

---

〔1〕 關於正文與補述的關係,詳見林秀富《析論鄭玄正禮説——從〈儀禮〉進行開展》,第38—41頁。

〔2〕 朱熹《儀禮經傳通解》卷二,欽定四庫全書本,中國哲學書電子計劃 https://ctext.org/library.pl?if=gb&res=718(原書來源:浙江大學圖書館),第1—28頁。

《士昏禮》禮程與舅姑相關的禮儀,主要是婚禮第二天舅姑與新婦正式見面,計有“婦見”、“醴婦”、“婦饋”、“饗婦”、“舅姑饗送者”等五章。其中“婦見”、“醴婦”、“婦饋”、“饗婦”四個小禮,從舅姑在堂上即席,新婦升堂、入室行禮,至舅姑、新婦下堂禮成,是成套的禮事。至於“舅姑饗送者”是舅姑以饗禮、束錦招待女家送嫁的人,與前四事並非是一套,可以算是婚後餘事。

“奠菜”禮所述内容應當包括《士昏禮》這五個小禮,其他與正文相同的 9 個小禮依據正文所述辦理。所以,舅姑已歿婚禮禮程應爲“納采”、“問名”、“醴賓”、“納吉”、“納徵”、“請期”、“陳器饌”、“親迎”、“婦至”、“奠菜”。

《士昏禮》與舅姑既歿婚禮禮程對照如下:

士昏禮	納采	問名	醴賓	納吉	納徵	請期	陳器饌	親迎	婦至
舅姑既歿	納采	問名	醴賓	納吉	納徵	請期	陳器饌	親迎	婦至

<table>
<tr><td>士昏禮</td><td>婦見</td><td>醴婦</td><td>婦饋</td><td>饗婦</td><td>舅姑饗送者</td></tr>
<tr><td rowspan="2">舅姑既歿</td><td colspan="5">奠菜</td></tr>
<tr><td>奠菜</td><td>老醴婦</td><td>?</td><td>×</td><td>壻饗婦送者</td></tr>
</table>

不過,奠菜禮是否確實包括《士昏禮》正文“婦見”等五個小禮?《士昏禮》補述奠菜禮的内容如下:

> 若舅姑既没,則婦入三月,乃奠菜。席于廟奥,東面,右几。席于北方,南面。祝盥,婦盥于門外。婦執笲菜,祝帥婦以入。祝告,稱婦之姓,曰:“某氏來婦,敢奠嘉菜于皇舅某子。”婦拜扱地,坐,奠菜于几東席上。還,又拜如初。婦降堂,取笲菜,入。祝曰:“某氏來婦,敢告于皇姑某氏。”奠菜于席如初禮。婦出,祝闔牖户。老醴婦于房中,南面,如舅姑醴婦之禮。壻饗婦送者丈夫、婦人,如舅姑饗禮。[1]

[1] 《儀禮注疏》卷六,第 59a—60a 頁。

從内容來看,開頭三句説明這是奠菜禮,是舅姑已殁婚禮的補述。從"席于廟奥"到"祝闔牖户",相當於《士昏禮》的"婦見"禮。"老醴婦于房中,南面,如舅姑醴婦之禮",相當於《士昏禮》的"醴婦"禮。"壻饗婦送者丈夫、婦人,如舅姑饗禮",相當於《士昏禮》的"舅姑饗送者"禮。

可以確定的是奠菜禮中没有"饗婦"禮的内容,問題是有没有"婦饋"禮?因爲鄭玄説:"必祭成婦義者,婦有供養之禮,猶舅姑存時,盥饋特豚於室。"顯然鄭玄認爲奠菜禮是包括"婦饋"禮的。

清毛奇齡在《曾子問講録》討論過這個問題:

> 今舅姑既没,則婦入三月乃奠菜。奠菜者,謂以笲盛菜,即一筐菜也。先獻舅,後獻姑,做初喪稽顙之拜,扱地,奠菜,考周制婦人肅拜,但膝地而身不少詘,以手肅之,而此則抓地而置顙其間,此猶之婦見之行笲獻禮而情極慘者然,固是廟見初事也,乃擇日而祭于禰,夫然後行盥饋之禮,作廟見終事而婦義于是以成焉。故曰成婦義也。今《儀禮》本不備之書,而鄭注謂必祭成婦義者,猶之舅姑在時,行盥饋特豚于室,此明作分解,而孔疏謂祭于禰者,即指奠菜爲?衹此一事而禮文昧矣。殊不知此加祭字與奠字,正奠祭之别,雖此非大祭不過特豚、魚、腊諸物與盥饌等,然明有祭字而以一奠菜溷之,可乎?〔1〕

毛奇齡詮解《曾子問》"三月而廟見"的内容,指出廟見就是奠菜禮,猶如《士昏禮》"婦見"一事,新婦質明以笲盛棗栗見舅,再以腶脩見姑,稱爲"廟見初事"。之後,再擇日祭禰,猶如《士昏禮》"盥饋"舅姑以成婦義,稱爲"廟見終事"。换句話説,毛奇齡認爲《士昏禮》補述"奠菜"禮中有"婦見"禮,但没有"婦饋"禮。

對於"奠菜"禮没有"婦饋"禮的内容,即祭禰之事,毛奇齡推測説"《儀禮》本不備之書",認爲是禮經闕文。且以鄭玄注"必祭成婦義者"

---

〔1〕 毛奇齡《曾子問講録》,《續修四庫全書》第108册,第12—13頁。

之"祭"字與奠字有別,證明鄭玄所指爲祭禰一事,非如孔疏以奠菜、祭禰爲一事。

毛奇齡的説法自有其合理之處。《士冠禮》補述冠子"母不在,則使人受脯於西階下"[1]一事,爲了讓冠子得成冠義,雖然冠子之母已歿,還是安排了人員執行"冠者見母"小禮。因此,舅姑既歿禮典禮程也是可能安排"婦饋"禮的。

不過,根據《儀禮》禮典以空間表義,禮典空間各有屬性定義來看,奠菜禮還是可能包含了"婦饋"之意的。因爲,禮典空間特徵是區分内外,堂是内外交接之地,室則是宗族内部空間。[2]對照《士昏禮》正文新婦"婦見"、"醴婦"在堂上,"婦饋"在室中,而奠菜禮新婦已然入室行禮,在《儀禮》禮典空間設置上,神居於室中,新婦自然得入室行禮,不過,這也造成新婦身份與空間關係的模糊,或許因爲舅姑已歿,在禮數上有所減殺。因此,以空間表義來説,奠菜禮還是可能包含"婦見"、"婦饋"二禮的。這也符合鄭玄所説"猶舅姑存時,盥饋特豚於室"。

另外,從《士昏禮·記》"庶婦,則使人醮之,婦不饋",[3]庶婦婚禮禮程中並無"婦饋"禮,顯然"婦饋"禮並不影響成婦。因此,無論奠菜禮是否包括"婦饋"禮,都不影響新婦成婦。

奠菜禮的最後,由新婦的夫婿進行"饗送者"禮,所有的禮儀都依據《士昏禮》正文所述的"舅姑饗送者"禮儀,差異處就是宗族主人由舅姑轉爲新主人婿。

綜上所述,從與《士昏禮》正文對照求得舅姑已歿婚禮禮典的内容

---

〔1〕《儀禮注疏》卷三,第30b—31a頁。

〔2〕關於《儀禮》禮典以空間表義,正禮禮典的空間定性,宫室空間歸屬主人,以門限來區分禮典界限,禮典空間屬性産生内外之别,行於界限内者,必是主人宗族相關之事,行於界限外者,必爲外事。再以室户區分室、堂,室主宗族内部禮事,堂主内外關係禮事。神事、人事也隨空間而産生區别。於是禮典空間中的人、物與禮儀,經過爲位,在空間中取得位、向、序的坐標,結合禮典空間的定性,每一個坐標將産生不同的意義,呈現一個不均質的禮典空間性質。詳見拙著《析論鄭玄正禮説——從〈儀禮〉進行開展》,第123頁。

〔3〕《儀禮注疏》卷六,第62b頁。

爲:“納采”、“問名”、“醴賓”、“納吉”、“納徵”、“請期”、“陳器饌”、“親迎”、“婦至”、“奠菜”。補述的“奠菜”禮内容包括了《士昏禮》正文“婦見”、“醴婦”、“婦饋”、“饗婦”、“舅姑饗送者”等禮。

四、以《士昏禮》正文爲標準來解讀“奠菜”禮

根據《儀禮》正文與補述的關係,在確定舅姑已歿婚禮禮典的禮程内容之後,得以使用《士昏禮》正文來探究奠菜禮的意義,也探討新婦成婦的禮程點。

依據禮程對照,奠菜禮包括了《士昏禮》禮程中“婦見”、“醴婦”、“婦饋”、“饗婦”、“舅姑饗送者”等禮。首先,探討“婦見”、“醴婦”禮。

《禮記·昏義》:

> 夙興,婦沐浴以俟見。質明,贊見婦于舅姑。執笲、棗、栗、段脩以見。贊醴婦。婦祭脯醢,祭醴,成婦禮也。

《昏義》説解《士昏禮》禮典第二天舅姑與新婦正式見面“婦見”、“醴婦”兩個小禮的内容,並説明新婦行完“婦見”、“醴婦”小禮成婦。鄭玄即採用此觀點,因此,鄭玄注解“婦饋”小禮第一句“舅姑入于室婦盥饋”説:“饋者,婦道既成,成以孝養。”〔1〕

值得注意的是標志新婦成婦的醴禮,在《儀禮》禮典中並非孤證。《儀禮》醴禮使用一般有兩種情況,一種是用於禮賓,在禮典或小禮完成之後,主人以醴禮酬謝賓客。如《士冠禮》在加冠禮成之後,主人“醴賓”:“乃醴賓以壹獻之禮。”〔2〕以及《士昏禮》“納采”、“問名”小禮之後,主人“醴賓”:“出請醴賓。”〔3〕

另一種則使用“醴禮”來標示身份轉换完成,即此《士昏禮》的“醴

〔1〕《禮記注疏》卷五,第54a頁。
〔2〕《儀禮注疏》卷四,第22a頁。
〔3〕《儀禮注疏》卷四,第40b頁。

婦"禮。另一個例證則是《士冠禮》"始加"、"再加"、"三加"加冠主禮之後,也舉行的"醴冠者"小禮。

《士冠禮·記》、《冠義》、《郊特牲》都談過"醴冠者"小禮的意義:

> 醮於客位,加有成也。三加彌尊,諭其志也。[1](《士冠禮·記》)
>
> 醮於客位,三加彌尊,加有成也。[2](《冠義》)
>
> 醮於客位,加有成也。三加彌尊,喻其志也。[3](《郊特牲》)

楊天宇校論三段文字,認爲《冠義》文字有錯簡漏失,"'加有成也'當置於'三加彌尊'之上"。[4]"醮",鄭玄注"若不醴,則醮用酒",[5]指《士冠禮》中的"醴冠者"。

《士冠禮·記》、《冠義》、《郊特牲》皆認爲在加冠之後,舉行醴(醮)禮,用以慶賀冠子加冠成人。這與新婦在"婦見"之後成婦,舉行醴禮慶賀成婦是一樣的。

此外,關於"醴婦"爲婦道之成,還可以從禮典空間的使用來做補充。新婦在堂上行"婦見"、"醴婦"禮,行禮之前,新婦尚未成婦,其身份介於内外之間,因此,行禮空間也在内外交接之地的堂上。行過"醴婦"禮的新婦,已然取得夫家宗族成員的身份,因此,得以進入象徵宗族内部空間的"室",進行"婦饋"禮。

新婦既然在"婦見"、"醴婦"小禮已經成婦,婚禮禮典爲何還安排有"婦饋"、"饗婦"小禮呢?

對照《士冠禮》冠子行醴禮之後,接下來的禮程有"冠者見母"、"字冠者"、"賓出就次"、"冠者見兄弟姑姊"、"奠摯於君及鄉大夫、鄉先生"、"醴賓"等。[6]其中"賓出就次"、"醴賓"與冠者無關。冠者加冠之後,先

---

〔1〕《儀禮注疏》卷三,第33b頁。
〔2〕《禮記注疏》卷六十一,第998b頁。
〔3〕《禮記注疏》卷二十六,第504a頁。
〔4〕楊天宇《禮記譯注》,上海:上海古籍出版社,2004年,第812頁。
〔5〕《儀禮注疏》卷六十一,第998b頁。
〔6〕此據朱熹《儀禮經傳通解》分章,卷一,第19—22頁。

見其母,賓字之,再見其兄弟姑姊,出門見君及鄉大夫、鄉先生。

《冠義》對於冠子成禮之後拜見内外諸人釋義説:

> 已冠而字之,成人之道也。見於母,母拜之。見於兄弟,兄弟拜之。成人而與爲禮也。玄冠、玄端奠摯於君,遂以摯見於鄉大夫、鄉先生,以成人見也。成人之者,將責成人禮焉也。責成人禮焉者,將責爲人子、爲人弟、爲人臣、爲人少者之禮行焉。將責四者之行於人,其禮可不重與?〔1〕

《冠義》認爲加冠禮成之後,冠子以成人的身份拜見母,展示其身爲人子的身份;冠子拜見兄弟,展示其身爲人弟的身份;冠子拜見君,展示其身爲人臣的身份;冠子拜見鄉大夫、鄉先生,展示其身爲人少的身份。

可見冠禮在加冠禮成之後,設計冠子在内與父母、兄弟姑姊交接,在外與君、鄉大夫、鄉先生爲禮,象徵且展示冠子成人後所具備人子、人弟、人臣、人少四重身份。並透過與四重身份對應端的父母、兄弟姑姊、君、長者行禮,提醒其角色的内容與責任,用來展示成人之道。

《士冠禮》加冠禮成之後的諸禮,用以象徵、展示成人之道。在《士昏禮》中,使用“婦饋”禮,“舅姑入室,婦以特豚饋”,〔2〕用以象徵、展示成婦之道。《昏義》説:“明婦順……婦順者,順于舅姑,和于室人。”〔3〕至於“婦饋”禮之後的“饗婦”,是新婦角色對應端的回禮,用以象徵、展示舅姑對待新婦之慈愛。换句話説,“婦饋”、“饗婦”禮是用來展示新婦與舅姑之間角色身份對應的關係。

關於新婦在“醴婦”禮成婦,於“婦饋”禮展示其身份與職責,從《士昏禮・記》所載庶婦婚禮可以看得更明白:

> 庶婦,則使人醮之。婦不饋。

“醮”指庶婦行“醴婦”小禮,因其爲庶婦,身份卑下,不得用醴,以酒

---

〔1〕《禮記注疏》卷六十一,第998b頁。
〔2〕《儀禮注疏》卷六十一,第1001a頁。
〔3〕《儀禮注疏》卷六十一,第1001b頁。

代之。行過“醴婦”禮的庶婦,也已成婦。按《士昏禮》禮程接下來是“婦饋”禮。不過,庶婦不舉行“婦饋”禮,鄭玄説:“不饋者,共養統於適也。”〔1〕意謂庶婦孝養舅姑是在嫡婦的領導之下進行,孫希旦也同意這個説法。〔2〕所以説,新婦由“婦見”、“醴婦”禮成婦,“婦饋”禮用以象徵、展示已成婦之新婦對於其舅姑的職責。

鄭玄解《曾子問》“廟見”曰“謂舅姑没者也”,指出“廟見”爲《士昏禮》補述奠菜禮。根據《士昏禮》正文禮典禮程、禮義分析,奠菜禮確實包括“婦見”、“醴婦”禮,因此,舅姑既歿婚禮禮典新婦舉行奠菜禮之後即可成婦。鄭玄説:“必祭成婦義者,婦有供養之禮,猶舅姑存時,盥饋特豚於室”,正是以奠菜禮包括了《士昏禮》中“婦見”、“醴婦”、“婦饋”、“饗婦”成套禮事來立論的。

《昏義》説:“上以事宗廟,而下以繼後世也。”〔3〕由上述成婦的討論可以知道,新婦在婚禮禮典中角色對應端有二,一爲夫,二爲舅姑。但也因“事宗廟”一詞導致産生了關於新婦廟見對象的分歧。

新婦廟見的對象究竟是誰?以奠菜爲變禮一般主張新婦廟見的對象是舅姑,以廟見爲達禮則多主張廟見的對象是祖先,如萬斯大:

> 三月廟見,即《士昏禮》所謂“婦入三月,然後祭行也”,謂行祭於高曾祖廟,此指舅姑在者言。擇日而祭於禰,即《士昏禮》所謂“舅姑既没,則婦入三月,乃奠菜也。……然則舅姑在者,高曾祖之廟婦可以不見乎?按下文云:“女未廟見而死,不遷於祖,不祔於皇姑。”可見廟見非指祭禰,何則?必以昭穆,孫婦必祔祖姑、皇姑。祖姑也,生時未廟見,故死不遷不祔。〔4〕

萬斯大認爲《曾子問》三月廟見指的是《士昏禮·記》“婦入三月,然

〔1〕《儀禮注疏》卷六,第62b頁。

〔2〕孫希旦:“至三月祭行,則適婦爲祭主,而庶婦不過列於内賓、宗婦之班。此則與適婦盥饋,庶婦不盥饋同義。”見孫希旦《禮記集解》卷十八,第474頁。

〔3〕《禮記注疏》卷六十一,第999b頁。

〔4〕萬斯大《禮記偶箋》卷二,第14頁。

後祭行”,[1]並以新婦廟見的對象是高曾祖廟。林素娟也認爲新婦廟見的對象是祖先,惟有經過祖先的認可方可擁有家族中正式的分位,并舉《原始思維》説明祭祖纔能與祖先産生互滲聯結爲證。[2]

關於新婦廟見的對象,孔穎達疏曾舉《曾子問》“來婦”一詞爲證,説明鄭玄所以認爲“三月而廟見”與“擇日而祭於禰”都指奠菜禮,就是因爲奠菜禮祝辭中有“來婦”一詞。[3]其實《士昏禮·記》中所載奠菜祝辭明白指出了新婦奠菜的對象:

祝告,稱婦之姓,曰:“某氏來婦,敢奠嘉菜于皇舅某子。”[4]

祝曰:“某氏來婦,敢告于皇姑某氏。”[5]

新婦奠菜由祝引領兩次升堂入室,一次告舅,一次告姑。祝辭表明新婦奠菜的對象就是已經亡故的“皇舅”與“皇姑”。

另外,奠菜禮室中布有二席,也是新婦拜見對象爲舅姑的證據:

席於廟奥,東面,右几。席於北方,南面。[6]

《祭統》説:“鋪筵,設同几,爲依神也。”[7]古人認爲人活著形體不同,死亡之後魂氣同歸,因此,神席與人席不同,人席一人一席,神席則共爲一席。[8]本來舅姑已歿,祭祀時祇需要設置一几一席。但是,根據《士昏禮》正文的標準模式,新婦“婦見”的對象是舅與姑,賈公彦認爲爲新婦成婦禮的緣故,奠菜禮特别在室中布置二座神席,用來象徵舅姑生時,以備新婦拜見完成成婦之禮。[9]

---

[1] 《儀禮注疏》卷六,第62b頁。
[2] 林素娟《古代婚禮“廟見成婦”説探究》,第61—64頁。
[3] 《禮記注疏》卷十八,第366b頁。
[4][6] 《儀禮注疏》卷六,第59a頁。
[5] 《儀禮注疏》卷六,第59b頁。
[7] 《禮記注疏》卷四十九,第835a頁。
[8] 孔穎達:“言人生時,形體異,故夫婦别几。死則魂氣同歸於此,故夫婦共几。鋪席、設几,使神依之,設此夫婦所共之几席,亦共之。”見《禮記注疏》卷四十九,第835a頁。
[9] 賈公彦:“若生時見舅姑,舅姑别席異面,是以今亦異席别面,象生,不與常祭同也。”見《儀禮注疏》卷六,第59a頁。

另外,關於“三月祭行”,鄭玄認爲是新婦婚禮成婦之後的事:“入夫之室,三月之後,於祭乃行,謂助祭也。”[1]或有以其乃婚禮達禮的,如萬斯大。經過《士昏禮》禮典意義分析可以得知,新婦行過“婦見”、“醴婦”小禮已然成婦,因此,鄭玄認爲“三月祭行”爲新婦成婦之後逢時祭時的助祭實是信而有徵。

五、結語

廟見成婦探討新婦如何取得夫家宗族成員的身份與其權利義務的關係。歷來討論著重在文獻、史料的對照分析之上,對於鄭玄注的立論基礎《儀禮》禮典文本的特性少見著墨。

鄭玄解《曾子問》“廟見”曰“謂舅姑没者也”,指出“廟見”爲《士昏禮》補述奠菜禮。奠菜禮屬於《儀禮》補述中人倫變異的補述,其記述方式是依著禮典文本整體性、標準性、理想性進行差異補述,因此,透過《士昏禮》正文求得舅姑已歿婚禮禮典的全程爲:“納采”、“問名”、“醴賓”、“納吉”、“納徵”、“請期”、“陳器饌”、“親迎”、“婦至”、“奠菜”。并透過禮程内容分析,得到“奠菜”禮内容則包括了“婦見”、“醴婦”、“婦饋”、“饗送者”等禮。

依《儀禮》禮典文本整體與環節的關係,使用《士昏禮》正文意義的解讀,以“醴禮”爲身份轉换完成的證據,加上新婦於“婦饋”入室行禮,庶婦不行“婦饋”禮爲證,得到新婦於“婦見”、“醴婦”小禮成婦的結論。

奠菜禮包括“婦見”、“醴婦”小禮,舅姑已歿婚禮新婦確實是奠菜禮成婦,因此鄭玄注“必祭成婦義者,婦有供養之禮,猶舅姑存時,盥饋特豚於室”,也是信而有徵的。

由於新婦在“婦見”、“醴婦”已然成婦,鄭玄以“三月祭行”爲新婦成婦之後時祭中助祭的觀點,也在禮典文本分析之下得到了確認。

---

[1] 《儀禮注疏》卷六,第62b頁。

漢宣帝立《穀梁》事述説*

黎漢基**

《穀梁》在漢宣帝統治時被立爲博士，同樣成爲官學的還有梁丘《易》和大小夏侯《尚書》。現在學者論及此事，大多關注《穀梁》而不及其餘，認定宣帝主導其事，並相信他對《穀梁》的支持，涉及戾太子冤情的"平反"。有人甚至説："漢宣帝倡立《春秋穀梁傳》是爲他祖父平反的一個重要步驟。"〔1〕近年，辛德勇出版《製造漢武帝》一書，重新審視各方面的史料，指出戾太子本人曾經施用巫蠱，而武帝死前迄宣帝在位，一直没有爲巫蠱之禍自殺的戾太子平反，也不存在改變國家政治路線的跡象。〔2〕可是，在討論《穀梁》立學的問題上，現在仍有學者繼續從"平反"的前提出發，相信宣帝扶持《穀梁》是爲了"給自己受冤而死的祖、父一些慰藉"。〔3〕

依本文的判斷，辛德勇各方面的論證，是相當成功的，從根本上動摇了立《穀梁》與爲戾太子"平反"之間的關係，但由於其書寫作的重點

---

* 本文得國家社會科學基金重大專案"四書學與中國思想傳統"(15ZDB005)、中山大學"三大建設"專項資助。

** 作者單位：廣州中山大學政治科學系。

〔1〕吴濤《"術"、"學"紛爭下的西漢〈春秋〉學》，北京：中國社會科學出版社，2011年，第141頁。

〔2〕辛德勇《製造漢武帝》，北京：三聯書店，2018年，第14—66頁。

〔3〕程蘇東《從六藝到十三經》上册，北京：北京大學出版社，2018年，第219頁。

放在《資治通鑑》的歷史建構,没有觸及經學史的問題,於《穀梁》諸事不復致詳。事實上,辛德勇的觀點尚可再作延伸和發揮。戾太子從未得到"平反",不能説他是影響《穀梁》立學的決定性因素。衹要突破"平反"的思想樊籬,不帶任何預設模式客觀對待《漢書》相關史料,就會發現戾太子的影響遠低於許多論者的預想和評估。戾太子生前喜好《穀梁》的傳聞,僅是宣帝認識《穀梁》的一個來源。《穀梁》和當時尚未得到官方的其他經典研究一樣,對之扶持和推廣是學術包容的表現。以爲漢宣帝爲了戾太子而支持《穀梁》,是不符合史書記載的錯誤解讀。

一、戾太子未得到平反

論及《穀梁》立學之事,首先需要明確,没有任何記載表明漢宣帝是爲了戾太子而這樣做。如果古籍載有"因戾太子而立《穀梁》"之類的敘述,自然一槌定音,不容其他異議。可是,《漢書》或其他典籍都没有這種核心證據。因此,一些論者嘗試從環境擬想或其他邊緣證據著手,試圖把戾太子與立《穀梁》二者扯上關係。大略而言,主要有兩種做法:一是强調宣帝曾有平反戾太子或類似性質的措施,認爲《穀梁》立學也是這些措施的其中一環;另一是認爲《穀梁》比已屬官學的《公羊》更有利於宣帝。

以下先談前者。認定戾太子得到平反,一般都會從漢武帝晚年談起。《漢書・戾太子傳》云:"上憐太子無辜,乃作思子宫,爲歸來望思之臺於湖。天下聞而悲之。"[1]據此,程蘇東主張:"至此,衛太子之冤算是得到了昭雪。宣帝繫戾太子之嫡孫,幼年流落民間,既然'天下聞而悲之',則其對衛太子之事,自當有所耳聞。"[2]

〔1〕班固《漢書》卷六十三,北京:中華書局,1962年,第2747頁。
〔2〕程蘇東《從六藝到十三經》上册,第217頁。

“天下聞而悲之”的“之”作賓語用,指的是相關語脈中曾經提及的事情;在《戾太子傳》中,是指“作思子宫,爲歸來望思之臺”一事。程蘇東似把“悲之”的對象理解爲“衛太子之事”,解讀成疑。没有證據可以具體説明宣帝如何知道和理解“衛太子之事”。進而認定他也覺得是“冤”,似是過度詮釋。究竟宣帝有何心理反應,其實程蘇東也説不清,“自當有所耳聞”云云,想當然耳。武帝作思子宫諸事,誠如辛德勇的研究結論,“這不過是一種自我裝點的門面事,用以遮掩其爲父不父、爲君不君而逼使太子據施行巫蠱並最終引發兵變的尷尬行徑”。[1]因此,“天下聞而悲之”不過是對這些行徑的反應,無論世人基於哪些理由而“悲”,也難以據此得出宣帝憐憫其祖冤情的結論。畢竟,“聞而悲之”的主體是“天下”,而非專指宣帝。

除了思想的認知外,漢宣帝的某些行爲往往也被過度詮釋。本始元年和元康四年宣帝爲父親、母親、祖父(戾太子)、祖母(戾後)立謚、置塚、置奉邑等措施,往往就被視爲扶持《穀梁》的政治背景。程蘇東説:“從本始元年到元康四年,宣帝登基已經八年,而其爲父、祖褒揚之心猶未見減,足見宣帝對於衛太子被廢一事始終掛懷於心;而這種心情的傾注點,除了立謚、置園外,便集中到爲衛太子所喜愛的《穀梁春秋》立學一事上。”[2]

必須强調,漢宣帝“褒揚之心”,是相當有限的。漢廷一直没有洗雪戾太子的罪名,其人和其母在宣帝時所立的謚號曰“戾”和“思”,辛德勇對此已有確切的説明:“思后與戾太子,這兩個謚號,相互印證,從中一點兒也没有看出漢武帝以及後來的漢宣帝對太子據施行巫蠱一事重新做過‘平反昭雪’之類的評判,容不得後人强自爲之開脱。”[3]程蘇東没

---

〔1〕辛德勇《製造漢武帝》,第 167 頁。

〔2〕程蘇東《從六藝到十三經》上册,第 218 頁。謹按:宣帝登基的頭三個年頭,先後是本始(前 73—前 70 年)、地節(前 69—前 66 年)、元康(前 65—前 61 年 2 月),元康四年是宣帝在位的第十二年,而非“八年”。《漢書·宣帝紀》(卷八,第 254 頁)云:“夏,五月,立皇考廟。益奉明園户爲奉明縣。”這是繫於元康元年,亦非程蘇東所説的“元康四年”。

〔3〕辛德勇《製造漢武帝》,第 163—164 頁。

有注意謚號的涵義,强調漢宣帝對"自身血親的尊揚",[1]實嫌片面。究其實,漢廷對犯罪的親人在對外表態上都會强調照顧和説明他們,保留各種應有的生活保障,即使漢宣帝的心腹隱患昌邑王,公開詔令也是重視血親的維持及其相應的所得。《漢書·昌邑哀王傳》記載漢宣帝下詔:"蓋聞象有罪,舜封之,骨肉之親,析而不殊。其封故昌邑王賀爲海昏侯,食邑四千户。"[2]這與宣帝置奉邑三百家等做法,基本上是相同的性質。據此可知,宣帝對戾太子及其相關親人的各種舉措,衹能説是盡了子孫的基本心意,距離"平反"或"褒揚"尚有無可逾越的鴻溝。過分强調戾太子遭禍等事的決定性影響,以此作爲宣帝立《穀梁》的起點,很難没有疑問。

二、《穀梁》不比《公羊》更有利

因爲篤信宣帝要爲戾太子平反而立《穀梁》,有學者認爲《穀梁》的思想主張更符合他的政治需要。《戾太子傳》記載有司對宣帝議謚、置園邑的奏請:"禮,爲人後者,爲之子也。故降其父母不得祭,尊祖之義也。陛下爲孝昭帝后,承祖宗之祀,制禮不逾閑。……"[3]鑒於戾太子當時被冠以"戾"這樣的惡謚,遂認爲宣帝是想平反而又未獲得完全的成功,因而《穀梁》比《公羊》更能幫助他的統治,是一種常見的思路。例如吴濤斷言"《穀梁傳》中則有利於漢宣帝的内容";相反,"在某種程度上《春秋公羊傳》成了漢宣帝爲衛太子平反的一個障礙。至少説衛太子事件使漢宣帝對《公羊傳》産生了某種反感也是可能的"。[4]

以上的論點,約有三個舉證:

---

[1] 程蘇東《從六藝到十三經》上册,第218頁。

[2] 《漢書》卷六十三,第2769頁。

[3] 《漢書》卷六十三,第2748頁。

[4] 吴濤《"術"、"學"紛爭下的西漢〈春秋〉學》,第142頁。

一是“爲人後者,爲之子也”的説法。成十五年經:“三月乙巳,仲嬰齊卒。”《公羊》解釋説:“仲嬰齊者何? 公孫嬰齊也。公孫嬰齊,則曷爲謂之仲嬰齊? 爲兄後也。爲兄後,則曷爲謂之仲嬰齊? 爲人後者,爲之子也。爲人後者爲其子,則其稱仲何? 孫以王父字爲氏也。然則嬰齊孰後? 後歸父也。”〔1〕因爲仲嬰齊做了兄長公孫歸父的繼承人,而公孫歸父是逆賊公子遂之子,所以不能稱仲嬰齊爲公孫嬰齊。有司强調“爲人後者,爲之子也”,就是提醒漢宣帝他所繼承的是昭帝的大統,避免對戾太子等人的各種安排違反禮制。這一進言,客觀上反映了一個極重要的政治事實:宣帝與昭帝本非直接的血緣關係,宣帝之所以能夠繼承昭帝的大統,其經典依據是《公羊》,不是其他。否定“爲人後者,爲之子也”,就是否定宣帝繼位的合法性。宣帝真的有可能因爲這個主張而對《公羊》“産生了某種反感”嗎?《漢書》不曾這麽説。

《穀梁》没有“爲人後者,爲之子也”的主張,不代表它是“有利於漢宣帝”。吴濤説:“這顯然也是有利於漢宣帝爲衛太子平反的。”〔2〕有關“仲嬰齊”的稱呼,《穀梁》成十五年傳:“此公孫也;其曰仲,何也? 子由父疏之也。”〔3〕照《穀梁》的解釋,仲嬰齊是逆賊公子遂的兒子,公子遂死時不稱“公子”而稱“仲遂”,而仲嬰齊也不得稱“公孫”。〔4〕戾太子死前興兵逆父,以仲遂“疏之”況之,宣帝自屬“疏之”之列。依此推論,宣帝連“公孫”的資格也該被剥奪,較之“爲人後者,爲之子也”讓他享有繼位的資格,究竟《公》、《穀》二傳哪個主張纔是對他“有利”? 考慮到“平反”云云,本是子虚烏有,也没有任何文獻足以説明宣帝對相關經傳有什麽具體的意見,實無理由認爲他“爲衛太子平反”而倡立《穀梁》。

〔1〕 徐彦《春秋公羊傳注疏》卷十八,李學勤主編,北京:北京大學出版社,1999年,第396頁。
〔2〕 吴濤《“術”、“學”紛爭下的西漢〈春秋〉學》,第143頁。
〔3〕 楊士勛《春秋穀梁傳注疏》卷十四,李學勤主編,北京:北京大學出版社,1999年,第232頁。
〔4〕 公子遂不稱公子,猶如慶父不稱公子之例,參閲拙著《〈穀梁〉政治倫理探微:以“賢”的判斷爲討論中心》,北京:中華書局,2019年,第754—756頁。

另一個被視爲"有利於漢宣帝"的例證,是《穀梁》隱元年傳的記載:"《春秋》貴義而不貴惠,信道而不信邪,孝子揚父之美,不揚父之惡。先君之欲與桓,非正也,邪也。雖然,既勝其邪心以與隱矣,已探先君之邪志,而遂以與桓,則是成父之惡也。"〔1〕吴濤説:"强調根據宗法制度魯隱公即位是正,而讓桓是不正。儼然是在説,根據宗法衹有由漢武帝的嫡長子衛太子的子孫才是正。"〔2〕但巫蠱之禍後,漢武帝的皇后實是李夫人,故霍光"以李夫人配食,追上尊號曰孝武皇后"。〔3〕辛德勇解釋説:"這實際上是進一步確立李夫人正統的皇后地位,而衛子夫依舊是一位犯有嚴重罪過的廢皇后。"〔4〕其母既非皇后,戾太子自也不是"漢武帝的嫡長子"了。還有,漢宣帝之祖母亦非光彩的出身,《五行志》云"戾后,衛太子妾",又云"戾后起於微賤,與趙氏同應"。〔5〕戾后與趙飛燕姊妹一樣的微賤,皆無奉宗廟的資格。從衛子夫、戾太子、戾后一脈下來,於漢宣帝皆是不正,哪能説他有企及魯隱公的資格?假如不是改奉昭帝的大統,恐怕宣帝没有多少條件説自己"才是正"。〔6〕更重要的是,《穀梁》對魯隱公的評價,主要是批判他不宜改變父命而讓位予弟,忠實地遵循父命比什麼都重要,〔7〕而戾太子卻是違背父命,其罪名一

---

〔1〕《春秋穀梁傳注疏》卷一,第2—3頁。

〔2〕吴濤《"術"、"學"紛爭下的西漢〈春秋〉學》,第143頁。

〔3〕《漢書》卷九十七,第3951頁。

〔4〕辛德勇《製造漢武帝》,第163頁。

〔5〕《漢書》卷二十七,第1337頁。

〔6〕王剛《學與政:漢代知識與政治互動關係之考察》(哈爾濱:黑龍江人民出版社,2012年,第223頁)因過分强調《穀梁》是宣帝合法性的主要依據,相對忽略宣帝繼位於昭帝的事實,説:"衹要在帝位繼承問題上,直接略過昭帝與戾太子,而直承武帝,便可既解決糾葛,又避免徘徊在昭帝政治陰影之下。"事實上,昭帝既是武帝的正嗣,繼承武帝也就是繼承昭帝。《漢書·宣帝紀》(卷八,第238頁)記載霍光奏議宣帝繼位之言,内云"可以嗣孝昭皇帝後",足證宣帝是繼承昭帝之後,故他絶不可能略過昭帝不予理會。《郊祀志》(卷二十五,第1248頁)云:"宣帝即位,由武帝正統興,故立三年,尊孝武廟爲世宗……以立世宗廟告祠孝昭寢,有雁五色集殿前。"尊武帝不忘告昭帝,就是因爲宣帝繼承昭帝之後。離開昭帝,宣帝的合法性也就無從談起。

〔7〕有關《穀梁》此傳的分析,參閲拙著《〈穀梁〉政治倫理探微:以"賢"的判斷爲討論中心》,第17—32頁。

直未予改變。[1]故《穀梁》在君位繼承上的主張,對宣帝談不上是“有利”的。

第三個是“不能乎母”的觀點。僖二十四年經:“冬,天王出居於鄭。”《公羊》解釋説:“王者無外,此其言出何? 不能乎母也。”[2]這是霍光廢黜昌邑王劉賀的重要理據。《漢書》記載楊敞率領羣臣上奏廢黜昌邑王之言:“周襄王不能事母,《春秋》曰‘天王出居於鄭’,繇不孝出之,絶之於天下也。”[3]吴濤解釋説:“漢宣帝在親政之後不久就開始提倡《穀梁傳》,就要試圖在意識形態領域内清除霍光的影響。我們不能排除漢宣帝也是在刻意與霍光立異,藉以繼續打壓霍氏的勢力。”[4]

與“爲人後者,爲之子也”的主張一樣,“不能乎母”是漢宣帝得以繼位的重要理據。其中的根據,同樣來自《公羊》,而非其他。前任皇帝昌邑王被指不孝,與周襄王同樣的罪名,這是霍光主導廢立的重要理由。相反,《穀梁》没有“不能乎母”的主張,僖二十四年傳:“雖失天下,莫敢有也。”[5]根據《穀梁》的解釋,周襄王雖然流亡到了鄭國,陷於“失天下”的地步,但他仍是至高無上的天子,其他人都不能取代他,故曰“莫敢有也”。循此推理,像周襄王一樣的昌邑王,豈能被臣下隨意廢立? 倘説霍光等人不該廢除昌邑王,宣帝的輩分本比昌邑王還低一輩,[6]又是出自罪人戾太子之後,憑什麽能夠取代昌邑王登上皇位? 明乎此,豈能説《穀梁》對宣帝“有利”?

《公羊》不是霍氏的禁臠,提倡《穀梁》不等於否定《公羊》,没有理由説宣帝立《穀梁》是爲了“與霍光立異”。由於皇位來自霍光的擁立,誠

〔1〕有關這個問題的討論,參閲拙著《父命抑或王父命? ——從蒯輒爭國事件看儒家政治倫理的發展》,《中山大學學報》2018 年第 4 期,第 121—122 頁。

〔2〕《春秋公羊傳注疏》卷十二,第 248 頁。

〔3〕《漢書》卷六十八,第 2945 頁。

〔4〕吴濤《“術”、“學”紛爭下的西漢〈春秋〉學》,第 147 頁。

〔5〕《春秋穀梁傳注疏》卷九,第 143 頁。

〔6〕辛德勇《海昏侯劉賀》,北京:三聯書店,2016 年,第 149 頁。

如辛德勇所論,宣帝對霍光表面上"不僅不宜'全盤否定',還要繼續加以尊崇,更不必非對其家人趕盡殺絶不可"。[1]硬要從宣帝與霍氏權力鬥爭的視角來審視《穀梁》立學的緣由,是錯位的思考。真要尋找反對霍氏專權的思想武器,恐怕也是《公羊》比《穀梁》更有用和更有力。霍光死後,蕭望之對奏:"《春秋》昭公三年'大雨雹',是時季氏專權,卒逐昭公。鄉使魯君察於天變,宜無此害。"[2]蕭望之是治《齊詩》的名儒,其解"大雨雹"爲"季氏專權",實乃漢人的流行意見。《五行志》解讀此經之見大體相同:"是時季氏專權,脅君之象見。昭公不寤,後季氏卒逐昭公。"[3]何休注《公羊》亦曰:"爲季氏。"[4]假設何休的觀點在漢代《公羊》學者具有足夠的代表性,便有理由相信《公羊》不是爲霍氏服務的可靠工具。相反,没有一個《穀梁》學者像蕭望之那樣從"大雨雹"得出反對權臣專權的主張。當然,這不是説《穀梁》支持霍氏專政。應該指出,現存史料没有證據説明宣帝對《公》、《穀》哪些部分有何感受。任何嘗試從二傳的主張推敲他的思想意圖的做法,極有可能是望文生義的。認爲《穀梁》比《公羊》更有利於宣帝爲自己爭正統,或猜測《穀梁》發跡是爲了"打壓霍氏的勢力",未免失鑿,不可爲訓。

三、對"私問《穀梁》而善之"的詮釋

認爲《穀梁》更有利於漢宣帝,或爲戾太子平反,都不是解釋《穀梁》立學的可靠起點。要查證宣帝支持《穀梁》的原因,實有必要重新解讀《漢書》的相關記載,尤其是《儒林傳》的内容。

《儒林傳》對《穀梁》學者的記載,集中在瑕丘江公的傳記:"瑕丘江

[1] 辛德勇《建元與改元:西漢新莽年號研究》,北京:中華書局,2013年,第234—235頁。
[2] 《漢書》卷七十八,第3273頁。
[3] 《漢書》卷二十七,第1428頁。
[4] 《春秋公羊傳注疏》卷二十二,第479頁。

公,受《穀梁春秋》及《詩》於魯申公,傳子至孫爲博士。武帝時,江公與董仲舒並。仲舒通五經,能持論,善屬文。江公吶於口,上使與仲舒議,不如仲舒。而丞相公孫弘本爲《公羊》學,比輯其議,卒用董生。於是上因尊《公羊》家,詔太子受《公羊春秋》,由是《公羊》大興。太子既通,復私問《穀梁》而善之。其後浸微,唯魯榮廣王孫、皓星公二人受焉。廣盡能傳其《詩》、《春秋》,高材捷敏,與《公羊》大師眭孟等論,數困之,故好學者頗復受《穀梁》。沛蔡千秋少君、梁周慶幼君、丁姓子孫皆從廣受。千秋又事皓星公,爲學最篤。"〔1〕

對此,陳蘇鎮解釋説:"衛太子'私問《穀梁》而善之',武帝不僅不加干預,還爲他立博望苑,'使通賓客,從其所好'。這無疑有利於太子黨的發展和《穀梁》學的傳播。太子敗後,太子黨受到沈重打擊,《穀梁》學也受到嚴重影響,所謂'其後浸微'當即指此。及武帝死後,太子黨殘餘勢力又蠢蠢欲動的同時,《穀梁》家也表現出抬頭之勢。榮廣'數困'眭孟,好學者'頗復受《穀梁》',便是信號。"〔2〕

這個觀點,似屬臆測之説。《儒林傳》敘事的重點,是瑕丘江公的遭遇和其門人弟子如何傳承其學。據上述記載,江公因口才笨拙而輸給董仲舒,但他仍是戾太子學習《穀梁》的老師,問題是:戾太子對《穀梁》的認識和認同,是否達到界定其黨羽的思想立場的高度?《戾太子傳》云:"少壯,詔受《公羊春秋》,又從瑕丘江公受《穀梁》。及冠就宫,上爲立博望苑,使通賓客,從其所好,故多以異端進者。"〔3〕戾太子是在"少壯"學習《穀梁》,現存史料没有明載他是何年"及冠就宫"。辛德勇據昭帝十八歲行冠禮之事,推斷戾太子也是如此,並且指出他的認識水準絶不能過度高估:"小小年紀,他能否一問《穀梁》即爲其系統的思想觀念

〔1〕《漢書》卷八十八,第3618頁。
〔2〕陳蘇鎮《〈春秋〉與"漢道"》,北京:中華書局,2011年,第317—318頁。
〔3〕《漢書》卷六十三,第2741頁。

所折服,這未免令人疑惑。"[1]

這是相當合理的質疑。由於《漢書》没有提及戾太子認知《穀梁》哪一部分的内容,難以强解"善之"的心理背景。以字面意義而言,《漢書》言"善之",僅意謂喜歡相關對象,如《儒林傳》云:"琅邪王吉通《五經》,聞臨説,善之。"[2]此"善之",是説王吉喜歡梁丘臨的觀點。即使"善之"的主體是皇帝,也不代表"善之"涵蘊相關對象被抬舉爲主導國政的思想路綫。《司馬相如傳》云"上讀《子虚賦》而善之",[3]結果是使漢武帝寵信和召問司馬相如,如此而已。戾太子"私問《穀梁》而善之",説的是他在學習《公羊》之餘私下學習《穀梁》並且喜歡其學説,跟"太子黨"有什麽關係?

此外,博望苑的設立,不過是方便戾太子召請和交往賓客,没有證據顯示博望苑是傳播《穀梁》學的陣地。"有利於太子黨的發展和《穀梁》學的傳播"的論斷,毫無根據。"多以異端進者"已説明當時許多依附戾太子的人所談的是"異端",而非《穀梁》。把《穀梁》視爲太子主要的學説依據,甚至認爲《公》、《穀》兩家之别是太子和武帝的"理論分歧",[4]都是不可信的。

還有,"其後浸微",是緊接著"私問《穀梁》而善之"而來。"其後"意謂在這個時間以後。戾太子生於元朔元年(前 128 年),假設他像漢昭帝那樣在十八歲舉行冠禮,正值元鼎六年(前 111 年),距離巫蠱之禍發生的征和二年(前 91 年),還有 20 年之多;倘説"浸微"發生這段時間之内,自然是有可能的。《儒林傳》不曾提及巫蠱之禍,没有理由斷定"浸微"必是"太子敗後"的事情。聯繫到戾太子僅在加冠前對《穀梁》表示好感,後來没有其他表現顯示他對《穀梁》的認可或認同,而他所"進"的

---

〔1〕辛德勇《製造漢武帝》,第 53 頁。
〔2〕《漢書》卷八十八,第 3600—3601 頁。
〔3〕《漢書》卷五十七,第 2532 頁。
〔4〕陳蘇鎮《〈春秋〉與"漢道"》,第 317 頁。

人也是“異端”居多,故對“其後浸微”更切實的理解是:戾太子在問學江公後,便没有進一步的下文,許多人也没有興趣向江公學習這門學問。“唯魯榮廣王孫、皓星公二人受焉”的“受”,是接受江公的教導;而“廣盡能傳其《詩》、《春秋》”的“其”,指代的是江公。《儒林傳》所説的“浸微”,是圍繞著瑕丘江公的學術傳授而言。自始至終,戾太子或“太子黨”絶非其中撰寫的重點。江公是戾太子的老師,但不等於他就是“太子黨”的一名成員。任某人之師即屬某人之黨,是説不通的預想。江公與其弟子榮廣、皓星公一樣,交往不明,關係不詳,没有理由因爲“私問《穀梁》而善之”一語而認定他們必然支持戾太子。

接著,《儒林傳》記述榮廣、皓星公二人宣揚和教導《穀梁》之事。比起其師瑕丘江公,榮廣大概是第一流的辯才,連眭孟(亦即眭弘)這等《公羊》大師亦被“數困之”。在班固筆下,口才的高低,絶對影響其學説的傳播。江公言語之遲鈍,與榮廣之善辯,形成鮮明的對比。考慮到眭孟是嬴公的弟子,董仲舒的徒孫,[1]榮廣屢次駁難眭孟,實是公開洗雪師門前恥,證明江公所傳自有真才實學,足以抗衡《公羊》學者。《儒林傳》刻畫《穀梁》如何由“浸微”而出現“好學者頗復受”的轉機,是以瑕丘江公一脈爲主,實不涉及什麽“太子黨殘餘勢力”。另外,與榮廣辯論的眭孟,藉蟲食樹葉而成的“公孫病已立”之文,上書倡言“求索賢人,禪以帝位”,被霍光視爲“妄設祅言惑衆”而伏誅。不清楚眭孟這樣進言背後的動機是否要支持宣帝登位,但很明確的是,《公羊》不是宣帝反對的學説,眭孟不是他的敵人,故在即位後征其子爲郎。[2]眭孟與榮廣雖然各自擁護《公》、《穀》,治學觀點存在分歧,但没有證據説明他們的對立是武帝與太子(或帝黨與太子黨)對立的延續。認定《公》、《穀》兩家的對立“染上了政治色彩”,[3]是不必要的。《儒林傳》衹説榮廣“高材捷

〔1〕《漢書》卷七十五,第3153頁;卷八十八,第3616頁。

〔2〕《漢書》卷七十五,第3153—3154頁。

〔3〕陳蘇鎮《〈春秋〉與“漢道”》,第317頁。

敏”,没有説過他與“太子黨殘餘勢力”有什麽聯繫。與其説“數困之”是《穀梁》學者配合支持太子的人“蠢蠢欲動”的行動,不如説這是榮廣才學過人的表現,似乎更符合文本原意。

另須提請注意,《儒林傳》記載榮廣、皓星公的學習和教授,歷時漫長,不可能是一蹴即至的發展:

(1)“其後浸微,唯魯榮廣王孫、皓星公二人受焉”;

(2)“(榮廣)與《公羊》大師眭孟等論,數困之”;

(3)“故好學者頗復受《穀梁》”。

由(1)至(3),見證了兩代人學習《穀梁》的過程。查《儒林傳》記載名字的“好學者”,計有蔡千秋、周慶、丁姓三人。蔡千秋在宣帝即位時爲郎,自是學有所成。下文將會述及,在漢宣帝扶持下研習《穀梁》的學生,需要“積十餘歲”方有“明習”的水準。[1]因此(1)至(3)的過程,保守一點的估算,恐怕也要二三十年的工夫。如果前文討論不錯的話,戾太子大約在元鼎六年(前111年)行冠禮,以此作爲“浸微”的起點,迄至宣帝即位首年,亦即本始元年(前73年),共有38年的時間,自有可能完成兩代人先後學習《穀梁》的餘裕。倘如陳蘇鎮之言,“太子敗後”開始(1),迄至“武帝死後”方有(2)和(3),問題就大了。漢昭帝壽祚甚短,在位不過13年(前87年—前74年)。由巫蠱之禍的征和二年(前91年)算起,迄至昭帝駕崩,不過是17年的光景,如何能讓兩代學者完成學習《穀梁》之事?

總而言之,戾太子與《穀梁》之間,絶不是黨羽首領與指導理論的關係。透過榮廣的辯論勝利,吸引了“好學者”學習《穀梁》。不能説他們是爲了支援戾太子或黨派鬥爭的考慮而這樣做。在《儒林傳》的敘述中,看不見巫蠱之禍或其後政治事件的影響。“私問《穀梁》而善之”僅是戾太子少年學習的一個表現,除此之外,再無其他史料顯示戾太子對

〔1〕《漢書》卷八十八,第3618頁。

《穀梁》的贊同和認同,因而無法確定他是否支持《穀梁》立學。程蘇東説:"就是因爲《穀梁春秋》乃是衛太子所好之學,宣帝希望通過這樣的舉動完成戾太子的遺願,給自己受冤而死的祖、父一些慰藉,爲人子孫,宣帝的這一舉動並不難以理解。"[1]假如知道"遺願"本是欠缺憑據的説法,就没有理由相信宣帝立《穀梁》是"慰藉"的緣故。"慰藉"云云,貌似符合常識,實際上全是臆斷。

四、宣帝問《穀梁》的時間

話説回來,宣帝對戾太子雖無"平反"之舉,而《穀梁》也算不上戾太子或"太子黨"的政治綱領,但不能説宣帝立《穀梁》與戾太子毫無關係。戾太子"私問《穀梁》而善之"的傳聞,是導致宣帝關注《穀梁》和向臣下查詢情況的一個源頭。

《儒林傳》云:"宣帝即位,聞衛太子好《穀梁春秋》,以問丞相韋賢、長信少府夏侯勝及侍中樂陵侯史高,皆魯人也,言穀梁子本魯學,公羊氏乃齊學也,宜興《穀梁》。時千秋爲郎,召見,與《公羊》家並説,上善《穀梁》説,擢千秋爲諫大夫給事中,後有過,左遷平陵令。復求能爲《穀梁》者,莫及千秋。上湣其學且絶,乃以千秋爲郎中户將,選郎十人從受。汝南尹更始翁君本自事千秋,能説矣,會千秋病死,征江公孫爲博士。劉向以故諫大夫通達待詔,受《穀梁》,欲令助之。江博士復死,乃征周慶、丁姓待詔保宫,使卒授十人。自元康中始講,至甘露元年,積十餘歲,皆明習。"[2]

這段引文,是交代榮廣、皓星公授徒後的發展。首先提及宣帝查問《穀梁》情況,然後敘述召見蔡千秋辯説《穀梁》,接著交代相關學者傳習

---

〔1〕程蘇東《從六藝到十三經》上册,第219頁。
〔2〕《漢書》卷八十八,第3618頁。

《穀梁》的狀況。本節先處理宣帝問《穀梁》一事發生的時間。對這個問題,陳蘇鎮嘗試作出分析,説:"韋賢爲相在本始三年六月至地節三年正月間;夏侯勝兩任長信少府,一在本始元年至二年,一在本始四年以後。然則宣帝問《公羊》、《穀梁》優劣一事當在地節年間,很可能在地節二年親政以後。"[1]

以上舉證,立論的依據在於被詢的臣子所得官爵的時間。當時被詢問的三人,分别是韋賢、夏侯勝、史高。韋賢擔任丞相的時間,有《百官公卿表》爲據,陳蘇鎮所言没有錯誤。[2]至於夏侯勝,第一次遷長信少府,是在廢立昌邑王之前,即元平元年(前74年),不是本始元年(前73年)。本始二年(前72年),宣帝發布褒揚武帝的詔書,而夏侯勝堅决反對,與丞相長史黄霸"俱下獄",在獄"久繫",迄至本始四年(前70年)因地動大赦,"出爲諫大夫給事中"。後來,夏侯勝"復爲長信少府",《漢書》没有記載任職時間,將之繫於"本始四年以後",衹是據"大赦"記載的粗略估計。[3]韋賢、夏侯勝二人同時任官的時間,分别是元平元年至本始二年,以及本始四年以後至地節三年。僅此而言,這兩時段皆有可能,很難以此確定後者比前者更有可能。再看第三位被宣帝問話的臣子史高,陳蘇鎮没有討論,不知何故。《漢書》記載這名外戚在地節四年(前66年)誅滅霍氏謀反後被封爲樂陵侯。[4]當時韋賢已經罷相,夏侯勝是否正在任職長信少府也很難説(因不清楚他在何時遷太子太傅)。僅憑現存史料,似乎没有一個共同時間是韋賢爲丞相、夏侯勝爲長信少府、史高爲樂陵侯。因此有理由相信,班固對三人官爵的記載,僅屬粗略而潛在矛盾的概述,不宜讀得太死;據官爵而尋找宣帝詢《穀梁》的時間,難以找到相對滿意的答案。

---

〔1〕陳蘇鎮《〈春秋〉與"漢道"》,第318頁。

〔2〕《漢書》卷十九,第801、803頁。

〔3〕《漢書》卷八,第243頁;卷七十五,第3155—3159頁。

〔4〕《漢書》卷十八,第698頁;卷六十八,第2957頁;卷八十二,第3375頁。

重讀《儒林傳》,原作“宣帝即位,聞衛太子好《穀梁春秋》,以問……”,此“聞”和“問”皆是繫於“即位”之後。最簡捷和最合理的解讀,就是把“聞”和“問”理解爲“即位”後不久的事情。如《高后紀》云:“惠帝即位,尊吕后爲太后。”〔1〕吕后爲太后,是隨著惠帝即位而發生。鑒於此,宣帝聽聞戾太子好《穀梁》和詢問韋賢三人,該是發生在“即位”的本始元年(前 73 年)。假如“聞”和“問”真的是宣帝“親政以後”的事情,就意味它必須發生在地節二年(前 68 年)以後,上距“即位”達五年之久,較諸“尊吕后爲太后”之例,不是有些違和失調麽?《儒林傳》不曾觸及霍光死亡等事情,爲什麽必須把“即位”之後的“問”理解爲“親政以後”?

陳蘇鎮認爲宣帝問《穀梁》一事“很可能在地節二年親政以後”,可惜没能提供“親政以後”比“即位”之初更有“可能”的證據。若從政治鬥爭的視角來看,宣帝繼立既已被視爲“衛太子一黨的殘餘勢力”的作用,而《穀梁》也被視爲太子一派所好的,大概會覺得精明如漢宣帝,即位初期(也就是宣帝還未從霍氏手中奪取大權之前)不大可能是披露偏好《穀梁》的時機。如果《穀梁》與戾太子本無直接的政治關係,宣帝在即位之初問及《穀梁》,哪有什麽犯忌?如上所述,本始元年已下詔“其議謚,置園邑”,〔2〕是公然對大逆罪人示以恩惠,最終也能順利落實其事。漢宣帝查問《穀梁》,不過是一次君臣對答的内容,有什麽結果也不得而知。這樣徵求臣子意見的對奏,毫無風險可言,有什麽理由認爲漢宣帝必須等到“親政以後”方有此“問”?

閱讀《儒林傳》,可以發現“問”之後還有一系列的事件發生。這或許構成潛在的反證。爲了方便觀察,以下按順序排列諸事:

(1)“時(蔡)千秋爲郎”,此“時”就是漢宣帝問韋賢三人的那個時候;

〔1〕《漢書》卷三十八,第 95 頁。
〔2〕《漢書》卷六十三,第 2748 頁。

(2)“召見(蔡千秋),與《公羊》家並説”;

(3)“(蔡千秋)後有過,左遷平陵令”;

(4)“復求能爲《穀梁》者,莫及(蔡)千秋”;

(5)“乃以(蔡)千秋爲郎中户將,選郎十人從受”;

(6)“會(蔡)千秋病死,征江公孫爲博士”;

(7)“江博士復死,乃征周慶、丁姓待詔保宫,使卒授十人”;

(8)“自元康中始講,至甘露元年,積十餘歲,皆明習”。[1]

元康前後共五年(前 65—前 61 年 2 月),在此暫定“元康中”爲元康三年(前 63 年)。假如“親政以後”是鑒於宣帝政治實力充足方有談《穀梁》的條件,那麽不妨將“親政以後”暫定爲漢宣帝徹底誅滅霍氏的地節四年(前 66 年)。依此推算,“問”以後的各種事件,就要在地節四年至元康三年内發生;也就是説,在短短 3 年間,發生了(2)至(7)六事,這是否太過急遽的發展呢? 尤其涉及兩個人(蔡千秋、江博士)的死亡及其繼任者的徵召,真的可能是在這麽短的時間内發生的嗎? 誠如錢穆之論,“江博士之卒,慶、姓之徵,以至於明習,其間需時”。[2]這是很合理的判斷。像江博士,雖不知何時任職博士,但在徵來王式爲博士之初,因爲嫉妒王式,對之百般羞辱,以致王式謝病免歸。當時王式表示:“我本不欲來,諸生强勸我,竟爲豎子所辱!”[3]怒斥江博士爲“豎子”,是憤恨江博士以老欺新,可以估算江博士不像王式那樣是新徵之博士,而是已經任職一段時間。這正説明,宣帝徵江博士至其逝世,即(6)至(7),確實“需時”。同理推論,由(2)至(7)不該是短時間内完成的。

相反,假如“問”不是發生在“親政以後”而是“即位”之初,就意味(1)的開端是本始元年(前 73 年),至“元康中”已達 10 年,其間出現(2)至(7)六事,也就不足爲奇了。當然,這不是説宣帝問《穀梁》之事必不

---

〔1〕《漢書》卷八十八,第 3618 頁。

〔2〕錢穆《兩漢經學今古文平議》,臺北:東大圖書公司,1971 年,第 14 頁。

〔3〕《漢書》卷八十八,第 3610 頁。

可能在“親政以後”。在此,僅是表明:就現有條件而論,將之繫於宣帝“即位”之初,較“親政以後”更有可能,更説得通。錢穆以韋賢爲相的首年,即本始三年(前 71 年),爲宣帝問《穀梁》的時間,[1]略嫌武斷,但還是比較尊重“宣帝即位”的文本,相對於“親政以後”之説,要可靠不少。

五、宣帝問《穀梁》的情況

宣帝向韋賢三人查問《穀梁》,除了發生的時間外,它的過程也需要辨析。《儒林傳》云:“宣帝即位,聞衛太子好《穀梁春秋》,以問丞相韋賢、長信少府夏侯勝及侍中樂陵侯史高,皆魯人也,言穀梁子本魯學,公羊氏乃齊學也,宜興《穀梁》。”[2]對此,程蘇東嘗試解説:“宣帝即位之初,就向羣臣提起衛太子好《穀梁春秋》之事,而羣臣自然心領神會,以‘穀梁子本魯學,公羊氏乃齊學也,宜興《穀梁》’之説,爲復興《穀梁》學找到了最好的名義。”[3]

這是一個尚待商酌的説法。閱讀《儒林傳》的敘事,讀者僅知道宣帝因爲聽聞戾太子好《穀梁》而詢問韋賢、夏侯勝、史高三人的意見。《漢書》原文,採用了“聞”某事而“以問”某人的句式。“衛太子好《穀梁春秋》”是“聞”的内容,亦即宣帝提問的源頭,但它不等於“以問”的問題。如《師丹傳》云:“會有上書言古者以龜貝爲貨,今以錢易之,民以故貧,宜可改幣。上以問丹,丹對言可改。”[4]從師丹“可改”的答覆,可知哀帝詢問的主要是改幣建議的可行性,其中是否提及上書之事? 難以確定。同樣的道理,韋賢三人回答説“穀梁子本魯學,公羊氏乃齊學也,宜興《穀梁》”,不曾述及“衛太子好《穀梁春秋》”的往事。完全可能的

---

〔1〕 錢穆《兩漢經學今古文平議》,第 4 頁。

〔2〕《漢書》卷八十八,第 3618 頁。

〔3〕 程蘇東《從六藝到十三經》上册,第 218 頁。

〔4〕《漢書》卷八十六,第 3506 頁。

是,宣帝衹問《穀梁》是什麼作品,或拿它與《公羊》作比較,而不説起戾太子。程蘇東斷定他"向羣臣提起衛太子好《穀梁春秋》之事",不是準確的解讀。

此外,"聞"某事而"以問"某人的句式,並不藴涵問者已有固定的答案或立場要求對方作出標準的表態。如《張敞傳》云:"元帝初即位,待詔鄭朋薦敞先帝名臣,宜傅輔皇太子。上以問前將軍蕭望之,望之以爲敞能吏,任治煩亂,材輕非師傅之器。"[1]張敞是漢元帝屬意的人選,但蕭望之卻唱了反調,足見回答"以問"之人不必提供預料中的滿意答案。程蘇東認定"羣臣自然心領神會",已預設:(1)君臣之間雖不説破,但韋賢三人已洞悉宣帝的真正心意,刻意配合和奉迎。(2)這三人所言是爲了滿足皇帝説不出口的私意,而非出自他們的真心,所以他們欠缺稟持是非原則的操守。

可是,上述兩個預設都不能成立。就(1)而言,《儒林傳》僅提到漢宣帝詢問是因爲"聞衛太子好《穀梁春秋》",究竟"以問"背後有什麼心理動機?什麼也没有説。如上所述,宣帝不見得在詢問時必定提及衛太子之事。限於文本記載不足,讀者甚至連當時他有什麼行爲反應也搞不清楚。勉强要説的話,大概可以説宣帝想知道《穀梁》的一些狀況,但很難説這必是借此提高戾太子的聲望。事實上,《儒林傳》完全没有"心領神會"或類似的記載。其述韋賢三人之答問,僅言"皆魯人也",意謂他們"宜興《穀梁》"的建議,是由於他們都是"魯人"的身份所致。"心領神會"之説,純屬推測,缺少必要的文獻依據。

就(2)而言,涉及韋賢三人的品性判斷。《漢書》衹提及史高因發舉霍氏而封侯,並在宣帝死前被委以重任;[2]至於他對儒家經典的態度如何,欠缺敘事,無從深談。相較之下,韋賢和夏侯勝的史料較多,《韋

[1] 《漢書》卷七十六,第3226頁。
[2] 《漢書》卷八十二,第3375—3376頁。

賢傳》云:"賢爲人質樸少欲,篤志於學……帝初即位,賢以與謀議,安宗廟……以先帝師,甚見尊重。"[1]閱讀這些敘述可知,韋賢不失爲行誼端正的大儒,其人得到漢宣帝的尊重,亦不見得是曲意逢迎君主的結果。至於夏侯勝,個性更是耿直剛烈,前文已提及,他反對宣帝發布褒揚武帝的詔書而下獄,當時他就表示:"人臣之誼,宜直言正論,非苟阿意順指。議已出口,雖死不悔。"[2]因爲擇善固執,故面對羣臣責難,夏侯勝亦無絲毫動摇。不難看見,《漢書》對韋賢和夏侯勝的品性刻畫,實不能支持"心領神會"的猜想。

"心領神會"之説,在很大程度上低估(如果不是否定的話)韋賢三人答問的客觀性和可信性。《儒林傳》記載他們"宜興《穀梁》"的主張時,其理由是"穀梁子本魯學,公羊氏乃齊學"。《漢書》記述其意,没有非議,僅是説韋賢三人都是"魯人"的身份。爲什麽這樣寫呢? 是"魯人"偏幫"魯學"麽?《儒林傳》没有這樣説。[3]跟許多正史的書寫一樣,《漢書》採用述而不議的敘事方式,已隱默地預設所述内容基本屬實。是故,認爲穀梁子屬於魯學,公羊氏屬於齊學,應該是具有事實根據的説法。韋賢三人以此爲論,是一個説得出口的理由,不致惹來懷疑和挑戰。最低限度,在《漢書》找不到任何反證。明乎此,《儒林傳》記載韋賢三人的答問,特别强調"皆魯人也",應該理解爲這是班固信任其言的書寫方式——"魯人"比不是"魯人"的人,更加瞭解"魯學"是什麽,以及其與"齊學"的不同。其"宜興《穀梁》"之議,是可信的。除非找到其他確實的反證,否則没有理由否定韋賢三人答問的客觀性。前人讀史,也傾向這麽理解,例如唐晏檢討這次答問,就相信韋賢三人答問是可靠的:"韋賢、夏侯勝均不以《春秋》著,而云《穀梁》魯學、《公羊》齊學,是齊、魯

---

〔1〕《漢書》卷七十三,第 3107 頁。

〔2〕《漢書》卷七十五,第 3156 頁。

〔3〕徐復觀認爲韋賢三人這樣説是"出於鄉土觀念",參閱《中國經學史的基礎》,臺北:臺灣學生書局,1982 年,第 198 頁。然而,"皆魯人也"一語,卻不涵蘊班固有此意思。

是非之分,西漢儒者灼知之。"[1]儘管"魯學"和"齊學"的内涵和外延尚待確定,但唐晏的觀點已夠提醒讀者,《穀梁》在學術淵源上具有可以推崇的地位,故有人以此對宣帝進言。不相信《儒林傳》這一記載,反而没有根據地推測漢宣帝的圖謀,是本末倒置的做法。

聽了韋賢三人的答問,宣帝當場有什麼反應?《漢書》没有記載。《儒林傳》截至"宜興《穀梁》"而止,接著談論蔡千秋被召見等事。讀者不清楚宣帝對"魯學"有什麼觀感,也不知道"魯學"和"齊學"的區別是否能夠打動他。無疑,他後來扶持《穀梁》學者,但不意味他在聽了韋賢三人答問後已站在"魯學"一邊。然而,陳蘇鎮認定宣帝遠在韋賢答問以前已有偏向,還相信這是早年教育的結果:"宣帝早年所受教育可能也受太子黨學術傳統的影響。據前引《張安世傳》,宣帝'壯大'後,張賀曾'教書,令受《詩》'。《宣帝紀》則曰'師受《詩》、《論語》、《孝經》',曰'受《詩》於東漢澓中翁',澓中翁僅此一見,所治之《詩》屬哪家哪派已無考。但張賀作爲太子黨重要成員,學術立場應與衛太子相同。我們知道,《穀梁》、《魯詩》皆傳自申公,實爲一家。太子一派於《春秋》即好《穀梁》,於《詩經》很可能偏好《魯詩》。由此推論,張賀爲宣帝所選的老師,很可能是《魯詩》學者。"[2]

以上論斷,似乎摻雜了一些不牢靠的歷史想象。無疑,張賀因戾太子之敗而下蠶室,[3]但没有證據顯示他也有"好《穀梁》"的態度。如上所述,戾太子的賓客"多以異端進者",誰能擔保張賀不是"異端"而是《穀梁》的支持者?"私問《穀梁》而善之"的是"少壯"時期的戾太子,没有材料可以説明戾太子後來對《穀梁》究竟如何。除非找到證據顯示戾太子不僅一直篤好《穀梁》,而且拿《穀梁》作爲衡量賓客聘用的決定性條件,否則没有理由相信"太子一派於《春秋》即好《穀梁》"。戾太子真

[1] 唐晏《兩漢三國學案》卷八,吴東民點校,北京:中華書局,1986年,第407頁。
[2] 陳蘇鎮《〈春秋〉與"漢道"》,第318頁。
[3] 《漢書》卷五十九,第2651頁。

的不能接受《穀梁》以外的學術立場嗎？如果是的話，如何解釋"異端"爲何得"進"？如果不是的話，憑什麽認定張賀必是"好《穀梁》"？很難想象所謂"太子黨"（事實上，所謂"太子黨"也不過是今人相對隨意的用語）必像現代剛性政黨那樣要求組織上下意識形態的高度一致。在古代政治世界中，領導與隨從各有不同的學術主張，何怪之有？

如上所述，"聞衛太子好《穀梁春秋》"在"即位"之後。没有任何材料顯示他在即位以前已接觸過《穀梁》。爲了證明漢宣帝早年教育受到"太子黨學術傳統的影響"，陳蘇鎮猜測張賀爲宣帝所選的老師"很可能是《魯詩》學者"。然而，《魯詩》與《穀梁》究竟是什麽關係？《儒林傳》云："申公卒以《詩》、《春秋》授，而瑕丘江公盡能傳之，徒衆最盛。"〔1〕據此，錢穆説江公"兼通《魯詩》與《穀梁》。是《穀梁》本與《魯詩》相通也。"〔2〕《儒林傳》"盡能傳之"，錢穆説是"兼通"尚無謬誤，但"兼通"不等於"相通"。"盡能傳之"和"兼通"是説江公傳習《詩》和《春秋》二者，涉及一人兼顧兩部經典的學術能力；"相通"是兩部經典在内容觀點上有些地方相似或相同之處，涉及兩部經典的内容有没有相容的可能性。由於《魯詩》並無完整文本傳世，它與《穀梁》在多大程度上"相通"已無從稽考。錢穆由"兼通"推出"相通"，是對《儒林傳》的過度詮釋，不宜依從。陳蘇鎮據錢穆此説，進而斷定《穀梁》、《魯詩》"實爲一家"，亦非堅實之論。退一步説，即使承認《魯詩》與《穀梁》有些關係，也不能由此推出宣帝的老師是《魯詩》學者。根據《宣帝紀》和《張安世傳》，讀者衹知道漢宣帝曾經學《詩》，〔3〕但此《詩》究竟屬哪家哪派？澓中翁又是什麽家派？《漢書》没有蛛絲馬跡可供窺探。

由於太子黨"好《穀梁》"本是虛擬的前提，宣帝所學的是否《魯詩》也不能確定，所以他的早年教育與"太子黨學術傳統"也不見得有什麽

〔1〕《漢書》卷八十八，第3608頁。

〔2〕錢穆《秦漢史》，北京：三聯書店，2004年，第230頁。

〔3〕《漢書》卷八，第237—238頁；卷五十九，第2651頁。

關連。然而,陳蘇鎮還是希望從早年教育找到韋賢答問的答案:"韋賢等人的觀點有個既定的前提,即魯學優於齊學。在這個既定前提之下,他們祇要説明《穀梁》是魯學,《公羊》是齊學,便可得出'宣興《穀學》'的結論了。韋賢等皆魯人,其魯學優於齊學之觀點或許出於地域偏見。但宣帝並非魯人,韋賢等人憑什麼斷定宣帝會接受這一前提? 一個可能的答案是:韋賢等人知道宣帝曾受《魯詩》,因而認定他會站在魯學一邊支持《穀梁》。"[1]

與"心領神會"之論一樣,這裡認定宣帝曾受《魯詩》是令他支持《穀梁》的原因,同樣已預設韋賢三人的答問在客觀上没有足以令人信服的力量。不過,由"穀梁子本魯學,公羊氏乃齊學"推出"宜興《穀梁》"的主張,其實不必預設"魯學優於齊學"的前提。"宜興《穀梁》"的"興",是宣導義。之所以需要"興",是因爲《穀梁》發展不振,戾太子問江公後"浸微",祇有少數"好學者"學習。就字面意義上看,"穀梁子本魯學,公羊氏乃齊學"是指出這兩部經典的祖師各有不同的學術淵源,韋賢三人是否斷言"齊學"不如"魯學"?《儒林傳》没有這麼説。以"魯學"論證"興《穀梁》",立足點不必是"魯學優於齊學"。"興《穀梁》"不蘊涵黜《公羊》或貶齊學。依韋賢三人的觀點,聽者最直接收到的信息是二傳在學術上各有統緒,不能將之等同或彼此替代。現在不清楚他們所説的"魯學"和"齊學"究竟是什麼,但從地理上劃分學術觀點的不同,在漢代並不陌生。《藝文志》記載西漢《論語》的研究狀況,便有"齊、魯之説":"傳《齊論》者,昌邑中尉王吉、少府宋畸、御史大夫貢禹、尚書令五鹿充宗、膠東庸生,唯王陽名家。傳《魯論語》者,常山都尉龔奮、長信少府夏侯勝、丞相韋賢、魯扶卿、前將軍蕭望之、安昌侯張禹,皆名家。"[2]據此推想,"魯學"和"齊學"大概不是韋賢三人杜撰的説法,總有一定的事實基

〔1〕 陳蘇鎮《〈春秋〉與"漢道"》,第318頁。
〔2〕《漢書》卷三十,第1717頁。

礎。無論如何,以“魯學”和“齊學”爲立論的憑據,重點在於《公》、《穀》二傳的差異,而非優劣的評比。也就是説,“宜興《穀梁》”的理據是《穀梁》的“好”(good),是獨特的“好”,是有别於《公羊》的“好”,不必是“更好”(better)。後來《穀梁》立學的發展,也不是以抹煞或壓倒《公羊》爲其前提。

指出韋賢三人“皆魯人也”,不意味班固認爲他們的觀點“出於地域偏見”。三個“魯人”在談“魯學”和“齊學”的不同,進而得出“宜興《穀梁》”的結論,衹能説明他們覺得《穀梁》和“魯學”具有不可磨滅的價值,不應就此没落。這是“並非魯人”的聽者難以接受的主張嗎?必須聽者早年具有“魯學”的教育方能接受嗎?没有“魯人”或“魯學”的背景就不可能接受“宜興《穀梁》”的建議嗎?假如“宜興《穀梁》”不過是支持一門不流行而又有價值的學問,不涉及政治路線的選擇,有必要認定宣帝與“魯學”的内在關連嗎?《儒林傳》既未提及韋賢三人進言時有何想法,也没有記載宣帝對“宜興《穀梁》”之語當場有什麽反應。就文本的詮釋空間而言,是不能抹煞以下一個可能性:宣帝知道《穀梁》屬於“魯學”,是有些臣子公開表態肯定的好東西。他以前學的不是《魯詩》,也不曾接受“魯學”的教育,但不管以前學的是什麽,他聽了臣下答問後也没有立即作出什麽公開表態,後來召見蔡千秋後方始欣賞《穀梁》的觀點。認定韋賢三人“知道宣帝曾受《魯詩》”,故在答問時也預期宣帝“站在魯學一邊支持《穀梁》”,就現存史料而言,恐怕是毫無根據的猜測。没有任何證據顯示宣帝在答問前後已有偏向《穀梁》的態度,很難説他在聽了韋賢三人的回答便“爲復興《穀梁》學找到了最好的名義”。〔1〕

六、宣帝扶助《穀梁》的措施

漢宣帝在“即位”後方才聽聞戾太子好《穀梁》,而他在詢問韋賢三

〔1〕 程蘇東《從六藝到十三經》上册,第218頁。

人的意見時和更早之前也没有偏愛《穀梁》的表現。戾太子好《穀梁》的往事,是宣帝探查《穀梁》的一個原因。但"聞"不等於"喜"或"好"。衹要撇開"平反"或"慰藉"之類的心障,不刻意誇大戾太子或太子黨的影響,就没有理由認定宣帝早有支持《穀梁》的構想。真正使他開始喜歡《穀梁》的觀點,是江公的學術傳人蔡千秋。

在記述宣帝向韋賢三人問《穀梁》後,《儒林傳》接著刻畫蔡千秋的影響:"時千秋爲郎,召見,與《公羊》家並説,上善《穀梁》説,擢千秋爲諫大夫給事中,後有過,左遷平陵令。復求能爲《穀梁》者,莫及千秋。上湣其學且絶,乃以千秋爲郎中户將,選郎十人從受。汝南尹更始翁君本自事千秋,能説矣,會千秋病死,徵江公孫爲博士。劉向以故諫大夫通達待詔,受《穀梁》,欲令助之。江博士復死,乃徵周慶、丁姓待詔保宫,使卒授十人。自元康中始講,至甘露元年,積十餘歲,皆明習。"〔1〕

"時千秋爲郎"的"時",是指韋賢三人答問的同時。在此之前,没有證據顯示宣帝已有扶持《穀梁》的想法,甚至對《穀梁》恐怕也未必有什麽瞭解。從韋賢三人的答問,他知道《穀梁》屬於"魯學",也知道這三個"魯人"支持《穀梁》的推廣,但《儒林傳》没有記載他對這個答問有何感受。相較之下,蔡千秋卻能真正打動宣帝的好感。如上所述,蔡千秋是榮廣、皓星公的弟子,瑕丘江公的徒孫。與榮廣一樣,蔡千秋具有過人的談鋒。"召見"蔡千秋,讓他"與《公羊》家並説",可以説宣帝給了他發揮辯才的機會,但給予機會不等於事先已有支持(無論是公開抑或暗示)的意向。《儒林傳》記載"上善《穀梁》説"於"與《公羊》家並説"之後,意謂宣帝聽了蔡千秋與《公羊》學者的辯論,比較欣賞蔡千秋所講的《穀梁》觀點。不能説宣帝在召見蔡千秋之前已有"善《穀梁》説"的思想。"《穀梁》説"特指蔡千秋講解《穀梁》的各種主張。剔除"與《公羊》家並説"之語,僅從"上善《穀梁》説"起開始引録《儒林傳》以上引文,是割裂

〔1〕《漢書》卷八十八,第3618頁。

文意,容易誤導讀者以爲漢宣帝早已懷有喜好《穀梁》的想法。[1]宣帝的"善",是因爲蔡千秋在辯論中的表現。没有證據顯示他事先要保證蔡千秋或其他《穀梁》學者的"成功"。這次辯論帶來宣帝的"善",當時還看不出他已有支持《穀梁》的"決心"。吴濤説:"他爲了保證自己能夠成功,並没有貿然地就讓《公》、《穀》兩家展開激烈辯論。他先是在小範圍内使蔡千秋與《公羊》學者進行了辯論,確立了要扶持《穀梁》學派的決心。"[2]其實,宣帝"召見"蔡千秋,衹能理解爲他想從蔡的口中多瞭解《穀梁》,很難説他早有對《公》、《穀》懷有黜陟之想。真要説宣帝支持《穀梁》的"決心",恐怕是"湣其學且絶"以後的事情,不宜推算得過早,更不宜撇開蔡千秋不談。

忽略了蔡千秋的作用,很難理解宣帝支持《穀梁》的行爲。因爲他與《公羊》學者的辯説,宣帝有了"善《穀梁》説"的感受;因爲他的"左遷",宣帝在尋找其他"能爲《穀梁》者",結果卻没有人比得上他,方有"湣其學且絶"的憂傷。當時起用的《穀梁》學者,多多少少與蔡千秋有些關係:"以儒術進"[3]的尹更始"本自事千秋",與蔡千秋一樣"能説矣";瑕丘江公之孫被徵爲博士,是因爲"千秋病死";[4]而劉向之起用,則是充當江博士的助手。江博士死後所徵的周慶、丁姓"皆從廣受",[5]與蔡千秋一起師從榮廣,而後來教授的官學弟子,都是出自周、丁門下。之所以起用這些人,追本溯源,實是"湣其學且絶"的心理表現。漢宣帝這種擔心,離不開他對蔡千秋的欣賞。程蘇東强調宣帝"對復興《穀梁》所傾注的熱情,不可等閒視之",[6]卻不審視這種"關心"和

〔1〕程蘇東就是這樣的做法,其引《儒林傳》從"上善《穀梁》説"開始引録,而不提及蔡千秋與"善"的關係,參閱《從六藝到十三經》上册,第218—219頁。

〔2〕吴濤《"術"、"學"紛爭下的西漢〈春秋〉學》,第129頁。

〔3〕《漢書》卷五十八,第2634頁。

〔4〕吴濤《"術"、"學"紛爭下的西漢〈春秋〉學》(第129頁)説"丁千秋死後徵召江博士",誤讀"千秋病死"的"千秋"爲丁千秋。

〔5〕《漢書》卷八十八,第3618頁。

〔6〕程蘇東《從六藝到十三經》上册,第219頁。

“熱情”與蔡千秋的關係,令人納罕。

儘管甘露三年(前 51 年)方才正式立《穀梁》博士,但從江公之孫被徵爲博士起,《穀梁》實已取得官學的地位,故《劉向傳》云:“會初立《穀梁春秋》,徵更生受《穀梁》。”[1]此“初立”的“立”,與石渠會議後《穀梁》博士之“立”,都是確立義。前者的“初立”,已如後來博士與弟子員的關係,像蔡千秋、周慶、丁姓所教的,就是後來博士所做的工作,而劉向和“明習”的十人一樣,都是屬於官學生的性質。

必須指出,宣帝扶持《穀梁》的客觀環境,是《穀梁》瀕臨滅絶的衰頹狀態。自武帝立五經博士,開弟子員,經典研究已趨時興,而在全國範圍内,居然找不到比得上蔡千秋的《穀梁》學者。在宣帝看來,《穀梁》隨時可能失傳,處境相當糟糕,而“湣其學且絶”的“湣”,反映他對《穀梁》的危局感到憐憫和同情。不明白這種心情,就不能理解蔡千秋“左遷”後被任爲郎中户將,選郎十人接受蔡的教導。這種擔心也是空穴來風。蔡千秋及他的繼任人江博士相繼死去,顯示“其學且絶”已有迫在眉睫的危機,不宜撒手放任。故在江博士死後,宣帝徵周慶、丁姓“待詔保宫”,像蔡千秋授郎十人的做法,教導十人學習《穀梁》,歷時“十餘年”之久。徐復觀檢討其事,因爲没有從戾太子的影響來解讀《儒林傳》,故能得出比較客觀的結論:“倘非經宣帝的大力支持,使其能與《公羊》並立,很可能與鄒氏、夾氏同一命運。”[2]宣帝措施的目的是拯救學術,而非什麽“平反”或“慰藉”。

無疑,宣帝扶持了《穀梁》的發展,但需要辨識的是,這是否别有用心的異常安排?繼續把觀察的焦點集中在戾太子的影響,很容易覺得以上這些都是暗藏玄機的做法。像程蘇東就説,“宣帝親自介入此事,對《穀梁》學的發展極爲關心”,[3]言下之意,就是認爲宣帝不予介入,

〔1〕《漢書》卷三十六,第 1929 頁。
〔2〕徐復觀《中國經學史的基礎》,第 181 頁。
〔3〕程蘇東《從六藝到十三經》上册,第 218 頁。

方是正常的表現。不過,若把視野放寬,把目光投注在其他經説的立學過程上,便會發現宣帝對其他經典也是"極爲關心",也有找官學生跟從經師學習的做法。《儒林傳》記載梁丘臨發揮乃父學説的情況:"時宣帝選高材郎十人從臨講,(王)吉乃使其子郎中駿上疏從臨受《易》。"〔1〕這裡敍述宣帝爲了讓梁丘《易》得到傳承而找人向梁丘臨問學,不是與上述找人學習《穀梁》的做法有些相似麽?其中,主要的差别在於推廣《穀梁》時遇到的波折更多,先後發生蔡千秋和江博士逝世的悲劇,不得不重新改换教師。《穀梁》與梁丘《易》,二者皆是石渠議後立學,前者好事多磨,需要宣帝更易人手,後者則比較順利,無甚波折。假如《穀梁》也有像梁丘臨這樣穩妥的傳人,也許《漢書》就不需要多花筆墨記載其中的困難。説到底,《儒林傳》描述宣帝扶持《穀梁》的做法,不過是把能找到的經師找過來教導學生,聽講受學的人數不過十人而已,不比梁丘《易》的學生更多。

不能忽略的是,當時和以後也找不到任何一位《穀梁》經師享有隆重的尊榮待遇。同樣在石渠後立學,開創大夏侯《尚書》的夏侯勝,生前"受詔撰《尚書》、《論語説》,賜黄金百斤",死後"賜塚塋,葬平陵"。而且,孝昭皇后(即宣帝的太后)"賜錢二百萬,爲勝素服五日,以報師傅之恩,儒者以爲榮"。〔2〕這裡,固然有夏侯勝作爲昭后師傅的特殊因素在内,但從《穀梁》學者無人享有如此尊榮的客觀事實,也反映了一個簡單的道理:與其他經説相比,《穀梁》没有高人一等的地位。假如宣帝真的想透過抬高《穀梁》而"給自己受冤而死的祖、父一些慰藉",爲何不讓以前教過戾太子《穀梁》的瑕丘江公享有某些類似夏侯勝所得的尊榮?限於史料闕如,不清楚江公何時逝世。但即使江公已死,也不代表宣帝不能予以尊顯。《張安世傳》記載宣帝這麽回報童年時教養過他的張賀:

〔1〕《漢書》卷五十八,第3600—3601頁。
〔2〕《漢書》卷七十五,第3159頁。

“上追思賀恩,欲封其塚爲恩德侯,置家塚二百家。賀有一子蚤死,無子,子安世小男彭祖。彭祖又小與上同席研書,指欲封之,先賜爵關内侯。……”[1]假如宣帝真的在乎戾太子受《穀梁》一事,能不能追思江公之恩,封侯置塚或賜爵其子孫呢?《儒林傳》的記載已經表明,江公不論生前死後,未嘗得到些微的報答,而其孫江博士也不過是作爲替補蔡千秋的人選,而被徵爲博士。

還有,像宣帝生前所能接觸和影響的親戚,包括元帝、元后、成帝等,無人像昭后學《尚書》那樣接受《穀梁》的教育,也没有人像夏侯勝那樣成爲未來的帝王或后妃的師傅。假如宣帝支持《穀梁》,不過是抱著拯救一門瀕臨滅絶的學問的心態,那就罷了,因爲立爲官學已算是達成目的有餘;但假如這一切意味著政治方針的重新釐定,或褒揚戾太子的認同心理,那就要追問:《穀梁》爲何不能成爲帝后教育的主要教本?爲何“柔仁好儒”[2]的元帝不像昭后受《尚書》那樣學習《穀梁》?如果立《穀梁》真的是宣帝“爲衛太子提高聲望”而“傾盡其力,促成其事”,[3]爲何不責令太子學習《穀梁》,仿戾太子的“故事”呢?

七、疏廣叔侄引退與《穀梁》學者無關

陳蘇鎮很清楚皇族教育對學派地位的重要性,可惜他没有正視《穀梁》經師不曾任教元帝的事實,反而認定剛被扶持的《穀梁》學者已構成對其他學者的威脅:“疏廣是孟卿的弟子,筦路的老師,是《公羊》家的重要學者。宣帝初立太子,以疏廣叔侄爲師傅,當與武帝詔太子受《公羊春秋》意義相同。其後,宣帝日益偏愛《穀梁》,對太子師傅必然要做相應變更。對此,疏廣叔侄似有所察覺,遂雙雙託病辭職還鄉。……疏廣

〔1〕《漢書》卷五十九,第2651頁。

〔2〕《漢書》卷九,第277頁。

〔3〕程蘇東《從六藝到十三經》上册,第222頁。

辭職約當元康四年,其時《穀梁》講習班當已開講。據本傳所載,疏廣與宣帝並無矛盾,且甚‘見器重’,除師傅之位將被《穀梁》家所奪之外,我們看不出其‘辱殆’之‘懼’,還有什麽别的由來。”〔1〕

上述論斷,有些需要辨正的問題。《疏廣傳》言“少好學,明《春秋》”,〔2〕不曾明言他所學的就是《公羊》。《儒林傳》指出疏廣的老師和學生是孟卿和筦路,但有關孟卿的部分,僅説“善爲《禮》、《春秋》”,又説“世所傳《後氏禮》、《疏氏春秋》,皆出孟卿”。〔3〕此《疏氏春秋》,有多少解經意見與《公羊》相合?能不能把孟卿歸類爲《公羊》學者?因《疏氏春秋》已經失傳,基本上無法回答這些問題。至於筦路,《儒林傳》僅指出他與冥都“又事顔安樂,故顔氏復有筦、冥之學”。〔4〕依此,筦路算是《公羊》學者,但這是因爲顔安樂這位《公羊》大師是他的另一位老師。疏廣本人是否遵奉《公羊》?又是一個找不到答案的難題。審讀《漢書》這些片斷,實在無法確定疏廣是否“《公羊》家的重要學者”。

《疏廣傳》記載立太子一事,僅言“廣徙爲太傅”,又言其侄疏受“辭禮閑雅”,因而得到宣帝“歡説”,隨後“拜受爲少傅”。〔5〕其中,没有提及宣帝下詔指示教些什麽,與戾太子“詔受《公羊春秋》”〔6〕的情況並不相同。在他們教育下,十二歲的元帝(當時還是太子)“通《論語》、《孝經》”。〔7〕這兩部都是兒童比較適合的讀物,至於疏廣擅長的《春秋》,元帝究竟學了多少?不清楚。究竟疏廣在《春秋》上的教養在多大程度上影響宣帝聘任的决定?也不清楚。把元帝與戾太子的教育視作“意義相同”,是有待證明的論斷。

疏廣學的是什麽派别的《春秋》學説?他本人對《穀梁》是什麽態度?宣帝是否真的不想太子教育受疏廣叔侄的影響?《漢書》除了“明

---

〔1〕 陳蘇鎮《〈春秋〉與“漢道”》,第319頁。

〔2〕〔5〕〔7〕《漢書》卷七十一,第3039頁。

〔3〕《漢書》卷八十八,第3599頁。

〔4〕《漢書》卷八十八,第3617頁。

〔6〕《漢書》卷六十三,第2741頁。

《春秋》”外,不曾進一步介紹疏廣有什麽學術觀點,而疏受更是學術背景不明,連他是否《春秋》學者也無從確定。在班固筆下,未嘗著墨於《春秋》學説與疏廣叔侄並爲太子師傅的關係,衹知道疏廣是比較公道和不屈從權勢的儒者,當外戚許伯提出其弟許舜監護太子家的建議時,遂以“不宜獨親外家許氏”爲由,公然予以反對,以致宣帝“善其言”,而丞相魏相亦表示“此非臣等所能及”,疏廣“由是見器重,數受賞賜”。[1]没有跡象顯示宣帝有可能因爲《春秋》學説不合而嫌棄疏廣叔侄。自始至終,《疏廣傳》不曾提及《穀梁》或《穀梁》學者,遑論其對疏廣叔侄的威脅了。元帝在地節三年(前 67 年)立爲太子;五年後,即元康四年(前 62 年),疏廣叔侄請辭。周慶、丁姓講授《穀梁》的起始時間是“元康中”,姑且暫定爲元康三年(前 63 年)。結合二者,疏廣叔侄辭職,是《穀梁》講習班開始還不過一年左右的時間。如上所述,宣帝基於“湣其學且絶”的心理而扶持《穀梁》,而學生們研習《穀梁》能得到什麽成果?還不清楚。有没有可能發生像“選郎十人從受”而蔡千秋猝死的變故?有待時間驗證。講授初時,誰能保證“十餘歲”後《穀梁》學生“皆明習”的優秀成果?衹要不是想入非非,就没有理由“元康中”已出現《穀梁》可能奪取“師傅之位”的跡象。

據《疏廣傳》記載,疏廣叔侄引退之時,正值二人最爲風光之時:“太子每朝,因進見,太傅在前,少傅在後。父子並爲師傅,朝廷以爲榮。”傳中記載疏廣勸導疏受之言:“吾聞‘知足不辱,知止不殆’,‘功遂身退,天之道’也。今仕官至二千石,宦成名立,如此不去,懼有後悔,豈如父子相隨出關,歸老故鄉,以壽命終,不亦善乎?”[2]閲讀此語,讀者可以感受此老深曉《老子》的智慧,眼前雖無迫切的危機,但也懂得急流勇退。這種長算遠略、防患於未然的心理,在當時的高級官員中,其實

〔1〕〔2〕《漢書》卷七十一,第 3039 頁。

不算罕見。《張安世傳》云:"安世自見父子尊顯,懷不自安,爲子延壽求出補吏,上以爲北地太守。"[1]同樣是二代榮耀,同樣是年老不安,張安世讓兒子補吏的做法,也是謀求退路免遭不測的盤算。像疏廣、張安世這樣的自保策略,關鍵是"懼有後悔"的防範心理。陳蘇鎮"似有所察覺"的判斷,不僅找不到疏廣叔侄預估《穀梁》學者將任太子師傅的證據,而且也錯解疏廣的心理自白。"知足不辱,知止不殆"是對"辱"和"殆"的畏懼和回避,不必真的看見"辱"和"殆"來臨方有這樣的想法。

疏廣叔侄没有留下日記、書信或反映個人心理的史料,没有任何證據可以確定"懼有後悔"背後經歷了什麼遭遇。勉强要猜測的話,其實未必需要從疏廣與《春秋》學者的關係上著眼。《疏廣傳》既然圍繞著疏廣叔侄"並爲師傅"的傳奇性來描述他們的"榮"和"懼",那麼作爲太子師傅的風險又是什麼呢？恐怕不僅是喪失職業的風險,還有太子得不到主上歡心,甚至出現廢位的可能性。戾太子的殷鑒,擺在眼前;[2]疏廣教育的元帝,在即位前也不是一帆風順,一度出現了太子廢立的危機。《元帝紀》云:"壯大,柔仁好儒。見宣帝所用多文法吏,以刑名繩下,大臣楊惲、蓋寬饒等坐刺譏辭語爲罪而誅,嘗侍燕從容言:'陛下持刑太深,宜用儒生。'宣帝作色曰:'漢家自有制度,本以霸王道雜之,奈何純任德教,用周政乎！且俗儒不達時宜,好是古非今,使人眩於名實,不知所守,何足委任？'乃歎曰:'亂我家者,太子也！'由是疏太子而愛淮陽王,曰:'淮陽王明察好法,宜爲吾子。'而王母張婕妤尤幸。上有意欲用淮陽王代太子,然以少依許氏,俱從微起,故終不背焉。"[3]

讀史者論此,通常都是著眼於"霸王道雜之"一語,審視漢廷乃至整

〔1〕《漢書》卷五十九,第2651頁。

〔2〕《張湯傳》云:"太子敗,賓客皆誅,安世爲賀上書,得下蠶室。"參閱《漢書》卷五十九,第2651頁。戾太子之死,連累賓客全數伏誅,如無張安世求情,張賀自無倖免之理。賓客尚且如此,其他在太子身邊更顯耀的人,豈能免罪？

〔3〕《漢書》卷九,第277頁。

個中華帝國的治國原則。若就本文的分析而言,值得注意的倒是元帝忤逆君父的後果。淮陽王"明察好法",比元帝"柔仁好儒",更得宣帝喜愛;而元帝也不懂得自我保護,看了宣帝任用文法吏"以刑名繩下",還唱反調勸導"宜用儒生"。顯然,父子之間存在觀念價值的矛盾,但元帝不是懂得迎合乃父心意的乖兒子,如果没有生母許氏這一重歷史關係,他可能已被剥奪太子之位。此外,觸發元帝進言的是蓋寬饒、楊惲二人之死。蓋寬饒被判有罪,下有司而自殺;楊惲被免爲庶人,因不悔過、怨望而被腰斬。二事先後發生在神爵二年(前 60 年)和五鳳二年(前 56 年),〔1〕上距疏廣叔侄引退的元康四年(前 62 年),分别是 2 年和 6 年,相隔時間不久。在此,不妨大膽猜想:假如元帝"柔仁好儒"的品性在童年時已有徵兆,與宣帝的執政風格明顯不合,看在淵圖遠算的疏廣叔侄眼中,自然有可能預判到其中的危險性。事實證明,疏廣叔侄"行止足之計,免辱殆之絫",〔2〕是相當明智的做法,因爲已經離開師傅之位,元帝批逆龍鱗一事,即使最終導致太子易位,也不致直接衝擊他們的安危。以上的推測,雖還没有直接的文獻依據,但揆諸事理,似乎比陳蘇鎮的説法更爲切實一些。當然,這不是説元帝可能被廢的潛在風險必是疏廣叔侄請辭的原因。他們二人究竟如何想法,現已無考。這裡衹是透過其他可能性的陳列,指出令疏廣叔侄"懼"的,應該還有"别的由來"。硬把《穀梁》學者繼任師傅的可能性説成他們引退的主要原因,不能説是符合客觀實際的判斷。

認爲《穀梁》家可能威脅疏廣叔侄師傅之位,這個説法最大的問題在於:隨後的太子太傅没有一人是《穀梁》學者。對此,陳蘇鎮這麼解説:"事實上,疏廣辭職後,擔任太子太傅的先後有夏侯勝、黄霸、蕭望之等人。夏侯勝從夏侯始昌受《尚書》,善説禮服,於《公》、《穀》兩家,主張

〔1〕《漢書》卷八,第 262、266 頁。

〔2〕《漢書》卷七十一,第 3053 頁。

‘宜興《穀梁》’。黄霸則是夏侯勝的獄中弟子,學術立場當與夏侯勝同。蕭望之‘事同縣后倉且十年’,而后倉則是夏侯始昌的弟子,其學本與夏侯勝同源;後‘又從夏侯勝問《論語》、《禮服》’,成了夏侯勝的弟子。在《公》、《穀》兩家中,他也偏向《穀梁》。看來,疏廣之‘懼’不是無緣無故。”[1]

以下,逐一檢視疏廣之後的三個繼任者:

(1) 夏侯勝,開創大夏侯《尚書》的宗師。前已述及,他在生前和死後所得到的尊榮,遠非“其學且絶”的《穀梁》學者所能望其項背。在宣帝問《穀梁》的回答時,他和韋賢、史高三人以“魯人”的身份建言“宜興《穀梁》”,但在學術主張上,這不意味他是支持《穀梁》反對《公羊》。他一生中最著名的事蹟,就是公然反對宣帝褒揚武帝的詔書,其中所持的理據是武帝大興戰事竭民財力:“蝗蟲大起,赤地數千里,或人民相食,畜積至今未復。亡德澤於民,不宜爲立廟樂。”[2]以蝗災作爲否定武帝的理據,不僅是當時民情的報告,背後更有經典作其依據。《五行志》云:“董仲舒、劉向以爲蝗,螟始生也,一曰蝗始生。是時,民患上力役,解於公田。”[3]這個觀點,基本上是立足於《公羊》的説法。宣十五年經:“初税畝。冬,蝝生。”《公羊》云:“何譏爾? 譏始履畝而税也。何譏乎始履畝而税? 古者什一而藉。古者曷爲什一而藉? 什一者,天下之中正也。多乎什一,大桀小桀;寡乎什一,大貉小貉。”又云:“未有言蝝生者,此其言蝝生何? 蝝生不書,此何以書? 幸之也。幸之者何? 猶曰受之云爾。受之云爾者何? 上變古易常,應是而有天災,其諸則宜於此焉變矣。”[4]根據《公羊》的意見,魯宣公初税畝改易古制,故出現天災,指引國君有所改變。《五行志》所載董、劉二人的主張,基本上是從《公

〔1〕 陳蘇鎮《〈春秋〉與“漢道”》,第319頁。
〔2〕《漢書》卷七十五,第3156頁。
〔3〕《漢書》卷二十七,第1434頁。
〔4〕《春秋公羊傳注疏》卷十六,第359—360、362頁。

羊》發揮而來;[1]而夏侯勝據蝗災而批判武帝,也是立足於《公羊》的觀點。相比之下,《穀梁》雖也不贊成初稅畝,但不像《公羊》那樣强調上天示意宜變:"蝝非災也。其曰蝝,非税畝之災也。"[2]《穀梁》能提供天人感應的思想空間,遠不如《公羊》之廣。《漢書》記載夏侯勝"從始昌受《尚書》及《洪範五行傳》,説災異",[3]依此推想,夏侯勝的學術進路應該接近《公羊》多於《穀梁》。不管如何,他是治《尚書》的名家,石渠論後也獨自立學。因此,夏侯勝成爲太子太傅,衹能算是大夏侯《尚書》的鼎盛,與《穀梁》並不相干。

(2) 黄霸,西漢著名的循吏,因夏侯勝囚執而同時下獄。《循吏傳》記載黄霸"少學律令","因從勝受《尚書》獄中",[4]除了律令和《尚書》外,究竟他對《春秋》有没有自己的見解? 不清楚。由於他學習的是《尚書》,即使"學術立場當與夏侯勝同",也不能説明他對《穀梁》也是支持和擁護的態度。説實在的,師徒之間是否必然立場相同? 很難説。弟子不忠於師説,就發生在夏侯勝門下。夏侯勝的從父子夏侯建,就是反抗其説最力的急先鋒,大小夏侯相互辯駁,令人歎爲觀止:"勝非之曰:'建所謂章句小儒,破碎大道。'建亦非勝爲學疏略,難以應敵。"[5]後來,夏侯建另創小夏侯《尚書》,同樣在石渠會議後立學,足證夏侯勝也没有能力保證其弟子恪守其説。無論黄霸的想法究竟如何,《百官公卿表》記載他後來轉任御史大夫,"一年遷"。[6]在位時間過短,很難説這

[1] 因《儒林傳》載有劉向"受《穀梁》"的紀録,所以許多論者傾向把劉向視爲《穀梁》大師,但劉向學習過《穀梁》,不等於他的每一個主張都是根據《穀梁》而發,在《新序》、《説苑》諸書中,多有申《公》棄《穀》之例(參閲拙著《〈穀梁〉政治倫理探微:以"賢"的判斷爲討論中心》,第20—21、127頁)。而《五行志》記載各種劉向對《春秋》災異的解釋,幾乎在《穀梁》都找不到明確依據。有關這個問題,我將另文剖析,於此不贅。

[2] 《春秋穀梁傳注疏》卷十二,第205頁。

[3] 《漢書》卷七十五,第3155頁。

[4] 《漢書》卷八十九,第3627、3629頁。

[5] 《漢書》卷七十五,第3159頁。

[6] 《漢書》卷十九,第809頁。

是要他承擔改易太子教育方針的重責。即使是,但他作爲夏侯勝的弟子而出任太子太傅,充其量是大夏侯《尚書》的光榮,與《穀梁》有什麽關係?

(3) 蕭望之,本傳記載他有兩方面的師承關係:一是“事同縣后倉且十年”和“復事同學博士白奇”,[1]白奇是後倉弟子,而后倉曾“事夏侯始昌”。[2]據此,陳蘇鎮認爲“其學本與夏侯勝同源”,但《儒林傳》記載孟卿“善爲《禮》、《春秋》,授后蒼、疏廣”。[3]讀此可知,后倉不僅是蕭望之的老師,也是疏廣的同學。疏廣與蕭望之的學術淵源之深,似被嚴重忽略。蕭望之另一師承是“又從夏侯勝問《論語》、《禮服》”,陳蘇鎮説他“成了夏侯勝的弟子”,固然不錯,但這能保證他們師徒的立場必是相同嗎? 很難説。對蕭望之來説,因爲后倉的關係,疏廣肯定比《穀梁》學者要親近得多。至於夏侯勝,雖有“宜興《穀梁》”的建言,但這是對事不對人的意見,没有證據顯示他與《穀梁》學者有何交往。一邊是老師的同學,另一邊是與老師没有關係的陌生人,在疏廣與《穀梁》學者之間,蕭望之真的可能偏向後者嗎? 反過來看,在疏廣眼中,蕭望之這個師門後輩的存在,真的是令他感到“懼”而不得不及早引退嗎?

在《公》、《穀》兩家中,蕭望之是否“也偏向《穀梁》”呢?《漢書》没有提供明確的答案,《儒林傳》記載甘露元年“大議殿中”的情況,説“望之等十一人各以經誼對,多從《穀梁》”。[4]此“多從《穀梁》”,是十一個人集議後的結果,“多”是指支持《穀梁》的大多數人,其中是否包括蕭望之在内? 很有可能,但也不能抹煞否定的幾率。此外,《宣帝紀》云:“詔諸儒講《五經》同異,太子太傅蕭望之等平奏其議。”[5]在這次石渠會議後,《穀梁》最終得以立學,但上文僅言“平奏其議”,意謂蕭望之作爲會

〔1〕《漢書》卷七十八,第3271頁。
〔2〕《漢書》卷八十八,第3613頁。
〔3〕《漢書》卷八十八,第3599、3617頁。
〔4〕《漢書》卷八十八,第3618頁。
〔5〕《漢書》卷八,第372頁。

議的主持者把會議的討論情况辨析明白後,牽頭向宣帝作出報告。同樣,這是集體討論後得出的結果,究竟蕭望之個人有什麽想法?是否"偏向《穀梁》"?尚待釐清。會議得出支持《穀梁》的最終結論,不等於作爲主持人的蕭望之必是這麽想法。

確切地説,蕭望之"治《齊詩》",[1]兼及《論語》、《禮服》,没有多少證據可以看得出他與《穀梁》的關聯性。反而,他對《公羊》的徵引和慣用,是相當清楚的。如上所述,蕭望之在霍光死後,以"大雨雹"斥責"季氏專權"之事,就是採用《公羊》學者的流行見解。援引《公羊》作爲立説的依據,在蕭望之身上不乏事例。在此,不妨多添一證。神爵三年(前59年),蕭望之就匈奴内亂一事建言,其中説:"《春秋》惡士匄帥師侵齊,聞齊侯卒,引師而還,君子大其不伐喪,以爲恩足以服孝子,誼足以動諸侯。"[2]這是援引《公羊》的觀點。襄十九年經:"晉士匄帥師侵齊,至谷,聞齊侯卒,乃還。"《公羊》解釋説:"還者何?善辭也。何善爾?大其不伐喪也。"[3]在《公羊》看來,士匄不伐喪,相當值得稱讚。相反,《穀梁》反對士匄作爲臣下這樣自作主張:"士匄外專君命,故非之也。"[4]與夏侯勝一樣,蕭望之應該是接近《公羊》多於《穀梁》。更重要的是,他任職太子太傅,是由御史大夫貶任,[5]就其個人的官運而言,是挫敗而非顯榮。他作爲《齊詩》學者,師承上溯后倉、夏侯勝兩家,殊無親近或學習《穀梁》的背景。無論從哪一個角度看,他擔任太子太傅,都不該視作《穀梁》學者勢力上升的跡象。

《穀梁》學者從來也不能企及疏廣和夏侯勝的高度,也没有證據顯示當時他們有任何人可能教育皇族。夏侯勝、黄霸、蕭望之三人,都不是專治《穀梁》的學者。他們"偏向《穀梁》"的證據也不明顯。假如預估

---

[1]《漢書》卷七十八,第3271頁。
[2]《漢書》卷七十八,第3279頁。
[3]《春秋公羊傳注疏》卷二十,第446頁。
[4]《春秋穀梁傳注疏》卷十六,第262頁。
[5]《漢書》卷十九,第807—808頁。

宣帝偏愛《穀梁》而變更太子師傅的擔心和恐懼真的是導致疏廣叔侄辭退的主因,那麽這三個繼任者的存在,衹能説明這樣的擔心和恐懼(假如真的有的話)毫無根據。拿這三人來論證"疏廣之'懼'不是無緣無故",似是荒謬之論。

八、兩個不同的會議

經過十多年的培養,跟從周慶、丁姓研習《穀梁》的學生開始有所表現。甘露元年(前 53 年),在大殿召開諸儒"大議殿中"。《儒林傳》云:"自元康中始講,至甘露元年,積十餘歲,皆明習。乃召五經名儒太子太傅蕭望之等大議殿中,平《公羊》、《穀梁》同異,各以經處是非。時《公羊》博士嚴彭祖、侍郎申挽、伊推、宋顯,《穀梁》議郎尹更始、待詔劉向、周慶、丁姓並論。《公羊》家多不見從,願請内侍郎許廣,使者亦並内《穀梁》家中郎王亥,各五人,議三十餘事。望之等十一人各以經誼對,多從《穀梁》。由是《穀梁》之學大盛。"〔1〕

兩年後,另有一次會議在石渠閣召開。《宣帝紀》云:"詔諸儒講五經同異,太子太傅蕭望之等平奏其議,上親稱制臨決焉。乃立梁丘《易》、大小夏侯《尚書》、穀梁《春秋》博士。"〔2〕此會繫於甘露三年(前 51 年)之下,有别於甘露元年的集議。

比較上述兩個會議的召開。甘露元年"大議殿中"的人,是由於宣帝的"召",此"召"與前述"召見"蔡千秋,是相同的性質,有别於甘露三年石渠會議"詔諸儒講五經同異"的"詔"。"召"是皇帝找人講話、多聽意見的顧問性質,"詔"是下詔書公告天下的政策措施。可是,錢穆不别二者之異,説:"石渠議奏,其動機全在平處《公羊》、《穀梁》之異同也。"〔3〕

〔1〕《漢書》卷八十八,第 3618 頁。

〔2〕《漢書》卷八,第 272 頁。

〔3〕錢穆《秦漢史》,第 229 頁。

這是把兩個會議混爲一談。《宣帝紀》"詔諸儒講五經同異",把石渠會議繫於甘露三年,與《儒林傳》所述並不一致。"乃召五經名儒太子太傅蕭望之等大議殿中"的"乃",是繼事之辭,相當於今語的"於是",通常敘述的内容是緊接前件而出現。像《宣帝紀》"乃立梁丘《易》"諸語,記載漢宣帝按照會議討論而決定爲諸經立學,事情發生在石渠之後,不宜理解爲甘露三年之後兩年。"乃召五經名儒太子太傅蕭望之等大議殿中"上承"自元康中始講,至甘露元年,積十餘歲,皆明習"而言,因"明習"的時間下限是"甘露元年",故"大議殿中"該是發生在甘露元年;若是甘露三年,便用不上"乃"。錢穆認爲《儒林傳》"誤也",斷言"甘露元年"是"甘露三年"之訛,[1]有論無證,殊爲武斷。

《宣帝紀》和《儒林傳》的記載有兩年之差,除非找到證據説明文本錯謬,否則"甘露元年"不可易作"甘露三年"。這兩年有兩個會議,不宜混爲一談。事實上,《儒林傳》已明確提及石渠會議一事,説施讎"甘露中與五經諸儒雜論同異於石渠閣"。[2]此"甘露中"就是甘露三年,不涉及甘露元年"平《公羊》、《穀梁》同異"之事。司馬光《資治通鑑》敘述詔諸儒議經之事,繫於甘露三年,[3]裁斷明晰。對於這兩個會議的區分,劉汝霖已有確切的解説:"按後人多以平《公》、《穀》異同及石渠議經之事,混爲一談,殊誤。因彼乃元年之事,此乃三年之事,《漢書》記載甚明,蓋宣帝因平《公》、《穀》之異同,始引起平諸經異同之興趣,遂有石渠大會之招集,雖有因果之關係,實非一時之事。"[4]此言甚是。

除了時間不同,兩個會議的地點也有分别。據《儒林傳》記載,甘露元年"平《公羊》、《穀梁》同異"一事,是發生在"大議殿中"之時。漢人所説的"殿中",一般專指帝王宸居,如《史記・張丞相列傳》記載匡衡事元

〔1〕錢穆《兩漢經學今古文平議》,第15頁。
〔2〕《漢書》卷八十八,第3598頁。
〔3〕《資治通鑑》卷二十七,第889頁。
〔4〕劉汝霖《漢晉學術編年》卷上,上海:華東師範大學出版社,2009年,第145頁。

帝的狀況:"孝元好《詩》,而遷爲光禄勳,居殿中爲師,授教左右。"[1]此"殿中"就是元帝的宫殿,不可能另有所指。以此況彼,可知"大議殿中"就是宣帝所居的某個宫殿。而《宣帝紀》"詔諸儒講五經同異",是發生在石渠閣之中,旁證是《劉向傳》"講論五經於石渠"一語。顔注引《三輔舊事》云:"石渠閣在未央大殿北,以藏秘書。"[2]石渠既爲藏書之閣,又在未央宫以外,其非"殿中"甚明。《宣帝紀》又云"上親稱制臨決焉",此"臨"意謂到達,若石渠閣也算是"殿中",何須言"臨"? 甘露元年和甘露三年的兩次會議,是在不同地點召開的,不能并爲一談。事實上,"召"和"詔"的用字差别,已充分説明這一點:"召"往往預定被召者來到召者身邊,故先前"召見"蔡千秋便有"上善《穀梁》説"的切身反應;而"詔"卻不預定受詔者都要來到皇帝身邊。甘露元年,宣帝"召"儒者聽"平《公羊》、《穀梁》同異","殿中"就是他所處之地,儘管有時他未必在場而要由使者代理;甘露三年的"詔",是下詔書找人到石渠閣討論,末了宣帝到來聽取報告。

不僅是時間和地點的差别,兩次會議討論的内容也有不同。《儒林傳》記載"平《公羊》、《穀梁》同異",《宣帝紀》記載"講五經同異",都是"同異"的討論,但甘露元年僅談《春秋》二傳,而甘露三年則徧及五經。《藝文志》記載石渠會議的文獻,計有四種:(1)《尚書》類有《議奏》42 篇;(2)《春秋》類有《議奏》39 篇;(3)《論語》類有《議奏》18 篇;(4)《孝經》類有《五經雜議》18 篇。[3]這些書目,顯示石渠會上談的不限於《春秋》一經,包括《尚書》、《論語》、《孝經》三者也有熱烈的討論。對於《儒林傳》與《宣帝紀》之間的不一致性,錢穆似有所覺,故以"動機"言之。這是含糊而又欠缺理據的説法,因爲《宣帝紀》既言"詔諸儒講五經同異",意謂詔書邀請諸儒討論時已包含五經,不僅《公》、《穀》而已。從字面上看,

---

〔1〕 司馬遷《史記》卷九十六,北京:中華書局,2014 年,第 3257 頁。

〔2〕《漢書》卷三十六,第 1929 頁。

〔3〕《漢書》卷三十,第 1703、1714、1716、1718 頁。

豈能讀出“其動機全在平處《公羊》、《穀梁》之異同”？以爲石渠議奏的“動機”是“平處《公羊》、《穀梁》之異同”,基本上是誤以甘露元年“大議殿中”充當石渠講論的結果,實不可靠。可是,陳蘇鎮接受錢説:“班固在《儒林傳》中祇描述《公》、《穀》兩家辯論的經過,而未及其他,可能也是這一緣故。”〔1〕這似乎過度相信錢穆的權威性,無視《儒林傳》與《宣帝紀》對兩個會議的時間、地點、討論内容上的差别,亦不可信。

相比之下,程蘇東比較意識到《儒林傳》與《宣帝紀》之間的歧異,嘗試解釋説:“石渠會議召開的直接動因,乃是平《公羊》、《穀梁》之異同,正因爲此,關於《公》、《穀》異同的《議奏》占整個會議文獻的三分之一以上。然而隨著會議的召開,既然大集五經諸儒,且皇帝親自稱制臨決,則其他諸經,以及圍繞孔子展開的各種儒學問題的爭議,自然也會在會上提出,由是原先僅爲平《公》、《穀》異同的會議,便發展爲講五經同異之會。《儒林傳》乃就其起因而言,《宣帝紀》則書其結果,這是《漢書》互見法的體現,不必視爲錯歧。”〔2〕

如其説,甘露元年和甘露三年祇召開了一次會議,就是石渠會議;不過,會議有兩個階段:“原先僅爲平《公》、《穀》異同的會議”,後來“發展爲講五經同異之會”。不過,現存文獻似乎不足以證明石渠會議曾有兩個階段的“發展”。《宣帝紀》載“詔諸儒講五經同異”,不僅把石渠會議繫於甘露三年,而且“詔”前未有提及任何事故,爲何必須把兩年前“大議殿中”之事視作前一階段？此外,兩階段的預設也意味自甘露元年至甘露三年這三年的時間是前後相承的“發展”,先有了“平《公》、《穀》異同的會議”,然後變爲“講五經同異之會”,但現存文獻似乎找不到證據可以説明這一中間的轉折。是什麽人、什麽事件、什麽原因導致這樣的“發展”？程蘇東以上所論,都是以想象取代

〔1〕陳蘇鎮《〈春秋〉與“漢道”》,第320頁。
〔2〕程蘇東《從六藝到十三經》上册,第215頁。

舉證,難以服人。

若要把甘露元年和甘露三年的會議視爲前後相承的發展,亟待補證的環節在於會議召開和人員募集二者的説明。可惜,現存文獻没有保留兩次會議的議程。單就《漢書》而言,讀者僅知這兩年召開了兩次會議,“平《公羊》、《穀梁》同異”與“講五經同異”究竟有没有承接的關係? 不清楚。《儒林傳》説甘露元年“大議殿中”的結果是“由是《穀梁》之學大盛”,[1]這是否(或如何)導致甘露三年石渠會議的召開? 也不清楚。惟一清楚的是,到石渠會議結束之前,漢宣帝親自到來裁決,而“上親稱制臨决焉”説的就是這個結果。没有證據顯示這是甘露元年早已安排的計劃。程蘇東倒果爲因,殊不可信。此外,甘露元年“各以經處是非”和“各以經誼對”[2]都是圍繞“平《公羊》、《穀梁》同異”而言,據《儒林傳》的記載,根本看不出當時的參與者曾經提出“其他諸經,以及圍繞孔子展開的各種儒學問題的爭議”。以這些尚欠確證的“爭議”作爲“講五經同異之會”出現的原因,是不可信的。

再談人員召集的問題。現存文獻没有記載甘露元年和甘露三年兩次會議的成員名單,甚至連人數多少也没有基本的説明。《儒林傳》記載“大議殿中”的與會者,計有蕭望之、嚴彭祖、申挽、伊推、宋顯、尹更始、劉向、周慶、丁姓、許廣、王亥等人。[3]至於石渠會議的與會者,《宣帝紀》僅説“諸儒”,這是否包括《儒林傳》上述諸人? 很難這麼斷定。程蘇東“大集五經諸儒”之説,已預設“講五經同異之會”的人在“大議殿中”時已被召集起來,但這是欠缺文本的確證。可以確定都參加這兩次會議的,衹有蕭望之、劉向二人,其他不得而知。尤其值得注意的是,《儒林傳》記載《公羊》學者如嚴彭祖之流,亦無“論石渠”之文。[4]顯然,參加甘露元年“大議殿中”的人,未必都參加甘露三年石渠會議。

[1][2][3] 《漢書》卷八十八,第3618頁。
[4] 《漢書》卷八十八,第3616頁。

對其中的原因,劉汝霖提出這麼一個解釋:“以元年殿中議訖,此時不復與會也。”[1]究竟嚴彭祖等人爲何没有參加石渠會議?僅靠《漢書》的片斷記載,很難得到圓滿的答案,但劉汝霖“議訖”之説,卻是值得備存,因爲“由是《穀梁》之學大盛”意味“大議殿中”已有明確的結果,故“議訖”的推斷不無道理。除非找到證據顯示甘露元年和甘露三年兩次會議具有相同或相近的參與者,否則不必斷言二會存在“發展”的關係。

還有,《藝文志》的書目紀録,也不能證明什麼問題。因諸書已經失傳,究竟哪些議奏才算是石渠會議的討論重點?無從稽考。程蘇東提出“三分之一以上”的數字,不僅預設《藝文志》記載的四種文獻就是會上爭議記録的全部,而且預設所載其中篇幅之多寡按比例地反映會上爭議之盛衰。《藝文志》在《易》類没有《議奏》或類似的著作,這是否意味《周易》没有什麼問題或討論呢?按照程蘇東的邏輯,答案似乎是的。但是,梁丘《易》與大小夏侯《尚書》、《穀梁》一樣,皆在石渠論後立學,很難想象它不是爭議的對象。説實在的,《藝文志》的書目不過是官方文庫記載的一個片斷,不宜把它所羅列的書目當成當時實際書目的總數。按其篇數而作出的簡單統計,並不能推出太多有意義的信息。最低限度,從這些書目是讀不出兩階段的“發展”的。

爲了貫徹“發展”之説,程蘇東嘗試調和《儒林傳》和《宣帝紀》之間的歧異,以前者爲“起因”,後者爲“結果”,説這是“互見法的體現”。這一解釋,似乎欠通。《漢書》帝紀與列傳之間,無疑詳略互見的情況很多,但真的有紀言結果、傳述原因的“互見法”?像蓋寬饒之死,《宣帝紀》云:“司隸校尉蓋寬饒有罪,下有司,自殺。”《蓋寬饒傳》云:“是時,上方用刑法,信任中尚書宦官,寬饒奏封事曰:‘方今聖道浸廢,儒術不行,以刑余爲周、召,以法律爲《詩》、《書》。……’書奏,上以寬饒怨謗終不改,下其書中二千石。時,執金吾議,以爲寬饒指意欲求禪,大逆不道。

---

〔1〕劉汝霖《漢晉學術編年》卷上,第146頁。

諫大夫鄭昌湣傷寬饒忠直憂國,以言事不當意而爲文吏所詆挫,上書頌寬饒曰:'……'上不聽,遂下寬饒吏。寬饒引佩刀自剄北闕下,衆莫不憐之。"〔1〕比讀紀傳,紀言"有罪"、"下有司"、"自殺"三個關鍵情節,均在傳中有所説明。《宣帝紀》不是衹述"自殺"的"結果",略去"有罪"和"下有司"的"起因"不談;反之,《蓋寬饒傳》也不是衹談"起因"而遺缺"結果"。同樣的道理,認爲《宣帝紀》述石渠會議的"結果"而《儒林傳》言其"起因",是不可信的。《儒林傳》和《宣帝紀》所述不同,衹宜理解爲兩個不同的會議,不能將之説成一個會議的兩個階段。

九、甘露元年"殿中"的自由辯論

確認甘露元年和甘露三年召開了兩個不同的會議,有助於重新釐清《穀梁》立學的過程。甘露元年的會議,主要是比較《公羊》、《穀梁》的異同,與先前召見蔡千秋一樣,屬於殿中議論的性質。《儒林傳》云:"乃召《五經》名儒太子太傅蕭望之等大議殿中,平《公羊》、《穀梁》同異,各以經處是非。時《公羊》博士嚴彭祖、侍郎申挽、伊推、宋顯,《穀梁》議郎尹更始、待詔劉向、周慶、丁姓並論。《公羊》家多不見從,願請内侍郎許廣,使者亦並内《穀梁》家中郎王亥,各五人,議三十餘事。望之等十一人各以經誼對,多從《穀梁》。由是《穀梁》之學大盛。"〔2〕

"各以經處是非"的"處",意謂裁決。《國語・晉語一》云:"早處之。"韋注:"處,定也。"〔3〕當時《公》、《穀》各有不同的解經意見,而"大議殿中"就是讓他們暢所欲言,看哪些觀點更符合經義。當時的辯論,一邊是《公羊》學者嚴彭祖、申挽、伊推、宋顯,另一邊是《穀梁》學者尹更始、劉向、周慶、丁姓,四人對四人。這八人的"並論",與先前蔡千秋"與

〔1〕《漢書》卷八,第262頁;卷七十七,第3247—3248頁。
〔2〕《漢書》卷八十八,第3618頁。
〔3〕徐元誥《國語集解》卷七,王樹民、沈長雲點校,北京:中華書局,2002年,第260頁。

《公羊》家並説”的“並説”,是相同的性質。“並論”和“並説”的“並”,意謂一起、一同。能夠“論”和“説”的,是參與辯論的雙方,不是僅有其中一方發聲。“多不見從”的“見”是聽聞義,“見從”意謂聽從,《張禹傳》云:“根雖爲舅,上敬重之不如禹,根言雖切,猶不見從,卒以肥牛亭地賜禹。”[1]王根與張禹爭地,但成帝不聽從王根的要求,把地賜給張禹。《儒林傳》的“多不見從”,是指《公羊》學者大多不聽從四人對四人的辯論安排,故請求增加許廣。這是希望以五敵四,在人數上占些便宜。使者雖然接受了這一請求,但同時也把王亥加入到《穀梁》學者一邊,以五人對五人,而蕭望之作爲主持者,共十一人,由此展開討論。

在《儒林傳》中,宣帝除了“召”這些儒者參加辯論外,没有更多積極的表現。由於認定立《穀梁》是爲戾太子“平反”,吴濤認定當時使者把王亥加進來,“這很可能是漢宣帝的幕後指使。其用意很明顯,漢宣帝處心積慮十餘年,這次辯論必以《穀梁》學派獲勝而後已。”[2]當時在場的使者,本來就是宣帝的代理人,顔注:“使者,謂當時詔遣監議者也。”[3]使者增加許廣和王亥的決定,需要向宣帝負責。吴濤認定宣帝“幕後指使”,猜所不必猜,實不必要。實際上,由四人對四人,改爲五人對五人,不過是維持參與者在人數上的平等,豈能説這是必然對《穀梁》學者有利的安排?徐復觀便相當肯定這次辯論在形式上的客觀性:“在兩千年前,世界任何民族,不會出現過這樣學術上的盛事。若説在古代專制中曾露出學術民主的端倪,這未嘗不可以算是一個例證。”[4]應該説,宣帝召集諸儒“大議殿中”,跟先前召見蔡千秋一樣,是提供機會讓《穀梁》學者有了發揮學問的機會,但能否戰勝《公羊》學者?卻不一定。最初江公對決董仲舒,不也是在辯論中失敗嗎?豈能因爲使者安排五

〔1〕《漢書》卷八十一,第3350頁。
〔2〕吴濤《“術”、“學”紛爭下的西漢〈春秋〉學》,第129—130頁。
〔3〕《漢書》卷八十八,第3619頁。
〔4〕徐復觀《中國經學史的基礎》,第181頁。

人對五人的辯論形式而認定宣帝“必以《穀梁》學派獲勝而後已”?

同樣是認定宣帝渴求《穀梁》勝利,程蘇東提出了另一種解説:“蕭望之等與會十一人對於宣帝的意圖心領神會,其論議‘多從《穀梁》’。”〔1〕與前述宣帝問韋賢三人的説明一樣,這裡同樣是“心領神會”作解釋。於是,這同樣預設:(1)君臣之間雖不明説,但蕭望之等人已洞悉和奉迎宣帝的心意。(2)他們所言不是出自真心,欠缺稟持是非原則的操守。

如上所述,這兩個預設也不能成立。就(1)而言,《儒林傳》僅提及宣帝“召”儒者在“殿中”辯論,並在使者的安排訂立了一個客觀的辯論形式,根本没有提及他有什麽態度,也看不見羣臣事先或事後收到什麽指示。“多從《穀梁》”是辯論的結果,並非參與辯論的人早已確認這是需要獲致的欽定結論。“議三十餘事”的辯論細節,今已無考,但從事前《公羊》學者還想透過增加人數來壓制對手,可以反映他們還是想獲得勝利;假定早已領會《穀梁》勝利是皇帝需要得到的結果,哪裡還會斤斤計較要求把許廣加進來?反正“心領神會”知道“大議”都是玩假的,還有必要認真嗎?

就(2)而言,涉及蕭望之等人的品性判斷。如今不清楚“多從《穀梁》”究竟是指哪些人的意見,但程蘇東顯然認爲參與辯論的十一人都是“心領神會”。在此,難以找到材料全面深描他們所有人的思想品格,僅舉三個明顯的反例:

(1)劉向,根據《漢書》本傳記述,“向爲人簡易無威儀,廉靖樂道,不交接世俗,專積思於經術”,又説:“向自見得信於上,故常顯訟宗室,譏刺王氏及在位大臣,其言多痛切,發於至誠。”〔2〕劉向是專研經術的儒生,在複雜的官場中,什麽話都敢説,不畏宗室、外戚、大臣之威,這樣不知避忌的行事風格,真的很難想象他會爲了迎合皇帝而刻意擁護《穀

〔1〕程蘇東《從六藝到十三經》上册,第219頁。
〔2〕《漢書》卷三十六,第1963、1966頁。

梁》。假設他也是“多從《穀梁》”的一人,更應該認爲這是他學習和認同《穀梁》的結果,而不是什麽“心領神會”。

(2) 嚴彭祖,《儒林傳》記述他的爲人“廉直不事權貴”,又載其言:“凡通經術,固當修行先王之道,何可委曲從俗,苟求富貴乎!”〔1〕與劉向一樣,嚴彭祖也是品格正直,不是慣於奉迎皇帝的官員,很難想象他會放棄自己對《公羊》的學養而“從《穀梁》”。至少在他身上,找不到“心領神會”的證據。

(3) 蕭望之,據劉向所述,他的爲人“忠正無私,欲致大治,忤於貴戚尚書”。〔2〕在霍光獨攬大權時也不屈從,導致其他人皆補大將軍史,“光獨不除用望之”。〔3〕説蕭望之對宣帝的意圖“心領神會”,有違《漢書》對其人品性的描述。

較之劉向、嚴彭祖二人,蕭望之負責主持辯論,受到更多的質疑和批判。有别於“心領神會”的猜測,吴濤相信蕭望之借著迎合使得自己重拾宣帝的信任:“他先前因爲與漢宣帝的恩人丙吉産生了一些分歧而受到漢宣帝的降職處分。這次有機會憑藉其大儒的聲望擔任首席仲裁官,必然會極力迎合漢宣帝的意圖。……而蕭望之能夠重新獲得漢宣帝的信任而被任命爲顧命大臣與他的這次迎合不無關係。”〔4〕

以爲蕭望之在扶持《穀梁》上有所“迎合”便能争取宣帝的“信任”,實已預設這樣做將會改變貶官的劣境。蕭望之先前任御史大夫,左遷太子太傅,時值五鳳三年(前 55 年);而“大議殿中”則發生在甘露元年(前 53 年)。被貶的想翻身升官,固是人情之常,但絶不意味蕭望之在“大議殿中”有了“極力迎合”的表現便能改變官運。原來取代他任職御史大夫的杜延年,在甘露二年(前 52 年)因病免職,由廷尉于定國繼任;

---

〔1〕《漢書》卷八十八,第 3616 頁。

〔2〕《漢書》卷三十六,第 1930 頁。

〔3〕《漢書》卷七十八,第 3272 頁。

〔4〕吴濤《“術”、“學”紛争下的西漢〈春秋〉學》,第 130 頁。

而于定國還未坐暖官位,就在翌年,即石渠會議召開的甘露三年(前 51 年)取代逝世的黃霸任職丞相。[1]以官職履歷而言,蕭望之曾任御史大夫,有望更上一層樓,而宣帝亦早知他"材任宰相",[2]但就是不給他晉升爲丞相。《蕭望之傳》云:"望之遂見廢,不得相。"[3]以"見廢"言其可陟升而不得,甚可反映預期落空的無奈。當時正是"大議殿中"之後,已取得"《穀梁》之學大盛"的結果,而蕭望之還是繼續擔任太子太傅,正反映宣帝無意改變他的官位。考慮到黃霸、于定國都精通律令的背景,[4]以于定國繼任黃霸,説明在國事治理上,宣帝更信賴精通政務的文吏,過於經術高明的儒者。蕭望之貶任太子太傅,自五鳳三年(前 55 年)至黃龍元年(前 49 年)爲止,[5]達六年之久。誠然,能夠擔任太子太傅,於許多人而言,已是莫大的光榮,但對本來還有機會更進一步的蕭望之來説,卻是相對不得志的處境。在官途上,蕭望之不因《穀梁》立學而有所晉升,甘露元年和甘露三年兩次會議的召開對他没有幫助,是相當明顯的事實。

蕭望之在宣帝死前受遺詔輔政,當然算是最終得到漢宣帝的"信任"。但這種"信任"究竟是如何來的? 漢宣帝生於征和二年(前 91 年),死於黃龍元年(前 49 年),虛齡僅 43 歲,壽祚不長,不清楚他死前的健康狀況如何,但從《蕭望之傳》"宣帝寢疾,選大臣可屬者"的記載來看,[6]宣帝是卧床病重方才挑選輔政大臣,若是長年病患大概不致如此倉促,估計宣帝較有可能是急病致死。蕭望之得以成爲輔政大臣,固然是他作爲元帝師傅的身份,但很難判斷他一直貶任太子太傅是否爲了日後輔政的準備。没有宣帝相關的心理史料,難以準確説明他爲何在死前

〔1〕《漢書》卷十九,第 807—808、810—812 頁。
〔2〕《漢書》卷七十八,第 3274 頁。
〔3〕《漢書》卷七十八,第 3282 頁。
〔4〕《漢書》卷七十一,第 3042 頁;卷八十九,第 3627 頁。
〔5〕《漢書》卷十九,第 812—813 頁。
〔6〕《漢書》卷七十八,第 3283 頁。

找蕭望之輔政。假如這是因爲他在降職太子太傅的六年間有些能夠打動宣帝的表現,那麼是否必屬"極力迎合"《穀梁》立學一事呢?肯定不是。剔除"平反"的虛擬前提,立《穀梁》對宣帝來説就没有太大的重要性,不過是扶持一門可能滅絶的學問而已,犯得著爲此提拔蕭望之爲顧命大臣嗎?宣帝治國,號稱"信賞必罰,綜核名實",[1]講究的是處理政務的實際能力。倘説蕭望之因爲"極力迎合"便可以獲取輔政的資格,那就是不稱其職,不務其業,名實違戾,坐享酬庸,豈非違背了宣帝基本的統治風格麼?

必須承認,蕭望之作爲通經大儒,其對律令政事的管理,不如文吏有效,這是他不能繼任黄霸爲相的原因。但與許多知古不知今的儒者相比,他的行政能力還是比較出衆的。這是他雖未拜相而又可以成爲輔政大臣的關鍵。毫無根據地高估《穀梁》立學的作用,不考慮蕭望之的行政能力,是説不通的。霍氏謀反伏誅後,蕭望之曾被任爲平原太守,就是按照"博士諫大夫通政事者補郡國守相"的路徑而選出。[2]後來爲左馮翊三年,亦有良好政績,"京師稱之"。[3]在左遷太子太傅期間,蕭望之也有優秀表現,當時呼韓邪單于來朝,以黄霸、于定國牽頭的朝議咸以爲"其禮儀宜如諸侯王,位次在下",這種貶夷狄而又没有實惠的上國姿態,於邊境安寧實無裨益。相比之下,蕭望之的建議通達務實得多:"單于非正朔所加,故稱敵國,宜待以不臣之禮,位在諸侯王上。外夷稽首稱藩,中國讓而不臣,此則羈縻之誼,謙亨之福也。"[4]宣帝採納其言,容許呼韓邪單于"稱藩臣而不名","匈奴遂定",[5]時值甘露三年(前53年)。當年宣帝還下詔舉行石渠會議,雖然這也是由蕭望之牽

[1]《漢書》卷八,第275頁。
[2]《漢書》卷八十八,第3616頁。
[3]《漢書》卷七十八,第3278頁。
[4]《漢書》卷七十八,第3282頁。
[5]《漢書》卷八,第271頁。

頭負責,但與安定匈奴的建言相比,哪一件事更令宣帝印象深刻,使蕭望之得以受命輔政?《蕭望之傳》隻字不提甘露元年和甘露三年的兩次會議,反而在建言不臣單于之後,述及宣帝寢疾拜蕭望之爲輔政大臣,其實已說明二事輕重有别,時人所重的是安定匈奴的外交貢獻,遠多於立《穀梁》博士的安排。當然,限於史料不足,我們還不能説得太死,斷定蕭望之輔政必是因爲處理匈奴問題的成果。在此僅是强調,立《穀梁》不是蕭望之得到宣帝"信任"的決定性因素,從其他事件尋找解釋也許更加合理。

綜合以上,過分誇張宣帝對《穀梁》的幫忙,以致形式公平的學術辯論,也要被視作暗含政治力量左右的作用,實屬無稽,大可不必。事實上,西漢中葉辯論風氣還是比較活躍的,《朱雲傳》云:"自宣帝時善梁丘氏説,元帝好之,欲考其異同,令充宗與諸《易》家論。充宗乘貴辯口,諸儒莫能與抗,皆稱疾不敢會。"〔1〕五鹿充宗長於梁丘《易》,其他《周易》學者害怕辯不過而避戰,反映在朝廷上屢有批駁經説之舉,故避戰祇能"稱疾"而非找不到其他理由。在性質上,甘露元年"大議殿中"是先前"召見"蔡千秋的延續,祇是參與的人數更多。自始至終,宣帝都是任由諸儒隨意討論,没有作出明確的表態或政治干預。由於這次"大議殿中"是屬於自由辯論的性質,隨後也没有即時的政策結果。"由是《穀梁》之學大盛"的"由是",意謂從此。這是説,自得出"多從《穀梁》"的結果以來,《穀梁》這門學問就變得非常流行。這與董仲舒以前駁倒江公而帶來"由是《公羊》大興"的效果,大致相同。

十、石渠雜論與《穀梁》立學

《穀梁》博士的設立,是甘露三年石渠會議以後的事情。《宣帝紀》

〔1〕《漢書》卷六十七,第2913頁。

云:“詔諸儒講五經同異,太子太傅蕭望之等平奏其議,上親稱制臨決焉。”[1]這次會議,是下了詔書聚集諸儒到石渠閣討論,然後由蕭望之等人報告情況,最後交由宣帝到來作出決斷。這是比兩年前“大議殿中”更大規模的會議,討論範圍更廣,所得到的奏議也成爲官方立博士的依據。

需要指出,“詔諸儒講五經同異”的“講”,不是意識形態教條的片面灌輸。與“大議殿中”一樣,諸儒之間還有不少自由辯論的空間。《韋玄成傳》記述他“與太子太傅蕭望之及五經諸儒雜論同異於石渠閣,條奏其對”,而《儒林傳》亦載施讎“甘露中與五經諸儒雜論同異於石渠閣”。[2]兩則引文,俱言“雜論”。以“雜”形容言説的場面,基本上允許發言者可以隨意討論。比如説,哀帝即位,檢討宗廟迭毀之次,涉及武帝廟是否宜毀,當時孔光、何武奏言“臣請與羣臣雜議”,結果彭宣、滿昌、左咸等五十三人“皆以爲繼祖宗以下,五廟而迭毀”,“孝武皇帝雖有功烈,親盡宜毀”。[3]後來哀帝改從劉歆不宜毀孝武廟的建議,可以反映羣臣“雜議”的結論,完全不符合君上的心意。此“雜議”猶如石渠的“雜論”,皆是放任講者自由發言,没有什麽明顯的限制。

不管如何,在石渠會議後,朝廷宣布設立梁丘《易》、大小夏侯《尚書》、《穀梁》博士。因爲錯估戾太子的作用,許多論者以爲這是揚《穀》黜《公》的措施,例如陳蘇鎮這麽總結:“我們已清楚地看到,在《春秋》學問題上,宣帝公然背離武帝的立場,轉而繼承其祖父的傳統,拋棄《公羊》學,改尊《穀梁》學。”[4]

此論言過其實。《儒林傳》這麽記述“《穀梁》之學大盛”的狀況:“慶、姓皆爲博士。姓至中山太傅,授楚申章昌曼君,爲博士,至長沙太

[1]《漢書》卷八,第272頁。
[2]《漢書》卷七十三,第3113頁;卷八十八,第3598頁。
[3]《漢書》卷七十三,第3125頁。
[4]陳蘇鎮《〈春秋〉與“漢道”》,第320頁。

傅,徒衆尤盛。"[1]丁姓及其徒申章昌[2]分别擔任中山太傅和長沙太傅,説明《穀梁》學者所能教育的對象不過是諸侯王的層級;相反,《公羊》學者嚴彭祖卻已成爲元帝時期的太子太傅,[3]二者高低有别,不可同日而語。考慮到石渠會議在甘露三年(前 51 年)舉行,而宣帝在黄龍元年(前 49 年)逝世,這兩年以及漢元帝在位的 15 年(前 48 年—前 33 年)皆無重新改動經典的舉動,可以説明《穀梁》博士之立,對《公羊》的流行和强勢,實非根本性的動摇。

以爲立《穀梁》意味宣帝繼承戾太子的"傳統",完全是錯位的判斷。《穀梁》不代表戾太子的"傳統",而宣帝以及繼任者元帝也没有恪守這個"傳統"的表現。宣帝固以"戾"爲謚號,元帝更批准韋玄成、鄭弘、嚴彭祖、歐陽地餘、尹更始等七十個臣子"宗廟在郡國,宜無修"的奏議,"因罷昭靈后、武哀王、昭哀后、衛思后、戾太子、戾后園,皆不奉祠,裁置吏卒守焉。"[4]尹更始正是"《穀梁》大盛"的代表人物,而他卻支持罷除衛思后、戾太子、戾后之園,這反映《穀梁》學者毫不在乎這些還有汙名未除的罪人的榮辱。若戾太子的"傳統"真的是立《穀梁》的關鍵力量,尹更始參與罷廟之舉,實在愚不可及。是尹更始真的犯傻?還是戾太子本來就不是立《穀梁》的决定性影響?

假如不再從戾太子的影響上立論,不過度推測宣帝的政治圖謀,那麽對《穀梁》立學的認識,可以呈現另一幅清晰的圖像。戾太子好《穀梁》的傳聞,是引起宣帝關注的一個源頭。這不代表宣帝要繼承戾太子的"傳統"。《儒林傳》已明確指出"上湣其學且絶",宣帝扶持《穀梁》的教習,是拯救一門有價值而又可能失傳的學問。梁丘《易》、大小夏侯《尚書》之立,也是出於類似的考慮。立《穀梁》博士,不是要取代《公羊》

---

〔1〕《漢書》卷八十八,第 3618 頁。

〔2〕對"申章昌"的姓,亦有原作"由章"之説。參閲沈欽韓《漢書疏證》卷三十四,《續修四庫全書》第 266、267 册,上海:上海古籍出版社,1995 年,第 155 頁。王先謙《漢書補注》卷五十八,上海師範大學古籍整理研究所整理,上海:上海古籍出版社,2008 年,第 5455 頁。

〔3〕《漢書》卷七十三,第 3117 頁;卷八十八,第 3616 頁。

〔4〕《漢書》卷七十三,第 3117 頁。

或另有更深層的政治路線的考慮。

有關這一點,漢儒早已闡明剖白。劉歆移書太常博士,其中提到:"夫禮失求之於野,古文不猶愈於野乎?往者博士《書》有歐陽,《春秋》公羊,《易》則施、孟,然孝宣皇帝猶復廣立穀梁《春秋》、梁丘《易》、大小夏侯《尚書》,義雖相反,猶並置之。何則?與其過而廢之也,寧過而立之。傳曰:'文、武之道未墜於地,在人;賢者志其大者,不賢者志其小者。'今此數家之言,所以兼包大小之義,豈可偏絶哉!"〔1〕劉歆倡立《左傳》等書,涉及的經學爭議可置不論,但他引用宣帝廣立諸家的典故,準確反映當時的政策宗旨,目的是"兼包大小",避免"偏絶"。宣帝立《穀梁》、梁丘《易》、大小夏侯《尚書》,不是要讓某家學説壟斷經義,而是兼包並蓄,擴大官學的範圍,讓原來有價值的各家學説也得到扶持和流播學習。

從更長的歷史過程上看,宣帝廣立諸學的做法,不是他個人的喜好而已,而是漢廷長期維持的政策方針。自漢初以來,迄後來的元帝、平帝,都在讓各種有價值的經典立爲博士。《儒林傳贊》曰:"初,《書》唯有歐陽,《禮》后,《易》楊,《春秋》公羊而已。至孝宣世,復立大、小夏侯《尚書》,大、小戴《禮》,施、孟、梁丘《易》,《穀梁春秋》。至元帝世,復立《京氏易》。平帝時,又立《左氏春秋》、《毛詩》、逸《禮》、古文《尚書》。所以罔羅遺失,兼而存之,是在其中矣。"〔2〕

讀此可知,《穀梁》與當時和其後被立爲博士的經典研究一樣,都是行將"遺失"、需要"罔羅"的對象。把《穀梁》抽離出來,片面地强調戾太子對漢宣帝的影響,極有可能導致視角偏頗的危險。宣帝多次召集《穀梁》學者進行辯論,就是給了機會讓他們發揮學問,向世人展現這部經典的價值。與其猜測戾太子或太子黨的作用,倒不如平實地承認《穀梁》學者確有過人之才,而他們的表現也令其他學者相信《穀梁》可以納入官學之列。刻意渲染立《穀梁》博士的政爭色彩,實無必要。

〔1〕《漢書》卷三十六,第1971頁。

〔2〕《漢書》卷八十八,第3620—3621頁。

論晚清儒者宗教新知中的激進特質之發展

余一泓*

中國史上的 Confucianism 是不是宗教,仍然存在爭議,但是“教化”在政治、文化和思想上的重要位置,卻是毋庸置疑的。王安石(1021—1086)《原教》文首云:“善教者藏其用,民化上而不知所以教之之源。不善教者反此。民知所以教之之源,而不誠化上之意。”[1]則教化之體且不論,教化之爲術(governmentality)以及教化之效(utility),確實是備受關心的問題。近代“教”與“religion”譯名爭議的一大重點,即與“教化”和“信仰”兩義的枘鑿有關,中國士人多有因兩者之矛盾,而放棄將“religion”翻譯爲“教”者。但是,在堅持以“宗教”稱呼中土“三教”的傳教士當中,也有人明確意識到儒教之“教”,乃指道德教化而言。[2]這意味著,如擱置信仰上的差異,立教化人、建立規範的目的爲中西同趣。祇是具體的設教方式因歷史語境的差異而變化,才產生了名義上的仁智之見。本文探討的問題,是晚清時期的幾位重要思想家對“教化”問題的思考。具體來説,是他們基於對中外宗教現象的新知識,從“設教”的

* 作者單位:墨爾本拉籌伯大學。

〔1〕 王安石《原教》,《王安石全集》第6册,上海:復旦大學出版社,2017年,第1241頁。

〔2〕 孫江《翻譯宗教——1893年芝加哥萬國宗教大會》,見孫江編《亞洲概念史研究》(第一輯),北京:生活·讀書·新知三聯書店,2013年,第105—107頁。

角度出發,對各教"教化"功效的反思。

政、教關係的激進和保守立場:康、章之爭的背景問題

張志强在溝口雄三(1932—2010)問題意識的啓發下,曾對清代以來中國思想史中的"義理之學"問題有精彩的分疏。他在分析王夫之(1619—1692)、彭紹升(1740—1796)和歐陽漸(1871—1943)三位思想家的過程中,强調了一條非常重要的思想線索:在有關道德教化的學説當中,由於需要保持德性目標和現實的張力、進而保證個人成德的精神要求,超越性乃是不可或缺的。[1]據此,歐陽竟無的系統佛學和孔學重構工作正是這一線索的發展。進而言之,歐陽"非七十之年不能爲"的《中庸傳》,即是溝通孔佛、意在激勵抗戰國民的有爲之作。無獨有偶,早在半個世紀之前,康有爲(1858—1927)早年的著作《内外篇》的開頭也對超越性和人類實踐的關係有過一番大膽的議論:

> 父子之親,天性也,而佛氏能奪之而立師徒;身命之私,至切也,而聖人能奪之而徇君父。夫以其自有之身,及其生身之親,説一法立一義而能奪之,則天下無有不能奪者矣。故明此術者,何移而不得!故善爲君師者,明於闔辟之術,塞其途,瑾其户,令之梯而登天,穴而入地,誘於其前,鞭於其後,若驅羣羊。然積之既久,則習非成是,而後道義明焉。顓顓由之,不能自舍,雖反其道以易之,非百數十年不可矣。然欲驅之,不能不依於勢,無其勢不能爲也。[2]

康有爲早年浸淫理學,在宋賢矢志改革的三代之思當中,康有爲看

〔1〕張志强《朱陸·孔佛·現代思想——佛學與晚明以來中國思想的現代轉换》,北京:中國社會科學出版社,2012年,第27、29—30、59—60、33—34頁。

〔2〕康有爲《康子内外篇》,《康有爲全集》第一集,北京:中國人民大學出版社,2007年,第97—98頁。

到了面向未來的太平世構想以及背後由理學提供的具有超越性的實踐動力,這可視爲對彭紹升理念的一種複製:“南無阿彌陀佛”六字,便是致良知,便是存天理。[1]正是對“教能轉移人心”的洞見,使得康有爲轉向了對教化之原的反思,進而發現:中、西、古、今之“教化”所著眼的道德規範力量,不僅是維持世法,也是變易世法的動能。康氏的孔教論説並不像歐陽竟無重構的“孔學”那樣在精細地詮釋教體的超越性,但對於教化之用的老辣分析卻更在歐陽之上。話分兩頭,對於歐陽竟無對孔學進行“超越化重建”的意圖,章太炎(1869—1936)給予了如下回應:

> 來示謂孔子真恉未盡揭櫫,爲漢學、宋學諸君之過。夫普通道德,不過五常;對境各别,不過五倫……可以徧教羣生者,不過《孝經》、《大學》、《儒行》三書而已。此三書純屬人乘,既不攀援上天,亦不自立有我,俱生我執,雖不能無,分别我執,所未嘗有,以此實行,人類庶其可救。晦庵注四子,其中《中庸》、《孟子》,實已趣入天乘。《大學》最爲純淨之人乘,惜其顛倒章句,又以格物爲窮究物理,以親民爲新民,宛與近世妄人同一口吻……鄙人於中古儒學及宋明理學家言曾亦有所論著,既而思之,高論亦無所益。今日不患不能著書,而患不能力行。但求力行以成人,不在空言於作聖。[2]

太炎此信,以昌明成德力行之學爲宗。他認爲處理人乘事務,並不需要任何超越性奠基。不僅如此,趨入天乘還會有敗壞人間教化的危險。所謂《孟子》、《中庸》趨入天乘,太炎於革命前創作的《駁神我憲政説》當中就已語及:“若云至誠,所發悉本于良知者,一切悖亂作慝之事,苟出至誠,悉以良知被飾。”[3]正如張志强在對心學流弊和王夫之、戴

[1] 彭紹升《與同學》,《一行居集》(臺灣新文豐出版公司,1999年)。轉引自張志强《朱陸·孔佛·現代思想》,第59頁。

[2] 章太炎《與歐陽漸》,《章太炎全集·書信集》,上海:上海人民出版社,2017年,第873—874頁。

[3] 章太炎《駁神我憲政説》,《章太炎全集·太炎文録初編》,上海:上海人民出版社,2014年,第324—331頁。

震(1724—1777)糾偏之學的分析中所提到的,將進德、成德的標準繫于一心之誠,那麼將很容易造成道德標準的滑落,而滑落之後仍然保持如故的唯我論就很可能爲各種自欺欺人甚至以理殺人的行爲提供理據。但在與歐陽竟無通信的時候,革命已經過去二十多年了。此時太炎更關注的是什麼?與其説是保皇派的文過飾非,不如説是"新民"的暴政,亦即新文化運動"科學與民主"口號對人乘教化的嚴重威脅。太炎晚年常對朱子(1130—1200)"格物"之説大加撻伐,如"學者浸重物理,而置身心不問……以身爲形役,率人類以與鱗介之族比,是則徽公窮至物理之説導其端也",正是由此。〔1〕通過格物分析的方法進德、成德,無疑是將科學家從"鱗介之族"當中觀察到的規律視爲人倫教化之大原,自然無法挽救"人類夷於禽獸"的危機。概言之,"神我憲政説"與《中庸》"自誠明"錯在"自立有我"的專斷,"格物新民"和《中庸》"與天地參"錯在"攀援上天(自然)"的迷信:它們共同的後果,都是讓人類世界的教化偏離了應有的軌道。

有趣的是,早在二十多年前太炎幽居北京之時,對《中庸》之爲"魔道",已有過一番意味深長的論述,正好涉及坊間傳聞的"章太炎夢遊地府"之掌故。〔2〕由於信文稍長,雖妙喻迭出,也不便全文引述於此。簡單來説,章太炎堅持認爲教化之原不能夠是"天乘"的、超越的,不能依靠超自然的懲罰來予以保證。對陰曹地府這樣的教化方式予以承認,無非是人的嗔念作祟,這顯然對人間的教化事務無益。進言之,貫穿太炎一生的,有著對超越的教化之原的堅決回拒,無論是中國化的社會達爾文主義,〔3〕還

〔1〕參王鋭《章太炎晚年對"修己治人"之學的闡釋》,載《思想史 6:五四新文化運動》,臺北:聯經出版公司,2016 年,第 117—118 頁。張昭軍也注意到了章太炎批判"徽公新民之説"的文字,分析出了兩點,認爲均屬太炎臆説:章太炎批判新文化運動提倡推究外物、放棄了修身養性;章太炎認爲南海宣導新法、任公宣導新民都造成了道德的墮落。見張昭軍《章太炎對程朱理學的闡釋》,《山西大學學報(哲學社會科學版)》第 29 卷第 6 期(2006 年第 6 期),第 11—12 頁。根據下文分析,太炎此説實持之有故,並非臆説。

〔2〕章太炎《與黄宗仰》,《章太炎全集·書信集》,第 153—156 頁。

〔3〕無論是中國對社會達爾文主義的容受、改造問題,還是章太炎對普徧主義學説的相對主義批判,學界論述都很多,此不贅。

是《中庸》的“與天地參”，還是基督教和婆羅門教，都屬於“天乘”。哪怕太炎自己夢遊地府(用彼岸世界的力量裁決罪犯)，他也不憚批判自己乃是生了嗔心妄念。著名的《建立宗教論》，更多也是在用佛教精神激勵個人之“力行”，而非爲建立一種普適的規範尋找基礎。更爲太炎深銜者，康有爲的孔教之論既無超越之教體能服人，又大張天乘神道轉移人心之作用，兩端皆失。從學術史的角度看，太炎晚年的保守和南海早年的激進，恰可對比。實際上，張勇在分析戊戌時期康、章二人論學思想的歧異後就指出，南海重“進”、重“同”，太炎重“化”、重“異”。〔1〕這是有深度的評論。進言之，康、章之爭，與其説是“論學思想”的歧異，不如説是對“教化之原”認識的歧異。而這種歧異引出的激進保守之分，實際上是部分獨立於政局變動的。以大勢而言，則激進占優。〔2〕下文將展示晚清思想家姚瑩(1785—1853)和魏源(1794—1857)對於西方宗教的認識，以及對教化之原的反思。姚、魏在理學、佛學和西學方面均爲當時翹楚，而兩人在各自寫作《康輶紀行》和《海國圖志》時也不斷互通聲氣。他們對教化之原、教化之用的思考，更能補充本節對康、章、歐陽的分析，讓我們看到早年康有爲對“孔教”的認識，〔3〕是如何在新的宗教知識當中演成的。

對“外教”的再認識之開始：《康輶紀行》論佛教的教化功用

姚瑩對佛學、西學、西教的思考，〔4〕在其完成《康輶紀行》後的 1846

〔1〕張勇《戊戌時期章太炎與康有爲經學思想的歧異》，《歷史研究》總 229 期(1994 年 6 月)，第 34—35 頁。

〔2〕張榮華《康有爲〈孔子改制考〉進呈本的思想宗旨》，《復旦學報(社會科學版)》2013 年第 1 期，第 104 頁。

〔3〕康有爲早期和中期思想的轉變可以在《教學通義》到《新學僞經考》的變化中看到，參劉巍《中國學術之近代命運》，北京：北京師範大學出版社，2013 年，第 83—110 頁。

〔4〕今人對姚瑩的佛學和義理之學的研究是相對缺乏的，見洪清雲《姚瑩研究之回顧與反思》，《長春師範大學學報》第 37 卷第 5 期(2018 年 5 月)，第 88—92 頁。另桐城後學馬通伯(1855—1930)之《桐城耆宿傳》述及姚、方二氏處，對於上述面向也没有分析。

年所撰寫的《復光律原書》中有一個完整的總結:

士大夫終日儒行者,多護己非,其自訟之誠或未能逮也。雖其深妙之義不出吾教,而所行堅忍,則有不止于富貴不淫、貧賤不移、威武不屈者,恐亦無可厚非。特《中庸》所云"知者過之"耳,果能如其推勘私心,毫無己見,亦何害於人耶!世俗崇奉彼教,多悚於禍福死生之説,固鄙陋可嗤。若上智不以禍福死生爲念者,往往亦喜觀之。故程、朱大儒皆嘗從事,惟能透過此關,所以爲程、朱也。植翁豈猶未能透過耶?乃其大義則皆以吾儒義理折衷彼教,溯源指歸,一以實證,深破自來説佛者之謬妄,亦足多矣。

植翁爲方東樹(1772—1851),光律原爲光聰諧(1781—1859),皆爲與姚瑩過從甚密的桐城學人。方東樹在批判"漢學"風氣的同時,也有《金剛經解義》等探討佛學義理的著作。姚瑩雖然認爲方氏的佛學研究有矯枉過正之嫌,[1]但面對光律原的批評,他還是回護了方東樹。"惟能透過此關,所以爲程朱也",更暗示了佛學與理學的微妙關係。而姚瑩打算"以吾儒義理折衷"的,也不光是佛教。他在覆信下文提到:

天下道理必窮極研深,求其真是。膚聞淺説,空爭門面固非,即有一毫未徹,亦終信不過。所以朱子哭陸子,惜其帶去許多骨突道理也。瑩生平不奉佛,而佛書大概觀之,懼世人怵於禍福死生,舍吾儒而從事也。故《康輶紀行》一書,以所親歷考證所聞,爲天下明切言之,俾知詭異之言不足驚異……中國書生狃于"不勤遠略",海外事勢夷情平日置之不講,故一旦海舶猝來,驚若鬼神,畏如雷霆,夫是以僨敗至此耳。既震其積威,復申之以邪教,幾何其不胥中國而淪於鬼魅乎!……來教以爲司馬氏之奇偉,第就域内之人

〔1〕姚瑩《方植之金剛經解義十種書後》,《姚瑩集·東溟文後集》,合肥:安徽教育出版社,2014年,第311—312頁。

事倫理求之，非馳心海外及未來之千百年後，意若責瑩爲矜奇眩異，駭人耳目者。[1]

觀此可知，“透過此關”並不單指宋賢出入佛老、發明六經的努力，甚至並不一定指的是超越的義理之思。姚瑩寫作《康輶紀行》並不在於探究外教、發明孔氏教體，如果真要就教體而言，姚瑩也祇是想要告訴時人，西人教體也不過如此，不足驚異。但這對於光律原這樣的清人來説，恰恰是自明的，不需要他來講論的：海客述奇，何關域内人事？存而不論可也。由此，《康輶紀行》不僅需要將外教的義理或者信仰折中於儒學，還需要從人倫教化的效用層面上説明其中必要性，亦即對治“中國書生不勤遠略”之弊。姚瑩對藏傳佛教知識的介紹，就從“因俗爲治”的老説法開講：

自佛入中國後，諸祖相傳，高僧代出，皆有法嗣源流可考。而西域傳教源流，無人問津，付之荒昧而已。元時帝師派克思巴（按即下文中“八思巴”），大宣佛教，必有梵册紀載，可以披尋。明初徵聘儒臣，纂修《元史》，成書既速，搜討更疏，且深惡梵僧所爲，痛洗膻穢，故一切削去，不復紀載。即宋潛溪所述“教門禪門各有五宗，傳授分明”者，……明太祖深知佛法不可以治世，崇禮儒臣，講求二帝三王之大經大法，綱紀規模，爲漢唐所不及；然勤求安邊之道，知殊方異類，不可不因俗爲治……蓋終明之世，惟以其教安撫徼外，非以其教治中國，如元代諸帝受佛戒而後爲天子也。[2]

查《康輶紀行》，可見姚瑩對漢傳佛教的知識，很多來自於志磐（志盤，1195？—1274）、宋濂（潛溪，1310—1381）、胡應麟（1551—1602）等漢地前人。但他的藏傳佛教知識，則多屬入川爲官後閲讀史志（如《四川通志》）、考察搜討所得，屬於全新的知識。他在處理這些知識時所持的

---

〔1〕姚瑩《復光律原書》，《姚瑩集·東溟文後集》，第272—274頁。

〔2〕姚瑩《康輶紀行·明祖崇佛安邊》，《中國近代思想家文庫·姚瑩卷》，北京：中國人民大學出版社，2015年，第323—324頁。

因俗而治視角,則與傳統的儒學或者説中國歷史學的宗教觀密切相關:“先王以省方、觀民、設教。”盧國龍指出,儒學正是一種既尊重不同“方域”的風俗需求,也承認“道”作爲“既無分别也無差别的開物成務之因”的論述。[1]佛教因西方之俗設教,與孔、老之教相比,有離棄世俗的特徵,但也没有以人爲萬物中心所産生的掛礙。姚瑩對宗喀巴(1357—1419)立教化人的論述,正好能與之互證:

> 釋氏深有觀乎民情,非徒清淨寂滅所能動其信從也,於是莊嚴色相,使民崇敬而不敢褻,更炫之以富貴,生其歆羡之心,以爲從我者如是之福,可極樂也,不惟此生樂之,且生生世世樂之,雖中智亦欣慕焉,況愚蕃乎?猶恐人見佛之死,不見其生,疑爲安也,更爲轉世以示其跡。民曰:佛果轉世而有福如是也!欲不堅其信,得乎?至於死後之事,民不得而見也,則告之以地獄果報,神鬼夜叉,凶惡慘酷,以怵其心,復示之變相,以駭其目,雖君子亦有戒心,況小人乎?宋以前古佛濟祖,雖有三生之説,佛經亦但云歷劫而已。宗喀巴出,乃實其事,確與否吾不得而知,然西藏、蒙古二萬里,人皆信服而心悦之,數百年矣,雖聖帝明王,威德及於遐荒,不能不藉其教以經凶頑而安邊徼,此豈尋常智識所能及哉!……凡所以宣滯導和,鼓舞人心,使皆熙熙皞皞,游於光天化日,而不爲亂也。意深哉!雖非古佛之制,而古佛之所許也。[2]

黄教的轉世制度,對於漢地的士人來説是相對陌生的,黄教僧院驚人的權威和財富同樣也與宋代以降的漢地佛教截然不同。至於地獄鬼神之説,在“君子”看來更屬誕妄了。姚瑩在以上引文中解釋道,藏僧的莊嚴富貴和轉世制度的作用在於示民以“從我者當生生世世極樂”,而不從者又當受地獄鬼神之懲。對於轉世制度本身的確切性,姚瑩不得

---

〔1〕盧國龍《“隨方設教”義疏》,《宗教與哲學》第5輯(2016年1月),第252—271頁。
〔2〕姚瑩《康輶紀行·前藏歲時蕃戲》,《姚瑩卷》,第347頁。

而知,但根據教化的效果來看,他非常肯定地說,宗喀巴不在漢地佛教諸祖之下。且明清兩代的偉大君主在治藏之時,也需要隨順宗喀巴所立之教而爲。雖然姚瑩認識到宗喀巴之教與釋迦本教不同,但藏中熬茶,“名秩尊卑,森然不紊,使殊方數萬里桀驁强狠之人,知所羣奉爲活佛者,咸聽命焉”,這與隨方設教的傳統原則是完全一致的。〔1〕通曉四方人情的通智之士必當深許,今日儒者譏之爲誕妄實屬未達。四方有血氣者之情如何相似?姚瑩以傳統的氣一元論概之:

> 天地一氣耳,方其幽暗寂静則爲陰,及其光明發動則爲陽,陰陽一物也。動而生焉……一陰陽耳,一氣耳。物乃或一之,或萬之,是强分其區别者也。惟天地能一其萬,亦能萬其一。吾不知其所以化也,而知其所以一。凡物無不然,獨鬼神乎哉!〔2〕
>
> 天德含宏廣大,苟即事物而禍福之,則天不勝其勞,亦不若是之苛也。故陽授其權于日月,陰授其權於鬼神,日月鬼神者,天之一氣凝聚之至精者也。日月可見,鬼神不可見。可見者爲陽,司陽之權爲天子,日月不明,則天子失其治矣。司陰之權爲鬼神,鬼神之知能亞於日月,能自禍福人而輔相天子爲治者也。〔3〕

天地一氣而鬼神陰知人過、贊襄王道,這是《論衡》的作者也不會否認的事實,也是早在漢代甚至之前得到合理化的“神道設教”觀念的一部分。盧國龍曾敏鋭地指出:必須通過(先王)“陳跡”去探尋其“所以跡”,亦即探尋其創造的内在機制,從而適應新的時代現實進行新的創造……脱離了禮義文化之整體,“神道設教”衹是一些空洞而無實義的鬼神之事;復歸於禮義文化之整體,則能再現出“神道設教”所具有的内在的人文精神。〔4〕這是精到之論。在清代闡發最明的應當是章學誠

〔1〕 姚瑩《康輶紀行・宗喀巴與釋迦本教不同》,《姚瑩卷》,第328頁。

〔2〕 姚瑩《鬼神篇》,《姚瑩集・東溟文集》,第15頁。

〔3〕 姚瑩《康輶紀行・天人一氣感應之理》,《姚瑩卷》,第337頁。

〔4〕 盧國龍《道教哲學》,北京:華夏出版社,2007年,第30頁。

(1738—1801)。由此而言,隨方"設"教的視角不單屬於儒家思想,也是內在于儒者傳統中的道家思想資源——一種廣義上的道家史觀之産物。天、人之統合,目的固然是人文主義的,是要實現人倫教化的理想,但其動力因則是理性的設教之聖人。姚瑩在對比紅教、黄教之後指出:

紅教刺麻有法術,能咒刀入石,復屈而結之;又能爲風雪、役鬼神,非虚也。然自屈服於黄教。蓋黄教惟講誦經典,習静禪坐,不爲幻法,而諸邪不能侵之。故蕃人雖愚,其敬黄教,尤在紅教之上。此佛圖澄所以不如鳩摩羅什,而鳩摩羅什又不如達摩也。[1]

黄教相比紅教的優長之處在於不爲咒術、誦習經典,而誦習經典的鳩摩羅什(344—413)在姚瑩看來也更勝以神通聞名的佛圖澄(232—348)一籌,這意在説明人道對神道的優先性。而誦習經典的鳩摩羅什不如發明心要的達摩(?—535),後者又推進了人在反思和實踐當中的主動性:極樂世界何在?驗諸人心而已矣。如於達摩之後,能再透過一關,驗此心於人倫教化之中、契入名教樂地,便是姚瑩前文所説的程、朱境界了。[2]在承認了外教的教化效用、對外教的知識有了通達的態度之後,還需要對其教化之原進行反思,進而以儒術權衡:

性本於天,兩間人物,無非天之所生,一本同原,各得之以爲性。性在天地,譬諸大海之水,蛟龍魚鱉以至蝦蛙百族,莫不得水爲命,惟所受之量有大小清濁不同耳。水族百種,同養于水,人物萬類,同育於天。百族猶一族也,萬類猶一類也,殊其形不殊其性。天地之大德曰生,人能生育一物,即贊天地生育一物也。人物情狀不同,同一好生惡死,吾不能盡知人物之性;但使人物各全其性,而不戕其生,是即盡物之性也。聖人治天下,豈人人物物而飲食之哉![3]

〔1〕姚瑩《康輶紀行·黄教紅教之異》,《姚瑩卷》,第344頁。
〔2〕姚瑩《康輶紀行·極樂世界在人心》,《姚瑩卷》,第395—396頁。
〔3〕姚瑩《康輶紀行·盡物之性》,《姚瑩卷》,第351頁。

> 釋氏言“圓覺”，吾儒言“盡性”，衹是一義。人性本於天，天之分量何若，即吾性之分量何若。一分未到，即性有未盡也，一分未覺，即覺有未圓也。往嘗疑天下衹有一理，何以聖賢大儒，亙古以來，言之娓娓不已，千佛菩薩，苦口辯才，豈非多事？今乃知此理澈上澈下，無有中邊，苟有一分窒滯不通，則所爲理者皆靠不住，故必充類致義，反覆推明，既可覺人，亦以自覺，非弄唇舌、逞才智也。若甫有一隙之明，即自謂性已盡、覺已圓，此非悟也，障耳！〔1〕

從第一段引文來看，姚瑩對《中庸》的推崇恰與章太炎相反，但結合第二段引文，可見姚瑩了知“吾不能盡知人物之性”，對於“自謂性已盡、覺已圓”的謬誤有清醒意識，故姚瑩所持“一本萬殊”之論的重點在於“萬殊”，在於萬物各全其性，而非用“一理”、“一本”予以約束，這與《齊物論釋》的論點有相似之處：人性本天，故四方之性相似；天不可知，故古今聖賢論辯此理永無盡頭。章太炎認爲陽明（1472—1529）“望道未見，即是真見”一語超邁程、朱之處正在於此：“道無相，亦不可見。以爲有所立卓爾，以爲可從者，皆法我執也。顔子克己，則法我執斷，故設言如有所立卓爾亦不能從也。‘文王望道未見’亦此意。此論最得。自伊川以來皆未了，而獨先生發之。”〔2〕在《康輶紀行》的另外一處文字當中，這種思考被推到了一個極致：

> 中國有孔子又有老、莊焉，西域有釋迦又有三大士焉，至於回部、歐羅巴，亦各有穆哈默德與耶穌其人者。他外夷吾不能知，知天必不能恝然置之也。此數子者，皆體天道以立教者也，其教不同，至於清心寡欲，端身淑世，忠信好善而不殺，則一矣……吾，中國之民也，中國有孔子，吾終身由其道猶未能盡，烏能半途棄之，更從他道哉？〔3〕

---

〔1〕 姚瑩《康輶紀行·圓覺即盡性》，《姚瑩卷》，第355頁。
〔2〕 章太炎《〈王文成公全書〉批語》，《章太炎全集·眉批集》，第283頁。
〔3〕 姚瑩《康輶紀行·人類萬殊聖人不一其教》，《姚瑩卷》，第347—348頁。

對時人而言,域内域外諸子體天立教、同歸善道的判斷,自然是驚人的,也無怪乎光聰諧書未讀畢即斥之爲怪談。這段引文的最後一句説道,“中國有孔子,吾終身由其道猶未能盡”,仿佛是在響應可能出現的質疑,同時也在重申一個要點:一聖人不能盡天下也,孔子之道,也衹是吾民之道。當此土之民遭遇彼方之教時,就需要“隨方設教”,從傳統當中發掘觀念資源,消化現實提出的問題。但單單是消化“西方聖人”釋迦牟尼的思想,就花上了好幾百年的時間。那麽學會接受三大士、耶穌和穆罕默德的時間,又需要多少呢?無論如何,外教的新知識使得身處儒學、宋明理學傳統内部的姚瑩,對教化之原的問題作出了新的反思。他對佛教教化之不足的一段批評更讓人想到章太炎:

> 未生以前,本有未生前事,既已往而不可問;既死以後,自有既死後事,方未來而不可求。惟此現有之身,則有此身之事,修其五德,敬其五倫……佛老皆究人生前死後之事,吾儒之學,衹説現在爲人之事;佛書專談六合以外,吾儒衹談六合以内;三教或主出世,或主治世,各行其是,不相爲謀也。[1]

晚年提倡人乘教法的章太炎被人稱爲“儒宗”,從這個脈絡上看,是非常準確的。姚瑩跟太炎的差别可能衹在於:他將非“治世”的佛學歸爲專究生前死後之事的學問,而不屬於此世的個體探究性命的學問,對老學的態度也與太炎不同。這與他堅持“身非是幻”這一儒學的基本立場直接相關,他對超出經世濟民之外的性命之學更無興趣。正如前文所説,清儒面臨的不衹是西域三大士之教,更有耶穌、穆罕默德之教,姚瑩對後者的知識主要來自其好友魏源(1794—1857)。而魏源自身在接受新知之後,對教化問題的反思也比姚瑩更加深入。

---

〔1〕 姚瑩《康輶紀行・釋氏不切於用》,《姚瑩卷》,第357—358頁。

理解“外教”和本土危機：魏源與龔自珍論教化之原

章太炎在其文字中多次將二程、白沙（1428—1500）同婆羅門相比，大抵他眼中攀援上天、自立神我者皆入此地。天乘神教自然屬於前者。姚瑩曾對魏源《海國圖志》當中收録的《天主教考》作過如下評論：

> 福善禍淫，雖本天道，然此不過天道之一端耳。至天道之精微廣大，與人道之所以參贊化育、克配天地爲三才者，豈可以禍福言哉！此義，不但吾儒，即釋、老二氏，亦皆知之。彼回教、天主教者，大旨精微，止於敬事天神，求福免禍，正兩域之婆羅門耳，佛法未興時即有之，彼所謂傍門外教也。以其粗淺鄙陋，愚人易於崇信，故行之最易，而何足以當明智之論辨哉！〔1〕

姚瑩對伊斯蘭教、天主教的評論止於事天免禍一端，他認爲得魏源《海國圖志》一書，“數十年之所欲言、所欲究者”即可釋然。〔2〕而《海國圖志》中有關宗教的知識，與今本《四洲志》干係絶少，對照《四洲志》原本英人 Hugh Murray（1779—1846）的《地理百科》一書的幾個版本，也未覓得所出。〔3〕本節主要論及魏源基於這些知識對教化問題的反思，故此處不贅。先看魏源爲《南洋西洋各國教門表》所作的序言：

> 天佑下民，作之君，作之師。君長一國一時，師長數十國數百世。故自東海以至西海，自北極以至南極，國萬數，里億數，人恒河沙數。必皆有人焉，魁之桀之，綱之紀之，離之合之。語其縱，則西域自佛未出世以前，皆婆羅門教，以事天治人爲本，即彼方之儒。自佛教興而婆羅門教衰，佛教衰而婆羅門教復盛。一盛爲耶穌之

〔1〕 姚瑩《康輶紀行・天主教源流》，《姚瑩卷》，第 313 頁。

〔2〕 姚瑩《康輶紀行・商賈説外夷有裨正史》，《姚瑩卷》，第 373 頁。

〔3〕 今本《四洲志》是從《海國圖志》的相關内容中輯出的，魏源參考的《四洲志》版本目前無法找到（參陳華《有關〈四洲志〉的若干問題》，《暨南學報（哲學社會科學）》，第 15 卷第 3 期，1993 年 7 月，第 73—82 頁）。而魏源在寫作時參考的各種其他資料，也難窺全豹。

天主教,再盛爲穆罕默德之天方教,皆婆羅門之支變。婆羅門教,游方之内者也,佛教,游方之外者也。[1]

在對西方宗教更爲瞭解的前提下,魏源將所有宗教分成了兩種:方外的佛教以及方内的東西之儒。西方"儒"、佛二教的興衰,暗合文質相嬗的普適規律:

耶穌生漢哀帝元壽間,上距周莊王十年,恒星不見佛生,閱八十歲涅盤,當周匡王六年,凡六百有二歲。而天主耶穌生,力距佛教,此正法五百餘年之應。漢元壽下距開皇十四年回教穆罕默德辭世之歲,共五百九十四年,内除其生世數十載,正五百餘年。驅僧毁寺,變西北諸印度爲回教,此像法千年之應。是則自周至漢至隋,佛教東流,而天主與天方迭據印度,代興持世,入主出奴,各乘氣數,皆懸記乎千載之前,而符合乎千載以下。天時人事,有開必先,不翅五德迭王,文質遞尚焉。[2]

魏源可能不是漢語世界頭一位將耶穌、穆罕默德和釋迦的生年排比起來的學者,但他很可能卻是第一位從這些時期當中發現"文質遞尚"規律的學者,原因就在於其"婆羅門教—佛教"的全新分類法。"耶穌距佛"的事實依據是什麽?也許是明末天主教徒的佛教批判,[3]魏源是否瞭解到了天主教之儒"辟佛"的某種傳統,那就不得而知了。這裏衹能看到,12—13世紀時期北印地區的權勢轉移,成爲了魏源説明"回教之儒辟佛"的依據。在姚瑩予以盛讚的《天主教考》當中,還可以發現一篇奇崛的天主教批判論文:

印度上古有婆羅門事天之教,天方、天主皆衍其宗支,益之譎誕。既莫尊於神天,戒偶像,戒祀先,而耶穌聖母之像、十字之架,

[1] 魏源《海國圖志·南洋西洋各國教門表》,《魏源全集》第7册,長沙:嶽麓書社,2004年,第1787頁。

[2] 魏源《海國圖志·中國西洋紀年通表》,《魏源全集》第7册,第1803頁。

[3] 魏源《天主教考》當中提到,"今天主教力拒佛,其自言知識在腦不在心",自是明季餘談。見魏源《海國圖志·天主教考》,《魏源全集》第5册,第809頁。

家懸户供,何又歧神天而二之耶? ……聖人之生,孰非天之所子? 耶穌自稱神天之子,……何獨此之代天則是,彼之代天則非乎? 歷覽西夷書,惟《神理論》頗近吾儒上帝造化之旨,餘皆委巷所談,君子勿道……董子曰:道之大原出於天。故吾儒本天與釋氏之本心若冰炭,乃天方、天主亦皆本天,而教之冰炭益甚,豈辨生於末學而本師宗旨或不盡然歟? 周、孔語言文字,西不逾流沙,北不暨北海,南不盡南海,廣谷大川,風氣異宜,天不能不生一人以教治之。羣愚服智羣,囂訟服正直。文中子曰:西方之聖人也,中國則泥。[1]

本段引文除開對聖像和福音展開評論的部分,對於天主、伊斯蘭二教的評論應該説是一視同仁的。可以看到,魏源認爲西方二教雖能本天,但其立言過猶不及,失之誣罔,衹能使愚人崇信。但同樣如姚瑩所説的那樣,中西異域懸絶,“天不能不生一人”以教化西方羣愚。中土的智者們完全有理由,把這種入世教化的方式視作“儒”之一種。魏源對西儒的看法自然並非全是負面。對於中西“儒教”的相同之處,魏源在筆記《默觚》當中已有言及:

萬事莫不有本,衆人與聖人皆何所本乎? ……黄帝、堯、舜、文王、箕子、周公、仲尼、傅説,其生也自上天,其死也反上天。其生也教民,語必稱天,歸其所本,反其所自生;取合於此。大本本天,大歸歸天,天故爲羣言極。[2]

在上段《天主教考》的引文中,魏源還提到天主教衹有《神理論》略近儒家“上帝造化”之旨。據《天主教考·上》,可知《神理論》是魏源和《新約》一同閲讀的一本講説天主教上帝造物思想的著作,如果結合前文魏源所述耶穌會士批判佛教心具世界之説的文字,我們可以很容易

---

〔1〕 魏源《天主教考》,第821—823頁。

〔2〕 魏源《默觚》,《魏源全集》第12册,第4—5頁。魏源此書的完成日期,説法不一,有認爲完成於十九世紀三十年代者,有認爲完成於鴉片戰爭之後者,參章愛先《默觚詳注譯論》,河北師範大學碩士學位論文,2000年,第5頁。但總的來説,定然是在《海國圖志》第二版寫定之前已經形成的文本。

聯想到利瑪竇(Matteo Ricci, 1552—1610)借助經院哲學資源調和理學、天主教之形上學思想的《天主實義》一書。[1]那麽魏源的"天"與"吾儒上帝造化"觀念是否跟利瑪竇或者劉智(1669—1764)的著作有所聯繫呢?《海國圖志》對伊斯蘭教的知識多處直接、間接(通過俞正燮[1775—1840])參考了劉智著作,但要説魏源在這一重大問題上直接受到劉智或者利瑪竇的影響,尚難有定論。可以確定的是,就像姚瑩閲讀《海國圖志·天主教考》大呼過癮一般,魏源直接受到了其好友龔自珍(1792—1841)之"天論"的影響。

聖人返天這一論點,同樣在龔自珍《壬癸之際胎觀第八》一文當中可以發現。從魏源所作《龔自珍文録》的序言中知道,他曾在道光二十二年(1842)夏審定過由龔自珍之子送來的龔氏遺稿。[2]壬癸之際在壬午年(1822)、癸未年(1823)間,當先於《默觚》動筆撰寫的時間,因此可以將"聖人返天"這一論點視爲龔自珍的先發之見。[3]在龔自珍的《胎觀第八》當中,對於聖人如何返天、爲何教民稱天,有更詳細的論述:

> 萬物不自名,名之而如其自名……有天,有上天,文王、箕子、周公、仲尼,其未生也,在上天。其死也,在上天。其生也,教凡民必稱天。天故爲羣言極。[4]

萬物不自名,而聖人之生前死後在"上天"而非"天",那麽聖人教凡民稱天,這是否意味著聖人立教所本之天也是聖人所立之名?《胎觀第一》當中已有解釋:

> 天地,人所造,衆人自造,非聖人所造。聖人也者,與衆人對立,與衆人爲無盡。衆人之宰,非道非極,自名曰我……後政不道,

〔1〕利瑪竇著,梅謙立(Thierry Meynard)注《〈天主實義〉今注》,北京:商務印書館,2014年。
〔2〕魏源《定盦文録敘》,《魏源全集》第12册,第245—246頁。
〔3〕張爾田(1874—1945)以爲《默觚》爲魏源模擬子書之作,然與定盦相比則見絀。張爾田《孱守齋日記》,《史學年報》1928年第2卷第5期,第350頁。又其《遯堪書題·古微堂内外集》稱魏源刻意剽竊定盦,誠誅心之論。見同期第397頁。
〔4〕龔自珍《壬癸之際胎觀第八》,《龔自珍全集》,上海:上海人民出版社,1975年,第19頁。

使一人絶天不通民，使一人絶民不通天，天不降之，上天不降之，上天所天，又不降之。諸龍去，諸鳥不至，諸雲不見，則不能以絶。比其久也，乃有大聖人出，天敬降之，龍乃以部至，鳥以部至，雲以部至，民昂首見之者，天之藉也。衆人以爲天，大政之主必敬天，名日月星爲神，名山川爲祇，名天之人亦曰神。天神，人也；地祇，人也；人鬼，人也。〔1〕

這段文字頗令人索解。“天地爲人我自造”和“聖人與衆人爲無盡”的兩個講法，前者意在説明世界構成的交互主體性，亦即指明外在於個體的天地乃是衆多個體的心靈所營構而成。後者意在説明聖人跟衆人的區别，有無盡衆生則必有聖人能爲之牧首。那麽，既然天地爲人所造，可以説衆人各造一天地嗎？當然如此，衆人自造之天確實非聖人所造。但是，身爲衆人之宰的聖人，卻能夠“我天地又造人”、“我分别又造倫紀”，爲民别立一天地，使民人不能以自造之天地爲天地而以聖人所立之天爲天，以便實施人倫教化。這就是前引文所謂“教民稱天”。這裏，不妨説衆人自造之天爲上天，爲自然之天，亦即聖人生前死後所歸，聖人自造之天、神、鬼，則是聖人立教所造之名相。聖人所造之天固然本於“上天”，但接受聖人教化的衆人所稱之天則祇是聖人，亦即大政之主所敬之天。龔自珍由此爲聖人立教尋找到了一個堅實的基礎。他的這些思考跟後來的康有爲更有直接相通之處：聖人壟斷了稱天立教的合法性，爲了立教治民，可以生造名教：

有域外之言，有域中之言，域外之言有例，域中之言有例。有以天爲極，以命爲的；有不以天爲極，不以命爲的。域外之言，善不善報於而身，歷萬生死而身彌存；域中之言，死可以休矣，善不善報于而胤孫……聖者語而不論，智者論而不辨。大人曰：天下方安小僞。小僞不可安，不如以大僞明於天下。〔2〕

〔1〕 龔自珍《壬癸之際胎觀第一》，《龔自珍全集》，第12—13頁。

〔2〕 龔自珍《壬癸之際胎觀第六》、《壬癸之際胎觀第七》，《龔自珍全集》，第17頁。

域外之言和域中之言當指佛教與"儒教",魏源對佛教和婆羅門教的區分可能是由此得來。龔自珍敏鋭地指出了佛教與傳統名教的對立之處,而"不以天爲極"的佛教,正讓他看到了以天爲極的儒家名教虚僞的一面——稱天順命、福蔭子孫,皆爲造作誑人的名教。此亦王弼(226—249)"聖人體無,無又不可以訓,故言必及有"之義。"天"在清人眼中的降格早已有人言及,〔1〕而在龔自珍的處境中更達到了一個"褻瀆"的極值:"小僞不可安,不如以大僞明天下。"此語從隱微入顯白,最爲究竟。然王弼的玄言導向的是法古尚質的積極變革。龔自珍的洞見則更多地指向教化的自保:

> 今有家於此,鄰人誶其東,市人噪其西,或決水以灌其牆,或放火以燒其籬,舉家惶駭,似束手無策矣。如入其門奴僕鵠立,登其庭子姓秩然,奴僕無不畏其家長者,子姓無不畏其父兄者。然則外來者舉無足慮,而其家必不遽亡……開闢以來,民之驕悍,不畏君上,未有甚於今日中國者也。〔2〕

深信教化之原已無法成立的龔自珍,心情並不樂觀。跟姚瑩不同,龔自珍更清楚地看到了設教之人的能動性,因此與章學誠更爲接近,他學術思想中的"六經皆史"的痕跡可爲佐證。〔3〕但當時的政治氛圍以及龔自珍主觀上與主流的疏離,或許妨礙了他在實踐中發揮自己對這種能動性的充分認識。魏源與龔自珍相比,不僅在思想上更爲保守,仕途還更爲落魄。對教化問題的進一步思考以及踐行,將由幾十年之後的康有爲承擔。

〔1〕陸桴亭(1611—1672)云:"古人言敬多兼天説。今人不然,天自天,敬自敬。又曰天即理,把天字説得平常。此爲上等人説則可,爲中下人説,便無忌憚。"見錢穆《陸桴亭學述》,《中國學術思想史論叢(八)》,《錢賓四先生全集》第二十二册,臺北:聯經出版事業股份有限公司,1998年,第50頁。

〔2〕龔自珍《與人箋八》,《龔自珍全集》,第340—341頁。

〔3〕張勇對此有詳細論述,見張勇《龔自珍在19世紀:關於龔自珍的幾則劄記》,《清華大學學報(哲學社會科學版)》2007年第3期,第42—49頁。

衰世與"立教":康有爲早期思想中的激進特質

由於清朝統治危機的深化,同光時期的著名經世士人文廷式(1856—1904),對於洶湧而來的西儒外教有著與魏源不同的看法。[1]跟魏源相似的是,文廷式引用了文中子王通(584—617)對外教的看法。從程、朱(甚至陳龍川)到汪縉、魏源,王通的言論頻爲稱引,原因就在於他認識到了外教(以佛教爲主)不可忽視的教化效用,以及三代以下儒教禮樂的頽敗現實。文廷式和魏源引用的重點是不同的:魏源强調王通拒佛張儒的一面,亦即"西方之聖也,中國則泥";文廷式强調的是王通對外教教化效用的認可,亦即"戎狄之德,黎民懷之"。他在下文又引朱子語,承認行得教化,戎狄也做得聖人。祇是在這種悲觀的估計之外,文廷式自已也曾在筆記中做過對孔教之優長的分析,他説:

> 佛書稱大梵天王受法,是以天爲弟子。耶穌則稱天之所生,是以天爲父。回教則稱上帝欽差,是以天爲主。惟《中庸》稱孔子之德曰可以贊天地之化育,曰凡有血氣者莫不尊親,故曰配天、曰贊、曰配,不求諸杳冥而實得先天不違後天奉時之理,洵乎誼純而道大也。[2]

佛氏以天爲弟子,超出方外,自不待言。天主、伊斯蘭二教教義中天、人之間的張力又過大,不如孔教"配天"之説精當,符合人文主義指向的人倫教化需求,這也是在前文討論姚瑩時可以看到的儒者傳統立場。但是,結合前段引文可知,文廷式本人雖然對斯文宗信不貳,但中國政治的敗壞卻讓他對孔子之教的存續懷有隱憂。跟他相比,康有爲

〔1〕文廷式《筆記》,《文廷式集》,北京:中華書局,1993 年,第 822—823 頁。"九夷非陋,有君子以居之也;淪胥以鋪,無聖治以拯之也。天下之所甚愛惜者,教法傳自先王,斯文留於聖哲,故人瀕死亡,靡有貳志。然政治之弊,乃足爲淵驅魚、爲叢驅爵,吾獨奈之何哉?"

〔2〕文廷式《純常子枝語》卷十二,續修四庫全書影印 1943 年刻本,上海:上海古籍出版社,1997 年,第 167 頁下。

在《教學通義》當中的思考更具主動性：

> 魯兩生謂：禮樂，百年洽洽而後興。此真迂儒不通治體之言也。夫禮樂不興，治何能洽？不待禮樂而能治洽，則禮樂何用？何必興哉？食不必精，要可以飽；衣不必繡，要可以暖；禮樂雖不及先王，要可以移民。劉向謂：叔孫通制定禮儀，初見非于齊、魯之士，然卒爲漢儒宗。此至論也。[1]

振興禮樂的物質基礎是什麼？吃飽穿暖即可。而振興禮樂的根本追求，則在"移民"。今政治弊壞，人民離心，龔自珍"人民驕悍"的憂思猶在耳邊，正是大興禮樂、轉移民性之時。《教學通義》的核心即是因時制禮，進而改制化民，讓中國人從"蠻洞"當中走出來。[2]由此，對一種教化的評估，祇需視其效用如何，能否應時處變、講求"民功"而已。祇是，要發揮這種巨大的威力，還需要設教之聖人，亦即獨尊之君權："居今日地球各國之中，惟中國之勢獨能之。非以其地大也，非以其民衆也，非以其物產之豐也，以其君權獨尊也。"龔自珍以賓自處，黄宗羲(1610—1695)明夷待訪，他們刻意保持著與君權的微小張力，用章太炎的話來説就是"尚俟奴酋下問"。而時至同光，康有爲甚至不能"尊史"、"尊隱"那樣地支吾下去，決定盡快向權力靠近。首章《内外篇》中的驚人之語就是由此而來。在康有爲的論述中，設教之聖人既已明確，對於設教之舉措，更是霹靂手段亦不足諱：

> 王、霸之辨，辨於其心而已。其心肫肫於爲民，而導之以富强者，王道也；其心規規於爲私，而導之以富强者，霸術也。吾惟哀生民之多艱，故破常操，壞方隅，孜孜焉起而言治，以不忍人之心，行不忍人之政，雖堯、禹之心，不過是也。所以不能不假權術者，以習俗甚深，言議甚多，不能無輕重開塞以傾聳而利導之……其始爲

---

〔1〕 康有爲《教學通義》,《康有爲全集·第一集》,第38頁。
〔2〕 康有爲《教學通義》,《康有爲全集·第一集》,第49—50頁。

也,可以犯積世之清議,拂一時之人心,蒙謗忍垢而不忍白焉。及其端緒成,規模範,然後從容反之于中和之域。其操縱啓閉,當時不能知,後世亦或不能知,惟達識之君子知之。[1]

王、霸同用異體,辨於一心,並不是康有爲的獨創,清儒汪縉有云:"《六經》同體而異用。《文中子》因其用而識體,識體而達諸用……非敢以仲尼自居也,稽仲尼之心而已矣。"[2]康有爲或者説龔自珍的發明之處在於認天理爲虛,從無本處成立教化之原,進而教民稱天、興起大用的大膽思考。這與首章所述清代超越之理失落的語境直接相關:

吾以功業名聲之及於萬里千年者,猶不及分寸耳,頃刻之間耳也,而何足羨乎? 誠如是,則吾何所學也? 曰:盡予心之不忍,率吾性之不舍者爲之,非有所慕於外也,亦非有所變於中也。前乎我者數千年之治教,吾辨考而求之,存其是非得失焉;後乎我者數千年之治教,吾揣測而量之,聽其是非得失焉。夫非有所爲己,心好之而已,亦氣質近之爾。若使餘氣質不近是,則或絶人事,入深山,吾何戀乎哉? 吾故以人道歸之氣質也。[3]

此段引文可以回答上一章引而未發的一個疑問:既然智者如龔、康輩已經了别真僞,知道天理不存在,知道儒門名教爲芻狗施設,那何不就此追尋一己之福,而一定要參與政治,"舉趾爲世人之所則,動唇爲天下之所傳"呢?[4] 答案是"不忍"。天地人衹是一氣,人理人性皆在氣中,善政的實現同樣也是個人意志的實現。但這樣的論述將王、霸之分的道德要求繫於一心,以此一心去衡量仁政的功效,乃至立教以誑人就己。正如首章所述,這是認識到教化之原"無善無惡"之後所難以避免

[1] 康有爲《康子内外篇》,《康有爲全集·第一集》,第97—98頁。

[2] 汪縉《衡王》,見魏源編《皇朝經世文編·學術一·原學》,《魏源全集》第13册,第32頁。有趣的是,熊十力在《與友人論張江陵》的長文當中,也有類似的論述,參拙文《弘道與護學》,《鵝湖學志》總第62期,第91—127頁。

[3] 康有爲《康子内外篇》,《康有爲全集·第一集》,第103頁。

[4] 葛洪《抱樸子内篇》,北京:中華書局,1988年,第139—140頁。

的虚無主義問題。[1]太炎詆康黨爲教匪,正與此有關。從宋明理學的語境中看,康有爲把天理良知當作人造之假名,正是超越的德性由天(天理)至人(良知)再到無(人造)的進一步失落。[2]在這種理論當中,超越的教化之原自然衹能作爲"轉移人心"的工具而被利用。《内外篇》在對世界宗教的梳理當中,進一步分析了"教"的意涵所在:

> 凡言乎學者,逆人情而後起也……天地之理,惟有陰陽之義無不盡也,治教亦然。今天下之教多矣:于中國有孔教,二帝、三皇所傳之教也;於印度有佛教,自創之教也;於歐洲有耶穌;于回部有馬哈麻,自餘旁通異教,不可悉數。然余謂教有二而已。其立國家,治人民……凡地球内之國,靡能外之。其戒肉不食,戒妻不娶,朝夕膜拜其教祖,絶四民之業,拒四術之學,去鬼神之治,出乎人情者,皆佛氏之教也。耶穌、馬哈麻、一切雜教皆從此出也。聖人之教,順人之情,陽教也;佛氏之教,逆人之情,陰教也。故曰:理惟有陰陽而已……是二教者終始相乘,有無相生,東西上下,迭相爲經也。當其時則盛,窮其變則革,智人觀其通,而擇所從,或尊或辟,非愚則蒙者也。此二教非獨地球相乘也,凡衆星有知之類,莫不同之;非徒衆星爲然也,凡諸天莫不同之也。[3]

康有爲此處的新意並不在於他多過魏源等人的宗教知識,而是在於他對立教、施教作用的更深剖析。因生生、無生之别,康有爲將一切

[1] 葛兆光《孔教、佛教抑或耶教?——1900年前後中國的心理危機與宗教興趣》,載《中國近代思想史的轉型時代:張灝院士七秩祝壽論文集》,臺北:聯經出版事業股份有限公司,2007年,第228—232頁。

[2] 在這一語境中可以對比的例證是王夫之。船山在這個"天爲人造"的意義上有著理學和清學的兩個面向,他在《君相可以造命論》和《讀通鑑論》卷二十四中對個體"造命"的論述,可與《胎觀第一》的論説和這裏對《内外篇》引文的分析合觀。一言以蔽之,船山之"造命"説與龔自珍"自造"和康有爲"以無爲有"的説法一揆,但龔、康"制天而用之"的大膽議論以天命爲聖人所立之假名,即《莊子通》所斥之"知聖人之不可死,大盜之不可止,無可奈何而安之以道",必然爲船山所不許。

[3] 康有爲《康子内外篇》,《康有爲全集·第一集》,第102—103頁。

宗教分爲陰、陽兩類,對應孔、佛。而天主、伊斯蘭二教被視爲陰陽相雜之教,它們在道理上都是各各自足、各有本原的。康有爲推演詳盡,使姚、魏復起,可以無言。但無盡之生生,卻與陰陽互爲終始、文質遞嬗的無盡之理相隨。變教之難、生滅之苦,是無法回避的。故康有爲雖然以孔、佛二教同爲極則,[1]但就像龔自珍那樣,印度、美洲文明教化的興亡,讓康有爲體味到了一種需要直面的苦難。"不忍"由此而生:

> 印度自佛學盛後,其文顓顓,愚冥不知古昔……以墨西哥、秘魯近掘得前世城郭、殿宇、文字,其無人通之,蓋已經一劫矣。科侖布未至之先,已成狂榛世界,然則又先於印度矣。觀其文字,有鳥篆之遺,殿宇有中土之制,當時文物必經累聖制作而成。豈知昔所號稱君相者、聖人者、禮樂政樂者、文字者,一舉並滅,人民冥冥,至不知舟楫。哀哉!然則滅國爲小,滅教爲大;滅教爲小,滅民類爲尤大。然則中國累聖之政教、文字,其又可恃以萬世耶?印度中弱於漢,羅馬中弱于唐。民皆自智而遇近,雖曰智,又可恃耶?陽極則陰生,至哉《易》理!周流六虛,莫出範圍矣。[2]

康有爲面臨新的政教危機而產生的教化之思,進入了晚清宗教思想語境中的一個高峰。人道教化以超歷史的人之氣質爲本,包括大清和儒教在内的一國乃至一教的衰亡,乃是一氣中之天理,是無法避免的客觀規律——這是非常激進的觀點,在戊戌變法時期產生了一定的影響。[3]但道理雖然是這麽説,隨"一國一教"的衰絶而來的民類退化,卻會使得康有爲(當然還有古往今來的各方"聖人"們)"不忍",因而要出

〔1〕案:此以陰、陽二氣而非道體爲本,仍出道家或者説史家手眼,程頤(1033—1107)不滿韓康伯(332—380)、蘇軾(1031—1101)《易》注之處正在於此:"所以陰陽者是道",不可避而不談。(參朱伯崑《易學哲學史》卷二,北京:崑崙出版社,2005年,第177頁。)由此也可以看到南海之學與程朱理學的根本矛盾之處。

〔2〕康有爲《康子内外篇》,《康有爲全集·第一集》,第111—112頁。

〔3〕茅海建《戊戌時期康有爲"大同三世説"思想的再確認——兼論康有爲一派在百日維新前後的政治策略》,《社會科學戰綫》2019年第1期,第117頁。

山痛陳改教、改制的大義,爲本族爭一時的生存。[1]對比起來看,前者是根本的、激進的,更是虚無的;後者是權宜的、保守的,但卻是有民族本位的。故而後者,亦即教化之用——富强本國,才是康氏論述的重點所在。這樣一來,本來具有學理上根本性的教化之原在康有爲處反而就是工具性的。加上這個本原本來從虚無中生起,所以康氏的理論框架如"進化學"、"公羊三世説"等等,不過是爲了改革而隨取隨用的名相糅合,無法以求真、求是的知識品格繩之。[2]無獨有偶,在西南的彝人當中,可以看到一段跟康氏的言論相似的記述:

> 有頭人説:"自古以來就有的規矩,不能改變!"我説:"你説古禮,那别處的替换法是不是古禮?我看他們用的才是真正的彝人古禮。不替换法祇有我們這裏使用,怕少數人用的不是真正的古禮!畢摩經書上明明寫道:'報是報九壇,獻是獻一壇;報是報九杯,敬是敬一杯。'替换法就是'報是報大的,祭是用小的',怎能説不是彝人古禮。……没有改變古禮,而恰恰普徧使用的才是古禮。減少消耗,後人得利,豈止後人高興,怕真正顧及後人的祖先更高興呢。若不顧後人貧富的祖先,不僅值不得祭祀,也不該讓他回來了……這些並不是人那麼愚蠢,而是在於他們没有文化知識,没有見過世面的緣故。因此,我們應該明確'民族的希望在那裏!'祇有高度的文化科學知識,我們的國家才能實現四化,我們的民族也才能更加昌盛。"[3]

六經皆史也。在嶺光電(1913—1989)於上世紀革新涼山彝族地區

[1] 康有爲《大同書》,《康有爲全集·第七集》,第25頁。對此的總結性論述參楊貞德《不忍政治三詮——康有爲從傳統到近代的思索》,《中國文哲通訊》第二十八卷第1期,第153—196頁。

[2] 茅海建對康有爲的"進化論"知識之謬有詳盡分析,見茅海建《再論康有爲與進化論》,《中華文史論叢》2017年第2期,第1—69頁。

[3] 嶺光電《憶往昔——一個彝族土司的自述》,昆明:雲南人民出版社,1988年,第131—135頁。

醫療、文化制度的時候,“新學彝源”的論説方式幫了他非常大的忙。在特殊的歷史時刻,新的知識會刺激舊的思維方式,使之成爲該社會發生改變的動力,本文所描述的章學誠—龔自珍—康有爲的“立教改制”論線索即是一例。魏源、姚瑩對新知“隨方設教”的容受,以及龔自珍對“教化之原”的徹底反思,皆可視爲康有爲的先導。新的“教化”觀不僅能解釋現實中遭遇的異文化,更可以假借舊道德的規範性直接爲現實中的變革提供動力。但正如首章所言,這種植根於傳統,卻又分外激進的教化之思,不僅招致了光宣時期的政治保守派張之洞(1837—1909)和曹元弼(1867—1953)的批評,也受到了民國時期的文化保守派章太炎、錢穆(1895—1990)甚至馬一浮(1883—1967)的譏彈。[1]學術能在政局變動外存留有轉移人心的作用,於此有徵。

爲清理這段學術思想史的發展過程,本文首節引介了清代義理之學、教化之道的思想史背景,分析了章太炎對超越的規範性來源“天乘”的批判,展示了保守主義者章太炎對任何無限制的“教化”力量的高度警覺。第二節描述、分析了姚瑩的藏傳佛教知識,指出姚瑩有齊平中西諸“教”的新穎思考,以及他重視效用的觀念和對超越絶待之天的質疑。第三節首先介紹了魏源的宗教知識,指明魏源藉以分判東西之“儒”的類型學,較之姚瑩更進了一步。而其“大本本天”的教化思想,背後是天理虛無主義者龔自珍“教民稱天”、“以大僞明天下”的大膽論述。最後,本文指出,在新的宗教知識輸入中國的大背景下,老派學者圍繞著對教化所作出的反思在康有爲處到達了一個高峰,他在明見人之能動性和天理之虛無性的同時,提出了製造立教之理進而利用教化去轉移人心、推進改革的驚人理論。其學説潛在的激進性格引起了章太炎的警惕和批評。同時,在清代的最後二十年中,世間事務本身的迅速變化,實際

〔1〕引入馬一浮的理學視角可以讓本文所述内容的抽象維度體現得更加充分——超越性質在教化學説中的隱退。借用 Rémi Brague 的詞匯,這些教化學説同樣是成爲跟一神論神學影響下的道德學説(theio—practical)產生比較研究可能的資源。

上在倒逼需要“統攝”世務的儒學去變化,而這又會讓無限制擴容的儒學、以及作爲其後果的“孔教”動摇時人對道德的認識。一旦這樣一種無所不包之“教”被證明跟不上時代,那麼已被解釋得千瘡百孔的儒學就成爲了强弩之末,這樣又反而不利於民族文化本位和道德主體性的堅守。〔1〕這驅使當代學人返回關鍵的歷史節點,對新、舊和中、西思想資源的離合作出必要的思考。

附記:本文投稿、見用之後,又讀到了釋慧鐸《彭紹升(1740—1796)與神道設教之交涉》(華梵大學 2009 年博士論文),成棣《出世與淑世:彭紹升和清代中期的王學餘波》(《新經學》第三輯,2018 年)和孔德維《爲甚麽我在包容基督徒?——十九世紀中葉儒者的宗教寬容》(臺北:秀威資訊,2019 年)三份出色論著。其中孔氏所處理的文本與拙文亦不無重合,但是辨析更爲詳密。推薦感興趣的讀者參考。要之,無論是魏源的經世之志(著於《書古微・甫刑篇發微》、《古微堂四書・〈孝經集傳〉按語》各處),還是前述康有爲的立教之説,都不妨視爲長期存在的“師道”傳統之一部分。在彭紹升身上示現爲神道伏流的“師道”,在魏、康的世紀漸趨顯豁,終至以己意進退程朱孔孟之教,與“君道”之無力應對世變大有關係。而探究此中因緣,不僅是政治史、也是學術史研究者的任務。(2019 年 11 月 27 日)

〔1〕這也是錢穆承繼章太炎晚年的學思、批評康有爲的原因所在,當另文詳論。

孔子與六經無關説的近代生成及其意藴

肖朝暉*

傳統經學發展到清朝末年,出現了以廖平、康有爲爲代表的今文經學和以章太炎、劉師培爲代表的古文經學互相對壘的局面,誠如錢穆所言:經學今、古文問題"起於晚清道、咸以下,而百年來掩脅學術界,幾乎不主楊,則主墨,各持門户,互爭是非"。[1]今、古學"各持門户,互爭是非"的一個重要問題即是孔子與六經的關係,今文學者認爲六經爲孔子所作,六經寄寓了孔子的微言大義,可爲萬世法;古文學者則認爲孔子並未作六經,六經古已有之,孔子衹是對其加以整理,保存了古代歷史。隨著科舉制度的廢除和辛亥鼎革,經學與政治、教育脱鉤,昔日尊崇的地位難以爲繼,逐步走向衰落與解體。新文化運動喊出重估一切價值的口號,高呼反孔批儒,思想的解放增强了學人對中國傳統經史學術的懷疑,在這樣的時代風潮下,圍繞《古史辨》形成了影響當時及後來中國史學界至深且巨的疑古學派。古史辨派的代表人物顧頡剛提出的"層累地造成的中國古史"説就沈重地打擊了中國傳統古史體系,揭示了中國古史的不可靠,掀起中國近代史學大革命,在當時引起極大關注與爭論,其效力一直延續至當下而不已。實際上,除以"層累説"破壞中國古

* 作者單位:武漢市社會科學院歷史所。

〔1〕 錢穆《兩漢經學今古文評議》,北京:商務印書館,2001年,"自序"第3頁。

史外,《古史辨》諸人早期還對孔子與六經關係提出了一番突破晚清今古學藩籬的"非聖無法"的"孔子與六經無關論",有論者即稱之爲"是近代中國經學思想的一大轉變"。[1]現代學者對"層累説"的研究成果極爲豐碩,而對"孔子與六經無關論"的研討則有所不足,[2]並主要將目光集中於錢玄同,已有研究尚未完整揭示"孔子與六經無關論"這一議題從提出到引發學界討論的全部面向。本文即試圖根據相關資料對此問題作全面梳理。

一

孔子與六經關係問題的提出源於顧頡剛、錢玄同等人關於"辨僞"的討論。顧頡剛在《古史辨》第一册《自序》中説到:"我初作辨僞工作的時候,原是專注目於僞史和僞書上,玄同先生卻屢屢説起經書的本身和注解中有許多應辨的地方,使我感到經部方面也可有可以擴充的境界。"[3]顧頡剛的辨僞志業起先側重於僞書、僞事的考辨,錢玄同則提示其要注重經書的辨僞。

1921年11月5日,錢玄同致信顧頡剛,向其索取所纂《僞書辨證集説》的"諸子"部分,並提醒顧頡剛"經"之辨僞與"子"同等重要,甚至還有過之,建議顧頡剛用"集説"的辦法節要編録"羣經"部分的辨僞文字。當日顧頡剛就回信錢玄同,對錢玄同提議集録經部辨僞文字的意見表

〔1〕劉貴福《錢玄同與顧頡剛、傅斯年、胡適有關〈春秋〉性質的學術討論》,《史學史研究》2013年第3期。

〔2〕陳壁生《經學的瓦解》第四章《孔子與六經分離》是目前對此問題討論最爲詳實者,作者以錢玄同爲代表,將孔子與六經關係置於"經學的瓦解"這一中國現代學術轉型中予以考察,認爲將孔子與六經分離是古史辨的基礎,與孔子分離後的六經變成史料,研究者得以重新排列這些史料而進行歷史研究。陳壁生立論主要側重於孔子與六經分離瓦解經學的作用,未對孔子與六經無關這一議題作出全面的探討。見陳壁生《經學的瓦解:從"以經爲綱"到"以史爲本"》,上海:華東師範大學出版社,2014年。

〔3〕顧頡剛編著《古史辨》第一册《自序》,上海:上海古籍出版社,1982年,第49頁。

示"甚佩",進而指出:

我想,此編集好後,便可進一步去推翻"孔子删述六經"這句話。六經自是周代通行的幾部書,《論語》上見不到一句删述的話。到了《孟子》,才説他作《春秋》。到《史記》,才説他贊《易》,序《書》,删《詩》。到《尚書緯》,説他删《書》。到清代的今文學家,才説他作《易經》、《儀禮》。總之,他們看著不全的,指爲孔子所删;看著全的,指爲孔子所作。其實看劉知幾的《惑經》,《春秋》倘使真是孔子作的,豈非太不能使亂臣賊子懼了。看萬斯同的疑《今文尚書》及《詩》三百篇,《詩》、《書》若果是孔子删的,孔子真是獎勵暴君,提倡淫亂了。看章學誠的《易教》,《儀禮》倘果是孔子作的,孔子未免僭竊王章了。"六經皆周公之舊典"一句話,已經給今文家推翻;"六經皆孔子之作品"一個觀念,現在也可駁倒了。[1]

顧頡剛在此已將孔子未曾删述六經的主張和盤托出,這段議論體現了顧頡剛研討孔子與六經關係問題的兩大特點:第一,顧頡剛治史極重視史實(或傳説)興起的先後時序,他發現記録孔子一生言行的《論語》並無孔子删述六經的記載,孔子作《春秋》、删《詩》《書》、作《易》《儀禮》分别是孟子、漢人及清代今文學家的説法,均爲後起之説。第二,從歷代辨僞學者中尋求佐證,劉知幾、萬斯同等人的辨僞著作與議論皆爲其採用。

其實,在此信之前,顧頡剛已在讀書筆記中記下了自己常思索的幾個問題,第一個便是六經與周、孔無關,並明確表示這是"打破古來傳統思想的大問題"。[2]由此可見,在致信與錢玄同討論前,顧頡剛已對此

〔1〕顧頡剛編著《古史辨》第一册《自序》,第 41—42 頁。

〔2〕其餘的幾個問題是"(2)孔子與老子無關;(3)老子與莊子不同,道家之名係漢立;(4)堯、舜、禹、湯、文、武、周公、孔子無道統可言"。顧頡剛《景西雜記》(一),顧頡剛《顧頡剛讀書筆記》(卷一),北京:中華書局,2011 年,第 211—212 頁。此條記載不能確定具體時日,但應在 1921 年 11 月 5 日致錢玄同信之前,《景西雜記》(一)始於 1921 年 9 月 11 日,《景西雜記》(四)記自 1921 年 10 月 31 日,此條在《景西雜記》(一)中,應寫於 1921 年 9 月 11 日至 1921 年 10 月 31 日之間。

議題有所思索,並清楚知曉自己主張的顛覆性。

顧頡剛起初受到晚清古文學與今文學的雙重影響。1913年章太炎在北京化石橋共和黨本部開國學會,顧頡剛前去聽講,深信章太炎所講"六經皆史"爲"極合理",表示願意追隨章太炎用哲學家與史學家看待孔子。後顧頡剛在翻覽《新學僞經考》與《孔子改制考》後,又接受了康有爲上古茫然無稽説,以爲六經中摻雜了儒家託古改制的思想,但不能認同康有爲主張的孔子作六經説。此後,顧頡剛日益擺脱"經生"立場,認定自己的志業在史學,經生視經爲神聖,顧頡剛則以客觀、平等、歷史的眼光看待經書,把經書視爲研究古史的材料,而不是在其中尋找什麽"聖道"。從這一史學理念出發,在受到錢玄同集録經部辨僞文字的啓發後,根據歷代疑古惑經等辨僞議論,顧頡剛提出要"推翻孔子删述六經"。

顧頡剛此信作於1921年11月,《錢玄同日記》1922年1月16日載:"作致頡剛信稿,談孔經問題,未完。"[1]"談孔經問題"似是要對顧頡剛提出的孔子與六經關係議題加以回應,但該信似並未完成和發出。1922年2月間,兩人又討論及《詩經》,在該月22日致顧頡剛的《論〈詩經〉真相書》中,錢玄同提出《詩經》的編纂與孔子無關,孔子祇是曾經讀過。

此後近一年兩人間無書信來往,及至1923年2月9日,錢玄同再次致信顧頡剛討論《詩》説與羣經辨僞書,信中開頭言"(頡剛先生)别來將及一年了"。[2]錢玄同首先自陳一年以來自己主要的工作是搜集關於"羣經"辨僞的文字,並表示希望顧頡剛能將其研究《詩經》的心得刊布於《國學季刊》。[3]顧頡剛在2月25日的回信中透露了自己預擬的

[1] 楊天石編《錢玄同日記》(中),北京:北京大學出版社,2014年,第390頁。

[2] 顧頡剛編著《古史辨》第一册《自序》,第50頁。

[3] 《國學季刊》由北京大學研究所國學門創辦於1923年,錢玄同爲編委會成員,這是向顧頡剛約稿。

《〈詩經〉的厄運與幸運》一文的大致内容。對於爲《國學季刊》撰文事,顧頡剛表示自己亦久有這個意思,並計劃寫三篇文章:《層累地造成的中國古史》、[1]《孔子與〈六經〉的關係》[2]等,其中《孔子與〈六經〉的關係》大意爲:

我以爲孔子衹與《詩經》有關係,但也衹是勸人學《詩》,並没有自己删《詩》;至於《易》、《書》、《禮》、《春秋》,可以説是没有關係。即使説有關係,也在"用"上,不在"作"。如看報不即爲主筆;詠詩不即爲詩人。[3]

從思索六經與孔子無關的大問題到立意推翻孔子删述六經再到計劃作《孔子與〈六經〉的關係》並向錢玄同述及大意,可以看出,顧頡剛已準備着手詳細闡述此論。不過可能由於《層累地造成的中國古史》引發的熱烈討論使得顧頡剛此後的研究中心集中於《詩》、《書》及古史領域,無暇拾起這一議題,《孔子與〈六經〉的關係》一文最終並未寫就。[4]

三個月後,即 1923 年 5 月 25 日,錢玄同在回信中極力稱讚顧頡剛的"層累説",並重點對孔子與六經無關作了一番詳細地闡釋。前已提及,錢玄同在 1922—1923 年間曾蓄志搜集羣經辨僞文字,在葉適、萬斯同、姚際恒、崔述諸人辨僞著作與議論的啓發下,顧頡剛在來信中多次提及孔子與六經無關的言論想必對錢玄同也起了一定的催促作用,錢氏聲稱自己恍然大悟:"六經固非姬旦底政典,亦非孔丘底'託古'的著作",發而爲"孔子與六經無關論":孔子無删述或制作六經之事;《詩》、

---

〔1〕顧頡剛對《層累地造成的中國古史》一文大致内容的敍述較爲詳盡,後來爲應胡適的稿約,顧頡剛遂將信中所言《層累地造成的中國古史》一部分加以按語與附啓刊發於 1923 年 5 月 6 日《努力週報·讀書雜誌》第 9 期,此即是震動整個中國古史學界的《與錢玄同先生論古史書》,又被收入《古史辨》第一册。

〔2〕《古史辨》第一册此處爲"《孔子與〈六經〉的關係》",而在新近整理出版的《顧頡剛書信集》(卷一)中,該信此處爲"《孔子與〈五經〉的關係》"。

〔3〕顧頡剛編著《古史辨》第一册《自序》,第 56 頁。

〔4〕因此,需要澄清的是,當時人及後來的不少研究者都視錢玄同爲"孔子與六經無關論"的代表者,衷考其實,雖然未能如錢玄同詳細論證孔子與六經無關,但這一議題實際上最先是由顧頡剛提出的。

《書》、《禮》、《易》、《春秋》本是互不相干的五部書;六經的配成時間當在戰國末期。

此時的錢玄同認爲今文經學與古文經學皆不可靠,主張考察孔子的學説和事蹟,衹有《論語》一書比較可信,“我覺得求真孔學衹可專據《論語》”,其對孔子與六經關係的判定,遂完全依靠《論語》的記載。錢玄同將《論語》所載孔子言六經的文字全部摘出,通過對《論語》中所載孔子言《詩》、《書》、《禮》、《樂》、《春秋》的細緻分析,錢玄同指出在《論語》中根本找不出一條明言孔子删述或制作六經的證據,總之,孔子與六經無涉,孔子不曾删述或制作六經。進而,錢玄同對六經的性質發了一番“翻案”的議論:《詩》是一部最古的古集;《書》似乎是三代時候的“檔類編”或“檔案匯存”;《儀禮》是戰國時胡亂抄成的僞書;《樂》本無經;《易》是卜筮之用;《春秋》乃“斷爛朝報”、“流水賬簿”,孔子作《春秋》是孟子依託孔子“以肩道統”。〔1〕

這就是錢玄同“離經叛道、非聖無法的六經論”。顧頡剛没有回復此信,不過結合他自己對這一問題的看法,想必他不會不認同錢氏的結論,因此在《古史辨·自序》中即稱錢玄同“把六經的真相和孔子與六經的關係説了許多從來未有的實話”。〔2〕

錢玄同早年並不如此看待孔子與六經的關係。在留學日本期間,他深受《國粹學報》影響,主張保存國粹;辛亥革命後他以爲漢族光復,應一切復古,撰《深衣冠服説》、作深衣玄冠,希望恢復古代禮制。此時的他尚認爲儒家六經乃孔子筆削删訂而成。1910 年 1 月 20 日,錢玄同

〔1〕楊天石編《錢玄同日記》(中册),第 487—188 頁。《錢玄同日記》1922 年 12 月 24 日中有一大段論述孔子與六經關係及六經性質的記載,《易》之卦爻辭“實爲卜筮之用”,“《彖傳》、《象傳》係孔丘所作”,此時的錢玄同尚以爲《彖傳》、《象傳》爲“孔丘的哲學書”;《書》是“不編年之斷爛朝報,與孔丘無關”;《詩》是“最古的一部詩的總集,孔丘曾見之,或者他曾經收羅而編定……删詩之説決不足信”;《儀禮》“不是孔丘託古改制的改作,實是周秦之間或漢人所雜抄”;《春秋》是“編年之斷爛朝報也,與孔丘絶不相干”,可以看出,1923 年 5 月 25 日答顧頡剛書中的相關論述實是此日日記内容的擴充與調整。

〔2〕顧頡剛《古史辨》第一册《自序》,第 54 頁。

翻閲梁啓超所編《中西學門徑書七種》,梁氏在書中將諸子劃分爲儒家與非儒家兩類,並稱其學皆出於孔子,因爲九流皆出六藝。錢玄同斥梁氏此説爲"大謬",是不知有古之六藝與孔門六藝的區别,謂九流出於六藝誠然,但這"六藝"是先王之政典,爲諸家所共習,而孔門六經則是"孔子因之删訂筆削作爲一家之書,此實爲儒家特别之六經耳"。[1]他在4天前的日記中論《春秋》經史之辨時也稱,"莊子所言蓋古之六經而非孔子之六經也"。[2]認爲古之六經經過孔子删訂筆削後成爲孔子之六經,顯然是認可孔子與六經間存在密切關聯。

及至1916年,袁世凱尊孔復古、帝制自爲,錢玄同大受刺激,復古思想幡然改變,他認識到"孔氏之道斷斷不適用二十世紀共和時代"。[3]思想轉變後的錢玄同認爲"禮"、"經"、"漢字"等内容均不能與共和國"並存"、與民國政體"抵觸"、跟民國政治"背道而馳",爲保住中華民國,所謂的"國粹"要連根拔除,"周公、孔子以及一切聖帝明王之道在所必擯"。爲廢除所謂的三綱五常的奴隸道德、打倒孔學,錢玄同主張將中國書籍束之高閣,甚至以廢除記載孔門學説的漢字爲根本解決的根本解決。[4]廢除漢字雖是根本的根本,但畢竟實施難度過大,而把孔子與六經剥離則是打倒"孔教"的另一手段,"我以爲不把'六經'與'孔丘'分家,則'孔教'總不容易打到的"。[5]傳統士人視六經爲載道之書,具有治世淑身的功用,藴藏著規範政治、倫理、生活的永恒價值,所謂"恒久之至道,不刊之鴻教",經學得以成立的前提就是孔子的删述筆削,經學的源頭在孔子。孔子删述六經所造就的"經學"使得孔學藴藏於經學之中,而在錢玄同看來六經正是這些與共和體制不合的倫理、道德、政治的載體,錢玄同遂立意將六經剥離於孔子,撥除覆蓋在六經之

〔1〕楊天石編《錢玄同日記》(中册),第212頁。
〔2〕楊天石編《錢玄同日記》(中册),第210頁。
〔3〕楊天石編《錢玄同日記》(中册),第336—337頁。
〔4〕錢玄同《錢玄同文集》(第一卷),北京:中國人民大學出版社,1999年,第166頁。
〔5〕顧頡剛《古史辨》第一册《自序》,第52頁。

上“一團最厚最黑”的“聖道王功”雲霧。與六經分離後的孔子無足輕重,六經實際上也衹是幾部古書,在古書中“不過九牛一毛”。[1]章學誠“六經皆史”一語最爲近代新派學人所援引,錢玄同就説:“現在要仿章實齋‘六經皆史也’這句話的口吻,説‘古書皆歷史也’。”[2]六經是幾部古書,而古書皆歷史。在經學史學化的近代學術轉軌中,經書不再是聖道王功的載體,而是被視作研討中國古代歷史並亟待整理的材料,對經書的研討不是尋求訓條、軌範、義法,而是滿足對歷史的求知欲,“不管它是經是史是子是集,一律都當它歷史看;看它是爲了要滿足我們想知道歷史的欲望,不是要在此中找出我們應該遵守的道德的訓條、行事的軌範、文章的義法來”。[3]錢玄同將孔子與六經分離,既打倒了孔子又瓦解了經學,可謂功效顯著。

顧頡剛與錢玄同這番討論引起了學術界的關注,傅斯年、錢穆、馮友蘭等人先後對此議題有所討論。[4]

二

在顧頡剛與錢玄同圍繞古史及孔子與六經關係等問題在國内展開熱烈討論時,顧的北大舊友傅斯年尚在歐洲留學,傅通過各種途徑關注著國内學術界的各種争論,知曉《努力》以及《古史辨》的討論内容。1926年9月,傅斯年寫有一長信致顧頡剛,對顧頡剛的古史論表示高度讚譽,並有一節專論孔子與六經。他稱讚錢玄同的議論“精而了然”,使

〔1〕顧頡剛《古史辨》第一册《自序》,第81頁。

〔2〕錢玄同《我希望於孔德學校者》,收入《錢玄同文集》(第一卷),第173頁。

〔3〕錢玄同《青年與古書》,收入張榮華編《錢玄同卷》,北京:中國人民大學出版社,2015年,第151頁。

〔4〕在顧頡剛、錢玄同討論的影響下,當時學界對孔子與六經關係多有探討,《古史辨》第三册曾收入錢穆《論十翼非孔子作》、李鏡池《易傳探源》、余永梁《〈易〉卦爻辭的時代及作者》以及張壽林《〈詩經〉是不是孔子所删定的?》等文,因諸論文衹單論孔子與某一經之關係,故本文不擬討論。

“自己去了許多雲霧”,[1]對其所論孔子與《易》、《詩》、《書》無關均表讚同,傅斯年自己的感覺是:《易》不是孔子所定;孔子不曾删《詩》;今本今文《尚書》,與其謂是孔子所删,毋寧是伏生所删。對錢玄同論孔子與《禮》、《樂》,傅斯年也表示“所論甚是”。由此可見,傅斯年大體認可錢玄同的結論,不過對於自小閲讀鄉賢孔廣森著作並留下深刻印象的他來説,《春秋》與孔子無關的論斷則難以接受。

傅斯年從時代與思想的關聯入手,分析了東周初年的時代形勢:當時,内部上陵下僭,外有四夷交侵,至孔子出,志在使遭亂的世道恢復到成周的盛世,所謂“如有用我者,吾其爲東周乎”。故而主張内正綱紀,外攘夷狄。隨後傅斯年歸納了《論語》中孔子的政治主張:正名爲成事之本,説三桓之子孫危,説陪臣執國命,論孟公綽,請討田氏,非季氏之兼併,並熱烈地稱讚管仲:“管仲相桓公,霸諸侯,一匡天下,民到於今受其賜。微管仲,吾其被髮左衽矣!”通過對東周初年時代背景與《論語》中孔子政治思想的分析,傅斯年指出《春秋》一書的思想傾向與孔子的政治思想有著相當的契合,故相較於錢玄同根據《論語》未言孔子作《春秋》遂斷定《春秋》與孔子無關的武斷不同,傅斯年謹慎地説到:“《春秋》一部書不容一筆抹殺,而《春秋》與孔子的各類關係不能一言斷其爲無。”[2]“即令《春秋》不經孔子手定。恐怕也是一部孔子後不久而出的著作……這書之思想之源泉,總是在孔子的。”[3]所以説孔子作《春秋》,或是説孔子後學以孔子之旨作《春秋》,二者在原理上没有什麽分别,但不能斷然説孔子與《春秋》無關。傅斯年還進一步指出,孔子“大名”的成就與删定六經無關,“不特孔丘未曾删定六經,即令删定,這也並不見得就是他成大名的充足理由”。[4]傅斯年認爲孔子乃是把握住

---

〔1〕 王汎森、潘光哲、吴政上主編《傅斯年遺劄》(第一册),北京:社會科學文獻出版社,2014年,第51頁。

〔2〕〔3〕 王汎森、潘光哲、吴政上主編《傅斯年遺劄》(第一册),第53頁。

〔4〕 王汎森、潘光哲、吴政上主編《傅斯年遺劄》(第一册),第52頁。

了東周時代的大題目,即内正綱紀、外攘夷狄,並以此向列國君主遊説,靠著很好的文化素養和對時代形勢的把握,成就了大名。

三

當時尚在無錫、蘇州等地教書的錢穆也注意到《古史辨》中錢玄同與顧頡剛關於孔子與六經關係的討論。錢穆《國學概論》第十章敘述民國初年的學術思想,在稱讚胡適、顧頡剛、錢玄同等人有關古史討論"確有見地"後,他提醒讀者"同時錢玄同《答顧頡剛先生書》(亦見《古史辨》)論六經與孔子無涉,謂六經之配成,當在戰國之末,雖同爲論證未全之説,要其對經史上同爲探本窮源之工作,同有可以注意之價值也"。[1]可以説,錢穆是最早認識到錢玄同"孔子與六經無涉説"的重大意義者,將其與諸人的古史討論同視爲經史學上"探本窮源之工作",雖"論證未全",但"有可以注意之價值"。

《國學概論》一書爲錢穆教授"國學概論"課程的講義,其用意在於使學者明瞭中國兩千年學術思想流轉變遷之大勢,其首章即從"孔子與六經"這一"探本窮源之工作"入手,蓋"中國學術具最大權威者凡二:一曰孔子,一曰六經。孔子者,中國學術史上人格最高之標準,而六經則中國學術史上著述最高之標準也。自孔子以來二千四百年,學者言孔子必及六經,治六經者亦必及孔子。則六經之内容,及孔子與六經之關係,終不可不一先論也"。[2]錢穆稱錢玄同"論證未全",自己在處理這一問題時自會極意注重立論的根據,在《孔子與〈六經〉》一章中錢穆援引歷代懷疑孔子與六經關係的議論,加以按語,使其無一語無來歷,錢穆所引議論與自家按語皆簡明扼要,結論顯然,"孔子以前未嘗有六經,

〔1〕 錢穆《國學概論》,北京:商務印書館,2007年,第331頁。

〔2〕 錢穆《國學概論》,第3頁。

孔子亦未嘗造六經”。[1]

錢穆向被視爲近代文化保守主義史學的代表人物,與疑古學派對中國歷史與文化的看法有著極大的差距,很難想象在孔子與六經關係問題上錢穆如此坦然地接受了《古史辨》的意見,並未加以反駁,甚至爲增强結論的可信在自己的著作中加强了論證。[2]實際上二人的意旨根本不同,錢玄同藉剥離六經與孔子意圖打倒孔教,將經書拉下神壇,而錢穆論證“孔子未嘗造六經”時則無此念頭,相反錢穆對孔子的人格及其思想學説相當尊崇。綜觀錢穆一生的學思歷程,相較六經,他對孔子思想的闡發更注重《論語》,在先於《國學概論》編定的《論語要略》中錢穆説:“要之,《論語》者,表見孔子人格思想之良書也。舍《論語》則孔子爲人之精神,及其思想之大要,亦將無以考見。”[3]將《論語》視爲展現孔子思想與爲人精神的緊要文獻。所以錢穆纔會在“孔子以前未嘗有六經,孔子亦未嘗造六經”一語後緊接著聲稱“言孔子者,固不必專一注重於後世之所謂六經也”。[4]因爲在錢穆看來孔子之精神與思想大要存於《論語》,故而不必專重於六經,接受孔子未造六經並不減錢穆對孔

〔1〕 錢穆《國學概論》,第 20 頁。

〔2〕 錢穆晚年弟子戴景賢曾談及閱讀《國學概論》此章時對於錢穆主張的“駭然”:“猶記當時取《概論》一書,讀第一章,名《孔子與六經》,即駭然於師言所謂‘六經’與‘孔子’之分別。蓋余之投考大學,以中文系爲首志,即受熊十力‘儒學義理當求之六經’之觀念所影響。今若言‘六經’與‘孔子’之關係僅此,則豈非已是誤認門徑?”戴景賢《流落人間者,泰山一豪芒——從學賓四師二十二年之回憶》,收入戴景賢《錢賓四與現代中國學術》附録一,上海:東方出版中心,2016 年。在《錢賓四與現代中國學術》一書中戴景賢分疏了錢穆對“孔子教言”與“經學”的區别,並稱這一觀念在《國學概論》中即已確立:此項確立之觀念,乃係以《論語》所表顯之孔子義理,作爲“儒學”建立其價值觀之依憑;且以《論語》所表現之孔子論學與論道,作爲儒家發展其學術之最高指標。至於歷來所謂“經籍”與“經學”,錢先生則採取新式考證“歷史”與“文獻”之方法,予以重新定位;既不認孔子之前即有“經學”義之“聖道”存在,亦不認爲孔子立教當時即有“經學學術”之概念。見該書第 234 頁。另同書第 239—240 頁亦言:關於儒學中之經學,錢先生由於並不視孔子之學與孔子之教,與後人所謂“六經”,有真正不可分割之關聯;因而有關“六經”之文本學、詮釋學,與經學中所寄寓之儒學,對於錢先生而言,皆係可以分别看待之事。

〔3〕 錢穆《四書釋義》,北京:九州出版社,2010 年,第 10 頁。

〔4〕 錢穆《國學概論》,第 20 頁。

子及孔子之學的服膺之情。這就是二錢的貌同而神異之處。

四

1927年12月,馮友蘭發表《孔子在中國歷史中之地位》,馮友蘭此文乃針對當時孔子地位的日益低落而發。馮友蘭關注孔子與六經關係問題,實是因該問題直接關聯著孔子的地位,馮友蘭在文中說,"現在大多數人的意見,則不但以爲孔子未曾制作六經,且'並删正之說,亦欲駁之'",使得孔子似"碌碌無所建樹矣"。[1]所謂"現在大多數人的意見"使得孔子"碌碌無爲",當即是指的顧頡剛、錢玄同的"孔子與六經無涉論"。馮友蘭則力圖説明孔子雖不曾制作或删正六經,但孔子並不因此而"碌碌無所建樹",後人尊其爲至聖先師有著充足的理由。

馮友蘭認同孔子不曾制作或删正六經,他重點論證了《春秋》與《易》。關於孔子作《春秋》,《孟子》說"孔子作《春秋》,而亂臣賊子懼"。然根據《左傳》的記載:宣公二年,趙穿弑晉靈公,晉太史董狐書"趙盾弑其君";襄公二十五年崔杼弑齊莊公,齊太史書"崔杼弑其君",由此可見,晉、齊兩國太史的史筆皆能使亂臣賊子懼,不獨《春秋》爲然。而且,弑君者實爲趙穿,晉太史卻書趙盾弑君,則所謂"誅心"及"君親無將,將必誅"等大義,董狐之晉《乘》已具,並非《春秋》的專利,所以所謂《春秋》之義實即《乘》、《檮杌》之義。《孟子》所言孔子"竊取"其義,是指孔子"取"《春秋》等書之義,而非自"作"其義。馮友蘭又根據《國語・楚語》所載申叔時言"教之《春秋》而爲之聳善而抑惡焉,以戒勸其心",認爲早在孔子成年以前就有人以《春秋》爲貴族教育的讀本,因此《春秋》與孔子無干。

關於孔子贊《易》。馮友蘭將《彖》、《象》等十翼裏的哲學思想與《論

[1] 馮友蘭《中國哲學史補二集》,北京:中華書局,2017年,第132頁。

語》相比較,以此來判斷十翼是否爲孔子所作。“天”是中國古代哲學中的一個重要範疇,馮友蘭即以此爲分析要點。首先,馮友蘭分析了《論語》中7條孔子言天的文字,認爲“《論語》中孔子所説之天,完全係一個有意志的上帝,一個‘主宰之天’”。[1]接著,馮友蘭又對《彖》、《象》、《文言》、《繫辭》中所言之天加以分析,他指出《論語》中的“主宰之天”在《易》十翼中是没有地位的,《彖》、《象》、《文言》、《繫辭》中的天“是一種宇宙力量,至多也不過是一個‘義理之天’”,有一種自然主義哲學的意味。也就是説,《論語》與《易》之《彖》、《象》等中關於“天”的思想是相矛盾的。或者以爲《論語》所言是孔子對門弟子之言,屬“下學”之事,而《易》之《彖》、《象》等是“不可得而聞”的“上達”之事,那麽,兩者間並不存在不可解釋的矛盾,可以統一於孔子。馮友蘭則指出“天之將喪斯文”、“天生德於予”等語並非孔子對門弟子講學之言,而是内心信仰的流露,所以《論語》中所言並非均是“下學”之事,以“下學”和“上達”統合《論語》和《易》之《彖》、《象》等中關於“天”的思想是不妥的。最後,馮友蘭總結道:“根據以上所説,及别人所已經説過的證據,我以爲孔子果然未曾制作或删正六經或六藝。”[2]

錢玄同、錢穆等人在論定“孔子與六經無涉”、“孔子未嘗造六經”後,並未繼續追問何以後世以爲孔子與六經有著特别的關係,馮友蘭則進一步指出孔子雖未曾制作或删正六經,但不能説孔子與六經毫無關係,“不過後人爲什麽以六藝爲特别與孔子有密切的關係? 這是由於孔子以六藝教學生之故”。[3]馮友蘭指出,從《左傳》、《國語》中的記載可以看出六藝在春秋時期已是貴族的教育内容。孔子因仍舊貫,繼續用六藝教弟子,不像别家皆注重發揮一家之新學説、不講舊書,而六藝遂似成爲儒家專有品,六藝也因此與孔子發生特别密切的關係。孔子在

[1] 馮友蘭《中國哲學史補二集》,第135—136頁。
[2][3] 馮友蘭《中國哲學史補二集》,第138頁。

中國歷史中占甚高地位亦源於此,蓋因孔子突破了古代"學在王官"的局限,以六藝教一般人,使"六藝民衆化",是中國歷史上的一大"解放",孔子因此成爲"學術普徧化之第一人"。與顧頡剛、錢玄同著力打倒孔教不同,馮友蘭關注的是孔子在中國歷史上的地位,不能因孔子不曾制作或删正六經並而連帶否定孔子用六藝教人的功績。孔子"以述爲作",如從《春秋》中歸納出"正名"主義;講《詩》注重引申其中的道德教訓;講禮樂注重"禮之本"及樂之原理;講《易》注重發揮卦爻辭之意義,不衹注重於卜筮而已。孔子即本此授六藝之教於一般人,成就了"教育家"的歷史地位。

晚清今文學家將孔子視作素王、教主,古文學家則視孔子爲"古之良史",馮友蘭在此又將孔子視作"教育家"。各家雖對孔子地位與身份的評判有別,然皆依孔子與六經關係爲據。在晚清經今文學家(廖平、康有爲、皮錫瑞)眼中,身處亂世的孔子有德無位,衹能將其改制立法寄寓於六經之中,發而爲孔子作六經說。以章太炎爲代表的古文學家則以六藝爲古史,孔子述而不作,删定六書,布之民間,使得"人知典常,家識圖史"。[1]在馮友蘭這裡,孔子不曾制作或删正六經,然孔子以六經教門下弟子,將古代貴族教育的内容普及於一般民衆,爲開創大規模招收學生并教育之第一人,故孔子爲一教育家。

五

孔子與六經關係,代有疑人,唐孔穎達在《毛詩注疏》中懷疑《史記》所言孔子删《詩》事;孔子删《書》出自《尚書緯璿璣鈐》,一般認爲緯書的記載不可信;唐代孔穎達、賈公彦,清代胡培翬、曹元弼等人認爲《儀禮》

〔1〕 章太炎《駁建立孔教議》,收入章太炎《太炎文録初編》,上海:上海人民出版社,2014年,第202頁。

出於周公之手；北宋歐陽修在《易童子問》中最先懷疑《十翼》，認爲《文言》、《繫辭》、《説卦》等傳"自相乖戾"、"牽合附會"，非孔子所作。孔子作《春秋》的説法出自孟子，晉杜預爲《左傳》作集解時則認爲孔子乃依"周公之垂法，史書之舊章"，"從而修之"。可以説孔子與六經中各經的關係歷代都有懷疑之聲，但這並不是要全盤否定孔子與六經的關係，更不是要推倒孔子與經學，朱維錚曾有很好的説明："懷疑經典不等於離經叛道。事實上，中世紀到近代的許多學者疑經非傳，倒是自以爲在捍衛孔子之道，或者回復經典原貌。"〔1〕

近代以來，國勢不振，中學"送窮退虜"之效不著，爲取法西方，新學勃興，毀經蔑經觀念日益顯露。入民國後，新文化運動開啓反傳統高潮，顧頡剛在《古史辨・自序》中就坦言"要不是遇見孟真和適之先生，不逢到《新青年》的思想革命的鼓吹，我的胸中積著的許多打破傳統學説的見解不敢大膽宣布"。正是在新文化運動思想革命的時代風潮鼓舞下，加上同道的支持，顧頡剛得以突破傳統思想的束縛，敢於提出"打破古來傳統思想"的"六經與周、孔無關"的"大問題"。於是乎，一方面爲打倒孔教，一方面化經爲史、終結經學，以顧頡剛、錢玄同爲代表的近代"疑古"學者全盤否定孔子與六經關係。〔2〕周予同就曾觀察到："到了最近，以史學研究經典的風氣漸盛，於是才有孔子與六經没有關係的結論。"〔3〕以顧頡剛、錢玄同爲代表的近代"新史學派"對孔子與六經真相的研求"已超出含有宗教性的經學的範圍而入於史學的領域了"。〔4〕顧頡剛、錢玄同將孔子與六經剥離，目的是爲了打倒"孔教"，袪除經書的

〔1〕朱維錚《康有爲與朱一新》，《中國文化》1991年第2期，第39頁。

〔2〕對於錢玄同的孔子與六經無關説，周予同後來曾予以反思與批評，"錢氏對這個問題先存否定的意見，然後在古代文獻中尋找論證來替自己的觀點張目，這就不免陷於主觀主義"。在論證方法上，周予同指出錢玄同祇依《論語》作爲判斷是非的標準，認《荀子》、《史記》等書的記載爲"瞎扯"，有武斷之嫌。

〔3〕朱維錚編校《周予同經學史論》，上海：上海人民出版社，2010年，第241頁。

〔4〕朱維錚編校《周予同經學史論》，第146頁。

神聖性,將經書重新界定爲幾部古書,使之成爲研究歷史的材料,而不再是今人思想與研究的指導。

與此同時,將孔子與六經剥離,那麽與六經脱離後的孔子的地位及身份該如何説明? 既然孔子與六經無關,則不得不在孔子删述或制作六經之外,尋求答案。傅斯年就認爲孔子成就大名不在删述六經,他結合東周的時代背景,分析出《論語》中孔子的政治思想與《春秋》的政治傾向相符,孔子是借著内正綱紀、外攘夷狄這一針對東周時代背景的主張而成就了大名。錢穆認爲尋求孔子之道不必專重六經,相較於六經錢穆更注重從《論語》發揮孔子之道。馮友蘭同樣接受並論證了孔子不曾制作或删述六經,但他反對以爲如此孔子就“碌碌無所建樹矣”,他將孔子的歷史功績界定在以六藝教一般人,孔子在中國歷史上的地位是“中國第一個使學術民衆化”的“教育家”。

顧頡剛、錢玄同的孔子與六經無關論是近代思想、學術轉變的重要内容,將孔子與六經分離是新文化運動反孔在學術上的表現,亦是近代經學史學化的重要一環,孔子與六經分離後,六經的性質及孔子的地位和身份都需要重新予以定義和説明,與“層累説”破壞中國古史一樣,“孔子與六經無關説”是破壞傳統經學的重要論斷,標示著經學的近代轉軌與孔子形象的現代轉折。顧、錢二人的討論受到當時學界的關注,引發學者討論,然因諸人學術理念、立場及關注點的不同,雖大致都接受孔子未曾制作或删述六經,但相同主張下實藴含著不同的意旨,這可從錢穆、馮友蘭等人的議論中見出,總此皆顯示出“孔子與六經無關論”在近代學術思想史上的豐富意藴。

[**編者按**]:2018 年 4 月 15 日,鄒城市文物局與上海古籍出版社聯合主辦的"孟子學的當代意義暨《劉靜窗文存》出版座談會"在千年孟府舉行。作爲熊十力先生的晚輩和友人,劉靜窗先生學究内外,深通儒佛,其與熊十力先生的論學交誼無疑是二十世紀儒學史上的一份重要記録。本刊謹摘登四位與會學者發言,以饗讀者。

人格精神永遠流傳

——關於《劉靜窗文存》的幾點體會

孫寶山*

上午聽了劉震先先生和劉念劬先生的發言很受啓發,我跟他們説過我曾在"中研院"見過劉述先先生,之前我們並不認識,當時我是去拜會林月惠教授,中午由她做東一起吃飯交流。因爲我是研究宋明理學的,所以很早就讀過述先先生的著作,這次通過當面交流感覺他非常平和,完全没有大牌學者的派頭。儘管他是新儒家第三代的代表人物,但對我們這些後學也没有絲毫的架子。這次讀了《劉靜窗文存》之後,我才知道這都是家學的影響,家學在他身上充分體現了出來。述先先生當時身體已不是很好,步履也不是十分穩健,但臨别的時候,他還是上

* 作者單位:中央民族大學哲學與宗教學學院。

樓去取書簽名贈送,讓我非常感動。我和秉元兄也是在臺灣認識的,這次也是承蒙他邀請來參加關於靜窗先生的座談會,我感覺其中有很多微妙的因緣。靜窗先生的遺著我也認真拜讀了,由於涉及面非常廣,短時間内不可能完全把握,下面我就談幾點自己的體會。

我讀《劉靜窗文存》最大的體會是在爲人和爲學方面要保持獨立的人格,堅持自由思考。我在書中看到很多類似的表述,像"學術思想,首重自由"(《默識隨筆四》)、"獨立精神愛自由,輝煌民族永千秋。屈原節義文山志,未向强權一點頭"(《示諸侄》)。"獨立"和"自由"在這裡都提到了,即便在强權面前,也要保持獨立人格,堅持自由思考,決不屈服。在去世的前半年,他還諄諄告誡子侄:"豎起脊梁骨,直立天地間,讀世間第一等好書,做世間第一等好人。"(《示子侄》)什麼叫世間第一等好人?我覺得能夠保持獨立人格、堅持自由思考的人就是世間第一等好人。什麼是世間第一等好書?能夠體現獨立人格、表達自由思考的書就是世間第一等好書。我想靜窗先生就是這樣的世間第一等好人,《劉靜窗文存》就是這樣的世間第一等好書。靜窗先生的很多觀點都充分表現了他的獨立人格和自由思考,我們都知道他生活的年代是一個和我們現在截然不同的年代,那是一個不忘階級苦、牢記血淚仇的階級鬥爭年代,但是我看到《劉靜窗文存》卻處處在談愛,反對鬥爭和仇恨,像"殘害衆生,而謂能愛人;不博愛人,而謂能愛國者,皆虛語也";"人生的幸福,決定是由於愛,決定不是由於恨而得完成。愛便是幸福,便是生命。"(《日記及偶感》)他主張愛國首先要知道愛人,不懂得愛人就不可能愛國,人生的幸福是由於愛而不是恨完成的,"革命是爲了人類創造更美好更宏偉的前程,不是爲了報復"(《語録補遺》),這些跟當時階級鬥爭的風氣是格格不入的。在那個時代是否定人具有普徧人性的,强調的是階級性,但是靜窗先生卻反對以階級性取代普徧人性,認爲人是有仁義通性的,這便是普徧人性,如果否定人有這樣一個通性,人類的歷史就會變成碎片無法續接起來。(《庚子信筆》)在傳統文化特别是儒學受到激烈批判的年代,他强調愛國就要愛祖國文化,對於儒釋兩家之學無論贊成與否,都不可不虛心研究。(《示子侄》)我們今天開會也探討孟子學的當代意義,靜窗先生就非常贊同孟子對周文王的評價:"視民如傷"、"望道而未之見"(《語録補遺》)。文王愛護民衆就像愛護傷者一樣,他認識道,但又不獨佔道,不是掌握了道就任意加以支配。靜窗先生特别點出孟子對文王的這兩點評價其目的是爲了批判秦始皇,秦始皇將天下的道理都集中在自己這裡,"把千斤萬斤重擔往人民頭上堆,再也不顧人民是死是活",這兩者形成了鮮明的對照,文王與秦始皇的區分就是"千古王霸之判,專制與自由之分"。(《語録補遺》)靜窗先生贊同的是文王,批判的是秦始皇,甚至把秦始皇和希特勒之流相提並論,他始終保存著清醒的頭腦,《劉靜窗文存》中有這樣一段話,我覺得非常有意思:"世間統治者之面目與心腸,醜黑之狀,無古今中外,一也。"(《語録補遺》)也就是説,古今中外的統治者都是一樣的,都充滿了種種醜陋和殘忍。在學術方面,大家上午談得很熱烈的就是靜窗先生和熊十力先生的辯論,有的學者説是論戰,我覺得不宜用論戰,就是一個論學,没有那麽强烈的火藥味。當然,雙方在儒佛的傾向上肯定是有所不同,但靜窗先生並没有因爲與熊先生在年齡、名望方面存在較大的差距就輕易放棄自己的主張,而是敢於堅持自己的觀點不退讓,甚至一度惹惱了熊先生以致欲中斷往來。最後,雙方還是相互容忍了對方的觀點,這才使得彼此的學術交流和生活交往繼續下去,由此我也想起了胡適先生的名言:"容忍比自由更重要"、"没有容忍,就没有自由"(《容忍與自由》)。當然,容忍並不意味著不規勸,即便是在生活中也是如此。靜窗先生在飲食方面長期茹素,但身體又不太好,熊先生就去信反復勸他改變飲食:"你損傷未好,吾望你宜買罐頭魚及豬牛羊肉吃,勿自促壽命也。……吾子顔色甚不好,不可不營養,勿固執。""飲食望采吾前言。"(《熊十力先生來片》)這兩封信的内容生活氣息十足,很有意思,我倒是覺得靜窗先生在這一點上如果能夠接受熊先生的勸告適當作出改變,可能對他的身體更有益。静窗先生患有結石,長期茹素可能會加重他的病情。雖然他最終並没有接受熊先生的勸告,依然堅持茹素,但從中卻可以看出他們彼此之間始終保持著各自獨立的立場,同時又存在著容忍與規勸,正因爲如此,雙方亦師亦友的關係才能維持十餘年之久。

我讀《劉静窗文存》的第二點體會是不管是爲人還是爲學,都要有一個虛懷相容的態度,正如静窗先生所説:"故學者貴體己存養,貴虛懷研求,庶有進德。"(《讀新唯識論》)熊先生著《新唯識論》對佛學特别是唯識宗作了很多批判,與歐陽竟無及其弟子、太虛、印順等佛教界人士發生了激烈爭論。静窗先生的基本立場儘管是佛家的,但還是對《新唯識論》給予了很高的評價:"然熊氏蓋出入儒、釋,學有根柢,故雖攻復他山,亦未足爲片言折也。……此書不當躋諸泛泛著作之林,卓爾成一家言,要爲可讀。"(《讀新唯識論》)爲什麼他對《新唯識論》會有這麽高的評論呢? 原因就在於他有一個虛懷相容的態度。即便是熊先生和他激烈辯論、火星四射的時候,他還是能以虛懷相容的態度從容應對,甚至大度而幽默地説:"大學者發火時所講的話也有學問,剔除了意氣,一樣受益。"(《熊子真先生復函》劬注)當然,在終極關懷上静窗先生確實與熊先生有所不同,他覺得儒家是不能完全滿足他的,因而選擇了佛教,歸宗了華嚴,但在日常生活中,他重視父母子女親情,關心國家社會,處處表現出儒者情懷,所以我覺得他其實是個佛儒。雖然他對華嚴宗有特别的偏好,但我覺得他所理解的華嚴未必就是中國傳統華嚴和印度華嚴。可以説他是在援儒入佛、以儒變佛甚至以西變佛,他歸宗的華嚴實際上是儒化了的現代華嚴,所以在他這裡儒佛並不矛盾。這個現代華嚴是他援儒入佛、以儒變佛甚至以西變佛的結果,和現代以來的人間佛教有很多相似的地方,與中國傳統華嚴和印度華嚴並不完全一致。静窗先生之所以能將儒佛甚至西學融於一身,正是由於堅持虛懷相容的態度,他常常説"儒釋之道如日月經天";"如果推到最後的終極關懷,

都是自己内在的抉擇,無法妥協";"在決擇之後,不必要採取排他主義,你依然可以肯定别人的優點"。(《序言》)

第三點我想結合《劉静窗文存》談一下家學家風的問題,上午座談和中午席間大家也談到了這個問題。現在述先、任先、震先、念劬他們兄弟四人合力將静窗先生遺留的文稿整理出版,讓父親的學問聲名永久地流傳下去,這是對父親所盡的最大的孝,也是對劉家孝道的很好傳承。念劬先生也説了他的名字出自《詩經》的"哀哀父母,生我劬勞",他父親以此來表達對母親的懷念,這就是孝道的體現。在《劉静窗文存》中,我看到了很多静窗先生對子侄輩的諄諄教誨,他在與述先先生通信中就以虚懷相容進行勸勉:"持身須有無量謙光,爲學須有無量虚懷,庶幾清明在躬,日進無疆也。""必有無窮之智慧、無限之仁愛,全心全力,孳孳無倦,庶幾於東西文化交流知所通攝融貫。"(《寄述先家書》)述先先生後來説:"父親談古今,通中外,論釋儒,教後學,無一不盡顯其通今博古、學貫中西的大學問家風範! 這是我家最爲難得的家學。他的學説,引領和造就了我們兄弟這一代人。"(《序言》)正是在這一家學的教導下,劉家才出現了述先、任先、震先、念劬"一門四教授"的佳話。這次劉家四教授合力將静窗先生的遺稿編輯整理出版,就是對家學家風很好的繼承和發揚。大家都知道中國傳統文化曾经遭到了很大的破壞,我們現在要恢復傳統文化,通過編輯整理先人遺稿來恢復家學家風就是一個很好的形式。現在《劉静窗文存》出版,我想對家學家風的恢復也會起到重要的促進作用。關於這一點我深有體會,我們學院牟鍾鑒先生的父親牟廣熙先生也是一位民間人士,儘管自二十世紀五十年代以來儒學受到了很多批判,但是他並不爲時風衆勢所左右,仍然保持獨立的思考,爲儒學的價值進行辯護,堅信中國的未來復興一定還需要儒學,從七十年代一直到九十年代,他把這些思考與家風家教結合起來,寫出了家史、論文、詩作、劄記、建言等許多文字。這些東西在箱子裡長期擱置而無人知曉,直到前年,牟鍾鑒先生打開箱子才發現父親的遺稿並進行編輯整理,去年我們聯繫人民出版社正式出版,並開了一個民間儒學與鄉賢文化研討會。我覺得這兩次會議有很大的相似之處,儘管大家事先没有溝通,卻是不謀而合。我們現在處在一個傳統文化被破壞而要重新恢復的時代,硬體的東西恢復起來可能相對簡單些,就像我們現在所在的孟府可能也是重新恢復的結果,而精神層面的東西要恢復就比較困難。我想通過編輯整理先人的遺作,恢復良好的家學家風,不失爲恢復中國人精神的一個很好途徑。

最後,我想説一個人的思想學説可能會過時,但一個人的人格精神將會永存。静窗先生雖然已離我們遠去,但他的獨立人格、自由思考、虚懷相容的精神將超越時空而永遠流傳。

人心之高妙，人心之緊要

——讀《劉靜窗文存》

史應勇*

初讀《劉靜窗文存》(上海古籍 2017 年 12 月版)，使我很快想起當年熊十力先生寫給巨贊法師的信中所説的一句話："人生不過數十寒暑，所可寶者此心耳。世事無論若何，此心之公與明、剛與毅，不容埋没。"(刊《新經學》(第一輯)，上海人民 2017 年 3 月版)

大概由於靜窗先生與熊先生同於此心有戚戚焉，志同而道合，故兩人儘管有那麽多的意見相左，甚至有意氣衝撞，但仍有那麽多内容深刻、感人心魄的學術和心靈的切磋與琢磨。

我由閲讀靜窗先生書，知熊十力先生和靜窗先生同爲儒、釋貫通的信仰者，踐行者，也是學術探求者。儒、釋何以能貫通? 所謂"儒者體仁，釋者首悲，自來真見本者，無不以利濟羣生爲其學，爲其行……"(第 139 頁)即以佛家之慈悲與儒家之愛人相互融通。

而我以爲，無論慈悲，還是愛人，無不首先要歸於人心之發生處。爲學，尤其人文學科，亦最終不能不落實到修己之處。最近我在刊出的相關經學研究論作中，特别强調人文學科最終必歸於價值關懷，就是這

---

* 作者單位：江南大學人文學院。

個意思。人文學科,如果祇剩下知識傳播,而没有價值導向,則近乎無意義。在中國的經學史上和儒學發展史上,孟子是“願力”極强之人,而如近代之熊十力先生和静窗先生其人,同樣是“願力”極强之人。正因如此,静窗先生才特别强調“反躬自證之學”(第 41 頁)之重要。

静窗先生之學,於我最有啓發處,我概括爲人心之高妙、人心之緊要。

静窗先生强調孟子所謂“由仁義行,非行仁義”,“行仁義,便是以善强人,不由自主,弊之所至,便是戴東原所謂‘以理殺人’”(第 41 頁)。要“行仁義”,首先要在自己内心處滋養出仁心才可以,此便是修己。

讀静窗先生書,知静窗先生事,想見其爲人,宋儒所謂“誠”與“敬”二字躍然呈現,以“爲己之學”、“自足之學”、“内聖之學”概括静窗先生之學,當不爲誤。“爲己”、“自足”、“内聖”,首先在人心。此人心,非他心,首先是己心。“誠”與“敬”,首先是己心之“誠”與“敬”。故静窗先生特别强調“學貴存養,念念之間,虚己省察”(第 55 頁)。因爲是爲己之學,故哪怕是“祇可自怡悦,不堪持贈君”(第 41 頁)亦無妨。

即使是以西來的學問視角,就人與外在世界之關係這一大的哲學問題而言,同樣是人心之事。静窗先生曰:“客觀世界的存在相貌,必通過人的主觀有所認識,始可得而言,因此,一説到存在的東西,必然是被知覺的東西。凡不被人類所知覺的東西,自然也説它不著,凡是人類還説不著的東西,説它是存在的或是不存在的,是同等的無有意義。”(第 74 頁)“純然的客觀存在的東西,是無法想象的,也就無法論證他的真僞。”因此,“意識所了知的世界,即是世界的實相”(第 77 頁)。這是真正的“以人爲本”,以“人心”爲本。没有被“人心”感知到的東西,我們人類説它没有任何意義。而且,祇有被人心感知到的外物,才可能被人類所論及。這當是“唯識”學基本面相的一個詮釋。這同樣説明人心之高妙,人心之緊要! 於是静窗先生特别强調“尊重人生,便必須尊重人的意識”(第 77 頁),“當物質不作爲認識的對象時,是不可能證知它的存在的”,而且“當它作爲認識的對象時,已感染上精神的成分了”。“離開了精神,你能認識面前的桌子的存在嗎?”(第 78 頁)

我們不可以簡單化地依“唯物”、“唯心”的劃分而站隊,我們既要懂得唯物主義之學理内涵,也要理解所謂唯心主義的奧妙所在。“唯心”學實有許多啓迪人智慧的學問在其中,不可小視。唯心,即唯人之心,即人心之高妙處,人心之要緊處。

作爲一個深悟人心高妙、人心緊要之理的思想家,静窗先生執著地追求人心如何能夠自由地躍動。他深知,思想自由的價值,不衹在個人的自由,更在於,人類的進步與升華,全在於“人的思想和能動熱情”對世界的推動和改造。(第 87 頁)人類自“軸心時代”以來,之所以被認爲超越了叢林時代,是因爲自那以後,人類有了一個精神升華的追求,從柏拉圖的“道德理想國”,到孔子的“朝聞道,夕死可矣”,都是這種終極追求的表徵。兩千多年來,這一追求依然在路上,或許“終極”二字,其意正在此。

我們期盼著“道德理想國”的出現,但現實每每不如人意,尤以静窗先生與熊十力論學的那個時代爲甚。

面對這樣一個時代,静窗先生仍以滿腔之大愛擁抱這個世界。“我愛我的父母,愛我的愛人,愛我的朋友等等。”而且這種愛之所以存在,是因爲人與人之間的精神、心靈可以溝通,不能溝通,愛也就不能存在。因此,“要建立人的社會,人的世界”,必須“重視精神”,必須“奉精神爲第一義”(第 83 頁)。孔子矢志於建立一個充滿仁愛的大同世界,柏拉圖執著於“道德理想國”的建立,釋迦牟尼獻身於向全人類播撒慈悲,都可稱有一顆赤子之心,静窗先生是這一顆赤子之心的傳承者。

静窗先生説:“没有思想,不能作爲的人,當然不是人,衹是一堆死物體。”“如果不是爲了更好更多的發揮人類的高尚的精神,那宇宙中大堆的物質又有什麽意義呢?”(第 85—86 頁)“生命的唯一特徵是精神,假如從生命中減去精神,便是無生命的死物體了。”“精神”的可貴之處

就在於"愛"。(第 83 頁)

那麽,面對黑暗,静窗先生衹會慈悲爲懷嗎? 不然,他身上有大慈大悲,但不是隱忍,他身上並不缺乏"士不畏死"的大勇,所以敢於在那樣一個高壓形勢下爲死難者説出"他們不屑於爲皇帝而苟活,心中裝著孟夫子的萬民蒼生"(第 160 頁)這樣的話!

要傳布這一顆赤子之心,首先要有一個自由思想的空間,可這個空間的獲得並不易。静窗先生或深有感於此之不易,故尤爲痛切地歎詠:"人類没有民主自由,生活是不可想象的……一切横暴專斷的人膽敢於剥奪人的民主,侵犯人的自由,罪惡之大,真乃天不可得而覆,地不可得而載了。……當自己正在實踐這樣或那樣生活的時候,決不允許他干涉别人也在認真實踐他的這樣或那樣的生活;自己正在進行這樣或那樣學術思想時,也絶不允許他干涉别人正在嚴格進行他的這樣或那樣的學術思想,唯有大家堅決共同遵守這條基本規律,人們相互的交流經驗,相互的研討學術,從而相互的促進世界文化進步,才有可能。"(第 74—75 頁)

熊十力、劉靜窗論學及交遊

秦燕春*

廬陵(今之江西吉安)劉靜窗(1913—1962)先生是被輿論視爲"海外新儒家"第三代傳人劉述先(1934—2016)先生的尊人。現代"新儒家三聖"之一的熊十力(1885—1968)先生晚居滬上,孤懷獨往,期間與劉靜窗往來最爲密切。這在劉氏因病英年早逝之後,熊十力寫給弟子唐君毅、牟宗三的信劄中,有明確體現:

> 平生少從遊之士,老而又孤。海隅囂市,暮境沖寞,長年面壁,無與言者,獨有一劉生(劉靜窗),時來問佛法,年才五十,今春忽死去。吾乃真苦矣。當從赤松子遊耳。

熊十力生平頗難與人近處,家人、弟子要皆如是。因此,這段相惜之情出自熊氏筆下,殊爲難得。早在劉氏生前,已經有所流露,直以"相依爲命"相許二人這段關係:

> 你病況究如何?老人時時未忘懷。八年來,唯吾子終始相親,慰孤老,相依爲命,吾何能忘你乎?(1961年11月23日熊致劉函)

饒是如此,儘管相差將近三十歲,熊十力、劉靜窗之間"終始相親"的情誼,是兼具"相攻若石,相交若金"兩個層面的。其相攻,基於儒佛

* 作者單位:中國藝術研究院中國文化研究所。

之辨對此二人乃是絶不可含糊的身心大事;其相交(相親),基於此二人皆有“用生命體證真理”的誠懇踐履與全幅投入。

一

劉靜窗經由好友暨熊氏及門弟子張遵騮(1916—1992,即張公逸)介紹,主動致函熊十力,緣於1951年他閲讀熊著《論張江陵》後深受觸動,再度憶及之前讀其《新唯識論》、《讀經示要》所感熊之“語重心長,悲懷懇切”,讚歎“斯世其人,低徘難釋”,故向熊去函欲購《摧惑顯宗記》和《論六經》。而熊十力在是年9月9日第一封回函中,就明確提出了“儒佛之别”問題,且直稱“老夫直從根源處判别二家”。這一問題,實際也是之後二人相交十一年、共處八年、論學反復拉扯至於幾度破顔幾度復合的核心問題。

作爲追求思修交盡、止觀雙融、體用不二的佛教徒,劉靜窗的立場相當牢固,也同樣堅持“儒佛之别”乃根源性問題(所謂“爲三家[儒、道、釋]合一之論者,有不免於瞽説者”,1954年元月復張公逸),其精湛細密的佛學修養在《與張遵騮論佛學書》中有充分展露。而熊十力對此自然是老眼無花,一看便穿。二人通信不足兩月,熊便直截宣稱“吾子且勿遽想來化我,我雖不才,而如此老年,一生没作别事,用功不會少於吾子,我不會輕武斷”。但就在同函中,熊十力卻又邀請劉靜窗北上同居共學一段,正爲“斯文存一線,吾甚望有人”(1951年10月3日熊致劉函)。可見劉之“玄思力强,又能力踐”(張遵騮語)的精神氣質很令熊矚目,後來,更對其“德性古誼”盛讚不已(1956年3月9日張公逸致劉函)。

儒佛之辨以及如何匯通直接構成了中國思想史發展的基本動力,非這篇短文所能盡。此文的關懷在於何以根腳處截然相異,熊十力和劉靜窗還是維繫了如此漫長親密的交遊與交流。儘管高年的熊十力幾度希望中止“評論”,例如“吾本屬前函不同意,望勿復者,學問之事未易言,評論徒亂人意”(1951 年 11 月 24 日);“衰年無事,從不寫信。吾子來函,似不必求吾答”(1952 年 11 月 17 日);“前年曾欲足下來京小住,而老來意興不佳,聊閉户以自求閒適”(1953 年 4 月)等處皆可見及。但他還是更多堅持了對劉靜窗的問題的回應,自然也是因爲劉提出的問題值得回應。就此而言,可以説,當時更渴望問學的一方乃是年紀相對尚輕的劉靜窗。並非僅僅因爲“道在人間,不容自絶以慢長者”或“夫意氣之爭幾於四絶之類,固斷斷不可。平心求是,或有異乎”(1951 年 11 月 27 日復熊十力),此時的劉靜窗深感思想寂寞,渴望有深度的學術交流與性命碰撞:

> 最以爲苦者,獨學無友。且學佛者難以語儒,知西者無以證中。攻錯之途遂絶,辯難之功無從。况孤陋寡交,求一一偏爲學之士,亦不可得,誠可慨也。(1954 年 7 月 26 日復張公逸)

碩學老輩如熊十力,實在是令劉靜窗喜出望外的相遇。他堅持到生命最後一息的“時來問佛法”,首先基於自己巨大的精神渴望與仰盼之喜。于佛理、修證俱甚有心得的劉靜窗此時雖然無法克“化”熊十力,其信函中論及,卻可謂精義迭出,不妨摘選兩段:

> 體用不二是破無明以後事,此乃爲上根説法,若不先在人欲淨盡處得個消息,先生之學恐未易入也。終日坐黑漆桶中,以不二爲文字譚者,更不免有毫釐千里之别矣。

這是直評熊十力的“體用論”有光影門頭躐等施教之嫌。且雖然“儒者説生,即用以明體,釋説無生,即體而顯用,自不二法門道理上論,宜可相互融通”,畢竟儒者經綸世用而“依分段世間設施”,大乘行者“於生命向上中,舍分段取變易時”,二者境趣已然大異,其中有層級的差别乃至躍遷。而熊氏在劉函上直接回批“此處大誤。體用不二,法爾如是,非由意想安立。如何説是破無明以後事乎?未破無明,不得證見此事,而非本來無此事”(1954 年 11 月 3 日)。此未免籠統之嫌。熊擅長智及,劉兼重仁守。不能落定於行者身心的“體用不二”終究不脱僅一段理趣而已。

再如:

> 佛家大乘本領,端在觀空而不證,以無住、無著爲生命的積極向上義,由是而悲願繁興,窮劫涉有,嚴土熟情,衆生無盡,世界無盡,煩惱無盡,行願重重,亦復無盡無盡,此其所以爲大爲難也。不深知世間,無以知二乘,不深知二乘,於大乘旨趣亦茫然矣。(1954年11月3日與熊十力)

這是深深不然熊十力辟佛囿於始教(唯識法相),與大乘圓教畢竟不及。認爲熊學的病根便在對玄理名相用功甚多,而對"歷史文化"與"涵養察識"上措意不夠(1954年8月22日張公逸函):

> 公(熊)之學精於生理而昧於病理也。生理爲本,自宜了知。其奈衆生常在病中!此而不察,亦何以相濟於彼岸也哉?(1954年11月24日與張公逸)

終究,在儒釋抉擇的根本問題上,他還是透露了自家堅定明確的傾向:

> 世人多輕彈佛氏空義,不知般若意也。……撥雲霧而大明當空,破生死而萬德圓證。雲霧不能撥而謂明本在空,迷妄不曾破而謂萬德常彰,理則或可,而豈學者之事?其誰欺?欺天乎?儒者觀有不談空,是護疾而忌醫也。無始迷暗,不經一番虛空粉碎,終如世間所見,拖泥帶水,累物物化之流,憧憧往來,行屍走肉而已。(1958年2月10日復張公逸)

其中實則還是暗含了對熊氏之學的判斷。他是立定要做自家足受用的"學者"生涯:

> 熊先生深于《易》,即生而真,形色天性(是悟後句。凡夫迷相流轉,斷言形色不即天性。此須分曉),體用不二,境界極高,吾所深服。然於世情,畢竟大遠隔在。不信者無論矣。此處錯認酒肉菩提,無忌憚之徒,將紛紛造惡,陷在泥犂而不自知。不亦至可哀

歟！爲學次第，首當刊落聲華，攝用證體，雷鳴於寂然無動中，體用不二義，將不言而自見矣。壞因而論果，於我如浮雲。我知孔子當尊，然誓以身心奉釋迦者，兄試詳之，當得其故。（1958 年 2 月 10 日復張公逸）

强調的依然是熊學知生理而疏病理、能智及不能仁守的弊端。況兼“儒者體仁，釋者首悲，自來真見本者，無不利濟羣生爲其學，爲其行。末流不知方便，淪守虛明。本源之論，徒益口談，用遺而體亦虧，此東學大病”，所謂“姚江之門，（聶）雙江、（羅）念庵，終是入理正途，無王學末流之病”，單論儒門，他到底是服膺江右王學的多些。

二

饒是如此立場判然，熊、劉之交，依然厚誼深情不可埋没。包括劉靜窗去世之後，熊十力高年往吊，伏案痛哭。在“京中世家子，皆將藏書作廢紙，賣與小商店爲包裹用”的深可“哀鑒”的時代共業當中，他們到底爲了護惜“斯文一脈”各自竭盡了一份心力。

平心論，熊、劉交往能維繫多年，直到劉氏死而後已，雖然首先基於劉氏天性頗能堅持，且兼受朋友委託，以慰老人孤懷爲己任，但並非單純囿於“碩果之存，敬長尊賢之道，亦吾輩後學事”。即使“（熊）公以宿儒長者自居，一味以擊蒙爲是，諍論無益，亦不足以從容盡言”（1954 年 11 月 25 日再與張公逸）也是實況，劉靜窗對熊十力的十分服膺之情，還是不容埋没。這首先基於熊十力其學“剛勁之氣”動人，爲學能從源頭進入（1951 年 9 月 24 日致熊函），“余於其論旨未必盡同，而務爲探本索源之道，千百世無以異也”（劉氏《書讀經示要後》）。這種爲學須先“究明本源”的觀點，也是劉靜窗最爲看重的，這在他寫給少年獨自遊學海外的長子劉述先的信函中，體現最深，“大本既明”，在在懇切（參見 1951 年 4 月 4 日、10 月 29 日家書）。其自身所持，也正是：“吾人爲學，必須先於自家身命源頭處,徹見一回,向後分析事理,方不自迷眼目,隨人腳跟下亂轉。”(1954 年 5 月 26 日復張公逸)這種“源頭”立本之學,正是經由現代之變後的當時中國學界極爲匱乏的,也是熊十力與劉靜窗這類人共同的寂寞。

正是在熊十力身上,劉靜窗感受到了久違的“(大乘雄健之風,)《大易》乾剛之氣”(1954 年元月致張公逸),他也深刻地理解熊十力其學冠絶當世而難免生前寂寞的處境:

> 此老是具眼人,於生命源頭確乎見得。公清奇特出,未易與境沈浮,斯固宜然。

雖然難免要明確立場:“大乘觀空而不證,生佛同體,未嘗舍衆生也。十身頓證,圓明具德,未嘗泯相用也。法身主寂之義,終與儒者迥然異趣,所當辯耳。”(1958 年 1 月 29 日附記)所謂“真理是非不由勢定,乃由心定。對尊長之論,可聽而從之,亦可聽而不從”。劉靜窗畢竟還是識得,熊十力孤絶清冷的形貌之下,自有“婆心爲人”的一片純然至誠:

> 去聖時遥,孤困從學。蒼茫四顧,問津者稀。先生此函婆心爲人,[1]有如拔地雷聲,深中腠理,病暢難云。因地前修,親近善知識,爲法勤苦,追懷泫感。末流何幸,得此鉗錘,用資策警,可深念哉!(1954 年 11 月 7 日與姚翰園)

熊十力在“日用踐履”中未能“即身同塵而安”,乃至與家人、弟子都難能久處,這也是世所公認的。劉靜窗性情灑落而不乏敦厚,很能欣賞熊氏“爲人篤實”而“出言强項”、卻正見其誠摯的精神氣質(1954 年 11 月 24 日與張公逸)。其論熊,常多知音之賞。例如:

> 熊公論學有一股霸氣,霸得有底氣,霸得有道理,霸而不淫!

〔1〕 笔者按:即熊十力 1958 年 1 月 28 日論“小體、大體”之函,《劉靜窗文存》,上海:上海古籍出版社,2017 年,第 231—233 頁。

熊公一代宗師,若能不嗔,則更有建樹;但其之嗔,亦嗔於學中,無私念,故有童趣,真性情也![1]

長者嗔而有論,當可聽之,碩儒怒言,亦有學問!

如此之類,不一而足。而常給人以霸氣四溢、不近人情印象的熊十力,也在後期致劉靜窗的信函中,難得流露了他的温情一面,乃至自責反省之言亦頗有之:

人心忌有偏著處,余著重出書事,而不暇體會吾子居哀之情,前欲煩共校,大誤也。事過方知。……令先德高年返真,吾子病體,義不容毁。(1955年3月3日)

吾對先生發氣,是一副天良,真誠相爲。侮聖者衆矣,吾毫不怪其人,不慪氣,而獨於先生動氣。……相處忽忽四年,感情自生。(1958年1月25日)

我怒即言之起火,汝身體不好,勿亂慪氣,知吾老性,可泰然也。(1958年1月26日)

尤其1958年之後,劉靜窗身體日漸衰弱,熊十力來函中頗多嘘寒問暖,諸如"前夕,你回家,不知受寒否"(1958年12月24日);"得片,知感冒,殊念,已全復否"(1959年1月16日);"昨你回家也晚,未知受寒否?念之。吾子顔色甚不好,不可不營養,勿固執"(1961年3月30日);"吾甚以你之病爲念"(1961年6月21日);"你的身體好轉否?深念。面上要消腫才好,食量增大才好"(1961年12月11日)。十分細緻感人。

張遵騮對乃師也能頗盡"瞭解之同情",所謂"熊師奇人,頗具宋明儒之類型,性情真摯灑落,個性過强,且常有赤子之心,飄飄然仍似有出塵之概,此誠當世無二",對於熊十力"於世道於斯文之措意苦心"同樣很能體貼(1954年8月22日張函)。熊氏這點對於斯文弦歌的"措意苦

[1] 此爲蔣天樞先生言,《劉靜窗文存》(别册),第134頁。

心”,甚至體現在劉靜窗因病先熊去世,熊氏不僅高年親自登門送葬,之後更有代父教子的義舉,親自寫信給劉之二子、三子,教以聖賢之道,並輔導以如何學聖學:

古之聖賢,其平居念念總是憂樂並存。一般人皆以爲憂則不樂,樂則不憂。凡夫確如是,聖賢則不然。夫憂則不樂者,其憂乃私憂也。樂則不憂者,其樂亦迷亂之樂,非真樂也。……聖人惟盡其作人之正道,絶不圖私利。……如此,則一生之中,無一刻不樂也。既樂矣,而同時有憂者,何耶? 如吾已衰年,親恩無法報答,此吾憂也。又復當知,聖賢之心視全人類若同胞,天下人未得其所者衆矣,吾不能忘懷於人類之在苦難中者,吾不得無憂也。聖賢終身有樂,終身有憂。(1962 年 8 月 9 日熊十力示勉劉任先、劉震先)

無論其相攻、相交如何,熊、劉到底皆向著“此生不學一可惜,此日閑度二可惜,此身一敗三可惜”而度此生身。爲此,劉靜窗已然見及“士可殺,不可辱。講的是一個人的尊嚴固然重要,但人不慕虚名、不計方式爲世界和人類作奉獻更重要”的卓越境界。1951 年在香港,唐君毅曾在日記中感歎:

北大出者皆放肆而非闊大,南高、東大出者大皆拘緊而不厚重。如梁漱溟、熊十力、歐陽竟無、吴碧柳諸先生等,皆自社會上出,乃可言風度、氣象、性情。今之一般學術界人物之文,能謹嚴者已不多,能有神采、性情、願力者尤少。(《唐君毅日記》,1951 年 5 月 21 日)

倘若他生年能與劉靜窗一面,悉知後者“設若能爲天下蒼生作奉獻,被驅使又如何? 這便是輕尊嚴而重奉獻”的發願,想來這位尚且少他數歲的藹然君子可以與熊十力類似,被歸於“神采、性情、願力”皆爲豐足者一族。熊十力、劉靜窗之間悠長的論學及交遊的本真意義,體現的乃是一現代學術範式如何起模造樣的大命題。

學以爲己

——《劉靜窗文存》讀後

鄧新文*

《劉靜窗文存》是在一周以前海濱兄寄給我的。因爲最近工作比較忙,所以最近幾天才抓緊時間讀,剛把《文存》讀完,《别册》還没有讀。我有一天中午吃完午飯,就讀這本書,讀到晚上十一點多,都忘記了時間,起來脖子都伸不直了。我就給海濱兄發了一條微信,開玩笑説今天的讀書狀態有點像是入了"讀書三昧",連續讀一本書可以讀到十個小時,這樣的讀書感覺是從來没有過的。其間有許多奇妙的感受。舉個例子,請大家翻到181頁,熊十力先生1951年12月18日寫給劉靜窗先生的一封信,這封信讀完的時候,我的一個直覺告訴我,熊先生想要住到劉先生在上海的家裡,他在信裡没有明説,但我卻明晰地知曉了他的心思。大約一年以後,請大家翻到184頁,他在1953年10月23日的書信中就明確寫道:"你處有可餘之屋否,如有,可容吾否"?看到這個地方我就笑了,寫了一個旁批,説熊先生也不夠直爽。一年之前他就想住在劉靜窗先生家裡,但是他羞羞答答,旁敲側擊,引而不發,大概是想讓劉靜窗先生主動邀請吧。熊先生憋了一年的心思,我居然幾分鐘就在

* 作者單位:杭州師範大學國學院。

字裡行間讀解出來並得到印證了！這樣的讀書體驗真是挺有意思。

今天我們這個會議的主題是“先立乎其大”,在這個主題下來談論孟子學的意義和《劉靜窗文存》的出版,我覺得裡面也有一個奇妙的因緣。劉先生有一個很著名的觀點,我非常贊同,他說:“孔子之得孟子,猶釋迦之得龍樹。”釋迦創佛教,到了後來的龍樹,大乘佛教才如日中天,光被三印。佛教八大宗派都尊奉龍樹菩薩爲祖師,佛教的傳承跟龍樹菩薩有很大的關係,可以說龍樹是佛教傳承史上一個極其重要的樞紐,没有龍樹的佛教難以想象。孔子之得孟子,亦復如是。儒家被稱作“孔孟之道”,就是因爲孟子的貢獻舉足輕重,不可或缺。可見,“孔子之得孟子,猶釋迦之得龍樹”是劉先生非常偉大的一個觀點,我也很贊同他的這個觀點。

剛才劉震先先生談到了“文存”二字的特殊意義,實在是劫火餘生。我也特別喜歡“文存”二字。爲什麽説它好？因爲它是文存。爲什麽那麽看重文存？因爲我們今天爲寫書而寫書,爲發表而發表,這樣的著述,和文存相比,文存更“爲己”。孔子講,“古之學者爲己,今之學者爲人”。《劉靜窗文存》不是爲寫書而著書,而是親友師長之間推心置腹、誠懇應對的生活留下來的軌跡,所以更本真地反映了中國文學的一種特性——個體之間聲氣相感、情意相通的真誠對話的特性。它不是爲名爲利出版給“别人”看的東西,更符合中國學術的特點,是“君子之學爲己也”。這是我特别喜歡《文存》的一個理由。還有一個理由,是跟我的性格有關。我本人治學,先是馬克思主義,碩士研究生時代深受梁漱溟先生的影響,回歸中國傳統文化,中年以後儒佛爲主,在這一點上與劉靜窗先生頗多相近。第三個理由是,《文存》裡面談到學問的很多觀點,我覺得跟我這些年思考的很多結論不謀而合,頗感得到大師印證的自豪。比如説第288頁復張公逸的書信裡,很多觀點我認爲是非常了不起的,第一點裡面,劉靜窗先生對“佛學中國化”這個説法的批評就是我非常贊同的。我們現在很多人認爲佛學的禪宗包括佛學的很多種宗派是中國人的一個創新,而劉靜窗先生在第一段裡特別强調“克實説來,於此諸家衹能説是佛法融貫了中國舊有文化精神,而於其自己根本義上大放異彩,卻不能説是佛學中國化了也”。在第二段裡面,劉靜窗先生批評了明以來特別流行的“三教合一”論,他明確且特別精微地指出,“故爲三家合一之論者,有不免於瞽説耳”,就是閉著眼睛説話,這個觀點我也是特別贊同的。三家有相通處,但是三家的宗趣,是有嚴格的差别的。還有好多精彩論點我都非常贊同,包括對熊十力先生的評價。我看過不少對熊十力先生的評價,但是我認爲看得最真切、最透的,劉先生應該是首屈一指的,他是真的很懂熊先生。既肯定熊先生對儒學的成就,又對他的不足和問題知之精到,所以我覺得這個也是值得特别讚歎的。更爲難得的是,剛才劉震先先生講到一個問題,熊十力先生是由佛入儒,劉先生是由儒入佛,但熊先生其實對儒學的很多做法很多行爲,包括他對家庭對親情關係的厭倦和反感,其實是很不儒家的。梁漱溟先生就批評過他這種對家庭關係的態度。儘管劉靜窗先生是由儒入佛,但是劉先生的作品中始終洋溢著儒家的仁厚與謙和,劉先生的作品中體現著更地道的中國風,更多中國傳統文化的精神。大家看他跟熊公的辯論,無論熊公多麽傲慢無禮、出言不遜,他始終態度謙和,温厚以對。要依我的性格,跟熊先生辯論到這個份上,我可能就跟他分道揚鑣了,但是劉先生到晚年還一直幫忙照顧熊先生,這真是仁德厚道,是遠比哲學重要的東西,這是德行,是人品。

今天我們談孟子學“先立乎其大”這樣一個主題,我就想談談我對孟子學問的一個思考。孟子講“先立乎其大”的“大”到底是什麽?我們這個社會,經過“文革”的十年,對“大”的感情遠不及對“强”的感情,所以我們的媒體上經常這樣説,把中國由什麽什麽“大國”變成什麽什麽“强國”。我覺得這樣一個表述本身就很不中國,爲什麽呢?在中國傳統文化中,“强”字的品位比“大”字低多了。“彊”字的繁體就是一個“弓”加一個“疆域”的“疆”字一半,畺是指田地的邊界,它是一個很粗的字,而“大”字在中國來講一般是與“道”相提並論的。老子説:“道大,天大,地大,人亦大。”《莊子・天地篇》裡面講“不同同之之謂大”,那是何等氣度啊!與“小人同而不和”真是天地懸殊!所以從這個意義上講,我們今天應該反著來説,由某某强國變成某某大國。歷史上的法西斯德國、蘇聯以及現在的美國,都是“强國”卻算不上“大國”。我有個説法,“大國者,非富强之謂也,禮義之謂也。”衹有講禮義的國家才能稱得上“大國”,否則,無論經濟多麼富裕,科技多麼先進,軍事多麼强悍,都衹能稱之爲“强國”,不能稱之爲“大國”。大國比强國尊貴,而不是相反。我們現在的説法,恰恰就是一個很西化的説法。用傳統的話説,就是很夷狄、很不華夏的一個説法。資中筠先生説:“中文底子不好的中國人,思想不會深刻。”我深以爲然。

“先立其大”的“立”,我認爲就是孔子講的“人無信不立”的“立”。仁義禮智信,所有這些是讓你立起來的東西,都是人的天德,是性德也是修德。《論語》第一個字就是“學”,全書有 64 個“學”字。很有意思的是,前兩天儒家網上發表了陳來先生的一篇文章,談的就是《論語》裡面的“學”到底是學什麼的問題。陳來先生的基本結論是,《論語》裡面的“學”字主要指的是學“文”。我看完後在他的文章下面留了一段話,我不同意陳來先生的結論,我認爲《論語》裡面的“學”主要不是“學文”,而是“學仁”、“學禮”。劉靜窗先生對這個學的理解是“‘學’之爲言,覺也,效也”。覺,是覺悟聖賢之理;效,是效仿聖賢言行。這才是儒家之學的根本。《論語》裡 64 個“學”字我都仔細研究過,無一不是學做人。儒家的這個“學”和我們今天西學的“學”是有本質差别的。我請大家翻到《劉靜窗文存》第 309 頁。劉靜窗先生對這個中國學問的體貼是讓人非常讚歎的。這一段復張公逸先生的書信裡面説,“夫爲探本源、正性命之學者”,他認爲這是東方之學,求體的學問,而西方的學問和我們有本質的差别。“非如理工科技之事,有形可取,有象可求者也。知及仁守,存誠不渝而已。《易》謂之有孚,釋謂之啓信。……”所以我覺得他是非常敏鋭的。

請大家再看《劉静窗文存》第 7 頁,非常經典的一篇,他在這一篇經常談到一個詞,“在吾心深深惻然一片赤誠處”。他這段話非常精彩,説:“吾平生所學,釋迦、孔子之所學也;存心,釋迦、孔子之心也。釋迦之學,首重《般若》,孔子之學,集於《大易》,二家爲學,趣塗各異。源其心,釋者慈悲一切衆生,儒者愛衆親仁,在吾心深深惻然一片至誠處,莫之或異也。”他説儒佛在他身上如果統一話,就在“吾心深深惻然一片至誠處”,他這一篇有多處提到“吾心深深惻然一片至誠”,我認爲這是劉氏學的根本,也是中國學問孔孟大傳統的根本。他所有的書信和詩詞序跋都是從他這樣一顆慈悲仁愛之心的赤誠之處寫出來的,所以他的文章特别有感染力。今天有知識有思想的人不少,但是有心肝的人太少!劉静窗先生在我心目中就是一位“有心肝的人”。這才是中國文化千年不倒的根本。所以我非常感謝這本書的出版,我還要細心地研讀,也希望將來有新的心得可以寫作成文。

讀《劉静窗文存》,結合當今我國學術界的現狀,引起了我對中國學問一些新的思考。這思考是什麼呢?大家都知道,讀書是我們做學問的一個重要的依託,但是書也會誤人。我最近寫了一篇論文,初稿已經出來了,就是對《論語》的“言志章”做了一個顛覆性的解讀。孔子與侍坐的幾個學生閒談人生志向,獨對曾皙的表達報以“吾與點也”的評價。歷代注家解讀此章,都對曾皙大加讚賞。而我對此章的研究表明,漢代以來對曾點的高評,都是讀書不精不審的浮慕,既無生命實證境界的證據,也無學術資料的證據。我讀這一章的後半部分,發現孔子對曾點的態度没有一點讚賞的意味,反而是不耐煩和反問的語氣,孔子對曾皙的不滿溢於言表,與解家幾乎一邊倒地認爲孔子讚賞曾點的結論大相徑庭。那爲什麼後來曾點地位那麼高呢?原因很複雜,其中最根本的原因是後來學界對孔子“吾與典也”這句話做了斷章取義的解讀和過度的猜想。據我的考證,曾皙不僅不像歷代注家所想象的那麼高超,反而極有可能是一個德行極差的人,所以我那篇文章的結論是,我國學術史上千百年來對於曾晳的吹捧很可能是一部中國版的《皇帝的新裝》。

孔子説:"知之爲知之,不知爲不知,是知也。"但學者很容易言過其實。他可能衹是推測到了,卻不出以推測的語氣,而是想當然,且"居之不疑",這就很容易給人造成誤導。像朱熹,他有時候就把話説得很滿,其實是未證言證,强不知以爲知。例如,他解《大學》的"格物致知",不僅錯解了原文,而且"主觀太强"(梁漱溟先生對他的評價),認爲《大學》原文漏掉了"格物致知"章,所以他就自作聰明,模仿《大學》的口吻創作了一個"格物致知"的"補傳"。孔子在回顧他一生的學問歷程時,説他"十有五而志於學,三十而立,四十而不惑,五十而知天命,六十而耳順,七十而從心所欲不逾矩"。朱熹注"六十而耳順"的"耳順"是"聲入心通",梁漱溟先生批評朱熹是亂猜,爲什麽呢?孔子這個境界是孔子幾十年修養身心的功夫所達到的一個生命内證的境界,你的内證没有到孔子這個程度,你怎麽知道孔子"耳順"二字的真實意義?不要説朱子不能知道,即便是孔子本人,他五十歲時恐怕也不能知道他六十歲的這個"耳順"的境界。他用這兩個字不過作一記號而已,豈是外人通過考據或訓詁所可知曉的?所以我讀《劉静窗文存》儘管非常感佩,卻不敢不保持冷峻的審慎的眼光。他對儒佛兩家雖然有很精深的造詣,但他很多説得很滿的話,我還是存疑的,還要留待我未來的實證予以檢驗。當然,他比熊十力先生要謙謹得多,很多評價都留有餘地。熊十力先生很多"居之不疑"的結論,用後來梁漱溟先生批評他的話來説,就是"二執二取太强",是"明知故犯"。所以今天講到學問,我覺得知識分子有三個問題需要警惕:一是言多行少,二就是想得太多,想得太過,三是容易言過其實,對問題的判斷措辭容易過,話説得太滿,雖然我自己也在不斷批評自己,但還是不免"明知故犯",所以,這個學問就是不斷做,不斷反省自新,慢慢地讓自己更加心安理得些。

世界歷史的春秋戰國時代

陳　强*

東周之際隨著文明的理性發育禮崩樂壞，三代世侯世卿之天下遂漸爲布衣將相之局所取代。[1]“春秋時猶論宗姓氏族，而七國則無一言及之矣”[2]——迨至戰國之世，貴賤有等之封建制度已然棟折榱崩，編户齊民之官僚國家則因其頹弊而悄然崛興。與社會形態的陵谷遷變相應的是思想領域的百家爭鳴。社會學家帕森斯嘗平章各大文明，以爲希臘、以色列、印度和中國皆於西元前一千紀發生標誌精神覺醒的哲學突破。其説大體允當，衹稍有未妥——彼時以色列所成就者僅是引發近世歐洲哲學突破之精神酵母。《聖經》之於近代哲學，猶如《荷馬史詩》之於希臘哲學，《吠陀》之於沙門思潮，王官之於諸子論説。哲學突破期對文明歷史而言相當與日俱新之少兒階段——此前懵懂稚拙、執幻爲真，此後則心智成熟、終老不改。人類歷史的四次哲學突破莫不以各自的“春秋戰國”爲孕育發生之社會背景。希臘之城邦紛爭規模雖小卻跌宕起伏——諸邦之中當數雅典最爲先進。克里斯提尼劃地爲政以去氏族舊習，差似管仲“三其國而伍其鄙”；[3]伯里克利開放官職以杜

* 作者單位：厦門大學哲學系。

〔1〕 見趙翼《廿二史劄記》卷二。

〔2〕 見顧炎武《日知録》卷十三《周末風俗》。

〔3〕 見《國語》卷六。

貴族專權,略如商鞅序軍功以定爵位。當雅典漸入"戰國"之際,種界森嚴的斯巴達還依稀有類春秋以上嚴夷夏之防的貴族社會。印度上古之列國爭雄則晦昧難明如墮五里霧中——文獻不足故也。約略論之,種姓制根深之地尚滯春秋,平等觀流行之邦已入戰國。摩揭陀與秦國皆以最具戰國特質之霸權削平羣雄,從而終結各自文明的戰國時代。比較而言,近世歐洲歷史之軌轍尤與東周社會演進同符合契。歐羅巴正是隨教權之陵夷步入諸侯相兼之春秋,繼而進於列强爭雄之戰國。拜科技昌明之賜,西方國家關係體系從誕生之日起便注定包舉宇内、囊括四海,由此將寰宇列國漸次納入歐洲歷史的大戰國時代。德國自春秋入戰國,俄、日自西周入戰國,美國自唐虞入戰國。中國則在經歷百年革命之後,逆勢退回久違的戰國時代。在世界歷史的春秋戰國之際,文化生命蓄勢已久之爆發令傳統社會急劇轉型,思想文化也隨之革故鼎新——其變化之驟可謂空前而絶後。黑格爾之所以認爲中國歷史長期停滯,即因當彼之時歐洲正處文明歷史的春秋戰國階段,而中國相距此期已有兩千年之遥。

各大文明的哲學突破每與科層制之形成步調一致。在理性成長的過程中,神道設教之原始文化逐漸作爲文明之童真退居下意識的社會深層,在其之上出現了合理化的科層組織。華夏上古之天帝崇拜隨哲學突破流衍而爲儒家思想,而地母崇拜則流衍而爲道家思想。從子不語怪力亂神可見新舊文化之間的緊張關係。中國文明歷春秋戰國之巨變,終於越少壯而臻耄耋。儒家思想的傳人始終高踞肇自東周之官僚制國家的上層,對民間淫祠深惡而痛絶之。相比之下,希臘文明的理性發育卻因文化生命之早夭半途而中廢。柏拉圖行道不遂、退而聚徒講學有如孔子,其高弟亞里士多德沈潛典册、終爲王者之師則類子夏。然而雅典哲人之思想理念非但未能如儒學定於一尊,且在在受遏於怪力亂神之奧林匹斯信仰——蘇格拉底死於瀆神即爲人所共知之顯例。傳統宗教之强勢殆與希臘社會科層組織之原始冥冥相應。希臘蕞爾小邦略類中土之上古萬國。道家向慕小國寡民,以老死不相往來爲至治之極——從希臘城邦之公民自治便可一窺其太上不知有之的理想政治。上古萬國至秦蕩然無存——非形消跡滅,實已化身而爲大一統國家治下之基層組織。城隍土地之祀何有異於城邦保護神信仰?漢之鄉舉里選與希臘城邦民主異曲而同工,就連江南民間吃講茶[1]之俗也依稀有似雅典陪審法庭之制。儒家大一統凌於道家小國寡民之上,遂有中土亘古不變之官僚制帝國。希臘則反是。前三八七年之《大王和約》高張城邦自治之大纛——其道風行草偃而爲希臘世界之天條,從而有效遏制雅典帝國一流霸權國家的形成。希臘賢哲之致思同樣局於小國寡民之意境,罕能契會韓非、考底利耶輩經綸大國之霸術。印度上古也多有民主共和之邦國,以其體量眇小無不在弱肉强食的政爭中亡於實力雄厚的專制大國。列國時代的哲學突破孕育沙門思潮,其中以佛學最能代表理性發育之水準。不同於吠陀天啓,佛家論典常以合乎因明之論證説服隨處生疑之理性。當文明心智發育之時,個人的自我意識也隨之日益成長——"我"或疏離種姓以入於國家,變身而爲編户齊民之國人;或棄俗出家以入於僧團,變身而爲持戒共修之僧衆。此其所以印度佛教託始於科層初創的列國時代,而與官僚制帝國一榮俱榮、一損俱損。當歷史終隨戒日王朝的崩解退回種姓盛行之上古,曾經興旺一時的佛教也就無可避免地絶跡於其所孕生之故土。佛家在文明衰頹之際雜於怪力亂神之密宗,一如儒家在文明衰頹之際雜於怪力亂神之讖緯。社會文化較爲原始的藏地對東漸之佛法無分顯密、兼收並蓄——而曾歷東周哲學突破的漢地卻在吸納哲理化的大乘佛教之餘,將非理性的密宗從中剔除淨盡。人類歷史的四次哲學突破以耶教文明晚近發生者最是波瀾壯闊。早在經院哲學家孜孜論證上帝存在之時,這場精神領域的驚天巨變便由理性之託大發軔肇跡。臨下有赫的上帝終隨文明的

〔1〕 亦作"吃碗茶"。舊時發生爭執的雙方到茶館裡請公衆評判是非。

心智成長悄然退隱,而君權神授之封建政體也就順理成章地蛻變爲主權在民之共和政體。如果説中國歷史之"春秋戰國"締就封建社會的官僚國家,那麽歐洲歷史之"春秋戰國"則締就部落社會的官僚國家——作爲科層組織的頂層標飾,近代民主殆可視爲日爾曼部落民主的借屍還魂。高揚自性的自由主義由自我意識之膨脹蔚爲民主社會的主流價值。而退居文明下意識的基督教則涵育回首後顧之保守主義,與跂足前瞻之自由主義形成相反相成的共軛關係。前者凝斂收攝,使民主之花含苞不綻;後者恣肆縱逸,令民主之花灼然怒放。以兩黨輪番執政爲特質的英美民主所以冠冕泰西,即因社會内部之左右思潮勢均力敵,遂致民主政治花期延長、經久不敗。優質民主尤需安富尊榮之物力保障。雅典人以愛琴海世界之聚斂供奉雅典一地之民主,使其臻於鼎盛;羅馬人以地中海世界之聚斂供奉羅馬一地之民主,使其臻於鼎盛;盎格魯-撒克遜人更以寰宇列洲之聚斂供奉英美一地之民主,使其臻於鼎盛。而一旦失其供養,民主政治便如明日黄花蝶也愁——伯羅奔尼撒戰後之雅典即爲明證。

作爲哲學突破之起點,原始宗教的世界觀在在流露天真稚拙的童心意象。史家布克哈特以爲中古歐洲人之意識始終籠於一層由信仰、幻想和幼稚偏見織就的共同紗幕之下——此瑰奇之紗幕最先隨意大利文藝復興煙消雲散。其説雖言耶教文明之理性發育,放諸歷次哲學突破皆無不可。當日積月累的經驗記憶使温情脈脈之紗幕化爲烏有,"我"便由心智之成熟漸以成人眼光觀事察物——處實效功之現實主義由是大行其道,成爲戰國異於春秋的時代界標。《左傳》和《孫子》年代相近。前者多言災祥卜筮,思想尚滯春秋;後者唯重玄謀廟算,精神已入戰國。修昔底德之於希羅多德,亦猶孫子之於左氏。至如韓非、考底利耶之流,霍布斯、馬基雅維利之輩,無不以直面現實的鐵石心腸成爲離道失德之戰國精神的典型代表。《君主論》及《利維坦》兩書所以在西方思想史上石破天驚,乃因希臘先賢含德醇厚,文章著述頗與此冷峻澆薄之心智遥相暌隔。雅典哲人興論立説必以正義爲鵠的。柏拉圖“理想國”和諧的階級構成殆爲印度種姓制度的希臘翻版:作爲統治者的哲學家對應婆羅門種姓,作爲衛國者的武士對應刹帝利種姓,作爲生産者的工商農人則對應吠舍種姓。婆羅門之出生令其終必與大梵合一,而哲學家之養成則使其漸欲和理念同體——後者熱衷政治,由是越廚代庖以執刹帝利之權柄。此種姓釐然之國雖爲理想城邦,卻依然不脱初民社會人以類聚之原始狀態——就抱樸含真而言,與亞里士多德筆下由人類合羣之性自然生成的現實城邦相去不遠。凝聚種姓氏族的共同紗幕隨文明之理性發育漸趨於幻滅。無量小我遂以自家肉身爲標識疏離所屬社會羣體,從而陷入人與人爭的“自然狀態”——必經禮崩樂壞的社會解體,自我泯然之古代國家方可進於人各自立之近代國家。如果説柏拉圖的“理想國”與其玄幻曼妙之唯心主義表裏相應,那麼霍布斯的“利維坦”則與其實事求是之唯物主義若合符契。作爲近代國家的利維坦並非天然生成,而是通過契約之訂立人爲造就。中國歷史甫入戰國時代,以約法規範國家與個人關係的變法運動便席卷禹域、此伏而彼起。商鞅徙木爲信正是高揚契約精神以爲行將來臨之創制預熱暖身。戰國七雄之變法皆肇因於弱肉强食之國際競爭而必以富强爲鵠的,其國家體制亦可擬於主權者作爲要約一方與屬民簽訂並强制實施之社會契約。相比之下,歐西維新自希臘以降便常受内部權利訴求推動——創制立約雖未必如哲學家所論基於人民之合意,也多少體現暗流洶湧之民情。霍布斯視主權者爲契約之結果而非訂約一方。其説於理可通,還原至具體史跡則往往大謬不然。從歷史上看,政治權力從來皆是創制立約的前提和基礎。真實的利維坦大多從封建國家改制變法而來,並非無中生有。美利堅開國最與“契約之中出政權”依模照樣,實則亦以革命奪權爲立約之先決條件。《理想國》和《利維坦》皆爲文明失範之際道濟天下的新型國家之藍圖。前者意境高遠,比類於人之内在靈魂;後者思致精嚴,取象於人之外在形軀。陸象山有云:“東海有聖人出焉,此心同也,此理同也;西海有聖人出焉,此心同也,此理同也。"[1]荀子"聖人化性起僞"[2]之説,以心統感官性情的心理機制爲模型演繹聖人化導庸衆的政治機制,便和柏拉圖向慕之哲人專政大同而小異。創制禮義法度的聖人蓋爲出令無所受令之自由意志的化身——相比哲人體現之理性,自由意志似乎更能惟妙惟肖模擬權力之運作。而黄老道家將國家社稷視同可由修道長生久住之形軀,則頗與霍布斯以利維坦爲"人造之人"靈犀相通。戰國之際天下逐鹿,明主賢君每藉法家富强之術發奮爲雄——當彼之時,清静無爲如田齊者亦僅能苟延國祚於大爭之世。秦併六國之後轉瞬即亡,深懲其弊的漢家由是改弦易轍以行黄老之道。人格化的國家在弱肉强食的環境中必欲强身健體、茁壯暴長,而一旦脱離嚴酷之生存競爭,便改以延年益壽爲施政之標的——心態已不知不覺從青春轉入老耄。不像契約論斤斤於國家起源以及權力合法性,先秦諸子之政治論説每帶極爲濃厚的實用主義色彩。

諸子論説重實效而輕源起,從一個側面反映三代君權神授之天命觀未因哲學突破的衝擊遭到根本性動摇。誕自戰國變法運動的絶對君主國也不像近代歐洲之儕類遘罹合法性危機。百家爭鳴始終以治道爲樞軸,如《政府論》上篇破斥君權神授之論議可謂從所未有。但若將《竹書紀年》和《尚書》作一比照,便知傳統意識形態已爲時興之現實主義政治觀嚴重蛀蝕。莊生有謂,"聖人不死,大盜不止"[3]——其極端之論代表離經叛道之子學對於正統經學的質疑。周室可擬教廷,奉天承運而爲諸侯合法性所從自。矮子丕平獻土篡國,曲沃武公則行賄繼統。周王畿幅員千里,地位相當教皇之國——而西六師殷八師之屬亦與宗座麾下之騎士團差相仿佛。成、康治隆略如英諾森三世在位之時,平王徙洛則類克列門五世羈旅之日。王室東遷之後,居天下之中而葆藏九

---

〔1〕見楊簡《象山先生行狀》,《象山全集》卷三十二。
〔2〕見《荀子·性惡》。
〔3〕見《莊子·胠篋》。

鼎的洛邑逐漸褪去政治中心之色彩，唯餘宗教聖地之光耀。而悄然興起的儒家運動卻在不知不覺間將周天子僅有之權威褫奪淨盡——其影響殆如宗教改革之於羅馬教權。孔子垂六藝之統紀於後世，其弟子則紹統繼業、傳承不輟。鄒魯之士、縉紳先生能明《詩》、《書》、《禮》、《樂》以爲王道之大端。[1]孟子即視周室如無物，每勸諸侯行仁政以王天下。及至縉紳先生之徒負孔子禮器發憤於陳王，[2]象徵六藝之統紀的魯地終代洛邑而爲權力合法性所從自的神聖所在。始皇焚書坑儒，正是意在剥奪儒家凌於國家政權之上的宗教權威。基於政教相離的"現代性"，三代以下之世主人君皆如拿破崙仗三尺太阿自行加冕。中土之君主制好比希臘歷史上曇花一現之僭主政治綿延而不絶，而希臘之貴族制則如中國歷史上曇花一現之周召共和綿延而不絶。僭主政治在希臘人的眼裡始終名不正而言不順——正所謂"橘生淮南則爲橘，生於淮北則爲枳"。[3]小國寡民易於抱樸守拙。當希臘城邦步入民主政治之際，護佑社稷之奧林匹斯神尚未隨理性發育而退隱。若以荷馬之眼光看待伯羅奔尼撒戰爭，則雅典和斯巴達的龍爭虎鬥不過是雅典娜與阿波羅之間法力之較量。多神教系統中衆神相互競爭，政治家即便確信特定神靈青睞己方也無穩操勝券之把握——此其所以占運屢驗之德爾菲神廟凌於列邦祠廟而爲泛希臘聖地。奥林匹斯神經常心有所屬而力不能逮。全知全能之上帝則不然，其心志所向即爲命運之安排。在英法百年戰爭中，交戰雙方共禱同一上帝卻不知神明究竟屬意於誰。職是之故，英國人必欲將貞德判爲女巫以舒緩内心之忐忑。當撲朔迷離的歷史進程終以法方之全勝落幕，幽微莫測的神意也就隨之大白於天下。

〔1〕《莊子・天下》載："其明而在數度者，舊法世傳之史尚多有之。其在於《詩》、《書》、《禮》、《樂》者，鄒魯之士、縉紳先生多能明之。"

〔2〕《史記・儒林列傳》載："陳涉起匹夫，驅瓦合謫戍，旬月以王楚，不滿半歲竟滅亡，其事至微淺，然而縉紳先生之徒負孔子禮器往委質爲臣者，何也？以秦焚其業，積怨而發憤於陳王也。"

〔3〕見《晏子春秋・雜下之十》。

奥爾良姑娘因而沈冤得雪,從罪不容誅之女巫摇身而變爲人所共仰之聖女。信仰隨理性之成長而衰頹,由此引發禮崩樂壞的文明失範。中土之"戰國"脱封建以進於絶對君主制,而歐洲之"戰國"則進而脱君權以進於自由民主制。崇尚平等自由的啓蒙思想風靡一世,使反復無常之民意公然取代神意成爲政治合法性之基礎。中其蠱者深信治權未經民衆之票選即屬非法,就像中古耶徒深信君權未經教會之加冕即屬僭僞。投下神聖一票的儀式感殆與君王之加冕典禮一脈相承。誕自哲學突破的原始佛教亦以衆生平等爲社會訴求,其與婆羅門教之關係猶如啓蒙思想之於基督宗教。早期佛家的無神論色彩頗與文明理性發育形成之官僚制國家渾然相融。阿育王將追求四姓平等的佛教奉爲國教,雖有助於提升孔雀家族卑微出身的社會接受度,卻也令其帝國陡失印度王權固有之神性特質——此爲大一統王朝國祚不永的重要原因。無獨有偶,宰制歐陸的拿破崙帝國也受到方興未艾之理性主義思潮的洗禮。若無啓蒙思想營就之社會氛圍,一介科西嘉布衣焉能振長策以御宇内?阿育王和平之布道使佛家教義遠播亞洲,而拿破崙流血之戰爭則令啓蒙思想廣布歐陸。兩位異代不同時的霸主在弘宣理性主義新思潮的同時也試圖與神道設教之舊傳統達成妥協,卻始終無法從後者那裡獲得君權神授的正統性。焚書坑儒之始皇帝就更與傳統冰炭不洽。太炎嘗稱道始皇持法公允、不阿親貴,至於能者擢將相而子弟爲庶人。[1]然因缺失文化傳統賦予之正統性,其所締創的公平合理之法治帝國也如阿育王帝國和拿破崙帝國一般於不旋踵間灰飛煙滅。秦以平等爲魂横掃山東之貴族社會,而亡秦者正是王侯將相寧有種乎的平等觀念。

在各大文明的春秋戰國之際,如糅麵團的國際競爭之壓力使新興利維坦的内部成分漸趨於均匀。個體則隨自我意識的蘇醒泯卻内心深處童稚之依戀,由是告獨立於宗姓護佑、豪門蔭庇——自由意志相互摩

[1] 見章太炎《秦政記》。

蕩而平等意識悄然生焉。與此同步,基於合意之契約的資本主義關係也在社會經濟層面潛滋暗長、蔚爲大觀。耶教文明孕育的近代資本主義由科技之進步開疆拓宇,不斷將觸角伸向層出不窮的新興行業。相比之下,故步自封的古典資本主義僅能株守手工礦冶之産、農牧貿販之營——其中以城鎮需求催生之土地兼併最爲典型。當資本主義"感染"及於國家政體,便有官僚制度之肇興。其所體現的錙銖較利之雇傭關係迥然有别温情脈脈之封建關係。韓非子嘗極言二者之殊異,以爲"臣盡死力以與君市,君垂爵禄以與臣市。君臣之際,非父子之親也,計數之所出也"。[1]蘇秦亦曰"使我有雒陽負郭田二頃,吾豈能佩六國相印乎[2]——直以爲官作宦比照資本主義農業經營。縱横家鼓舌摇唇以釣禄,可見中土官僚制在肇創之初何等不拘一格。相比之下,以筆試爲主的英國文官録取之制就遠爲規範合矩。不論面談還是筆試皆意在擇優用才。而實行直接民主的雅典卻以抽籤選官獨樹一幟——銓選掣簽帶有一依神意之意味,而與理性時代之精神背道而馳。城市的興起同樣和資本主義的發展形影相隨。馬克思所以卜居倫敦以撰著《資本論》,即因十九世紀之霧都在發展水準上處於俯瞰衆山的岱嶽絶頂。其地對於近代歐洲的指標意義猶如雅典之於古希臘,臨淄之於古中國,華氏城之於古印度。據近人估算,西元前五世紀的雅典人口已達三十三萬之衆。[3]而一個世紀後的臨淄人口更是駕而上之:蘇秦就説過臨淄七萬户若户出三男子便有二十一萬之卒,[4]加以婦孺之數恐不下於五十萬人。前者相當十七世紀中葉之倫敦口數,後者則近於十八世紀開端之倫敦口數。齊國人口遠較近代英倫爲少,僅臨淄一地即如斯之巨,再算上樂毅所克七十餘城,則其城市化率當可比肩工業革命發生後的

〔1〕 見《韓非子・難一》。

〔2〕 見《史記・蘇秦列傳》。

〔3〕 見 *The Cambridge Ancient History*, V, Cambridge, 1983, p.13。

〔4〕 見《戰國策・齊策一》。

英國本土。摩肩接踵、車轂相擊之大城市病不徒見諸今日,亦昭顯於兩千載以上之遠古。繁華的都市體現文明理性發育之成果,而原始的鄉村則留存文明渾樸稚拙之童真——城鄉間的歷史落差每爲孕育自由、保守兩翼千古不可合之同異的社會温床。美國民主黨與共和黨之爭溯源於此,英國輝格黨與托利黨之爭溯源於此,希臘民主派與貴族派之爭亦可溯源於此,印度沙門與婆羅門之爭又何嘗不可溯源於此? 佛家僧侶蔑棄世俗禮法——與之不同,婆羅門祭司總是謹守繁文縟節。前者常化緣行乞於都市,而後者卻可仰賴鄉村地産的穩定收入——兩教營生方式之歧異略類基督教歷史上的托缽修會與隱修會。正是城市包容開放之特性使印度佛教逐漸蜕變爲海納百川的世界宗教。從祇園精舍到稷下學宫,從雅典學院到牛津劍橋,代表各自文明理性發育之水準的巍巍學府每以向道之誠紹述閎碩壯美不切實際之學。世尊在論道之時曾自比於大醫王,其學亦如精神分析學以對治心病爲旨歸。在王舍城的結集中,如是我聞之授課實録終於定格爲仰之彌高的宗教經典——而禮佛之廟宇遂漸取代問學之精舍成爲僧伽會聚之處所。從秉承那爛陀遺軌的藏寺紮倉還依稀可見印度佛教的本來面目。而黄老儒術也隨斗轉星移從稷下開講的思辨哲理流衍而爲信衆篤守的金科玉律,一如液態之牛乳發酵而爲固態之乳酪。佛家鼓吹四姓平等,儒家亦倡有教無類,其與社會舊俗立異處皆爲哲學突破催生之時代精神的體現。不同在於前者和婆羅門傳統一刀兩斷,後者卻與華夏傳統一脈相連。從周孔之道的名目便可瞥見儒學内部的舊新之别——近世學者還進而以孔子早年之説與晚年定論的殊異解釋此中之不諧。誕自雅典學院自由論辯之精神的哲學思想同樣隨光陰荏苒嫁接於西漸歐陸的基督宗教。柏拉圖學説由奥古斯丁之詮釋融入教父哲學,而亞里士多德學説則由湯瑪斯之詮釋融入經院哲學。二者遂皆迷失自性,淪爲基督教義之注腳。相比而言,近代歐洲的諸子百家普徧富於思辨之理性,卻罕能契會宗教之情愫。唯有馬克思創發之“主義”順利完成從哲學到宗教的華麗轉身。

久已消亡之宗教或由特定機緣成爲哲學新潮之濫觴——尼采對日神精神和酒神精神的慧解便是個中之顯例。相比於一神教,多神信仰天然不適哲理之詮釋。職此之故,尼采在《悲劇的誕生》中以生花妙筆將奧林匹斯神系簡化爲陰陽剖判之兩儀,進而使論學之視域從温克爾曼所見“靜穆之希臘”延至深藏其下的“狂野之希臘”。日神精神與酒神精神的對立統一既可目爲藝文創作之機理,也可解作社會遷變之内因——前者過量,遂有文勝於質之史;後者超常,則生質勝於文之野。發而中節的日神精神暗合禮意,由計度分别形塑井然有序之社會人倫。狂放不羈的酒神精神則通於樂感,隨爾我相忘回歸了無分殊之混沌大同。阿波羅與狄奥尼索斯共治德爾菲的傳説正是一陰一陽之謂道的神話隱喻。如果説主靜的日神信仰體現貴族社會尊卑有别之儀軌,那麽尚動的酒神崇拜則彰顯普羅大衆沖決塵網之欲求。後者作爲密儀根植於原始荒蠻之鄉野,每和城邦政治圓鑿而方枘——底比斯王蓬托斯即因不敬酒神而爲瘋狂之信衆碎成齏粉。當此詭秘鄙野之信仰終由城市酒神節之舉辦納於雅典國家體制,希臘文明便隨日神與酒神的和合逐漸步入文質彬彬的古典時期。狄奥尼索斯信徒以陽具爲圖騰,從其肆無忌憚之狂態依稀可見古往今來之革命運動的暴力傾向。法國大革命中甚囂塵上的汪達爾主義即爲人性深處不可禁遏之破壞欲的明證——正由如醉如癡之狂行,蟄伏千年的日爾曼傳統之幽靈才從羅馬文化的包裹體内破繭而出。在《馬賽曲》旋律的催眠下,法蘭西人民就像古希臘酒神歌隊縱情狂歡,由此結成如同和諧無間之部落的民族國家。方興未艾的民族主義儼然躋於新時代之酒神,而瀆神的路易十六則理所當然遭逢和蓬托斯相似之厄運。充滿陽剛精神的大革命以其熊熊烈火將婉約纏綿的洛可可文化連同其所根植之貴族社會焚爲灰燼,而締創維也納體制以遏革命洪流的梅特涅卻是洛可可風薰陶的略帶女性氣質之陰謀家。《留侯論》有謂:“太史公疑子房以爲魁梧奇偉,而其狀貌乃如婦人女子,不稱其志氣。嗚呼! 此其所以爲子房歟!”梅特涅亦然,故能男扮女裝以脱維也納民變之大難。其人殆爲貴族傳統的忠實守護者,必欲以春秋之封建倫理抑黜戰國之平等意識。拜患難相恤的維也納體制之賜,歐洲貴族社會以及作爲其延伸的殖民帝國終歷法國大革命之餘波而得以延年益壽。當《國際歌》取代《馬賽曲》成爲時代之背景樂,新一輪酒神崇拜開始風靡寰宇以整天下萬方之不齊。共産主義信仰一如狄奥尼索斯密儀神秘其事,所煽革命浪潮亦由亞非拉農村進逼號爲“世界城市”之歐美。至若納入歐洲議會體制之社會民主黨,則與納入城邦體制而失其密儀特質的酒神慶典大同小異。當全世界無産者聯合起來之際,主導國際關係體系的政治家卻忙於内訌,殊無梅特涅時代同舟共濟之遠識。新舊酒神崇拜相乘而歐羅巴殖民帝國遂如多米諾骨牌逐一坍塌。相比而言,中國文明的戰國時代雖論説紛起卻罕見因政治思想之傳播引發社會動亂的具體事例——有之,則自燕國子之之亂始。當彼之時,作爲官僚制之基石的官天下理念與作爲封建制之基石的家天下理念相互扞格——其鋒面漸臻權力結構之頂層。燕王噲之禪讓代表擯除封建制最後殘餘的純粹官僚國家的告成。令人不可思議處在於,策劃此理想主義政治實驗的不是蘇代一流的縱横家便是鹿毛壽一流的謀略家。而其思想格局恐亦止於智者利仁之意境。隨後的子之之亂如同法國大革命一般引發周邊國家的武裝干涉。當日反法同盟大動干戈以扼殺威脅歐洲傳統生態的全新政治模式——齊與中山舉兵伐燕又何嘗未有此意? 設使禪讓蔚爲常式,則天下權臣必躍躍欲逞而列國君主必不安於位。誠如此則弱燕或如大革命之法國摇身而爲國際體制的顛覆者。莊子説過:“大亂之本必生於堯舜之間,其末存乎千世之後。”〔1〕就連言必稱堯舜的孟子也對燕王噲之禪讓不以爲然。在他看來不論禪賢還是傳子皆天與之,〔2〕必順時勢之宜才具合理性。實則

〔1〕 見《莊子·庚桑楚》。
〔2〕 見《孟子·萬章上》。

列國之中最嫉禪讓者正是尊奉儒學的中山國,[1]其與燕國勢不並立之心態殆如正統馬克思主義之於修正主義。作爲改寫文明潛規則的大膽嘗試,子之之亂對於歷史的影響遠邁羣雄逐鹿之戰國時代——從新莽篡漢到趙宋代周皆可聆其繞梁之餘音。

强齊能輕易瓦解浮泛無依的子之之燕,卻難動摇根深蒂固的召公之燕。荀子以爲"兼併易能也,唯堅凝之難焉"。[2]拜文化凝聚力之賜,弱國可長存於强敵環伺之險地,而亡國可復起於銅駝棘没之慘境。悠悠國史從耳聞目覩之近世延伸以至神奇荒怪之古昔,成爲聚合兆民百姓的共同記憶。正由此故,雅典的客蒙孜孜訪查忒修斯之遺骸,而英倫的亨利[3]亦汲汲尋覓亞瑟王之墳塋。在中國文明的春秋戰國之際,列國君主同樣將其赫赫始祖溯至荒渺難稽的五帝時代。田齊以黄帝胤嗣自矜,而秦楚則以高陽苗裔傲人。顓頊高陽氏兼具皇、帝雙重身份,在五帝之中頗顯殊特——《吕刑》所言"皇帝哀矜庶戮之不辜"即其德政之追憶。[4]聯繫郭店簡"太一生水"之文來看,楚人郊祭的東皇太一亦應爲水德統天之顓頊。當崇尚水德的秦人改王號爲"皇帝"之際,何嘗不在昭示其軼三王以光祖德的勃勃雄心?按《五帝本紀》的記載,顓頊在位之時疆域最爲遼闊,南至交阯莫不砥屬[5]——受古史辨派影響者多不之信。然而古人不像今人執迷於歷史進化論。秦在掃滅六國之後揮

[1] 《中山王方壺銘》有謂:"燕君子噲,不顧大宜,不謀諸侯,而臣宗易位,以内絶召公之業,乏其先王之祭祀;外之則將使上勤於天子之廟,而退與諸侯齒長於會同,則上逆於天,下不順於人也。……燕故君子噲,新君子之,不用禮宜,不顧逆順,故邦亡身死,曾無一夫之救。"

[2] 見《荀子・議兵》。

[3] 指開創金雀花王朝的亨利二世。

[4] 鄭注以爲"皇帝哀矜庶戮之不辜"蓋謂顓頊之事,而"皇帝清問下民"則言帝堯之事。實則後一"皇帝"當爲顓頊在天之靈——高陽之靈每與三苗事務密切相關。《墨子・非攻下》有謂:"高陽乃命玄宫,禹親把天之瑞命,以征有苗。"

[5] 《史記・五帝本紀》載:"帝顓頊高陽者,黄帝之孫而昌意之子也。……北至於幽陵,南至於交阯,西至於流沙,東至於蟠木。動静之物,大小之神,日月所照,莫不砥屬。"牙璋乃爲上古王權之信物,最初出現於四千五百年前後的大汶口及龍山文化。其分布範圍東至山東東南,西至甘肅西南,北至陝西北部,南至越南北部——可與《史記》所載相印證。

師南下以辟嶺南三郡——其統一目標殆爲記憶中的顓頊時代之版圖。五國相王之約一如《威斯特伐利亞和約》在破除封建時代最高權威的同時確立主權至上之原則,由此形成的國際體制令列强並立之戰國永世長存。而霸主豪雄則思稱帝以破勢力均衡之局,其深心宏願乃在蒞中國而撫四夷。削平羣雄的强秦雖二世而亡,所遺帝制卻使中夏在文化基因上永脱戰國之輪回。歐洲歷史同樣存在帝、王之别。作爲奥古斯都之傳人,自查理曼以降的歷代"皇帝"往往蒞羅馬而撫四夷——在其眼中歐洲各國君王多少還像沐猴而冠的蠻族國王。然隨威斯特伐利亞體制之成形,列國王侯皆施施然以主權者的身份和神聖羅馬皇帝分庭抗禮。戰國興則帝道衰,反之亦然。一代梟雄拿破崙正是由加冕稱帝重温查理曼的歐洲統一之夢。查理之於拿破崙殆如顓頊之於始皇帝。前者將原始的封建帝國擴至千古難及之廣袤,所創偉業隨時光流逝漸成遥遠之神話;後者則襲其位號以締造先進的官僚帝國,終於在開疆拓土上重演如夢如幻的歷史傳奇。相比於秦始皇,拿破崙更像布衣出身的漢高祖——而其挾煊赫武功宰制歐陸之手段亦與當日漢家之封建諸侯依稀相似。勢至其極則反動必生。大哲費希特在法軍鐵蹄下的柏林發表《告德意志人民書》,勉其同胞由語言文化之自覺振興備遭摧折的民族精神——深受鼓舞的格林兄弟起而行之,從鄉野草澤之傳説梳理彰顯民族童真的恢詭志怪。同樣在國步艱難之際,屈原亦以巫風濃郁之民歌爲藍本創製聲情摇曳之楚辭。源自高度文化自覺的民族主義不僅可令異族齊一天下之霸業折戟沈沙,還會悄然激起本族吞併宇内的雄心壯志。戰國體制始終基於國際間由勢力均衡維繫的主權平等。破壞均衡的霸權國家一旦横空出世,相對弱勢的各國就無可避免地面對合弱敵强還是事强攻弱的艱難抉擇。合縱與連横冰炭難容——後者行其道則戰國之局難以爲繼。魯仲連嘗慷慨陳詞,極言連横事大必使弱國喪其主權從而淪爲俯仰由人之僕從。"今秦萬乘之國,梁亦萬乘之國,交有稱王之名。覩其一戰而勝,欲從而帝之,是使三晉之大臣,不如鄒、魯之僕妾也。"[1]在其他文明的戰國後期也可聽聞類似義不帝秦之疾呼。馬其頓之於希臘列邦猶如强秦之於山東各國。方其勃然崛興，德摩斯蒂尼同樣慷慨陳詞以抨擊雅典人的綏靖政策。希臘的戰國體制依止於《大王和約》所倡城邦自治之義——其合縱機制曾有效阻遏雅典、斯巴達和底比斯的稱霸，卻無法抑止馬其頓的坐大。《威斯特伐利亞和約》在主權原則上頗與《大王和約》聲氣相投，而英國則如當日之波斯扮演維護條約的離岸平衡手。當興建凱旋門的拿破崙以羅馬皇帝的眼光雄視歐陸，其眼光本身即已褻瀆威斯特伐利亞精神。破壞均勢之舉勢必招致均勢體制之反彈——屢仆屢起的反法同盟殆與山東六國之合縱一般無二。不同在於戰敗的法國一旦去帝號而稱王如故即爲國際體制所接納，而戰敗的秦國亦欲如此卻横遭拒絶——此其所以中土之戰國戛然而中絶。印度文明的列國時代同樣存在縱横捭闔的外交角逐，從考底利耶的曼荼羅理論可見其概。斯人念兹在兹者無非連横以稱霸，蓋亦張儀之流亞也。

比較而言，歐洲歷史從等級君主制到絶對君主制的演進過程和中國歷史的周秦之變最爲相似。而自其異者視之，依然肝膽楚越。歐洲王室以家庭爲核心，有别中土繫於父系宗族——其君位繼承權往往由親及疏而不拘宗親外親。基督教一夫一妻制又令西方君主極易覆宗絶嗣。一旦無子傳女或由外親承統就意味著改朝换代。像光榮革命擁立王女以防男嗣繼位，放諸東周之際可謂駭人聽聞。中土之君位繼承總是嚴格限於父系宗族之内。即便禮崩樂壞、綱紀廢弛也難出現由聯姻徧繼領地之哈布斯堡家族，自不會有列國皆可染指大寶之"王位繼承戰"。相比於周天子，羅馬教皇更具儀表天下的道德權威。梵蒂岡可依據教義干預君王婚姻，還可劃定經線仲裁國際爭端——凡此皆成周望塵而莫及。及至民主浪潮濫觴西洋，中西文明就更是相去不可以道里

[1] 見《戰國策·趙策》。

計。方今之世,文明衝突愈演愈烈。從百家爭鳴脱穎的儒家大一統思想正與歐洲啓蒙思想鋒芒相向,在文明斷層線上的港臺互爭雄長。而造成子之之亂的禪讓制度亦於兩千年後浴火重生。不僅使近代中國的百年亂政畫上句號,還在西方民主之外開闢政治文明的異軌殊途——可謂此一時也彼一時也。中華文明和伊斯蘭文明皆具强烈的政治關懷。西方文明與後者的衝突乃是今古之爭,與前者的衝突則爲不同類型之現代性的較量。正是"春秋戰國"的哲學突破塑造了中西文明恒久不易的文化性格。中國在東周之後又經兩輪近代化運動的洗禮:一爲印度文明東漸引發的唐宋近代化,一爲西方文明東漸引發的清季迄今之近代化。麻姑三見海成田。誕自耶教文明哲學突破的社會科學欲如上帝一般準確無誤地解釋紛繁複雜的社會現象,卻每以源自西方歷史的狹隘經驗爲基本預設——鑿枘不合自所難免。唯有將不同文明的記憶融會貫通,以天下觀天下,方能領略人類歷史的宗廟之美、百官之富。

楊晉龍先生自述

一、前言

楊晉龍,臺灣"中研院"中國文哲研究所研究員,臺北大學中文系合聘教授,陽明大學兼任教授,學術專業以經學史(主要是《詩經》和《禮記》)、四庫學、錢謙益、傳統教育、治學方法等研究爲主,著作有《錢謙益史學研究》、《明代詩經學研究》、《治學方法》,自 1990 年起至今已發表 120 多篇學術論文。以下講講我自己的生平與學習的經歷和遭遇,還有進行研究的背景緣由,提供有興趣的讀者參考。我相信人雖然不可能完全被歷史情境制約,但人必然生活於歷史情境内,亦即人的思考與行動,無法完全脱離生命成長過程,不知不覺受到家庭與社會羣體給予的種種有形、無形的教導與影響,因此以下的陳述會比較瑣碎,不過這些確實都是我學習與生命過程中不可或缺的一部分,同時也是構成我所以成爲"現在的我"的重要因素。

二、我的學習生涯

我是臺灣省臺南縣佳里鎮番仔寮人,祖先是從福建漳州跟隨鄭芝龍父子來臺的小海盜,1951 年“國際婦女節”出生於高雄縣阿蓮鄉阿蓮村蓮中路 108 號郭從箕先生家族開設經營的“新興磚瓦廠”,高雄客運岡山到崗山頭的站牌名作“磚仔窯”。16 歲之前,一直在高雄、屏東等不同的磚廠生活。5 歲多就成爲磚廠的小童工,7 歲上學,即使到學校上課,下課後依然要做工、煮飯,唯有在學校時,纔可以不做工,或者因爲這個緣故,我的上學完全是自動自發,主動追求,因爲對我來説,上學不僅不是難過的事,反而是一項難得的“福利”,當然“花錢補習”對我來説,一向是“做夢”都未曾有的“天方夜譚”,因此僅有羨慕的分兒。或者也因爲有個如此這般的經驗,所以打從認識字以後,我就很愛讀書、看書,甚至迷戀讀書、看書。後來在學術研究單位任職,對我來説,看書、研究,絶不是“工作”或“職業”,反而是難得的“福利”,甚至是一件“好玩”的事兒,一項難得的“休閒”娱樂,每天待在研究室十二小時以上,自是平常之事也。

我從小不喜歡被約束,根據母親和姊姊們的“吐槽”,我會走路以後,就不受控制地到處亂晃、搞失蹤,經常悶不吭聲地跑進水溝裡玩水,也不曉得我怎麼下去,然後爬不出來,但不會大聲號哭,衹是不斷地爬呀爬,最終被人發現而救起,而且屢戒屢犯,害得照顧我的姊姊因此捱打。我也很不服輸,小一剛開學,小五的糾察隊看我很瘦弱,因此就想“霸凌”我,導致上學第一週就跟糾察隊打架,那“隻”没有是非觀念的訓導主任,因爲是糾察隊的幕後老闆,於是不問青紅皂白地抓我到升旗臺罰站,但我也没有因此而屈服,即使到今天快 70 歲還是很不爽那“隻”訓導主任。小三時甚至拿著砍柴刀追殺小五的高班同學,同學父母在半路上堵我,我就跑進甘蔗園中用本土“三字經”痛罵他們,丢石頭砸他們。他們衹好跑到我家“告狀”,但無論我的父母如何打我,即使被打斷了幾根肋骨,我也絶不屈服,因爲“大人們”從不問我“爲何打架”? 所以我繼續打架,同學因此對我避而遠之。這種愛打架的狀況,從 7 歲持續到 16 歲離開高雄以後,方才收斂改善。我從很小就遵循“人不惹我絶不惹人,人若惹我絶不饒人”的基本觀,並且隨時準備與人“同歸於盡”“一起死”。在心理上尤其喜歡獨處,因此平時很喜歡仰頭看著高空孤飛的鷹隼,更常一個人靜靜地躺在屋簷下,或者望著飄泊的雲彩,或者傾聽濛濛細雨中的風聲、雨聲,然後就有好多好多的遐想。我一直很喜歡這份“孤獨”的單純與寧静,既不喜歡更不需要學校强調的“合羣”、“合作”,因爲我有把該負責的工作做好的自信,是以厭惡“羣育”,拒絶“羣育”,這當然是由於我擁有孤獨而不需要與人合作的條件。我雖然不拒絶與人交往,但更喜歡獨來獨往,喜歡當“邊緣人”,喜歡他人“不理我”,把我當成“空氣”;我經常被批評爲“孤僻”,小時候經常被駡“活不長”,但我都毫無懸念地接受,因爲那與我無干,我尊重他人選擇如何對待我、看待我的基本權利。我特别喜歡的一句話是“天上天下,唯我獨尊”,同時也尊重他人“天上天下,唯我獨尊”的存在權利,絶不用自己的標準要求或批評他人。我基本上是個“自私自立”的人,我認爲“不自私”就不可能“自立”,能夠“自立”纔有可能“自由”,可以“自由”方能談“獨立自主”。我固然很尊敬、很欽佩耶穌基督或慈濟功德會志工等“慈悲爲懷”或立志“爲羣衆服務”那類“爲他人而活”的人,但我自己還是比較喜歡隨心所欲地“爲自己而活”,因此當我看到《世説新語》中“雪夜訪友”的故事:王徽之在雪夜思念戴逵,因而乘興而去,然後不與戴逵見面而返。我就覺得特别有感觸,因爲這正是順自己心意“爲自己而活”的典型案例。總的來説,我是一個喜歡孤獨、不容易受他人影響或干擾的人,同時也是盡可能不去干擾或影響他人的人。不僅如此,我還真的認定“孤獨”是種難得的人生享受,故而從來就没有“寂寞無奈”或“孤苦無依”的感覺。我這種喜歡孤獨、享受寂寞與親近孤單的個性與態度,確實很適合在研究室“獨居”,相對於多數人的合羣、抱團,我這樣的“變態”性格,用在學術研究上應該可以算是特色或優勢吧。

我的學習過程有點複雜,歸納起來大致可以分成兩類的學習。第一類是“非學校體制的學習”,這可以分成兩個學習階段。首先是不識字的學習階段,我的學習開始於1955年夏秋之際,當時二舅黃玉柱先生每天早上寫幾個字命我描摹,但没有教我讀音;接著旁聽二舅用閩南語教導學生背誦《三字經》、《千金譜》等書,二舅衹讓我們聽他讀,並跟著背誦,没有課本,這是不需要認識字的上課方式,也是真正"讀書"而非僅僅衹是"默看"的學習方式。我很喜歡這種學習方式,即使學會"看書"的學習,但依然保留住這種"讀書"的學習。可惜不久之後,二舅因感情問題,上吊自殺,不識字的讀書學習至此中斷。其次是認識字的學習階段,我在1958年入高雄縣鳥松鄉大華村大華"國小"就讀,再轉高雄市三民區十全一路的愛國"國小",畢業於高雄縣阿蓮鄉阿蓮村的阿蓮"國小"。1959年開始看《中央日報》,當時最愛看報紙上每天連載的《枝無葉與太陽偏》漫畫,1960年導師陳老師(不記得名字)命我保管《小學生》雜誌和畫刊,從此迷上漫畫,後來發現有些漫畫源自小説,進而迷上小説,從此以後,章回、武俠、愛情、黑社會、推理、間諜、科幻……各類小説都看,繼而進階到聽廣播故事,看卡通影片及布袋戲,偶爾也看歌仔戲,但不特別喜歡;1962年在高雄灣仔内的戲院看歌舞團,突然看到一羣女生全身光溜溜的在舞臺上晃,覺得很奇怪,於是問隔壁的人説他們怎麽不穿衣服,結果被取笑了很長的一段時間,原來那叫"脱衣舞"。第一部看的章回小説是《封神榜演義》,第一部看的武俠小説是雲中岳(蔣林)的《傲嘯山河》,第一次看到黄色A片情節的是墨餘生(吴鍾綺)《瓊海騰蛟》,第一部看的言情小説是無名氏(卜寶南)《塔裡的女人》,第一部看的黑社會小説是費蒙(李敬光)《賭國仇城》,第一步看的瓊瑶小説是《船》,第一部聽的廣播故事是高雄鳳鳴廣播電臺陳天龍《劍山風雲》,布袋戲看的是關廟"玉泉閣"。早期一直在看"霹靂布袋戲",後來改看"金光布袋戲",因爲霹靂的編劇越來越爛,臺灣師大黄明理教授跟我是布袋戲同好,同樣覺得霹靂越來越糟。1964年考上省立岡山中學初級部,老爸説没錢讓我上學,要三舅帶我到臺南縣西港,準備送我去臺南市的機車行當學徒。然而免費讓我參加補習的阿蓮國小導師吴照垣老師和莊勝清老師,以及補習場所的房東鄭顯川先生等,卻到我家跟老爸説,他們有一羣人願意幫我出初中三年的全部學費,老爸最終同意讓我上學。三舅從西港帶我回阿蓮,路上跟我説“讀書没有用,找工作養活自己比較實際”。於是我住進鄭先生家,等待上初中,當時在阿蓮初中任教的陳英俊老師(即陳冠學老師),租了鄭顯川先生的房子居住,陳老師因此命我看翻譯小説,並要我口頭報告閲讀心得,第一本看的是《約翰·克利斯朵夫》,陳老師聽了我的閲讀報告後,馬上説我“不適合研究文學”,然後要我换看傑克·倫敦和馬克·吐温的小説,《湯姆歷險記》、《白牙》等。我看書的速度很快,那個暑假幾乎把陳老師藏書中的翻譯小説都看過一徧,陳老師 2011 年過世後,家屬把老師的藏書贈送給文哲所,我没有參與此事,不知道我看過的那些書是否還在? 在岡山初中的 3 年,除小説、漫畫外,因爲想當“殺手”,想起老爸曾經説打架有幾個東西一定要學:捱打的功夫、逃命的功夫、不要命的勇氣,最後纔是打人的功夫。於是學了氣功、擒拿術與散手,並且還每天跑步,一直跑到 25 歲。同時還看了童軍學、警察學、犯罪學及武術類的書籍,真善美出版社的書看得最多,後來還因此而認識真善美出版社的少東宋德令先生。1982 年日本的岡田武彦教授訪問文哲所,我還很“白目”地請教岡田教授,真善美出版社印的“岡田静坐法”,是不是他寫的書? 害他笑得差點岔了氣。1967 年初中畢業,原本想報考海軍士校,老爸跟我説我們楊家在“二·二八”事件時,有一位叔叔在臺南北門郡蕭壠地區的戰鬥中,被國民黨軍隊打死了,因此不準我當國民黨的軍人,但他也没有錢供我上高中,於是要出生於杭州的大姊夫鄭善再先生帶我到臺北找工作。到了臺北之後,我自己先到士林紙廠應徵,因爲體型太瘦弱被拒絶;接著到遠東紡織公司士林廠應徵,因爲還没當兵未被接受;再到中山北路大同公司應徵,因爲没有“鋪保”無法進入;最後透過介紹到士林“中國福來公司”當紡織機器修理的學徒,但工廠女生實在太多,經常對我性騷擾,故而被嚇到,於是再轉到建華新村(今“七號公園”)王恭先生的“達園工研社”當水電工學徒。不要以爲我在胡說,女生很多的時候,同樣會欺負同齡或年紀較小的男生。在“達園工研社”學會製造模具、電熱水器、烤箱、孵卵器、電鍍等,主動看了電工、化學、電鍍、電子、電話、冷凍空調、自動控制、車床、鉗工、塑膠模具等各類書籍。1970 年底申請提前入伍服四年志願役,隔年 3 月收到陸軍 788 梯次的兵單,分發到臺南縣大内的訓練中心,結訓後分派到臺北陸軍 58 師誠實部隊保養營主支援連。在部隊先是負責槍砲修理和零件管理,於是看了彈道學、統御領導、倉儲管理等類的書籍;後來負責車輛維修與出廠檢驗,並被派往土城頂埔運輸兵學校和桃園中壢兵工學校受訓。當時部隊駐紮在小金門(烈嶼)的麒麟坑道,接著被派到大金門小徑的車輛維修四級場實習,學習一般車輛和裝甲車的修護,這個過程看了電銲、引擎、板金、電路等相關書籍。在運輸兵學校時,根據學校發的書,自學簡體字,隨後在小金門又被輔導長邢華濱先生和蕭在昆先生指定爲“共産黨宣傳單”的撿拾員,因此學會看簡體字。1975 年退伍,先在澄清湖邊仁武考潭“寶納多公司”旁的釣魚池和同學郭登添開麵攤,因爲有人欠款不還,拿刀討債後收攤。接著回到臺北,先到板橋“厚生公司”當化學藥劑調製作業員,因爲學歷較低,同工不同酬,認爲受到歧視,因此辭職不幹。我一直很痛恨“歧視”,尤其是學歷歧視,多上幾年學校有甚麽了不起?看過的書有我多嗎?工作有比我做得好嗎?没有!但社會就是如此,無奈!接著再到歌星陳雲卿開設的亞洲建設公司擔任新生北路高架橋“反循環樁基礎工程”的技工,這個工作不管學歷,衹管體力與工作能力。因工作而讀了一些化學和建築、工程等方面的書。然後又想當“法官”,於是參加“法律函授學校”課程,看了許多法律、社會、行政、政治、人事、企管、經濟、簿記、會計等類的書籍。1976 年通過“法院書記官普通檢定考試”,參加當年“法院書記官”全島考試,總分差 8 分没録取。接著考入臺北榮民總醫院護理部“第 13 期護理佐理員訓練班”,因而看了許多涉及醫學、藥學、護理、心理、醫院管理等的相關書籍,同時還參加“衛生行政人員高等檢定考試”,最終因“衛生行政學”不及格而未通過。接著進高中夜補校,再進中文系,但没有放棄繼續看醫、護、理、工等方面書籍,小説、漫畫、卡通、布袋戲及法律、社會、心理、經濟、管理、史學、哲學等社會科學類書籍,更是經常性閲看,看得最多的依然是漫畫、小説、卡通與布袋戲,1975 年之前臺灣出版的中文小説和漫畫,我大致可以比較吹牛地説:我看過的大約有七成以上。

第二類“學校體制内的學習”。我在 1967 年初中畢業後,就必須找工作養活自己,直到進入臺北榮總護理部任職,一則工作穩定,再則 1976 年在 19 病房與臺南護校畢業的鄧瓊霞護士值大夜班,因爲討論算命的問題爭吵起來,最後鄧瓊霞説“你衹有初中畢業懂甚麽?”於是決定再進入學校唸書,因此在 1976 年考入臺北延平高中夜補校普通科就讀,從此這種白天上班、晚上上課的生活,一直持續到大學畢業。1979 年高中補校結業,報考大學聯招,由於英文成績從來没有及格過,當時的導師是英文教師,因此私下跟同學説如果我能考上大學,就去打他的嘴巴;地理老師説唸中文系會没飯吃。非常遺憾的是我竟然考上臺灣大學夜間部中文系,後來還在“中央研究院”任職,一直有飯吃,而且還吃得不錯。當年還考上花蓮師院二年制教師專班,這是畢業就分發到小學任教的公費生,一進學校就有薪水拿,但當時不知道爲什麽,竟然没去報到而選擇臺大夜間部中文系,確實有點奇怪。臺大的大一英文課本有一篇講“謬誤”(fallacy),因此買了邏輯和哲學的書來看,同時還買了勞思光先生的《思想方法五講》。“國父思想”課的葉賡勳老師要同學上臺報告,我問葉老師限定多少時間?老師説你能説多久就説多久,於是我把在軍中看過的《國父全集》重看一徧,同時把從軍中“中山堂”帶回來的相關書籍也再看了一徧,然後買了當時能看到的孫中山思想的專書十多本,寫了好幾萬字的講稿,連續開講了三個禮拜 6 個小時,衹講了一半不到,葉老師終於跟我説:留點時間讓其他同學上臺。張淑香老師是大一開學第一位出現的老師,當時張老師剛碩士班畢業,因爲年輕同學以爲是同班同學,覺得怎麽那麽奇怪,一進教室就跑到講臺。方瑜老師説他講的笑話都一樣,不准同學再修他的課。吴宏一老師把相同意境的詩、詞、曲放在一起討論,真是很厲害。周學武老師説他學武不成,祇好學文,我寫作文説市長不如清潔隊員重要,因爲没有市長對我們小市民没影響,没清潔隊員可就頭大了。周老師説兩個都重要,但重要的意義不同,我還是堅持清潔隊員比較重要。老師們上課時會開一些參考書,例如:柯慶明老師建議看唐君毅、徐復觀、牟宗三、殷海光、熊十力、馮友蘭、胡適等的書;黄振華老師建議讀西洋哲學史方面的書;蕭璠老師建議閲讀錢穆《國史大綱》和瀧川龜太郎《史記會注考證》;查時傑老師一直在探討"近代"從何時開始的問題;楊政河老師要同學多讀方東美先生的書。阮芝生老師開《史記》的課,第一堂就開駡,説同學們不知用功,我聽了非常非常的不爽,第二堂課就退選,阮老師因此對我印象深刻,二十多年後在史語所遇到我,還問我是不是他教過的學生,我跟阮老師説我是退選他課的學生,哈哈哈! 陳修武老師建議讀《十三經注疏》和朱熹、王守仁的著作及佛學的書,我是基督教徒,卻因此參加"晨曦社",還聽講《八大人覺經》。樂蘅軍老師要大家讀一九三〇年代的小説,樂老師還送我一九三〇年代的小説,我們還請美國同學從香港購買《魯迅全集》,然後請當時任職臺灣中華書局的歷史系李慧敏同學,晚上偷偷複印後發給全班同學。李偉泰老師建議閲讀《四庫全書總目》,以及版本學、目録學、輯佚學、斠讎學等方面的書。金嘉錫老師開《莊子》的課,以爲莊子説的都是"圓"的道理,同時要大家多多讀王叔岷老師的書。羅聯添老師建議看各家文學史,每次碰到我,就説我可以讀書,要我考研究所。彭毅老師上《楚辭》要大家多看神話學的書,彭老師説神話是自然發生的故事,我不同意自然發生,我認爲所有的故事都是出自人口的"人爲創造",彭老師説他現在無法回答我的質疑,因此没有反對意見。齊益壽老師第一次開《文心雕龍》的課,我們這班祇有我跟李惠綿選修。梁榮茂老師送我馮友蘭的書。黄沛榮老師要大家點讀《説文段注》,並建議讀文字學方面的專書,那時候上"文字學"用的是龍宇純老師的《中國文字學》稿本,我幫忙找出十多處訛誤,龍老師可能因此而誤以爲我是他教過的學生,實則根據學長姊們的傳説,林文月老師因爲身份關係怕晚上到學校會有危險,龍老師和杜其容老師夫婦則認爲夜間部學生資質不佳,因此他們都没有在夜間部開課,我當然没有機會修龍老師的課囉,但我還是喜歡龍老師。何大安老師建議閱讀音韻學和語言學等著作,老師發的參考論文都是英文,慘!葉慶炳老師建議閱讀夏志清的書和各家小説史。張以仁老師要大家閱讀訓詁學的專著。兼任的章景明老師開《禮記》課,經常喝得醉醺醺,但上課很有趣。鄭良樹老師教《老子》,要同學背誦整本《老子》。老師們的專著和上課提及的書,大致我都會盡可能買或借來看;每週還到研究生圖書館看新到的學術期刊。甚至把臺大總圖和文聯等兩處的中文藏書,每一本都翻過一徧,至少都看了序跋和目次,並在每一本書的借書卡上簽名。1984 年大學畢業想考研究所,柯慶明老師説我"不適合走學術研究"的路,因此準備回鍋當軍官,於是寫信給北投政治作戰學校,詢問有没有適合中文系讀的研究所,結果當時政治所的所長,竟然親自寫信説歡迎我報考,還寄了許多書給我,真是令人感動。但經過慎重考慮後並没去考,主要是當年吴老師、莊老師和鄭先生等提供初中學費時,曾經希望我以後當老師回饋社會,於是轉而報考臺灣師大和高雄師院的國文研究所,希望畢業後當高中教師,實踐當年的諾言,但英文成績高師院 8 分,臺師大 14 分,總分差不到 10 分而落榜。1985 年再考一次,終於考入高雄師院國文所,英文成績 3 分。於是辭去臺北榮總的工作,進入高師國文所就讀。當時的專任老師有:周虎林老師、劉文起老師、林慶勳老師、曾昭旭老師、何淑貞老師、應裕康老師。兼任老師有:吴哲夫老師、戴景賢老師、龔鵬程老師、顔崑陽老師、高明老師、王熙元老師、沈謙老師、張夢機老師等。曾昭旭老師對學生很好,晚上有時會跟同學一起討論,我的意見經常跟曾老師不同,曾老師有次説我是"告子",這個評論我挺喜歡,我特别不喜歡那位稱作"孟子"的"孟苛"。應裕康老師跟許多老師合編了一部《中國文學史》,我發現其中許多前後矛盾的發言,還找出了二百五十多處的訛誤,我把資料給應老師,後來他們修訂了,連提都不提我,故而直到現在我還是很不爽。當時高師院僅有國文和教育 2 個研究所,我還選修了教育所陳迺臣老師"教育思想研究"、吴松林老師"教育心理學"等的課程,因而看了不少教育史、教育哲學、教育思想、教育心理學、一般心理學及歐美學者的相關書籍,遠流出版社《大衆心理學叢書》看過五十本以上。林玉體老師的《教育概論》把"食色性也"説成孟子的意見,因此請教育所的莊勝義轉知林老師;張春興先生的《教育心理學》也有不清不楚的地方,也請吴松林老師轉知張先生。高師圖書館的中文藏書,當然也不例外地翻過一徧。1989 年研究所畢業,因爲宿舍押金的問題,我覺得違反教育"信任學生"的基本原則,因此到院長室大駡張壽山院長,準備跟他打架,把事情鬧大,吴松林老師當時是院長的主任秘書,不得不勸阻我。我寫信告知延平中學朱昭陽校長,我研究所畢業了,朱校長即命秘書黄先生打電話,詢問我要不要回延平任教? 因爲考上臺大中文研究所博士班,陳迺臣老師要我到臺北市立師範學院暑期進修部開"教育倫理學",同時接了臺大中文系"大一國文"兼任講師,因此没有回母校延平中學任教,但朱校長的照顧之情,不敢或忘,希望有朝一日可以回饋。1990 年 7 月"中研院"中國文哲研究所籌備處開始進用人員,張以仁老師和吴宏一老師要我到"中研院"當約聘研究助理,葉慶炳老師問我要不要留在臺大當專任助教,周鳳五老師問我是否有意願到暨南國際大學當專任講師。最終我成爲中國文哲研究所籌備處第一批約聘研究助理,1993 年 2 月經由學術審查與諮詢委員們的投票,全票通過(没有反對票,這很重要喔)改聘爲專任研究助理,然後助研究員、副研究員、研究員,一直待到現在,道道地地的"從基層幹起"。

三、我的研究重心簡述

我的碩士論文《錢謙益史學研究》,分析探討明末清初“貳臣”錢謙益的歷史與史觀。選定錢謙益爲研究對象,主要是看了陳寅恪《柳如是别傳》,書中提到錢謙益參加抗清活動,由於性格懦弱,因此完全受柳如是的主導纔加入。我對陳氏的觀點大不以爲然,因爲那可是“誅九族”的大罪,若是懦弱豈敢參與? 於是找指導教授周虎林老師商量,周老師認爲光辯證參與抗清這件事,很難寫成碩士論文;周老師還指出研究古典學問,絶對脱離不了“歷史”,因此要我分成兩部分探討:一部分針對錢謙益性格懦弱;一部分討論錢謙益的史觀。“性格”部分的討論,從心理學的角度分析,初稿還經吴松林老師指導修正。“史觀”部分,歸納錢謙益現存文本涉及史觀的相關内容。關於“性格”部分的討論,美國耶魯大學孫康宜老師説很有創意。論文研究整體成果好壞很難説,但卻因此而看了心理學和史學方面幾百本和上百篇中文論著,這部分我覺得收穫特别大。

進入臺大博士班後,選修了孔德成老師的“儀禮研究”和“禮記研究”、彭毅老師的“神話學研究”、程元敏老師的“經學史研究”、吴宏一老師的“明清文學研究”、張亨老師的“思想研究”等課程。在彭老師的課,繼續《楚辭》課關於神話來源的討論,彭老師終於瞭解我的意思。吴宏一老師問我《紅樓夢》在説甚麽? 我説這是在講述一羣不事生産的“社會寄生蟲”們吃喝玩樂的故事,老師和全班同學一聽全“傻眼”,我説就是因爲説的是“爛故事”,卻能夠如此感人,因此《紅樓夢》確實是“好小説”,作者無論是誰,確實很了不起。程元敏老師教學特别認真,“經學史研究”第一次上課,就發給同學一大疊厚厚的講義,我回家以後乖乖地從頭到尾看過一徧,然後查出了一百多處的訛誤,第二次上課就舉手告知程老師我的“發現”,當時自己還覺得很得意,準備接受程老師的讚美,但没有期待到,且據説從此以後,程老師發給同學的講義就縮水了。張以仁老師知道這件事後,説我這樣做簡直就是故意"打臉"以熟悉文獻爲傲的程老師,要我以後遇到相同的事情,務必要私下反應,不要公開在課堂上説給所有同學聽,想想也對,所以我就認真地改正了。哈哈哈！我進博士班以後,第一篇發表的論文是 1990 年 5 月刊登在臺大中文所研究生們主辦的《中國文學研究》第 4 期的《子貢經學蠡測》,這是"經學史研究"課程的報告,這篇論文還獲得薛明敏先生學術論著獎五千元。第一次公開對外宣讀的論文是 1991 年 12 月在中國文哲研究所籌備處主辦的"第二屆中國文學與哲學研究生論文發表會"發表的《今本〈搜神記〉兩性交往故事中女性主動類型的心理分析》,鄭明娳教授是評論人,對我的論文很有意見,會後龔鵬程老師跟我説,以後不要寫這類的文章。第一篇刊登在正式學術期刊的論文是 1993 年 3 月刊登在《中國文哲研究集刊》第 3 期的《神統與聖統:鄭玄王肅感生説異解探義》,這篇論文不僅受到張以仁老師的細心指導,還受到遠在澳洲的柳存仁老師仔細訂正訛誤,發表後受到饒宗頤先生的讚美。影響比較大的論文,當是發表在《中國文哲研究集刊》第 4 期的《"四庫學"研究的反思》,以及發表在《中國文哲研究集刊》第 8 期的《論〈詩傳大全〉與〈詩傳通釋〉的差異》,還有發表在《漢學研究通訊》第 20 卷第 3 期的《臺灣近五十年詩經學研究概述(1949—1998)》等等論文。

我的博士論文標題作"明代詩經學",研究的實際是"明朝詩經學"。"明朝"僅指朱明政權統治的區域,"明代"則全世界同一時段都要納入。"詩經學"與"《詩經》學"也有分别,"《詩經》學"指針對《詩經》專著的研究,"詩經學"除"《詩經》學"的對象外,還包括涉及《詩經》討論或應用的文本及生活實踐。我原本想依循錢謙益《杜詩錢箋》的路,接續研究杜甫詩的傳播,但看過許總《杜詩學發微》後,發現許總説得比我想的更爲深入,資料也更加齊全,因此轉而研究明朝經學。選擇明朝經學主要是發現當時的學術史、經學史或經學導讀、概論和國學導讀等一類書籍,幾乎都斷定明朝經學衰微,甚至斷言明朝没有經學,這個説法我很懷疑,後來發現前人所謂“經學盛衰”的斷言,主要關鍵在“經學”内涵的界定。大致上前人的經學研究,僅以經學專著爲對象,排除經學的相互影響與應用實踐。同時又發現前人研究涉及研究對象學術價值與貢獻的判斷,幾乎都以序跋或“粉絲”等“同温層”者的發言爲證,缺乏有效的證據力。於是經由重新思考而建構了一套有别於前人的研究模式:擴充研究文獻的範圍,除“專著”和“同温層”者的發言外,納入更多可驗證性的文獻及評量指標。我不知道我這個有别於前人的研究模式,對後來的研究者是否有影響?但我會建議不甘於局限在傳統或一般性研究思考窠臼的研究生,或者可以參考看看。博士論文主要考察並證明“明朝”經學,在不同“經學”定義下的内涵及其表現。選擇《詩經》,首先是無法《十三經》全部研究;其次是原本想做“詩禮關涉”,但指導教授張以仁老師告知我,這個議題兹事體大,不是我當時的學識所能駕馭的,衹好縮小研究範圍,但我其實從來就没有修過《詩經》課程,無論是裴溥言老師或楊承祖老師的《詩經》課我都没修,我其實是“白手起家”,張老師不知道,所以同意我的研究議題。哈哈哈!我擬訂好研究計劃,先跑去請龔鵬程老師指正,龔老師看了以後,連説“很好!很好”!後來纔知道龔老師對學生的研究計劃,從來都是如此説!但當時就很放心地上交請張老師指正,張老師很擔心我寫出的明朝詩經學,很難改變前人“看衰”的刻板印象,進而影響未來的學術生涯,因而一再叮嚀要慎重考慮。“中研院”史語所的陳鴻森學長也同樣擔心,要我放棄明朝,跟他研究清朝經學,有他從旁指導可以事半功倍。因爲我有一大堆有的没有的理由,張老師和鴻森學長説不過我,衹好歎氣接受了!哈哈哈!寫博士論文的時候,除徧閲臺灣能看到的明朝《詩經》專著外,還把《四庫全書》著録的明朝著作翻過一徧,明朝皇帝的實録、明朝歷史相關書籍也没放過,我看書的速度一直很快,寫這篇論文翻過和看過的參考論著,總字數約在 2 億字左右。

我的"四庫學"研究,源於李偉泰老師建議看《四庫全書總目》,在高師院時又受到吴哲夫老師的教導,因而算是有了一些底子。進入"四庫學"研究,主要是發現皮錫瑞以來的經學史與經學概論類書籍,對明朝經學的學術評價,大致都接受顧炎武、朱彝尊及《四庫全書總目》等的意見,基本上我是爲了明朝經學而研究"四庫學"。當進行"四庫學"文獻回顧時,發現當時"四庫學"研究者,幾乎千篇一律站在"譴責"角度和"惡意"的前題發言,缺乏學術必要的客觀、公正與創新的基本要求,同時舉證也千篇一律,衹好花時間看了幾千篇相關文獻,完成《"四庫學"研究的反思》,這篇論文對"四庫學"研究者,應該有相當正面的參考價值。

四、結語

從前文的陳述,可以發現我的記性很不錯,大約 4 歲以後自己比較關注的事都記得,但特别討厭背書,尤其討厭英文學習,除了不想背單字、背文法之外,更因爲我一向討厭歐美那些"白鬼"政府,更討厭現在全世界唯一到處害人的帝國主義殖民者:美利堅合衆國。有人説我有嚴重的"種族主義"立場,我説我就是喜歡這種"討厭白鬼"的種族主義立場,所以直到現在,我不去歐洲,不去美國,甚至連新加坡也不去。我的研究以文獻整理分析的實證性研究爲多,抽象思考性的詮釋研究較少,關注比較多的是"歷史實際的瞭解",對於"現代詮釋的發揮"比較少。研究會重視"實證",應該與出生於工人家庭,"吃飯"一直是個大問題的現實因素相關。實際上我從小無大志,我的人生目標僅僅衹是"有飯吃"和"有地方住"而已,"吃飽"這件事對我來説,那可是最實際不過的事了,因此我一直以爲如果連"吃飯"都無法解決,那還談甚麼有的没有的偉大志向呢? 對我來説宋明理學家經常拿來説嘴的"餓死事小,失節事大"這句話,如果拿來要求自己,那我會尊敬他,如果拿來要求他人,或者用來限制女性追求婚姻幸福,甚至更可惡的是用來逼迫女性放棄活下去的權利,那我會認爲説這句話的人,就真的是在"放他媽的十二道連環狗臭屁"了。我的主張是"餓死事大,失節事小",因爲這世界如果没有我,則所有的一切都毫無意義。我這種生活上的"現實"考慮,移轉到學術研究上,導致研究之際特别重視有效的"實證"證據和有用的"實際"效果等價值。這種偏向"實證性質"要求與方法的研究,我稱之爲"外部研究"。對於那類既難以"證實",同時也難以"證僞",各説各話且都可各自成立的"詮釋性"研究,我的興趣不大,我稱這類研究爲"内部研究"。我應該很早就表現出此種"實證性"並缺乏抽象"詮釋"傾向的現實性格,所以陳冠學老師纔説我"不適合研究文學",柯慶明老師説我"不適合走學術研究",但羅聯添老師卻説我很適合做研究,這應該是前兩位老師乃是文學創作與文學研究方面的天才;羅老師則傾向文獻實證性的研究之故。

我的個性一向隨興,重視隨心所欲順著自己心意走,讀書也是如此,所以甚麽書都看,屬於"雜食"性的讀者,知識層面因此較爲廣闊,平時也喜歡胡思亂想,聯想力因而更是"爆錶",思考自然也就比較多元。同時我來自工人家庭,没有一般讀書人不自覺的"士大夫"包袱,志願留營,純粹是無法當"殺手",轉而希望有機會可以因戰爭而獲得"殺戮"和"破壞"的機會,這當然是因爲我很能了解戰爭帶來的殘酷之故,所以結婚之後,就變成"反戰分子"了。因爲從小在磚廠裡看到許多婦女被男性剥削、被家暴,但卻有苦難言、有恨難伸;看到鄰居和自己的姊姊,被父親們賣給姊夫,完全不顧孩子的感受,姊姊們也毫無辦法逃脱此等命運的作弄,因此特别關心重視女權。不過我印象最深刻的還是我那位不願意負擔家庭責任,好賭成性且有魏公子之好"四大皆工"的父親,居然有一天跟我説:"男人可以在外面花天酒地,但自己的太太老了,卻不可以嫌棄太太變醜變難看,因爲那是太太在家幫你照顧家庭、生養孩子勞苦的結果。"這簡直是千年枯木長出青葉般的奇蹟,但這話很有道理,有道理的話當然要聽囉！有一天突然想到父親那一代没有受過學校教育的男人,對於評價自己照顧“家庭”或“太太”責任的思考與呈現的模式,是否與受過現代學校教育者的認知不一樣呢？亦即我們的評價是否太過“自以爲是”了呢？整體來説,我衹是個常態表現的“常人”,從不敢自居或期望自己變成“好人”、“善人”一類“變態”的人,平常也是從“常人”平等客觀的角度看待平視所有的人,主張貴族和平民的生命等值等價,因此對所謂“犧牲小我,完成大我”的“大話”,若是有人拿來要求自己,那我完全没有意見;但若有人用來評論他人,甚至要求他人,那我就會認爲這是一句毫無意義的“屁話”。因爲所有的人都是“大我”,世界上並不存在所謂“小我”,當有人對别人説這句話時,就在暗示他人都是“小我”,唯有發言者纔是所有人都必須犧牲保護的“大我”,這不是“屁話”是甚麽？另外我更認爲男性女性權益應當平等擁有;前人研究有好有壞,不能照單全收;傳統中國官方在傳播擴散上具有特别大的優勢;通俗不入流的著作没有學術價值,卻有教育傳播的功能;融會“内部研究”與“外部研究”,纔是圓滿的研究。以上種種“不同”於傳統典範研究的立場、心態與方式,對保守性格傾向較濃的學者來説,自然會有一種叛逆的衝擊,因此説我“愛搞怪”的聲音,從來就没有間斷過,偶爾還會接到一些“很有趣”的學術審查意見。我無論看到或聽到這類“有趣的”學術評論,雖然也有不爽的情緒,但卻没有憤怒報復的心理,主要是我認爲無論審查意見如何寫,即使評論的立場與觀點和我全然不同,甚至完全排斥我的研究模式,給我很差勁、很嚴厲、很“機車”的審查評論意見,我都會很直接地認定審查或發言者,絶對都是認認真真、確確實實幫我找問題、提意見。我對這類的學術評論,都會很認真地思考或回應,甚至在論文加腳注感謝,並作比較有效的説明,即使無法有效回應,也絶不敢“忘恩負義”認爲審查者故意“找碴”或“打壓”我,因爲我不是日本卡通《火影忍者》中的“九尾”,所以没有那麽“尾大”(偉大)啦！

我一直認爲“存在不一定就是真理,但長期存在必有其道理”,學術研究就是瞭解那個存在的“道理”,但不一定要繼續接受這個道理。我更認爲世界上有些我們可以掌控的東西,但更多是我們無法掌控的東西,因此不要去管那些不能掌控的東西,應該多花心思盡心盡力把握住那些我們能有效掌控的東西。我的經驗告訴我,一個人的成功與否,最關鍵的基本條件有三:天賦、勤奮與運氣,缺一不可。“天賦”與“運氣”無法掌控,但“勤奮”我們確實可以掌控,所以我把“勤奮”列爲自己最重要的行爲規範。我的“勤奮”的内涵,就是“堅持”與“不計較”。“堅持”與“不計較”的内涵是:“要嘛就甚麽都不要做,要做就盡力做到最好。”俗話説“機會留給有準備的人”,“勤奮”就是最確實的“準備”。

以上是我的成長、學習過程和處事態度的簡略説明,至於我的治學思考與執行方式等方面較細節問題,我並没有也無法在這裡詳細説明,有興趣的讀者,倒是可以去看看我那本在萬卷樓圖書公司出版的《治學方法》,那本書我没拿版税,這樣説應該没有“置入性宣傳”的問題。

校理《邵雍全集》前言

邵逝夫*

一

邵雍，字堯夫，謚康節，學者稱康節先生。康節德氣粹然，學宗於儒，後世奉爲北宋五子之一。至於康節之學，同世者悉皆以爲純，如明道先生（程顥）於《邵堯夫先生墓誌銘》中稱其學“淳一不雜，汪洋浩大，乃其所自得者多矣”，亦曾對諸弟子説：“某接人多矣，不雜者三人：張子厚（即張載）、邵堯夫、司馬君實（即司馬光）。”而歐陽修之子歐陽棐在主議康節之謚時，也稱“其學純一而不雜，居之而安，行之而成，平夷渾大”。惜皆未曾明言康節之學純之所在，而後世遂不能明之，反以康節之學爲駁雜，及其甚者，竟有以混合三教視康節者。此則不能不先辯之。蓋惟先論定康節學之所本，方能識其一生出處及其學幽微玄妙之處。

筆者觀康節之作，無論《皇極經世書》、《擊壤集》，抑或《漁樵問對》、《無名君傳》，其學實皆不曾脱離乎八個字。八字者何？曰：“窮理盡性，

* 邵逝夫，自由學者。

以至於命。”此八字出於《周易·説卦》。康節長於《易》,此舉世所共知。康節之學,後世有所謂義理之學、物理之學及性命之學,及細論之,則又不出此八字範圍。這或許就是明道先生、歐陽棐之所謂純吧！而康節亦於此八字頗爲關注,時常論及,如《觀物内篇》有云:“《易》曰:‘窮理盡性,以至於命。’所以謂之理者,物之理也;所以謂之性者,天之性也;所以謂之命者,處理性者也。所以能處理性者,非道而何?”又云:“天下之物,莫不有理焉,莫不有性焉,莫不有命焉。所以謂之理者,窮之而後可知也;所以謂之性者,盡之而後可知也;所以謂之命者,至之而後可知也。此三知者,天下之真知也,雖聖人無以過之也,而過之者非所以謂之聖人也。”《觀物外篇》則有云:“天使我有是之謂命,命之在我之謂性,性之在物之謂理。”又云:“理窮而後知性,性盡而後知命,命知而後知至。”綜合康節之論,則窮理在於窮物理,盡性在於盡天性,至命則在於知天命。惟有知天命而後方能坦然處之,此所謂“樂天知命”者是也。觀夫康節一生學行,誠如斯者。

二

康節之學,重在乎“觀物”,“觀物”之要,則又在於窮物之理、盡物之性,進而以至於物之命。考諸康節之所謂“物”,實亦已包含著人:“……體用交而人物之道於是乎備矣,然則人亦物也,聖亦人也。”(《觀物内篇》)故其所謂“觀物”,實已涵蓋著觀人,而觀人則又當從自身觀起,故必定先窮己之理、盡己之性、至於己命,而後方才可以觀萬物(含人)之理之性之命。而康節所擁有者,正是“窮理盡性,以至於命”的人生。

康節出生於宋真宗大中祥符四年(1011 年),卒于宋神宗熙寧十年(1077 年),享年六十七歲。邵姓本於姬姓,繫出自召公,康節有《過陝》詩一首,自述淵源:“吾祖道何光,二南分一方。開周爲太保,封陜輔成王。歲月裝遼邈,山川造渺茫。世孫雖不肖,猶解憶甘棠。”召公封於燕地,故而明道先生稱康節“世爲燕人”。康節曾祖父邵令進長於騎射,曾事宋太祖,官至軍校尉,年老後退居范陽,後來因爲躲避戰亂先後遷居上谷、中山,最終定居於河南衡漳。康節祖父名德新,“讀書爲儒者,早卒”。康節之父名古,字天叟,十一歲時亡父而孤,事母至孝,“長益好學,必求義理之盡”。里人陳繹稱邵古“性簡寡,獨喜文字學,用聲律韻類、古今切正爲之解,曰‘正聲’、‘正字’、‘正音’者,合三十篇”(《邵古墓誌銘》)。這些文字後來經過邵伯温的整理,納入了《皇極經世書》之中,即今傳世本《皇極經世》卷七至卷十部分(因與康節之學甚不相類,本點校本棄而未録)。邵古先娶李氏,生有一子,即爲康節。再娶楊氏,又生有一子一女。康節十二歲時,邵古舉家徙居共城,共城境内有蘇門山,爲東晉孫登隱居之地,邵古久慕孫登爲人,於是卜居於蘇門山下,自號伊川丈人。康節年少之時,“自雄其材,慷慨有大志。既學,力慕高遠,謂先王之事爲可必致”,“致先王之事”乃是康節畢生之志,觀其《皇極經世》,大旨正在於此。康節“始學於百原,勤苦刻厲,冬不爐,夏不扇,夜不就席者數年,衛人賢之”。當時,北海大儒李挺之爲共城令,聽聞康節好學,前來造訪,康節便拜其爲師。後來,李挺之改任河陽司户曹,康節也跟從著一心求學,當時他寄宿於州學,爲了讀書,曾經以飲食换取燈油。一天,有一將校自京師出戎,見到他如此刻苦讀書,説:“誰苦學如秀才者!”便奉贈紙百幅、筆十支給他,康節辭而後受。世傳李挺之之學得自穆修,穆修之學得自華山處士陳摶,陳摶者,道士也,故而有人稱康節“思想上發生了重大轉折,從接受儒家的綱常名教,轉入接受道家和道教的易學傳統,放棄孔孟之道的經邦濟世宏願,一心鑽研《先天圖》及先天之學”(唐明邦《邵雍評傳》),此説非是! 康節之學,本於《先天圖》及先天之學,自然不錯,然康節所謂先天之學,乃爲心學,他曾説:“先天之學,心法也。故圖皆自中起,萬化萬事生乎心也。”而所謂心法,又在於“至誠”:“先天學,主乎誠,至誠可以通神明,不誠則不可以得道。”(皆見《觀物外篇》)其實,李挺之之教先生,初則教之以《大學》、《春秋》,終則教之以《周易》,並没有超出儒門界限。由此可知,康節之受業於李挺之,雖然接受了《先天圖》及先天之學,然亦當以儒學爲本。故言其援道入儒尚可勉强,然言其就此歸於道家,則爲大謬!其實,無論是《皇極經世書》,還是《擊壤集》,全都本於儒門要義,不出孔孟範圍。而康節一生之所願學者,唯孔子耳。關於此點,筆者於後文中將略有陳述。故而,明道先生亦不諱言康節學有所自,然終則以爲"其所自得者多矣":"……獨先生之學爲有傳也。先生得之於李挺之,挺之得之於穆伯長,推其源流,遠有端緒。今穆、李之言及其行事,概可見矣。而先生淳一不雜,汪洋浩大,乃其所自得者多矣。"康節既已受業於李挺之,則又歎曰:"昔人尚友於古,而吾未嘗及四方,遽可已乎?"於是,"走吴適楚,過齊、魯,客梁、晉,久之而歸",自負道:"道其在是矣。"自此始有定居之意。不久之後,康節之母李氏夫人逝於共城,康節築廬於蘇門山百泉之上,布衣蔬食,守喪三年。後有新鄉人王豫字天悦者,自負自身的學問足以爲康節之師,寫詩招康節相與論學。論學之後,方才發現康節之學遠逾於己,於是反拜康節爲師。此當爲康節收徒之始。

康節三十七歲那年,曾遊歷洛陽,甚愛其間山水之美風情之淳,且"以爲洛邑天下之中,可以觀四方之士",於是有了遷居洛陽之意。到了三十九歲那年,這一願望在門生懷州武陟知縣侯紹曾的資助下得以實現,就此,康節奉父邵古遷居洛陽。自共城遷居洛陽之初,瞭解康節的人很少,惟有天宫寺僧人宗顥待之甚善,從而能夠寄居在天宫寺三學院,康節便於其中設館講學,講學之後,交遊漸廣。最初的幾年裡,劉君玉、吕静居、張師錫、王勝之、劉子絢、張師柔、張師雄、劉伯壽、劉明復、李景真、吴執中、王仲儒、李仲象、姚周輔等與康節交往最爲密切,他們或自稱門生,或攜子弟前來問學。後來,經過商議,他們共同出資爲康節在履道坊西天慶觀東買了一處宅子,後來王不疑又在延秋村買了一塊田供康節耕種。自此,康節在洛陽有了固定的安身之地,開始了躬耕奉養父母(繼母)的生活,雖然條件很差,但是,康節泰然居之,時人譽爲近似於"一簞食,一瓢飲,在陋巷,人不堪其憂,回也不改其樂"的顔子。這就是明道先生所説的"始至,蓬蓽環堵,不蔽風雨,躬爨以養其父母,居之裕如"。

自三十九歲遷於洛,直至六十七歲逝於洛,康節在洛陽前後生活了近三十載。最初,康節樂道好學,加之家貧,未曾慮及成家之事,及至四十多歲,尚未娶妻成家。時有門生太學博士姜愚字子發及張仲賓字穆之二人,同時對康節説:"不孝有三,無後爲大。先生年逾四十不娶,親老無子,恐未足以爲高。"康節答道:"貧不能娶,非爲高也。"姜子發説:"某同學生王允修頗樂善,有妹甚賢,似足以當先生。"張穆之説:"先生如婚,則某備聘,令子發與王允修言之。"在此二人幫助之下,康節遂娶得王夫人歸,越二年,長子伯温出生,康節其時四十五歲,作了一首《生男吟》:

我今行年四十五,生男方始爲人父。鞠育教誨誠在我,夭壽賢愚繫於汝。我若壽命七十歲,眼前見汝二十五。我欲願汝成大賢,未知天意肯從否?

在躬耕、講學之餘,康節偶爾也會遠遊,如其曾於四十八歲那年出遊陝西,寫下了《過陝》、《題黄河》、《過潼關》、《題華山》等詩作。《題黄河》一詩隱含著他對時世的不滿:

誰言爲利多於害,我謂長渾未始清。西至崑崙東至海,其間多少不平聲。

其後,他還曾出遊商洛,與商守賞雪唱和,寫下了頗多詩篇。雖然,隨著講學的開展,康節在洛陽的交遊日廣,然而,能夠真正"投心"的友朋卻是寥寥,他曾感歎道:"居洛七八載,投心唯二三。相逢各白首,共坐多清談。"(《閑吟四首》)可是,到了五十歲之後,情况則大有改觀,康節的才學似乎得到了舉世公認,一些名震一時、天下倚重的大人物也漸漸開始與康節交往,如司馬温公(光)、富文忠公(弼)、吕晦叔(公著)、王宣徽(拱辰)等。而一些年輕學子如二程兄弟(程顥、程頤)、張峪等也聚集到了他的身邊。張峪後來成了康節最爲傑出的弟子,我們今天讀到的《皇極經世書》觀物外篇部分,即是由張峪問學康節時所記録下來,後來經過邵伯温的編輯整理而形成的。《擊壤集》中尚收有張峪《觀洛城花呈先生》一詩:"平生自是愛花人,到處尋芳不遇真。衹道人間無正色,今朝初見洛陽春。"觀其意思,似乎已然識得了真,言辭間頗爲自得。康節《和張子望洛城觀花》,則曰:"造化從來不負人,萬般紅紫見天真。滿城車馬空撩亂,未必逢春便得春。"似乎在暗示張峪:所見未必即是所得!這是"恐其自畫而勉之使進也"(邵伯温語)。康節逝後,張峪撰有《康節先生行狀略》,其中論及《皇極經世書》時,說:"先生治《易》、《書》、《詩》、《春秋》之學,窮意言象數之藴,明皇帝王霸之道,著書十餘萬言,研精極思三十年。觀天地之消長,推日月之盈縮,考陰陽之度數,察剛柔之形體,故經之以元,紀之以會,參之以運,終之以世。又斷自唐虞,迄於五代,本諸天道,質以人事。興廢治亂,靡所不載。其辭約,其義廣,其書著,其旨隱。嗚呼!美矣,至矣,天下之能事畢矣!"論及康節之爲人時,則說:"先生清而不激,和而不流。遇人無貴賤賢不肖,一接以誠。長者事之,少者友之,善者與之,不善者矜之,故洛人久而益尊信之。"誠真識康節之學之人者也。這篇文章與明道先生所撰的《邵堯夫先生墓誌銘》,乃是研究康節所不可或缺的重要文本。

也是在五十歲那年,康節已然確知時命,深知自身所處之世,王道不可得行,自此放下雄圖壯志,絶意仕途,而一心安居林泉,效仿孔子刪撰羣經之意,著書立説,以俟後者。此意於《新正吟》一詩中可見一斑:

蘧瑗知非日,宣尼讀《易》日。人情至於是,天意豈徒然?立事情尤倦,思山興益堅。誰能同此志,相伴老伊川?

其實,早在四十五歲左右,康節便已經意識到了這一點,所以,當有人稱他不"通權",並勸他及時建功立業之時,他則答以"……汙隆道屈伸,進退時後先。苟不循此理,玉毁誰之愆?道之未行兮,其命也在天。”(《寄謝三城太守韓子華舍人》)也正因爲此,自此而後,無論是朝廷相招,還是知者舉薦,他都一概借故推卻。

嘉祐六年,康節五十一歲,是年,富文忠公初入相,文忠公與康節相知甚早,知其才識,便對門下士田棐大卿説:“爲我問邵堯夫,可出,當以官職起之;不,即命爲先生處士,以遂隱居之志。”田棐對康節轉述此言,康節不應,其後則以詩二章回之:

相招多謝不相遺,將謂胸中有所施。若進豈能禁吏責,既閑安用更名爲?願同巢許稱臣日,甘老唐虞比屋時。滿眼清賢在朝列,病夫無以繫安危。

欲遂終焉老閑計,未知天意果如何?幾重軒冕酬身貴,得似雲山到眼多。好景未嘗無興詠,壯心都已入消磨。鵷鴻自有江湖樂,安用區區設網羅?(《謝富丞相招出仕二首》)

其後,富文忠公依然不能忘懷於康節,於是,因明堂祫享赦詔天下舉遺逸人,文忠公以爲河南府必定會以康節應詔,不料當時主治洛陽的文潞公(彦博)以兩府之禮召見康節,康節不從,遂以福建黄景應詔,文忠公甚爲不悦。及至王拱辰主治洛陽,乃以康節應詔,然而康節仍不起。熙寧二年,神宗詔天下舉遺逸,御史中丞吕誨、三司副使吴充、龍圖閣學士祖無擇皆推薦康節,詔除祕書省校書郎、潁州團練推官,康節三辭不許,既受命,旋即稱病不就。鄉人怪而問之,康節便作《詔三下答鄉人不起之意》詩一首,以述其志:

生平不作皺眉事,天下應無切齒人。斷送落花安用雨,裝添舊物豈須春。幸逢堯舜爲真主,且放巢由作外臣。六十病夫宜揣分,監司無用苦開陳。

而在與友人和詩中又反復表達了類似之意:

卻恐鄉人未甚知,相知深後又何疑?貧時與禄是可受,老後得官難更爲。自有林泉安素志,況無才業動丹墀。荀楊若守吾儒分,免被韓文議小疵。(《和王安之少卿韻》)

造物工夫意自深，從吾所樂是山林。少因多病不干禄，老爲無才難動心。花月静時行水際，蕙風香處卧松蔭。閑窗一覺從容睡，願當封侯與賜金。（《依韻和劉職方見贈》）

因爲康節多番辭招，後世便以隱逸者視之，然我固知其實非隱者，今試辯之。康節之所以絶意仕途，一心安居林泉，觀其言論及詩文，原由則不外乎四者：一者，體弱多病，此乃事實，觀其諸多詩篇，常常以病夫自稱。二者，能士在朝，無須再多他一個，所謂"滿眼清賢在朝列"是也。一次，其子伯温亦曾問及康節爲何不出仕，他答道："本朝至仁宗，政化之美，人材之盛，朝廷之尊極矣。以前或未至，後有不及也。天之所命，非偶然者。吾雖出何益？是非爾所知也。"亦是此意。三者，自謂無才，所謂"況無才業動丹墀"、"老爲無才難動心"者是也，又所謂"既乏長才康盛世，無如高枕卧南窗"、"弊性止堪同蠖屈，薄才安敢望鵬飛"者是也。四者，壯心不再。康節早年也曾胸懷大志，惜乎無有時運，及其知命而後，則又識得自身雖出亦是無濟於事，倒不若遁隱山林，著書立説，以俟來者。此四者，多見於康節詩篇。然而，一旦我等綜合觀之，則又當以第四者爲根本之原由。至於前三者，則或爲謙辭，或爲託辭。有心者細讀《擊壤集》，自可知之。筆者於此，主要就第四點略加陳述。

康節早年胸懷壯志，然而，因爲無緣施展抱負，隨著時日逐漸消磨，此則可見其詩文：

夏去暑猶在，雨餘涼始來。階前已流水，天外尚驚雷。曲几静中隱，衡門閑處開。壯心都已矣，何事更裝懷？（《初秋》）

不向紅塵浪著鞭，殊無才業合時賢。本酬壯志都無效，欲住青山卻有緣。翠竹蔭中開縹帙，白雲堆裡揖飛泉。錦幈正與南溪對，他日從遊字字傳。（《依韻和壽安尹尉有寄》）

如此壯心已已、壯志未酬之意，在康節詩中頗爲常見。而康節之志，則同於孟聖，即施行王道於天下，而"致先王之事"。康節初居洛陽時，曾與劉君玉同登天宫寺三學閣，周覽洛陽風光，作有一賦，曰《洛陽

懷古賦》,此賦正可見康節的政治抱負。他先是描繪洛陽風光,而後指明決定天下成敗者有六,最後則以孔子爲歸宗:

> 仲尼所以陳革命,則抑爲人之匪君;明遜國,則杜爲人之不臣;定禮樂,而一天下之政教;修《春秋》,而罪諸侯之亂倫;删《詩》,以揚文、武之美;序《書》,以尊堯、舜之仁;贊大《易》以都括,與六經而並存。意者不可以地之重易民之教,不可以民之教悖天之時。教之各備,則居地而得宜,是故知地不可固有之也。君上必欲上爲帝事,則請執天道焉;中爲王事,則請執人道焉;下爲霸事,則請執地道焉。三道之間能舉其一,千古之上,猶反掌焉。則是洛之興也,又何計乎都與不都也。如欲用我,吾從其中。

"如欲用我,吾從其中"八字,正可見康節之志,在於施行王道而"致先王之事"。這一點,在《天人吟》一詩中也可窺一斑:"羲軒堯舜雖難復,湯武桓文尚可循。事既不同時又異,也由天道也由人。"而依據他對留侯(張良)、諸葛武侯(亮)等人的推崇,也可知康節早年本懷子房、孔明之志,亦曾想過要建功立業,揚名後世,惜乎時命不濟,此心也就漸漸磨滅。

> 滅項興劉如覆手,絶秦昌漢若更棋。卷舒天下坐籌日,鍛煉心源辟谷時。黄石公傳皆是用,赤松子伴更何爲。如君才業求其比,今古相望不記誰。(《題留侯廟》)

> 漢室開基第一功,善哉能始又能終。直疑後日赤松子,便是當年黄石公。用舍隨時無分限,行藏在我有窮通。古人已死不復見,痛惜今人少此風。(《讀張子房傳吟》)

> 誰剪毛頭謝陸沈,生靈肌骨不勝侵。人間自有回天力,林下空多憂國心。日過中時憂未艾,月幾望處患仍深。軍中儒服吾家事,諸葛武侯何處尋?(《毛頭吟》其一)

而其子伯温少時,讀《文中子》至"使諸葛武侯無死,禮樂其有興乎",一時心動,著文反駁,稱武侯乃霸者之佐,恐不能復興禮樂。康節見後,怒斥道:"汝如武侯猶不可妄論,況萬萬相遠乎?以武侯之賢,安知不能興禮樂也?"

同樣康節對於管仲、樂毅亦時有讚歎,往往令人想起諸葛亮躬耕南陽之時,"每自比于管仲、樂毅"(《三國志》)。

溥天之下號寰區,大禹曾經治水餘。衣到弊時多蟣虱,瓜當爛後足蟲蛆。龍章本不資狂寇,象魏何嘗薦亂胡。尼父有言堪味處,當時欠一管夷吾。(《觀十六國吟》)

樂毅事燕時,其心有深旨。破齊七十城,迎刃不遺矢。豈留即墨莒,卻與燕有二。欲使燕遂王,天下自齊始。豈意志未申,昭王一旦死。惠王固不知,使人代其位。强燕自此衰,何復能振起?自古君與臣,際會非容易。重惜千萬年,英雄爲流涕。(《樂毅吟》)

概言之,則康節早歲所期望者,乃是奇用,而非庸用。

四賢當日此盤桓,千百年人尚厚顔。天下有名難避世,胸中無物漫居山。事觀今古興亡後,道在君臣進退間。若蘊奇才必奇用,不然須負一生閑。(《追和王常侍登郡樓望山》)

而他所願成爲者,正是歷史中那些建下豐功偉業之人,亦即皋陶、伊尹、傅説、姜尚等人:

皋陶遇舜,伊尹逢湯。武丁得傅,文王獲姜。齊知管仲,漢識張良。諸葛開蜀,玄齡啓唐。(《偶得吟》)

惜乎其不得逢其主,正因爲此,既然得不到奇用,也就寧願韜晦不出。等到他明乎天命之後,則又不同,此時乃是深知時事不當,故而雖有遺憾,也衹是歎無時事而已。

當年有志高天下,嘗讀前書笑謝安。豈謂此身甘老朽,尚無閑地可盤桓。棋逢敵手纔堪著,琴少知音不願彈。非止不才能退默,古賢長恨得時難。(《代書寄友人》)

自此而後,則"卷舒在我有成算,用舍隨時無定名"之意,常常流露於他的詩行之間。筆者觀衆論,惟明人徐必達最能達乎此意,他説:"先生當熙寧之時,值金陵用事之際,觀天察地,已知天下必無可爲之會,是以其身不得不隱。"其所謂金陵者,即王安石。其實,不惟王安石主持變法之時,康節知不可爲。自從他明乎天命之後,便已明瞭自身不得大用於世,而王道也不足以有爲。他之所以撰《皇極經世書》,用意正在乎此。既然王道不可爲,即當效仿孔子,託之文辭,以示後世。這便是其所謂"名存而實亡,猶愈於名實皆亡"之意。伊川先生有云:"得於辭,不達其意者有矣,未有不得於辭而能通其意者也。"我固知聖賢絶非好爲文辭者也,不得已而爲之也。康節之撰《皇極經世書》,正緣乎此。"身隱矣,而畏天悲人、憂時憫事之念終不能一日忘也,是以不得不託之言"(徐必達《刻邵子全書序》)。至於《擊壤集》,則又有説,蓋其隨緣而吟、脱口成章,幾無著意而爲之者,誠乃無爲而成者是也。故康節之詩,皆直抒胸臆,陶陶然自得,不異於浴沂詠歸之氣象。康節拒絶出仕,事關其一生學行定位,故不憚辭費,略略辯解如斯。

嘉祐七年,康節五十二歲,王拱辰掌管洛陽,就天宫寺西天津橋南五代節度使安審琦故宅基地,以郭崇韜廢宅餘材建造房屋三十間,請康節遷居其中。康節曾作詩謝王,詩曰:

> 嘉祐壬寅歲,新巢始莽功。仍分道德里,更近帝王宫。檻仰端門峻,軒迎兩觀雄。窻虚響瀍澗,臺回璨伊嵩。好景尤難得,昌辰豈易逢?無才濟天下,有分樂年豐。水竹腹心裡,鶯花淵藪中。老萊歡不已,靖節興何窮。嘯傲陪真侣,經營賀府公。丹誠徒自寫,匪報是隆恩。(《天津新居成謝府尹王君貺尚書》)

由詩可見康節對新居甚爲滿意,故而名之爲"安樂窩",並自號安樂先生。此後,康節的詩中便常常出現天津、安樂窩,如《天津感事二十六首》、《安樂窩中吟》等。後來,富文忠公又令其門客孟約買下安樂窩對面的一個園子,裡面有水竹花木,風景佳好,以供康節遊樂。康節在安樂窩中先後生活了十五年之久,占了他在洛陽的大半個時期。

宋英宗治平元年，康節五十四歲，該年正月初一日，其父邵古逝世，享年七十九歲。除夕之夜，康節等人侍立左右，邵古説："吾及新年往矣。"康節等人掩面而泣，邵古制止道："吾兒以布衣名動朝廷，子孫皆力學孝謹，吾瞑目無憾，何用哭？"邵古平日喜歡用大杯飲酒，對康節説："酌酒與爾别。"康節同弟弟滿酌大杯獻上，邵古一飲而盡，再酌，飲了半杯，氣息已經微弱，對康節説："吾平生不害物，不妄言，自度無罪。即死當以肉祭，勿用佛事亂吾教。無令吾死婦人之手。汝兄弟候吾就小殮，方令家之人哭。勿叫號，俾我失路。"康節泣涕以從。邵古逝後，康節與明道先生同卜葬地于伊川神陰原，不信陰陽拘忌之説，也不盡用葬書，大抵以五音擇地，以昭穆序葬。以是年十月初三日下葬，康節請里人陳繹爲邵古撰墓誌銘，陳繹贊邵古爲"有道者"。

宋神宗熙寧元年，康節五十八歲，是年四月初八日，他同父異母的弟弟邵睦突然無疾而逝，年僅三十二。邵睦雖與康節不是同母所生，然而，他由康節帶大，學業也是由康節所教，一向敬重兄長，視康節如師。邵睦之逝，令康節悲痛欲絶。他在詩中多次表達了這份傷感：

不知何鐵打成針，一打成針衹刺心。料得人心不過寸，刺時須刺十分深。（《傷心行》）

手足情深不可忘，割心猶未比其傷。急難疇昔爾相濟，終鮮如今我遂當。韡韡棣開無並萼，邕邕雁去破初行。自兹明月清風夜，蕭索東籬看斷腸。二弟殯東籬下，後得渠《重九詩》云："衣如當月白，花似昔年黄。擬問東籬事，東籬事渺茫。"語類讖。

斷腸東籬何所尋，東籬從此事沈沈。差肩行處皆成往，吊影傷時無似今。清淚已乾情莫極，黄泉未到恨非深。不知何日能消盡，三十二年雍睦心。（《傷二舍弟無疾而化》）

兄既名雍弟名睦，弟兄雍睦情何足。居常出入留一人，奉親教子如其欲。慈父享年七十九，四人稚子常相逐。其間同戲彩衣時，堂上愉愉歡可掬。慈父前年忽傾逝，爾弟今年命還促。獨予奉母

引四子,日對几筵相向哭。不知腸有幾千尺,不知淚有幾千斛。斷盡滴盡無奈何,歸日恩光焉可贖。(《又一首》)

其後,康節又不時觸景生情,思念亡弟:

嘗憶去年初夏時,與爾同聽杜鵑啼。杜鵑今年又復至,還是去年初夏時。禽鳥亦知人意切,一聲未絶一聲悲。腸隨此聲既已斷,魂逐此禽何處飛。(《聽杜鵑思亡弟》)

南園之南草如茵,迎風晚步清無塵。不得與爾同懽欣,又疑天上有飛雲。一片世間來作人,飄來飄去殊無因。(《南園南晚步思亡弟》)

父弟之逝,無疑爲康節的安樂生涯增添了一抹黯然的灰色。

熙寧三年,康節六十歲,是年王安石推行新法,天下騷然。康節門生故舊仕宦於四方者,皆欲投劾而歸,紛紛致書康節,康節答道:"正賢者所當盡力之時,新法固嚴,能寬一分則民受一分賜矣。投劾而去,果何益哉? 此法雖嚴,當行以寬。"此誠仁者用心也。由此亦可知,康節雖然身隱林泉,卻仍心繫黎民。這一點在他的詩篇中更能得到展現,如《憫旱》:"正要雨時須不雨,已成災處更成災。如何百谷欲焦爛,徧地止存蒿與萊?"又如《望雨》:"盛夏久不雨,滿天下愁苦。安得一片雲,救取人間否?"悲天憫人之情躍然紙上。是年,司馬温公、富文忠公爲了避政,皆於洛陽築宅,自此與康節過從益密。而康節所交遊密切者,又皆爲新法的反對者,如司馬温公、富文忠公、吕公著、明道先生等,他自身雖然没有明確表示反對,但是對新法也還是持批評態度的,其詩其言悉皆傳達了這份意思。如《無酒吟》:"自從新法後,嘗苦罇無酒。每有賓朋至,盡日閑相守。必欲丐於人,交親自無有。必欲典衣買,焉能得長久?"隱示了新法不能長久。當然,他也没有像其他人那麼過激,並且與王安石之弟安國(字平甫)交往甚厚,時有唱和。王安石雖與康節未曾有過交接,然聽聞其弟講述康節出處之後,亦曾感歎:"邵堯夫之賢不可及矣。"

事實上，早在治平年間，康節便已經預知變法將會擾亂天下。一日，康節與客散步天津橋上，聞杜鵑聲，慘然不樂。客問其故，康節答道："洛陽舊無杜鵑，今始至，有所主。"客又問道："何也？"康節説："不三五年，上用南士爲相，多引南人，專務變更，天下自此多事矣！"客問："聞杜鵑何以知此？"康節答道："天下將治，地氣自北而南；將亂，自南而北。今南方地氣至矣，禽鳥飛類，得氣之先者也。《春秋》書'六鷁退飛'、'鸜鵒來巢'，氣使之也。自此南方草木皆可移，南方疾病瘴虐之類，北人皆苦之矣。"蓋康節既知此劫無可避免，故能安然處置，與衆人之激昂抗爭頗不相類，無怪乎伊川先生説："邵堯夫在急流中，被渠安然取十年快樂。"

熙寧四年，康節六十一歲，是年，《皇極經世書》撰成，有詩爲證：

> 樸散人道立，法始乎犧皇。歲月易遷革，書傳難考詳。二帝啓禪讓，三王正紀綱。五伯仗形勝，七國爭强梁。兩漢驤龍鳳，三分走虎狼。西晉擅風流，羣凶來北荒。東晉事清芬，傳馨宋齊梁。逮陳不足筭，江表成悲傷。後魏乘晉弊，掃除幾小康。遷洛未甚久，旋聞東西將。北齊舉爝火，後周馳星光。隋能一統之，駕福於巨唐。五代如傳舍，天下徒擾攘。不有真主出，何由奠中央？一萬里區宇，四千年興亡。五百主肇位，七十國開疆。或混同六合，或控制一方。或創業先後，或垂祚短長。或奮於將墜，或奪於已昌。或災興無妄，或福會不祥。或患生藩屏，或難起蕭牆。或病由唇齒，或疾亟膏肓。談笑萌事端，酒食開戰場。情欲之一發，利害之相戕。劇力恣吞噬，無涯罹禍殃。山川纔表裡，丘壠又荒凉。荆棘除難盡，芝蘭種未芳。龍蛇走平地，玉石碎崑岡。善設稱周孔，能齊是老莊。奈何言已病，安得意都忘？（《書皇極經世後》）

此詩高度概述了自堯、舜至宋太祖三千多年的華夏歷史，與《皇極經世書》全然一致，而一連十二個"或"字，將歷代政治的成敗得失全然説盡，乃是我們解讀《皇極經世書》的一把鑰匙。

熙寧七年,康節六十四歲,是年,朝廷推行買官田之法,安樂窩也算是官地,也被張榜出賣,張榜三月,無人忍心購買,大概是因爲洛人都不願意令康節居無定所。司馬温公、富文忠公以及王拱辰諸人商議:"使先生宅他人居之,吾輩蒙恥矣。"於是,自温公而下二十多人集錢買之,以供康節安居。康節曾作詩一首謝司馬温公及諸人,題爲《天津弊居蒙諸公共爲成買作詩以謝》:

重謝諸公爲買園,買園城裡占林泉。七千來步平流水,二十餘家爭出錢。嘉祐卜居終是僦,熙寧受券遂能專。鳳凰樓下新閑客,道德坊中舊散仙。洛浦清風朝滿袖,嵩岑皓月夜盈軒。接籬倒戴芰荷畔,談塵輕摇楊柳邊。陌徹銅駝花爛漫,堤連金谷草芉綿。青春未老尚可出,紅日已高猶自眠。洞號長生宜有主,窩名安樂豈無權?敢於世上明開眼,會向人間别看天。盡送光陰歸酒盞,都移造化入詩篇。也知此片好田地,消得堯夫筆似椽。

"盡送光陰歸酒盞,都移造化入詩篇",實在是康節晚年最爲真實的寫照,諸位一覽《擊壤集》自可知之。康節之人生,亦可謂之爲詩酒之人生,當然,其飲酒作詩皆有法度,飲酒非若世間酒徒,寫詩亦不類世間所謂之詩人。關乎康節詩酒人生,筆者將于討論《擊壤集》時詳談,此則不復贅言。

康節之逝,更能體現他"窮理盡性,以至於命"。早在六十三歲時,康節便已經將生死勘破,於生既無可戀,於死亦無可懼,此則可見於《老去吟》之二:

行年六十有三歲,二十五年居洛陽。林静城中得山景,池平坐上見江鄉。賞花長被杯盤苦,愛月屢爲風露傷。看了太平無限好,此身老去又何妨?

故而,縱然是患疾,也是視之當然:

先苦頭風已病軀,新添臂痛又如何?無妨把盞祇妨拜,雖廢梳

頭未廢書。不向醫方求效驗，唯將談笑且消除。大凡物老须生病，人老何由不病乎？（《臂痛吟》）

熙寧十年，康節六十七歲，是年三月，康節初染疾，他自知此番將不得再起：

堯夫三月病，憂損洛陽人。非止交朋意，都如骨肉親。薦醫心懇切，求藥意慇勤。安得如前日，登門謝此恩？（《病中吟》）

儘管親朋好友爲他四處薦醫求藥，然而，他已自知不能再像往日一般登門謝恩了。其時，適逢横渠先生（張載）因秦鳳路經略使吕大防舉薦，被復召還館，同知太常禮院。當時横渠亦已患病，然而他慮及或可有遇於神宗，而挽救百姓於水火之中，於是不以疾辭，抱病赴京。途經洛陽時，横渠曾前至安樂窩中拜謁康節，他既擅長於醫，又頗喜論命，於是，先爲康節診脈，説："先生之疾無慮。"其後又問道："頗信命否？"康節答道："天命，某自知之；世俗所謂命，某不知也。"横渠聽後説："先生知天命矣，尚何言！"遂作罷。康節所知"天命"，正是他所謂"至之而後可知"者是也。可見康節到了晚年，已然"以至於命"了。横渠在洛陽還曾會見了二程兄弟，有詩爲證："先生高卧洛城中，洛邑簪纓幸所同。顧我七年清渭上，並遊無侣又春風。病肺支離恰十春，病深樽俎久埃塵。人憐舊病新年減，不道新添别病新。"（《詩上堯夫先生兼寄伯淳正叔》）康節尚有和詩一首："秦甸山河半域中，精英孕育古今同。古來賢傑知多少，何代無人振素風？"（《和鳳翔横渠張子厚學士》）横渠至京數月，與諸人議禮甚不融洽，心知大道難以行於當世，加之病篤，便以病辭西歸。歸途復過洛陽之時，康節已然捐館，横渠不勝感歎。而横渠在與二程兄弟相與論禮之時，曾自述"某之病必不起，尚可及長安也"，然行至臨潼縣之日，當晚他沐浴更衣而寢，及至次日清晨，隨從視之，則已逝矣！康節、横渠二夫子竟於一年間相繼而逝，相隔僅數月而已。

當初，康節於病中，自知不治，司馬温公前來問疾，康節笑著對他説："某疾勢必不起，且試與觀化一巡也，願君實自愛。"温公愀然道："先生未應至此。"康節説:"死生亦常事耳。""死生亦常事",正可見康節"窮理盡性,以致於命"之功夫不曾落空。縱觀他病中所作諸詩,誠孟聖所謂"盡心""知性"而"存心""養性""事天""俟命"之儒者是也:

安樂五十年,一日感重疾。仍在盛夏中,伏枕幾百日。砭灸與藥餌,百療效無一。以命聽於天,於心何所失?(《重病吟》)

天生此身人力寄,人力盡兮天數至。天人相去不毫芒,若有毫芒卻成二。(《天人吟》)

有命更危亦不死,無命極醫亦無效。唯將以命聽於天,此外誰能閑計較?(《疾革吟》)

上天生我,上天死我。一聽於天,有何不可?(《聽天吟》)

天自得一天無既,我一自天而後至。唯天與一無兩般,我亦何嘗與天異?(《得一吟》)

而爲了安慰親朋好友的擔憂之心,康節雖然自知不治,卻仍然堅持艾灸,這份用心令人動容:

世上重黄金,伊予獨喜吟。死生都一致,利害漫相尋。湯劑功非淺,膏肓疾已深。然而猶灼艾,用慰友朋心。(《答客問病》)

康節病益重,伊川先生前來探視,説:"先生至此,他人無以爲力,願自主張。"康節答道:"平生學道,豈不知此?然亦無可主張。"所謂"無可主張",正是"修身""俟命"而已,除卻"俟命",尚有什麽主張可言?然而,伊川不依,仍舊問難不已,康節戲之説:"正叔可謂生薑樹頭生,必是生薑樹頭出也。"伊川又説:"從此與先生訣矣,更有可以見告者乎?"其時,康節聲氣已經很是微弱,便舉起雙手作手勢,徐徐説:"面前路徑常令寬,路徑窄則無著身處,況能使人行耶?"蓋因伊川爲人一向嚴峻,故而康節臨終示意如此,於此亦可見康節淳厚長者之風。他還曾有一詩,或亦是爲了勸誡伊川:

面前路徑無令窄,路徑窄時無客過。過客無時路徑荒,人間大率多荆棘。(《路徑吟》)

康節病重之日,諸人於外廳商議後事,有人想要爲他在靠近洛陽之處選擇一塊葬地,他雖然氣已微弱,耳目卻依舊聰明,聽聞之後,急呼其子伯温入内,説:"諸公欲以近城地葬我,不可,當從伊川先塋耳。"此康節至孝之心也。七月初四日,康節竟然起身,以大字書詩一章,詩曰:

生於太平世,長於太平世。老於太平世,死於太平世。客問年幾何,六十有七歲。俯仰天地間,浩然獨無愧。

題名爲《病亟吟》,亟者,急也,病亟即病急。蓋康節已自知命不久矣。果然,是夜五更,他便安然而逝。死後,其子伯温遵其所囑,葬于伊川先塋,即今伊川縣平等鄉西紫荆山中。朝廷追贈祕書省著作郎。

康節逝前,曾囑其子伯温請明道先生程顥誌其墓,蓋其自認爲惟明道能盡識其學,明道果然不負所望,指明康節"淳一不雜,汪洋浩大",其學則"乃其所自得者多矣",而康節之道,"就所至而論之,可謂安且成矣"。據説,明道受伯温之請後,其父(程珦)及弟(程頤)皆有異議,以爲其不堪勝此任,蓋一則康節生前交遊甚廣,如司馬温公、富韓公(弼)、吕申公(公著)等皆位極人臣,一時豪傑,論資歷則明道遠有不逮;一則康節之學過於玄奥,不易把握,他們唯恐明道不能盡之。明道爲此,也是慎之又慎,曾於月下沈思良久,終而對父弟説:"顥已得堯夫墓誌矣。堯夫之學,可謂安且成。"其父弟聽聞"安且成"三字後,便也點頭應允了。而今,明道先生所撰《邵堯夫先生墓誌銘》,乃是後學研究康節的重要文本之一。

元祐中,韓康公主事洛陽,爲康節請謚於朝廷,歐陽修之子歐陽棐爲太常博士,正當議謚之職,議曰:"君少篤學有大志,久而後知道德之歸。且以爲學者之患,在於好惡先成乎心,而挾其私智以求於道則蔽於所好,而不得其真。故求之至於四方萬里之遠,天地陰陽屈伸消長之變,無所不可,而必折衷於聖人。雖深於象數,先見默識,未嘗以自名也。其學純一不雜,居之而安,行之而成,平夷渾大,不見圭角,其自得深矣。……按謚法,温良好樂曰康,能固所守曰節。"據説,歐陽棐此議悉本於康節本人所授之意。熙寧初,歐陽文忠公(修)爲參知政事,遣其子歐陽棐(字叔弼)前往洛陽省王宣徽夫人之疾,叔弼將行,文忠公叮囑道:"到洛可見邵先生,爲致吾向慕之意。"叔弼至洛,登門拜見康節,康節竟不以叔弼爲年少,從容與語平生出處以及學術大概,臨行時還説道:"其無忘鄙野之人於異日。"二十年後,居然正由歐陽棐主議康節之謚,所以,他曾自述道:"棐作邵先生謚議,皆往昔親聞於先生者。"

南宋度宗咸淳三年正月,詔康節從祀孔廟,封爲新安伯,稱爲先儒邵子。

康節一生頗喜"四",其學以"四"爲要,誠如明道先生所揭:"堯夫之學,先從理上推意。言象數,言天下之理,須出於四者。"(《二程集》)。而其一生所謂責任者,也是"四事",看花、觀柳、吟詩、飲酒是也:

> 閒人亦也有官守,官守一身四事有。一事承曉露看花,一事迎晚風觀柳。一事對皓月吟詩,一事留佳賓吟酒。從事於兹二十年,欲求同列誰能否?(《林下局事吟》)

而其一生之所寄託者,則是"四物",所謂一編詩、一部書、一炷香、一罇酒是也:

> 安樂窩中快活人,閑來四物幸相親。一編詩逸收花月,一部書嚴驚鬼神。一炷香清沖宇泰,一罇酒美湛天真。太平自慶何多也,唯願君王壽萬春。(《安樂窩中四長吟》)

康節還曾爲這"四物"專門各寫有長詩一首。而其觀物所悟之道,也是"四道",亦即天道、地道、人道、物道是也:

> 天道有消長,地道有險夷。人道有興廢,物道有盛衰。興廢不同世,盛衰不同時。奈何人當之,許多喜與悲。(《四道吟》)

康節又有"四喜":

> 一喜長年爲壽域,二喜豐年爲樂國。三喜清閒爲福德,四喜安康爲福力。(《四喜》)

還有四可、四不可：

可勉者行，可信者言，可委者命，可托者天。（《四可吟》）

言不可妄，行不可隳。命不可忽，天不可違。（《四不可吟》）

總而言之，康節對“四”極其鍾情。更有甚者，他還有“時有四不出，會有四不赴”，四不出之時，指大風、大雨、大寒、大暑；四不赴之會，指公會、葬會、生會、醉會。而他眼中的賢者恰好也是四位，也即是富弼、吕公著、司馬光和程顥：

彦國之言鋪陳，晦叔之言簡當。君實之言優遊，伯淳之言調暢。四賢洛陽之名望，是以在人之上。有宋熙寧之間，大爲一時之壯。（《四賢吟》）

至於康節爲何頗愛“四”，筆者以爲當與《易》道有關。“《易》有太極，是生兩儀，兩儀生四象，四象生八卦，八卦定吉凶，吉凶生大業”，太極是理，兩儀爲氣，皆渾渾然而不可以見聞覺知。至於四象則爲動靜消長之狀，已然可以感知。故知四象乃是由理而呈現爲象的轉捩點，觀物正當由此入手，向後即可逆究其理，向前則可推演其數，亦即所謂吉凶、大業者是也。我人細讀康節《觀物内外篇》，或可體味良多。

康節晚年，“德氣粹然，望之可知其賢，然不事表暴，不設防畛，正而不諒，通而不汙，清明坦夷，洞徹中外，接人無貴賤親疏之間，羣居燕飲，笑語終日，不取甚異於人，顧吾所樂何如耳”，在洛陽城中可謂家喻户曉，雖然身無半職，卻也不自覺地承擔起教化一方之責任。他與人交談時，“必依孝弟忠信”，而“樂道人之善，而未嘗及其惡”，加之不分貴賤賢不肖，悉皆以誠待之，故而，“賢者悦其德，不賢者服其化，所以厚風俗、成人材者，先生之功多矣”（引文皆見《邵堯夫先生墓誌銘》）。司馬温公居洛時，以兄事康節，兩人時常相約出遊，切磋學問。温公爲人端明正直，誠君子之風，亦“賢者悦其德，不賢者服其化”之人物，久而久之，洛陽父子昆弟每每相互告誡：“毋爲不善，恐司馬端明、邵先生知。”

康節舉凡外出，都會乘一小車，他曾自述道“隱几功夫大，揮戈事業卑。春秋賴乘輿,出用小車兒"(《天道吟》),而每次出行,"士大夫家聽其車音,爭相迎候,童孺厮隸皆驩相謂曰:'吾家先生至也。'不復稱其姓字。或留信宿乃去"。並有好事者模仿安樂窩另建房屋,以等候康節前來居住,美其名曰"行窩"。據説當時洛陽城中,共有"行窩"十二座,康節詩中也曾有記述:

擊壤三千首,行窩十二家。樂天爲事業,養志是生涯。出入將如意,過從用小車。人能知此樂,何必待紛華?(《擊壤吟》)

故而,康節逝世之後,鄉人挽詩有"春風秋月嬉遊處,冷落行窩十二家"。康節乘坐小車,出遊洛城之中,亦是一道獨特的風光:

……將出必用茶飲,欲登先須道裝。軫邊更掛詩帙,轅畔仍懸酒缸。輪緩爲移芳草,蓋低因礙垂楊。水際尤宜穩審,花間更要安詳。朝出頻經履道,晚歸屢過平康……(《小車六言吟》)

他也頗爲自得,曾多次自述小車出遊之興:

喜醉豈無千日酒,惜春還有四時花。小車行處人歡喜,滿洛城中都似家。(《小車行》)

春暖秋涼兼景好,年豐身健更時和。如茵草上輕輕輾,似錦花間慢慢拕。(《小車吟》)

終歲都無事,四時長有花。小車乘興去,所到便如家。(《深秋吟》)

如此詩文,尚有很多。康節自號安樂,誠不妄也!而其之所以能安樂,又在於其"窮理盡性,以至於命"。以筆者淺見,康節晚年縱未能抵達"從心所欲不踰矩"之境,亦當不遠矣!請觀其詩:

許由爲計未爲深,洗耳如何不動心?到此灑然如世外,何嘗更有事來侵?(《汙亭》)

進退兩途皆曰賓,何煩座上苦云云。低眉坐處當周物,掉臂行時莫顧人。齒髮既衰非少日,林泉能老是長春。行於無事人知否,寵辱何由得到身?(《進退吟》)

康節早年尚以巢、由自許，及其晚年，則又識得許由“爲計未爲深”，蓋洗耳亦是動心的表現。而“行於無事”，則時行則行、時止則止，全然合道，如此之境，豈非“從心所欲不逾矩”者乎？然其間尚有些許自得之意，未能全然無痕，此其所不足處耳。故而，伊川先生議之曰：“蓋猶有意也。”然實能去得此意者，孔子而後，又有幾人哉？

誠如邵古所説，康節以布衣名動天下，隱然一代儒宗，“士人之道洛者，有不之公府，而必之先生之廬”。其晚歲居洛，所交遊者又皆爲一時之俊傑。且交情篤厚，絶不類於世之所謂應酬之友。康節曾有《安樂窩中好打乖吟》詩一首，詩成之後，富弼、王拱辰、司馬光、程顥、吕希哲等人紛紛唱和，觀乎諸人之作，皆爲知音者言，如富弼和詩有“貫穿百代常探古，吟詠千篇亦造微”語，王拱辰和詩有“了心便是棲真地，何必煙霞卧白雲”語，司馬光和詩有“醉吟終日不知老，經史滿堂誰道貧”語，吕希哲和詩則有“得志須爲天下雨，放懷聊占洛陽春”語。筆者擬於此再略略敘述康節與司馬温公、富文忠公及明道先生諸人之交遊情狀，以增進諸位對康節其人之認知。

司馬温公以兄事康節。熙寧三年，王安石推行新法，司馬温公與之議政不合，不受樞密副使，乞出郡守，神宗以之爲端明殿學士知永興軍，未幾，上思之，曰：“使司馬在朝，人主自然無過舉。”移知許州，令其過闕上殿，温公力辭，乞判西京留行御史臺，遂居洛，買園於尊賢坊，以“獨樂”冠其名。“獨樂園”距“安樂窩”很近，於是温公、康節得以時常往來。温公曾對康節説：“某陝人，先生衛人，今同居洛，即鄉人也。有如先生道學之尊，當以年德爲貴，官職不足道也。”一日，温公著深衣，自崇德寺書局散步洛水堤上，途經安樂窩，以程秀才之名拜謁康節，康節出而視之，乃温公也。問其故，温公笑道：“司馬出自程伯休父，故曰程。”二人相談甚歡，温公歸時，留詩二首：

拜表歸來抵寺居，解鞍縱馬罷傳呼。紫花金帶盡脱去，便是林間一野夫。

草軟波晴沙路微,手攜笻竹著深衣。白鷗不信忘機久,見我猶穿岸柳飛。(《正月二十六日獨步至洛濱偶成二詩呈堯夫先生》)

康節亦和有二詩:

冠蓋紛紛塞九衢,聲名相軋在前呼。獨君都不將爲事,始信人間有丈夫。

風背河聲近亦微,斜陽淡泊隔雲衣。一雙白鷺來煙外,將下沙頭又卻飛。(《依韻和君實端明洛濱獨步》)

温公與康節時常相約一起賞花觀月。一日,他與康節相約登崇德閣賞花,康節卻遲遲不到,惹得他相望很久,於是,作詩一首:

淡日濃雲合復開,碧高青洛遠縈回。林端高閣望已久,花外小車猶未來。(《崇德久待不至》)

康節自然免不了和詩一番:

君家梁上年時燕,過社今年尚未回。請罰誤君凝竚久,萬花深處小車來。

天啓夫君八斗才,野人中路必須回。神仙一句難忘處,花外小車猶未來。(《和司馬君實崇德久待不至》)

其後,康節意猶未盡,又有兩絶:

樓外花深礙小車,難忘有德見思多。欲憑桃李爲之謝,桃李無言爭奈何。

賞花高閣上,負約罪難回。若許將詩贖,何時不可陪。(《別兩絶》)

康節也會時常邀約温公出遊。如一次雨過天晴,康節招温公游夏圃:

雨霽景自好,秋深天未寒。可能乘興否,夏圃一盤桓?

温公和曰:

野回秋光滿,逕微朝露寒。登高與行遠,餘力尚桓桓。(《和堯

夫先生相招游夏圃》)

温公與康節可謂詩友,温公詩成,皆呈康節過目,而康節總會有和詩,如温公有《花庵詩二章拜呈堯夫先生》:

自然天物勝人爲,萬葉無風碧四垂。猶恨簪紳未離俗,荷衣蕙帶始相宜。

洛陽四時常有花,雨晴顔色秋更好。誰能相與共此樂,坐對年華不知老。

康節和曰:

不用丹楹刻桷爲,重重自有翠陰垂。後人繼取天真意,種蒔增華非所宜。

庵後庵前盡植花,花開番次四時好。主人事簡常燕休,不信歲華能换老。(《和君實端明花庵二首》)

又如温公《花庵獨坐呈堯夫先生》:

荒園才一畝,意足以爲多。雖不居丘壑,嘗如隱薜蘿。忘機林下鳥,極目塞鴻過。爲問市朝客,紅塵深幾何?

康節則和曰:

静坐養天和,其來所得多。耽耽朱厦宇,密密引藤蘿。忘去貴臣度,能容野客過。繫時休戚重,終不道如何。(《和君實端明花庵獨坐》)

兩人正是在這一唱一和之間,相互理解,相互支持,乃至是相互安慰。觀乎《擊壤集》,温公、康節二人之間如此這般的唱和頗多。康節又有《年老逢春十三首》,自述學行,温公和詩三首,其中則可見兩人氣息之異同:

年老逢春春莫咍,朱顔不肯似春回。酒因多病無心醉,花不解愁隨意開。荒徑倦遊從碧草,空庭慵掃任蒼苔。相逢談笑猶能在,坐待牽車陌上來。

年來逢春無用驚,對花弄筆眼猶明。不嫌貧舍舊來燕,唤起醉眠何處鶯。一僕相隨幅巾出,羣童聚看小車行。人間萬事都捐去,莫遣胸中氣不平。

年老逢春猶解狂,行歌南陌上東岡。晴雲高鳥各自得,白日遊絲相與長。草色無情盡眼緑,林花多思麗人香。吾儕倖免簪裾累,痛飲閑吟樂未央。(《和堯夫先生年老逢春三首》)

温公與康節不但是詩友,對於歷史也有著相通的思考,温公《資治通鑑》以史爲鑑,康節《皇極經世》微言大義,實有其一貫處。當然,温公偏重人事,康節宗乎天道,此則二者之别。(《通鑑》與《經世》之異同,前人略有關注,然語焉不詳,誠史學界之重要缺失。)温公對康節的生活,也頗爲關心,時常贈送山蔬、良酒乃至酒器等給康節。温公曾經問過康節:"某何如人?"康節答道:"君實脚踏實地人也。"温公深以爲然,遂引爲知音。康節之逝,温公作挽詩二章,其一曰:"慕德風聞久,論交傾蓋新。何須半面舊,不待一言親。講道切磋直,忘懷笑語真。重言蒙躕實,佩服敢書紳。"温公與康節親若兄弟,康節逝後,温公待康節之子伯温甚厚。

富文忠公與康節相知甚早,曾多次欲招康節出仕。後文忠公自汝州得請歸洛陽養病,在洛陽建了府第,與安樂窩相邇。文忠公對康節説:"自此可時相招矣。"康節答道:"某冬夏不出,春秋時,間過親舊間。公相招未必來,不召或自至。"文忠公聞言,告誡子弟們:"先生來,不以時見。"康節一日訪文忠公,相談直至夜半方歸。文忠公將此事寫進了《和安樂窩中好打乖吟》中:

先生自衛客西畿,樂道安閑絶世機。再命初筵終不起,獨甘窮巷寂無依。貫穿百代常探古,吟詠千篇亦造微。珍重相知忽相訪,醉和風雨夜深歸。

康節又有和詩一首,曰:

道堂閑話盡多時,塵外杯觴不浪飛。初上小車人已静,醉和風雨夜深歸。(《謝彦國相公和詩用醉和風雨夜深歸》)

文忠公曾爲康節《擊壤集》題詩，曰：

黎民于變是堯時，便字堯夫德可知。更覽新詩名擊壤，先生全道略無遺。（《觀羆走筆書後卷》）

可見其甚知康節。文忠公晚年行動不甚方便，曾經讓兩個青衣蒼頭扶著他行走，有一次，與康節相聚在後園之中，兩人談論天下之事，論到興致處，文忠公不覺中獨自下堂來，康節也不起身，衹是指著那兩個青衣蒼頭笑著對文忠公説："忘卻拄杖矣。"一天，文忠公面有憂色，適逢康節過訪，他便問道："先生度某之憂安在？"康節答："豈以王安石罷相，吕惠卿參知政事，惠卿凶暴過安石乎？"文忠公説："然。"康節説："公無憂。安石、惠卿本以勢利合。惠卿、安石勢利相敵，將自爲仇矣，不暇害他人也。"未幾，吕惠卿果然背叛王安石，凡是可以加害於王安石的，無所不至。文忠公對康節説："先生識慮絶人遠矣。"一日黄昏時分，司馬温公見康節，説："明日僧顯修開堂説法，富公、吕晦叔欲偕往聽之。晦叔貪佛已不可勸。富公果往，於理未便。某後進，不敢言，先生曷止之？"康節曰："恨聞之晚矣。"次日，文忠公果然前去聽聞佛法。其後，康節拜謁文忠公，對他説："聞上欲用裴晉公禮起公。"文忠公笑道："先生以爲某衰病能起否？"康節説："固也。或人言上命公，公不起，一僧開堂，公乃出，無乃不可乎？"文忠公驚歎道："我未之思也。"自此，不復前去聽聞那顯修説法。文忠公與康節也有諸多唱和，悉見《擊壤集》。如文忠公有《十月二十四日早始見雪登自雲臺閑望亂道走書呈堯夫先生》：

氣候隨時應，初寒雪已盈。乾坤一色白，山水萬重清。是處人煙合，無窮鳥雀驚。忻然不成下，連把玉罍傾。

康節和曰：

壬子初逢雪，未多仍卻晴。人間都變白，林下不勝清。寒士痛遭恐，窮民惡著驚。杯觴限新法，何故便能傾？（《奉和十月二十四日初見雪呈相國元老》）

與司馬温公一般，富文忠公也時常將詩作交由康節過目。一次，他

將近作匯成一集,以示康節,康節讀後,讚歎不已:

通衢選地半松筠,元老辭榮向盛辰。多種好花觀物體,每斟醇酒發天真。清朝將相當年事,碧洞神仙今日身。更出新詩二十首,其間字字敵陽春。

文章天下稱公器,詩在文章更不疎。到性始知真氣味,入神方見妙工夫。閑將歲月觀消長,静把乾坤照有無。辭比《離騷》更温潤,《離騷》其奈少寬舒。(《謝富相公見示新詩一軸》)

關於康節與富文忠公之交往,上蔡先生(謝良佐)曾有一論,甚是惑人:"堯夫直是偏霸手段,如富公身都將相,嚴重有威,他將做小兒樣看。"此論頗不當。康節之於文忠公,實本乎其觀物功夫——去盡自我,以物觀物,而視天下萬物平等、貴賤親疏無間,故能與文忠公相契如斯。

康節以兄事二程之父程珦,以此因緣,二程兄弟皆從康節遊。明道、伊川二兄弟,氣質極不類,明道清和自在,伊川嚴峻謹慎,而明道通慧,伊川則喜深思,故而,每次與康節議論,明道一聞便識,伊川則時有往復。康節尤喜明道,將之與富文忠公、司馬温公、吕申國公並譽爲四賢,也曾想將自身的先天易學傳授於二程兄弟,惜乎二程兄弟於其學並無甚大興趣,遂作罷。一日,二程兄弟侍太中公(程珦)訪康節於天津之廬,康節攜酒飲於月陂之上,極其歡欣,便暢言平生學問出處之大節。次日,明道悵然對門生周純明説:"昨從堯夫先生游,聽其論議,振古之豪傑也。惜其老矣,無所用於世。"純明問道:"所言如何?"明道答曰:"内聖外王之道也。"此番相聚,康節曾有詩一首:

草軟沙平風細溜,雲輕日淡柳低萎。狂言不記道何事,劇吟未嘗如此杯。景好袛知閑信步,朋歡那覺太開懷。必期快作賞心事,卻恐賞心難便來。(《同程郎中父子月陂上閒步吟》)

明道和詩二首:

先生相與賞西街,小子親持几杖來。行處每容参極論,坐隅還許侍餘杯。檻前流水心同樂,林外青山眼重開。時泰心閑難兩得,直須乘興數追陪。

月陂堤上四徘徊，北有中天百尺臺。萬物已隨秋色改，一樽聊爲晚涼開。水心雲影閑相照，林下泉聲静自來。世事無端何足計，但逢嘉日約重陪。（《和堯夫先生》）

明道禮敬康節如斯。筆者以爲與康節並世而於康節其人其學最爲了知者，莫過乎明道。觀其與康節唱和，當可知之。如其和康節《安樂窩中好打乖吟》二首：

打乖非是要安身，道大方能混世塵。陋巷一生顔氏樂，清風千古伯夷貧。客求妙墨多攜卷，天爲詩豪剩借春。盡把笑談親俗子，德容猶足畏鄉人。

聖賢事業本經綸，肯爲巢由繼後塵。三幣未回伊尹志，萬鍾難换子輿貧。且因經世藏千古，已占西軒度十春。時止時行皆有命，先生不是打乖人。

其中以顔回、伯夷、巢父、許由等人喻康節，皆與康節安貧樂道頗爲相合，康節也時常以此諸人自許，而“時止時行皆有命”一句，直把康節一生學行説盡。康節得明道和詩之後，又和有四句：

經綸事業須才者，燮理功夫有巨臣。安樂窩中閑偃仰，焉知不是打乖人。（《謝伯淳察院用先生不是打乖人》）

康節晚年曾作《首尾吟》，共一百三十五首，司馬温公與明道先生都有應和。明道所和爲：

先生非是愛吟詩，爲要形容至樂時。醉裡乾坤都寓物，閑來風月更輸誰？死生有命人何預，消長隨時我不悲。直對希夷無事處，先生非是愛吟詩。

“形容至樂”，誠康節《擊壤集》大旨所在。當然，此所謂“至樂”乃爲合道應物之樂。亦唯有此樂，方可謂之爲“至樂”。在康節、明道，此則可謂一飲一啄、心領神會者耳。正因明道真知康節，故康節遺命其子伯温曰：“吾逝後，誌於墓者，必以屬吾伯淳。”

三

康節著述,依明道先生及其弟子張峄所言,當有《皇極經世書》、《擊壤集》、《漁樵問對》、《觀物篇》及《無名公傳》等。《觀物篇》後來經邵伯温整理納入《皇極經世書》,《漁樵問對》大旨則與《觀物篇》一致,《無名公傳》近似於康節的自述小傳,然其間多遊戲之語,不可爲據。故而,論述康節之學,當以《皇極經世書》與《擊壤集》爲本。關《皇極》與《擊壤》,舊論者往往將它們截然二分,甚或認爲二者極不相類。其實不然!如果我們能夠緊密圍繞"窮理盡性,以至於命"八字,便會發現《皇極》、《擊壤》並無二致,其意一貫,其旨不二。誠如康節所説,"窮理盡性,以至於命"者,"能以一心觀萬心,一身觀萬身,一物觀萬物,一世觀萬世","能以心代天意,口代天言,手代天功,身代天事","能以上順天時,下應地理,中徇物情,通盡人事","能以彌綸天地,出入造化,進退今古,表裏時事",則無論《皇極經世》,抑或《擊壤》,豈又有出於此者乎?概言之,則皆爲"窮理以盡性,放言而遣辭"者也。

今傳本《皇極經世書》,乃是康節逝後,由其子邵伯温整理而成的。最初的《皇極經世書》應當衹有《以元經會》、《以會經運》、《以運經世》三部,乍一看,是在講吾中華三千多年之歷史(自帝堯即位至五代後周顯德六年),其實則在於究明陰陽消長、治亂成敗之道,而示皇極,以期經世。皇極二字,出於《尚書·洪範》篇,其中"洪範九疇"第五即爲"建用皇極":"皇建有其極,斂時五福,用敷錫厥庶民,惟時厥庶民于汝極,錫汝保極。""皇極經世",即以皇極經世,隱含著康節之志。蓋康節早已意識到自身之學難以在當世發揮作用,所以效仿孔子託之於言。故其有云"予非知仲尼者,學爲仲尼者也"(《觀物内篇》)。有人以史學論《皇極經世》,實在是衹知其表,而不識其本;又有以命數視《皇極經世》者,更是鄙陋!其實,在康節這裡,歷史衹是材料,衹是象,"至微者,理也;至著者，象也，體用一源，顯微無間”(伊川先生語)，康節乃是用至著的象來揭示至微的理。故吾人讀《皇極經世》，若不能體味其中所藴之理，則實如未曾讀耳。而《皇極經世》之理，不在别處，正在《觀物篇》中，依筆者陋見，則《皇極經世》言象，《觀物》明理，二者結合而觀，即可於康節《皇極經世》之旨了然於胸。《觀物篇》當爲康節之學的精髓部分，篇幅雖不甚大，然而，卻揭示了天地人物生成之理、皇帝王伯變遷之道、治亂成敗所致之由，實爲康節之學的綱要。且誠爲貫通《皇極經世》與《擊壤》的紐帶。

康節於《皇極經世書》頗爲自得，將之與《擊壤》、香、酒並稱爲安樂窩中四物，自負此書可以“驚鬼神”(見《安樂窩中四長吟》，已揭於前)。並作有一詩細述《皇極經世》：

安樂窩中一部書，號云皇極意何如？春秋禮樂能遺則，父子君臣可廢乎？浩浩羲軒開闢後，巍巍堯舜協和初。炎炎湯武干戈外，恟恟桓文弓劍餘。日月星辰高照耀，皇王帝伯大鋪舒。幾千百主出規制，數億萬年成楷模。治久便憂强跋扈，患深仍念惡驅除。才堪命世有時有，智可濟時無世無。既往盡歸閑指點，未來須俟别支梧。不知造化誰爲主，生得許多奇丈夫？(《安樂窩中一部書》)

而在《皇極經世》撰成之時，他還曾寫了一首《書皇極經世後》，概述《皇極經世》大旨，已揭於前，此不復贅。另外，康節還寫有《皇極經世一元論》，極論《皇極經世》：

天地如蓋軫，覆載何高極。日月如磨蟻，往來無休息。上下之歲年，其數難窺測。且以一元言，其理尚可識。一十有二萬，九千餘六百。中間三千年，迄今之陳跡。治亂與廢興，著見於方策。吾能一貫之，皆如身所歷。

而《皇極經世》所涉内容，也時常出現在他的詩篇中，如《三皇吟》、《五帝吟》系列，又如《觀易吟》、《觀書吟》系列。總之，康節於《皇極經世》有大期待，蓋非其所欲言者，而是其所不得不言者耳。此即是康節

所謂“無爲”者是也:

> 劉絢問無爲,對曰:“時然後言,人不厭其言;樂然後笑,人不厭其笑;義然後取,人不厭其取。此所謂無爲也。”(《觀物外篇》)

康節之無爲,實即《中庸》之“時中”耳。而其撰《皇極經世》,實出於時之必然,既然王道不得行於世,則不得不付諸言辭以存其意耳。

筆者觀乎諸議論,惟張崏、徐必達二人之述頗能切中《皇極經世》之旨,張崏之論已揭於前,此不贅述。且看徐必達之言:“余讀《易》而識聖人之詔世也,其慮深;讀《詩》而識聖人之存世也,其跡著;讀《書》而識聖人之憂世也,其情危;讀《春秋》而識聖人之律世也,其義嚴。夫治亂之相倚也,天也;識之蚤而圖之力,人也。……兼四經而勒成一家言,則康節先生之《皇極經世》是已。”(《刻邵子全書序》)然此間真義,非深於羣經者,孰能知之? 蓋康節《皇極經世》實乃本乎《易》道,取乎《書》意,效法乎《春秋》,以究性命之學。清人稱康節《皇極經世》“蓋即所謂物理之學也”(《四庫全書總目》之《皇極經世書》提要),恐失其旨!《皇極經世》之取法《春秋》,此乃古之人之公認,而《春秋》之於康節,則爲“性命之書”:“治《春秋》者,不先定四國之功過,則事無統理,不得聖人之心矣。春秋之間,有功者未見大於四國者,有過者亦未見大於四國者,故四者功之首、罪之魁也。人言《春秋》非性命書,非也。”故我知《皇極經世》非他,亦性命之書是也。而康節所謂命數者,實本乎理者:“象起於形,數起於質,名起於言,意起於用。天下之數出於理,違乎理則入於術。世人以數而入於術,故失於理也。”(皆引自《觀物外篇》)明乎此,則自然明曉康節之學,乃本乎先天而論後天,依乎天道而論人事,循乎性理而論命數者也。古之稱康節之學爲先天之學者,偏矣! 視康節爲象數大師,更是無端!

後世有論司馬温公退居洛陽時,兄事康節,兩人過從甚密,而温公巨著《資治通鑑》正成稿於其時,故而以爲温公之《通鑑》頗受康節影響。此説蓋有據,然筆者觀乎《皇極經世》與《通鑑》,温公與康節雖取材或有相同處，蓋皆以歷史爲本，自不能不同，然二者立意則有同有不同。若必要以所謂史學觀來分辨之，則温公乃借史喻今，故一部《通鑑》，實乃爲一部諫書。而康節則借史明道，歷史衹是表象，背後所隱藏著的則是天地人物消長成敗之道，以其自述，則便是"閲史悟興亡，探經得根源"。

至于邵伯温之所以要將《皇極經世書》、《觀物篇》，乃至康節之父邵古先生之作，及張崏之文整理一過，彙編一集，統稱之爲《皇極經世書》，其曾有自述云："《皇極經世書》凡十二卷。其一之二，則總元會運世之數，《易》所謂天地之數也。三之四以會經運，列世數與歲甲子，下紀帝堯至於五代歷年表，以見天下離合之亂之跡，以天時而驗人事者也。五之六以運經世，列世數與歲甲子，下紀自帝堯至於五代書傳所載興廢治亂得失邪正之跡，以人事而驗天時者也。自七至十，則以陰陽剛柔之數窮律吕聲音之數，以律吕聲音之數窮動植飛走之數，《易》所謂萬物之數也。其十一之十二，則論《皇極經世》之所以成書，窮日月星辰、飛走動植之數，以盡天地萬物之理，述皇帝王伯之事，以明大中至正之道。陰陽之消長，古今之治亂，較然可見。故書謂之《皇極經世》。"

由此可見，邵伯温之重新整理《皇極經世》，乃是爲了更爲清晰地傳達《皇極經世》之旨。故雖後世於伯温此舉頗有非議，認爲就此而使得《皇極經世》陷於汗漫。然以筆者之陋見，則以爲伯温此舉甚爲有功於康節之學！伯温之所爲，蓋有循矣。伊川先生論《易》，有云："有理而後有象，有象而後有數。《易》因象以明理，由象以知數。得其義，則象數在其中矣。（自注：理，無形也，故因象以明理。理既見乎辭矣，則可由辭以觀象，故曰'得其義則象數在其中矣'。）"經伯温整理之後，則《皇極經世》首言象，次言數，終則言理，可謂完備無缺。而義在理中，故知《皇極經世》之要在於《觀物篇》，"理既見乎辭矣，則可由辭以觀象"，如此則我人先究明《觀物篇》，而後以其中之理統觀歷史治亂成敗之象，即可有權衡在手而一目了然了。此或研讀《皇極經世書》之正法耳。由此亦可知，康節之撰《皇極經世》，當是先"窮理盡性，以至於命"，而後存其意而縱觀上下數千年之歷史,終則效《春秋》筆法以成之。故我知朱子論康節之《易》爲“《易》外别傳”,又論《易》是“卜筮之書”、《皇極經世書》是“推步之書”,恐皆有違實際,非達者所言。

伯温又有《皇極經世系述》文,其首云:“至大之謂皇,至中之謂極,至正之謂經,至變之謂世。大中至正,應變無方之謂道。以道明道,道非可明。以物明道,道斯見矣。物者,道之形體也。故善觀道者必以物,善觀物者必以道。”則知康節筆下之歷史,物也,象也,康節述之,其意甚明:以此見天道之賞善懲惡。蓋治亂成敗無不由乎此耳! 概言之,則當以張峪八字爲優:“本諸天道,質諸人事。”

而欲明《觀物》之旨,則當識觀物之方。康節有云:“夫所以謂之觀物者,非以目觀之也。非觀之以目,而觀之以心也;非觀之以心,而觀之以理也。天下之物,莫不有理焉,莫不有性焉,莫不有命焉。所以謂之理者,窮之而後可知也;所以謂之性者,盡之而後可知也;所以謂之命者,至之而後可知也。此三知者,天下之真知也。雖聖人無以過之也,而過之者非所以謂之聖人也。夫鑒之所以能爲明者,謂其能不隱萬物之形也。雖然鑒之能不隱萬物之形,未若水之能一萬物之形也。雖然水之能一萬物之形,又未若聖人之能一萬物之情也。聖人之所以能一萬物之情者,謂其聖人之能反觀也。所以謂之反觀者,不以我觀物也。不以我觀物者,以物觀物之謂也。既能以物觀物,又安有我於其間哉?是知我亦人也,人亦我也,我與人皆物也。此所以能用天下之目爲己之目,其目無所不觀矣;用天下之耳爲己之耳,其耳無所不聽矣;用天下之口爲己之口,其口無所不言矣;用天下之心爲己之心,其心無所不謀矣。”我故知康節之學,實乃“窮理盡性,以至於命”之學,而此學之本,又在乎“觀物”,“觀物”之本則又在乎“不以我觀物”而“以物觀物”。正因康節“以物觀物”,故能知天地間萬物之命數,故能前知。“以物觀物”,即是康節觀物之方。“以物觀物”的根本,又在於“無我”,一旦有我在,則爲以我觀物。以我觀物,則不能不有偏失。此乃康節一貫之意:“物理之學,既有所不通,不可以强通。强通則有我,有我則失理而入於術矣。"而"不我物,則能物物"。蓋無我則無妄,無妄則至誠,"至誠可以通神明,不誠則不可以得道",所以,"至理之學,非至誠則不至"。故知欲窮物理、盡物性而知物之命,乃以至誠爲本。

康節曾有《先天吟》,其中有云:"眼前伎倆人皆曉,心上功夫世莫知。"其意甚爲明瞭:世人衹知其表,不知其裡。然則,康節之"心上功夫"爲何?其必曰:無我而至誠。其所謂無我者,其實即是孔子"四絶"之"毋我","子絶四,毋意,毋必,毋固,毋我",康節有云:"聖人之難,在不失仁、義、忠、信而成事業,何如則可?在於絶四。"又云:"'毋意,毋必,毋固,毋我',合而言之,則一;分而言之,則二。合而言之,則二;分而言之,則四。始於有意,成於有我。有意然後有必,必生於意。有固然後有我,我生於固。意有必,必先期,固不化,我有己也。"然則,"毋我"之功,又當由何入手?康節則自有妙法:極事體、盡人情。其所謂"事體極時觀道妙,人情盡處看天機"是也。然則,如何方爲極事體、盡人情?爲人處事,時時捫心自問:"尚有愧否?"若能無愧,即爲極事體、盡人情。故《大學》教人,由慎獨入手,由"毋自欺"入手。亦因爲此,康節修心修身,極重慎獨、自訟而寡過:

> 意未萌於心,言未出諸口。神莫得而窺,人莫得而咎。君子貴慎獨,上不愧屋漏。人神亦吾心,口自處其後。(《意未萌於心》)
>
> 仁者難逢思有常,平居慎勿恃無傷。爭先徑路機關惡,近後語言滋味長。爽口物多須作疾,快心事過必爲殃。與其病後能求藥,不若病前能自防。(《仁者吟》)
>
> 不向紅塵浪著鞭,唯求寡過尚無緣。虚更蘧瑗知非日,謬歷宣尼讀《易》年。髮到白時難受彩,心歸通後更何言?至陽之氣方爲玉,猶恐鑚磨未甚堅。(《安樂窩中自訟吟》)
>
> 天加一上寒,我添一重被。不出既往言,不爲已甚事。責己重以周,與人不求備。唯是大聖人,能立無過地。(《寒夜吟》)

康節對慎獨體味極深,曾説過"思慮一萌,鬼神得而知之矣,故君子不可不慎獨",由此可見他洗心功夫的究竟與徹底。正因康節篤行"心上功夫",故能"俯仰天地間,浩然無所愧",而能以至誠觀物待人。至誠乃康節觀物之本,故其曾反復吟誦:"欲得心常明,無過用至誠","不德於人焉敢異,至誠從物更無他","先見固能無後悔,至誠方始有前知"……

康節觀物,則自動静之間,即古之所謂幾處著手。幾者,動之端也,在於動與静之間,"人皆知天地之爲天地,不知天地之所以爲天地。不欲知天地之所以爲天地則已,如其欲知天地之所以爲天地,則舍動静將奚之焉? 夫一動一静者,天地至妙者歟! 夫一動一静之間,天地至妙之妙者歟!"(《觀物篇》)蓋静者無所可知,動則已成定勢,唯有動而未見之時,最易體察物理人情,"何者謂之幾? 天根理極微。今年初盡處,明日未來時。此際易得意,其間難下辭。人能知此意,何事不能知?"(《冬至吟》)此即孔子"復,其見天地之心乎"之意。此中深味,伊川先生亦頗得之:"一陽復於下,乃天地生物之心也。先儒皆以静爲見天地之心,蓋不知動之端乃天地之心也。非知道者,孰能識之?"(《周易程氏傳》)而欲觀此動静之間,觀此動之端,惟心虚至誠者能之。

宋初之學,似於天地人物之生成頗爲關心。濂溪先生(周敦頤)撰有《太極圖説》,專門闡述這一問題。横渠先生《正蒙》也頗多涉及,康節《觀物篇》開篇即欲解決這一問題。此蓋自東漢末年,佛學東傳,其宇宙論所謂"一切唯心自現"者,甚是誘人,故儒者紛紛奮起,基於《易》而探求一吾中華式之宇宙論。觀諸濂溪、横渠、康節三者之論,其中有異有同,然究其源頭,則皆源於《易》,又皆以《繫辭》爲本。而康節之述又全承《繫辭》一貫而下,如其曰:

> 太極既分,兩儀立矣。陽下交於陰,陰上交於陽,四象生矣。陽交於陰、陰交於陽,而生天之四象;剛交於柔、柔交於剛,而生地之四象,於是八卦成矣。八卦相錯,然後萬物生焉。是故一分爲

二，二分爲四，四分爲八，八分爲十六，十六分爲三十二，三十二分爲六十四，故曰“分陰分陽，迭用柔剛，故《易》六位而成章”也。十分爲百，百分爲千，千分爲萬，猶根之有幹，幹之有枝，枝之有葉，愈大則愈少，愈細則愈繁。合之斯爲一，衍之斯爲萬……

故我知康節“大覃思於《易經》，夜不設寢，日不再食，三年而學以大成”，其所深思之《易經》，乃爲孔子之《易》，而非後來者所謂之象數《易》，更非道家者之《易》。此則又可取證於其《觀〈易〉吟》一詩：

一物其來有一身，一身還有一乾坤。能知萬物備於我，肯把三才別立根？天向一中分體用，人於心上起經綸。天人焉有兩般義？道不虚行衹在人。

此中所及，又何嘗超出孔子《易》之門徑？概言之，《皇極經世書》實不曾摻雜異學而純然本乎諸經。誠會讀書者，或可由《皇極經世書》而上窺《易》、《書》、《春秋》之旨，抑或可本乎《易》、《書》、《春秋》而下觀《皇極經世書》之由，誠如斯者，當不至於以我之言爲妄耳。

我嘗謂欲明康節之學，當自《觀物篇》始，惟深研之而後方能識得《皇極經世》之旨，亦方能明瞭《擊壤》非是文學，而實爲一部理學之著述。理學家作詩，歷代不乏其人。濂溪、明道、朱子、陽明等，皆有不同數量的詩作流傳於世。其中不乏傳唱者，如朱子《觀書有感》：“半畝方塘一鑒開，天光雲影共徘徊。問渠那得清如許？爲有源頭活水來。”然而，像康節一般，視詩爲人生事業者，視詩爲學問之所託者，則可謂寥寥無幾。以我之陋見，後世唯白沙先生（陳獻章）近似之，然白沙一生沈重悲愴，詩風又大與康節不同。當然，細讀白沙之詩，又會發現他或多或少曾受過康節之影響。錢穆先生似乎對此略有體察，故而其在選輯理學家詩鈔之時，所輯則以康節與白沙二人之詩爲夥。

觀乎康節之詩，早期尚有雕琢痕跡，愈至晚年愈是放達，拋卻一切束縛，唯求自在吟誦。誠所謂“殊無紀律詩千首”，故我人讀康節之詩，切不可以所謂詩法論之,若必以聲律繩之,則每每不得成章。蓋康節晚年洞識天命,暢所欲言,直抒胸臆,早已脱離乎詩法之外。他常常是乘著酒興吟哦一番,而後以大字書之,"輕淳酒用小盞飲,豪壯詩將大字書"。康節詩酒不分家,"年來得疾號詩狂,每度詩狂必命觴",雖號詩狂,然而這一個詩狂,卻又是無酒不能成的。故欲論康節之詩,首要不可忽略康節之酒,而其詩中所最常見者,也往往是詩酒之語:"滌蕩襟懷須是酒,優遊情思莫如詩";"逸興劇憑詩放肆,病軀唯仰酒扶持";"千首拙詩難著愁,一罇芳醑别涵春";"林泉好處將詩買,風月佳時用酒酬";"酒因春至春歸飲,詩爲花開花謝吟"……概言之,詩酒在於康節,乃爲情懷之寄託、一生之事業。"好景盡將詩記録,歡情須用酒維持";"盡送光陰歸酒盞,都移造化入詩篇";"陶鑄情性詩千首,燮理筋骸酒一杯"等,所言皆是如此。"鬼神情狀將詩寫,造化功夫用酒傳。傳寫不干詩酒事,若無詩酒又難言",則又明確表示詩酒乃是其傳寫之工具。而一旦面對奇花皓月,更是不能無有詩酒:

少年貪讀兩行書,人世樂事都如愚。而今卻欲釋前憾,奈何意氣難如初。每逢花開與月圓,一般情態還何如? 當此之際無詩酒,情亦願死不願甦。花逢皓月精神好,月見奇花光彩舒。人與花月合爲一,但覺此身遊藥珠。又恐月爲雲阻隔,又恐花爲風破除。若無詩酒重收管,過此又卻成輕辜。可收幸有長詩篇,可管幸有清酒壺。詩篇酒壺時一講,長如花月相招呼。有花無月愁花老,有月無花恨月孤。月恨祇憑詩告訴,花愁全仰酒支梧。月恨花愁無一點,始知詩酒有功夫。些兒林下閑疏散,做得風流罪過無。(《花月長吟》)

當然,康節雖然好酒好詩,然其吟酒作詩,皆有法度。吟酒喜以小杯,以不及醉爲限;作詩則在言志,奉思無邪爲宗:

美酒飲教微醉後,好花看到半開時。這般意思難名狀,祇恐人間都未知。……飲酒莫教成酩酊,賞花慎勿至離披。人能知得此

般事，焉有閒愁到兩眉？（選自《安樂窩中吟》）

人不善飲酒，唯喜飲之多。人或善飲酒，唯喜飲之和。飲多成酩酊，酩酊身遂痾。飲和成醺酣，醺酣顔遂酡。（《善飲酒吟》）

詩者人之志，非詩志莫傳。人和心盡見，天與意相連。論物生新句，評文起雅言。興來如宿構，未始用雕鎸。（《談詩吟》）

康節之所以喜酒，於筆者之陋見，當是康節曾於微醺之中體驗得渾然與天地萬物一體之體驗，此時此刻，無我無間，天人合一，純然是一片天理流行，何其妙哉！何其樂哉！關乎此，康節自身也曾略有陳述：

堯夫喜飲酒，飲酒喜全真。不喜成酩酊，祇喜成微醺。微醺景何似？襟懷如初春。初春景何似？天地纔絪緼。不知身是人，不知人是身。祇知身與人，與天都未分。（《喜飲吟》）

于康節看來，酒不但於其自身頗有助益，可以發其詩情，養其性情。酒之於他人，也有著不可思議之效用：

稻稌天所生，曲蘗人所制。釀之命爲酒，飲之可成醉。剛者使之柔，懦者使之毅。善移造物權，其功亦不細。（《秋懷三十六首》之十五）

或許也正因爲此，康節對酒的品質要求頗高，曾因不願飲用市面沽來之劣酒，而向人討酒來飲：

百病筋骸一老身，白頭今日愧因循。雖無紫詔還朝速，卻有青山入夢頻。風月滿天誰是主，林泉徧地豈無人？市沽酒味難醇美，長負襟懷一片春。（《問人丐酒》）

康節逢酒必飲，飲則至醺，醺後則又必定作誦吟詩，故其詩悉皆發乎心、存乎誠，無有一絲一毫刻意造作存乎其間，更不會有“吟安一個字，撚斷數根須”式的苦吟：

平生無苦吟，書翰不求深。行筆因調性，成詩爲寫心。詩揚心造化，筆發性園林。所樂樂吾樂，樂而安有淫？（《無苦吟》）

大概康節每每吟詩，以致於一些友朋都略感不適，故而勸之“不

吟”。然而,對於面對奇花皓月無詩無酒便“情亦願死不願甦”的“詩魔”而言,如此之勸告,祇能是適得其反:

> 欽之謂我曰:詩欲多吟,不如少吟。詩欲少吟,不如不吟。我謂欽之曰:亦不多吟,亦不少吟。亦不不吟,亦不必吟。芝蘭在室,不能無臭。金石振地,不能無聲。惡則哀之,哀而不傷。善則樂之,樂而不淫。(《答傅欽之》)

而其至論其酒其詩者,又莫過於以下兩首:

> 安樂窩中酒一罇,非唯養氣又頤真。頻頻到口微成醉,拍拍滿懷都是春。何異君臣初際會,又同天地乍絪緼。醺酣情味難名狀,醖釀工夫莫指陳。斟有淺深存燮理,飲無多少寄經綸。鳳凰樓下逍遥客,郟鄏城中自在人。高閣望時花似錦,小車行處草如茵。卷舒萬世興亡手,出入千重雲水身。雨後静觀山意思,風前閑看月精神。這般事業權衡别,振古英雄恐未聞。(《安樂窩中酒一罇》)
>
> 安樂窩中詩一編,自歌自詠自怡然。陶鎔水石閑勳業,銓擇風花静事權。意去乍乘千里馬,興來初上九重天。歡時更改三兩字,醉後吟哦五七篇。直恐心通雲外月,又疑身是洞中仙。銀河洶湧翻晴浪,玉樹查牙生紫煙。萬物有情皆可狀,百骸無病不能蠲。命題濫被神相助,得句謬爲人所傳。肯讓貴家常奏樂,寧慚富室勝收錢。若條此過知何限,因甚臺官獨未言?(《安樂窩中詩一編》)

故知,康節以酒興致,以詩抒懷。春花秋月、細雨垂柳、情思感想,悉皆可以乘興入詩,誠所謂隨緣而發、觸機而應者是也。概言之,康節之詩乃是其觀物之産物,所謂“鍛煉物情時得意,新詩還有百來篇”,正是此意。既如斯,自然便與世之所謂詩人者大不同矣。觀乎舊之詩人,往往以詩博名聲、干利禄,故而常常“語不驚人死不休”,在遣詞造句上狠下功夫。康節則早早絶意仕途,無需博名聲,更無意於干利禄,故能從心所欲,不拘一格。以我之見,其實康節的諸多詩篇不應稱作爲詩,而更似於佛門高僧大德脱口而出的偈言,偈言雖爲隨口而出,然大多隱含哲理於其間，概言之，即"以論理爲本，以修詞爲末"。如舉世皆知之六祖惠能大師偈言："菩提本無樹，明鏡亦非臺。本來無一物，何處惹塵埃？"語似平淡，實又暗藏玄旨。又如黄蘗希運大師偈言："塵勞迥脱事非常，緊把繩頭做一場。不經一番寒徹骨，怎得梅花撲鼻香？"康節亦自稱自己晚年所作不是詩："林下閑言語，何須更問爲？自知無紀律，安得謂之詩。"（《答人吟》）而視康節之詩爲偈言，也非筆者之創見，古時便有其人。如朱國楨先生在《湧幢小品》中便説："佛語衍爲《寒山詩》，儒語衍爲《擊壤集》。此聖人平易近人，覺世唤醒之妙用。"康節是否已爲聖人，我不得而知。然其詩確實平易，亦頗有覺世唤醒之效用，尤其是其中的諸多短吟。如：

人之爲善事，善事義當爲。金石猶能動，鬼神其可欺？事須安義命，言必道肝脾。莫問身之外，人知與不知。（《爲善吟》）

事到患來頻，何由得任真？就新須果敢，從善莫因循。盗亦自有道，人而或不仁。義緣無定體，安處是行身。（《即事吟》）

欲作一男子，須了四般事。財能使人貪，色能使人嗜。名能使人矜，勢能使人倚。四患既都去，豈在塵埃裡？（《男子吟》）

待物莫如誠，誠真天下行。物情無遠近，天道自分明。義理須宜顧，才能不用矜。世間閑緣飾，到了是虚名。（《待物吟》）

利輕則義重，利重則義輕。利不能勝義，自然多至誠。義不能勝利，自然多忿爭。（《觀物吟》）

如此者，於《擊壤集》中比比皆是。正因康節之詩常常蘊含著儒家之倫理，故而，《擊壤集》雖非理學著述，卻是理學史上一部繞不過去的著作。今人研究宋明理學，常常以《擊壤集》爲開端。而康節之詩也因獨具一格，而被後世譽爲"擊壤體"。又因後世效仿者頗夥，而被稱作爲"擊壤派"。當然，關於《擊壤集》，所論最爲懇切且中節者，自然莫過於康節自身了：

《擊壤集》，伊川翁自樂之詩也。非唯自樂，又能樂詩，與萬物之自得也。伊川翁曰:子夏謂“詩者,志之所之也。在心爲志,發言爲詩,情動於中而形於言,聲成其文而謂之音”,是知懷其時則謂之志,感其物則謂之情,發其志則謂之言,揚其情則謂之聲,言成章則謂之詩,聲成文則謂之音。然後聞其詩、聽其音,則人之志、情可知之矣。且情有七,其要在二,二謂身也、時也。謂身則一身之休慼也,謂時則一時之否泰也。一身之休慼則不過貧富貴賤而已,一時之否泰則在夫興廢治亂者焉。……是知以道觀性,以性觀心,以心觀身,以身觀物,治則治矣,然猶未離乎害者也。不若以道觀道,以性觀性,以心觀心,以身觀身,以物觀物,則雖欲相傷,其可得乎?若然,則以家觀家,以國觀國,以天下觀天下,亦從而可知之矣。予自壯歲業於儒術,謂人世之樂何嘗有萬之一二,而謂名教之樂固有萬萬焉,況觀物之樂復有萬萬者焉。雖死生榮辱轉戰於前,曾未入於胸中,則何異四時風花雪月一過乎眼也。誠爲能以物觀物,而兩不相傷者焉,蓋其間情累都忘去爾,所未忘者,獨有詩在焉。然而雖曰未忘,其實亦若忘之矣。何者?謂其所作異乎人之所作也,所作不限聲律,不訟愛惡,不立固必,不希名譽,如鑒之應形,如鐘之應聲。其或經道之餘,因閑觀時,因静照物,因時起志,因物寓言,因志發詠,因言成詩,因詠成聲,因詩成音,是故哀而未嘗傷,樂而未嘗淫。雖曰吟詠情性,曾何累於性情哉?(《伊川擊壤集序》)

概言之,則詩乃康節即物觀物之呈現,亦爲其“窮理盡性,以至於命”之路徑,然則知則知矣,付之吟哦,付之筆端,而後全然放下,不落一絲痕跡,故能不以物喜,不以己悲,而超然脱離乎性情之累。

除上所述,於《擊壤集》,筆者尚有三點補充之評論:

其一,康節之詩,通俗易懂,極其親切,讀之朗朗,尤其是一些短篇小制,頗適吟誦,而其中又蘊含著做人做事的道理,但能久而誦之,或可於潛移默化之間養成人格。此類詩作,數量頗豐,如:

善惡無他在所存,小人君子此中分。改圖不害爲君子,迷復終

歸作小人。良藥有功方利病,白珪無玷始稱珍。欲成令器須追琢,過失如何不就新?(《誡子吟》)

君子存大體,小人無常心。於人不求備,受恩唯恐深。(《君子吟》)

可必人間唯善事,不由天地祗由衷。莫嫌效遠因而止,更勉其來更有功。(《可必吟》)

忠信於人最有情,平居非是鬼神輕。何須祗在江湖上,患難切身然後行?(《忠信吟》)

侈不可極,奢不可窮。極則有禍,窮則有凶。(《奢侈吟》)

人善不趨,己惡不除。謂之知道,不亦難乎?(《善惡吟》)

君子處身,寧人負己,己無負人。小人處事,寧己負人,無人負己。(《處身吟》)

人多求洗身,殊不求洗心。洗身去塵垢,洗心去邪淫。塵垢用水洗,邪淫非能淋。必欲去心垢,須彈無弦琴。(《洗心吟》)

……

故筆者讀罷《擊壤集》,常擬從中輯取部分於教化有功者另成一集,略加注釋,以供世人閱誦。

其二,康節之學,精要在於《皇極經世書》之《觀物篇》,然其間理玄旨深,非深於六經者,往往難以體味,然若能多誦《擊壤》,尤其是其中與《皇極經世》相關的諸多詩篇,如《觀棋大吟》、《觀〈易〉吟》、《觀〈書〉吟》等,自當能漸漸體味康節《皇極經世》之用心所在。《擊壤》與《皇極經世》實乃一表一裡,一陽一陰,唯合而讀之,方能真見康節學問之真正面目。

其三,康節作詩,不拘小節,獨具一格,無論何時,無論何事,舉凡有所感觸,隨即吟哦成詩。故其一生之生平事蹟及交遊情狀,悉皆囊括於其詩之中。所以,研究康節生平及其所處之世狀,《擊壤集》無疑是一部内容豐富之寶貴資料。這一點,郭彧先生已然頗有關注,他在撰述《邵雍年表》諸文時,便主要依據《擊壤集》。然而,此中仍有空間,值得後來者深研之。

康節有云:"有意必有言,有言必有象,有象必有數。數立則象生,象生則言用,言用則意顯。象數,則筌蹄也;言意,則魚兔也。得魚兔而忘筌蹄則可也,以筌蹄而求魚兔則未見其得也。"故無論《皇極經世》所述之歷史,抑或《擊壤》所吟之風月,悉皆爲象爲數,乃爲筌蹄。我人若真能體味康節之用意所在,則棄之可矣! 此或誠爲康節之所願者!

四

既已略述康節生平學行如上,今則可略辨康節學行之定位矣。其實,康節之學甚爲明瞭,本乎《易》、《書》、《詩》、《春秋》諸經,前人述之明矣。然後世好事之徒仍舊强詞不絶,或謂之爲隱逸之士,或謂之爲方外之徒,故而時至今日,仍不得不一辯之。以我之見,蓋後世之徒都不曾真正讀通康節之詩文,但憑胸中所橫知見立論耳。康節有云:"凡人爲學,失於自主張太過。"誠哉斯言! 而我人實能平心靜氣,蠲除己見,細細去體味康節之詩文,自不會如此無端,而確認康節儒者無疑。其實,無論《皇極經世書》,抑或《擊壤集》,悉皆未曾跨越諸經之旨。若因康節擅於象數之《易》,可以前知,便以方外視之,更是無端。豈不見孔子明明有言:"……君子所居而安者,易之象也;所樂而玩者,爻之辭也。是故君子居則觀其象而玩其辭,動則觀其變而玩其占。"又曰:"知變化之道者,其知神之所爲乎?《易》有聖人之道四焉:以言者尚其辭,以動者尚其變,以制器者尚其象,以卜筮者尚其占。"(《繫辭》)況且康節雖長於象數,日常卻幾乎不玩占,又豈能如此草率論之? 至於康節遇事能前知,則當以伊川先生所説爲準的:"其心虛明,自能知之。"蓋其即物而能窮其理、盡其性,加之心體虛明,待物至誠,故能知萬物之命數。

當然,知人誠難。縱是當世之親近之人,往往便已不能全然識之,更何況是後世心懷知見之徒歟! 想二程兄弟同時隨康節遊,所識尚且不能一致,我等後輩又如何能真知康節? 然而,尚又有説。我人雖不能真知康節,然康節總能真知康節吧。故而,關於康節之定位,或當各棄舊説,而依康節自謂爲準的。觀康節詩文,其自述又甚爲明瞭,即其實乃孔門後生、名教中人無疑。

> 予自壯歲業於儒業,謂人世之樂何嘗有萬之一二,而謂名教之樂固有萬萬焉,況觀物之樂復有萬萬者焉。(《伊川擊壤集序》)

于此,他直言自身"業於儒業"。於《無名君傳》中,康節更是直言其"家素業爲儒言,身未嘗不行儒行"。而他在詩中,也常常表明自身的儒者立場:

> 仲尼言正性,子輿言踐形。二者能自得,殆不爲虚生。所交若以道,所感若以誠。雖三軍在前,而莫得之淩。(《答人書意》)

> 孔子生知非假習,孟軻先覺亦須修。誠明本屬吾家事,自是今人好外求。(《誠明吟》)

> 作官休用歎奚爲,未有升高不自卑。君子屈伸方爲道,吾儒進退貴從宜。即今彭澤歸何地,他日東門去未遲。痛恨伊嵩景無限,一名佳處重求資。(《代書寄劍州普安令周士彦屯田》)

> 二十年來住洛都,眼前人事任紛如。形同草木何勝野,心類鐘彝不啻虚。已沐仁風深骨髓,更驚詩思劇瓊琚。莊周休道虧名實,自是無才悦衆狙。(《和王不疑郎中見贈》)

而當有人對名教表示質疑之時,他便立即作詩勸解:

> 開闢而來世教敷,其間雄者號真儒。修身有道名先覺,何代無人達奥區? 焕若丹青經史義,明如日月聖人途。鯫生涵詠雖云久,天下英才敢厚誣?(《答人語名教》)

康節教子,亦教之以儒道:

> 儒家所尚者,行義與文章。用舍何嘗定,枯榮未易量。干求便

黽勉,得失是尋常。外物不可必,其言味甚長。(《長子伯温失解以詩示之》)

與此同時,康節對於所謂道教則時有批駁:

人言别有洞中仙,洞裡神仙恐妄傳。若俟靈丹須九轉,必求朱頂更千年。長年國裏花千樹,安樂窩中樂滿懸。有樂有花仍有酒,卻疑身是洞中仙。(《擊壤吟》)

生不争名與争利,夫君何故鮮歡意?以道自重固有之,非理相干是無謂。白日升天恐虚傳,金貂换酒何曾醉?誰云憂擾大於山,亦是人間常式事。(《鮮歡吟》)

當然,因康節遁而不出,且行止異乎常人。故而,在世之時,便有人視之爲道家養氣修仙者,康節於此並不辯解,然亦指出此乃爲"謗":

自從三度絶韋編,不讀書來十二年。大鼈子中消白日,小車兒上看青天。閑爲水竹雲山主,静得風花雪月權。俯仰之間俱是樂,任他人謗似神仙。(《小車吟》)

可笑後世道教竟追封康節爲其祖師之一,直不知所據又是爲何?又有人論康節會通三教,實不知康節對於習佛修禪亦頗無好感:

浩浩長空走日輪,何煩苦苦辨根塵?鵬程萬里非由駕,鶴算三千别有春。鉛錫點金終屬假,丹青畫馬妄求真。請觀風急天寒夜,誰是當門定腳人?(《崇德閣下答諸公不語禪》)

自有吾儒樂,人多不肯循。以禪爲樂事,又起一重塵。(《再答王宣徽》)

學仙欲不死,學佛欲再生。再生與不死,二者人果能?設使人果能,方始入於情。賞哉林下人,不爲人所惜。哀哉公與卿,重爲人所惑。(《死生吟》)

而觀諸康節一生,其所至爲仰慕者,則又無過乎孔子。我人讀一讀《觀物篇》中諸多文字,自可知之:

……所以自古當世之君天下者,其命有四焉:一曰正命,二曰受命,三曰改命,四曰攝命。正命者,因而因者也;受命者,因而革者也;改命者,革而因者也;攝命者,革而革者也。因而因者,長而長者也;因而革者,長而消者也;革而因者,消而長者也;革而革者,消而消者也。革而革者,一世之事業也;革而因者,十世之事業也;因而革者,百世之事業也;因而因者,千世之事業也。可以因則因,可以革則革者,萬世之事業也。一世之事業者,非五伯之道而何?十世之事業者,非三王之道而何?百世之事業者,非五帝之道而何?千世之事業者,非三皇之道而何?萬世之事業者,非仲尼之道而何?是知皇帝王伯者,命世之謂也;仲尼者,不世之謂也。

孔子爲萬世之師表,故能成萬世之事業。而"不世"之於"命世",可謂將孔子推舉到了極致。

人皆知仲尼之爲仲尼,不知仲尼之所以爲仲尼。不欲知仲尼之所以爲仲尼則已,如其必欲知仲尼之所以爲仲尼,則舍天地將奚之焉?

欲知孔子之所以爲孔子,必依乎天地,由此可知,在康節看來,孔子同於天地。

人謂仲尼惜乎無土,吾獨以爲不然。匹夫以百畝爲土,大夫以百里爲土,諸侯以四境爲土,天子以四海爲土,仲尼以萬世爲土。若然,則孟子言"自生民以來,未有如夫子",斯亦未爲之過矣。

此中辯孔子無土,以萬世爲土,誠發前人之未發,非深得孔子撰述六經之意者不能言之。而其於詩文中,於孔子亦常常不吝讚譽:

執卷何人不讀書,能知性者又何如?工居天下語言内,妙出世間繩墨餘。陶冶有無天事業,權衡治亂帝功夫。大哉贊《易》修經意,料得生民以後無。(《禮瞻孔子吟》)

"料得生民以後無",乃是化自孟子"自生民以來,未有如夫子者"一語。而康節之所願者,正是如孟聖一般"上贊仲尼":

仲尼後禹千五百餘年,今之後仲尼又千五百餘年,雖不敢比夫仲尼,上贊堯、舜、禹,豈不敢比孟子,上贊仲尼乎?

除卻孔子,康節的另一個仰慕者正是孟子,他似乎頗得孟子"踐形"之旨:

多病筋骸五十二,新春猶得共銜杯。踐形有説常希孟,樂内無功可比回。燕去燕來徒自苦,花開花謝漫相催。此心不爲人休感,二十年來已若灰。(《新春吟》)

未生之前,不知其然。既生之後,迺知有天。有天而來,正物之性。君子踐形,小人輕命。(《正性吟》)

"踐形"源於《孟子》:"形色,天性(生)也。惟聖人然後可以踐形。"形者,氣也;性者,理也。理載於氣,故窮理則盡氣,率性即踐形。踐形乃是理氣不二、性形合一之境。康節"窮理盡性,以至於命",自然於踐形體味頗深。於康節之詩中,也時常可見孟子的影響,如:

物有聲色氣味,人有耳目口鼻。萬物於人一身,反觀莫不全備。(《樂物吟》)

很顯然,這是本於孟子"萬物皆備於我矣。反身而誠,樂莫大焉"而來的。而觀夫康節言論,他也是後世爲數不多真正懂得孟子的人:

知《易》者,不必引用講解,是爲知《易》。孟子之言未嘗及《易》,其間《易》道存焉,但人見之者鮮耳。人能用《易》,是爲知《易》。如孟子,可謂善用《易》者也。(《觀物外篇》)

故其所願學者,實乃孔、孟二聖:

堯夫非是愛吟詩,詩是堯夫覺老時。不動已求如孟子,無言又欲學宣尼。能知同道道亦得,始信先天天弗違。六十三年無事客,堯夫非是愛吟詩。(《首尾吟》之四十九)

一言以蔽之,則康節絶非所謂隱士,更非什麼方外之士,實乃一純儒是也。其可謂得孟聖踐形之旨,故能仰俯無愧;追宣尼從心之意,故能樂天知命。

統觀乎康節一生學行,或可用他的一首詩來加以概述:

安樂先生，不顯姓氏。垂三十年，居洛之涘。風月情懷，江湖性氣。色斯其舉，翔而後至。無賤無貧，無富無貴。無將無迎，無拘無束。窘未嘗憂，飲不至醉。收天下春，歸之肝肺。盆池資吟，甕牖薦睡。小車賞心，大筆快志。或戴接籬，或著半臂。或坐林間，或行水際。樂見人善，樂聞善事。樂道善言，樂行善意。聞人之惡，若負芒刺。聞人之善，如佩蘭蕙。不佞禪伯，不諛方士。不出户庭，直際天地。三軍莫凌，萬鍾莫致。爲快活人，六十五歲。（《安樂吟》）

五

己亥正月十五、十六二日，旭輝兄引我暢遊伊川，自二程文化園至二程故里、康節墓園（安樂佳城）、安樂書院、范文正公祠、姚崇墓園，一路暢談，示我良多，終則依依惜别於伊水之畔。遥憶我二人立於安樂佳城牌額之下，遠眺紫荆山嵐，萬木沈寂，淡煙縹緲，時有孤鳥出没，不勝慨然。正是此刻，旭輝兄囑以康節全集之點校工作。平心而論，但憑我自身的學養，實遠不足以擔此重任。然我實又不能推卻，一則有逆於旭輝兄之信任；二則據族人核查，我蘇北邵氏實乃康節後裔之一支，本居無錫惠山、蘇州閶門一帶，於洪武趕散之年遷居鹽瀆。如此論來，則康節乃爲我之先祖，既如此，又何敢辭焉！不但不敢，於情於理，尚要感激旭輝兄成就如此莫大因緣！然我此前於康節之學幾無涉及，唯《觀物内篇》曾過眼而已。故自春日起，研讀康節之學成了我的日常，走南往北囊中也總會夾有一本《邵雍集》，如此歷時八月有餘，方才於康節之學略有體味，而今不揣冒昧，筆之於文，即此前言是也。其中自然尚多謬誤，尚祈方家教正爲謝！

此番點校，所依底本皆爲清四庫全書本，參以道藏本及上古社、中華社郭彧先生點校本。校諸衆本，幾乎都或多或少存在著一些問題，若單依某一版本,則勢必會問題較多,故筆者參合諸本,終則又據以己意斷之,此中自不免意氣之過,尚祈讀者體諒。至於校勘,則不予一一列出。略須説明的是:筆者觀今本《皇極經世書》,一至四卷(即以元經會、以會經運二部分)明天地之數及列世數與歲甲子者,雖亦有其意義,然實不過按次序羅列一過,明其理則可,故本校本存目而已。同樣,由邵古所撰而經邵伯温納入《皇極經世書》之七至十卷,亦予以存目,不復録入。至於康節之集外詩文,上古本收集頗夥,然其中諸多詩篇殘缺不全,且有少數不類“擊壤”之風者,本校本則一概予以删除。而將康節之文另爲一卷,命之曰《康節先生文存》。郭彧先生尚撰有諸多關乎康節學行生平之文字,頗爲有益,筆者於點校過程中多有參考,特此謝過。

校理《陸九淵全集》前言

張旭輝*

一

北宋欽宗靖康元年(一一二六)閏十一月,金兵終於攻陷北宋首都汴京,第二年(一一二七)三月脅太上皇徽宗北上,夏四月將欽宗和他的皇室乃至禮器、九鼎、祕閣三館圖書、天下州府圖以及宫中内侍、工匠等全部掠走。五月,康王即位於南京(今商丘)。《清明上河圖》裡那個繁花似錦的世界,風吹雨打,從此進入了南宋遺老們的夢中。

在南宋初期的筆記《雞肋編》中,記載金兵打到曲阜孔廟,指著大殿中的孔子像詬駡:"你就是聲稱'夷狄之有君,不如諸夏之亡也'的那個人吧!"據説又嗖的一箭射去。作者痛切哀歎説:"中原之禍,自書契以來,未之有也。"

儘管金朝在中原立足以後即開始尊崇孔子和儒學,可留在歷史記憶中那嗖的一箭,仍然極具象徵意義。留下無盡"臣子恨"的"靖康恥",毫無疑問是一個重要的歷史轉捩點,西湖歌舞延續了夢中的繁華,而所

* 張旭輝,自由學者。

謂衣冠南渡,其重點在於整個華夏文明的重大轉移。從今天的眼光看來,與前此八百年左右五胡亂華時的晉室南渡相比,在兩宋之際,中國的經濟中心和文化中心大體完成了從黄河中下游流域到長江中下游流域的轉移,至今歷史效應仍在,祇是鴉片戰争以後又被强行介入了海洋文明的衝擊和嫁接。

衣,是孔子所言"微管仲,吾其被髮左衽矣"的那個衣;冠,是子路"君子死,冠不免"的那個冠。《周易·繫辭下》云:"黄帝、堯、舜垂衣裳而天下治。"以儒家精神爲核心的華夏文明,盡在這衣冠之中。

衣冠南渡,儒家精神尤其是承載道統所在的儒門宗師,也整體上轉向南方。清朝雍乾時期的大學者全祖望(謝山)説:"關、洛陷於完顔,百年不聞學統。"北宋建國百年之際的二程子誕生世間,繼承了斷絶千四百年的孔孟學脈,從學問系統、語言系統到研習系統建立了新儒學的大厦,此後通過程門四先生流衍南北,精神大振,仁誠忠信,禮義廉恥,從廟堂到江湖莫不知、莫不習。四先生之一的福建人楊時(龜山)深得二程子欣賞,及他歸鄉,明道先生改用當年鄭玄(康成)東歸時馬融的話,説:"吾道南矣。"儘管北方的政局穩定,天地元氣略有恢復以後,數百年間陸續出現了姚樞(敬齋)、許衡(魯齋)、薛瑄(文清)、孫奇逢(夏峰)、李顒(二曲)等大儒,但是靖康之恥時孔廟大殿裡的那一箭,使得儒門學脈整體而言開始轉向南方,今天看黄宗羲(梨洲)及其子及其私淑弟子不斷補成編撰的《宋元學案》,以及基本上由梨洲獨立完成的《明儒學案》,便知那之後在南方,儒門宗師輩出,星河燦爛。其中被稱爲東南三先生之一的江西金溪人陸九淵(象山)便是極爲獨特的一位大儒。

陸氏一支於五代末遷徙至撫州金溪青田以後,世代讀書,尤其是象山先生的父親陸賀"生有異稟,端重不伐,究心典籍,見於躬行,酌先儒冠、昏、喪、祭之禮行於家,弗用異教,家道整肅,著聞於州里"。因應時代變化,損益前代禮制,踐行於家族,這種學問和魄力顯然是伊川先生的遺風,後來亦爲晦庵朱子所採用。象山先生乃家中幼子,出生於高宗紹興九年(一一三九)二月,平生事業主要在孝宗時期和光宗前三年。三十四歲中進士後“名聲振行都”,學者踵至,尤其是淳熙二年(一一七五)他三十七歲時與吕東萊、朱晦庵鵝湖之會以後,名震天下。淳熙十四年(一一八七)他四十九歲時應邀在家鄉不遠處的貴溪應天山建精舍聚衆講習,學者各來結廬,相與切磋。他居山五年,來學者逾千數人,大振儒風,至光宗紹熙三年(一一九三)冬逝於知荆門軍任上,壽五十四。象山先生學問和功業,純粹不雜,任道健決,學問和言行值得每一位後學細細參詳。人常説大師不世出,放在象山先生這裡,再合適不過。

二

孝宗淳熙七年(一一八〇)年底,四十一歲的辛棄疾(稼軒)被朝廷加右文殿修撰,差知隆興府兼江西安撫,這是他第二次安撫江西。第二年,年長他一歲的象山先生給家鄉父母官辛稼軒寫長信,痛陳如今地方官府弊政,在於“貪吏害民,害之大者”。地方政府的政治架構,是縣級以上行政官員由朝廷任命,有任期限制,且一般不得在家鄉政府任職。新任官員在有限的任期内,往往需要依靠長期紮根於此的當地人來治理一切,是謂吏。官和吏完全是兩種角色,兩個羣體,出身不同,思路不同,利益亦不同。吏不由朝廷任命,理論上由官選定,可爲官一任,並没有多大可能性認真選擇具體進行管理的吏,因此在真正的政府管理上,起決定作用的往往是吏。由朝廷任命的官,基本上都是科舉出身,受儒家正統教育,熟讀經典,即便有私欲,有小人,可大多數仍有基本的儒家道德標準,都知道勤政愛民,知道爲政以德,也懂得“道之以政,齊之以刑,民免而無恥。道之以德,齊之以禮,有恥且格”,深知治理一方需要“舉直錯諸枉,則民服”的決斷,這是整個國家得以穩定運轉的根本保證。可那些真正進行管理的吏,卻未必受過儒家正統教育,思考和決斷往往從個人或所在羣體利益出發,所謂“小人喻於利”。象山先生在信中説“自古張官置吏,所以爲民”,國家設置的各種刑罰原本是爲了“使長、吏操之以禁民爲非,去其不善不仁者,而成其善政仁化”,可如今“縣邑之間,貪饕矯虔之吏,方且用吾君禁非懲惡之具,以逞私濟欲,置民於囹圄、械繫、鞭棰之間,殘其支體,竭其膏血,頭會箕斂,槌骨瀝髓,與奸胥猾徒厭飫咆哮其上”。更有甚者,他們利用朝廷派任的長官不瞭解地方詳情,互相勾結,上下欺瞞,對田畝之民“累累如驅羊”,至於“箠楚之慘,號呼籲天,惰家破産,質妻鬻子”,使得朝廷安撫民衆之地,“轉而爲豺狼蠍蚊之區,日以益甚,不可驅除,豈不痛哉”!而且有人巧立名目,加派賦税,中飽私囊,“此貪吏之所藉以爲説而欺上之人者,最不可不察也”。而近來偏偏有人喜談寬仁之説,而不細究何謂寬仁,導致縱容奸邪,然而“於其所不可失而失之,於其所不可宥而宥之,則爲傷善,爲長惡,爲悖理,爲不順天,殆非先王之政也”。

象山先生下筆近兩千言,不憚辭費,剖析隱微,如見小人肝膽,直言不諱,義不容辭,這正是儒家爲政精神的體現。有一次他回憶季兄九齡(復齋)問自己:“吾弟今在何處做工夫?”他回答説:“在人情、事勢、物理上做些工夫。若知物價之低昂,與夫辨物之美惡真僞,則吾不可不謂之能。然吾之所謂做工夫,非此之謂也。”他在敕局任職時,有人問他:“先生如見用,以何藥方醫國?”他亦如是回答:“吾有四物湯,亦謂之四君子湯:任賢,使能,賞功,罰罪。”世間萬事蝟集,諸多辛苦,終日勞煩,他曾經説過:“莫厭辛苦,此學脈也。”儒家全部學問,盡在世間,從未有出世間一説,在世間入門,亦在世間成就自我,灑掃應對,隱秘精微,全副精神不出於此,如此方爲仁,如此方爲忠恕,如此方能出脱世間勞苦,而有仁者之樂。三百年後陸澄嘗問象山在人情、事變上做工夫之説,陽明先生曰:“除了人情事變,則無事矣。喜怒哀樂非人情乎?自視聽言動,以至富貴貧賤、患難死生,皆事變也,事變亦祗在人情裏,其要祗在致中和,致中和祗在謹獨。”陽明先生的第一句回答,正好解釋象山先生的第一句話,後面數句恰對應象山先生的進一步申説。

這正是儒佛之辨的關鍵所在。後世有儒者無法體驗到這個地步，便橫説象山先生學問爲禪學，豈不知辨明儒佛之根本區别，正是象山先生常常闡揚的。在象山先生文集卷二中有與王順伯書，論儒佛之辨，鞭辟入裏，極爲透徹，乃判别兩家學問異同的不刊之文，用象山先生自己的話説，此函是“明道之文”，也就是説那是用來明確大道，而不是用來辯論的，“雖聖人復起，不易吾言”。千百年來不知有多少聰明才智之士不明此理，或含混兩端，或持佛學涵蓋儒學之説，或强爲調和，號稱會通，大而化之，最易聳動迷者之心，如明末李贄（卓吾）、方以智（密之）輩，自許通人，實則爲兩家罪人而不自知。象山先生説：“試使釋氏之聖賢，而繩以《春秋》之法，童子知其不免矣。從其教之所由起者觀之，則儒釋之辨，公私義利之别，判然截然，有不可同者矣。”他告誡門人，爲學“須斬釘截鐵”。他曾經贈人數語，嚴厲簡捷，不留餘地：“明德在我，何必他求？方士、禪伯，真爲大祟。無世俗之陷溺，無二祟之迷惑，所謂無偏無黨，王道蕩蕩，浩然宇宙之間，其樂孰可量也！”在象山先生現存文字中，有兩通書信是贈給一位出家爲僧的族人，字裏行間既有對這位族中僧人的勸誡，又有對“家之子弟，國之士大夫”的警戒，細細讀來，大道存焉，又極具語言藝術：“子弟之於家，士大夫之於國，其於父兄君上之事，所謂無所逃於天地之間者，顧乃不能竭力致身以供其職，甚者至爲蠹害。懷上人，學佛者也，尊其法教，崇其門庭，建藏之役，精誠勤苦，經營未幾，駸駸鄉乎有成，何其能哉！使家之子弟，國之士大夫，舉能如此，則父兄君上，可以不詔而仰成，豈不美乎？懷本陸出，是後也，過余。余於是有感，因書以贈。”

三

象山先生和辛稼軒的因緣還不止於此。稼軒有一位經常相互詩詞唱和的友人四川雲錦的吴紹古（子似），他曾經遠道而來從象山先生學習,臨别返鄉,向象山先生爲他在家鄉瑱山的讀書堂求名字,先生名之爲經德堂,且專門撰寫《經德堂記》,期待能感發吴子似。這一年象山五十二歲,正是學問爐火純青之時。他在文章開頭便言簡意賅地説:"堂名取諸孟子'經德不回,非以干禄也'。經也者,常也;德也者,人之得於天者也;不回者,是德之固不回撓也。無是則無以爲人,爲人臣而無是,則無以事其君,爲人子而無是,則無以事其父。"這個得之於天的德,正是明道先生自家所體悟出來的"天理",亦是後來陽明先生所體悟出來的"良知",即儒門核心精神的仁,但這個精妙絶倫的天理,絶不在虛無縹緲之地,正在每個人都能懂也都能去踐履的世間,即孔子回答齊景公問政的"君君、臣臣、父父、子子"。天地之仁爲天理,體現於人爲本性之良知,良知是一個人生存在世間的源動力,古語謂之"生理",即生而爲人的道理,看不見摸不著,必須通過行事來彰顯。既然一個人的全部精神在世間,就需要體現在一個人最爲根本的五種社會關係上,體現在君臣關係上是義,體現在父子關係上是親,體現在兄弟關係上是悌,體現在夫婦關係上是别,體現在朋友關係上是信。對應今天這個時代,君臣關係可理解爲一個人和政治的關係,義即是非曲直,有犯而無隱;父子關係可理解爲一個人和長輩的關係,親是父慈子孝,有隱而無犯;兄弟關係可理解爲超越普通友情如子夏所言"四海之内皆兄弟"的關係,悌即兄愷弟悌,友愛互助;夫婦關係極爲重要,《中庸》裏説:"君子之道,造端乎夫婦。"摯而有别,是一種既有真摯愛情,又有生理和心理方面差異的關係;朋友關係,正如《周易》兑卦《象》辭所言:"君子以朋友講習。"曾子發揮爲"以文會友,以友輔仁","文"者"紋"也,是一個人全部的言行,朋友間的"信"正建立於此,必先自信此心,方能取信於友。

象山先生既於《經德堂記》開頭闡發此義,然後氣象大開,從大禹之治水,后稷之播種,到武王伐紂,孔子周遊,再到曾子孝聞,申生待烹(這一例子顯然是受到張横渠《西銘》的啓發),皆爲此德。他氣魄宏大,爲儒門學統斷案,若没有切實體悟和大智大勇,絶不敢發爲此言,這也是象山先生常常説自己的學問,無非一個“實”字的涵義。他接下來敘述此德下衰,此心不競,從正統到學統都如盜竊,雖然如此,“君子反經而已矣,經正則庶民興,庶民興斯無邪慝矣”。此言出自孟子,意思是似是而非最爲有害,唯有“反經”,返回正道,而正道才是常道。

作此文兩年半後象山先生去世,再後來吴子似來鉛山做縣尉,與僑居於此二十多年的辛稼軒相聚,大概談及此事,稼軒作詞以贈,詞義藴藉,值得味之再三,其最後兩句,或許不能僅僅視爲詞人之空言。其《水調歌頭・題子似瑱山經德堂》(堂,陸象山所名也)曰:

> 唤起子陸子,經德問何如。萬鍾於我何有?不負古人書。聞道千章松桂,剩有四時柯葉,霜雪歲寒餘。此是瑱山境,還似象山無?
>
> 耕也餒,學也禄,孔子徒。青衫畢竟升斗,此意正關渠。天地清寧高下,日月東西寒暑,何用著工夫!兩字君勿惜,借我榜吾廬。

四

無論是與辛稼軒的信函,還是爲門人吴子似所作的《經德堂記》,都是象山先生學問所萃,時人及後人常説象山先生學問的特點,乃孟子説的“先立乎其大者”。

> 吾之學問與諸處異者,祇是在我全無杜撰,雖千言萬語,祇是覺得他底在我不曾添一些。近有議吾者云:“除了‘先立乎其大者’一句,全無伎倆。”吾聞之曰:“誠然。”

然而何謂“立乎其大者”,學者常常有各種誤解,最容易産生的誤解便是以虚無縹緲的所謂境界去講,甚至理解爲頓悟。但是,與辛稼軒信中所痛切講明的經世,《經德堂記》中氣象恢弘所闡明的諸多往聖先賢的“同此德”,才是每一位學者需要真正建立的“其大者”。今檢象山先

生的文字及語録,的確見他反復申明此意,關鍵在於學者善於研習,善於涵泳領會。他在給趙詠道的信中説:

塞宇宙一理耳,學者之所以學,欲明此理耳。此理之大,豈有限量?程明道所謂有憾於天地,則大於天地者矣,謂此理也。三極皆同此理,而天爲尊,故曰"惟天爲大,惟堯則之"。五典乃天敘,五禮乃天秩,五服所彰乃天命,五刑所用乃天討。今學者能盡心知性,則是知天,存心養性,則是事天。人乃天之所生,性乃天之所命。自理而言,而曰大於天地,猶之可也,自人而言,則豈可言大於天地?乾坤同一理也,孔子於《乾》曰"大哉乾元",於《坤》則曰"至哉坤元";堯舜同一理也,孔子於堯曰"大哉,堯之爲君",於舜則曰"君哉堯也"。此乃尊卑自然之序,如子不可同父之席,弟不可先兄而行,非人私意可差排杜撰也。

孔子講"有德者必有言",象山先生學有深悟深得,因此言語之間很少缺漏,一段話即能講明甚深涵義。這段話把天地宇宙連通世間,連通於人,透徹説明何謂天人合一。天地宇宙祇有一個道理,絶無其他,"宇宙無際,天地開闢,本祇一家","此理所在,豈容不同?不同此理,則異端矣"。象山先生多次解釋孔子講的"異端",他説:"今人鹵莽,專指佛老爲異端,不知孔子時固未見佛老,雖有老子,其説亦未甚彰著,夫子之惡鄉原,《論》、《孟》中皆見之,獨未見排其老氏,則所謂異端者非指佛老明矣。"象山以大魄力,一言爲異端定義:"同此之謂同德,異此之謂異端。"異端的根本特性是不明天理,懷有私意,天下言論紛紛,何止佛老爲異端!他目光如炬,特别批評"近世言窮理者亦不到佛老地位,若借佛老爲説,亦是妄説,其言辟佛老者亦是妄説",有一次特地告誡門人:"子先理會得同底一端,則凡異此者,皆異端。"

每一位學者學習,正是要明曉這個天地宇宙的道理,此理甚大,而天地人三極都具備此理,其中天爲最尊,孔子説"惟天爲大,惟堯則之",在孔子這裡講明瞭全部道理,其中特别拈提"仁"字,涵蓋一切,此所以爲聖人，唯需後學根據自己所處的時空進行闡發。象山先生説："夫子以仁發明斯道，其言渾無罅縫。孟子十字打開，更無隱遁，蓋時不同也。""惟天爲大，惟堯則之"八個字溝通天地，天地之大，唯需如堯舜禹之聖方能與之對接，亦唯有聖人方能以此爲世間制訂準則，比如各種典禮，各種衣冠，各種刑罰，所謂"禮儀三百，威儀三千"即此。象山先生進一步説："天秩、天敘、天命、天討，皆是實理，彼豈有此？"重要的是，這一道理絶非刻意安排，乃"自然之序"。天地宇宙的精神，必須通過聖人爲中介方能在世間落實和彰顯，學而知之和困而知之的學者，唯有通過盡性致命，才能知天和事天，這便是儒門研習的唯一亦是全部途徑，聖賢言論甚多，皆爲從各個角度闡發這一途徑。

象山先生從小穎悟，異於常人，學無常師，有後學説他的學問"實自天出，不待勉强"。他平生之所以常常提示學者先立乎其大者，原因在於他自己由此入道。他自三四歲時，便能思考天地爲何無法窮盡，至於不食，卻無人爲他講明，雖暫時放下，可胸中之疑始終存在。十三歲時，讀先秦諸子至"宇宙"二字，見《文子》、《尸子》裏都説："四方上下曰宇，往古來今曰宙。"忽然大省曰："元來無窮！人與天地萬物，皆在無窮之中者也。"乃援筆書曰："宇宙内事乃己分内事，己分内事乃宇宙内事。"又曰："宇宙便是吾心，吾心即是宇宙。東海有聖人出焉，此心同也，此理同也；西海有聖人出焉，此心同也，此理同也；南海北海有聖人出焉，此心同也，此理同也；千百世之上至千百世之下，有聖人出焉，此心此理，亦莫不同也。"

象山先生在十三歲，即能省悟這一問題，從此掃去胸中積滯，實際上是由這一次生命中極爲重要的領悟，一定程度上打破了我們每一個人存在於世間所不得不承受的時間和空間的雙重束縛。在年少領悟力最强的時候，窺見天地宇宙之無窮，一個人生乎其間，此身渺然如芥子，此心卻可與宇宙同大，此身有生死，此心卻可與宇宙同無窮。這個無窮之心，生生不息，永遠處於變動不居之中，而變動之中卻又有個恒定不變的東西在,那便是生生不息之理。就像樹木可以枯死,可樹木生長的那個道理,卻並不會隨著樹木的存亡而存亡;眼睛可以昏花乃至無法視物,可"看見"這個道理卻永遠不會消失,即便這個星球消失,亦是如此。這個原理或道理,便是仁。仁是本體,視、聽、言、動,是仁通過不同生理器官的顯用。這就是象山先生經常提示學者們的話:"汝耳自聰,目自明,事父自能孝,事兄自能弟,本無欠闕,不必他求,在自立而已。"換句話說,我們的生理器官,是用來彰顯生命本來的那個仁的,這才應該是它們的本能,也是它們的價值所在。一個人祇是不斷追求具體生理器官的需求,拋棄或忘記了它們的真正功能,"所以異於禽獸者幾希"。

仁體純陽無雜,宇宙天理生生不息,聖人通過《乾卦》這個象表示,以此具體形象來開發人們的智慧,教導人們依照此理此象改變氣質,完善自我。象山先生常常啓悟其他學者的途徑,即通過"宇宙"這一開闊的象,希望以這個象本身所蘊含的巨大純陽之力來衝破一般人生命中所凝滯的各種障礙。當然,第一次窺見天地宇宙之無窮,並非一了百了,並非徹悟,不過是在牆外看到裡面"宗廟之美,百官之富",知道了真正的大道所在,於是知道了向何處用功,這便是孔子"三十而立"的立志,是一個人學習正式入門的第一步,此時方能辨別是非曲直,能抵抗其他門徑的種種誘惑和吸引,才是孟子所言"先立乎大者,則其小者不能奪也"。而如何用功,以及應對在用功過程中所遇到的各種問題,仍需日日涵養,通過不斷研習和師友切磋才能逐漸達致,孟子說:"流水之爲物也,不盈科不行;君子之志於道也,不成章不達。"一旦立志,如江水東流,外物不能阻撓,沛然向前,終究可達河海。門人詹阜民(子南)一日侍坐,無所問,象山先生告訴他:"學者能常閉目亦佳。"於是他無事時就安坐瞑目,用力操存,夜以繼日,如此者半月,一日下樓時,忽覺此心已復澄瑩,就去見先生,先生目逆而視之曰:"此理已顯也。"他問:"何以知之?"先生答曰:"占之眸子而已。"最後又專門告誡子南:"更當爲說存養一節。"這個著名故事,便是"先立乎其大者,然後存養"這一研習方法的精彩案例，象山先生一眼便知學者進學地步，極見他接引後學之方。

針對當時有人提出“先立乎其大者”之説似乎是捷徑，好像没有次序，過於高遠云云，象山先生專門有言辯白并提醒：“學有本末先後，其進有序，不容躐等。吾所發明端緒，乃第一步，所謂升高自下也。”

> 王子墊問曰：“士何事？”孟子曰：“尚志。”曰：“何謂尚志？”曰：“仁義而已矣。殺一無罪，非仁也。非其有而取之，非義也。居惡在？仁是也。路惡在？義是也。居仁由義，大人之事備矣。”

君子須尚志，然後進學至居仁由義，大人之事於是齊備，這個學習的次序和道理，便是儒家的根本學問，居仁由義的大人之學，也是聖人之學。唯有此，才是一個人來到世間的唯一意義，唯有達此，方爲天地之間的一個人。“先立乎其大者”，正是大人之學的第一步階梯。不妨再細細體悟一下孟子原文：

> 公都子問曰：“鈞是人也，或爲大人，或爲小人，何也？”孟子曰：“從其大體爲大人，從其小體爲小人。”曰：“鈞是人也，或從其大體，或從其小體，何也？”曰：“耳目之官不思，而蔽於物。物交物，則引之而已矣。心之官則思，思則得之，不思則不得也。此天之所與我者。先立乎其大者，則其小者不能奪也。此爲大人而已矣。”

《大學》一書，開篇先講明大人之學的綱領：“大學之道，在明明德，在親民，在止於至善。”並通過八條目，循環呼應，説明“欲明明德於天下”的學習次序，又以“誠意”爲具體工夫，分别講説，結構嚴謹，布局精密，儒門核心精神盡在於此。而將《大學》中講明的大人之學，和天地宇宙之理連通起來，乃在《中庸》。《論語》、《孟子》體用兼具，萬象紛呈，融合無間，《大學》、《中庸》將體和用分開講，再組成一篇大文章，使得後世學者懂得大道所在、向道之方、學習本末和日常工夫。北宋二程子諸儒正式明確提示這個儒門修習體系，到了象山先生，通過“宇宙”這個象來啓悟學者“先立乎其大者”，像前面提到的他給趙詠道書信中所涵泳的，實際上是對四書所建立的修習體系的高度概括，繼絶學，開太平，壁立千仞,彪炳千秋。這種豐功偉績和開闊氣象,在三百年後陽明先生"致良知"三個字裹方能再次見到。

五

爲往聖繼絶學,是儒者的本分中事,和明道先生悟得"天理"二字,得千四百年不傳之緒於"遺經"一樣,象山先生以大智慧、大魄力,拈提"先立乎其大者"這樣的口訣,固然有天縱英才的因素,必定亦是讀書所得。他三四歲時思考的是"天地"爲何無窮,衹有到十年後讀古書到"宇宙"二字,方能大省。實際上,由於有很好的家學傳統,象山先生從小讀書就非常用功,十分善於思考,稍有疑問,絶不放過,往往於疑問處得力,後來他亦以此爲學習方法,告訴從學者:"小疑則小進,大疑則大進。"伯兄梭山總管家務,半夜起來巡視,總是看到這個幼弟在秉燭看書。雖然他給世人一種超拔閒逸的印象,可實際上卻勤於考索,象山全集中保存至今的許多闡明《春秋》大義、爲《尚書》發微,乃至論述易數、揲蓍、天文、陰陽等文字,均見其博學,可惜至今不被一般學者所措意。而他最終能以極爲簡約的方式從胸臆中自然流出,並"見於面,盎於背,施於四體,四體不言而喻",正是儒門"博學于文,約之以禮"的極佳典範。他不但不放過書册上的問題,日常亦處處留心,常有覺悟,梭山嘗云:"子静弟高明,自幼已不同,遇事逐物皆有省發。嘗聞鼓聲振動窗櫺,亦豁然有覺,其進學每如此。"

先立乎其大者,是象山先生根據自身體悟所總結出來的研習方法,能對應世人被俗情俗念所束縛而不能自拔,因此象山先生本人及門下士都非常重視踐履。他曾自云:"吾家合族而食,每輪差子弟掌庫三年。某適當其職,所學大進,這方是'執事敬'。"他經常嚴厲激勵初學者:"要當軒昂奮發,莫恁他沈埋在卑陋凡下處。""激厲奮迅,決破羅網,焚燒荆棘,蕩夷汙澤。"這個方法如迅雷烈風,可以借助天地宇宙純陽之氣決破世俗羅網，焚燒胸中那些萬般荆棘，掃平深陷其中的汙澤。志向既立，則那些紛紛擾擾不能奪心，然後循序漸進，至於廣大精微之地。這仍是“孔子登東山而小魯，登太山而小天下，故觀於海者難爲水，游於聖人之門者難爲言。觀水有術，必觀其瀾。日月有明，容光必照焉”之義。象山門人毛必彊云：“先生之講學也，先欲復本心，以爲主宰，既得其本心，從此涵養，使日充月明。讀書考古，不過欲明此理，盡此心耳。其教人爲學，端緒在此，故聞者感動。”

象山先生給胡季隨信中有一句話，可以看作“先立乎其大者”這一學問宗旨和進學次序的注釋：“《大學》言明明德之序，先於致知；孟子言誠身之道，在於明善。”大人之學是明明德於天下，那首先要致知，“先立乎其大者”便是要明白向道的方向。“誠者，天之道也；誠之者，人之道也。”天理之性即誠，“誠者不勉而中，不思而得，從容中道，聖人也”。人以誠自修，是踐行天道，“誠之者，擇善而固執之者也”，擇善便是“止於至善”，踐行的首要步驟在於“明善”，明白何謂至善，明白至善即天道、天理，“先立乎其大者”就是先明白這個道理，然後立志向此。前輩明道先生的《定性書》，後學陽明先生拈提“致良知”，理路均與此相同，三位大儒在性情和方法或有許多不同，但在這個理路上卻没有區别。不過陽明先生特地加了一句，更加完善，使得義理和工夫兼具，没有遺漏：“良知明白，隨你去靜處體悟也好，隨你去事上磨練也好，良知本體原是無動無靜的。此便是學問頭腦。”認得良知明白，在事上磨煉，缺一不可，方才無弊。

而朱子提倡的研習次序，與此有很大不同，朱子繼承伊川先生的論學宗旨，主張於每事每物上致知，讀書是重要的方法，以此漸進於明善。人們把象山先生的爲學宗旨總結爲“尊德性”，朱子的爲學宗旨爲“道問學”，抵牾由此而生。其實兩種方法針對不同的根性，使得每個人各有得力處，而且尊德性中有道問學，道問學中有尊德性，決不能偏廢，不管用哪種進學方法，另外一種方法必定也在其中。如果偏執一種方法，前者容易蹈空就虛,後者容易食古不化。其實《中庸》裏説得非常清楚:"聖人之道洋洋乎!發育萬物,峻極於天。優優大哉!禮儀三百,威儀三千。待其人然後行。故曰:苟不至德,至道不凝焉。故君子尊德性而道問學,致廣大而盡精微,極高明而道中庸。""發育萬物,峻極於天"是尊德性,"禮儀三百,威儀三千"是道問學。《中庸》行文中先講明尊德性和道問學,用"故"字承上啓下,引出下面的三句話,接下來的三個"而"字亦絶非苟用,將尊德性和道問學、致廣大和盡精微、極高明和道中庸糅爲一體,上下内外兼具,真是一篇精密絶妙的大文章。

而時人和後學不識此意,紛紛擾擾,將同是孔孟嫡傳血脈的兩位大儒之學問宗旨横截爲二,各立壁壘,相互攻訐,同室操戈,釀成千年公案,大悖二人天地之量。陽明先生嘉靖元年(一五二二)兩次答覆徐成之論朱陸異同,需細細參看。明清之際的黄梨洲亦云:"嗟乎!聖道之難明,濂洛之後正賴兩先生繼起,共扶持其廢墮,胡乃自相齟齬,以致蔓延今日,猶然借此辨同辨異,以爲口實,寧非吾道之不幸哉!"而象山語録裏記述了一件事,甚見象山先生氣量:

> 一夕步月,喟然而歎。包敏道侍,問曰:"先生何歎?"曰:"朱元晦泰山喬嶽,可惜學不見道,枉費精神,遂自擔閣,奈何?"包曰:"勢既如此,莫若各自著書,以待天下後世之自擇。"忽正色厲聲曰:"敏道!敏道!恁地没長進,乃作這般見解。且道天地間有個朱元晦、陸子静,便添得些子?無了後,便減得些子?"

著書不過是世間萬事之一,儒者必須打破"書册"這個象,不祇從書册上討道理,破除"著述"之念,以求大道爲心,以踐行大道爲念,以此心此身爲大道之顯現,這才是"學而時習之,不亦説乎"的本義。"或問先生何不著書,對曰:'六經注我,我注六經。'"朱子亦曾致書門人説:"示諭競辯之論,三復悵然!愚深欲勸同志者兼取兩家之長,不輕相詆毁。就有未合,亦且置勿論,而力勉於吾之所急。吾人所學吃緊著力處,正天理、人欲相去之間,如今之論,則彼之因而起者,於二者之間果何處乎？子靜平日自任，正欲身率學者於天理，不以一毫人欲雜於其間，恐決不至如賢者之所疑也。”又有學者因無極之辯貽書詆象山先生，朱子回復説：“南渡以來，八字著脚，理會著實工夫者，惟某與陸子靜二人而已。某實敬其爲人，老兄未可以輕議之也。”

正因象山先生爲學宗旨以此，時人及後世常説他不提倡讀書，而他在貴溪象山大倡儒門學問精髓，平時與門人講學，絶不解説無益之文義，又無定本可説，常常令初學者無所適從。而且他不立學規，“但常就本上理會，有本自然有末。若全去末上理會，非惟無益。今既於本上有所知，可略略地順風吹火，隨時建立，但莫去起爐作灶”。正因爲常在根本上下手，因此“吾與人言，多就血脈上感移他，故人之聽之者易”，“吾之言道，坦然明白，全無粘牙嚼舌處，此所以易知易行”。世人都知道象山的本領：“老夫無所能，祇是識病。”今讀他與門人、友人書信，常見這一特點，極爲凌厲，真是“開口見膽”，千百年後亦能令人汗出，坐不自安。《論語》二十篇最後一章，以孔子言“不知命，無以爲君子也；不知禮，無以立也；不知言，無以知人也”結尾，絶非偶然。有人問孟子有何擅長，孟子回答説：“我知言，我善養吾浩然之氣。”“何謂知言？”孟子曰：“詖辭知其所蔽，淫辭知其所陷，邪辭知其所離，遁辭知其所窮。生於其心，害於其政；發於其政，害於其事。聖人復起，必從吾言矣。”能養浩然之氣，萬物皆備於我，則必能知言，這是洞徹大本的話。正因象山先生洞徹大本，才能於人情世故明察秋毫。然而“信得及”一關，常人往往難以突破，孔子説“信而好古”，“信”在“好古”之前，好古而不信，今日滔滔天下皆是也，這是無源之水，無本之木，斷港枯芽，没有生機。象山先生深察此弊，説：“此道與溺於利欲之人言猶易，與溺於意見之人言卻難。”然而有人據《列子》中的話“察見淵魚者不祥，智料隱匿者有殃”來對比知人、知言，象山先生説：“然吾非苛察之謂，研究得到，有扶持之方耳。”此意用禪宗宗師們常説的話，便是“既有殺人之刀，又有活人之劍”。象山先生説：“我這裡有扶持，有保養，有摧抑，有擯挫。”孟子曰：“教亦多術矣,予不屑之教誨也者,是亦教誨之而已矣。”接引學者的方法很多,明睿所照,因人立方,唯有如此,雷霆手段方能有效,而後世的種種東施效顰,人衹見其愚而已。

在晚年,象山先生的教學方法更爲純熟,更爲從容,效應也越發明顯:

> 首誨以收斂精神,涵養德性,虚心聽講,諸生皆俛首拱聽。非徒講經,每啓發人之本心也,間舉經語爲證,音吐清響,聽者無不感動興起。初見者或欲質疑,或欲致辯,或以學自負,或有立崖岸自高者,聞誨之後,多自屈服,不敢復發。其有欲言而不能自達者,則代爲之説,宛如其所欲言,乃從而開發之。至有片言半辭可取,必獎進之,故人皆感激奮礪。

> 諸生登方丈請誨,和氣可掬,隨其人有所開發,或教以涵養,或曉以讀書之方,未嘗及閒話,亦未嘗令看先儒語録。

或許正是因爲“未嘗令看先儒語録”,才導致那樣的誤解。其實象山先生非常討厭“束書不觀、游談無根之虚説”,他多次説:“人謂某不教人讀書,如敏求前日來問某下手處,某教他讀《旅獒》、《太甲》、《告子》‘牛山之木以下’,何嘗不讀書來?衹是比他人讀得別些子。”讀書與别處不同,正是象山先生教學的重大特點,除了四書之外,他格外重視《尚書》和《春秋》,此二書在儒家學問體系中極爲特殊,也極爲重要,是儒家“明明德於天下”大人之學的集中體現。《尚書》是堯舜禹湯、文武周公内聖外王之學,一言一行,均爲典謨;《春秋》是集大成之孔子在歷史大勢轉折關頭金聲而玉振,爲萬世立法之學,字句褒貶,行天子之事。但卻正由於《尚書》難讀,隱微難顯,《春秋》精密,大義難識,二書經常不被一般學者所重視,因此至於象山先生格外提倡此二書的用心和其學問的深厚,數百年來亦常爲人所忽視。他常常讓人讀其中的《臯陶》、《益稷》、《大禹謨》、《太甲》、《説命》、《旅獒》、《洪範》、《無逸》等篇,“吾之深信者《書》,然《易·繫》言‘默而成之,不言而信,存乎德行’,此等處深可信”。他生命最後的兩年，在知荆門軍任上兢兢業業，一上任即通過向民衆講解《尚書》“皇極”大義，以替代每年常規的醮事，明晰易懂，大義不紊。他諄諄告誡民衆：“能保全此心，不陷邪惡，即爲保極，可以報聖天子教育之恩，長享五福，更不必别求神佛也。”

象山先生逝後，門人楊簡（慈湖）在祭文中有幾句極富概括力的話：“垂象著明者，先生之著明；寒暑變化者，先生之變化。《書》者，先生之政事；《詩》者，先生之詠歌；《禮》者，先生之節文；《春秋》，先生之是非；《易》，先生之變易。”大本既立，則萬物皆備於我，六經文字都會來一一印證此心，和自己的生命體貼融合，就無需糾纏於字句訓詁和演繹推理，即象山先生所言“學苟知本，六經皆我注脚”。此等學問，不僅僅是大魄力而已，完全是廓然大公、萬物一體的聖賢學問，不是今天不知學的人所能想見。後來陽明先生學問至純熟，在《尊經閣記》中亦有一段説法，與此同心：“六經者非他，吾心之常道也。故《易》也者，志吾心之陰陽消息者也；《書》也者，志吾心之紀綱政事者也；《詩》也者，志吾心之歌詠性情者也；《禮》也者，志吾心之條理節文者也；《樂》也者，志吾心之欣喜和平者也；《春秋》也者，志吾心之誠僞邪正者也。”

六

儒門精神經二程子恢復發揚以來，由兩三代門人後學傳承，醇儒甚多，數十年後到了孝宗和光宗時期，這一代學者中的四位大儒極爲突出，各有特色，吕祖謙（東萊）醇厚沖淡，張栻（南軒）奮厲明決，朱熹（晦庵）沈潛博大，陸象山省特英發，均爲不世出之人傑。清人全謝山曾説：“予讀信伯集，頗啓象山之萌芽。……象山之學，本無所承，東發以爲遥出於上蔡，予以爲兼出於信伯，蓋程門已有此一種矣。”將象山先生的學問通過謝良佐（上蔡）和王蘋（信伯）而上承程門，不爲無理，卻没有必要。淳熙十二年，象山先生四十七歲，門人詹子南嘗問：“先生之學亦有所受乎?”他答曰:“因讀《孟子》而自得之。”他對自己的學問極爲自信,以爲可以對接孟子:“竊不自揆,區區之學,自謂孟子之後至是而始一明也。”他深知“這裡是刀鋸鼎鑊底學問”,若無真實體悟心得,怎能有此承擔?象山先生以爲伊洛諸公草創了儒門精神,卻“未爲光明”,光明此學,正在我輩。他甚至認爲需要整理的,是秦以來壞了的人文:“包犧氏至黄帝,方有人文,以至堯舜、三代,今自秦一切壞了,至今吾輩,盍當整理?”明正德十六年陽明先生給席書(元山)的信中說:“象山之學簡易直截,孟子之後一人。其學問思辯、致知格物之説,雖亦未免沿襲之累,然其大本大原,斷非餘子所及也。”細繹象山先生的許多言語,皆能從孟子處得到源頭。

二程子特注重顔回之學,尤其表彰顔子的不違如愚之學,明道先生説“顔子示不違如愚之學於後世,和氣自然,不言而化者也。孟子則顯其才用,蓋亦時焉而已矣。學者以顔子爲師,則於聖人之氣象類矣。”又告誡後學:“顔、孟知之、所至則同,至於淵懿温淳,則未若顔子者。”而象山先生説:“顔子問仁之後,夫子許多事業,皆分付顔子了,故曰:‘用之則行,舍之則藏,惟我與爾有是。’顔子没,夫子哭之曰:‘天喪予。’蓋夫子事業自是無傳矣。曾子雖能傳其脈,然參也魯,豈能望顔子之素蓄?幸曾子傳之子思,子思傳之孟子,夫子之道,至孟子而一光。然夫子所分付顔子事業,亦竟不復傳也。”

這是一個極爲重要的判斷,與程朱二子不同。程朱二子所確立的孔曾思孟道統,當然不是有意爲之,而是將孔孟之道的傳承譜系發揚明確出來而已。象山先生以爲孔子的學問本來傳給了顔子,顔子殁,夫子之慟,不僅爲斯人,亦爲斯道,此後没有人能傳此道之全部。曾子傳子思,子思傳孟子,夫子之道雖然“一光”,但孔子學問之全,終究没有傳下來。堯舜禹湯、文武周公的學問在《尚書》,那時學在王官,内聖和外王兼具一人之身,行王道,道在天下。斯文傳至孔子,學問下移,内聖和外王分離,治統的王者無法具備内聖,王道式微,强者行霸道,道術亦爲天下裂。而孔子具内聖之資,卻無外王之事業,這是歷史大勢的轉折關頭。於是孔子述而不作,整理舊典,承載著王道的《詩》亡以後,不得不作《春秋》,示王道大義於三世(所傳聞世、所聞世、所見世)褒貶之中,以警懼亂臣賊子,爲萬世立法,儒家門户和道統由此正式確立。孔子更汲汲於教育,澤被天下後世。孔子之道,兼具"不可得而聞也"的天道(形而上者謂之道)和"可得而聞也"的人道(形而下者謂之器),孔門四科中的德行科傳的是天道,言語、政事和文學三科傳的人道。後學研習聖賢學問,反諸己身,形諸言語文字和行事,其實是將聖賢學問在自己的生命中進行檢驗。象山先生之意,是説顔子兼傳孔子的天道和人道,"最有精神",而顔子之學作爲孔門研習路徑之一,走起來甚難,象山先生延續孟子説顔子是"具體而微"之聖人,這其實是他檢驗自身學問所得,蕴含了他自身的體悟和期許。顔子並没有著述,他的學問全部在《論語》的數章中,象山先生曾詳細講述過顔子的學問:

顔子爲人最有精神,然用力甚難。仲弓精神不及顔子,然用力卻易。顔子當初仰高鑽堅,瞻前忽後,博文約禮,徧求力索,既竭其才,方如有所立卓爾,逮至問仁之時,夫子語之,猶下"克己"二字,曰:"克己復禮爲仁。"又發露其旨,曰:"一日克己復禮,天下歸仁焉。"既又復告之曰:"爲仁由己,而由人乎哉?"吾嘗謂此三節,乃三鞭也。至於仲弓之爲人,則或人嘗謂"雍也仁而不佞",仁者静,不佞,無口才也,想其爲人,沖静寡思,日用之間,自然合道。至其問仁,夫子但答以:"出門如見大賓,使民如承大祭,己所不欲,勿施於人。"衹此便是也。然顔子精神高,既磨礲得就,實則非仲弓所能及也。

象山先生在這裡提示了顔子學問的"三鞭",即三個步驟,在另一段話裡,他又用了"三轉語"的説法,而且告知學者,這三轉語是學習的本末,本末有序,不能顛倒錯亂。這完全是自己的省悟和體驗,與衆人的理解,恰恰相反。這三鞭雖然都是孔子所説,卻是根據顔子的資質和進

學地步提出來的。檢《論語·顔淵第十二》第一章:

> 顔淵問仁,子曰:"克己復禮爲仁。一日克己復禮,天下歸仁焉。爲仁由己,而由人乎哉?"顔淵曰:"請問其目?"子曰:"非禮勿視,非禮勿聽,非禮勿言,非禮勿動。"顔淵曰:"回雖不敏,請事斯語矣。"

一般的理解,把"非禮勿視,非禮勿聽,非禮勿言,非禮勿動"看作"克己"的内容,即日常需先做到這四點,方謂之克己,如此方能復禮;既能復禮,方能天下歸仁。而象山先生説,顔子最早研習時,已經經歷了"仰高鑽堅,瞻前忽後,博文約禮,徧求力索,既竭其才,方如有所立卓爾"的階段,此時已經可以求仁了,故而以"仁"問夫子。夫子因他有之前的基礎,且已知向道之方,這才告訴他學習的第一步,即"克己復禮";唯有做到第一步,才有第二步"天下歸仁";唯有做到第二步,才明曉"爲仁由己",無需他求。此時顔子已經知曉大道,見得聖人境域,明白無疑,因此孔子最後説的非禮勿視聽言動,衹是告訴顔子,仁者的生命狀態如此而已,顔子説"請事斯語",是他已經進入這樣的境域,可以承擔此言了。

象山先生曾作《易説》數章,其中講到大壯卦,説:"'雷在天上,大壯。君子以非禮弗履。'非禮弗履,人孰不以爲美?亦孰不欲其然?然善意之微,正氣之弱,雖或欲之而未必能也。今四陽方長,雷在天上,正大之壯如此,以是而從事於非禮弗履,優爲之矣。此顔子'請事斯語'時也。"一般人都想做到"非禮弗履",可"人心惟危",善意微弱,心有餘而力不足。大壯之時,如雷在天上,陽氣正盛大,不可遏抑,此時而"非禮弗履",正可謂從心所欲不逾矩也,這正是顔子説"請事斯語"這句話時的狀態。

朱子生前不斷修訂,直至晚年才定稿的《四書章句集注》,已是象山先生身後之作,對於這一章,他説:"此章問答,乃傳授心法切要之言。"朱子認爲,"克己復禮,乾道也",卻又説:"目,條件也。勿者,禁止之辭。”他於這一章的理解，並没有象山先生那樣的次序鮮明，不可躐等，或許在個人修習體悟上，也並無象山先生這樣分明，尤其是前述象山對於大壯卦的講説，如見聖賢肺肝。門人朱濟道曾力稱讚文王，象山先生説：“文王不可輕讚，須是識得文王，方可稱讚。”濟道云：“文王聖人，誠非某所能識。”象山立刻説：“識得朱濟道，便是文王。”此言極通透，人言言殊，説的都是自己。

而朱子書中引用伊川先生的話説：“視聽言動，非理不爲，即是禮，禮即是理也。不是天理，便是私欲。人雖有意於爲善，亦是非禮。無人欲即皆天理。非禮處便是私意。既是私意，如何得仁？凡人須是克盡己私後，衹有禮，始是仁處。”細繹伊川先生此意，與象山先生並無不同，而更爲踏實可行，而象山先生的話則或有險處，尤其是伊川先生又説“由乎中而應乎外，制於外所以養其中也”，將“克己復禮”和“非禮勿視聽言動”融合一起，相輔相成，最爲通達著明。

不過，象山先生在另一處警戒説：“隨身規矩，是後生切要，莫看先生長者，他老練，但衹他人看，你莫看，他人笑，你莫笑，所謂非禮勿視，非禮勿聽。”顯然以“非禮勿視，非禮勿聽”爲初階工夫，與一貫的持論不合，這或許正因應了他對自己的評價：“吾於踐履未能純一，然才自警策，便與天地相似。”

還需要説明的一點，是對於“天下歸仁”的理解，朱子雖然引用伊川先生之説：“克己復禮，則事事皆仁，故曰天下歸仁。”意謂如能克己復禮，則看天下就能事事皆仁，即曾子表彰“吾友”顔子“有若無，實若虚，犯而不校”的境地。而朱子顯然没有理解程子的話，自己又解釋説：“言一日克己復禮，則天下之人皆與其仁，極言其效之甚速而至大也。”若能克己復禮，天下人都能認可你的仁。顯然，此言既不合邏輯，也不符合事實，因此後來門人問陽明先生：“‘一日克己復禮，天下歸仁。’朱子作效驗説，如何？”陽明先生回答説：“聖賢衹是爲己之學，重功夫不重效驗。仁者以萬物爲體，不能一體，衹是己私未忘。全得仁體，則天下皆歸於吾。仁就是八荒皆在我闥意,天下皆與,其仁亦在其中。”

陽明先生的話極爲明晰,克盡己私,便能全得仁體,“天下皆歸於吾”,即在此時,方能體驗到萬物皆備於我,也就是天下萬物、四海八荒皆在我這裡,極見陽明先生個人進學體悟。

象山先生平時亦常常提示學者日常工夫,日常工夫是二程子開創的新儒學最爲重要的要素之一,這使得每一個人都有進學的途徑和方法。

> 或問:“先生之學自何處入?”先生曰:“不過切己自反,改過遷善。”又曰:“吾之學問與諸處異者,祇是在我全無杜撰,雖千言萬語,祇是覺得他底,在我不曾添一些。”且又曰:“吾之與人言,多就血脈上感動他,故人之聽之者易。”

“切己自反,改過遷善”,日常工夫不過如此,“人精神在外,至死也勞攘,須收拾作主宰。收得精神在内時,當惻隱即惻隱,當羞惡即羞惡,誰欺得你? 誰瞞得你?”針對學者經常出現的學習懈怠情景,象山先生説:“尋常懈怠起時,或讀書史,或誦詩歌,或理會一事,或整肅几案筆硯,借此以助精彩。”集中注意力讀書、誦歌、做點事、整理物品,便是“執事敬”,這是“持敬”的工夫。“主一無適之謂敬”,是收放心的工夫,將放逸的心收回腔子内。當然這仍有所依靠,祇是學習的手段,並非目的,因此他又特地警告衆人:“然此是憑物,須要識破。”

世間其他學問多爲“厲害”之學,比而不周,聳人聽聞,語不驚人死不休,或以言餂人,或以不言餂人,或以生死利害誘人,都不是廓然大公的爲己之學。“學者要知所好。此道甚淡,人多不知好之,祇愛事骨董。君子之道,淡而不厭。朋友之相資,須助其知所好者,若引其逐外,即非也。”人人皆愛重口味,常於淡處漫不經心,隨意放過,甚而輕視之。有位門人舉禪家之説:“正人説邪説,邪説亦是正,邪人説正説,正説亦是邪。”此言很“厲害”,極易聳動人心,尤其是一心向學的青年人,聽到這等言語前後反復,十分動人,很少有不爲之牽動的,時至今日,仍然如此。因此象山先生嚴厲批評説:"此邪説也! 正則皆正,邪則皆邪,正人豈有邪説? 邪人豈有正説? 此儒釋之分也。"又説:"禪家話頭不説破之類,後世之謬!"

七

象山先生素有血疾,應該説氣血並不强健,或許這是他五十四歲英年早逝的原因吧。然而道德具於一身,中心充溢浩然之氣,常常能忘倦,門人章仲至曾説:"先生講論,終日不倦,夜亦不困,若法令者之爲也。動是三鼓,學者連日應酧,勞而蚤起,精神愈覺炯然。問曰:'先生何以能然?'先生曰:'家有壬癸神,能供千斛水。'""家有壬癸神,能供千斛水",自然是玩笑話,可真有宇宙在心的氣魄和自在。有時候他帶著衆人登山,行走二三十里山路,大家都疲憊不堪,他卻輕鬆地説:"平日極惜精力,不輕用,以留有用處,所以如今如是健。"

然而聖賢處世間,各種勞苦在所難免。四十二歲那年春天,先是聽聞同道張南軒去世,象山先生曾經説過:"元晦似伊川,欽夫似明道;伊川蔽固深,明道卻通疏。"二位大儒雖然終究未曾謀面,可惺惺相惜許久,性情、氣魄和學問特點,常有相互契合處。他與包顯道書云:"南軒物故,何痛如之! 吾道失助不細。近方欲通渠書,頗有所論,今遂抱恨矣。"接著到了九月底,被共稱爲江西二陸以比河南二程子,五年前與自己一起參加鵝湖之會的手足骨肉季兄九齡(復齋)卒。四十九歲那年夏天,仲兄九韶(梭山先生)棄世,到了秋初,原本計劃繼嗣季兄復齋的幼子不幸殤亡,很快又喪一姪孫女,而姪婿抱病累月,亦因爲操勞梭山喪事勞累而不起。五十二歲那年春尾,在山間聽聞他非常喜愛且"一家賴之"經營家務的侄子伯蕃凶訊,第二年侄婦亦喪。親朋好友接連亡故,對於象山先生而言,心情可想而知,他與朱子信中説:"痛哉! 禍故重仍,未有甚於此者,觸緒悲摧,殆所不堪。某舊有血疾,二三年寖劇。"原本就有舊疾,在哀苦中大作,幾至於斃。

四十九歲那年,象山先生應鄉人彭世昌之邀,在居家很近的貴溪西境應天山聚徒講學,中唐時六祖兩大弟子之一南嶽懷讓的法嗣、洪州宗開創者馬祖道一亦曾在此駐錫。象山先生見山形宛然似一巨象,將新居處命名爲象山草堂,題扁曰象山精舍,而民衆皆翕然以象山爲稱,遂改山名爲象山。這是一個風景極佳之處,石澗飛瀑,層巒疊嶂,朝暮雨暘,雲煙出没,千狀萬態,變化莫測,不可名狀。四方學徒紛紛而來,在精舍周圍結廬,日日相與講習。象山先生平日從容講道,歌詠愉愉,甚有終焉之意。這大概是他一生中極爲愜意的時期,在那次舊疾復發於冬天痊癒後,曾滿懷欣喜地在與王謙仲書中,詳細描繪了象山諸處美景。而後來門人馮元質更是非常詳細地講述了象山先生與衆人在山中的日常:

> 先生常居方丈。每旦精舍鳴鼓,則乘山簥至,會揖,陞講坐,容色粹然,精神炯然。學者又以一小牌書姓名年甲,以序揭之,觀此以坐,少亦不下數十百,齊肅無嘩。首誨以收斂精神,涵養德性,虚心聽講,諸生皆俛首拱聽。非徒講經,每啓發人之本心也,間舉經語爲證,音吐清響,聽者無不感動興起。初見者或欲質疑,或欲致辯,或以學自負,或有立崖岸自高者,聞誨之後,多自屈服,不敢復發。其有欲言而不能自達者,則代爲之説,宛如其所欲言,乃從而開發之。至有片言半辭可取,必獎進之,故人皆感激奮礪。平居或觀書,或撫琴。佳天氣,則徐步觀瀑,至高誦經訓,歌楚詞及古詩文,雍容自適。雖盛暑,衣冠必整肅,望之如神。諸生登方丈請誨,和氣可掬,隨其人有所開發,或教以涵養,或曉以讀書之方,未嘗及閒話,亦未嘗令看先儒語録。每講説痛快,則顧傅季魯曰:"豈不快哉!"季魯齒最少,坐必末。嘗掛一座於側間,令代説,時有少之者,先生曰:"季魯英才也。"先生大率二月登山,九月末治歸,中間亦往來無定。居山五年,閲其簿,來見者逾數千人。

宗師氣象，與山川相互輝映，其景其情今天讀來甚美，啓發甚大，三復之下，無限神往。

淳熙十六年二月，孝宗皇帝禪位第三子光宗，詔命象山先生知荆門軍。他本來因爲諸儒説《春秋》之謬尤甚於他經，有意爲《春秋》作傳，因爲這個任命而不果。有一位縣丞問象山先生何時赴任，他起初回答説："此來爲得疾速之任之命，方欲單騎即行。"因這位縣丞言及金人有南伐之意，象山先生立刻説："如此則荆門乃次邊之地，某當挈家以行，未免少遲。若以單騎，卻似某有所畏避也。"第二年初秋七月四日，他啓程赴任，臨行前囑咐門人傅季魯居山講學："是山緊子是賴，其爲我率諸友，日切磋之。吾遠守小障，不得爲諸友掃淨氛穢，幸有季魯在，願相依親近。"兩個月後的九月三日至荆門軍，當天便開始辦公，接下來精心經營荆門政務，興教化，築新城，整頓武備，在《宋史》本傳中有詳細且相當傳奇的記載。第二年夏四月十九日朱晦庵來書："乃知政教並流，士民化服，甚慰！"象山先生在荆門施政不久，當地便出現了治化孚洽的景象，"笞棰不施，至於無訟，相保相愛，閭里熙熙，人心敬向，日以加厚。吏卒亦能相勉以義，視官事如家事"，而有關諸司亦交章向朝廷論薦，丞相周必大曾經在給人的信中説："荆門之政，可以驗躬行之效。"施政所作所爲，正是象山先生平生學問所在，是他躬行儒門精神的彰顯。

這年冬天十二月七日丙午，象山先生疾病發作。十一日庚戌，郡僚來探望問疾，他説冬天暖暵，應當祈雪，於是命門人倪濟甫(巨川)畫乾卦揭之黄堂，設香花，第二天早上往迎蒙泉，取水歸，安奉於《乾卦》前，風雲遽興，辛亥日，雪驟降。此前，象山先生因荆門有旱情，已經多次祈雨，且感應如神，效果很好。後人常津津樂道此事，大有魯迅批評《三國演義》將諸葛孔明描寫得"多智而近妖"的意味。然象山先生祈雨感應甚速之事，決非其類，不能用民間神怪登壇作法、呼風唤雨之類去看待。《周易》咸卦《彖辭》曰："咸，感也。柔上而剛下，二氣感應以相與……天地感而萬物化生，聖人感人心而天下和平。觀其所感，而天地萬物之情可見矣!"《伊川易傳》説:"凡君臣上下,以至萬物,皆有相感之道。"伊川先生又説:"天地之間,感應而已,尚復何事!"無論是感應同類,還是感應他類,更其是感應天地,必須凝聚全副精神,感以對蒼生的忠信誠愨,而不是諂媚鬼神,方爲正道。至於效應,則如二程子常常讚揚漢儒董仲舒"所以度越諸子"的一句話:"正其誼不謀其利,明其道不計其功。"象山先生在生命的最後關頭,仍能祈雪如響,正見他此時依然精神昭明,絲毫不亂,忠信誠愨,潔淨明睿,非常人所及。今人平心静氣細讀象山先生的幾篇禱雨文,當有所會心。而學以致用,拯濟蒼生,這是儒家學問的核心,更是與其他學問的根本不同,即此是仁,即此是義,即此是天理良知。我們今天讀古代尤其是宋代以後的各種文集,裏面收録的人物行狀皆能彰顯此種精神,這是傳統中國的根本精神,也是中華民族過去以及將來能自立於世界民族之林最爲寶貴的精神。而君子之德風,小人之德草,此精神流被民間,百姓日用而不知,三尺童子皆知此義,如民族危難時有岳母刺字"精忠報國",童叟皆知。又如《後漢書》卷八十一《趙苞傳》記載趙苞任遼西太守時,因時局不穩,而趙苞家鄉在邊疆,他派人回家鄉接母親及妻兒到任所避難,不料途中母親及妻子均被鮮卑人劫爲人質,並帶著她們攻打城池。趙苞率軍對陣,鮮卑人推出他的母親以脅,趙苞對母親悲號説:"爲子無狀,欲以微禄奉養朝夕,不圖爲母作禍。昔爲母子,今爲王臣,義不得顧私恩、毁忠節,唯當萬死,無以塞罪。"而這位趙母遥呼:"威豪(苞字)! 人各有命,何得相顧,以虧忠義! 昔王陵母對漢使伏劍,以固其志,爾其勉之!"趙苞聽了母親的話,馬上進攻,賊悉摧破,而母親和妻子皆爲賊人所害。趙苞殯殮母畢,漢靈帝遣策吊慰,封他爲鄃侯,而趙苞對鄉人們説:"食禄而避難,非忠也;殺母以全義,非孝也。如是,有何面目立於天下!"於是嘔血而死。今天讀這位趙苞和他的母親危難不忘大義的忠貞故事,其間蘊含的精神,仍令人無比欽佩且感動。而這類事蹟和精神在正史和各類筆記中比比皆是,是華夏文明的基調和長城。

先是，這年十一月，象山先生就對姐姐說："先教授兄有志天下，竟不得施以殁。"此時他回憶起季兄復齋的生前志向，在復齋三十八歲那年，遇到賊寇侵犯州境，而保聚捍禦的族子剛死，其舊部希望復齋出面主持大局，且州郡的任命也下來了，復齋有意答應，便有人對他說："先生海内儒宗，蹈履規矩，講授經術，一旦乃欲爲武夫所爲。衛靈公問陳於孔子，孔子不答，今先生欲身爲之乎？"復齋與此人有一番往返論辯，最終就任，且"調度有方，備禦有實，寇雖不至，而郡縣倚以爲重"。象山先生説這位季兄"少有大志，而深純浩博無涯涘"，可見他的大志仍在經世。象山先生臨終前一個月對親人説及兄長，遺憾他壯志未酬，何嘗不是言説自己的志向？象山年譜裏記述了他臨終前的種種：

> 又語家人曰："吾將死矣。"或曰："安得此不祥語？骨肉將奈何？"先生曰："亦自然。"又告僚屬曰："某將告終。"先生素有血疾，居旬日大作。越三日，疾良已，接見僚屬，與論政理如平時。宴息静室，命灑掃焚香，家事亦不掛齒。雪降，命具浴。浴罷，盡易新衣，幅巾端坐。家人進藥，卻之。自是不復言。十四日癸丑日中，先生卒。郡屬棺殮，哭泣哀甚，吏民哭奠，充塞衢道。

哲人其萎，氣象依舊光風霽月。"亦自然"，這是象山先生平生學問精神。曾有一位門人侍坐，象山先生遽起，這位門人很自然地跟著站起來，先生對他説："還用安排否？"他用這種方式告訴學者，"先立乎其大者"的天理良知，活潑自然，無需刻意，穿衣吃飯如此，生死壽夭如此，"窮則獨善其身，達則兼善天下"亦如此。他説："人無不知愛親敬兄，及爲利欲所昏便不然。欲發明其事，止就彼利欲昏處指出，便愛敬自在。此是唐虞三代實學，與後世異處在此。"又説："千虚不博一實，吾平生學問無他，祇是一實。做得工夫實，則所説即實事，不話閒話，所指人病即實病。"象山先生反復强調"實學"，即無需刻意安排，自然從生命中流露出來的那個天理良知，而且這個天理良知必須彰顯於經世，而不是虚無縹緲的不可言説之地。有一次有人説起時事，金朝和宋朝講和，象山先生先讚歎從此兩國不再用兵,保存了無數生靈,然後話鋒一轉説:"然吾人皆士人,曾讀《春秋》,知中國、夷狄之辨,二聖之仇,豈可不復?所欲有甚於生,所惡有甚於死。今吾人高居無事,優遊以食,亦可爲恥,乃懷安,非懷義也。此皆是實理實説。"伊川先生有一次説:"釋氏之道誠弘大,吾聞傳者以佛逃父入山,終能成佛。若儒者之道,則當逃父時已誅之矣,豈能俟其成佛也?"所謂實學,便是大人之學,便是生命之學,便是躬行踐履之學。此事毫釐千里,任何一位有志於實學的學者,都須辨清,不容含糊。有一次象山先生大概是因現狀有感而發,問一個學者:我們是應該放過許多事情,顯得自己有寬大氣象,還是動輒辨析明確,不容含糊,因而在世人眼中顯得褊隘迂拘?那位學者回答説:"若不別白,則無長進處。"先生曰:"然!"

據年譜,象山先生逝後,朱子聞訃,率門人往寺中,爲位哭。第二年紹熙四年春正月,二子護先生柩歸,沿途吊哭致祭者甚衆,三月至家。這一年冬十一月九日壬申,奉先生之柩葬於延福鄉朱陂之下,距妣饒氏孺人墓爲近。門人奔哭會葬者以千數。二十四年後的嘉定十年春三月二十八日,朝廷賜謚文安,時任州級文化官員、撫州州學教授林恢告祠堂賜謚,縣級行政官員、金溪宰何處久告謚。又過了十三年,理宗紹定三年夏四月,再傳弟子、江東提刑趙彦誠重修象山精舍,云:"道在篤行,不在空言,道在反求,不在外騖。彦誠壯歲從慈湖遊,慈湖實師象山陸先生。象山蓋學者講肄之地,先生没,山空屋傾,將遂湮没。載新以存先生之故跡,使人因先生之故蹟,思先生之學,思先生之教,孜孜日思,乃至不勉不思,從容中道,是謂大成。若夫山林之峻秀,景物之幽深,棟宇之多寡,廢興之源流,非學者志,不暇盡記之耳。"

二〇一八年暮春的某天下午我和友人驅車趕往江西省金溪縣青田村,幾經周折,得以展謁村莊後山中象山先生之墓,山並不高,樹木蔥郁,墓前後石徑曲折修長,若隱若現,兩旁雜木夾持,花草點綴。山腰有象山四兄梭山先生之墓,再往上近山頂路旁一處狹小之地,即一代宗師象山先生之墓。二先生墓地均極簡樸,苔草覆蓋,人跡罕至,令人沈吟久之。小山連綿東去,靜穆無比,清澈小河沿著山脚,淙淙流入青田河,山脚下伴月泉恰爲入山石徑之陪伴。青田河畔之田間地頭,數十村民辛勤耕作,談笑風生,清晰可聞。放眼望去,視野開闊,山河草木皆極明媚,天地形勝,壯人胸懷,此道活潑可愛,至今宛如夢中。憶及象山語録中一段文字,能合象山先生歸骨處之風致:先生與晦翁辯論,或諫其不必辯者,先生曰:"汝曾知否:建安亦無朱晦翁,青田亦無陸子靜。"後驅車路過龍虎山,象山遥望可見,緑水環繞,雄姿挺拔,聖賢精神,山川有靈,他日登臨,秀美可想。

此次校理象山先生現存文字,以四部叢刊影印明嘉靖四十年王宗沐刻本《象山先生全集》爲工作本,參考了其他刻本及前人的點校本,於文字及標點均有所訂正,將其他幾個版本的序言按時間順序冠於書首,最後稍事搜集相關資料以爲附録,以便觀覽切磋。於是不揣淺陋,謹撰校理前言,稍述象山先生平生學問,喋喋兩萬餘言,難及先生學問深厚博大之萬一。在古代言語系統中,本書録載的象山先生門人楊慈湖所撰行狀和祭文、宋嘉定十年宣教郎大常博士孔煒所撰《文安謚議》及淳祐十一年包恢所撰《三陸先生祠堂記》,均極能表述先生學問,讀者不妨細細研讀。至於今天時空下的這個簡體字本,其各種不足,期待讀者有以匡扶是幸。

二〇一九年七月初

《詩經》札記三則

林趕秋*

“關關”有可能不是鳥叫聲

“關關雎鳩，在河之洲。”在河洲上幹什麼呢？《周南·關雎》全詩並没有説。有人説雎鳩在求偶，又有人説雎鳩在捕魚，其實無一逃出“添字注經”的泥沼，都是想當然的臆測。此句既然可以比喻並興起“窈窕淑女，君子好逑”之詠歎，衹能説明此雎鳩是一雌一雄兩隻。何以見得？答案就在這個關字之間。《説文·門部》：“關，以木橫持門户也。”雎鳩兩隻並肩而立，正像被門閂閂住的兩扇木門並列在一起一樣，此之謂關關，所謂“雄雌相得”之貌也。

《詩經》裏凡以疊詞表現動物的鳴叫聲，句中都説出“鳴”字：

> (黄鳥)其鳴喈喈。(《周南·葛覃》)
>
> 雝雝鳴雁。(《邶風·匏有苦葉》)
>
> 雞鳴喈喈……雞鳴膠膠。(《鄭風·風雨》)
>
> 呦呦鹿鳴。(《小雅·鹿鳴》)

* 作者單位：成都文學院。

鳥鳴嚶嚶。(《小雅·伐木》)

蕭蕭馬鳴。(《小雅·車攻》)

(鴻雁)哀鳴嗸嗸。(《小雅·鴻雁》)

鳴蜩嘒嘒。(《小雅·小弁》)

衹有《小雅·出車》"倉庚喈喈"一句除外。"倉庚"是聯綿詞,不能拆分,而且在這四字句中也不能再加入鳴字,所以可以看作特例。而"雎鳩"是可以單稱雎的,如《説文·鳥部》:"鴡,王鴡也。"鴡即雎的異體字。

《説文》經常直接拆分《詩》句作爲辭條和釋義,以《口部》諸字爲例,就有:"喈,鳥鳴聲也",取自《周南·葛覃》;"嚶,鳥鳴也",取自《小雅·伐木》;"呦,鹿鳴聲也",取自《小雅·鹿鳴》。如果關關是擬聲詞,《説文》依例應該這樣寫:"關,鴡鳴聲也。"然而並没有,似亦可證關關不是雎鳩的叫聲。

逑,陸德明謂"本亦作仇",是也,《周南·兔罝》正作"好仇"。"仇"繫"雔"之借字,《説文》曰"雔,雙鳥也",恰能呼應"關關"之貌。若曰"關關,雔也",亦無不可。實則"好逑"連言,應讀若"配偶"(《詩序》寫作"妃耦"),單言即"雔"也。"窈窕淑女,君子好仇",淑女者君子之雔也;此不單與《兔罝》用詞不異,句型亦同於"赳赳武夫,公侯好仇",前云淑女是君子的配偶,後喻武夫是公侯的搭檔。或讀好爲本字,則可以今之"標配"(標準配置)對譯"好仇"。然《詩經》無雔字,而代以隅字。《大雅·抑》"抑抑威儀,維德之隅",隅即偶之假借(説詳《澤螺居詩經新證》卷中)。"赳赳武夫,公侯好仇",若僅就公言,完全可寫作"赳赳武夫,維公之隅"。"窈窕淑女,君子好逑"仿此。

若關關是鳥叫聲(有人説"關關"就是《小雅·車舝》、上海博物館藏戰國楚簡《逸詩·交交鳴烏》之"間關",我不以爲然。另,"交交鳴烏"也是上述那種"疊詞+鳴"的句型),《關雎》也完全可以像上引諸句那樣,寫"關關雎鳩"作"關關鳴雎"、"雎鳴關關"、"關關雎鳴"或"鳴雎關關",然而並没有。"關關雎鳩"的句型實際上更接近《小雅·四牡》《南有嘉魚》的“翩翩者鵻”,前面的疊詞都是對後面的鳥類的狀態描述,而非聲音模擬,“關關雎鳩”其實就是“關關者雎鳩”的意思。

“關關雎鳩”,可簡省爲“關雎”,並用作篇名,因爲單言“關”和疊言“關關”都不是擬聲,一字或疊詞都足以描摹雎鳩雄雌相得的樣子。而“呦呦鹿鳴”也是詩的開頭第一句,卻不省作《呦鹿》以名篇,衹因呦呦是擬聲疊詞,不宜分開來獨用(《説文》的做法是字典體例所限,另當别論)。若學《鹿鳴》記篇名爲《雎鳩》,就没法强調其雄雌相得,而失去了列爲《詩經》之首的意義。(《毛詩序》:《關雎》,“風之始也,所以風天下而正夫婦也”。)

窈窕淑男

《詩經·周南·關雎》“窈窕淑女,君子好逑”和《兔罝》“赳赳武夫,公侯好仇”句式相同。毛《傳》云:“赳赳,武貌。”我們完全可以仿之曰:“窈窕,淑貌。”好逑、好仇咸宜讀若“配偶”,衹不過前者(君子好逑)爲陳述,後者(公侯好仇)爲比喻。

毛《傳》云:“淑,善。”馬瑞辰《毛詩傳箋通釋》:“按《廣雅》:‘窈窕,好也。’窈窕二字疊韻。《方言》:‘……秦、晉之間,美心爲窈,美狀爲窕。’”(或引作“善心爲窈,善容爲窕”。參看《陳風·東門之池》:“彼美淑姬。”)淑、美、善、好,都可看成一個意思。然則《關雎》之“女”究竟是怎樣一個好法?既窈且窕,狀美而心善,亦即“秀外惠中”或杜甫《麗人行》“態濃意遠淑且真”之態濃意遠。《曹風·鳲鳩》稱讚“淑人君子”:“其儀一兮,心如結兮。”前一句説的也是外表,後一句説的也是内心,兼而備之者即爲“淑人”,换言之就是“表裏如一”或孔丘所謂“文質彬彬,然後君子”之文質彬彬。

總之,“淑”不是一般的美、善、好,而是内與外皆美、皆善、皆好,既可以形容女人,也可以形容男人。我們甚至能夠這樣斷定:“窈窕”就是

"淑"的同義詞。《孔雀東南飛》有"云有第三郎,窈窕世無雙"之句,若謂之"淑人"或"窈窕淑男",均無不可。

後世又借窈窕偏指儀容,所以高亨注曰:"窈窕,容貌美好貌";或用如姚冶之意,所以施山《薑露庵雜記》曰:"蓋窈窕慮其佻也,而以淑字鎮之;淑字慮其腐也,而以窈窕揚之";或用如深邃之意,所以《毛詩正義》曰:"窈窕宜爲居處。"諸如此類,皆有悖於《關雎》之原義。

《詩經》之"荏"全是白蘇嗎?

荏字在《詩經》中凡四見,依次如下:

荏染柔木,君子樹之。(《小雅·巧言》)

蓺之荏菽,荏菽旆旆。(《大雅·生民》)

荏染柔木,言緡之絲。(《大雅·抑》)

其實衹是兩個詞出現了四次而已,分别爲"荏染"、"荏菽"。

朱熹《集傳》:"荏染,柔貌。"這個解釋非常精確。"荏染柔木",這個句式同於《周南·關雎》之"窈窕淑女",窈窕就是淑的樣子,荏染就是柔的樣子。窈窕和荏染都是聯綿詞,由兩個音節連綴成義,而不能拆開來單獨闡釋。

曾見有人這樣注解:

荏染,柔軟的樣子。《詩經·小雅·巧言》:"荏染柔木,君子樹之。"朱熹《集傳》:"荏染,柔貌。"荏,一年生草本植物,莖方形,葉橢圓形,有鋸齒,生可吃,氣味香,開白色小花,種子通稱"蘇子",亦稱"白蘇"。可榨油;嫩葉可食。染,豆豉醬。《吕氏春秋》:"於是具染而已。"高誘注:"染,豉醬也。"

顯然前後矛盾,且又不顧及《巧言》上下文。君子所樹立栽種的衹是柔木,而不是白蘇、豉醬和柔木。

何爲柔木?毛《傳》:"柔木,椅、桐、梓、漆也。"即《鄘風·定之方中》

的“椅桐梓漆,爰伐琴瑟”,指可拿來製作琴、瑟等樂器的柔韌性好的木材。“荏染柔木,言緡之絲”,正是在描述這樣的製作過程,在柔木上安裝弦線,古謂之緡。所以,後世又借柔木指稱琴瑟,例如陸機《七徵》:“激長歌於丹唇,發鏗鏘乎柔木。”

由於聯綿詞的書寫形式僅僅是用兩個音節表示一個獨立的概念,所以其詞形往往有兩個以上的變體,所謂“一詞多形”。轉變之一法爲“偏旁同化”,指聯綿詞的一個字形受另一個字形偏旁的影響而變成與之相同的偏旁,於是“荏染”一變而爲“荏苒”。晉傅咸《羽扇賦》:“體荏苒以輕弱,侔縞素于齊魯。”元無名氏《瘸李嶽詩酒玩江亭》第二折:“良辰曉霧濃,美景韶光麗,草茵輕荏苒,則他這桃李任芳菲。”這些荏苒都是荏染的同義詞。

再來看“荏菽”。《韓詩》記“荏”作“戎”,因此,毛《傳》説:“荏菽,戎菽也。”鄭《箋》補充道:“戎菽,大豆也。”《爾雅·釋草》:“戎叔謂之荏菽。”郝懿行《義疏》:“戎,壬,《釋詁》並云大。壬、荏古字通,荏、戎聲相轉也。”綜上所述,可得如下結論:荏菽之荏是個通假字,跟“戎”古音相通,意爲大。然觀《管子·戒》“北伐山戎,出冬蔥與戎叔,布之天下”(岡元鳳《毛詩品物圖考》卷二節引作“山戎出荏菽,布之天下”,不妥),戎應指山戎,是菽的原産地。《春秋穀梁傳·莊公三十一年》之“戎菽”亦然。程瑶田《九穀考》云:“《管子》書‘戎叔’或别是一種,非后稷之所樹者”,已經發覺了《戒》與《生民》的用詞差異。所以,《毛詩》作“荏菽”,而不取“戎菽”。

有人釋《豳風·七月》“禾麻菽麥”之菽爲大豆(《魯頌·閟宫》“菽麥”同此。《廣雅·釋草》:“大豆,菽也”),而釋荏菽爲黄豆,顯然又是不懂《詩經》體例的想當然。“禾麻菽麥”的句式同於上舉的“椅桐梓漆”,也是四種植物並列。而《生民》“荏菽旆旆”的下文爲“禾役(《説文》引作“禾穎”)穟穟,麻麥幪幪,瓜瓞唪唪”,乃一組排比句;“荏菽旆旆”和“麻麥幪幪”,“禾役穟穟”和“瓜瓞唪唪”,又互爲“扇面對”。既然禾役(《説文》引作“禾穎”)、瓜瓞均爲一物,麻、麥爲二物,則荏菽似亦應爲二物——荏與菽。菽即大豆,荏則爲白蘇。

據陶弘景説:“荏狀如蘇,高碩,白色,不甚香。其子研之,雜米作糜,甚肥美。”(《經史證類備急本草》卷第二十七)何爲蘇?《爾雅·釋草》:“蘇,桂荏。”桂荏就是紫蘇。與之形似的白蘇,《詩經》時代則單名一個荏字。二者相混,則始於揚雄《方言》:“蘇亦荏也。關之東西,或謂之蘇,或謂之荏。”近有人撰文稱“白蘇又名荏苒”、“荏苒就是緑葉的紫蘇”,恐繫以訛傳訛。

總之,《巧言》、《抑》之“荏染”,意爲柔韌,是連綿詞,也是形容詞,荏字不可單獨解説。而《生民》兩處“荏菽”則爲白蘇和大豆,是並列詞,也是名詞,荏字可以單獨解説。

編後記

第五輯本來應該在 19 年内出版,但由於年初書號削減,直到快年底纔由出版社重新納入出版計劃。哪知今年 1 月份新冠病毒疫情突起,大敵當前,所有工作都必須讓位,雖然遷延了不少時日,但也算爲這一事件作了難得的見證。我近日常常想,在面對這樣一個似乎意料之外,卻也算是預想之中的大事件,經學研究能夠提供何種反思? 長期以來,由於種種自我限制、自我約束,經學常常滿足於以人文學術(文史哲)自處,似乎衹是象牙塔之内的學問,尤其在二十世紀八十年代以來流行的純學術思潮下,似乎非此便是不務正業、别有用心。學者以研究純學術爲榮,或者是恥於與那些曲學阿世之學爲伍,或許也有自保的因素,但卻未免畫地爲牢,把本該屬於自己的領地(也是責任)拱手讓出。

作爲一個公共領域的事件,疫情的出現是綜合因素的結果。既有現實的世道人心、制度框架、權力運作,乃至種種難以測度的具體原因,也有長期以來的文化根源。對這些問題的反思在未來不妨一一展開。但幾十年前所流行的那種眉毛鬍子一把抓的思維模式顯然是不可取的,因爲那不僅忽視了對問題的真正探討,而且在某種封閉情緒的左右之下,已經無法直面問題本身。簡單倉促地對現象予以歸因,恰恰是心態上猝不及防的表現,不僅與“廓然大公,物來順應”的聖賢境界天壤懸隔,與經學所期待於士君子的“虚中應物”、“以虚受人”也有本質之别。

但無論是晚清還是當下,“猝不及防”的境遇既然屢屢再現,無疑已意味著這個仍然號稱“中國文化”的生命形態,其精神結構與往昔的華夏禮樂文明已經根本有別。在當前,中國文化的延續性似乎是許多人心目中不可置疑的事實,但假如仔細加以剖析,或許反倒應該注意研究中國文化的某種斷裂性,以及這種斷裂的歷史流變。這並不是説中國文化不存在真正的傳統,而是説在傳統發生斷裂之後,在何種意義上還可以稱作“中國文化”?那種直接把地理邊界作爲文化標籤的流俗觀念似乎太過簡單了。另如,被稱爲儒教文化圈的各種文化形態,究竟在何種意義上可以與周公、孔子所代表的先秦儒學相提並論?甚至在多大程度上還保留著宋明理學的精神傳統?抑或祇是大興於忽必烈、朱元璋,並在康雍乾時代所定型的那種遭到精神閹割的官定儒學?這就像二十世紀流行的科學主義,儘管同樣打著“科學”的旗號,但其實早已背離了真正的科學精神。

當然,上述現象的出現本身也有經學思維自身的因素,譬如孔子的當機指點,在普通人那裡便很容易流爲鸚鵡學舌或穿鑿附會。這是不同境界所體現的某種“架構表現”(牟宗三語)被扁平化(所謂“禮崩樂壞”)的結果,也是德性、知性兩種思維轉換發生錯亂所致,需要在學術上予以詳細清理。理解了這一點,或許便可以解釋章太炎所注意到的那個老問題,所謂“中國之學,其失不在於支離,而在汗漫”(《諸子學略説》)。對於今天的學者而言,既要對傳統學術可能的迷障作出反省,也應理解其思維的合理之處,以及產生這些迷障的因由所在。假如仍然像二十世紀那種對待中國文化的粗暴方式,無論是滅棄還是頌揚,都可能於事無補。由這一反思開始,或許纔會有《春秋》“撥亂反正”之可能。當然,這種斷裂與此前經學史上那種真假孔子之爭並非一回事,在此無庸置辯。

從學術角度來説,最爲迫切的首先是政治經學及政治儒學研究。無論經學義理如何高妙,古聖先賢的精神世界如何高遠,倘沒有合適的土壤爲之繁衍,良性的政治文明爲之護持,便仍然似空中鳥跡,水中泡影。所謂"孤陰不生,孤陽不長",此亦大《易》乾生坤成之旨。特别是元明以降,數百年間衹能在秦政之下仰權力之鼻息,歷史上那些燦爛的文明充其量衹能供後人追想,這固然是莫大的悲劇,但悲劇的因由卻很少有人真正觸及。經學研究更注重學術自身之本,而輕視制度文爲之末,不注意坤道的結果,便終於作繭自縛,精神亦無以發舒。宋儒所謂"雖堯舜事業,如一點浮雲過目",雖然也可以用"先立乎其大"、"反求諸己"自解,但面對政治社會的巨變常常衹能採取"隱"的態度,以静待天命攸歸,無疑也是經學發展受到局限的原因所在。與種種强調出世、依傍政治、至少不去冒犯凱撒的宗教不同,經學必須在現實的人間世安立自身。這一現象似乎可以解釋二十世紀學術界中一些尚懷誠意的學者,對中國文化的看法何以會針鋒相對。對於否定者來説,所謂中國文化是指那個現實中無法讓人産生敬意的政治傳統,而在捍衛者那裡,則是意指那個開啓於經典時代,雖然不容易落地生根,但卻爲人類開啓生命之源的精神世界。能否讓華夏精神傳統重新進入實踐並繼續成長,是對我們這個時代的巨大考驗。

政治經學與政治儒學當然是兩個概念。經學與儒學、儒教含義有别,這一點學術界早有不同討論。但如果把儒學、儒教以及諸子百家都視作由經學六藝所統攝的不同學術,問題其實不難索解。早期儒學家無論相互間如何爭辯,至少都承認孔子的中心地位,以及仁禮合一的精神結構,儘管對於如何理解並達到這一結構有著巨大分歧。至於道、墨、名、法諸家,雖與儒家在立場上截然異趣,卻同樣可以在經學的框架下得到理解。但儒教時代則頗有不同,表面上似乎立場相近,背後的精神結構卻往往大相徑庭;表面上似乎立場相異,卻有著共同的精神結構。秦政那種極端的一體性固不必論,儒術獨尊以後,中國文化由先秦時代那種開放的一體性墜入某種封閉的一體性,並逐漸窒塞了生機。如何捍衛這一"開放的一體性",纔是孔子作《春秋》、孟子闢楊墨的真義所在,非此不足以論政治經學之道統。及至宋明理學,以老釋對應楊墨,政治學上所針對的則是王安石、張居正的法術傾向,儘管在理論上尚嫌簡率,但總算繼承了這一精神遺產。

問題是今日的楊墨之學以及兼綜二家之術的法家何在?如何在二十世紀的言説形式下,撥開迷霧,直搗黄龍,是時下政治經學的著力所在。當然,也可以從經學視角對人類一切政治學説作出衡判,並由此參與到當下的政治實踐之中。放眼世界,在後現代思潮鼓譟之下的泛邊緣主義、無差别的平等觀可當時代之楊,以行動主義及尚同爲標榜的各種組織形態可當時代之墨,而納粹以來的種種極權主義則集當代法家之大成。回到中西文明的中道,並建立人類中道文明的大聯合,是我們這個時代的具體使命。

談及政治經學,還有一個問題需要認真面對。自清代以來一直流行著某種極爲粗率的漢宋經學分野,這種觀點無視漢宋時代經學各有其本末、内外、體用,僅僅對漢宋學術各取一臠,便以内聖外王自詡。這一做法在清代尚情有可原(儘管理無可恕),但在二十世紀以後依然流行,則標誌著一代經學的没落。因此,從政治經學視角對傳統經學予以重新衡判,便同樣是迫在眉睫之事。在這一過程中,需要以合理的經學尺度對漢宋不同時代的内聖外王之學作出徹底清理。

譬如,許多學者迄今還認爲宋儒的貢獻主要在内聖之學,其實便是莫大的誤解。當然,宋明理學自身亦難辭其咎。爲了對抗佛老之學,理學發展了儒家的修身之學,並以此爲内聖之歸宿。這固然契合了先秦禮學(特别是曾子一系)的傳統,但由於失去周代禮制的外在保障,最終難以保證外王的恒久性。宋代的君師共治體制也因貴族制的解體以及遊牧民族的挑戰最終破局,在元明以後歸於失敗。這多少刺激了明代心學的崛起,因爲修身本身仍然屬於外王的一部分,内聖與否祇能最終訴諸本心良知。關於這一歷史我們暫不作過多追溯,應該指出的是,宋儒的修身見世已經是外王的一個層次,對有志成聖的個體而言固然不無意義,但並不意味著有了個體道德便自然可以開出新的政治經學。除非道德概念能夠回復到先秦的古義,也就是真正的"天人之際"。《大學》所謂修身—齊家—治國—平天下,決非自然而然的自動推演,而是需要在學理上重新加以詮釋。

也正是因此,晚清以來的政治經學家,其依託漢儒者(如康有爲)固然説不上取精用宏,假如衹是固守宋儒藩籬,似乎也無法相應於這個時代。而以中體西用爲框架的種種政治經學形態,也還遠未臻於圓融。新政治經學的開出仍然任重道遠。

鄧秉元

二〇二〇年二月十八日

稿 約

本刊由若干學術同仁發起，旨在賡續經學傳統，推動經學新變，重塑經學與時代之聯繫，並爲學界同仁提供一學術交流園地。真誠期待海内外經學研究同仁不吝賜稿，以饗讀者。

孔門四科，堂廡甚廣。後生小子，竊有慕焉。故舉凡義理、考據、經濟、辭章，有關經義者，無論經典詮釋、儒學義理，抑或學術濟時、經學史論，皆在歡迎之列。唯期持之有故，言之成理，至於短製長篇，專論書評，則可任意所之。

九流十家，源初王官，各得經學之一脈。故有關諸子之研究，皆所亟盼。及後佛教東傳，西學東漸，經學與之相得益彰。故舉凡研究諸家學術而與經學相比較者，亦所企望。

貞下起元，此後聖之將行；守先待後，乃學人之正理。倘有已故學者遺稿、函札，而願發表本刊者，皆無任欣忭。

如蒙賜稿，本刊將於兩月内敬復來函，期間請勿一稿兩投。如大作曾經發表，務請提前注明。稿件一經刊行，即寄贈樣書，並略付薄酬。

來稿請用繁體中文、Word 文檔、頁下注形式，並請注明真實姓名、所在單位及聯繫方式，不必同時寄送紙本。文稿無需内容摘要、關鍵詞、英文摘要。爲防止丢失，請同時通過電子郵件發送至以下地址：

huanzhaideng@163.com　鄧秉元（復旦大學歷史學系）

yhzhang83@hotmail.com 張鈺翰(上海人民出版社)

如欲通信,可函寄:

上海市邯鄲路220號復旦大學歷史學系 鄧志峰收 郵編:200433

《新經學》編輯部

二〇一六年十二月

图书在版编目(CIP)数据

新经学.第5辑/邓秉元主编.—上海:上海人民出版社,2020
ISBN 978-7-208-16298-3

Ⅰ.①新… Ⅱ.①邓… Ⅲ.①经学-研究 Ⅳ.①Z126.27

中国版本图书馆CIP数据核字(2020)第020951号

責任編輯 張鈺翰
封面設計 陳酌工作室

新經學(第五輯)
鄧秉元 主編

出 版 上海人民出版社
(200001 上海福建中路193號)
發 行 上海人民出版社發行中心
印 刷 上海商務聯西印刷有限公司
開 本 635×965 1/16
印 張 20.75
插 頁 2
字 數 266,000
版 次 2020年4月第1版
印 次 2020年4月第1次印刷
ISBN 978-7-208-16298-3/B·1452
定 價 78.00圓

图书在版编目（CIP）数据

假面的告白 /（日）三岛由纪夫著 ; 陈德文译. -- 长沙 : 湖南文艺出版社, 2021.7
ISBN 978-7-5726-0143-9

Ⅰ. ①假… Ⅱ. ①三… ②陈… Ⅲ. ①长篇小说－日本－现代 Ⅳ. ①I313.45

中国版本图书馆CIP数据核字(2021)第070752号

假面的告白
JIA MIAN DE GAOBAI

作　　者：[日] 三岛由纪夫
译　　者：陈德文
出 版 人：曾赛丰
责任编辑：李　阔
出版统筹：邓　理
选题策划：付　婷
装帧设计：张娅君
内文设计：罗静颖
封面摄影：鹿柯珂
封面绘制：绘　海
出版发行：湖南文艺出版社
（长沙市雨花区东二环一段508号　邮编：410014）
网　　址：www.hnwy.net
印　　刷：湖南天闻新华印务有限公司
经　　销：新华书店
开　　本：145 mm×210 mm　1/32
字　　数：140千字
印　　张：6
版　　次：2021年7月第1版
印　　次：2021年7月第1次印刷
书　　号：ISBN 978-7-5726-0143-9
定　　价：42.00元

假面的告白

【日】三岛由纪夫 著
ミシマ ユキオ
Mishima Yukio
Kamen no kokuhaku

陈德文 译

CNS PUBLISHING & MEDIA
湖南文艺出版社
HUNAN LITERATURE AND ART PUBLISHING HOUSE

丰饶的荒凉——就是这种感觉。天真的无赖，孩子般的大人，具有艺术家才能的凡人，制造假货的骗子手。然而，艺术家，除了才能之外一无所有；艺术家，不就是骗子吗？——福田恒存

美——美这玩意儿实在可怕啊！怕就怕在没有固定的尺子丈量它。因为上帝总是给人设置谜团。在美之中，两岸可以合为一体，一切矛盾共居一处。别看咱没学问，这一点看得很透。实际上，神秘无限！这地球上，众多的谜团给人带来困惑，谁能解开这些谜团，谁就如芙蓉出水，不为所染。啊，那是美吗？叫我无法忍受的是，一些有着美好心灵、高度理性的优秀之士，往往以怀抱圣母玛利亚理想而起步，又往往以索多玛[①]理想而告终。不，更可怕的是，那些心怀索多玛理想的人，同时并不否认圣母玛利亚理想，简直就像纯洁的青年时代，从心底里燃烧着对美好理想的憧憬。其实人的心胸很宽广，宽广得太过分了。若有可能，我真想稍加缩小些呢。嗨，混账，闹不清到底怎么回事。真的。理性的眼睛看作侮辱，感情的目光却认为美好。索多玛城里到底有没有美呢？……

① Sodom，索多玛，即“恶行”之意。《旧约·创世纪》所载死海近旁的古城，与格莫拉（Gomorrah）城一起，两城皆因居民淫邪之罪灭于天火。后比喻道德败坏与淫乱，尤其是为教会所禁止的男色、早恋等反自然的性心理及性行为。

……不过，人嘛，总爱倾诉自己的痛苦。

——陀思妥耶夫斯基[①]《卡拉马佐夫兄弟》[②]

第三卷第三章热烈的心灵的忏悔——诗

---

① Fyodor Mikhailovich Dostoevsky (1821—1881)，俄国作家。与托尔斯泰同为十九世纪俄罗斯现实主义代表。一八四九年，因参加革命团体，被判处死刑，后改流放西伯利亚，患有严重的癫痫病。其作品在表现神秘的宗教精神和病态的心理解剖方面独辟蹊径，给予后来的实存主义文学以重大影响。主要作品有长篇小说《白痴》《罪与罚》《恶魔》和《卡拉马佐夫兄弟》等。

② 作者晚年代表作，写于一八八〇年。构思雄大，想象奇特。描写贵族资产阶级社会的浮华生活，揭示卡拉马佐夫一家父子们的爱欲与圣性，宣扬灵魂净化和服从命运的宗教理念。堪称一部通过地狱般的人间之苦，窥视俄罗斯整体社会形象的思想小说。

第 一 章

很长一段时间，我总是倡言我见过自己出生的光景。每当说起这件事，大人们就笑，到头来他们自己也觉得受到愚弄，便用一种稍带愠怒的目光，瞧着我这个面色苍白、不像孩子的孩子的脸。偶尔在不太熟悉的客人面前提起，祖母就担心我会被当成白痴，厉声地打断我，吩咐我到别处去玩。

取笑我的大人，通常都试图用一种科学的道理说服我。他们说，那时候婴儿还没睁开眼呢，即便睁开眼，脑子里也不会留下清晰的观念啊，等等。按惯例，他们多多少少会像演戏一样，热心而喋喋不休地详加说明，极力使孩子打内心里彻底理解。他们还摇晃着深抱疑惑的我的小肩膀，问："喏，不是这样吗？"其间，他们又似乎觉得差点儿上了我的当。不能因为小孩子就一点儿不在乎。这小子一定是想引诱我上钩，企图套出"那件事儿"的吧？果真如此，可为何又不像个孩子更加天真地发问呢？比如"我是从哪儿生的？""我是怎么生的？"——他们又再一次沉默了，不知为什么，心中似乎藏着巨大的伤痛，一直淡然地笑着，凝视着我的脸。

然而，他们多虑了。我对"那件事儿"，根本不会再问什么。

不过，我还是担心会刺伤大人们的心灵，谈不上要弄策略引诱人上钩。

不管怎么劝说，不管怎么耻笑，我对曾经见过自己出生的光景这一体验深信不疑。抑或在场的人们记忆中对我说起过，也可能出自我任意的想象，二者必居其一。不过，我以为至少有一处我是亲眼所见。那就是为初生儿洗澡的浴盆沿儿。那是头一回使用的木纹清爽的澡盆，从内里看，盆沿儿闪现着微弱的光亮。唯有那里的木纹使我晃眼，似乎是黄金所雕制。晃漾的水波不停地用舌尖儿舔舐着，总也到达不了盆沿儿。然而，那盆沿儿下面的水，或许是反光，或许是光线的照射，看上去宁静闪亮，潋滟的波纹，不断地相互拥合于澡盆之中。

——对于这种记忆，最有力的反驳是，我的生辰不是白天。我是晚上九点出生的，不可能有阳光照射进来。那么，是不是电灯光呢？尽管受到嘲笑，我依然认为夜间也未必没有一线阳光照射澡盆某个地方。我就是这样毫无困难地步入悖理之境。而且，荡漾于澡盆中的水光，作为我降生后初次沐浴，不止一次地确实摇曳于我的记忆之中。

我生于大地震[①]翌年的翌年。

那是十年前，祖父[②]在殖民地为官时代，惹起一场官司，因部下犯罪受到株连而隐退（不是我玩弄丽辞美句，像祖父那般对人一味信赖的愚痴秉性，我半生从未见有人可与之相比）。我家可以说是哼着小曲儿，以悠然自得的速度从斜坡上滑落下来的。庞大的借债、抵押、变卖房产，随着穷困的到来，越发显现出回光返照般的病态的虚荣。——就在这时候，我生在一个风气不太好的城镇的一角。那是租住的一座古老宅院，有着虚张声势的铁门和前庭，以及和近郊礼拜堂不相上下的轩敞的洋房。从坡顶上看是二层楼，从坡下面看是三层楼。这是一座烟熏火燎、灰黑错杂，外观高大威严的建筑，拥有众多阴暗的房间。女佣六人。祖父、祖母、父亲、母亲，一共十口，起居于破橱柜一般咯吱作响的房子里。

---

① 此处指一九二三年九月一日的关东大地震。

② 作者祖父平冈定太郎，自一九〇八至一九一四年任桦太（库页岛）长官，因“桦太狱案”而辞职，后判无罪。

祖父的事业欲，以及祖母的疾病和浪费习性，是全家苦恼的根源。祖父时常被那些不务正业、逢迎拍马的家伙带来的图纸所诱惑，怀着黄金梦游历远方。出身于旧时豪门的祖母，憎恶和蔑视祖父。她狷介不屈，有着某种狂傲的诗的灵魂。经年不愈的脑神经痛，绕着圈子，切切实实侵蚀着她的神经。同时，也为她的理智增加无益的明晰。谁又知道，此种持续到死的狂躁的发作，正是祖父壮年时代罪孽的馈赠?

父亲在这个家里，迎娶了纤弱的美娇娘，我的母亲。

大正十四年[①]一月十四日早晨，阵痛袭击了母亲。夜里九点，生下不到五斤重的小小婴儿。生后七天的晚上，我穿上法兰绒背心儿，乳白色纺绸内裤，还有飞白花纹的和服，祖父当着全家人的面，在奉书纸[②]上写下我的名字，放在“三宝”供物盘里，置于壁龛之内。

头发永远是金黄色。一直搽橄榄油，谁知搽着搽着就变黑了。父母住在二楼，祖母借口婴儿在楼上危险，生下第四十九天，硬是从母亲手里夺走了我。从此，我就在祖母的病房里长大。那是一间整日里紧闭房门的屋子，淤塞着呛人的病患及衰老的气味，

---

① 公元一九二五年。

② 庆吊典礼使用的没有皱纹的纯白和纸。

小被窝儿挨着病床。

出生不到一年，我从楼梯第三阶跌了下来，磕破了额头。祖母看戏去了，父亲的堂兄妹们，还有母亲，瞅着闲空儿热闹一番。母亲忽然要上楼拿东西，我追她而去，一脚绊在拖地和服的前裾上，摔下楼来。

打电话到歌舞伎剧场找人。祖母回来站在大门口，右手用拐杖撑着身子，两眼直盯着迎上来的父亲，用不紧不慢的语调，一字一顿，似乎要将每个字都雕刻下来。

“摔死啦？”

“没有。”

祖母迈着巫女般坚定的步子，跨进家门……

五岁那年元旦早晨，我吐出咖啡汁般暗红的东西。主治医生走来撂下一句“没法治了”。注射了樟脑液和葡萄糖。手腕和上臂摸不到脉搏，家人守着我的尸体，度过了两小时。

准备了经帷子[①]和爱玩的玩具，全家人聚在一起。又过了一小时，撒了泡尿。那位博士大舅叫道：“有救啦！”据说这是心脏回跳的证据。不久，又撒了点儿尿。慢慢地，我的面颊恢复了朦胧的生命之光。

---

① 白麻寿衣，上书经文或题名。

那种病——自体中毒[①]——成了我的痼疾。每月一次，有时轻，有时重。好几次出现危机。我特地借着向我渐渐逼近的疾病的跫音，辨别这种病究竟是接近死亡还是远离死亡。

最初的记忆,一种奇妙而确实的影像苦恼着我的记忆,从此开始了。

闹不清牵着我的手的是母亲、护士、女佣，还是婶婶。季节也不分明。午后的太阳，浑浊地照射着斜坡上的家家户户。我被一个不知是谁的女子牵着手，登上斜坡，朝自家走去。对面下来个人，女子用力拽紧我的手指，让开路径，伫立一旁。

此种影像，经过多次复习、强化、集中，每一次都无疑附加一层新的意味。为什么呢？因为在周围广漠的情景中，唯有这位“走下斜坡的人”的姿影，带有不适当的精确度。尽管那影像给我带来半生的苦恼和威胁，但却是最初的具有纪念意义的影像。

走下斜坡的是一位青年。他前后担着粪桶，头上裹着污秽的手巾，有着红彤彤的面颊和炯炯有神的眼睛，脚步沉重地从斜坡上走下来。他是掏粪工——收取粪尿的人。套着胶底布鞋，穿着蓝色紧身裤。五岁的我，异样地凝视着他的身影。虽然还没有确定

① 小儿常见的周期性呕吐症，一般发生于植物神经不稳或过度疲劳的孩子。

有何意义，但某种力量最初的启示，或低沉的奇怪的叫声，正在向我呼喊。那个掏粪工的身影最初显现出的，是一种暗喻。为什么呢？因为粪尿是大地的象征。向我呼唤的，无疑是作为根之母恶意的爱。

我预感这个世界有着某种富于刺激的欲望。我仰视青年污秽的身影，“我想成为他”的欲求、“我想是他”的欲求，紧紧捆绑着我。我清楚地记得，这欲求有两个重点，一个重点是他的蓝色紧身裤；一个重点是他的职业。蓝色紧身裤突显了他下半身的轮廓，似乎颤颤巍巍地向我走来。对那蓝色紧身裤，我产生一种难以形容的倾慕。为什么，我也弄不清。

他的职业——此时，我的心理结构，也和那些想当陆军大将的孩子一样，泛起一种“想当掏粪工”的憧憬。这一憧憬的来源，可以说同样出于蓝色紧身裤，但绝不止于此。这一主题，是我自己心里强行发展而出现的特异的场景。

这是因为，对于他的职业，我感受到锐利的悲哀的憧憬，一种呼天抢地的悲哀的憧憬。我从他的职业上，感受到极富感觉意义的“悲剧的意味”。这种出自他职业的或是“挺身而出”的感觉，或是孤注一掷，或是面临危险的亲近感，堪称一种虚无和活力的惊人的混合。这些感觉流溢出来，向五岁的我迫近，将我俘获。或许我误解了“掏粪工”这个职业，或许听人说起别的职业，误认为是那种服装，而硬套在他的职业上。不这样就难以解释清楚。

因为这种情绪和同一主题，不久就转向花电车[①]司机和地下铁检票员身上。从他们那里，我强烈感受到我所不知道的、并且被永远排除的“悲剧的生活”。尤其是地下铁检票员，当时地下铁车站飘散的橡皮似的薄荷气息，和他们排列于胸前的铜扣子相互作用，很容易促进“悲剧的”联想。生活在那种气息里的人，不知为何，使我打心底里认为是“悲剧性的”。有时，那些同我没有任何关系的生活、事件或人们，为我的官能所寻求又被我所排拒。我把这些定义为“悲剧性的”。我从那里被永远排拒的悲哀，总是被转化或梦幻到他们或他们的生活之上。就这样，我似乎通过我自身的悲哀参与其中。

若此，我所感觉到的“悲剧性的东西”，或许只是我从那里被排拒的过早预感所带来的悲哀的投影。

还有一个最初的记忆。

六岁时我学会读书识字。记得那时看不懂小人书，看来准是五岁时的事了。

当时，众多的小人书中，只有一本中的一幅画使我睁大惊奇的眼睛，那是我的偏爱。我每每凝视那幅画，就会忘记漫长的无聊的下午。一旦有人走来，总是感到莫名的内疚，连忙翻到别的一页。护士和女佣守在一旁时，最令我心烦意乱。我真巴望过着

① 节日或庆典期间，用彩灯和纸花装点的电动火车。

那种生活，我可以整天埋头于那幅画中。每当打开那一页，我胸中就怦怦直跳，即使看别的页，精神也不能集中。

那幅画，画的是白马雕鞍、手挥宝剑的贞德[①]。骏马打着响鼻，奋起前肢，扬起沙尘。贞德身披白银铠甲，上面绣着美丽的纹饰。他那俊美的面孔从面罩里露出来，凛凛然拔出宝剑，劈向蓝天。面对"死"，面对一种凭借不祥之力飞翔而去的对象。我相信，他在下一个瞬间会被杀死。我赶快翻动书页，也许能看到他被杀的画面。书上的画也许因某种原因不知不觉转向"下一个瞬间"吧……

但是，有一次，护士偶尔翻到那页画面，对着在一旁偷看的我问道：

"哥儿，知道这幅画的故事吗？"

"不知道。"

"这人像男人，其实是个女子，真的。这是一个女扮男装、抗敌救国的故事。"

"是女的？"

我顿时凉了半截。一直想着的他，忽然变成了她。美丽的骑士，不是男的而是女的，这到底是怎么回事？（我现在对女扮男装，

① Jeanne d'Arc（1412—1431），女爱国者。生于法国东北部香帕纽农村。百年战争惨败期间，自信受救国之神所托，一四二八年上书查理七世，击破英军，夺回奥尔良。后被作为邪教徒遭火刑。

依然抱着深深的难以说明的厌恶）这件事，很像是我对他的死所怀抱的甘美幻想的复仇，即人生初遇的最初的“现实的复仇”。后来，我读到王尔德[①]赞扬美丽骑士之死的诗句：

骑士被杀，横躺在芦苇丛中，

他依然俊美，虽死犹生……

从那之后，我再也不看那本小人书了，连摸都不摸一下。

于斯曼[②]在小说《那边儿》中这样描述：奉查理七世之诏而充任护卫的圣女贞德，由于目睹各种难以置信的事迹，吉尔·德莱斯那种“不久，即将转变为极精巧的残虐和微妙的罪恶性质”的神秘主义冲动，在他心中滋长起来。虽说是相反的机缘（即厌恶的机缘），对于我来说，这位奥尔良少女也起到了一定的作用。

——还有一个记忆。

汗的气味儿。是汗臭驱使我，激发我的憧憬，支配我的行动侧耳静听，传来重浊、幽微而摄人心魄的响声。那种有时夹杂着

① Oscar Wilde（1854—1900），英国作家。十九世纪末叶唯美主义代表，倡导“为艺术而艺术”。作品有小说《道林·格雷画像》，戏曲《莎乐美》，童话《幸福王子》等。

② Joris-Karl Huysmans（1848—1907），法国作家，美术评论家。初属左拉派，因不满足于写作自然主义小说，于小说《颠倒》中，执意追求“感觉的人工极致”。作品《那边儿》，倾力于礼赞恶魔，以及咒术和炼金术等中世神秘学。

号声的单纯而奇妙的哀切的歌唱越发临近了。我牵着女佣的手，匆匆迈动着脚步，依偎在女佣怀里，巴不得尽快赶往大门口去。

演练归来的军队通过我家门前。我经常从喜欢孩子的士兵手里，高兴地接过几只打空的子弹壳。祖母说危险，禁止我再去索要。于是，此种快乐更增添一层神秘的色彩。钝重的军靴，污秽的军服，肩上的刀枪之林，充分迷倒每一个孩子。然而，使我心醉的却是他们的汗臭，唯有那汗臭，成为我向他们索要弹壳时那种快乐所隐含的动机。

士兵们的汗臭，那种潮风吹送着的黄金海岸空气般的气息，那种气息搏击着我的鼻孔，令我心醉。我的关于气味儿的最初记忆，或许就在于此。那种气味儿，当然不会直接与性的快感相结合，但士兵们的命运，他们职业的悲剧性，他们的死，他们所见到的远方各国……对于所有这一切官能性的欲求，都在我心中渐渐苏醒，并深深根植下来。

……我的人生最初的相逢，就是这些奇异的幻影。实际上，这些幻影以巧妙的完整，一开始就伫立于我的面前。一件不缺，一件不少，致使后来的我，能够于此探访自己的意识和行动的源泉。

我自幼对人生所抱的观念，未曾逸脱奥古斯丁[①]式的预言

① Aurelius Augustinus（354—430），罗马教会最大的教父。生于北非，初学摩尼教，于米兰转修新柏拉图主义哲学。为求信仰又回归基督教。主要著作有《告白录》《神之国》等。

说[①]一步，一次又一次无益的迷茫折磨我，至今依旧苦不堪言。然而，如果将这种迷茫看作堕入罪愆的诱惑，就不会动摇我的决定论[②]。开列出我一生不安总和的那份菜单儿，在我尚未读懂的时候就送达手中。我只是围着餐巾站在桌旁。就连今天写的这本奇矫的书，也早已收入这份菜单儿，一开始就能一眼看到它。

幼年时代是时间和空间互相角逐的舞台。例如，火山爆发、叛军蜂起、从大人们那里听来的各国新闻，以及眼前祖母的发病和家中逐项纷争，还有眼看就要沉迷其中的童话世界的幻想事件，这三者对于我来说，始终是同等价值、同一系列的东西。我并不认为这个世界比搭积木还复杂。不久我将奔向的所谓“社会”，也不比童话的“世界”更为光怪陆离。一种限定于无意识中开始了。而且，所有的幻想，从一开始就面对这种限定而抗争。在抗争之下，渗透着一种奇妙的完整而自成一体的类似热烈愿望的绝望。

夜间，我在被窝里，瞅着睡床周围黑暗的延长线上，浮泛着灿烂的都会。那都会奇妙地一派静谧，充溢着光辉和秘密。往访那里的人们的面孔，定是钤上一种秘密的印鉴。深夜回家的大人，

① 基督教神学说，预定人被拯救或灭亡。

② 认为各种自然现象、历史事件，尤其是人的意志，均由某种因素所决定。

他们言谈举止之间，总是残留着秘密结社[①]的成员黑话暗语般的调子。而且，他们的脸上有着光闪闪的令人不敢直视的疲劳，宛若圣诞节的面具，用手触之，指尖儿就会粘上银粉。他们的脸上，用手触之，就会明白，夜的都会为他们装饰着何种油彩。

不久，我看到“夜”的帷帐就在我眼前拉开。那是松旭斋天胜[②]的舞台（她难得在新宿剧场演出一次。多年后，在同一座剧场观看丹特魔术师表演，规模之大远胜于天胜数倍。但丹特以及哈根拜克马戏团[③]在世界博览会上的表演，都不如天胜使我感到最大的惊奇）。

她那丰腴的腰肢，包裹着《启示录》[④]中花魁的云裳，悠然自得地漫步于舞台之上。魔术师一手造就的特有的流亡贵族般的装模作样和飞扬跋扈，那沉郁的爱娇，以及巾帼英雄似的言谈举止，那奇妙的一味委身于廉价商品闪光中的假造的衣裳，天涯歌女风

---

① 原文为Freemason，国际秘密结社，产生于十八世纪启蒙主义精神，超越人种、阶级和国家，奉行和平的人道主义。起源于中世的石匠工会组织，一七二三年（一说一七一七年）成立于伦敦，后扩展到全欧洲。其会员包括各国王公贵族、学界名流等。

② 松旭斋天胜（1886—1944），明治后期至大正、昭和初年，魔术界最富权威的女欧式奇术师。于海外巡演一千多种奇术，誉满全球。

③ 德国巨大动物演出团。一九二三年三月来日本，在东京芝地举办的世界妇女儿童博览会上演出。

④ 《新约全书》卷末一章。劝慰在小亚细亚遭迫害的基督徒，告知他们基督再来和神国的再来，以及地上王国的灭亡。

格的浓妆艳抹，涂到足尖儿的白粉，堆砌着人造宝石的瑰丽的手镯……这一切都显现着melancholic[①]的调和。倒是不调和所沉落着阴翳的细腻肌理，引导出独特的谐和感。

“我想做天胜”的心愿，“我想做花电车司机”的心愿，两者虽然本质不同，但在我都有些朦胧的理解。最显著的差异，前者可以说完全缺少那种对“悲剧性的”渴望。对于“想做天胜”这一心愿，我始终未能尝到那种憧憬和愧悔焦躁的混淆。尽管如此，有一天我强忍激动，潜入母亲的房间，打开了衣柜。

我从母亲的衣物里找出最美丽华艳的那套和服。腰带上用油彩描绘着绯红玫瑰花。我学着土耳其大官，将腰带缠在身上，头上包着绉绸头巾。对着镜子一照，那临时盘起的头巾，宛若《金银岛》[②]里海盗的头巾。一阵狂喜使我涨红了脸颊。然而，我的工作还远没有结束。我的一举一动，我的手指和脚趾，都必须符合于产生一种神秘感。我把小镜子掖在腰带里，脸上搽了薄薄的白粉，然后将棍棒形的银色手电筒，古式的镏金钢笔，这些令人眼花缭乱的东西，全都带在身上。

就这样，我堂皇地闯入祖母的卧室，忍不住满心的滑稽和兴奋，一边喊叫，一边围着圆圈儿疯跑。

---

① 英语：忧郁的。

② R.L.Stevenson（1850—1894），一八八三年发表的小说。描写少年吉姆凭借一张地图，只身探险宝岛，同海盗战斗的故事。

“天胜来啦，我是天胜！”

屋子里有躺在病床上的祖母、母亲、一位不认识的客人，还有照顾病房的女佣。我眼里没有看见任何人。可以说，我只看见我自己。我的狂热全都集中在一种意识上，我要使自己扮演的天胜引来众多目光。我偶尔朝母亲瞥了一眼，母亲的脸色微微惨白，茫然地坐在那儿。她一碰见我的目光，立即低下眉头。

我理解了。眼里渗出泪水。

此时，我理解了什么？或者被迫理解了什么？莫非后来到来的“先于罪愆的悔恨”这一主题，此时在暗示其先兆吗？还是我一面接受置于爱的目光下那种不忍睹视的孤独的教训；同时另一面又从反面学会了我自身爱的排拒的方法？

——女佣强行制止了我。我被带到别的房间，像只拔毛的鸡，刹那间扒去那些不成体统的装扮。

这种表演欲望，在开始看电影之后越发强烈了。这种欲望明显地持续到十岁左右。

有一天，我和学仆一起去看音乐电影《弗拉·狄阿波罗》①。扮演狄阿波罗的演员，身穿宫廷服，袖口上绣着长长的绲边儿花纹，不停地舞动着。那情景令人难忘。我说，我也想穿那种衣裳，戴上那样的假发。学仆听罢，轻蔑地笑了。其实我知道，这小子

---

① 原作以十九世纪意大利台拉齐纳附近的小村庄为舞台，描写围绕山寨王弗拉·狄阿波罗周边男女爱情的纠葛。

经常在女佣房里扮演八重垣姬[①]，惹得女佣们欢笑不止。

继天胜之后，我迷上了克利奥帕特拉[②]，某年岁暮的一个雪天，我缠着我的保健医生，带我去看了关于她的电影。临近年末，观众很少。医生两腿架在栏杆上睡着了。我一个人睁大好奇的眼睛观看。众多的奴隶抬着古怪的辇台，上面坐着埃及女王，直向罗马进发。她的整个眼睑涂着眼影液[③]，目光沉郁。她穿着超自然的衣裳，此外还从波斯绒毯中露出琥珀色的半裸的身子。

后来，我躲开祖母、父母的眼睛（充分带着罪愆的欢喜），以弟妹为对象，醉心于扮演克利奥帕特拉。我从这种男扮女装中期望着什么呢？到后来，我终于从衰落期的罗马皇帝、那位罗马古神的毁坏者、那个病态的禽兽帝王——赫里奥加巴鲁斯[④]身上，发现了与我相同的期望。

---

① 八重垣姬，近松半二所作歌舞伎义大夫狂言（移入人形净琉璃的歌舞伎轻喜剧）《本朝二十四孝》中的女主人公。该剧描写武田、上杉两大家族纠纷中，青年男女情恋和忠臣为主尽忠的故事。八重垣姬乃长尾谦信之女，武田胜赖之未婚妻。歌舞伎三大名女之一。

② Cleopatra（前69—前30），古代埃及托勒密王朝最后一代女皇。以其美貌迷倒恺撒大帝，在其援护下统一国家。后同安东尼结缡，被尊为东方女王。阿亚克兴海战中夫妻共同失利，引毒蛇而自杀。后传为绝代佳人的典型。

③ 原文为Eyeshadow，使眼睛周围显现阴影的化妆品。

④ Heliogabalus（204—222），罗马皇帝，生于叙利亚艾迈撒，十四岁被军队拥立为皇帝。将艾拉加巴鲁斯神尊为帝国最高之神，隆重祭祀。骄奢淫逸，终为近卫军所杀。

于此，我说完了两种前提。这需要复习一下。第一个前提，是掏粪工、奥尔良少女，还有士兵的汗臭。第二个前提，是松旭斋天胜和克利奥帕特拉。

还有一个必须言及的前提。

我涉猎了一个孩子尽可能搜寻到的童话，但我不喜欢那些公主王女。我只爱王子，尤其是被杀的王子们，还有面临死亡的王子。我爱一切被杀的青年们。

不过，我还是弄不明白。为什么在有数的安徒生童话中，唯有《玫瑰仙女》中那位英俊的青年在吻恋人送来的纪念品玫瑰花时，被坏人刺杀割掉头颅这则故事，在我心中留下深深的阴影？为什么在众多的王尔德童话中，唯有《渔夫和美人鱼》中那位被海潮冲上海滩的紧抱美人鱼的渔夫的尸骸使我迷醉？

不用说，我也非常喜欢其他儿童读物。我爱看安徒生的《夜莺》，也喜欢众多的儿童漫画。但是，这些都阻挡不了我的心随时奔向死亡、黑夜和鲜血。

那位“被杀王子”的幻影，执拗地追逐着我。王子们穿着紧身裤的裸露的装束，同他们残酷的死结合起来加以联想，为何那般心性陶然？有谁能跟我说个明白？这里有一册《匈牙利童话》，极富写实性的彩色插图，久久俘获了我的心灵。

插图上的王子，身穿玄色紧身裤，胸间罩着绣有金丝的玫瑰红上衣，裹着不时闪动红里子的深蓝色披风，腰间缠着墨绿黄金带。绿金的头盔，鲜红的长刀以及绿皮的箭筒，便是他的武装。左手戴着白皮手套，挽着一张弓；右手扶在森林中的古树枝头，一副凛然沉痛的面孔，俯视着随时向他扑来的龙的血盆大口。那表情蕴含着殊死的决心。假如这位王子是一位斩杀老龙的胜利者，他对我的蛊惑将是很淡薄的。然而，幸运的是，王子担负着必死的命运。

遗憾的是，这必死的命运并非十全十美。王子为了救妹妹，为了和美丽的妖精女王结婚，他挨过七次死的考验。由于含在口中的宝石的魔力，七次从死亡线上复活过来，最后享受着成功的幸福。前面提到的那幅插图，是第一次死——险些被龙咬死——之前的光景。其后，他“被大蜘蛛抓住，将毒汁注入他的体内，咯吱咯吱咀嚼着他的皮肉”。他溺水而死，火烧而死，遭蜂螫蛇咬，被扔进尖刀林立的洞穴，最后被自天而降的“大雨般的”无数巨石砸死。

“被龙咬死”这一章，事无巨细地描绘如下：

老龙立即咯里咯里啃咬着王子。龙在细细咀嚼的当儿，王子疼痛难忍。但他一直强忍下去。等到全部咀嚼完毕，忽然又变成原来的身体，迅速飞出龙的巨口。身上没有一点儿擦伤。老龙当场倒地毙命。

这个段落，我读过百遍。但似乎有一处不容忽视的缺陷，即“身上没有一点儿擦伤”这一句。读完这句话，我觉得为作者所背叛，他犯了个重大的过失。

不久，不知为何，我做了一项发明。那就是读到这里时，自“忽然又”至“老龙”这几句用手捂住，再接着读。于是，这本书就具体呈现出理想读物的面貌了。可以这样阅读：

老龙立即格里格里啃咬着王子。龙在细细咀嚼的当儿，王子疼痛难忍。但他一直强忍下去。等到全部咀嚼完毕，当场倒地毙命。

——经过这番减削，大人们是否感到违反常理？但是，这位幼稚、傲慢，沉溺于个人爱好的审查官，既然辨别出“全部咀嚼完毕”这句话和“当场倒地毙命”这句话，明显是矛盾的，但还是舍不得丢掉一方。

我沉浸于幻想自己战死或被杀那种状态的喜悦之中。可是，死的恐怖超过别人一倍。一次，我把女佣欺负哭了。翌日早晨，那女佣似乎什么事也未发生，高兴地微笑着，伺候我吃早饭。我从她的笑脸上，读出了种种意味。我只能认为，那是十足的胜券在握的恶魔的微笑。她为了向我复仇，或许抱有毒死我的企图吧？我的胸中翻腾着恐怖的波浪。那毒汁定是掺和在大酱汤里，早晨吃早饭时只要想起来，就坚决不蘸大酱汤。而且，有好几次，吃完饭立即离开，盯着女佣的脸，那意思是：“瞧见了吧？”女子坐在餐桌对面，毒死我的企图一旦被识破，仿佛丢了魂似的，站都站不起来，两眼直盯着剩下来变凉的漂着尘埃的整碗酱汤。

祖母心疼我病弱的身子，又担心我会学坏，所以禁止我和附近的男孩子一起玩。因此，我的玩友除了女佣和护士，就只能从祖母身边的女孩子里挑选两三个人。一点噪音、开门关门、玩具喇叭、摔跤，所有刺耳的响动，都会加重祖母右膝的神经痛。所以，我们的游戏，只能比一般女孩儿玩得更加安静才行。我尤其喜欢一个人看书，搭积木，沉湎于幻想和学习画画。后来生了妹妹和弟弟，他们在父亲的关照下（不像我一手交给祖母），自由地过着童年生活，但我并不十分羡慕他们的自由和胡闹。

但是，一到表妹家里玩，情况就变了。即使我，也被要求像个“男孩子”。我七岁那年早春，即将上小学的时候，到一个表妹——权且称杉子——家里走亲戚，当时发生一件值得纪念的事。其经过是：祖母带我到那里，听到大舅母她们直夸我“长大了，长大了”，祖母也趁势特为我的饭食例外放宽了限制。前边提到的，由于害怕“自体中毒”频发，直到那年之前，祖母禁止我吃“青肌鱼”。从前一提到鱼，我只晓得有比目鱼、鲽鱼和鲷鱼等白肉鱼。提到马铃薯，只知道磨碎后罗成的粉面。提到点心，禁止吃有馅儿的，净是些味淡的饼干、甜脆饼等干货。至于水果，只认得苹果片儿以及少量的柑橘。第一次吃青花鱼——那是鲐鱼——我吃得很是香甜。

那道美味意味着授予我当一次大人的资格。可是，平时每当想起这一点，心中就有一种抑郁的不安——“作为大人的不安”——我的舌尖不由品味到这种稍嫌苦涩的沉重的不安。

杉子是个健康而富有活力的女孩子。我住在她家，同一间屋子，床铺挨着床铺。杉子头一触到枕头，就像机器人一般很快入睡了。

一直失眠的我，带着微微的嫉妒和赞叹守望着她。我在她家，比在自己家里自由得多。一心想夺走我的假想敌——我的父母——不在这里。祖母放心地让我尽享自由。不再像家里，总是将我控制在她的目光范围之内。

不过，受到这种对待的我，并未充分享受到自由。我像个病后初次迈步的病人，感到被强加一种无形的义务的拘谨。倒是懒散的床铺，反成了我的所爱。而且在这里，不声不响之间，就被要求做个男孩子。三心二意的演技开始了。这时，我开始朦胧地意识到，在别人眼里，我的演技对我来说是要求回归本质的表现。在别人眼里，只有自然的我才是我的演技的machanism[①]。

那种非属本愿的演技，迫使我喊出："干脆来场战争游戏吧！"杉子和另一个表妹，两个女孩儿作为我的对手，哪里玩得了战争游戏呢？再看对方两位"女英雄"，根本提不起劲儿来。我提议玩战争游戏，是出于一种相反的缘由。所谓相反的缘由就是，我不愿向她们讨好，只想多少为难她们一下。

暮色笼罩着房屋内外，我们互相玩着无聊而笨拙的战争游戏。杉子躲在树林里，用嘴嗒嗒嗒学着打机关枪，我想趁这时该结束了。于是，我逃回屋内。女兵嗒嗒嗒地连连喊叫着追击而来。我一看到女兵，按着胸脯，扑通一声栽倒在客厅中央。

---

① 英语：机械装置，机器构造。

“怎么啦？小公表哥。”

——女兵们神情严肃地跑过来。我既不睁眼也不动手地回答：

“我战死疆场啦。”

我想象着自己拧着身子倒下的姿态，感到一阵欣喜。我对自己被击毙这种状态，有着说不出的快感。看来，即便真的被子弹击中，我也许感觉不到疼痛……

幼年时代……

我遇到一个象征性的情景。那情景对于当今的我来说，就是幼年时代本身。看到那情景，我仿佛望见幼年时代正要离我而去的诀别的手势。我预感到，我的内部的时光悉数由我内侧升起，在这幅画面前被遏止，准确地摹写画中的人物、动作和声音。那种摹写完成的同时，即为原画的光景而融入时光之中，留给我的只不过是唯一的摹写——堪称我幼年时代精致的标本。不论是谁，幼年时代总有一桩这样的事件，只因形态微小，不为人们所看重，大多被忽视掉了。

——那光景是这样的：

有一次，举行夏祭[①]典礼的一群人，蜂拥着闯进我家大门。腿脚不便的祖母，为自己也为孙儿的我，央求策划人使村镇内祭祀的队伍打我家门前经过。这里本不是祭典必由之路，但在主管者

① 夏季参拜神社，举行祭奠，以禳除灾病。

的照顾下，队伍每年都要绕一段弯路，从我家门口经过。这已经成了惯例。

我和家人站在门口。布满花纹的铁门左右敞开。门前石板路洒上清水。鼓声殷殷，由远而近。

悲壮的山野号子次第传来，听了令人浑身战栗。那喊声穿过游行队伍纷乱的嘈杂，告知人们，这看似外表空洞的喧嚣才真正是祭典的主调。那是在诉求一种交欢的悲哀：人和永恒极为卑俗的交欢，因某种虔敬的乱伦而成就的交欢。混淆难解的音的集团，也能分辨出先头队伍锡杖的金属声、大鼓沉钝的轰鸣，以及神舆轿夫们杂沓的呼喊。我胸中（从那一刻起，热烈的期待已不再是喜悦，而是痛苦）怦怦直跳，一阵憋闷使我难以站立。手执锡杖的神官，戴着狐狸面具，这神秘野兽的金色的眼睛，一直令我入迷。看着看着，我身不由己，一把抓住身边家人的衣裾，打算瞅空子从眼前队列所给我的近乎恐怖的欢乐中逃逸出来。我面对人生的态度，从这时候起便是如此。过分地期待，事前凭借幻想过多的修饰，到头来我还是不得不从中逃离开去。

不一会儿，脚夫抬着稻草绳捆扎的香资箱子走过去。当儿童神舆轻捷地一边转圈儿，一边通过，一顶黑黄色庄严的大神舆临近了。轿子自远方而来，顶上的金凤凰摇摇荡荡，宛若一只漂浮波间的水鸟。当我看到随着阵阵喧嚣炫目的摇动的情景，一种明丽的不安向我们袭来。仅在这神舆周围，拥塞着热带空气般窒闷的无风状态。看起来，这是凭借恶意的怠惰，于青年们裸露的肩头，热乎乎地飘摇不息。红白相间的粗绳，涂着黑漆的黄金栏杆，紧闭的金泥门扉之中，有着幽深的四尺平方的黑暗，于万里无云的夏日的正午，上下左右不断摇摆跳跃的正方形空寂的暗夜，公然君临了。

神舆来到我们眼前。青年们身穿浴衣，裸露着肌体，努力演练功夫，使得神舆本体晃动着像个醉汉。他们的腿步紊乱了，他们眼睛似乎不再望着地面。扛着大团扇的青年，大声高喊着，围着人群一边奔跑，一边为他们加油。神舆有时摇摇晃晃向一边倾斜，立即又在狂呼中扶正过来。

此时，我家大人们抑或直接感到一股意志的力量，从一如既往演练前进的一团人中迸发而出，突然将我紧抓不放的手向后一拽，只听有人喊道：“危险！”接着，我不知道究竟发生了什么事，我的手被紧拉着跑过前院，经二道门一头钻进家中。

我不知同谁一起跑上二楼。我站在阳台上，屏住呼吸，眼望着潮水般闯入前院的神舆周围黑压压的一团人。

是什么力量，促使他们如此快速地行动？其后，我想了好久也弄不明白。又怎么会料到，那数十名青年竟然有计划地一股脑儿闯入我的家门？

小花园被践踏得痛快淋漓。好一场祭典！我所看厌了的前院，变成另一个世界。神舆跑遍院子各个角落，灌木丛被踩得一派狼藉。我连发生了什么事都没有闹清楚。声响互相中和，仿佛冻结在那里的沉默以及毫无意味的轰鸣，交相光临。色彩也同样跃动着金、朱、紫、绿、黄、蓝、白，轮番涌动。有时金，有时朱，似乎不时有一种颜色在那里统配着全体。

然而，只有一种鲜明的东西使我觉醒，使我激动，使我内心充满无名的痛苦。那就是神舆轿夫们淫荡于世的显而易见的陶醉的表情……

第 二 章

已经一年多了，我一直玩着大人送我的奇特的玩具，心里充满一个孩童的烦恼。那年我十三岁。

那只玩具随时可以增大体积，似乎暗示着玩起来会挺有趣味。可是，哪里也没有写明具体玩法。因此，当那玩具开始想同我玩的时候，弄得我一筹莫展。这种屈辱和焦躁，有时难以忍受，甚至使我想毁掉它。但是，最后面对这只不驯的暗含着诱人的秘密的玩具，我只有屈服，无目的地注视着它那任性的样子。

于是，我更想虚心倾听玩具所向往的地方。这样一想，这只玩具已经具备了固定的嗜好，即秩序。嗜好的系列再加上幼年时的记忆，总是脱离不了夏季海边见到的裸体青年，神宫外苑游泳池的游泳选手，那个和堂姐结婚的浅黑的小伙子，众多冒险小说中的勇敢的主人公，一个连着一个。以往，我将这些系列同另外的诗的系列混为一谈了。

玩具依然向着死亡、鲜血和坚实的肉体扬起脸来。学仆有的，或从他暗中借给我的故事卷首画所见到的血腥的决斗场面；青年武士切腹的画；中弹后咬紧牙关，紧抓胸前的军服，鲜血从手指缝滴落下来的士兵的图像；还有像“小结[①]”一般不很肥壮的大力士的照片……一看到这些，那玩具立即抬起好奇的头颅。如果说“好奇的”这个形容词欠妥，那就换成“可爱的”或“欲求的”好了。

随着对这些情况的理解，我的快感渐渐有意识有计划地运动起来，进行选择，进行整理。故事杂志卷首画的构图不够火候，我便用彩色铅笔描摹下来，据此充分加以修正。这些画画的是：手捂胸前刀伤、猝然倒地的马戏团青年，从高空坠落下来摔碎头盖骨、半个脸面血肉模糊的走钢丝演员。上学时心中充满恐怖，担心家中书柜抽屉里这些残虐的绘画会被家人发现，根本听不进老师的讲课。由于我的玩具对这些画的挚爱，我总也舍不得将这些模拟下来的绘画匆匆撕毁，扔掉。

---

① 大相扑中第四等级的力士，位居横纲、大关、关胁以下。

就这样，我的不驯的玩具空度岁月，不要说第一次性目的，第二次性目的——所谓"恶习"这个目的——也不知如何获得实现。

我的周围发生了种种环境的变化。全家离开我出生的旧宅，搬到另一座城镇，分别住进彼此相距约半公里远的两栋房子。一栋是祖父母和我，另一栋是父母和弟妹，形成两个家庭。后来，父亲禀官府之命出访，到欧洲各国转了一圈回来。不久，父母一家又搬迁了。父亲想趁此机会将我领回，他的这一迟来的决心如愿以偿，我终于转移到父母才搬的新居。我经历了同祖母别离的场面，父亲将这一场面称作《现代悲剧》。这座新居同原来祖父母的家之间，隔着好几个"省线[①]"车站和"市电"车站。祖母日夜抱着我的照片哭泣，约定每周我都必须到那里住一宿，如果毁约不去，祖母就会立即犯病。十三岁的我，倒有一位六十岁的深情的恋人。

其间，父亲离开家人，转任大阪。

有一天，我有点儿感冒，没去上学。借着这个时机，我把父亲送我的几本外国画集，搬到自己房里仔细翻阅。尤其是意大利各城市美术馆的介绍，由此所见到的希腊雕刻的写真版，简直使

① 即国营（交通省管辖）电车线，下文的"市电"即市营电车线。

我入迷。众多裸体的名画，唯有黑白写真版最合我兴趣。理由很简单，因为看起来更现实。

眼下我手里的这类画集，今天是初次见到。吝啬的父亲生怕孩子的手弄脏了，一直藏在书柜的最里头（一半是怕我迷上名画里的裸女，可是他完全打错了算盘！）。可是我呢？我对这些名画也不像对待故事杂志的卷首插图那般着迷——我把所余不多的画面又向左翻了一页，我发现一个角落出现一幅画，那幅画简直就像专门等待我的来临。

那是热那亚帕拉萨卢索宫收藏的雷尼[①]《塞巴斯蒂安[②]》。

画面以提香[③]笔下的忧郁的森林和傍晚天空晦暗的远景为背景，微微倾斜的黝黑的树干是他的刑架。英俊无双的青年光裸着身子绑在树干上，两手交叉，高高举起，捆着两只手腕的绳子系在树上。此外，看不到绳结，一块粗白布裹着青年的裸体，松松地盘绕在腰背上。

---

① Guido Reni（1575—1642），意大利画家。活跃于博洛尼亚。在顶棚画和壁画上显示出古典主义倾向。后来，强调洗练的奇想和戏剧性。

② 拉丁语：Sebastian，三世纪末罗马传说中的基督教殉教者。据《圣人传》载，他勇武过人，深为戴克里先所宠爱，后担当禁卫队队长。作为基督教徒，因暗中协助教徒而被处死。

③ Titian（1490？—1576），文艺复兴期意大利画家。长于古典神话绘画、寓意画、祭坛画等。

我也知道，这就是殉教图。然而，文艺复兴末期唯美折中派画家绘制的这幅塞巴斯蒂安圣徒的殉教徒，倒是带有浓厚的异教的馨香。为什么呢？因为这副比得上安提诺乌斯[①]的肉体，看不出其他圣徒身上常见的传教的辛苦和老朽，只有青春和光明，只有美丽和逸乐。

那素洁的无与伦比的裸体，置于冥冥薄暮的背景之前，光艳夺目。作为一名禁卫军人，那惯于挽弓挥剑的健壮的臂腕，高举着构成一个颇为自然的角度，捆着绳索，正巧交叉在头发上方。他的面部微微上扬，圆睁着仰望上天荣光的双眼，深沉而安详。他那挺起的前胸，紧缩的腹部，稍稍扭曲的腰身，随处飘溢着的不是痛苦，而是回荡着某种音乐般郁悒的逸乐。假若没有深深扎入左侧腋窝和右侧腹胁的箭矢，那他看起来简直就是一位罗马斗士，背倚薄暮的庭树，暂时歇息一下疲倦的身子。

箭矢射进他那紧绷绷的洋溢着青春馨香的肌肤，点燃了无上痛苦和欢喜的烈焰，以图从内部焚烧他的肉体。但是，不画流血，也不画其他塞巴斯蒂安圣徒那样的无数箭矢，只有两支箭矢，将静谧而端丽的影像沉落在他那大理石般的肌体上，宛若树枝映在石阶上的阴影。

不过，上述这些判断和观察，全都是后来才体悟到的。

---

① 安提诺乌斯（Antinous，110？—130），罗马皇帝哈德良所宠爱的美少年，因溺死于尼罗河，皇帝为之建立安提诺乌斯城，并奉献众多雕像。

看到这幅画的一刹那，我的全部存在，都被一种异教徒的欢欣所摇撼。我的血液奔腾不息，我的脏器储绽着愤怒之色。我的巨大而鼓胀的一部分，空前激烈地等待我的指使，责怪我的无知，愤愤然喘息。我的手没有受任何人的教唆，不知不觉开始行动了。我感到我的内部一种黯淡而辉煌的东西迅速袭上心头，转瞬之间，伴随着恍惚的酩酊迸发了……

——片刻之后，我忧戚满怀地环顾着我面前的书桌周围。窗外枫树明丽的阴影，扩散到我的墨水瓶、教科书、字典、写真版画集以及笔记簿上。白浊的飞沫，落在教科书的烫金标题、墨水瓶的肩头和字典的一角等上面。所有这类东西一概浑浊而忧郁地滴落下来，有的呈现出死鱼般凝滞的目光……幸运的画集，因我立即出手制止才免于污染。

这就是我最初的 ejaculatio[①]，也是我最初不太高明的突发性“恶习”。

赫希菲尔德[②]作为精神异常者特别喜爱的绘画雕刻类之冠首推《圣塞巴斯蒂安》，我之所以看中这幅画，也是偶然出于浓厚兴趣。这种兴趣要是发生在精神异常者尤其是先天性精神异常者身上，

---

① 拉丁语：射精。

② Magnus Hirschfeld（1868—1935），德国性科学家。研究性本能障碍，尤其是同性恋。主张对此给予法律定位。

那么就更易于推测，此种异常的冲动和 sadistic[1] 的冲动，难解难分、错综复杂的场合依然占着压倒性的多数。

圣塞巴斯蒂安生于三世纪中叶，后来做了罗马军队的禁卫军长官。传说他三十多岁短暂的一生，因殉教而结束。他死去的那年公元二八八年，是戴克里先皇帝[2]治世时期。这位贫苦人家出身、平步青云的皇帝，以独特的温和主义为众人所钦慕。但副帝马克西米安厌恶基督教，他把遵循基督教和平主义而逃避征兵的非洲青年马克西米莱纳斯处以死刑。百夫长马塞拉斯的死刑，也是受同样的宗教的操持。圣塞巴斯蒂安的殉教，可以理解为是在这样的历史背景下进行的。

禁卫军长官圣塞巴斯蒂安暗暗皈依基督教，慰问狱中的基督教徒，暴露出他诱使市长及他人改换宗教的行动，终于接到戴克里死刑的宣告。他的被弃置的尸体射入无数箭矢，一位虔敬的寡妇前来为他营葬，发现他还保有体温。在她的护理下得以复活。但是，他忽然对皇帝不敬，口吐狂言，冒渎了他们的众神，终于被乱棍打死。

传说他死而复活的主题，只能是出于“奇迹”的渴求。那无

---

① 英语：性向的，嗜虐的。

② Diodetiaiius(243?—313)，罗马皇帝，卑贱起家，后担任努迈里阿努斯皇帝的禁卫队队长。皇帝遇刺后，受军人拥戴而即帝位。改革帝制，结束军人皇帝时代。强化皇权，镇压基督教。

数的箭创，什么样的肉体能够得以复生？

为了使人们深入理解我的官能的激荡的欢悦究竟属于何种性质，我把许多年之后未完成的散文诗抄写于后。

圣塞巴斯蒂安（散文诗）

一次，我发现教室窗外有一棵随风摇曳的不太高的树。看着看着，我的内心激动起来。这是一棵令人惊异的秀美的树。那棵树在草地上构筑成一个浑圆而端正的三角形，众多枝丫烛台一般左右相称地支撑着浓重的绿色。那团绿色的下面，可以窥见黝黑的黑檀木台座似的无可动摇的干。完美而巧致，不失“自然”那种既优雅又从容的情味。那棵树挺立着，堂堂正正守着一份自我创造者的沉默。同时，它又像一部作品。抑或是音乐的作品，德国音乐大师为室内音乐而创造的作品。那堪称圣乐的宗教的静谧的逸乐，仿佛织入一幅壁毯的图案，组成一首谨严而肃穆，充满乡恋之情的音乐……

因此，树的形态和音乐的类似，对于我来说具有某种意味。当两者结合构成更强大更深刻的东西袭击我的时候，此种难言的灵妙的感动，至少已不再是抒情，而是宗教和音乐汇合后常见的那种忧戚的酩酊。即便如此，也不奇怪。“不就是这棵树吗？”——我突然扪心自问。

“年轻的圣徒反剪双手绑在树上，一股股圣洁的鲜血宛如雨后水滴，顺着树干流淌下来。怒火中烧的青春的肉体剧烈地抵磨着树干，挣扎于临终前的痛苦之中（抑或那棵树就是地上所有快乐和苦恼的最后见证）。那不就是那棵罗马的树吗？”

据殉教史所传，那位戴克里先皇帝登基后数年间，梦想获得如飞鸟般自由翱翔的广被天地的权力，就想起那位昔日为阿德里所宠爱的禁卫军长官。那位著名的兼有东方奴隶体躯和海洋般非情的叛逆者眼神的年轻长官，终因奉祀被禁止的诸神而被问罪逮捕。他英气勃勃，傲视一切。他的兜鍪每天早晨都插着一枝镇上姑娘赠送的白百合花。一阵激烈的训练过后，休息时，百合顺着他那英武的发型，优雅地低垂着，宛若白天鹅的颈项。

谁也不知他生在何处，来自何方。然而，人们预感到了，这位具有奴隶的体躯和王子面相的青年，是作为逝去的人来到这里的。这位恩底弥翁[①]是牧羊人，他被选送到这个牧场放牧，这里的牧草比任何牧场都更浓绿。

几个姑娘确信他来自海上。因为她们听到他胸间有澎湃的涛声；因为他的眼睛里那生于海边又不得不离去的瞳孔深处，浮现

① Endymion，希腊神话中的美青年，为月亮神塞勒涅所爱，在她的祈愿下，为永葆青春而沉眠不醒。

出大海遗赠的神秘而永不消失的水平线。他的呼吸犹如夏季的海风一般灼热，发散着被潮水冲上岸边的海草的气息。

圣塞巴斯蒂安——年轻的禁卫军长官——所显示的美，不就是被杀戮的美吗？那些健壮的女子，不是由于罗马鲜血淋漓的肉味和透骨美酒的香醇滋养着她们的“五感[①]”，方才及早觉悟到自身尚不知晓的厄运，而因此爱上他的吗？她们窥视着他那洁白肌肉的内侧，等待着不远处肌肉被撕裂时，由缝隙中奔涌而出的热血，更加迅猛地遍地流淌。那些女人，怎么会不倾听那种鲜血热烈的希求呢？

不是薄命，绝不是薄命。他是更加不逊的凶犯，亦可称为光芒四射的人物。例如，即便于甘美的热吻之中，鲜活的“死苦[②]”也多次掠过他的眉宇。

他自己也朦胧地有所预知。他的前方等待着他的只有殉教。将他从凡俗中分离出来的，正是这种悲惨命运的标记。

——那天早晨，圣塞巴斯蒂安迫于繁忙的军务，天一亮就折身而起。他拂晓时分做了个梦——梦见众多不祥的喜鹊群集他的胸间，扑打着翅膀盖住他的嘴巴。梦境萦绕枕上，久久不去。他每

---

① 即视觉、听觉、嗅觉、味觉、触觉。

② 佛语，一说“四苦”：生、老、病、死。

晚所偃卧的粗陋的寝床，每晚都放散着被潮水冲上岸边的海藻的气息，诱使他进入海的梦境。他站在窗边穿着铠甲，发出恼人的铿锵之声，同时遥望远方神殿周围森林的上空，正在沉落的玛扎罗斯[①]星团。一旦看到这座异端的壮丽的神殿，他的眉宇之间就浮现出最适合于他的近乎痛苦的轻蔑表情。他呼唤着唯一的神的圣名，吟咏着两三句敬畏的圣言。于是，那轻微的音响，经过数万倍放大，回荡云天，似乎从神殿那个方向，从分割成一列圆柱的星空一带，传来惊天动地的呻吟。星空摇撼，大音轰鸣，仿佛一种异样的堆积崩塌了。他微笑了。然后低下眉头，俯视着晓暗中照例走来的一群姑娘，她们为了晨祷，各人手里拈着百合花，秘密登上他的住所……

那时是初中二年级严冬。我们习惯于穿长裤或直呼其名（初等科时代，老师命令我们叫名字时加上“君”，再热的夏季也不许穿露膝的袜子。第一次穿长裤的喜悦，在于不必用紧缩的吊带箍在两腿上了），习惯于开开老师玩笑的美风，习惯于咖啡馆里的欢聚宴饮，还有围绕学校森林长跑野游，以及校内的寄宿生活。不过对我来说，寄宿生活还是个未知数。因为谨小慎微的父母，借口我病弱，请求我免除中等科几乎强制性的寄宿生活。其实，最重要的只有一个原因，怕我住校会学坏。

---

① Mazzaroth，旧约时代的星宿名。

走读的学生寥寥无几。到了二年级最后一学期，这伙人里只增加一名走读生。他就是近江。他因为行为粗暴，被赶出集体宿舍。以前，我对他不大在意，自打被开除而背上所谓“恶劣少年”的印记之后，我的目光再也不会匆匆离开他的身影。

一位亲切爱笑的小胖子同学，闪现着两个酒窝来到我身旁。这时的他，肯定掌握着什么秘密。

“告诉你一个好消息。”

我离开暖气边。

我和这位要好的同学走到廊下，背倚窗户。窗外可以看到狂风劲吹的靶场，这里大致是我们密谈的场所。

“近江这人啊……”——这位同学红着脸，似乎很难开口。这少年上初等科五年级时，大伙每谈起“那种事儿”，他就立即否认，言之凿凿。“那绝对是撒谎，我全都知道。”他还规劝我，听说有个同学的父亲患中风，这是传染病，叫我少和那位同学接触。

“近江他咋啦？”——我在家里轻声细语，像个女孩儿，一到学校就满嘴粗话。

“实话对你说吧，近江这小子，是个‘过来人’哩！”

这是自然的事。他已经留级两三回了。近江骨骼秀媚，或许脸蛋儿的轮廓比我们更出众，而闪耀着青春的特权。他那莫名的蔑视一切的天性，带有高贵的品位。在他看来，没有一样不值得蔑视。正因为是优等生，是老师，是警察，是大学生或公司职员，他都一概投以轻蔑的目光，讪笑不止。

“哦——”

不知为何，我突然想起军训中精干的近江小队长的英姿。他因为修理步枪非常灵巧，因而受到军训教师和体操教师的破格提拔和优遇。

“所以嘛……所以啊。”——那位同学强忍着淫亵的微笑，那哧哧的笑声只有中学生才理解，“那小子的那玩意儿好大哩。不信，下次玩‘抓小鸡儿’，你摸摸就知道了。”

——所谓“抓小鸡儿”，就是在该校初中一二年级学生之间，必然蔓延下去的传统游戏。仿佛真正的游戏就应该这样，较之游戏，更像一种疾病。大白天，众目睽睽之下，照行其事。一人呆立，另一人斜刺里窥探靠近，瞅准机会，伸出手臂。如果一把抓住，则胜利者逃逸远方。接着，敲锣打鼓，喧闹一番。

“好大呀，A 那玩意儿，真大哩。”

此种游戏，且不说会不会引起某种冲动，首先，被害人会不由地将胳肢窝里的教科书之类扔掉，伸出两手捂住被袭击之处。大家的兴趣，或许就是为了看看那副狼狈相吧。但严格地说，他们会因笑声而获得解放，从而发现自己的羞耻心，再加上被害者因脸红而表现的共同的羞耻，通过爽朗的笑声，感受到一种嘲笑他人的满足。

被害者不约而同地喊道：

“呀，B 这家伙，真下流！”

于是，周围的人一起随声附和：

“呀，B 这家伙，真下流！”

——近江是这种游戏的老手。迅速出击，大都以成功告终。他的本领是，一上场就能吸引人注意，暗暗期待着他快些出手。其实，他也屡屡遭到受害人的报复。不过，谁的复仇也不会获得成功。他一直将手插在裤兜里走路。一旦伏兵袭击，他就用裤兜里的那只手，和外头的一只手，迅速组成双层铠甲。

那位同学的话，在我心中培育出一种毒草般的观念。这之前，我只是和其他同学一样，以极其天真的心情参加“抓小鸡儿”游戏。但那位同学的话，将我自身无意识严格辨别的那种“恶习”——我独自一人的生活——和这种游戏——我的共同的生活，置于一种难以避免的关联之上了。他的“摸摸看”这句话，含蕴着其他天真无邪的伙伴所难以理解的意味，不管接受与否，硬是猝然装填进我的内心之中。

自那之后，我不再参加“抓小鸡儿”游戏。我害怕袭击近江的那一瞬间，更害怕近江袭击我的那一瞬间。当游戏即将爆发的时候（事实上，这种游戏犹如暴动或叛乱，会在没有任何迹象之时突然发生），我避开大家，只是从远处眼睛一眨不眨地盯着近江的身影。

……话虽如此，在我们意识到这一点之前，近江的感化就已经开始浸染我们了。

例如穿袜子。当时，军人式的教育已经侵蚀我的学校。著名的江木将军“质实刚健”的遗训，又旧事重提，时髦的围巾和袜子都被禁止。规定不许围围巾，只能穿白衬衫，黑袜子，至少是无色的。然而，只有近江一人，从来不缺白绸子围巾和时髦的彩色袜子。

这一禁制的第一个叛逆者，有一套诡秘的手法，将他的恶行冠以“叛逆”的美名。少年们对叛逆美学的认识是何等薄弱，而他却看得很透。他在那位熟识的军训教师——这位乡下出身的下士军官，看起来简直就是近江的跟班——面前，故意慢吞吞地往脖子上缠着白绸子围巾，模仿拿破仑，将金扣子外套的衣领左右敞开。

然而，众多无知的叛逆，总是停留于吝啬的模仿。一旦有可能，就躲开最后的危险，只是品尝叛逆的美味。我们从近江的叛逆中，也仅是剽窃时髦的袜子这一点。我也不例外。

早晨，到学校去，上课前的教室很嘈杂。我们没有坐椅子，而是坐在课桌上聊开了。早晨，谁要是换上新款式的花袜子，他就会优雅地提起裤线，靠在课桌上。这时，就会立即迎来如梦初醒的赞叹声。

“呀，好刺眼的袜子！”

——我们不知道有没有比“刺眼”这个词儿更好的赞语。

但是自己这么一说，或是被别人这么一说，就会联想起近江只有整队时才出现的那副傲岸的眼神。

某个晴雪的早晨，我一大早就赶往学校。因为同学们打电话来，说明天早晨要打雪仗。我这个人，第二天要是有什么事，头天晚上我就难以成眠。翌日一大早醒来，不管时间早晚，立即去学校。

雪刚刚埋没鞋子。太阳尚未升上高空。因为有雪，景色显得阴惨而不秀美，看起来，就像裹在街道风景伤口上的脏污的绷带。街道的美只能是伤口的美。

学校前边的车站越走越近了。我从乘客稀少的“省线”电车车窗，看到工厂街远方升起的太阳。风景充满一派喜色。朝阳映射着雪的假面，不吉地耸立着的一列烟囱，还有那单调的晦暗起伏的石棉瓦屋顶，震颤在这种假面的朗朗狂笑的阴影之中。这出雪景的假面戏剧，往往上演着革命或暴动的悲剧事件。积雪辉映中行人苍白的脸色，也使人想起了那些挑夫。

我在学校前车站下车时，听到车站旁边搬运公司办事处屋顶上，及早消融的雪水流泻下来。我只认为那是光的流泻。鞋底带来的污泥，在水泥地面涂上一片虚假的泥泞。那光一面一次次大声呼喊，一面投向那“虚假的泥泞”坠身而死。一道光错误地投身于我的脖颈……

校门内还没有一个人影。存物间也上着锁。

我打开二年级一楼教室的窗户，眺望森林的雪景。森林的斜面有一条小径，由学校后门向上通往这座校舍。雪面上的巨大脚印，沿着这条小径一直抵达窗下。足印在窗边折返回去，消失在左侧斜面看来是科学教室的一座建筑物后头。

似乎有人来了。从后门上来，瞅瞅教室的窗户，看到没有人，就独自向科学教室后面走去。后门几乎没有学生通过，风闻只有那个近江，来往于女人家时经过这里。不过，只有整队时才能看到他的身影。不是他又能是谁呢？这么大的脚印，只有他才有。

我从窗户探出身子，凝神望着印着这种脚印的黑土鲜润的色调。看上去，那是步履坚定、充满力量的脚印。那股无可形容的力量，将我引向那双脚印。我真想倒竖身子，沉落地面，将脸孔埋在那双脚印之中。可是，我的迟钝的运动神经，照例有利于我的保身，我把书包放在课桌上，慢腾腾爬上窗棂。制服胸前的暗扣抵在石造的窗棂上，蹭着我脆弱的肋骨，那里感觉到一种混合着疼痛的悲哀的甘甜。我翻越窗户跳到雪地上时，轻微的痛楚使得胸脯一阵快活地紧缩，同时充满战栗的危险的情绪。我悄悄将自己的套鞋，合在那双脚印之上。

巨大的脚印几乎和我的相同。我忘记了，这双脚印的主人或许穿着我们之间时兴的套鞋吧。看来，那脚印似乎不是近江的——追寻黑色的脚印，或许会背叛我当前的期望，但即便处于这种不安的期望中，也有某种东西使我着迷。此时的近江，已成为我期望中的一部分，对于先我而来，及早在雪地上印下脚印的那个人，我抱有为某种被侵犯的未知而复仇的憧憬，这种憧憬抑或紧紧抓住了我。

我气喘吁吁地追寻那道鞋印。

犹如跳过一块块脚踏石，鞋印顺次印在各种地方，有的是黝黑而鲜润的泥土，有的是干枯的草地，有的是结实的污雪，有的是石板小路。走着走着，我不由也和近江完全一样，迈开了大步。

我走过科学教室后边的背阴处，来到广阔的运动场前边的高台。三百米的椭圆形跑道，以及围在跑道内的各个场地，一律包裹在闪闪的白雪之中。广场一角，并立着两棵高大的榉树，在晨光里伸展着长长的树影，为雪景别添一种朗朗谬误的意味——即便冒犯伟大也在所不顾。大树凭借冬日的蓝天和地面的雪光以及侧面的朝阳，以可塑的致密高高耸立，干枯的树梢和开裂的树干，时时掉落下来金沙般的雪粉。运动场对面并排着的一栋栋少年宿舍以及毗连的杂木林，依然一动不动地沉睡，似乎一丝微音也会引起广袤无边的反响。

我在这铺展的闪光中，刹那间一无所见。雪景可称为新鲜的废墟。只有古代废墟才有的无边无际的光明与辉煌，也降临在这虚假的丧失之上。于是，废墟的一隅，宽约五米的跑道的雪面上，描画着巨大的文字。最靠近的大圆圈是 O，对面有 M，远处描画着一横又长又大的 I。

是近江。我追寻而来的脚印，向着 O，再由 O 到 M，由 M 来到 I 的一半之处站住了。我看到了近江的身影，他围着洁白的围巾，不时低下头，两手插在裤兜里，眼下正在雪地上趿拉着他的那双套鞋。他的身影和运动场榉树的阴影平行，旁若无人地在雪地上尽情伸展开来。

我的面颊热辣辣的，戴着手套团了一把雪。

雪团投过去了，没有到达他身边。但是，他画完 I 这个字母，或许无意中将视线转向我这里了。

“噢——咿！”

尽管我担心近江会露出不悦的神情，但还是被一种莫名的热情所驱使，高喊一声，随即顺着高台的陡坡俯冲下来。没想到他也敞开有力的嗓门，对我高声呼叫：

“噢——咿！不要踩了字啊。”

看样子，今天早晨的他同平时不一样。寻常，他回家绝对不做作业，教科书锁在存物箱里，两手插进外套的口袋去上学。他总是掐准时间，手脚麻利地脱掉外套，及时排在队伍的末尾。可今天早晨，他不但独自一人消磨着时光，他还以独有的亲切和粗鲁的笑脸迎接我（平素他把我当成个孩子，不肯瞧我一眼）！我是多么盼望看到他那副笑脸和整齐鲜洁的白牙啊！

然而，这笑脸一旦接近，清晰可见之后，我的心便把刚才呼唤他的热情忘却了。理解阻挡着我。他的笑脸，或许是为了弥补“被理解”这个弱点，与其说损害了我，毋宁说更损害了我所描画的他的影像。

看到他在雪地上描画的他的姓名OMI三个巨型字母，他的孤独的各个角落，我都半无意识地了解了，诸如他如此一大早赶来学校，以及他自己未必深知的本质的动机——我的偶像，眼下如果在我面前卑躬屈膝地辩解：“我一早来学校是为了参加打雪仗。”那么，我心目中将会丧失较之他所丧失的骄矜更为重要的东西。我很焦急，心中盘算着应该主动出击了。

“今天雪仗打不成了。”我终于开口，“本以为雪会下得更大些呢。”

“是啊。”

他露出一副扫兴的样子，面颊上固有的线条变得僵硬起来，重新恢复了对我的鄙视与轻蔑。他极力把我看作小孩子，双眼又增添了憎恶的光辉。对于他写在雪上的文字，我不曾询问一句，他心灵一隅对此表示感谢。他那抵抗此种感谢的痛苦使我迷醉。

“哼，你的手套像小孩子用的。”

“大人也戴毛手套。”

“好寒碜，你大概还体会不到戴皮手套的感觉吧？——试试看吧。”

他把浸满雪水的手套猛地贴在我的热乎乎的脸颊上，我躲开了身子。那活生生的肉感，烙印一半留在我的脸孔上。我感到我是用非常清澄的目光凝视着他。

——打这时起，我爱上了近江。

假若这种粗俗的说法能够获得谅解，那么对于我来说，这是有生以来的初恋，而且是明显关联着肉欲的恋爱。

我等待夏天，至少等待着初夏。我以为那个季节，将给我带来观察他的裸体的机会。同时，我也会把更为隐蔽的欲求，深深埋于心底。那就是很想看看他那“大玩意儿”的欲求。

两种手套在我记忆的电话里串线了。这种皮手套还有下述庆典时戴的白手套，一种是真实的记忆，一种是虚假的记忆。他那粗野的面容，也许更适合戴皮手套，也许正因为面容粗野，才更适于戴白手套。

说到粗野的面容——给人的印象，只不过是交混在少年之间一张普通青年的脸。他骨骼壮实，身个儿比我们之间最高的学生矮一头。只因我们学校的制服硬邦邦的，很像海军士官的军服，套在未成年的少年身上，总有些不合体；唯有近江一人，在自己的制服里存储着充实的重量感和一种肉感。用充满嫉妒和挚爱的目光，凝视着从他那蓝哔叽制服上可以窥视到的肩膀和胸脯的人，不会只有我一个。

他的脸上始终浮现着堪称晦暗的优越感的表情。这多半是越受害就越容易燃烧的那种情绪。留级、开除……这些厄运对于他，似乎是一种受挫的意欲的象征。何种意欲？凭我漠然的想象，一定有一种他的“恶”的灵魂所促成的意欲。而且，这广大的阴谋，即便他自己也还没有充分认识到。

说起来，他那浑圆黧黑的面颊上，耸峙着不逊的颧骨，秀挺而丰腴的不很高的鼻梁下边，有着仿佛用丝线括紧的神秘的嘴唇和坚实的下巴颏儿。从他的面孔上，可以感受到充溢全身的奔流的热血。那里存在着一个野蛮的灵魂的衣裳。谁能从他那里看到“内面”呢？他身上所能期待的，只是我们遗忘在遥远过去的那个未知的完整的模型。

有时他心血来潮，走过来偷看我所阅读的不合年龄的深奥的书籍，我大都带着暧昧的微笑合上书本。这并非出于羞耻。因为，下面所有的预测，对我来说都是一种痛苦。诸如：他对书籍感兴趣；他显得笨手笨脚；他讨厌自己无意识的完整。我为这位渔夫忘却乡国伊奥尼亚[①]感到痛苦。

上课期间，运动场上，我一直左右打量他的身姿，终于塑造出他那完美无缺的幻影。记忆之中他的幻影，找不到任何缺点，原因就在于此。至于小说式的叙述中不可或缺的人物某些特征，某些可爱的脾性，以此用在人物身上，从而使得人物栩栩如生的一些缺点之类的东西，一概从近江身上寻找不到。反之，我从近江身上找到了无数别的东西。那就是存在于他身上的无限多样性和微妙的韵味儿。这些包括生命完整的定义，他的眉毛，他的颧骨，他的嘴唇，他的下巴颏儿，他的颈项，他的咽喉，他的血色，他的肤色，他的力量，他的胸脯，他的手，以及其他无数的东西。所有这些，我都从他身上寻找到了。

以此为基础进行淘汰，完成一个嗜好的体系。因为有了他，我不认为富有理智的人都亲切。因为有了他，我不再为戴眼镜的同性所吸引。因为有了他，我开始爱上力量、充沛的血的印象、无智、粗野的手势、粗放的语言，以及一切丝毫不被理智所腐蚀的肉体所具备的野蛮的忧愁。

——不过，这种不合理的嗜好，对我来说，打从一开始就在

① 小亚细亚西部以及近海各岛屿。

逻辑上包含着不可能。没有比肉体的冲动更符合逻辑的东西了。透过理智的理解，我的欲望一开始交合就猝然衰退了。对方所发现的些微的理智，也会迫使我做出理性的价值判断。在爱的相互作用下，对对方的要求，同时也是对自己的要求。因此，祈求对方无智的心，尽管是一时性的，也会要求我的绝对的“对于理性的谋反”。这类事情，无论哪条道路都行不通。因此，不论何时，我都提防着，决不和未被理智侵犯的肉体的所有者，即流氓、水手、士兵和渔夫等进行语言交流。只能以热烈的冷淡远远离开，目不转睛地瞅着他们。抑或只有言语不通的热带蛮荒之地，才是我易于居住的家园。说起来，对于荒蛮之地暑气蒸腾的炎夏的憧憬，早在孩童时代就存乎心中了……

关于白手套的故事。

每逢举行庆典的日子，我去学校习惯戴白手套。手腕上的贝扣散射着沉郁的光，手背上缝着发人冥想的三道线。只要戴上这副手套，就会回忆起天气晴明的节日的印象：举行盛典的晦暗的礼堂，临回家领到的一纸袋盐濑[①]包子，一天的进程有时会因某种东西半途发出的巨大响声而受挫。

---

① 奈良传统馒头店。传说华侨林净因初在日本制作馒头（包子）。后来，京都乌丸大道、江户日本桥皆出现分店。

冬日的祭典，那是纪元节[①]。当天清晨，近江少有的一大早就到学校来了。

还不到集合的时间。将学校一旁浪桥上的一年级学生赶走，这是二年级学生冷酷的乐趣。那些二年级学生，本来看不起玩浪桥这类小孩子游戏，但内心里又对这种游戏恋恋难舍，他们硬把一年级学生赶走，实际上并非真心想玩这种游戏，而是半真半假，逞逞威风罢了。一年级学生远远地围成一圈儿，眼看着二年级同学得意扬扬、受人围观的粗暴的胜负——瞅空子将对方从摇荡的浪桥上推落下去。

近江双脚站定浪桥中央，那架势简直就像一个被追击的走投无路的刺客，不住盯着新上来的敌手。同学中没有人能敌得过他。已经有好几个人刚一登上浪桥，都被他迅速推下去，踩碎了一地晨光闪耀的严霜。每当这时，近江就像一位拳击手，伸出戴着白手套的两只手，在额前紧握，显现出一副天真可爱的样子。被他驱赶的一年级学生也不计前嫌，为之齐声喝彩。

我的目光一直盯着他的白手套。那手套精悍地挥动着，神奇的准确。那是狼一般幼兽的双手。那双手时时像响箭一般穿越冬日早晨的空气，向敌方的腹胁奔击而去。被他推落的对手，有的腰背猛然撞击在霜地上。推倒对手的一刹那，近江为了恢复倾斜

---

① 日本传统四大节日之一，即神武天皇于大和橿原宫即位之日——二月十一日。战后改称建国纪念日。

的身子的重心，有时在蒙着一层薄霜的滑溜溜的圆木上，偶尔做出痛苦挣扎的样子。但是他那灵巧的腰肢的力量，再次使他回复到那副刺客的架势。

浪桥无表情地、有规律地左右摇荡。

……看着看着，我蓦地不安起来。那是一种坐卧不宁的难解的不安。似乎是摇荡的浪桥引起的眩晕，但又不是。可以说，这是精神的眩晕，抑或是我内部的均衡，因看到他危险的一举一动而被打破所带来的不安吧。这眩晕之中，依然有两种力量争夺霸权。自卫的力量和欲望的力量。后者更深刻更激烈地欲图瓦解我内心的平衡，这是一种常使人无意识委身其中的某种微妙而又隐秘的自杀的冲动。

“什么呀，都是一群胆小鬼，没人敢上来吗？”

近江站在浪桥上，左右轻轻摇摆着身子，戴着白手套的两手叉在腰间。帽子上的镀金徽章在朝阳里闪闪发光，我从未见过他这般英俊。

“有我哪！”

激烈的心跳准确地测定了我要说出这话的瞬间。我的败于欲望的瞬间总是这样的。我走到那里，就站在那里，对于我来说，这是不可避免的行动，更是预先安排好的行动。所以直到后来，我依然误认为自己是“意志型的人”。

“算啦算啦，你肯定要输。”

我在一片嘲讽的欢呼声中，从一端登上晃动的圆木，刚一登上就险些滑了一跤，大伙儿又是一阵喧闹。

近江带着一副滑稽的表情迎我而来。他拼命做着鬼脸儿，模仿我滑倒的样子。而且，还摇晃着戴手套的手指取笑我。在我眼里，那手指就像随时刺向我的危险刀剑的锋刃。

我的白手套和他的白手套，几次互相交手。每次我都被他的掌力推压，身子摇摆起来。看样子，他打算尽量要弄我一番，不想让我过早败北，故意调整着力量的大小。

“啊，危险，你好强！我失败了，马上就要掉下去啦——瞧！”

他又伸出舌头，学着掉落的姿势。

看着他那副鬼脸，他在不自觉地破坏着自身的美。对我来说，这是不堪忍受的痛苦。我被他步步进逼，低伏着眼眉。他瞅空子伸出右手用力推我一下。为了不掉落下去，我的右手反射性地抓住他的右手手指，活生生体验到了他那戴着白手套的手指的触感。

那一刹那，我和他四目对视。确实是一刹那。那副滑稽的表情从他脸上消失了，又涨满了简直有点儿可笑的率真的表情。既非敌意又非憎恶的无垢的东西鸣响了弓弦。那也许是我想得太多的缘故。抑或是手指被拽住，身子失去平衡的瞬间里所展露的虚空的表情吧？然而，随着两人手指交合时产生的闪电般战栗的力量，我发现近江从我凝视他的瞬间的视线里，感悟到我很爱他——也仅仅爱他。

两人几乎同时从浪桥上跌落下来。

我被搀扶了起来，是近江把我搀扶起来的。他粗暴地拽住我的膀子，默默无言地掸掉我衣服上的泥土。他的胳膊和手套涂满了白霜闪亮的污泥。

我嗔怪地抬头望着他，他挽着我的手臂迈开了脚步。

我的学校从初等科时代起，同班同学一律手挽手肩并肩，那种亲切是很自然的。当时，集合的哨子一吹响，大家一齐赶往操场。近江和我一同跌落下来，不过是看厌了的游戏的结局。我和近江即便挽着臂膀走路，并不是一道特别显眼的风景。

不过，我靠在他的臂弯里，边走边感到无上喜悦。或许我天生羸弱，所有的喜悦都掺和着不祥的预感。他的臂腕强健而结实的质感，仿佛顺着我的手臂流贯全身。我巴不得就这样走到世界的尽头。

但是，一来到集合场所，他就毫不犹豫地甩开我的臂膀，排到自己的序号去了。接着，便不再转头看我一眼。庆典进行期间，我把自己白手套上的污泥，和同一排隔着四个人的近江白手套上的污泥，比较着看了好几次。

——我对近江莫名其妙的倾慕之心，没有加以有意识的批判，更不用说道德的批判。一旦企图集中意识，我已经不在其中了。如果有不具有持续和进行式的所谓恋爱，那么我就是其中一个。我凝视近江的目光，总是“最初的一瞥”，亦可称“劫初[①]的一瞥”。

---

① 佛语，指世界初创期。

无意识的操作关联于此，守卫着我十五岁的纯洁，以免除不断的侵蚀作用。

这就是恋爱吗？初见起来保持着纯粹的形式，其后经过多次反复，这种恋爱也具备了独特的堕落和颓废。这是较之俗世爱的堕落更为邪恶的堕落。颓废的纯洁，在世上所有的颓废之中，也是最恶质的颓废。

然而，我对近江的单恋，是人生中最初遇到的，在这种恋爱中，说真的，我就是一只将天真无邪的肉欲隐藏在翅膀底下的小鸟。使我迷惘的，不是获得的欲望，只是纯粹的“诱惑”本身。

至少我在上学时，尤其是在单调的课堂上，我的眼睛始终离不开他的侧影。我不知道，所谓爱，就是渴求和被渴求。对于这样的我来说，还能做些什么呢？爱之于我，不过是将很小的谜语问答依然作为谜语，互相考问一遍罢了。我的一番倾慕之心，究竟会以何种形式获得报偿，我连想象都未曾想象过。

因此有一天，我感冒并不严重也请了假，那天正巧是三年级第一个春季体格检查的日子。直到第二天去上学我才知道。体检当天请假的两三个人到医务室去，我也跟着去了。

煤气炉蓝色的火焰，在射进屋内的阳光里，看起来似有若无。充满了消毒药的气味儿。平素，少年们的裸体总是互相挤在一起，到处飘溢着体检时特有的、似蒸乳般甘美的薄桃红的味道，如今全然没有了。我们两三个人，瑟缩着身子，默默无言地脱掉了衬衫。

一位和我同样易患感冒的瘦削的少年，站立在磅秤上。看到他那长满汗毛的瘦骨嶙峋的白皙的脊背，我的记忆突然苏醒了。我一直想看近江的裸体，想得简直要发狂。体检这么好的机会给漏了，我真是愚不可及。那就只有渺茫地等待下一次机会。

我面色苍白。因为我的裸体上那令人寒碜的鸡皮疙瘩，含蕴着一种类似寒冷的悔恨。我用空茫的眼神扫视一下自己细弱的胳膊上可怜的牛痘痕迹。我被点到了名字。磅秤正像一副绞刑架，它似乎宣告了我的行刑的时刻。

“三十九点五。”

护士兵出身的助手向校医报告。

“三十九点五。”校医一边填写病历，一边自言自语，“好歹总要达到四十公斤啊。”

每次体检，我都要尝受这样的屈辱。但是今天很放心，因为近江不会在一旁眼看着我的屈辱。刹那间，这种安堵成长为喜悦……

“好了，下一个！”

助手狠狠推了我一把。要是平常，我会满含厌恶地对他怒目而视，但这次我没这么做。

然而，我的初恋会以怎样的形式告终呢？虽说有些朦胧，但我也不是一点儿没有预料。这种预料带来的不安，抑或是我快乐的核心。

初夏的一天，这天似乎是展示标准夏装的一天，也可以说是夏的舞台彩排的一天。为了万无一失地迎接真正的夏的光临，夏之先驱只在这一天里，前来检查人们的衣柜。这种检查合格的标志，就是人人在这天穿着夏衫出行。

尽管天气炎热，我还是得了感冒，并发支气管炎。为了“参观”体操课（不参加体操练习，只是在旁边观看），我和一位拉肚子的同学到医务室开了必要的诊断证明。

回来的路上，我俩尽量慢腾腾地踱着步子，朝操场大楼走去。因为只要说去了医务室，就可堂而皇之地成为迟到的借口；再就是即使观看，那种无聊的体操课，也还是希望越短越好。

“真热啊！”

——我脱掉了制服。

“行吗？感冒了还这样。当心拉你做体操。”

我立即又穿上了上装。

“我拉肚子，反正没关系。”

同学故意逞能，这回轮到他脱掉了上装。

到那里一看，操场墙壁的钉子上挂满了夹克，其中也有开领衬衫。我们班一共三十人，集体站在操场对过的单杠周围。以阴暗的雨天的操场为前景，楼外的沙地和单杠的草坪周围，倒是一派明丽。我因为病弱，总是觉得不如人家。我一边放任地咳嗽，一边向单杠走去。

长相寒碜的体操教员，从我手里接过诊断书，瞧也不瞧一眼。

“过来，做引体向上！近江，你示范一次，给大家看看。”

——我听到同学们都在悄悄呼唤近江的名字。上体操课时，他经常去向不明，不知在干些什么。这回他又从一片枝叶闪光的绿树荫里，懒洋洋地出现了。

我一见到他，胸中就闹腾起来了。他脱去衬衫，只穿一件白棉背心，黧黑的皮肤反衬着纯白的背心，显得格外洁净。那是一种香远益清的洁白。胸部清晰的轮廓和两只乳头，宛若石膏浮雕。

"引体向上？"

他不屑一顾但又带着几分自信地反问老师。

"嗯，是的。"

大凡体躯健壮的主儿，往往表现出一副桀骜不驯的姿态。近江也一样。于是，他走向沙地，缓缓伸出手臂。他用地下的湿沙子涂在手心里，然后站起来，一边粗野地搓搓手，一边望着头上的单杆。那副眼神闪现着渎神者①的决心。倏忽将影像掉落在他眼眸里的五月的白云和蓝天，被他寄宿在清凉的污蔑之中。一个跳跃纵贯他的全身，忽然，两只无逊于那锚形刺青的臂膀，将他的身子吊在了单杆上。

"嗬——！"

操场上回荡起学生们的赞叹声。谁都知道，那并非针对他孔武有力的身体，那是对青春、生命和优越的赞叹。他的腋窝冒出

---

① 亵渎神明的人。

的丰饶的腋毛，令他们吓了一跳。或许少年们第一次看到，原来那里生长着如此繁盛的、近乎不必要的、众多夏草般的毛！宛若夏天的杂草盖满庭院还绰绰有余，又接连向石阶蔓延。那毛溢出了近江深深凹陷的腋窝，铺展到胸脯两侧来了。这两片青黑的草丛，沐浴着阳光，熠熠生辉，那一带的皮肤格外洁白，被衬托得像白沙一般透明。

他的两只臂膀坚实而隆起，两肩的肌肉如夏云高耸。将他腋窝的草丛折叠在暗影里，看不见了。胸脯高高同单杠磨合，微妙地战栗着。就这样，引体向上反复做了好几次。

生命力，众多无益的生命力，压服了少年们。生命中过度的感应，暴力的、简直只有生命本身才能说明的无目的感应，此种令人不快的充溢的冷漠，压倒了他们。一种生命，在他本人不知不觉之间，潜入近江的肉体，占领他，突破他，从他那里溢出，企图随时凌驾于他的头上。在这一点上，生命好似疾病。他那被粗暴的生命腐蚀的肉体，只是为了不怕传染的疯狂的献身而置于这个世界。对于那些畏惧传染的人们来说，那副肉体只是作为一种非难而印入他们的眼睛——少年们畏畏缩缩地后退了。

我同他们一样，又多少有些差别。在我这里（这事儿充分使我面红耳赤），看到他那众多的腋毛的一瞬间，我一下子erectio[①]了。

我担心春秋穿的薄裤会不会惹人注意。即使没有这种不安，

① 拉丁语：勃起。

此时占据我心间的，不单是无垢的欢欣。仿佛我想见的东西就在那里，渴望一见的冲动，反而发掘出未曾预料的别一种感情。

那是嫉妒——

就像完成一项崇高的作业，我听到近江的身体“扑通”一声落在沙地上。我闭上眼睛摇摇头。于是，我对自己说，我再也不爱近江了。

那是嫉妒，那是强烈的嫉妒，它使我断绝了对近江的爱。

也许从那时起，在这桩事情上，寄予了我对自身萌生的自我斯巴达式训练法[①]的要求（写这本书，就是这种要求的一种体现）。幼年时代的病弱和溺爱，使我惮于仰望别人的面孔。对于孩童的我来说，从那时起就信守着“必须强健起来”的格言[②]。我在来往的电车上，不分彼此地一直凝视着每位乘客的脸，我在这种注视中找出了这种训练法。一般的乘客，被一个面色苍白的少年所凝视，并不感到害怕，只是厌烦地转过脸去，很少有人瞪着眼回敬你。一旦转过脸去，我就感到胜利了。就这样，我逐渐能够面对面地正视别人的脸孔了。

——深信已经放弃爱的我，总算放弃了自己的爱。初看起来很是迂阔。爱的最明白不过的标志就是 erectio，我把它给忘却了。erectio 其实是永恒的，无自觉发生的，独自一人时，它所促成

① 此指公元前一千年左右，多利亚人建立的古希腊都市国家斯巴达国所实施的勤俭、尚武的国家主义教育法。即严格的教育法。

② 原文为“格率”，即 Maxim，格言，箴言。行为的主观原理。行为准则。

的“恶习”，也是永恒的，无自觉进行的。关于性，我虽然已经具备一般知识，但还没有因差别感而产生烦恼。

话虽如此，但我并不相信放纵自己常规的欲望，是正常的，正统的；也并不相信每个同学和我都抱有相同的欲望。令人愕然的是，我在沉湎于浪漫故事的阅读中，简直就像不谙人事的少女一般，将一切都雅的梦幻都寄托于男女恋爱与结婚之上了。对近江的爱，我已经投进了不屑一顾的谜的垃圾堆，不再深究个中意味。如今，不管我写下“爱”字还是“恋”字，我都感受不到一切。我做梦都不会想到，这种欲望和我的“人生”之间，会有什么重大的关联。

尽管如此，直感要求我的孤独。那是作为一种原因不明的异样的不安——前边已经说过，幼年时代，我就有着浓厚的长成大人的不安——而表现出来的。我的成长感一直伴随着异样的尖锐的不安。那个时代，我发育迅速，每年都必须将裤长放大，因此，新做的衣裤都要缝进一大截衣褶。每个家庭都一样，我家的房柱上用铅笔标着我的身高。这种事儿，总是在餐厅里当着全家人的面进行。每长高一分，家人就拿我开玩笑，单纯地乐上一阵子。我强作笑脸。然而，一想到长成大人那种高度，就不能不预感到一种可怕的危机。我对未来的漠然的不安，一方面提高了我脱离现实的梦想的能力；同时又驱赶我奔向“恶习”，以便使我向那种梦想逃逸。不安证实了这一点。

“长到二十岁，你肯定要死。”

同学们看我很虚弱，都跟我开玩笑。

“你这话太无情啦。”

我苦笑着绷紧了脸，从这句预言里，我尝受了一种奇妙的甘美而感伤的迷醉。

“打个赌吧。”

“要是打赌，我不是只能赌我活着吗？”我回答，“假若你赌我死的话。”

“是的，好可怜啊，你要失败的。”

同学带着少年的残酷，重复地说着。

不光我一个人，同班同学也都一样。不过，我们的腋毛不像近江的那般茂盛，只是一点儿像细草芽般的东西。因此，以往我从不特别注意这部分。作为我的固定观念的，明明是近江的腋窝。

洗澡时，我总是久久地站在镜子前。镜子极不情愿地映着我的裸体。我就像那只坚信自己长大后一定能变成天鹅的丑小鸭。这和那英雄式童话的主题恰恰相反。我的肩膀也像近江的肩膀，我的胸脯也像近江的胸脯，我满怀这种期待，对着眼前的镜子，硬是从那映照出的细瘦的肩膀和薄弱的胸脯仔细寻找，却总也看不出相似在哪里。其间，薄冰似的不安，依然布满我心中的各个角落。与其说不安，毋宁说是一种自虐的确信，一种“我决不能和近江一样”的神示的确信。

元禄时代[①]的浮世绘[②]，往往将相爱男女的容貌，画得惊人的相似。希腊雕刻中美的普遍的理想，也近似容貌相似的男女。其中难道没有一种爱的奥义吗？爱的深处不正涌流着企图和对方分毫不差的这种不可能实现的热望吗？这种热望不正驱使着人们将不可能由另一极端变成可能，从而引导他们走向那种悲剧性的叛离之路吗？既然相爱的人儿不可能完全相似，那么不如干脆使他们致力于相互之间毫不相似，使这样的叛离完整地作用于媚态。难道就没有这样的心灵构想吗？然而可悲的是，“相似”结束于瞬间的幻影里了。为什么呢？因为爱恋中的少女纵然变得果敢，爱恋中的少年纵然变得内向，他们依旧会穿越彼此相似的存在而飞向彼方——已经没有对象的彼方。

为此，我有一颗强烈的嫉妒之心，我甚至对自己说：我已放弃了爱。对照上述的奥义，这种嫉妒依然是爱。我自己的腋窝，缓慢而游疑地一点点滋生、成长，渐渐变黑了。我终于可以爱“和近江相似之物”了……

---

① 江户中期，五代将军德川纲吉治世时代。藩幕体制稳定，町人势力抬头，政治开明，社会充满活力。产生了以上方（京都和大阪一带地方）为中心的独特的文化，即上方文化。

② 江户时代社会风俗绘画，内容多描写花街柳巷、游女俳优华丽艳美的形象。包括肉笔画、木版画、锦绘（套色绘画）等。给西方现代绘画特别是印象派以极大影响。出现了喜多川歌麿、安藤广重、葛饰北斋等浮世绘大师。

暑假到了。对我来说，它是盼望已久而不堪收拾的幕间休息；又是梦寐以求而居心叵测的招饮燕集。

打从罹患轻度的小儿结核那时候起，医生就禁止我照射强烈的紫外线，绝对不准在海岸将身子暴露在直射阳光里半小时以上。每当打破这种禁令，我的脸上就火辣辣地发烫。由于不能参加学校的游泳课，直到现在我也不会游泳。联想到后来在我内部执拗生长的、有时震撼我的“海的蛊惑”，我不会游泳是一种暗示。

纵使这样，那时的我，还没有遇到海的难以抗拒的诱惑。百分之百不适宜于我的夏季，而又以莫名的憧憬教唆着我的夏季。为了送走一个不至于太无聊的夏季，我和母亲以及弟妹，在A海岸终于度过了这样一个夏季。

……

我猛然觉察，我被留在一块巨岩之上了。

刚才，我和弟妹沿海边寻找岩石缝里闪亮的小鱼，走到了这座岩石旁。因为没有什么感兴趣的猎物，年幼的弟妹都玩够了。这时，女佣来接我们到沙滩有阳伞的母亲那里去。我不愿和他们一起行动，她便留下我，只带着弟妹走了。

夏天过午的太阳，朝着海面不间断地打耳光。整个海湾是个巨大的眩晕。洋面上的那团夏云，雄伟、悲壮，将预言家的姿态半浸于海水里，默默伫立。云的筋肉似雪花石膏[①]般苍白。

说到人影，除了沙滨驶出两三只游艇、小船和几只渔船，在海面上徘徊。除了船上走动的几个乘员之外，再也看不到别的人影。精致的沉默存在于一切之上。海的微风带着一副微妙的神经兮兮的表情，将快活的宛若昆虫无形的振羽声，传送到我的耳边。这一带海岸，由那些向海面倾斜的浑圆而柔顺的岩石组成，像我身下这般陡险的巨岩，其余只有两三座。

波涛以不安的膨胀的绿色形状，自远洋滑过海面而来。突向海面的较低的岩群，高高耸立，一面阻挡着犹如求救般扬起素腕的飞沫；一面又似乎沉浸在深深的充溢感之中，梦想着挣脱捆绑的浮游。但是，膨胀的绿波又舍它而去，以同样的速度滑向水岸。不久，某种东西在绿色的包衣中醒来，站立。波涛随之立起，将砍向水线下面的巨大海斧锋利的侧刃，毫无保留地展现在我们眼前。这深蓝色的断头台，飞溅着白色的血花砍落下来了。于是，追击着破碎的波头跌落下来的瞬间的波背，映照着垂死者的眼眸里出现的至纯的蓝天，但那不是此世的青蓝——海面上挣脱而出的未被腐蚀的平滑的岩群，隐身于经波涛袭击瞬间泛起的银白的泡沫之中，随着余波的后退灿烂生辉。我看到岩石上寄居于晕眩中的寄居蟹，摇摇晃晃，身子一动不动了。

---

① 具有大理石般花纹的一种透明的方解石。

孤独的感觉，倏忽同对近江的回忆杂糅一处了。事情就是如此。近江充满生命的孤独，生命捆绑他时所产生的孤独，我对这些东西的向往，使我期望也像他那样孤独。眼下，表面上我的孤独近似近江的孤独，我希冀仿效他的做法，以便享受面对横溢的大海此种虚空的孤独。我一人理应扮演近江和我两个角色。为此，我必须找出和他的共同点，哪怕一星半点也好。要是这样，近江自身抑或无意识抱有的孤独，将由我来替代，在有意识的行动里，宛若这种孤独充满着快乐，将看到近江时我所感到的快感，不久使之成为近江自己所感到的快感。我完全可以到达这种空想的境界。

自打迷上圣塞巴斯蒂安绘画，我每逢裸体，无意中总是习惯于将两手交叉放在头顶。自己的肉体弱不禁风，面影里缺乏塞巴斯蒂安的丰丽。如今，我也毫不经意地这么做了。于是，眼睛看不到自己的腋窝。不可理解的情欲涌现出来。

——随着夏天的到来，我的腋窝本来不如近江那般丰盛，但也有了青黑色草丛的萌芽。这就是我和近江的共同点。这种情欲，明显的有近江的介入。尽管如此，无可否认，我的情欲依然是针对自身的那个部分。当时，震颤着我的鼻孔的潮风，火辣辣照射着我裸露的肩头、胸脯的酷烈的夏阳，以及一望无垠、没有一个人影的空间……猬集而来，驱使我于蓝天之下干出第一次“恶习”。我选择自己的腋窝作为对象。

……我的身子战栗于不可思议的悲伤之中。孤独如太阳般炙烤着我。深蓝的毛织内裤，黏湿湿地贴在小腹上。我慢腾腾地从岩石上下来，两脚泡在海水里。余波使我的脚看起来白皙得像两只死贝。海水中镶嵌着贝壳的石板路，在波纹里摇摇荡荡，历历可见。我跪在水中。这时，细碎的波浪高声呼喊着向我涌来，撞击着我的胸脯，任其飞沫将我整个包裹起来。

——波涛退去时，洗净了我的污浊。我的无数的精虫，随着退去的水波，同波中的众多微生物、众多海藻的种子以及众多鱼卵等诸生命一起，卷进汹涌的海浪冲走了。

秋季到来，新学期开始时，近江没有来。我看到布告栏里张贴着他被开除学籍的告示。

于是，仿佛死了僭主[①]的人民，我的同学人人都在谈论他干的坏事。诸如他借了十块钱没还啦，他笑嘻嘻地把进口钢笔强行夺走啦，他掐人脖子啦……似乎人人都受过他欺负。唯有我不曾记得他干过什么坏事。这件事使我嫉妒，使我发狂。然而，因为他被开除的理由尚无定论，我的绝望才获得一些安慰。关于近江为何被开除，不论哪个学校都有的那些消息灵通的学生，也找不出令众人确信无疑的理由。即便老师，提起所谓“坏事”，也只是笑笑罢了。

只有我，对他的作恶抱有一种神秘的确信。他肯定参与了自己尚未充分意识到的某个广大的阴谋。他的“恶”的灵魂所促起的意欲，正是他的价值，他的命运。至少我是这么看。

---

① 古希腊时，利用贵族和平民之斗争，采用暴力等非合法手段，获得政权的独裁者。

……于是，这种“恶”的意味在我心中变形了。它所促成的广大的阴谋、具有复杂组织的秘密结社、一丝不苟的地下战术，都应该是为了某个不可知的神明而存在。他侍奉神明，试图改变人们的信仰，终于被人出卖而遭秘密杀害。某个黄昏，他光裸着被带往山丘的杂木林。在那里，他两手被高高绑在树上，第一支箭矢射中了他的腹胁，第二支箭矢贯穿了他的腋窝。

我的思绪在深入。这样一想，他抓住单杠做引体向上的姿势，最容易使人首先联想到圣塞巴斯蒂安。

中学四年级时，我患了贫血症。脸色越来越苍白，手也黄瘦起来。登上一段高台阶之后，就得蹲下来歇一阵儿。黑雾般的龙卷风降临到我的后脑，戳穿了一个洞，险些使我晕倒了。

家人领我去看病。医生诊断我是贫血症。这是一位相熟的颇为风趣的医生，家人问他贫血症是怎么回事，他说回头查查参考书再说明吧。我看完病，站在医生身旁，家人坐在医生对面。医生翻看的书页都被我瞧见，家人却看不到。

“……那么，下边谈谈病因。论起得这种病的原因嘛，多半是‘十二指肠虫[①]’引起的，哥儿也可能是。有必要查查大便，不过‘萎黄症[②]’很少见，且多数是女人才有……”

---

① 寄生于人类等哺乳动物小肠尤其是十二指肠，长约一厘米，吸食血液，引起重病的寄生虫。

② 贫血病之一种。患者多为女性，皮肤黏膜等苍白无色，头昏乏力。

接着，医生跳过一段病因的说明，只在嘴里嘟囔一会儿，合上了书本。但我看到了他跳过的那段病因，那是关于讲“手淫”的。我出于羞愧，加快了心跳。医生也看穿了。

处方上开着注射砷剂。此种毒性的造血作用，一个多月就治好了我的病。

但是，有谁能知道，我之所以缺血正是同对血的欲求结成了异常的关系。

天生的血液不足，培植了我梦想流血的冲动。可是这种冲动，使我的身体更加丧失鲜血，也越来越渴求鲜血。这种伤害身体的梦幻的生活，锻炼和砥砺了我的想象力。当时，我虽然没读过萨德①的作品，但我却从《你往何处去》②关于圆形剧场③令人感佩的描写中，确立了我的杀人剧场的构想。在那里，年轻的罗马斗士，仅仅为了慰藉而提供年轻的生命。死必须洋溢着鲜血，并且要举行仪式。我对所有形式的死刑以及刑具很感兴趣。至于拷打刑具

---

① Marquis de Sade(1740—1814)，法国作家。通称萨德侯爵。因性的丑闻，在狱中度过三分之一的生涯。囚禁中创作精力旺盛。所谓“加害性性欲萨德主义”的倡导者。代表作有《美德的不幸》《朱立安故事或恶德的荣光》以及堪称性倒错集大成的《索多玛一百二十日》等。

② 波兰作家显克维支（HenrykSienkiewicz,1846—1916）的历史小说。取材于罗马暴君尼禄对基督徒的疯狂屠杀，以彼得与保罗洛的殉教故事为背景，描写受迫害的波兰民族的命运。拉丁语书名《你往何处去》，是保罗对走向十字架的耶稣的发问。

③ Colosseum（拉丁语），罗马帝政时代，建造于罗马城内的露天圆形剧场。可收容五万人。

和绞首架，因为看不见血则弃而不用。我也不喜欢手枪和使用火药的枪炮之类的凶器。尽量选择原始而野蛮的武器，诸如弓箭、匕首和长矛等。为延长痛苦而瞄准腹部。牺牲者应使之感到长久、悲痛、伤心等无可言状的存在的孤独而呐喊。于是，我的生命的欢乐自幽深之处燃烧起来，最后以呐喊回应此种呐喊。这不正是古代人们狩猎的欢乐吗?

希腊士兵、阿拉伯白人奴隶、蛮族王子、饭店开电梯者、侍者、懒汉、军官、马戏团青年演员等等，都被我空想的凶器杀戮了。我因为不懂得爱的方法而误杀了所爱的人，就像那些蛮族的掠夺者。我在那些倒地的人们还在微微翕动的嘴唇上接吻。有一种刑具，轨道一头固定着刑架，十几把短刀插在人形的厚木板上，由轨道的另一头滑来。这是我受到某种暗示发明的。有一家工厂，贯穿人体的旋床朝夕转动，生产瓶装甜味血浆发售。众多的牺牲者被双手捆绑在一起，被一个个送到我这个中学生头脑中的圆形剧场内。

刺激逐渐强烈，达到了人所能达到的一种最坏的幻想。这种幻想的牺牲者，依然是我的同班同学，一位善于游泳的体格十分健壮的少年。

那里是地下室。正在举办秘密宴会。纯白的桌布上点燃着典雅的蜡烛。银质刀叉分别摆在盘子两旁。照例装饰着盛开的康乃馨。奇怪的是，餐桌中央的空白尤其大，看来过会儿一定有巨型的菜盘放到这里。

“还没好吗？”

一位食客问我。黑暗中看不清他的脸，但听起来是老人威严的声音。看来，黑暗中每位食客都看不清脸孔。只看到两只白手伸到灯光下，操持着银光闪亮的刀叉。有人小声地谈话，又像是自言自语。除了时时有椅子咯吱咯吱的响声之外，再也听不到其他声响。这是一个阴惨的宴会。

“我想快好了。”

我回答。人们报以黑暗的沉默。对于我的回答，看样子都很冷漠。

“我去看一下。”

我站起身打开厨房的门。厨房的一角连着通往地面的石阶。

“还没好吗？”

我问厨师。

“哪里，马上就得啦。”

厨师也很冷淡地一边切着菜叶般的东西，一边低着头回答。两铺席宽的又厚又大的案板上什么也没有。

石阶上传来笑声。只见另一个厨师挽着我的同班同学的膀子走下来了。少年穿着普通长裤，套着深蓝短袖衫，敞开着胸怀。

“啊，是B呀。”

我若无其事地喊了一声。他走下石阶，两手插在口袋里，冲着我诡秘地一笑。这时，厨师突然从后面跳过来，卡住少年的脖子。少年激烈地反抗。

“……这是柔道的一手……柔道的招数。那叫什么来着？……对了……绞首……不会真死……只是一阵昏过去……”

我一边思考，一边观看这场残酷的打斗。少年在厨师结实的臂腕里立即耷拉下脑袋。厨师平静地将他抱起来放在案板上。这时，另一位厨师走过来，无动于衷地扒去短袖衫，摘取手表，褪掉裤子，身子眼看着全裸了出来。裸体少年薄薄张开着嘴，仰面倒在那里，我对着那张嘴久久地接吻。

“仰着好还是趴着好？”

厨师问我。

“仰着好。”

我回答，仰着可以看到他那盾牌般琥珀色的胸膛。另一位厨师从碗橱里端来一只恰能盛下整个人体的西洋大瓷盘。这是一只奇妙的瓷盘，两边各开着五个小孔，一共十个小孔。

“唉哟嗨！”

两个厨师将昏迷的少年仰面放倒在盘子里。他们愉快地吹着口哨，把细绳穿在盘子两边的小孔里，紧紧绑住少年的身子。那快捷的动作，表明他们是多么熟练。巨大的沙拉菜叶，排列整齐地包裹着裸露的身体。盘子里增添了特大的铁刀和叉子。

“哎哟嗨！”

两位厨师举起盘子。我打开食堂的门。

一种好意的沉默迎接我。灯光明亮地映照着餐桌，盘子放在空白的地方。我回到自己的座位，从大盘子旁边，拿起特大的刀和叉。

“从哪里下手呢？”

没有人回答，我感到众多的面孔都伸向盘子周围。

“可以从这里切割。”

我拿起叉子朝心脏戳去，血水正好溅到我的脸上。我用右手的刀子将胸肉慢慢地、薄薄地切下一小片来。……

贫血虽然治愈，我的恶习依然强烈。上几何课时，在老师中我百看不厌的是最年轻的几何老师A的面孔。听说这位老师当过游泳教练，他具有被海边的阳光灼黑的面容和一副渔夫似的浑厚的嗓音。冬天，我一只手插进裤兜，将黑板上的字抄写在练习簿上。其间，我的眼睛离开练习簿，无意识地追逐A的身影。A——边用年轻的嗓音反复讲解几何难题，一边在讲台边上上下下。

官能的苦恼已经侵入我的出行坐卧之中。年轻的教师不知何时以一副光裸的赫拉克勒斯[①]的幻象出现在我眼前。他一边用左手挥动着黑板擦子，一边用右手里的粉笔写着方程式。我从那皱起的衣服襞褶看到了“引弓射箭的赫拉克勒斯”筋肉的疙皱。我终

① Heracles，希腊神话中最伟大的英雄。他神勇无敌，虽不断受天后赫拉迫害，但终能战胜强敌，转危为安。幼儿时代，就扼杀赫拉派来的两条毒蛇。后来，擒狮斩龙，驱妖龙，除海怪，到世界尽头夺取金苹果，解救普罗米修斯。最后因受妻子嫉妒，自焚而死。死后成神，与青春女神结为连理。

于在课堂上犯了恶习。

下课后，我迷迷糊糊地低着头，走向运动场。我的恋人（他也是一位害单相思的留级生），走过来问我：

“喂，你呀，昨天到片仓家吊丧了吧？感觉怎么样呢？”

片仓是一位心地善良的少年。他死于结核病，前天刚办完丧事。听朋友说，他的遗容完全变了，简直像恶魔。我瞅准火化之后才去吊唁。

“没什么，已经烧成灰了。”我只有冷冷地回答。忽然想起那个对他表达好意的口信来：“噢，片仓的妈妈要我转达对你的问候，她说了，今后她会很寂寞，希望你常去玩玩。”

“傻瓜！”——一种激烈而温热的力量撞击着我的心胸，使我震惊。我的恋人的面颊，被少年般的羞赧染红了。他的眼神泛滥着光辉，带着尚未稔熟的亲切看着我。“傻瓜！”他又说了一遍，“你也变坏了，总是意味深长地笑着。”

——我一时弄不懂他的意思。只是迎合着他而笑，稀里糊涂过了半分钟，我终于明白了。片仓的母亲还很年轻，她是一位婀娜多姿的漂亮寡妇。

更使我感到心情沮丧的是，这种迟钝的理解，未必出自我的无知，而明显来自他和我所关心的事情的差异。我所感到的这种明显的距离感，自然是可以预料到的。但对此发现如此之晚令我震惊。我为此追悔莫及。

片仓母亲的口信在他那里会产生怎样的反应，对此我未曾想过。我只是无意识地觉得，那个口信只是对他表达好意。我的这种幼稚本身的丑陋，宛若小孩子啼哭后那副被风吹干泪痕的脏污的脸蛋儿，令我绝望。我为何不能长久保持我的心境不变呢？我曾经千遍万遍地反躬自问。对于这样的问题我已经倦了，不想再继续下去。够了，我将要为纯洁而弄得身败名裂。我有了心理准备（这是多么招人喜爱啊！），我似乎也可以摆脱这种状态了。我还不知道，我如今所厌恶的明明是人生的一部分，一如我相信，我所厌恶的是梦想，不是人生。

我接受了命令，催促我快些从人生出发。是从我的人生吗？纵然万一不是我的人生，我也必须步履沉重地向前迈步。这样的时期到来了。

第 三 章

人人都说人生像舞台。但像我一样，少年时代行将结束时即被“人生是舞台”的意识所左右的人，不会很多。这虽然已成为一个确定的意识，但由于同十分朴素而肤浅的经验混合在一起，使我在心中总抱着怀疑：人们大概不像我这样走向人生吧？不过有七成坚信，人人都是这样开启自己的人生。我乐天地认为，一旦演技终了，人生随即闭幕。我的早夭的假设，即来自此种认识。然而到后来，这种乐天主义，更进一步说是梦想，遭受了残酷的报复。

为慎重起见，必须补充的是，我在这里所要说的，并非通常那种“自我意识”的问题。这里，我只说单纯的性欲问题，除此之外，不谈其他。

本来劣等生的存在出自先天的素质。为了和别人一样升级，我采取了姑息的手段。这种手段就是，考试时不懂的题目内容，偷偷抄袭同学的答案，若无其事地交上去。这种比作弊更缺乏智慧、更可耻的方法，有时也能获得表面的成功。他升级了。以低年级学得的知识为前提，讲课内容继续深入下去。上课时只有他一人全然不懂，老师讲什么一概听不明白。因此，他的进路只有两条：要么一路下滑；要么拼命地不懂装懂。究竟选哪条路，这个问题取决于他的软弱或勇敢的资质，而不取决于量。不论走向哪一方，都需要等量的勇气和等量的软弱。而且，双方都需要对怠惰抱有一种诗的永不枯竭的渴望。

有一天，我加入了一伙人七嘴八舌的谈话。我们打学校围墙外边经过，一边走一边议论一位不在场的同学，说他喜欢上了来往于学校的公交车上的女售票员。传言不久就转到一般的话题，讨论那位汽车女售票员哪一点可爱。我有意冷冷地撂下一句话来:

“还不是喜欢那身制服？穿在身上倒是很合体呢。”

当然，我从来没有从那位女售票员身上感受到此种肉感的魅力。类推（纯然的类推）使我说出这番话来。那种同年龄相适应的个人炫耀的欲望帮助了我，使我凡事喜欢持有成年人好色家一样冷淡的观点。

于是，这种反应表现得有些过分了。这伙人都是成绩优良、品行高尚的稳健派。他们异口同声地说道：

“没想到，你还真有一套哩。”

“要是没有相当的经验，怎么能一针见血地指出来呢？”

“你这人真的好厉害呀。”

碰到这些天真的易于感动的批评家，我感到我的话说得有些过分了。针对同一件事，还有不太刺耳的更朴实的说法，也许那样更能使人深入地了解我的内心。我有些反悔，觉得说话还是谨慎些为好。

十五六岁的少年，却有着同这种年龄不太相称的意识。这种意识一旦操作起来最易陷入的错误就是认为，只要自己具有远远超越其他少年更为坚定的意志，就能一手操作这种意识。其实不然。我的不安，我的不确定意识，比谁都更早地要求意识的规制。我的意识只不过是错乱的工具。我的操作只不过是不确定的胡乱猜想罢了。根据S. 茨威格[①]的定义，“恶魔是一种不稳定(Unruhe)的东西，它生存于所有人们的心中，向自己外部发展，超越自己，驱赶人们走向无限”。而且，“那就好像自然，从过去的混沌中，将某种不该除去的不安定的部分留在我们的灵魂里”。那种不安

① Stefan Zweig (1881—1942)，奥地利作家。年轻时为新浪漫派抒情诗人。后创作小说、戏曲、评论和传记等。希特勒政权建立后，亡命于英美与巴西。偕同第二任妻子自杀。这段引文出自《与魔神的斗争》(1925)一书。该书为论述荷尔德林和尼采等浪漫主义艺术的评传。

定的部分，带着紧迫，希冀“还原为超人性超感觉的要素”。当意识单单具有解说的效用时，人自然也就不需要意识了。

我自己丝毫没有从女售票员那里受到肉体的魅惑。那种纯然的类推和有意加以扩大的说法，使同学们大吃一惊，羞红了脸庞，并且借思春期敏感的联想力，接受了隐约的肉感刺激。目睹这一切，我自然泛起人性中的坏的优越感。不过，我的心并未停止于此。下回该轮到我自己了。优越感产生了偏颇的醒悟。事情的经过是这样的：优越感的一部分转变成自恋，陶醉于自己比别人先进一步的酩酊之中。这种酩酊的部分，较之其他部分更早醒悟，其他部分尽管尚未醒悟，但犯了孤寂的错误，以为一切早已醒悟，因而，这种“比人先进”的酩酊，经过一番修正而变得谦虚起来，即觉悟到“不，我和大家都是一样的人”。由于误算而敷衍到“是的，在一切方面，我和大家都是一样的人”（这种敷衍可以用于尚未觉醒的部分，并将获得支持）。最后，引出这样一个狂妄的结论：“谁都是如此。”只充当错乱的工具的意识，在这里发挥很大作用……就这样完成了我的自我暗示。这种自我暗示，这种非理性、迂执的、虚假的、无比自私而明显感到具有欺瞒性的自我暗示，从这时起至少占据了我百分之九十的生活。再没有人比我更害怕依附现象了。

读了这本书的人或许会明白。我对于公交车女售票员之所以能谈出些具有肉感的话，其实正出于一种单纯的理由，只有这一点我没有觉察到——这实在是一种单纯的理由，归结到一点就是：

但凡关系到女人的事，我没有其他少年所具有的先天性的羞耻心。

为了避免有人诽谤我用现在的思维分析当时的自己，权且将十六岁时我自己写的文章中的一节抄写于下：

……陵太郎毫不迟疑地进入一群陌生的朋友中间。他那略显快活的动作——或许是故意做给人看的，他确信那样可以掩盖不明原因的忧郁和倦怠。信仰最良好的因素盲信，将他置于白热的静止状态。他一边加入无聊的谈笑和嬉闹，一边不断地思忖……“如今我既不郁悒，亦不寂寥”。他将此称为“忘却忧愁”。

周围的人始终苦苦思索：自己是幸福的吗？这样也算作是开朗吗？正像疑问这一事实确乎存在一样，这就是幸福的，正当的生存状态。然而，陵太郎独自一人定义为“开朗的人”，他将自己置于确信之中。

按照这样的顺序，人们的心将倾向于他所说的“确实的开朗”的方向。

终于，虽有些模糊但很真实的东西，被强行封锁在虚伪的机器之中。机器有力地运转了。于是，人们不再感到自己待在“自我欺瞒的房子”里……

——机器有力地转动了……

机器有力地转动了吗？

少年时代的缺点就是相信，一旦将恶魔英雄化，恶魔就会对我们感到满意。

不管怎样，我走向人生的时刻迫近了。关于这番旅行的预备知识，首先有众多的小说、一册《性典》，以及和同学共同传阅的淫秽书籍，还有野外实习中夜间从同学们嘴里听到的那些车载斗量的猥亵故事……炽热的好奇心，较之以上的一切，更是我忠实的旅伴。出门最上乘的姿态就是决心成为“虚假的机器”。

我仔细研究过许多小说，对于像我这般年龄的人，如何感悟人生，如何对自己说话，做了一番调查。不住校，不参加体育活动，加上我的学校有许多装腔作势者，一旦过了那种无意识的“下流游戏”时代，很少再介入低级性的问题，而且我又非常腼腆……所有这些情况，使我如何面对每个人的面孔变得困难起来。因此，我只能从一般的原则出发，根据“我这般年龄的男孩子”独自一人时将会有何感觉，进一步推理下去。在炽热的好奇心这一方面，具有完全相同的思春期的时代，似乎就会来探访我们。一旦到达这个时期，少年就一个劲儿思念女人，脸上生长粉刺，终日头脑恍惚，写一些甜腻腻的诗篇。性学研究的书上，净是说些手淫的害处。当看到有的书写着手淫无大害，尽管放心时，于是他们从这个时期起就热衷于手淫。在这一点上，我和他们完全相同！尽管相同，但对这种恶习的心理对象的明显差异，我的自我欺瞒的态度使我对此不加过问。

首先，他们仿佛从“女”这个字上受到异常的刺激。只要心头倏忽飘过一个“女”字，脸上就会立即涌起红潮。不过，我对这个“女”字从感觉上和对于“铅笔”“汽车”以及“扫帚”一样，一直未能获得更深的印象。这种联想能力的阙如，就像面对片仓的母亲一样，即便同朋友谈话，也时时有所表现，使得人家把我当成一个大傻瓜。他们把我看成诗人，理解了我。而我却不想被人看作诗人（为什么呢？据说诗人这一人种注定要遭女人甩），为了同他们谈得更加和谐，我用人工的办法陶冶这种联想能力。

我并不知道。不仅是内心的感觉，即使在看不见的表象上，他们同我也有着明显的差异。就是他们一看到女人的裸体照片，就立即 erectio。只有我不会这样。而且，我所发生 erectio 的对象（从一开始就因倒错爱的特质而经受严格的选择），爱奥尼亚型[①]青年的裸像等，并不具备任何引发他们 erectio 的力量。

我在第二章特地一一记述了 erectio penis 的情况，和这事有关系。为什么呢？因为正是对这一点无知才促成了我的自我欺瞒。不论哪部小说的接吻场面，都省却了关于男人 erectio 的描写。这是当然的，是用不着描写的。即使在性研究的书籍里，接吻时引起的 erectio 也被省略了。我从书上知道，erectio 只发生于肉体交合之前，或因描写那种幻觉而引起。我想象着，尽管没有任何欲望，到了那时候，突然——简直就像天外飞来的灵感——自

① 具有优雅纤细的女性体征，在拟古雕刻中，同男性的列柱型形成鲜明对比。

己也会发生 erectio。心中的百分之十在小声嘀咕：

“不，只有我不会发生。”这想法随即变成我一切形态的不安出现了。然而，我犯恶习之际，哪怕一次也好，心中有没有浮现过女人的某个部分呢？即便是试验性的。

我不曾有过。我认为，我不干这类事只是来自我的怠惰！

到头来，我什么也不知道。除我之外少年们每晚的梦境，昨天在街角见到的女人们，一个个光裸着身子转来转去。少年的梦中，女人的乳房犹如夜间海面美丽的水母，好几次浮现上来。女人们宝贵的部分张开着濡湿的唇，几十遍几百遍几千遍继续唱着塞壬魔女①的歌……

来自怠惰？恐怕来自怠惰？这是我的疑问。我对人生的勤勉，一概来自于此。我的勤勉归根结底都花费在为怠惰辩护这一点上，以安全保障怠惰始终按照怠惰原有的形态存在下去。

首先，我想起凑齐关于女子记忆的编号来，不管怎么说，这方面的资料十分贫乏。

不是十四就是十五岁时，曾经有过这样的事。父亲转任大阪那天，大伙儿送他到东京车站。回来的路上，几位亲戚访问了我家。就是说，母亲、我和弟妹一起回家时，他们一行也跟着到我们家

---

① Sirène，法语，希腊神话中半人半鱼的女妖。以美丽的歌声诱惑渔夫，促其发生海难。

里来玩。其中有堂姐澄子。她二十岁光景，正待嫁闺中。

她的门齿有些反龅。那是极其洁白的门齿，有两三枚似乎特意显眼地露出来。每当微笑，门齿首先发亮，那般微微闪露的样子，为她的笑颜增添了难以形容的爱娇。龅齿这样的不调和，在面庞、身姿的优柔和娇媚的调和之中，宛若一滴香料坠落下来，强化了已有的调和，为她的美丽别添一瓣心香。

如果“爱”这个词儿不确当，那我就说“喜欢”这位堂姐吧。打从孩童时代起，我就喜欢从远处望着她。有时她在做罗纱刺绣，我无所事事地守在她身旁呆呆地看着，一坐就是一个多小时。

伯母们到屋里间去了。我和澄子并排坐在客厅的椅子上，默默无语。送行的杂沓之声仿佛踩碎了我的脑子，那声音尚未消失。我感到太疲倦了。

“啊，好累。”

她微微打了个哈欠，随即并拢素白的手指，掩住口鼻，仿佛念了一句咒语，倦怠地用指头轻轻拍了两三下。

“你不累吗？小公弟弟。”

不知为什么，澄子用两只袖子遮住颜面，将脸孔沉沉地压在我一旁的大腿上。接着又慢慢划动一下，然后调转脸孔的方向，好一会儿一动不动。她把我的制服裤子当作枕头，这份光荣令我震颤不已。她的香水和白粉的芳馨撩拨着我，使我张皇无措。她一直睁大着倦怠而清澄的双眼，一副寂然不动的侧影使我茫然……

就这一次。纵然，我的大腿久久存在着的那份豪奢的重量，至今都不曾遗忘。那不是肉感，只是某种极豪华的喜悦。一如勋章的重量。

往返学校的公交车上，我经常遇到一个贫血的小姐。她的冷漠引起我的关心。她百无聊赖地坐在窗边，眺望着窗外，一副早已厌倦一切的样子。她那略显突出的坚实的嘴唇，一直令人注目。每当她不在车上时，我总觉得缺少点什么，上下车时，心里总是记挂着她。或许这就是恋爱吧？我思忖。

我简直不明白，恋爱和性欲彼此是如何互为关联的呢？这里的奥秘我总也搞不懂。近江赋予我的恶魔般的魅惑，不用说当时的我并未用“恋”字加以说明。至于我对公交车上遇到的少女那种微妙的感情，之所以联想到恋爱，那是因为同时看到年轻的司机那颗粗鄙而闪亮的光头引起的。无知未能迫使我解明矛盾。看了年轻司机的侧影，我的视线充满无法躲避的窒闷而痛苦的压力。时时瞥见那位贫血小姐的眼睛，似乎含有故意的人工的易于疲劳的因素。我没有弄懂两种眼神的关系，两种视线在我心中和平共处，一起并存。

作为这种年龄的少年，看起来我太缺少“洁癖”的特质。也可以说，我缺乏“精神”的才能。如果说，我的过于强烈的好奇心未能及时使我倾向于关心伦理，这话虽然也能说明问题，但好奇心就像长期患病的人对于外界绝望的憧憬，一面又同不可能实现的确信相结合，难解难分。这种半无意识的确信，半无意识的绝望，活生生地将我的希望误以为狂想。

年纪轻轻，可我不知道自己体内已经培育起明确的platonic[①]的观念。这是不幸吗？世界上通常的不幸，对于我具有怎样的意义呢？我对肉感的漠然的不安，或因只把肉体的方面作为我的固定观念了。我习惯于将这种同知识欲没有太大分歧的纯粹的精神的好奇心，确信为“这就是肉体的欲望”，常常以此欺骗自己，仿佛自己真的有了一颗淫荡之心。它使我学会一种老成持重、深谙世故的态度。看起来简直就是一副倦于女色的面孔。

这样一来，接吻首先成了我的固定观念。我现在可以说，接吻这一行为的表象，对于我只是我的精神寻求寄托的某种表象。然而，当时的我，却将这种欲求误认为是肉欲，所以不得不为那些众多的心灵的伪装而煞费苦心。

这种伪装本真的无意识的愧怍，执拗地驱使我有意识的演技。可是反过来想想，人能完全背离自己的天性吗？哪怕一瞬间。

不这样思考，就无法说明希冀获得不想得到的东西这种不可思议的心理结构，不是吗？如果说我站在不希冀得到想得到的东西这种伦理的人的另一边，那么不就等于证明我心里抱有最不合伦理的愿望吗？若是如此，这种愿望不是过于可爱了吗？我果真

① 英语：纯精神的。

将自己完全伪装起来，作为百分之百的因袭的俘虏而行动了吗？关于这方面的思虑，成为以后的我不容忽视的任务。

——战争一开始，伪善的 stoicism[①] 在这个国家风靡一时。高级中学也不例外。我们从上初中时起就向往着的“留长发”的愿望，即使进入高中也无法实现。穿时髦袜子也成了历史。军训的时间一个劲儿增多，还企图实行各种愚蠢的革新。

虽然如此，我的学校表面的形式主义是传统的巧妙的校风，所以我们的学习生活并未感到有什么羁绊。配备的那位军官大佐，是个通情达理的汉子，还有那位因“兹兹”口音而获得“兹特”绰号的旧特务曹长 N 准尉、同僚傻瓜特、狮子鼻的鼻特，都对这种校风十分理解。校长是一位具有女性性格的老海军大将，他以宫内省[②] 为后盾，凭借八面玲珑、游手好闲的渐进主义维持着他的地位。

这段时间，我学会了抽烟喝酒。其实，只不过拿拿架势，摆摆样子罢了。战争教会我们奇妙的感伤的成长方法。那就是到了二十多岁就打算斩断人生。然后，一概不考虑将来怎样。人生对于我们来说，轻飘飘得不可思议。活到二十几岁刚好是个阶段，这期间生命的盐湖，盐分一下子变浓了，很容易漂浮起身子。只

---

① 英语：禁欲主义。

② 负责管理皇家及宫内事务的政府机关。

要谢幕的时刻不算太远，那么，我的自娱的假面剧尽管演下去好了。但是，我的人生之旅，只想着明天就出发，明天就出发，一天天延长下去，过了数年也还是没有出发的样子。这个时代对于我来说，不是唯一欢乐的时代吗？即使有不安，也是漠然的存在，我还有希望，明天，照常可以在未知的蓝天下眺望。那个时代，好比是旅行的空想，冒险的梦想，我总有一天成人的肖像，以及我的尚未一见的美丽新娘子的肖像，我所期待的名声……这些东西正像旅行指南、毛巾、牙刷牙膏、换洗的衬衫、换洗的袜子、领带、肥皂等物，被整齐地装在出发前的皮箱里一样，对于我来说，即使战争，也有着孩子般的欢乐。纵然被子弹打中，我也不会觉得疼痛，这种笃信的过剩的梦想，这时候也一直不见衰退。就连自己死的预想，也因未知的欢乐使我战栗。我感到我自己领有一切。或许是这样的吧。因为，再没有比为旅行而忙于准备的时刻，更完全领有旅行的每个角落的时候了。剩下的作业只是毁坏这种所有。这就是旅行的那种完全的徒劳。

不久，接吻的固定观念，被固定在一张嘴唇上。这个做法仅仅出于一种动机，那就是使空想显得具有一定道理，不是吗？正如前边所述，既非欲望，也非其他什么，我却一味相信是欲望。我将这个信以为欲望的不成体统的欲望，错误地当成是本来的欲望了。我将不想作为我的激烈的不可能的欲望，当成是世人的那种性欲、他作为他自己当时的那种欲望了。

那时，我有个朋友，虽然话不投机，但相处得很亲密。这位姓额田的轻薄的同班同学，似乎只是为了弄清初级德语的种种疑难，才把我作为易于交往的伙伴儿吧。我不论干什么，一开始总是很投入，所以刚学会一点点德语，人家就以为我很用功，给我戴上一顶“优等生”（意思是像“神童”）的桂冠。其实，我打心眼里厌恶“优等生”这顶帽子（因为除了这顶帽子，再也找不到保障我安全的帽子）。我对“恶名”的衷心向往，抑或早被额田一眼看穿了。他的友情里含着挑逗我的弱点的调子。为什么呢？因为额田被那些大多因心怀嫉妒的大男子主义的人所鄙视，在他那里，关于女性世界的消息，宛若灵媒的灵界通信一般，似有若无地回响着。

女性世界最初的灵媒就是那个近江。不过，那时的我更属于我自己，对于作为灵媒的近江的特质，当成是他的一种美德而感到满足。然而，作为灵媒的额田的作用，却成为我的好奇心的超自然的限制。其中一个理由，或许因为额田从来就不美。

“一张嘴唇”，是指到他家去玩时，出来接应的他姐姐的红唇。

这位二十四岁的美人儿，随意把我当成小孩子看待。看到她周围那些护花使者，我这才明白，自己一向缺少引起女人注意的特征。这件事使我心悦诚服：那就是我绝不可能成为近江，反过来说，我的想成为近江的愿望，其实是出于我对近江的爱。

总之，我坚信我自己爱上了额田的姐姐。我就像和我同龄那些天真的高中生所干的一样，在她家周围转来转去，长久地守在她家附近的书店里等待机会，一旦她从门前通过，就缠住她不放。有时抱着坐垫儿，幻想着是抱着女人，或者将她的樱唇描成众多画面，或者悲怆不已，自问自答。这算怎么回事呢？这些人工性的努力，给我的心灵带来异常的近乎麻木的疲惫。对于这种不断让自己表白“我爱她”的不自然的态度，心灵中真正的部分早已觉察，故而用恶意的疲倦进行抗争。这种精神的疲劳看来具有可怕的毒素。心灵中人工性努力的间歇，有时会有一种令人悚惧的无聊之感袭击我。为了逃避这种无聊，我又迂执地向别的幻想前进。于是，我忽然又活灵活现地变成我自己，向着异常的心象燃烧。而且，这种烈火被抽象后留在心中，宛若只为她而产生的一股热情，而勉强地加上了这条补注——我又一次欺骗了我自己。

假若有人指责我，说我直到这里的叙述过于概念化而失之抽象，那么，我只好这样回答：因为我不愿意絮絮叨叨描写正常人思春期的肖像，以及在别人看来没有丝毫变化的表象。假如剔除我心灵的耻部，以上这些同正常人的那个时期完全相同，甚至心灵内部都毫无二致。在这里，我和他们完全一样。你不妨想象这样一个未满二十岁的学生：他有着同样的好奇心，对人生的欲望也和普通人一样。只是或许过于内省的缘故而忧思萦怀，动辄就满脸绯红，且对自己的容貌没有自信，因为不能打动女人的芳心，只得埋头读书，争取获得好成绩。而且，你还可以想象，这样的学生如何向往女人，如何焦急如焚，如何空抱烦闷之心。有谁愿意做一番如此容易而缺乏魅力的想象呢？同样，我省去与这种想象完全一致的无聊的描写，也是理所当然的了。心灵内向的学生那种缺乏光彩的一个时代，我与之完全一模一样。我发誓，我对导演绝对忠诚。

这期间，我把只关心年长的青年的心思转向稍微幼小的少年身上了。当然，即便幼小的少年，也都是近江那样的年纪了。尽管如此，爱的推移关系着爱的质量。虽说这种思念依然藏于心底，但我在野蛮之爱上又增添了都雅之爱。一种保护者的爱，一种类似的少年之爱，终因我的自然成长而出现了征兆。

赫希菲尔德为倒错者分类，将迷恋于成年同性的一类称作androphils，挚爱少年或少年与青年之间年龄的一类称作ephebophlis。我正在理解ephebophlis。Ephebe是指古希腊青年十八岁至二十岁的壮丁①，其语源来自那位宙斯②和赫拉③的女儿，不死的赫拉克勒斯的妻子赫柏。女神赫柏司掌为奥林匹斯诸神斟酒的任务，是青春的象征。

有一位刚升入高中年龄十八岁的美少年。他是个皮肤白嫩、口唇优雅、眉眼清秀的少年。我知道他名叫八云。我的心高兴地

---

① 这里指血气方刚的男子。

② Zeus，希腊神话中诸神的首领，统治着天上和地上人们的生活。希腊王族拜祖先为神，故宙斯同宁芙（nymph，希腊神话中山水林泉的精灵，美女）以及人世女子交合，生下众多子孙。

③ Hera，宙斯的妻子，女性保护神，司掌结婚事宜。

接纳了他的脸蛋儿。

可是，我趁他一无所知的时候，从他那里收下了一份快乐的礼品。最高年级各班班长，每周轮流负责喊一次朝礼的号令，包括早晨的体操和午后的军训（高中有这一项训练，首先是半个小时的海军体操，然后扛着铁锹去挖防空壕、割草）。相隔四周轮到我这一周喊号令了。夏季来临后，执行这种烦琐礼仪做法的学校，早晨的体操和午后的海军体操似乎也按照当代流行规制，命令学生半裸着身子去做。班长站在讲台上发出朝礼的号令，然后喊一声："脱上衣！"。大家脱掉上衣后，班长走下讲台，体操教师登上讲台，班长向体操教师发出号令："敬礼！"接着跑到最后一排同班的队列前，自己也站在那里半裸着做体操。做完体操之后，便由教师发出号令，这一阶段，班长也就完成了任务。轮到我发号令时，几乎怕得浑身打寒战。不过，上述这种行伍式的僵硬的训练阶段，有时正符合我心意，不知不觉就等来了该我发号令的那一周。为什么呢？因为我可利用这个时机，亲眼看到站在面前的八云的身影，而且，当我看着八云半裸的样子时，不用担心被他看到我的那副瘦弱的裸体。

八云大多站在讲台前边的最前排或第二排，他那副雅辛托斯[①]

① llyakinthos，希腊神话中的美少年，为斯帕鲁塔王子、太阳神阿波罗所挚爱。心怀嫉妒的西风神塞皮罗斯将阿波罗投来的铁饼吹歪，击中少年额头。阿波罗深悲其死，遂将其流下的鲜血化为风信子花。

似的面颊涨得通红。他每次总是赶在朝礼集合的时候来校，看到他那喘息不定的脸颊，我感到很快活。他一边气喘吁吁，一边动作粗暴地解开上衣的扣子，接着，一把将衬衫从裤子里拽出来，若无其事地展露出他那白皙而平滑的上半身。我站在号令台上，即便不想看也不得不看。为此，同学们都毫不经意地对我说："你下达号令时，总是低着眉头。难道你的心脏是那么纤弱吗？"我不由打了个寒噤。不过到了下次，我没有机会接近他那半裸的玫瑰红的身体了。

夏天，全体高中生前往M市海军军官学校实习一周。那天游泳的时候，全都进入了游泳池。不会游泳的我，借口拉肚子，站在一旁观看。一位大尉认为，日光浴可以包治百病，我们这些病号也一律半裸着身子。一看病号小组里也有八云。他的两只白皙的臂膀交叉抱在一起，微风吹拂着那稍稍晒黑的胸脯，洁白的门牙调皮地紧紧咬住下唇。实习中主动称病的人们，都集中在游泳池周围的树荫底下，我很容易接近他。我打量着他那富有弹性的胴体，凝视着他那静静呼吸的腹部，联想起惠特曼[①]的诗句：

……年轻人仰躺在那里

在阳光下鼓胀着白皙的肚子

---

① Walt Whitman（1819—1892），美国诗人。本为纽约州木匠的儿子。年轻时从事过各种职业。三十六岁时，出版诗集《草叶集》，以后不断重版，直到第九版，每版都有新诗补充。其诗风热情奔放，用新的形式表达民主思想，对种族、民族和社会压迫表示强烈抗议，对欧美诗歌的发展具有深远影响。

——可是，这一次我没有说一句话。我耻于让人看到我自己扁平的胸廓和细瘦而苍白的臂膀。

昭和十九年[①]——即终战前一年——九月，我离开幼年时代起就一直在这里读书的学校，毕业后考入某大学。在说一不二的父亲的强制下，我选修法律专业。但我并不那么苦恼，因为我确信，我不久就会被迫入伍而战死，我的家人也将在空袭中全部被炸死。

按照当时通行的做法，我升学时同时应征入伍的高年级同学，将大学的制服借给我，等我出征时再还回他们家里。就这样，我便穿着他们的制服去上学。

我比别人更害怕空袭，同时我又怀着某种盲目的期望等待着死亡。正像我常说的，对于我，未来就是负担。人生一开始就作为义务观念强加在我的头上。我明知自己不可能完成这项义务，但人生却以不履行义务为理由苛责我。我想，不如一死让人生的期待落空，这样想必会很风光。战时流行的死的教义，我对此具有官能上的共鸣。我万一“光荣战死”（这虽然于我极不合适），这等于颇为滑稽地结束一生，留给墓中我的笑资是无穷无尽的。这样的我，一旦拉响警报，将比谁都快速地逃入防空壕中。

① 一九四四年。

……我听到刺耳的钢琴声。

我在一位最近以特别干部候补生入伍的同学家里。这位同学姓草野，他是我高中时代唯一可以说说心里话的朋友，我很看重同他的友谊。我这个人虽然不配拥有朋友，但以下的叙述难免会伤害这份唯一的友情。我感到强迫我这样做的自己的内心是很残忍的。

“那钢琴弹得好吗？好像时时跑调呢。”

“是我妹妹，一定是先生刚走，她正在练习吧。”

我们停止对话，又在倾听。草野即将入伍，回荡于他耳畔的抑或不是隔壁的琴音，而是不久就要远离而去的“日常之物”那种不太称心如意的仓促的美。那钢琴的音色，具有照着说明书学着做点心的一副随意的心态。我才不管这些，不由得问他：

“她多大了？”

“十八，是我挨肩儿的妹妹。”

草野回答。

——越听越觉得这是一个十八岁梦幻般的年龄，且尚不认识自我美的充满稚气的琴音。我希望她的练习永远持续下去。愿望实现了。留在我心中的这种琴音一直持续到五年后的今天。我是多么想将此种感觉看作是一种错觉啊！我的理性是如何嘲讽这种错觉啊！我的软弱又是怎样笑话我的自我欺瞒啊！尽管如此，钢琴的声音依然支配着我，假如使得“宿命”一词省却原本的可厌意味，那么，这琴音之于我就是一种宿命。

在这之前，我以异样的感动接受了“宿命”这个词儿，并铭记于心。高中毕业典礼一结束，我和校长老海军大将前往皇宫谢恩，在汽车中这位积满眼屎、神色阴郁的老者，指责我应征入伍的打算，说我不该决心甘愿当一名列兵而不想做特别干部候补生。他极力劝诫我，说我的身体根本耐不住列兵的生活。

“这一点我已经想到了。”

“因为你不知道才会这么说。但是报志愿的日期已经过了，眼下来不及啦。这也是你的 destiny 啊！”

他用明治时代的音调说出“宿命”这个英语词儿。

“什么？”

我反问一句。

“Destiny，这就是你的 destiny!”

——他以一种漠不关心的口气单调地重复着。这是出于老人特有的羞愧和警惕，即生怕别人以为自己婆婆妈妈地爱唠叨。

不用说，以往我只在草野家见到过弹钢琴的少女。然而，和额田家完全相反的清教徒式的草野家，他的三个妹妹只是留下嫣然一笑就匆匆消失了踪影。草野入伍的日子即将临近了，他和我轮番到对方家里告别。那琴音使我明白，我对他妹妹的看法是多么不得要领。自打倾听那琴音以来，仿佛我已经窥知她的某些秘密，很难再正面凝视着她，同她搭话了。她偶尔端茶进来的时候，我的眼前只能看到那轻盈而敏捷的腿脚。或许，因为我还看不惯那种时兴穿劳动服和长裤的女子吧，这双美腿尤使我感动。

——写到这里，若认为我从她的两腿上获得了肉感，那也是无法否认的。并非如此。正如我每每所说的，对于异性的肉感，我完全缺乏定见。最好的证据就是，我不知道我有什么想看女人裸体的欲望。不过，我依然认真考虑对女性的爱，那种讨厌的疲惫一旦在心底蔓延，妨碍我追寻“认真地思考”，那么，我就会惊喜地发现，我自己原本是个理性的赢家，遂将自己冷漠的没有持续性的感情，当作是餍足于女色的男人的感情，而由此获得成人般炫耀的满足。此种内心活动，宛若点心铺里塞进十文钱滑出一块牛奶糖的机器，早已固定在我心中。

我认为，没有任何欲求照样可以爱女人。或许这才是人类有史以来最为无谋的企图。我自己尽管不知道这些（这种夸张的说法，出于我的天性，请原谅），却图谋做爱的教义的哥白尼[①]。为此，我不知不觉信仰起 platonic 的观念了。看起来，或许同前面的叙述有些矛盾，但我却老老实实、照单收取，相信是纯粹的了。这么说，我所相信的不正是这个对象，不正是纯粹本身吗？我发誓竭尽忠诚的，不正是这种纯粹吗？这是以后的问题。

有时看起来，我似乎不相信 platonic 的观念。这是因为我的头脑动辄倾向于缺乏肉感的观念，以及那种成人式病态的满足所

---

① Nicolaus Copernicus(1473—1543)，波兰天文学家。提倡太阳中心说，推翻地球中心说。此处比喻使思想来个一百八十度的大转弯。

寄予的人工的倦怠。可以说，皆出于我的不安。

战争的最后一年到来时，我二十一岁。新年伊始，我们大学就被动员去M市附近的N飞机制造厂义务劳动，八成学生当工员，其余二成体弱者从事事务工作。我属于后者。不过，我去年体检通过了第二乙种合格，我担心今明两天随时都会有征召令下来。

这块黄尘万丈的荒凉之地，横穿过去也要花半个小时的大工厂，驱使着数千名工员在这里干活儿。我也是其中之一，四四〇九号，临时从业员第九五三号。这座大工厂建立于不考虑资金回收的神秘式的生产费用之上，被捧向巨大的虚无。故每天早晨都要做一番神秘的宣誓。我从未见过如此不可思议的工厂。现代的科学技术，现代的经营方式，众多优秀的人才静谧而合理的思维，所有这些，一举被奉献给同一种东西——“死亡”。

专门生产特工队所使用的零式战斗机[①]的这座工厂，看来本身在自我鸣动、低吟、哭喊、怒号，犹如一种阴暗的宗教。我认为，没有任何宗教式的夸张，就不会有如此庞大的机构。就连那些董事们的中饱私囊，也是宗教式的。

有时，空袭警报的汽笛，宣告着这些邪教的黑弥撒[②]的时刻。

---

① 二战中日本海军的战斗机，一九三七年由三菱重工设计，最先用于侵华战场，进而扩大使用范围，直至太平洋战争结束。初期以轻型战斗机见长，后期多用作特工机。

② 黑弥撒，起源于中世法国基督教异端派的恶魔礼拜。十六七世纪秘密流行于王侯贵族间。据闻举行人肉牺牲和性的渎神仪式。

办公室里一派慌乱，有人完全喊出一口乡音：“情报咋的啦？”这间屋子里没有广播。所长室的女秘书前来报告“敌数编队”。其间，扩音器里嘶哑的嗓音，命令女学生和国民学校儿童躲避。救护员在分发印有“止血某时某分”红色标签儿，以便负伤止血时填上时间挂在胸前。警报鸣响后不到十分钟，扩音器传出“全员躲避”的命令。

事务员们抱着重要资料箱，快速跑进地下金库。将资料藏好之后再跑出地面，横穿广场，加入那些正在奔跑的头戴钢盔或防空头巾的群众。人流直奔正门而去。正门外是一片荒瘠而光秃的黄土平原。相隔七八百米外的缓缓起伏的山丘松林地带，挖掘了无数防空壕。盲目的群众队伍，冒着沙尘，分成两路，默默而焦急地向那里奔跑。总之，那里不是“死亡”，即便是随时崩塌的小小红土洞穴，也不是奔向“死亡”。

一次，节假日里回到自家，夜里十一点，我接到了应召入伍的电报，命令我二月十五日入伍。

城市里像我这般体弱的人并不少见，可要是在乡间入伍，体检时我瘦弱的身子就很显著，是不会被录取的。凭着父亲的这番智慧，我在近畿地方本籍的H县接受了检查。农村青年可以将米袋子轻松地搬起来十多回，而我只能举到胸口，惹得体检人员直发笑。尽管如此，结果我还是取得第二乙种合格，所以今天接到命令，不得不加入乡间粗野的军队。母亲哭成泪人儿，父亲也大为颓丧。命令下来时，我虽然也有些消极，但另一方面又在期望着光彩的死法，所以心里也就坦然了。可是，我在乘火车时工厂里染上的感冒严重起来，自打祖父破产后，我们在乡间没有一寸之地，抵达一位亲友家里，我烧得厉害，站也站不住。不过，在这家人的亲切护理下，服了大量解热剂，出现了好转的迹象。我总算在人们的送行中威风凛凛走进军营大门。

服药后临时退去的热度又抬头了。入伍体检时脱得精光，野兽似的转来转去，弄得我连打几个喷嚏。一个毫无经验的军医，把我支气管里稍带吁吁音的正常喘气声，错误地诊断为 rassel① 异常音。根据这一误诊，进而确认了我的荒唐的病情报告，测量了血沉。感冒的高热突显了血沉的高值。于是，我被诊断为肺浸润，命令我即日返乡。

告别营门，我一路奔跑。冬日荒凉的山坡，向村子里倾斜。

正如在飞机制造厂时一样，我的两腿在奔跑，我反正不是奔向“死亡”，也不是奔向“死亡”那个方向。

……夜行列车窗玻璃坏了，我一面躲避缝隙里的冷风，一面在强忍着高热的寒战和头疼。我反躬自问：我要回归何方？回到凡事优柔寡断的父亲主宰的东京家里，因未能疏散而终日惶惶不

① 德语：由炎症引起的气管、支气管和肺部分泌物增多，随呼吸产生的异常声音。

安吗？回到包裹那个家庭的充满不安的阴郁的都市吗？回到那些睁着家畜的两眼，相互询问“没问题吧，没问题吧”的群众之中吗？还是回到那座全是患肺病的大学生，带着一副毫无反感的表情，聚合在一起的飞机制造厂的集体宿舍？

我依靠的木板座椅随着列车的震动，背后的板缝松动了。我不时闭上眼睛，想象着我在家里遭空袭全家覆没的光景。想象中产生一种说不出的奇妙的厌恶感。这种日常生活和死亡关联在一起所给予我的奇妙的厌恶，是最为强烈的。就连猫狗也不愿让人看到死时的惨状，临死时不是找个地方隐蔽起来吗？我想象着看到家人悲惨地死去，或者家人看到我悲惨地死去，光凭想象就满腹里涌起一阵阵恶心。“死”这个同一的条件降临全家人头上，即将死去的父母、儿子和女儿，互相对望着，赞扬死的共感。我一想到那副眼神，只能认为那是阖家欢乐、亲人团圆那种光景令人腻烦的再现。我想心境坦然地死在别人之中。我和那位希求死在光天化日下的埃阿斯[①]那种希腊式的心情不一样。我所希求的是天然性的自然的自杀，就像一只尚未练就狡黠性格的狐狸，只顾沿着山梁行走，终因自己的无知而遭受猎手的枪杀。

——既然这样，军队不是很理想吗？我不正以此寄望于军队吗？那么，我为何又一个劲儿对军医撒谎呢？诸如这半年一直发

---

① Aias，希腊神话中的英雄，参加远征特洛伊之战，功勋卓著。阿喀琉斯战死后，他为争夺甲胄继承权，失败而死。

低烧啦，肩膀疼得要命啦，咯血痰啦，昨晚还出一身盗汗（那是当然的事，吃了阿司匹林了嘛）啦，等等。我为何一宣布即日回乡，就感到一股微笑的压力，使劲儿按住面颊，以免笑出声来呢？我为何一跨出营门就拼命奔跑起来呢？我不是背叛了自己的希望吗？我再也无法低眉弯腰、两腿发软地缓慢行走了，这又是怎么回事呢？

我很清楚，我的足以逃脱军队意义上的“死亡”的生命，并没有耸立于我的前方。正因为如此，我很难弄清楚驱使我跑出营门的力量来自何处。我不是依然想活下去吗？那也是极为缺乏意志的、气喘吁吁奔向防空壕瞬间里的一种活法。

于是，突然我的别一种声音喊道：我从来都不想死，哪怕一次。这句话解开了羞耻的绳结。虽然说起来困难，但我理会了。说我寄望于军队的只是死是虚假的。我要说我对军队生活抱有某种官能的期待，而且使得这种期待持续下去的力量，不过是对人人具有的原始咒术的确信，是我个人绝不想死的确信……

……然而，这种想法对于我来说是多么不讨人喜欢啊。毋宁说我倒喜欢被看成是被死亡遗弃的人。想死的人为死亡所拒绝，对于这种奇妙的痛苦，我喜欢像外科医生手术中摘取内脏一样，集中微妙的神经仅作礼节性的凝视。这种心灵快乐的程度，几乎令人想到邪恶。

大学同N飞机制造厂发生感情冲突，二月底将学生全部撤回以后，又订了计划：三月恢复上课一个月，四月初动员学生去别的工厂劳动。二月末，近千架小型飞机空袭，虽然三月上课，谁都清楚，只是说说而已。

这么一来，战争激烈的年代里，我们享受了无所事事的一个月的假期。仿佛得到一束湿漉漉的烟花。然而，比起得到一包不大顶用的易于干硬的面包，我更喜欢这份湿漉漉的烟花礼物。因为这是大学馈赠的一份笨拙的礼品。——对于这个时代来说，尽管没什么用处，但却是一份贵重的礼物。

我的感冒好了，数日后草野的母亲打来电话，说M市近旁草野所属的部队，三月十日开始允许见面，问我是否一起去。

我答应了，不久便去草野家商量。从晚上到第二天八点这段时间最安全。草野家正好刚吃过饭。他的母亲是个寡妇。这位母亲和三个妹妹在被炉旁一起接待了我。母亲给我介绍了那个弹钢琴的女儿，她叫园子，和钢琴名家I夫人同名。我谈起上回听她弹琴的感觉，说了些调侃她的笑话。十九岁的她，躲在晦暗的遮光电灯下，满脸绯红，一言不发。园子身上穿着红色的皮夹克。

三月九日早晨，我在草野家附近某个车站的月台上，等待草野家的人。线路对过商店街一带，因强制疏散已经破坏得不成样子。新鲜的噼里啪啦的响声，撕开了早春清冽的大气。有些地方，从裂开的房子里可以看到炫目的崭新的木纹。

早晨，依然寒冷。近几天，没有听到警报响。这期间，空气打磨得越发澄明，布满了纤细的即将崩溃的预兆。大气犹如愈弹愈能发出高贵鸣响的琴弦，使人想到数秒之后即转入堪称音乐的充满丰富而虚空的静寂。就连没有几个乘客的月台上清冷的日光，也仿佛在音乐般的预感中震颤。

这时，对面阶梯上走下来一位身着宝蓝色外套的少女。她牵着小妹的手，护送她一级一级地迈动着脚步。那位十五六岁年龄稍大些的妹妹，耐不住这种缓慢的步子，不过，她也没有抢先快速地下来，而是故意顺着空荡荡的阶梯绕来绕去。

园子看样子还没有注意到我，我可清楚地看到她了。我生来遇到的女性，再没有比她更美丽、更令人心动的了。我的心怦怦直跳，胸中一派明净。我这样说，读者读到这里一定很难相信吧。为什么呢？因为我对额田姐姐人工性的单相思，以及这种心中的悸动，实在没有什么办法加以区别。若没有那种场合无假借的分析，就没有眼下被闲置的理由。要是这样，写下来的行为从一开始就是徒然的。因为我之所以写下来，只不过是我一心想写这种欲望的产物。为此，我若能言之成理，万事皆 OK 了。可是，我的记忆的正确部分，宣示了同以往的我存在的一点差异，那就是悔恨。

园子走下两三段阶梯，这时才看到我。裸露于寒气中的红润润的鲜丽的面颊含着微笑。一双黝黑的眸子，微细的双眼皮，惺忪的睡眼泛着光辉，欲言又止。她把最小的妹妹交给十五六岁的妹妹，沿着走廊，运动着婀娜的腰肢，光彩摇曳地朝我跑来。

我望着朝我奔来的今晨的来访者。那不是我从少年时代起就醉心描画的具有肉感属性的女子。果真如此，我只需怀着虚假的期待迎接她好了。然而，使我为难的是，我的直感只能在园子心中使她承认是另一种东西。那是我对园子不值得投入的虔诚的深情，但也不是卑屈的劣等感。当我每一瞬间看着向我走来的园子时，我就感到无限的悲伤。这是从未有过的感情，我的存在的根柢受到震撼的悲伤。以往，我只是凭借孩子般的好奇心和虚假的肉感这种人工的汞合金的感情看待女人。从最初的一瞥，就被一种深刻而难以言表的且决非我假装的一部分的悲伤所摇撼。这是从来未有的。我意识到这就是悔恨。但是，我真的有赋予悔恨资格的罪愆吗？虽然明明是矛盾的，难道有先于罪愆的悔恨吗？我的存在本身就是悔恨吗？莫非她的身影唤醒了我的悔恨？或者，这就是罪愆的预感？

——园子已经无可抵抗地站在我面前。她看我有些茫然失措，又把刚才的见面礼仪认真地重复一遍：

“让您久等了。母亲和老祖母（她的用语很特殊，说着脸就红了）一直没有做好准备，耽搁了时间。那，那就再等一会儿吧。（她又小心地改变了说法）再等上一会儿，如果她们还没到，那我们要不要一起先去U车站？”

她絮絮叨叨说到这里，随即截断话语，再次深深舒了口气。园子是个身材高挑的少女，她的身高抵达我额头，极为优雅而匀称的上半身，秀美的双腿。她那不施粉脂的充满稚气的桃圆脸，好似一副天然去雕饰的圣洁灵魂的模拟像。嘴唇微微有些皲裂，或许由此而更加显得亮丽多彩。

接着，我们三言两语互致问候。我竭尽全力想快活起来，竭尽全力想做个富有智慧的青年。不过，我憎恶这样的我。

电车几度在我们身旁停下来，又发出轧轧的钝响开出了。这个车站上下客人不很多。照射在我们身上的温馨的阳光每次都被遮挡了，然而，随着车体的离去，和暖的太阳重新在我的面颊上复苏，使我一阵战栗。我身上承受着如此丰蕴的阳光，我的心中保有如此一无所愿的时刻，总觉得这是一种不祥的预兆，而且必然会遭遇到这不祥的预兆。比如数分钟之后，我们所站立的地方突然受到空袭，我们都一起被炸死。我们的心情不配享有些微的幸福。然而，反过来说，我们却染上了将仅有的一点幸福看作恩宠的恶习。这么说来，我和园子言语无多的相逢相见，在我心中产生的效果正在于此。左右园子的行动，无疑也是同一种力量吧?

园子的祖母和母亲很迟才赶来，好几班电车驶过去了，我们随便乘上一班车前往U车站。

在U站杂沓的人群中，我们被大庭先生叫住了。他也是去探望和草野在同一个部队里的儿子的。这位中年银行家，依然顽固地戴礼帽，穿西服，手里牵着女儿。她和园子忒熟，但长相比园子差得远，这使我感到莫名的喜悦。这种感情究竟是怎么回事呢?园子想亲切地同她交叉的两手相握，可她一下子甩开了。看到她那副天真调皮的样子，想到园子作为美好特权的优柔的宽容，觉得她比实际年龄显得更加成熟。看到这些，我终于弄明白了。

车上很空，我和园子仿佛很偶然地面对面坐在窗边。

大庭先生一行加上女佣一共三人。我们好不容易凑在一起的是六个人。算起来，九人坐在一横排里还剩一个人没有座位。

我装着一无所知，暗暗飞快地算计着。园子也和我一样吧？两人相向着“咕咚”一声坐下来，恶作剧般地相视而笑。

经过一番颇伤脑筋的考虑，最后大伙儿只得默认了我俩这个孤独的小岛。遵照礼仪，园子的祖母和母亲与大庭父女俩相对而坐，园子的小妹妹毕竟是妹妹，立即捡个既能看到妈妈的脸，又能观赏窗外风景的地方坐下了。她的小姐姐挨在她身边。因此，这样的座次就成了大庭家的女佣照顾两个小大人般的女孩儿的运动场。破旧的座椅将他们七个人同我和园子隔离开来。

列车还没有启动。越过椅背我注意到，那一伙儿人被大庭先生滔滔不绝的谈吐制服了。他那低声下气的女性般的音调，决不给别人洗耳恭听之外的权利。就连草野家能说会道、人老心不老的祖母，也只有呆呆听讲的份儿。祖母和母亲“啊、啊”地应和着，关键的地方赔上一阵笑。大庭先生的女儿也一言不发。不一会儿，列车开动了。

驶离车站，阳光透过污秽的玻璃窗，照射在凹凸的窗框以及园子和我穿着外套的膝头上。她和我都在默默无言地倾听邻座的谈话。有时候，她嘴边浮起一丝笑意，那微笑立即传染了我。每当这时，我们就相互看看。于是，园子旋即逃离我的视线，又在倾听邻座的谈话，双目炯炯，一副淘气而无忧无虑的眼神。

“我到死也要穿着这身衣服去死。如果穿国民服[①]、打着绑腿去死，那死也不会瞑目的，不是吗？我不让女儿穿长裤，如果死，我叫她死得像个女人的样子，那才是做父母的慈悲之心，不是吗？”

“啊，啊。”

“说点儿别的事儿吧，疏散物品的时候，给我打声招呼。家里没个男人，处处不方便啊。不管什么事儿，尽管对我说好啦。”

“那就难为您了。”

“我们把T温泉场的仓库整个儿租下来了。我们银行职员的东西都转往那里了。那地方很安全，只管放心。钢琴什么的，都可以放在那儿。”

“真是麻烦您啦。”

“还有件事儿，您家儿子所在部队的那个连长倒是个好人，挺享福的啊。我家儿子的那位连长，听说连前来见面的家属携带的食品都要克扣。这么说来，真是天壤之别啊！据说见面第二天，那位连长就得了胃痉挛。”

“哎呀，呵呵呵。”

——园子再次掩住唇边的微笑，似乎有些不安。她从手提包里掏出一本袖珍本小书。我有些不情愿她那样。不过，对那书名倒颇感兴趣。

---

① 二战中，日本全体国民统一穿着的类似军服的制服。

"什么书？"

她朝我展开书脊，微笑着，扇子般地举在面前。

我看到写着《水妖记》①，括弧内注着 Undine。

——后边的座席上有人站起来，是园子的母亲。看来她想去制止又蹦又跳的小女儿，同时又可以逃脱大庭先生的喋喋不休。然而，不仅如此。母亲将这个爱嬉闹的小女孩儿和她的早熟的小姐姐，领到我们的座席边来，说道：

"喏，就让两个小淘气加入你们一伙儿吧。"

园子的母亲是位优雅、漂亮的女子。她那一副装点着阴柔语调的微笑，有时甚至显得有些惨淡。她说这话时的微笑，使我也觉得有几分凄怆的不安。母亲离开后，我和园子又互相瞟了一眼。我从胸前口袋里掏出日记本，撕下一片纸，用铅笔写着：

你母亲似乎觉察到了。

"什么事？"

园子斜斜伸过头来，泛起一股孩子般的发香。她看罢纸上的字句，一直红到了脖根，随即低下头来。

"哎，不是吗？"

"啊，我……"

---

① 德国浪漫派作家莫特·富凯（Friedrich de La Motte Fouque,1777—1843）的代表作。他原为法国亡命贵族，根据日耳曼传说写下许多骑士的故事。《水妖记》（*Undine*）是一部描写水妖和骑士爱与死的故事。此书最早由徐志摩译成中文，书名《涡堤孩》，一九二三年，商务印书馆版。

我们又互相望望，彼此心照不宣。我的脸颊也感到热辣辣的。

“姐姐，那是什么？”

小妹妹伸过手来，园子蓦地藏起纸片。那位稍大的妹妹似乎看出了其中的奥秘，显得很是不悦，一直绷着脸孔。看到小妹妹受到过分的呵斥，她似乎悟出了一切。

趁此机会，我和园子反倒很投机地交谈起来。她谈起学校里的事，谈起以往读过的几部小说，还有哥哥的事。我有我的做法，我只谈了一般的事情。这是第一步的诱惑。我们亲密地交谈着，却忽略了两个妹妹，她们又回到原来座席上去了。于是，母亲困惑地笑笑，把这两个不太中用的监视者，重新领回到我们身旁。

当天夜晚，我们住在草野所在的部队附近M市的旅馆里。马上就到就寝的时刻了，大庭先生和我分配在一个房间。

只有我们两人时，银行家宣讲了他露骨的反战思想。到了昭和二十年[①]春天，反战论满天飞，我都听厌了。他谈起一家贷款的大陶瓷公司，在弥补战争灾害的名义下，计划为实现和平而大规模生产家用陶瓷。他还压低声音提起向苏联讲和的事情，絮絮叨叨，让人受不了。我自己还有些事需要独立思考。他摘掉眼镜，脸孔显得有些浮肿，沉没在台灯所扩散的阴翳之中。两三声单纯的叹息，

---

① 一九四五年。

缓缓弥散于整个被褥，不久就打起鼾来。我一边感到裹在枕头上的枕巾刺在有些发热的脸孔上，一边陷入了沉思。

单独一个人时，我总是被一种威胁我的阴郁的焦躁所折磨，再加上今早见到园子时撼动我存在的根柢的悲戚，再次鲜明地浮现于我的心中。它揭穿了我今天一言一句、一举手一投足的虚伪。这种对于虚伪的断定，比起误以为全部都是虚伪那种痛苦的断定，总觉得宽慰一些，因此，进一步揭露这种虚伪的方法，对于我来说随即变得心安理得了。逢到这种时候，我对于所谓人的根本条件、所谓人心的根本组织的那种执拗的不安，只能将我的内省堂皇地引向没有任何结果的循环。别的青年是怎样的感觉呢？正常的人们是怎样的感觉呢？这种强迫观念苛责着我，将我自以为确实获得的幸福的躯壳，猝然打得粉碎。

那种“演技”已经化为我的一部分组织，它早已不是演技了。将自己装扮成正常人的意识，侵蚀着我心中本来的正常，似乎一一数落着它，使它也变成那种装扮起来的正常。反过来说，我正在逐渐变成一个只相信虚假的人。若是这样，我对园子内心的接近，从一开始就认为是虚假的。这种感情，或许实际上是想变成真实的爱的一种欲求，戴着假面而出现了。如此一来，我会变成一个甚至不会否定自我的人。

——终于昏昏欲睡起来。那种不祥的但却有着某些魅力的响声，震荡着大气，向这边传来。

“这不是警报声吗？”

我对银行家的易醒感到惊奇。

“这个嘛。”

我有些不置可否地回答。警报一直低微地继续着。

见面的时间定得很早，大家六点就起床了。

“昨晚响警报了吧？”

“没有。”

在盥洗室互致早安时，园子极为认真地加以否认。园子回到房间，这件事成了妹妹们取笑她的好材料。

“只有姐姐没听到，哇，好奇怪啊！”

小妹妹也跟着凑趣。

“我也醒来了。听到姐姐打鼾的声音很大很大。”

“是呀。我也听见了。她的鼾声很猛烈，所以听不到警报声。”

“我说了。拿出证据来！”园子当着我的面，涨红了脸激烈分辩道。

“撒这样的大谎，以后将会很可怕的呀。”

我只有一个妹妹，打从幼年起就向往有很多姐妹的热闹的家庭。这种半真半假的姊妹间的吵吵闹闹，在我眼里是世上幸福最鲜明的确实的反映。这种映象再次唤醒了我的痛苦。

早餐时的话题，都是有关昨夜警报的事。这恐怕是进入三月以来第一次拉响警报。得出的结论是，只是停留于警戒警报，还没有响过空袭警报，结论是只管放心就是了。至于我，怎么都无所谓。我不在家时，全家被焚毁，父母兄妹都被炸死，反而干净利索。我也不特别觉得这种幻想有什么酷薄。可以想象的事情每天都会平静地发生，因此，我们的想象力反而变得贫乏了。例如，全家毁灭的想象，比起银座街头洋酒罗列、银座的夜空彩灯闪烁的想象要容易得多，随时都会做到。所谓没有阻力的想象力，无论带有如何冷酷的面孔，都与内心的冷酷无缘。这只不过是一种怠惰的不温不火的精神而已。

昨晚我一个人时，扮演的净是悲剧角色。今天早晨走出旅馆，我简直判若两人，一副轻薄的骑士的架势，一心想帮园子拿行李。这种做法，是故意想当着众人的面赢得一定效果。这么一来，她的顾忌，较之对我的顾忌，更多地意味着是害怕引起祖母和母亲的猜疑，其结果，她反倒欺骗了自己。园子应该明白，她越是避忌祖母，就越显示出对我的亲密。这种小小的策略奏效了。皮包一旦到我手中，她就理所当然地不再游离我的身边了。虽然有年龄相仿的朋友，园子也不再同她搭话，只是一味跟我交谈。我怀着奇妙的心情时时注视着园子。早春时节卷着尘土的逆风，吹散了园子哀切而无垢的娇音。我忽高忽低地耸动着穿外套的肩膀，掂了掂她的皮包的重量。这重量在为盘踞在我内心深处的愧疚做辩护。

快要来到郊外时，祖母首先叫苦了。银行家折回车站，使出巧妙的一手，为大伙儿叫来两辆出租车。

“哎呀，好久不见啦。”

我和草野握手。我的手像触到了龙虾壳，感到有些畏缩。

“你的手……怎么啦？”

“嘻嘻，觉得奇怪吧？”

他已经具有了新兵特有的略显凄苦而招人疼爱的性情。他并起双手伸到我面前，鲜红的裂口和冻疮，坚硬地黏结着尘埃和油垢，制造了这双虾壳般令人心疼的手。而且，又是湿漉漉的冰冷的手。

这双手威慑着我的方式，一如现实威慑着我的方式。我对这双手感到本能的恐怖。其实，我害怕这双无情的手对我内心的告发，对我内心的控诉。我害怕在这双手面前，对任何事情都无法造假。想到这里，我感到园子这个另外的存在，就意味着是我抵抗这双手所谓柔弱良心的唯一的铠甲、唯一的锁帷子。我感到我无论如何都必须爱她。这就是我内心深处的客观存在，它比心中的愧疚隐藏得更深……

一无所知的草野天真地说：

“洗澡时不用搓澡的手巾，光用手就行了。”

他母亲轻轻叹了口气。这样的场合，我只觉得自己是个无耻的多余者。园子一无所感地仰望着我，我低下了头。有些事纵然很紊乱，我总觉得应该向她道歉一番才是。

“咱们到外面去吧。”

他稍显粗暴地推了推祖母和母亲的后背。各个家族，团团围坐在寒风凛冽的营房枯草地上，拿出好东西来给预备役新兵们享用。遗憾的是，我反复擦亮眼睛，也没发现一处美好的情景。

不一会儿，草野也盘坐在家人中央，一边大嚼着西洋点心，一边目光炯炯地望着东京方向的天空。从这块丘陵地，可以望见枯野对面的盆地上，分布着M市广大的市街。更远方一带低伏的山峦重叠的间隙，那里就是东京的天空。早春的寒云在那里布下稀薄的阴翳。

“昨晚，那地方一片火红，好可怕呀。不知你家有没有保住。以前的空袭，那里的天空没有这样红过啊。”

——草野独自一人滔滔不绝，他说祖母和母亲再不早一天疏散，他每晚都睡不好觉了。

“知道了，那就早点儿疏散吧。奶奶和你说定了。”

祖母随口应和。接着，她从和服腰带里掏出小小笔记本，以及像牙签似的自动铅笔，一笔一画地写着什么。

回程的列车气氛阴郁。在车站会合的大庭先生也一反常态，一路上沉默不语。寻常人们隐蔽于内里的那种所谓“骨肉情爱”，整个儿被翻转过来，被痛烈的感想征服了。一颗赤裸的心，仿佛只是为了见上一面，此外再无其他表示。他们见到了儿子、哥哥、孙子或弟弟之后，那颗赤裸的心，只不过感受到一种互相夸示无益的出血的空漠之情。而我呢，只是一味地追索着那双令人怜爱的手的幻影。掌灯时分，我们所乘的火车抵达O站，从这里再换乘省线电车。

在那里，我们首次看到昨夜空袭后的惨象。线路天桥上挤满了受灾民众。他们裹着毛毯，单单瞪着一双无所视无所思的眼球。一位母亲以同样的幅度晃动着膝头上的孩子，似乎打算永远这样晃动下去。一个姑娘伏在行李上睡着了，头发上插着一半烧焦的纸花。

我们一行从他们中间穿过，并未遇到苛责的眼神。我们存在的理由只是为了同他们分担不幸。就连这种存在的理由也被他们抹杀，被当作影子一般看待。

尽管如此，我心中依然有一种东西燃烧起来。排列在这里的“不幸”的行列，给了我勇气和力量。我理解了革命所带来的昂奋。他们看到意味自己存在的各种家什被大火包围，看到人与人的关系、爱憎、理性和财产等，也都被眼前的大火所吞没。当时，他们不是同大火战斗。他们是同人与人的关系战斗，同爱憎战斗，同理性战斗，同财产战斗。当时，他们就像遇难的船员一样，他们被迫接受了一个人为活着，可以杀死另一人的条件。誓死营救恋人的男子，不是被火烧死，而是被恋人所杀。誓死救出孩子的母亲，正是被自己的孩子所杀。在这里互相厮杀的，正是各种人世上不曾见过的普遍而根本的条件。

从他们身上，我看到这幕惊人的戏剧留在人们外表上的疲劳的印记。我身上迸发出某种热烈的确信。虽然只是数瞬间，我感到我的关系着人的根本条件的不安，被彻底地拂拭掉了。我真想仰天长啸。

我如果稍稍富有内省力，稍稍富有智慧，我或许会仔细品味那样的条件。然而，滑稽的是，一种灼热的梦想，驱使我的胳膊第一次绕上园子的胴体。抑或这小小的动作告诉我，所谓“爱”这种称呼，已经没有什么了不起了。就这样，我们走在一行人的前头，疾步穿过晦暗的天桥。园子没说一句话。

——然而，奇怪的是，当我们乘上省线电车，坐在一起，相互看着的时候，我发现园子凝望着我的那双略显局促的眼神里，放射着黝黑而柔和的光辉。

换乘上都内环状线，车内有九成的乘客都是难民。这一带更明显地飘散着焦味儿。人们颇为自豪地高声谈论着自己经受过的这场灾难。他们真正是“革命”的群众。为什么呢？因为他们是怀抱着光辉的不满、充溢的不满、意气昂扬而兴高采烈的不满的群众。

我在S站独自一人同大家告别，她的皮包又回到她手中。沿着黑暗中的道路回家，一边摸黑走路，一边多次记挂着自己手里早已没有那只皮包了。由此可知，对于我来说，那只皮包在我们之间起到多么重大的作用啊！那是一件小小的苦差事，但在我，为了不使良心攀上制高点，得有一枚秤砣压住，换句话说，这种苦差事还是需要的。

家里人带着若无其事的表情迎接我。说起东京，真是广阔。

两三天后，我带着为园子借的书到草野家去。逢到这种场合，一个二十一岁的小伙子，为一个十九岁的少女选书，不用问书名也大体能猜中要读哪些书。自己干了件寻常事，这使我特别高兴。听说园子到附近去了，马上就回来。我就在客厅里等她。

其间，早春的天空阴沉得像黑墨，下起雨来了。看来，园子在路上淋雨了，头发上闪耀着晶亮的水滴，走进昏暗的客厅。园子瑟缩着肩膀坐在长沙发黑暗的一角，嘴边依然挂着一丝微笑。红色夹克衫胸前的两团凸起，从微暗中浮现出来。

我们是那般彬彬有礼、言语无多地交谈着。这是第一次只有我们两个待在一起。我这时终于明白，上次短暂的旅行，来往火车上那种轻松对话的氛围，其中十分之八九是邻座的谈论和两个妹妹造成的。就连那回将写在纸片上的一行情书交给她的勇气，眼下也不留痕迹了。比起上次来，我的内心更加谦恭了。我这个人，一旦置自己于不顾，就会变得诚实起来。就是说，我在女人面前，并不害怕会变成这样的人。难道我忘掉了演技，那种完全作为一个正常人进行恋爱时所做的程式性的演技？不知是否这个原因，我简直感到我完全不像是爱着这个鲜丽的少女。尽管这样，我的心情依然很好。

骤雨初歇，斜阳照进室内来。

园子的嘴唇和眼睛闪耀着光亮。她的美丽被转化为我的无力感降临头上。于是，这种苦涩的思虑，反而使她的存在变得迷茫起来。

“就连我们，”我开腔了，“真不知能活上多久。今天不是响警报了吗？那架飞机也许装载着轰炸我们的炸弹呢。”

“那该多好啊。”——她顽皮地揉弄着苏格兰斜纹呢裙上的襞褶，边说边抬起头来。这时，她的脸孔镶着一圈儿绒毛的光辉：“不知怎的，当无音的飞机飞来的时候，我想要是撂下一颗炸弹……您不这样想吗？”

这是园子自己都未觉察的爱的告白。

“嗯……我也这么想。”

我理所当然地回答。园子不会知道，这种回答有多少是根植于我的深刻的愿望。然而想想，这样的对话真是滑稽至极。若在和平的世上，不互相爱到最后是不会说这种话的。

“生离，死别，好不令人心烦啊！”我有些难为情地故意调侃道，“你不觉得这样吗？这种时代，分别是常事，相会是奇迹……我们能在一起充分交谈，仔细想想，或许也是一种奇迹性的事件哩。……”

“嗯，我也是……”她欲言又止。接着，又以极为认真而又平静和愉快的心情说道：“刚刚见面，我们又要很快离别了。祖母急着要疏散呢。前天一回家，就给N县某村的伯母发了电报，今早，那边回了长途电话啦。电报上说：‘请代找房子。’回答说，找是找了，眼下没有空房子。伯母说了，那就疏散到他们家去吧，热热闹闹，倒也挺高兴的。祖母是个急性子，她回人家说，两三天内就搬过去。”

我没有轻易附和。我心中受到的打击，连自己也觉得很沉重。我的一番愉快的心情，不知不觉引发一种错觉：一切都按原来状态，今后的日月两人不再分离。从更深层的意义说，这对于我是双重错觉。她宣告别离的话语，告诉我今天的幽会是虚妄的，揭露了眼下这场喜悦的假象。她一举摧毁了我误以为永恒之物的幼稚的错觉，同时，即使不面临离别，男女之间的关系，也不允许一切都停留于原来的状态。这种觉醒，也摧毁了另一个错觉。我痛苦地醒悟了。为什么不能保持原样呢？少年时代问过千百遍的问题，又浮现在唇边了。莫非我们都被赋予一种奇特的义务，去摧毁一切，转移一切，将一切置于流转之中吗？这种极端令人不快的义务，就是世界上的所谓“生”吗？这对于我不是一种义务吗？至少只有我感觉到这种义务的沉重。

“哦，你就要走了……其实，你即便留在这儿，我不久也要走的。”

“到哪儿去啊？”

“三月末或四月初，我还要进入一家工厂。”

“那很危险，会遭空袭的呀。”

“嗯，是很危险。”

我很气馁地回答她，急匆匆回家了。

——第二天一整天，我都过得十分安逸，因为我免除了必须爱她的义务。我兴高采烈地高声歌唱，我一脚踢飞可憎的《六法全书》。

这种奇妙的乐观状态，整整持续了一天。孩子般睡得很香。深夜的警报声，冲破了我的梦境。我们全家一边发牢骚，一边躲进防空壕。结果平安无事，不久便听到解除警报的消息。我在防空壕里昏昏欲睡，头戴钢盔，肩挎水壶，最后一个钻出地面。

昭和二十年的冬天很难熬。春天像豹子一般悄悄走来，但冬天依然像铁槛，阴暗、顽固地阻拦在面前。明丽的星光下，还有闪耀的冰层。

我睁开惺忪的睡眼，在镶着一圈光亮的常绿树的叶丛中，看到几颗渗着暖光的星星。凛冽的夜气掺进我的呼吸。突然，一种观念压倒了我：自己爱园子，但却不能和园子一块生活，这世界对于我一文不值。心中的声音叮咛我：要是能忘却就忘却吧。我的心中涌起一股撼动我的生存根柢的悲观情绪，就像后来我急不可待地在早晨的月台上发现园子的时候那样。

我坐立不安。我捶胸顿足。

虽然如此，我还是坚忍了一天。

第三天傍晚，我又去看望园子。大门口一个职工打扮的人在捆绑行李。他在沙地上用草席将一件长长的东西包起来，再绑上一条粗绳子。看到这番景象，我心里很不安。

祖母来到门口。祖母身后堆积的行李已经收拾停当，只待装车运输了。大门内满地都是碎稻草。我看到祖母满脸困惑的表情，决心不再见园子，立即回家。

“请把这几本书交给园子。”

我像一个书店的伙计，拿出两三本有趣的小说。

“麻烦你好几回了。”——祖母说道，她没打算叫园子，“我们全家明天晚上启程到某村去。一切都还顺利，没想到能这么快就出发。这座房子租给T先生，作为T先生公司的集体宿舍。实在有些舍不得呀，孙女们都喜欢同你亲近呢。今后请常到某村来玩啊。一旦安置妥帖，一定写信来，务必请你一定来玩。”

听到这位社交家祖母的一番话，我没有感到什么不快。祖母有条不紊的一番表白，就像她那一口过分整齐的假牙，仅仅是无机质的排列而已。

“希望大家健康地生活下去。”

我只说了这么一句，也没有提及园子的名字。当时，也许是我的踌躇招致的结果，里面楼梯的转弯处，出现了园子的身影。她一手捧着放帽子的大纸盒，一手抱着五六本书。高窗射下来的光线燃亮了她的头发。园子一眼看到我，急切地喊了一声，使得祖母不由得一惊。

“请等一等。”

接着，她浪里浪气地咚咚咚跑回二楼。我望着满脸惊讶的祖母，心中颇为得意。祖母连忙道歉，说因为收拾行李，家中弄得乱糟糟的，也没个空屋子招待你，说完急匆匆回里屋去了。

过一会儿，园子满脸绯红地跑下楼来。我站在门内的角落里，她走到我面前，一言不发地穿好鞋子，说要送我一程。她那下命令般的高昂的语气里，具有感动我的力量。我像个不谙世事的孩子，一边摆弄着制帽，一边瞅着她的一举一动。心里觉得有种东西猛然制止住了脚步。我们互相依偎着身子来到门外，默默地登上直通大门口的石子坡路。园子突然停住脚，重新系鞋带，不知为何花了那么长时间。我又回到门边，一面眺望道路，一面等着她。我不知道，这位十九岁少女竟然有这么可爱的一招。她的意思是想叫我先走在前头。

突然，她的胸脯从后面撞到了我穿着西服的右臂。好比一场车祸，这种碰撞来自一种偶然的大意。

“……哎……这个。”

坚硬的西式信封的一角，刺疼了我的掌心。仿佛绞杀一只小鸟，我差点儿握扁了那只信封。不过，我不太相信那封信会有这么大的分量。手中攥着颇带女学生趣味的信，那是不好随便看的，但我还是不得不瞥了一眼。

“等会儿回家以后再看吧。”

她似乎被咯吱得喘不出气来，小声嘀咕着。我问道：

“往哪儿回信？”

“信里……写着呢……住所某村。就寄往那里好了。”

好不奇怪，别离对于我，一下子变成乐事。就像捉迷藏，当了小鬼一数数字儿，大伙儿各自分散着藏起来，那一瞬间真叫人高兴。我具有奇妙的天分，对任何事都能尽享其乐。凭着这个怪邪的天分，就连我的怯懦，在我自己眼里也时时被误认为勇气。然而，这种天分也可以说是人的天真的补偿，他对人生没有任何索取。

我们在检票口分别了，手也没有握一下。

平生第一次收到情书，令我欣喜若狂。不等回家，也不怕人家看见，我在电车上就把信拆开了。于是，一摞剪纸卡片和教会学校学生所喜欢的外国彩色画片，险些滑落下来。里边叠着一张蓝色信笺，迪士尼的狼和儿童漫画下面，规规矩矩地写着这样的文字：

谢谢您借书给我，实在太感谢了。我全都津津有味地阅读了。空袭下，衷心祝愿您健康地生活。我到那边一旦平静下来，还会给您写信的。住址：——县——郡——村——号。随信寄去一点儿小礼物，不成敬意，望您收下。

这是多么重要的情书啊！先前的高兴劲儿一下子冷却了。我面色惨白，大笑起来。谁会给你回信呢？至多回封印制的明信片就完事了。

但是，回家前的三四十分钟之内，当初要写回信的要求，渐渐为开始的“欣喜若狂的状态”做辩护了。我立即想到，那种家庭教育，是不可能教会她如何写情书那套办法的。因为是第一次给男友写信，各种困惑，无疑束缚着她，使她手中的笔战战兢兢。比起这封没啥内容的信更具内容的东西，确实已由她当时的一举一动做了说明。

突然，从另外的角度袭来的愤怒紧紧抓住了我。我对《六法全书》大发脾气，一脚踢到墙角里。这是多么荒唐的举动啊！我不由得自责起来。面对十九岁的少女，巴望人家主动爱上自己。你怎么就不能干净利落地展开进攻呢？我自然明白，你逡巡不前的原因，来自那种异样的、莫名其妙的不安。这倒可以理解，那么，你为何又去看望她呢？不妨回顾一下，你十五岁的时候，过着同年龄相应的生活。十七岁时，还可以与人并肩而行。可是，二十一岁的今天，又怎么样呢？朋友说你二十岁就会死去。这预言未能实现，战死的希望也断绝了。好容易到这个年龄，竟然不知深浅地同一位十九岁的少女发生初恋，并为此束手无策。嘁，这是多么杰出的成长。到了二十一岁，才开始交换情书，你是否搞错了年月？到了这个年纪，你不是连接吻都不曾有过吗？真是没出息啊！

这时，另一个阴郁而执拗的声音又来揶揄我。这声音几乎含着温热的诚实，以及我所不曾体验的人情味儿。这声音接连不断地传来——恋爱吗？倒也很好。可是，你对女人有欲望吗？你说你只对她不抱有“卑俗的希望”，这是自欺欺人。你曾表白过，你对所有的女人都不抱有“卑俗的希望”。你打算忘掉从前的自己吗？你有何资格使用“卑俗”这个形容词呢？你不是希望看到女人的裸体吗？你一次也没想象过园子的裸体吗？像你这般年龄的男人，见到年轻女子，怎么可能不想象她的裸体呢？这是不言自明的道理。你不是擅长类推吗？至于为何这么说，你可以扪心自问。类推不是也可以做点儿修正吗？昨夜，你就寝前委身于那种些微的因袭，对吗？假若说这就是一种祝愿，那也未尝不可。举行一次小小的邪教仪式，这是人人都免不了的。代用品用惯了，使用起来感觉也不坏。尤其是那小雌儿，可是立竿见影的催眠药啊！不过，当时你心中浮现的断不是园子吧。总之，那是一副奇妙无比的幻影，横着看起来，每次都令人胆寒。白天，你走过大街，眼睁睁从背后凝望年轻的士兵和水兵。那些青年正值你所喜欢的年龄，他们被阳光晒黑了皮肤，他们远离知识，生着一副天真烂漫的口唇。你一看到这样的青年，立即打量他们的腰围。法学系毕业后，你打算去当裁缝吗？你尤其喜欢二十岁上下没有头脑的青年那种幼狮般柔软的躯体。昨天一整天，你在心里将多少这类青年变成了裸体？你暗自准备了采集植物标本的采集箱，采集了几名 Ephebe[①] 的裸体带回来。就这样，你从中挑选那种邪教仪式中的生贽[②]。选出一位你所满意的人。好了，这回可真令人目瞪口呆。你把生贽领到奇妙的六角柱旁边，然后用藏起的绳子将裸体的生贽反手捆绑在柱子上。他必须充分抵抗，充分喊叫。接着，你就诚恳地给生贽以死的暗示。这期间，一种神秘的、天真无邪的微笑升上你的嘴角，使得你从口袋里掏出锋利的小刀。你走近

① 古希腊受军训的成年男子。

② 祭祀时作为牺牲的活人。

生赘，用刀刃轻轻触及和爱抚着那紧绷的腹肌的皮肤。生赘绝望地喊叫着。扭着身子躲避刀尖儿。他吓得心脏怦怦直跳，光裸的腿脚，两个颤抖的膝盖吧嗒吧嗒不住地碰撞。刀子猛然刺入腹肌，不用说是你在行凶。生赘向后弯下身子，发出孤独而凄惨的叫喊，被刺的腹肌抽缩起来。刀子冷静地埋在起伏的肌肉里，犹如嵌进了刀鞘。泉水般的鲜血泛着泡沫涌出来，流向柔滑的大腿。

你的欢喜在这一瞬间，变成真正的人的欢喜。为什么呢？因为作为你的正常的固定观念，只有在这一瞬间才是属于你的。不论对象如何，你由肉体的深奥之处发情，这种正常的发情，和其他男人没有丝毫的不同。你的心为充溢的原始的恼怒所摇撼。你的心复苏了野人的深刻的欢喜。你的眼睛明亮，全身热血沸腾。你充满了蛮族所怀抱的各种生命的显现。Ejaculatio 的痕迹，野蛮赞歌的温暖气息，残留于你的身上，男女交合后的悲戚不再袭击你。你闪耀着放肆的孤独的光辉。你暂时漂荡在古老的大河的记忆中。蛮族们的生命力所品味的穷极感动的记忆，是否凭借某些偶然的因素，不留余地地全部占领你的性机能和快感呢？你又在为某些伪装而操心吧？有时候，你可以接触到这种人性存在的深刻的欢喜，但你不明白，这种事儿往往需要爱和精神。

索性这么做吧。当着园子的面，将你不同凡响的学位论文公布出来，怎么样？那是一篇旨意高远的论文——《关于 Ephebe 的

torso[1]曲线和血流量的函数关系》。就是说，你所选择的torso，圆滑、柔润、充实，上面流淌的血液，能够描绘出最微妙的曲线，那才是青春的torso啊！奔涌的血潮显现着最美的自然的花纹——可以说是随意流贯原野的小河，或是被截断的古老大树所显示的年轮——就是这样的torso，难道还有什么疑问吗？

——这是肯定无疑的。

虽然如此，我的自省力使我将那细长的纸片翻卷过来，两端头相折在一起，形成一个不见端倪的圆环拿在手中。时时猜度着，是正面，还是反面？是反面，还是正面？到后来，这个周期虽然逐渐缓慢，但二十一岁的我，只是被人蒙住眼睛围绕感情的周期轨道不住旋转罢了。那种旋转速度，由于战争末期人心惶惶的末日感，几乎变得令人头晕目眩。原因、结果、矛盾、对立，一个个都无暇深入其间。矛盾依然是矛盾，都以瞬息即逝的速度一闪而过。

一小时过后，我一直思忖着，应该给园子写一封巧妙的回信。

……这时节，樱花开放了。人们都无暇出外赏花。东京能去赏樱的，只有我们大学我们系的学生们。我放学归来，一个人或同两三位朋友，一起去S池畔散步。

樱花看起来神奇，娇媚。堪称花儿戏装的红白帷幕，热闹的茶馆，赏花的人群，以及气球店和风车铺等，到处寻觅不着。常

---

① 意大利语：只有躯干而无头颅和四肢的雕塑。

绿树丛的空隙里随处都是繁盛的花朵，使人联想到花的裸体。大自然无偿的奉献，大自然无益的豪奢，当数这春天的妖娆美艳为最。自然不是再一次征服了大地吗？我有了不快的疑惑。不过，这春的秾丽并非一般。菜花的鹅黄，嫩草的翠绿，樱树莹润润的黝黑枝干，还有那罩在树梢上的繁密的华盖，都在我眼中映出了带有恶意的妍丽的色彩。可以称作是色彩的火场。

我们一边争论着无聊的法律，一边走在樱花和水池中间的草地上。那时，我喜欢听Y教授运用有效的讽刺讲解国际法。空袭下，教授依旧意气扬扬，继续讲授那门没完没了的国际联盟[①]的科目。我的感觉似乎是在听讲如何打麻将和下国际象棋。和平！和平！这种始终鸣响于远方的铃声，我只当作是耳鸣。

“关于物权请求权[②]的绝对性这个问题。”

乡间出身的学生A说道。他确是个面孔黧黑的壮汉，却因患有严重的肺浸润未能入伍。

“算了吧，真无聊。”

面色苍白的B急忙打断，一看就知道他是个结核病人。

---

① 第一次世界大战后，为保卫和平与促进国际合作，一九二〇年根据《凡尔赛条约》成立的包括各个国家的联合组织。一九三三年，日本因“九一八事变”而退出，德国和意大利也相继退出。一九四六年解散。

② 物权请求权，物权财产权之一。直接支配和享受物质利益的权利，如所有权、地上权、典当权、抵挡权、占有权等。一旦有被他人抢夺或占有的危险，即有权请求回收或采取预防措施。

“天上有飞机，地上有法律……嘻……”我冷笑了一声，“天上有光荣，地上有和平。”

真正没生肺病的只有我一个。我装作心脏病人。这个时代，勋章和疾病，二者必得其一。

樱花下的草地上传来一阵慌乱的足音，使得我们停住了脚步。有个人看到我们甚感惶惑。那是个青年，一身脏污的作业服，趿拉着木屐。说他是青年，是由他战斗帽下垂着的短发的颜色推断的。他一副忧郁的脸色，好久未刮的稀疏的胡须，油垢的手足以及脏兮兮的喉结，都带有同年龄无关的阴惨的疲劳。男人的斜后方，跟着一个年轻女子，她低着头，似乎正在闹别扭。她斜坠着发髻，穿着国防色①的上衫，套着一件奇妙、时兴而崭新的碎白花缩腿裤。他们无疑是一对征用工，在这里幽会。他们似乎旷工一天，到这里赏花来了。他们看到我们以为是宪兵，所以甚感惊讶吧。

这对恋人经过我们身边时，翻动着令人生厌的白眼珠儿，朝这边斜睨了一眼。我们都不打算开口。

樱花尚未满开的时节，法学系依然停课，学生被动员到离S湾十多公里外的海军工厂②参加义务劳动。同时，母亲和弟妹疏散

---

① 即茶褐色。本指陆军咖啡色的军服。

② 为海军制造武器、弹药的工厂。

到舅舅家里，他家郊外有一座小型农园。东京家里留下那个老成的学仆照顾父亲。没有大米的日子，学仆将黄豆煮熟，放擂钵里磨碎，做成吐泻物般的糜粥给父亲吃，自己也跟着吃。趁着父亲不在家时，他把仅有的一点儿副食品也偷吃了。

海军工厂的生活很轻松。我担当图书馆的工作，并参与挖洞作业。为了疏散零件车间，我和台湾少年工们一起挖掘一座地洞。这些十二三岁的调皮鬼，成了我最要好的朋友。他们教我说台湾话，我跟他们讲神话故事。他们坚信台湾的神仙会保佑他们不被炸死，总有一天会把他们平安无事地送回故乡。他们的食欲达到不合人伦的地步，一个机灵鬼趁着值班厨子不注意，偷来大米、蔬菜，浇上好几勺机油做炒饭，我谢绝了那种带有齿轮气味的“美餐”。

不到一个月时间，我同园子的信来信往，变得有些特别起来。信中，我敞开心怀畅所欲言。一天上午，警报解除后回到工厂时，我拿起书桌上园子的来信，读着读着手发抖了。我委身于轻度的酩酊之中。我的嘴里多次重复着心里的一行文字：

“……我很想你……”

不在，给我勇气。距离，给我“正常”的资格。可以说，我掌握了临时雇用的“正常”。时空之隔，使得人的存在变得抽象化了。对于园子的一味倾心，同与此没有任何关联的脱离常规的肉欲，或许因这种抽象化，作为等质的东西在我心中合为一体，时时刻刻，毫无矛盾地将“我”这一存在固定下来。我自由自在。

日常生活欢乐无穷。传说敌人不久就会从S湾登陆，这一带将被占领。死的希冀比从前更加浓烈地徘徊身边。处于此种状态，我真正“对人生有了希望”！

四月半过后的一个星期六，我隔了许久又被允许外宿，住在东京家里。我从自己的书架上取下几本书，准备带回工厂阅读，然后去郊外看望母亲他们，打算在那里住下来。可是，回程的电车遇到警报，走走停停。其间，我急剧打起寒战。一阵剧烈的眩晕，灼热的倦怠弥漫了全身。多次的经验告诉我，这是扁桃体发炎引起的。一回到家，立即叫学仆铺好被褥躺下了。

过一会儿，楼下传来女人热闹的谈话声，那声音激烈地震动着灼热的额头。那人上楼来了，一阵风沿走廊跑来。我眯缝着眼睛，看到了大朵花纹的和服裙裾。

“怎么啦？真是不成样子啊！”

“谁呀，那不是查子吗？”

“什么谁呀，才隔了五年就不认识了？”

她是远房亲戚家的女儿。本名千枝子，亲戚们叫得快了，就成“查子”了。她比我大五岁。上回见面是在她的婚礼上。打从去年丈夫战死之后，我听说她有些情绪失常，变得开朗起来了。看到她兴高采烈的样子，也无须再向她致以哀悼之意了。我呆然沉默着，看着她那头上的白纸花，觉得大可不必如此。

“今天我有事找阿达来了。”她呼喊我父亲达夫的名字，“请他帮我疏散行李。不久前，爸爸说，要是能见到阿达，他会给我介绍个合适的地方。”

“父亲今天可能会来得很晚，这倒没关系。不过……”——我看到她嘴唇涂得太红，有些不安。也许发烧的缘故，她的红唇刺疼了我的眼睛，使得我的头疼更厉害了，“不过……如今，这种化妆走到外边，不会被人说三道四吗？”

“你已经到了留意女人化妆的年龄了？不过，你这样躺着，看起来就像好不容易断奶的孩子啊。”

“胡说，你走开！”

她特意挨了过来。我不愿让她看到穿睡衣的姿态，一直将被子盖到脖颈。突然，她把手掌伸向我的额头，刺骨的冰冷很合我意，令我感动不已。

“有热度，量了没有？”

“三十九摄氏度整。”

“要用冰啊。”

“哪儿有冰啊？”

“我来想办法。”

千枝子啪啦啪啦拍打着和服衣袖，欢快地跑下楼去。不久又爬上来，安安静静地坐下了。

“我叫那个男孩子去拿了。”

“谢谢。”

我望着天花板。她拿起枕畔的书时，冰凉的缎子衣袖扫着我的面颊。我立即喜欢那凉丝丝的衣袖了。我想叫她把袖子放在我的额头上，随即又打消了这个念头。屋内晦暗了。

“小伙计太慢啦。”

一个发烧的病人，对于时间的感觉，具有病态般的准确度。千枝子所说的“太慢”，在我却觉得有些过快。又等了三分钟，她说：

“太慢啦，他在干什么呢，那孩子？”

“我说了，不慢嘛！”

我神经质地吼道。

“好可怜呀，你生气了？把眼睛闭上，不要用那双可怕的眼神瞅着天花板。”

我闭上眼睛，眼睑灼热得苦痛难支。突然，感到有个东西触到额上，同时有一缕微微的气息扫着额头。我转过脸去，无意之中叹了口气。接着，那呼吸夹着异样的温热吹来，突然，嘴唇被浓重的油腻腻的东西密封起来，牙齿发出咯咯的响声。睁眼一看，我吓坏了。这时候，冰冷的手掌紧紧夹住了我的面颊。

不久，千枝子缩回身子，我也半坐在被窝里。两人在薄暮之中互相对视。千枝子姐妹都是淫荡的女人，我清晰地看到相同的血液在她体内燃烧。然而，那种燃烧和我的病的热度，互相结成难以说明的新奇的亲和感。我完全坐起身子，说道：“再来一次！”我们一直连续地吻下去，直到学仆回来。她不住叨咕：“只是接吻啊！只是接吻啊！”

——我不知道这种接吻有没有肉感。不论如何，最初经验的本身就只能是一种肉感，这个时候的辨别或许是无用的。纵然由我的酩酊抽绎出那种观念的要素也是于事无补的。重要的是，我已经成了“懂得接吻的男人”。就像一个到别人家里去的男孩子，一看见端出点心来，就马上想到，给妹妹吃该多好，我一边拥抱千枝子，一边极力想着园子。这之后，我就全然想象着是同园子接吻了。这就是我所犯下的最初的也是最严重的误算。

不过，思念园子使得这一最初的经验渐渐露出了丑态。第二天千枝子来电话时，我骗她说，我明天就回工厂。我没有如约去同她幽会。而且，这种不自然的冷淡，来自最初接吻的缺乏快感，而我却对这一事实紧闭双眼，一心想着园子。我深深感到这是很丑恶的事。我第一次将对园子的爱，当作自己的借口。

犹如一对初恋的少男少女，我同园子交换了照片。她来信说，她把我的照片镶嵌在项链的坠子里，挂在胸前。可是，园子寄来的照片很大，只能放在文件包里。因为装不进内衣口袋，只好裹在包袱皮里带着走。下班后害怕工厂失火，回家时也拿在手里。一次，回工厂时，夜班电车上突然遇到拉警报，电灯熄灭了。过会儿要疏散，我到行李架上摸索一番，结果，包着照片的包袱皮连同那只大包都被盗了。我骨子里很迷信，心中深感不安。打从那天起，我就觉得应该尽快去见园子。

五月二十四日夜间的空袭，就像三月九日深夜的空袭一样，决定了我的行动。抑或我和园子之间，很需要这些众多的不幸所释放的一种瘴气。就像某种化合物必须有硫酸作为媒介才行。

旷野和丘陵连接处，挖掘无数防空壕，我们藏在里面，看到东京上空一片火红。不时传来爆炸声，反射到空中，可以窥见云层的间隙里奇妙的白昼似的蓝天。这是出现于暗夜中一瞬的蓝天。无力的探照灯，简直就像迎接敌机的聚光灯一样，那淡淡的交叉成十字形的光束中央，每每闪现出敌机的羽翼，一个个向东京附近的探照灯传递光束，起着殷勤的诱导作用。最近，高射炮的炮击也是零零星星地进行着。B-29[①]能够顺利飞抵东京上空。

由此就能辨认出东京空战中的敌我形势吗？尽管如此，以血红的天空为背景，一旦看到被击中而坠落下来的机影，看热闹的人一片欢呼。闹得最厉害的是少年工们。各处的防空壕里，像看戏一般，不断腾起鼓掌声和吆喝声。我以为，对于这里远观的群众来说，坠落的飞机不论是敌人的还是我方的，本质上没有什么不同。所谓战争，本来就是如此。

——第二天一早，我沿着不通车的私营铁路线的半边铁轨，踏着还在冒烟的枕木，渡过一半烧焦的铺着长条细木板的铁桥走回家去。我发现只有我们家附近保存完好，没有遭到战火。

偶尔回来住宿的母亲和弟妹，在昨夜的火光熏染下，反而显得更精神了。为了庆祝幸免于难，我们从地下挖出窖藏的羊羹罐

① 二战中美军最大型四引擎轰炸机，波音公司制造，主要用于对日作战。

头一起享用。

“哥哥正在热恋着吧？”

我一进屋，十七岁的生性活泼的妹妹问道。

“听谁说的？”

“我早知道了。”

“我就不能喜欢谁吗？”

“不是这意思，什么时候结婚呢？”

——我很愕然。当时的心情，就像一个逃犯听到毫不知情的人偶然提起自己的犯罪事实一般。

“什么结婚？我才不干呢。”

“不道德。一开始就没打算结婚，怎么就恋上了呢？哎呀，这怎么行啊。你们男人，真坏！”

“再不快些逃走，我可要洒墨水了。”——剩下一个人时，我嘴里不住叨咕，“可不是吗，结婚这种事儿，本是这个世界常有的。然后就是生孩子。我怎么把这事儿给忘了？至少是假装忘了。结婚这种微小的幸福，由于战争的激化，产生一种不可能存在的错觉。这种实打实的结婚，对于我来说，或许就是极为重大的幸福。好不令人毛骨悚然的重大……”——此种想法，促使我很矛盾地下定决心，今明两天必须见到园子。这就是爱吗？抑或一种不安存在于我们的内心时，总是以奇特的热情的形状又在我们身上表现出来。那不正是“对于不安的好奇心”之类的东西吗？

园子以及她的祖母和母亲，好几次写信邀我去玩。我给园子写信说，住在她舅母家里很不自在，托她为我找旅馆。她查遍某村里每家旅馆，都没有找到空房间。要么是官府的办事处，要么是软禁德国人之地。

旅馆——这是我的幻想。我从少年时代就有的幻想实现了。这也是我所迷恋阅读的恋爱小说的坏影响所致。这么说来，我考虑问题的方法，有类似《堂・吉诃德》[①]的地方。堂・吉诃德时代，有很多读者爱看骑士故事。然而，要想彻底被骑士故事所毒害，必须有个堂・吉诃德存在。我的情况与此相仿。

旅馆。密室。钥匙。窗帘。温柔的抵抗。战斗开始的约定……正是那时，正是那时，我应该是可能的。正如天外飞来的灵感一样，我的正常定会燃烧起来。犹如妖魔附身，我应该转化为另一个人，一个真正的男人。只有那时，我才可以肆无忌惮地拥抱园子，竭尽全力地爱她。我可以丢掉一切疑虑和不安，打心眼儿里对她说：“我喜欢你。”从那天起，我会沿着空袭下的街市，一边走一边高喊：“她是我恋人！”

罗马式的艺术风格中，蔓延着对于精神作用的微妙的不信。这种不信感，往往导向梦想中的一种不伦行为。梦想，并非人们

---

① *Don Quijote*，西班牙作家塞万提斯的长篇小说。主人公堂・吉诃德，因耽读骑士故事而陷入妄想，带领随从桑丘・潘沙出外做骑士道修行之旅，由此展开各种滑稽的冒险故事。堂・吉诃德一语，泛指那些好大喜功、夸夸其谈、无视现实，一味凭幻想而行事的人们。

思考中的精神作用，毋宁说它是逃避精神的。

——但是，旅馆的梦，并没有作为前提而实现。园子再三写道，某村的旅馆全部客满，只能住在家里，我回信表示同意。疲惫般的安堵征服了我，无论如何，我都不愿将这种安堵曲解为绝望。

六月十二日，我出发了。海军工厂方面，全厂的人们逐渐散漫起来，要想请假，随便都能找到借口。

火车里很脏，也很空。战时有关火车的回忆（除却那次愉快的旅行），为何都是如此的惨象呢？这回，我又在孩子般凄清的固定观念的折磨下，摇晃于车厢之中了。我思忖着，这次一旦住下来，不和园子接吻我是决不离开某村的。然而这种决心和那种被个人欲望引入歧途做斗争时充满骄矜的决心，迥然各异。我的心情就像一名胆小的窃贼，在头领的强迫下，极不情愿地去实行抢劫。爱的幸福刺疼了我的良心。我所寻求的，说不定是更确实的不幸。

园子把我介绍给她舅母。我立即抖擞精神，我极力装扮一番。我感到大家扫兴之余都在嘀咕：“园子怎么会喜欢上这种男人？一个面色如此苍白的大学生！这种男人究竟哪点儿可爱？”

我凭借这般博取大家好感的殊胜的意识，不再采取上次乘车时那种排他的行动。我辅导园子的小妹妹们学习英语，聆听祖母介绍往昔柏林时代的故事。奇怪的是，这种做法，反而使我觉得园子更加靠近我的身边了。我当着祖母和母亲的面，多次同她大胆地对视。吃饭的时候，我们在餐桌底下腿挨着腿。园子渐渐热衷于这种游戏了，她看到我听厌了祖母漫长的谈话，便背倚在梅雨时节阴霾的绿叶窗前，用指尖儿捏着项链坠子，从祖母身后对着我摇来摇去。

她那月牙儿形的领口紧括的酥胸光洁如玉，令我犹如大梦初醒！此时，从她的微笑里可以感觉到那种染红朱丽叶[①]面颊的“淫荡的热血”。那是处女才会有的淫荡！和成熟女子不同，那淫荡似微风吹得人欲醉。那是一种可爱的恶趣，例如，就像热衷于咯吱婴儿一般。

就是这样的瞬间，我的心突然陶醉于幸福之中。很长一段时间，我都未能接近幸福这个禁果了。如今，它以凄楚的执拗诱惑着我。我觉得园子像一座深渊。

不知不觉，还有两天就要回海军工厂了，我还没有完成赋予自己的接吻的义务。

雨季里稀疏的雨，包蕴着高原一带地方。我借辆自行车去邮局寄信。园子从逃避征兵的官厅分局偷偷溜出来，这时正好是下午回家的时刻，我俩相约在邮局会合。雨雾濡湿的生锈的铁丝网内，没有人影的网球场显得一派寥落。一位骑自行车的德国少年，

---

① 莎士比亚悲剧《罗密欧与朱丽叶》中的女主人公。

闪耀着湿漉漉的金发和洁白的双手，打我自行车近旁穿过。

我在古旧的邮局内等了好几分钟，门外稍稍明亮起来。雨停了，一时的晴明，也可说是故作姿态的晴明。云彩没有退，只是闪着白金般的光亮。

园子的自行车停在玻璃门对面。她的胸脯一起一伏，耸立着雨湿的肩头气喘吁吁，但健美的潮红的面颊却闪现着笑意。“还等什么，冲上去！”我感到我像一只发情的猎犬。这种义务观念就是恶魔的命令。我跳上自行车，和园子肩并肩顺着村中的主干道飞跑。

我们奔驰于黑枞、红枫和白桦林之间。树丛落下明丽的水滴。她那随风披拂的黑发美艳无比。坚挺的双腿快速旋转着脚踏子。看起来，这才是她生命自身的本相。经过目下不再使用的高尔夫球场入口，我俩下了自行车，沿着球场周围阴湿的小径走着。我紧张得像一名新兵。那里有一片树丛，那样的林荫也很适当。走到那里约有五十步远，最先的二十步用来和她攀谈，有必要消除她的紧张情绪。剩下的三十步，说些无关紧要的话就行了。走完五十步，支起自行车，然后观赏山色美景。于是，我将手搭在她的肩膀上，低声说：“我们能这样在一起，就像做梦啊。”她随口应酬了几句。这时，我就用力将她的身子揽到自己面前。接吻的要领同千枝子当时没什么两样。

我发誓忠诚于表演，既没有情爱，也没有欲望。

园子在我怀中。她喘息着，脸上飞起如火的红潮，深深地紧闭着眼帘。她的樱唇稚嫩、娇美，但依然唤不起我的欲望。可是，我却时时期待着。接吻之中，抑或会出现我的正常，我的无虚假的爱。机器在迅速运转，谁也无法阻挡。

我用嘴唇盖住她的朱唇，一秒钟过去了，没有任何快感。两秒钟过去了，依然如故。三秒钟过去了。——我明白了一切。

我脱开身子，刹那间用悲戚的神情看着园子。此时，她若能看一下我的眼睛，那么就能理解那种难以言表的爱意。对于人们来说，谁也不敢断言，那样的爱是否能够实现。然而，她却醉倒于羞耻和纯洁的满足，像小偶人一般低伏着眉头。

如同照顾一个病人，我搀起她的腕子，默默向自行车走去。

必须逃走，必须早一刻逃走。我焦虑了。为了不使人看出我满脸忧戚，我装得比寻常还要快活。吃晚饭时，我那种幸福的样子，不论在谁看来，都与园子茫然自失的状态暗暗相合。结果，反而对我不利。

园子比平时更加显得水灵。她的容姿本来就具有故事性的一面，依然保持着故事中热恋少女的风情。当我目睹她那天真的少女之心，不论我如何佯装快乐，我这个人都没有资格拥抱她那美丽的灵魂。我对此了然于心，说出话来吞吞吐吐，所以她母亲又担心起我的身体来了。可爱的园子早已洞察一切，为了给我鼓劲儿，又摇晃着项链，暗示我“不用担心”。我不由得微笑了。

大人们看到我俩旁若无人的互相微笑，一个个露出半是惊奇半是疑惑的表情。一想到大人们在我们的未来里将会看到些什么情景时，我又不寒而栗了。

第二天，我们又来到那座高尔夫球场。我找到我们昨天留下纪念的践踏过的黄色野菊花草丛。今天，野草干枯了。

习惯这东西是可怕的。事后那种陷我于痛苦的接吻又重复一次。不过，这回就像亲吻着妹妹，这种接吻反而散放着不伦的气味儿。

“下回还会再见面吗？什么时候呢？”她问。“这个嘛，只要美国不在我那地方登陆。”我回答，“再过一个月，我还能拿休假。”——我满怀希望。岂止是希望，我迷信般地确信了。我确信：这一个月间，美军将从S湾登陆，我们作为学生军人全都被强行入伍，一个不剩地战死疆场。即便不是这样，谁也无法预料的巨大的炸弹，不管我在哪里都将把我炸死。——我也偶尔预见到原子弹爆炸，不是吗？

接着，我们登上向阳的山坡。两棵白桦树亲如姐妹，将阴影投映在坡面上。低头散步的园子问道：

“下回见面，你送我什么礼物呢？”

“现在谈到我要带的礼物嘛。”——我苦苦思索，胡乱地应和着，“白白制造的飞机，沾满泥土的铁锹，无非就是这些呗。”

“我指的不是有形的东西。”

“啊，那会是什么呢？”我越发茫然，越发被追逼得无路可走了，“这可是个难题儿，回头在火车上再慢慢考虑吧。”

“嗯，那好吧。”她又加了一句，声音里带着奇妙的威严和沉着的调子，“你可一定带礼物来，咱们约好了啊。”

园子用力吐出“约好了”这句话，因此，我必须立即以虚张声势的快活的表情保护身子。

“好吧，钩指头吧。”我大度地说。于是，初看起来，我们似乎天真地互相钩了指头，俄而，孩童时代所感到的恐怖，再次在我心中复苏。传说钩指头一旦毁约，那根手指就会烂掉，这种说法一直给孩子的心灵带来惊吓。园子所说的礼物，虽然没有明言，但明显意味着“求婚”，所以我的恐怖也是有缘由的。就像一个夜间不敢单独上厕所的孩子，我心中充满着这样的恐怖。

那天晚上临睡前，园子来到我宿舍门口，用门帘半裹着身体，央求我再住上一天。我只是从被窝里惊愕地盯着她看，自己认为颇有把握的估计这一最初的误判，全盘崩溃了。如今，我望着园子，弄不清我自己究竟有着怎样的感情。

“你非走不行吗？”

“是的，非走不行。”

我干脆快活地回答，虚假的机器又开始运转了。我的这种快活本是逃离恐怖的快活，但我却解释为，这是获得使她焦躁不安的新权利的优越感所赋予的快活。

自我欺瞒如今成为我依赖的准绳。负伤的人临时应急的绷带，不一定要求很清洁。至少可以说，我是想利用纯熟的自我欺瞒止住出血，迅即赶往医院。我喜欢将那座吊儿郎当的工厂想象为“重营仓[①]”，一旦明天不能回返，就免不了受到关禁闭的责罚。

出发那天早晨，我久久凝视着园子，就像游人眼望着即将离别的风景。

我明白，一切都结束了，尽管我周围的人都以为一切刚刚开始。尽管我依然委身于周围亲切的警戒中，我自己也欲图欺骗自己。

纵然如此，园子那副娴静的神态使我不安。她帮我收拾行李，检查房间的各个角落，看有没有遗忘什么东西。这当儿，她伫立窗前，眺望窗外，身子一动不动。今天又是阴天，早晨，绿叶鲜丽惹眼。看不见的松鼠，晃动着树梢跑了过去。园子的背影充满着安详而又幼稚的“期待的表情”。抛离那种表情的背影离开房间，那就等于敞开橱门放着不管扬长而去，这对于一丝不苟的我来说，简直无法忍受。我走近几步，从身后温存地抱住园子。

“你一定还会来的吧？”

她的语调充满快乐和确信。这意味着什么？听起来与其说是对我的信赖，毋宁说是对于超越我而扎根于更深层的某种东西的信赖。园子的肩膀没有打战，她那穿着花边儿上衣的胸脯微显威压地起伏着。

“嗯，会的。只要我活着。”

---

① “营仓”本是旧时日本陆军兵营内的临时牢房，“重营仓”一般禁闭一日至一月之内。

——我说这话，连自己都感到恶心。为什么呢？因为我这样的年龄，很希望是这样的。

“一定会来！我一定排除万难，前来见你。安心地等着我吧，你会成为我的夫人的，不是吗？”

我的感受能力和思考方法，充满如此珍奇的矛盾，随处都会表露出来。这种矛盾促使我说出“也许，会的”这种态度暧昧的话来。这不是我性格的罪愆，而是超性格的作为。可以说，并非因我而有。按照惯例，只要明白这一点，就会对这个并非因我而有的部分多少抱有近乎滑稽的健全的常识性训诫。从少年时代起，我就一直锻炼自己，宁死不做那种游移不定、毫无男子汉气、好恶不分、不懂得爱而又想获得爱的人。因此，对于因我而有的部分可能成为训诫；而对并非因我而有的部分，从一开始就是一种不可能的要求。眼下，面对园子明确显示一种男子汉的风采，固然具有参孙[①]的力量，但还远远不及。于是，园子今天所看到的我的性格，一个游移不定的男人的影像，将促使我对这一形象产生厌恶，我的全部存在已经变得毫无价值，我的自负心也被打得粉碎。我也不相信自己的性格和意志，至少对有关意志的部分，不能不认为是一种赝品。然而，以意志为重点的思考方法，只是近乎梦想的夸张。即便是正常的人，仅凭意志的行动是不可能的，

---

① Samson，《旧约圣》中力大无比的英雄。活跃于以色列士师时代（前12世纪-前11世纪）。

何况我这样的正常人，并不百分之百地保有我同园子婚后幸福生活的全部条件。如此说来，那个正常的我，仅能作出“嗯，会的”的回答吧。就连这种浅显易懂的假设，我也习惯于故意不加理睬，犹如不肯放过任何陷自己于痛苦的机会。——一个走投无路之人，常用的办法就是，总是要把自己赶入认定自己是不幸的安身之地。

——园子带着安详的语调说道：

“不碍的，你不会受到任何伤害。我每晚都会向神明祈祷，我的祝愿一直很灵验。”

“你很有信心。或许这个缘故，看样子你始终都很安心，平静得怕人。”

“为什么？”

她抬起黝黑而聪明的眼眸。碰到她那没有丝毫疑惑、无垢的询问的视线，我的心乱了，答不出话来。我本来怀有一种冲动，打算将沉醉于安心中的她摇醒，但园子的眼神，却将沉湎于我内心的东西摇醒了。

——上学去的妹妹们前来告别。

“再见。”

最小的妹妹要同我握手，她突然用手挠挠我的掌心，逃往门外了。她站在透过树叶间隙照射下的稀薄的光影里，高高挥动着镶有金锁子的红色饭盒袋。

祖母和母亲也来送行。车站上的告别，成为天真无邪的寻常一景。我们谈笑风生，一派和乐。不久，火车来了，我占了一个临窗的座席。我一心巴望着快点儿开车。

这时，一个明朗的声音，从意想不到的方向呼唤我，那正是园子的声音。至今每天里听惯的声音，变成遥远的新鲜的呼唤震动着我的耳鼓。这的确是园子的声音，这种意识恰似一道晨光射进我的胸间。我朝发出呼声的方向转过眼去。她钻进职员出入口，抓住靠近月台烧焦的栅栏，格子花纹开襟上衫的众多的花边儿随风飘拂。她对我睁大着那双水灵灵的眼睛。列车开动了。园子略显几分厚重的红唇，似乎欲言又止地嘀咕着什么，离开了我的视野。

园子！园子！随着列车每一次晃动，她的名字就在我心中浮现。在我看来，这是一个难以形容的神秘的名字。园子！园子！这名字每念叨一次，我的心就被挤压一次。极度的疲劳，随着名字的反复，越发惩罚般地沉重了。我想对自己说明这种透明的痛苦的性质，但却发现这是个无与类比的难题。由于这种痛苦和人类理应具有的感情轨道相距甚远，对我来说，就连从中感知这种痛苦也是困难的。这就好比正午时分一个等待鸣午炮的人，过了时刻也未听到午炮鸣响，他痛惜之余，只得向苍穹各处探寻午炮为何沉默。这是恐怖的疑惑。整个世界，只有他一人知道正午时分午炮没有鸣响。

一切都完了，一切都完了。我嘀咕着。我的叹息一如未被录取的胆小的落榜生的悲叹。失败了，完了！落下那个X，所以错了。要是先解决X，就不会是现在这个样子。对于人生的数学，我有我的解法。其实，只要运用和大家相同的演绎法就好了。我这个半吊子小聪明，比什么都可恶。只有我一人是依据归纳法，所以失败了。

我甚是惶惑不安。坐在前边的乘客满怀疑惧地瞅着我的脸色。她们是穿着宝蓝制服的红十字护士，还有那位母亲模样儿的贫妇。我留意到她们的视线，朝那护士瞥了一眼，这位像酸浆果一般面孔通红的胖姑娘，对着腼腆的母亲撒娇道：

“哎呀，肚子饿坏了。”

“还早呢。”

“人家饿了嘛，哎哟，哎哟。”

“哎呀，真是没办法。”

——做母亲的终于认输了，拿出饭盒来。饭菜很单调，比起我在工厂吃的东西还差一大截。两片腌萝卜，其余全是山芋饭。护士大口大口地吃起来。人类吃饭的习惯，没有比这更无意义的了。我揉了揉眼睛。不久，我发现这一观点来自我对生存欲望的完全丧失。

当晚回到郊外的家，我平生第一次真正地打算自杀。思来想去，我又提不起劲儿来了，以为自杀是很滑稽的行为。我先天性地缺乏失败的兴趣，再加上犹如秋天丰穰的收获，我周围堆积着众多的死：死于战祸，殉职，伤病死，战死以及因车祸、疾病而死等，无论哪一种死，都不能不预示着我的名字。死刑犯不会自杀。不管怎么说，这时不是适合自杀的季节。我等待着什么人杀死我。

但是，这和等待什么人拯救是同样的事情。

回到工厂两天之后，接到园子热情洋溢的来信。这是真正的爱。我感到嫉妒，养殖珍珠对于天然珍珠难以容忍的嫉妒。虽然如此，这个世上哪里会有由于爱而嫉妒深爱自己女人的男人呢?

园子同我分别后，骑自行车上班去了。她精神恍惚，同事们问她，身体是否哪点儿不舒服。她处理文件时老是出错。回家吃罢午饭，又沿着上班的小路绕到高尔夫球场，把自行车停在那儿。她望着黄色的野菊花被践踏的那块地方。然后，望着火山山麓，随着雾气消散，展开一派带有明朗光泽的赭红色。接着，山峡之间升起暗淡的水雾，那两棵亲如姐妹的白桦树，微微预感般地抖动着绿叶。

——正当我在火车上煞费苦心，算计着如何逃脱园子的爱的这一时刻！……但是，我时时都有这样的瞬间，以便安心地委身于抑或最接近真实而可爱的借口之中。这种借口就是：“正因为我爱她，所以必须逃离她。”

此后，我好几次写信给园子，那副笔调虽然没有任何发展，但也不见冷却的迹象。她来信告诉我，不到一个月之间，允许草野家第二次会面，草野已经换防到东京近郊某部，她们家属到那里见面。懦弱的我，促使我到那里去。奇怪的是，我一方面决心逃离园子，一方面又不得不去会见她。见面后，当着忠贞不渝的园子，我发现自己完全变了。我变得不能同她开一句玩笑了。她以及她的哥哥、祖母和母亲，从这种变化中，只不过看到我的谨慎与诚实。草野以平素亲切的目光望着我，他对我说的一句话使我震颤。

“最近要向你那里发出一个重大的通牒，你愉快地等着吧。”

——一周之后，我假日里去母亲那儿时，看到了那封来信。他那一手稚拙的文字，表达了真挚的友谊。

……园子的事，我们全家都是一片真心。我被任命为全权大使。事情很简单，只需听听你的意思。

我们都信任你。园子不用说了，母亲甚至算计着何时举办婚礼呢。我想，不管是约定好婚礼或订婚的日期，看来也都不算太早。

不过，这些都是我们家的估计。总之，很想知道你的心情。至于两家人的接触，一切都留待以后再说。不过，虽然这么说，但丝毫没有束缚你的意志的打算。只有了解你真正的意图，我们才会放心。你即使回答NO，我们也决不会恨你，怪你，也决不会影响我们之间的朋友关系。要是YES，当然是皆大欢喜，即使NO，也决不会伤了和气。凭着一副自由的心态，坦率地给我回信吧。希望你不要顾及情面勉强承诺。等待你这位至亲好友的回信。

……我一阵愕然，环视一下周围，生怕读信时被别人看到。本以为不可能的事情发生了。对于战争的感应与思考，没想到我和他们一家有着如此的差距。我才二十一岁，又是学生，去飞机工厂，在接连不断的战争中长大，对于战争力量的思考过于神奇了。纵使在如此激烈的战争危局中，人们生活的磁针，依然照常地朝着一个方向转动。自己一直在恋爱，怎么就没有意识到呢？我闪过一丝奇特的冷笑，又把信看了一遍。

于是，一种极为常见的优越感掠过心间。我是胜利者。我是客观意义上的幸福的人，谁也不能责难我。如此说来，我有权侮辱幸福。

满腹的悲戚搅得我坐立不安，然而，我的嘴角却粘贴着骄纵的讽刺的微笑。我想，只要跳过这道小沟就好了。只要将过去几个月一概看作荒唐就好了。什么园子，那样的小女子，只要认为一开始从未爱过她就好了。我是在小小欲望的驱使下（撒谎的家伙！）才欺骗她的，只要这样想就好了。我不必道歉。光是接吻没有责任——

"我根本就不爱园子！"

这个结论使我高兴得跳起来。

这一手玩得太漂亮了。我不爱女人而又诱骗了女人，当对方燃起爱情之火时，我又舍弃了她。我距离一个循规蹈矩的道德优等生何其遥远……不过，我也不是不知道，世上没有一个色鬼，不达目的就把女子舍弃掉……我闭上眼睛。我就像一个顽固的中年妇女，对于不愿听到的事情，习惯地捂起耳朵来。

剩下的只有想办法如何阻挡这桩婚姻了，就像阻挡情敌结婚。

我打开窗户呼唤母亲。

夏日的炎阳照耀着宽阔的菜园。西红柿和茄子地，扬起干燥的绿叶，反抗性地刺向太阳。太阳在强劲的叶脉上涂抹着黏糊糊的灼热的光线。植物丰沛的暗郁的生命，被压抑在一望无际的菜园的明光之下。对面神社所在地的树林，向这边转过阴森的面孔。

弥涨着柔软震动的郊外电车，不时驶过远方看不见的洼地。每当传电杆[①]浮躁地滑过，就会看到电线忧戚地晃动的闪光。那是以浓厚的夏云为背景，似有意而又无任何意义的临时的无目的摇动。

菜园正中冒出一顶系着蓝飘带的大型麦秸草帽。那是母亲。舅父——母亲的哥哥——的麦秸草帽，像只不能转动的干瘪向日葵，一动不动。

母亲自从来这里生活之后，脸色稍稍晒黑了，远远望去，洁白的牙齿颇为显眼。她来到可以听见声音的地方，像孩子般高喊：

“什么事呀？有话就过来说吧。”

“事情很重要，还是到这边来一下吧。”

母亲有些不情愿慢腾腾地走来，手里的篮子盛满熟透的西红柿。不一会儿，她把篮子放在窗台上，问我究竟有什么事。

我没把信给她看，大体上讲了讲信的内容。说着说着我也弄不清为何来叫母亲了。我是为了说服自己才唠叨个没完，不是吗？我带着平静的表情，罗列一大堆坏条件。比如：我的父亲有些神经质，爱唠叨啦；一家人住在一起，给我做妻子肯定很辛苦啦；现在不是另立门户的时候啦；我们古老传统的家庭和园子文明开放的家庭合不来啦；我不想过早娶妻让她受苦啦……我希望母亲坚决表示反对。可是，我的母亲有着一副娴静而宽和的品格。

① 原文：pole，有轨电车上方传送电流的棒状物。

“怎么啦？这倒是挺奇怪的事儿啊。”——母亲未经深思，连忙插嘴道，“那么，你究竟怎么想呢？是爱她还是厌弃她？”

“这个嘛，我也，那……”我一时嗫嚅起来，“我本来并非真心实意，一半是玩玩罢了。谁知对方倒认真起来，好难办啊！”

“要是那样，还有什么问题呢？及早说清楚，对双方都有利。他们写信来探听你的口气，干脆回信说明白不就得了？……妈妈要走了，没事了吧。”

“啊。”

——我轻轻叹了口气。母亲走到玉蜀黍遮挡的栅栏门前，又踱着碎步回到我的窗边，看那脸色和原先有些异样。

“哎，刚才那件事儿。”——母亲用严肃的眼神盯着我，就像一个女子望着素昧平生的男人，“……你同园子，是不是……已经……”

“别犯傻了，妈妈。”——我扑哧笑了。我发觉我平生第一次笑得这么惨淡：“您以为我会干出那样的蠢事吗？妈妈如此不信任我吗？我……”

“我知道，妈妈也是为了慎重啊。”——母亲又恢复了明朗的容颜，难为情地打消了顾虑。

“做妈的，活着就是担心这些事儿。好啦，妈妈相信你。”

当晚，我婉转地写了回绝的信，连我自己都觉得有些不自然。我写道：由于太突然，目前的阶段，还没有这份心情。第二天一早回工厂，我去邮局寄信的当儿，负责办理快件的女职员，惊讶地注视着我颤抖的手。我盯着她用那只粗糙而脏污的手，例行公事地在信封上盖了邮戳。看到我的不幸受到事务性的处理，也是对自己的安慰。

空袭的目标转向中小城市。看样子，暂时没有生命危险了。学生之间一时流行起投降论来。年轻的助教表述了暗示性的意见，想来是为了在学生中收揽人心。看到他将信将疑地谈完见解，心满意足地鼓胀着鼻孔，心想，我才不会受你的骗呢。另一方面，我对那些至今依然坚信胜利的狂妄之徒投以白眼。战争胜也罢败也罢，那种事儿对于我来说无所谓。我只想重新做人。

原因不明的高热使我回到郊外家里。我耐着高热一边迷迷糊糊地望着天花板，一边在心里诵经般地念叨着园子的名字。

在我勉强能起床的时候，听到广岛全城毁灭的消息。

这是最后的机会。人们都传说，下次该是东京了。我穿着白色衬衫和白色短裤在街头转悠。人们绝望至极，走起路来反而神情开朗。一刻一刻，什么事也没有发生。到处是一派明净的紧张，犹如一只胀鼓鼓的气球，不断加压之后眼看就要炸开了。尽管如此，一刻一刻，什么事也没有发生。如果那种日子持续十天之上，我肯定要发疯。

一天，潇洒的飞机，躲过傻瓜高射炮的射击，从夏空里向下撒传单。那是在发布劝降书。当晚，父亲从公司回来的路上，径直经过我家位于郊区的临时住宅。

“哎，那传单是真的啊。”

——他从庭院走进来，一坐在廊缘上就立即说道。他从消息可靠的人士那里听说了，还把抄下来的英文原话拿给我看。

我接过那纸片，来不及扫视一眼，就了解了事实。那不是战争失败的事实，对于我，仅仅对于我来说，那是可怕的日子从此开始的事实；那是一听说名字就使我浑身发抖的事实；那是欺瞒自己说那种人世的“日常生活”绝不会到来，而偏偏从明天开始无可避免地降临到我的头上的事实。

第四章

出乎意料，我所害怕的日常生活不见到来的迹象。这是一种内乱，比起战时，人们越来越不顾“明天”了。

借给我制服的那位高年级同学从部队回来了，我把制服还给了他。于是，我好一阵陷入一种错觉，我又走出回忆乃至过去，变得自由了。

妹妹死了。我知道自己也是个会流泪的人，随即获得了轻薄的安心。园子相中一个男人随即订了终身。我妹妹死后不久，她就结婚了。此时的心情或许可称为“如释重负”吧。我对自己手舞足蹈起来。不是她抛弃我，而是我抛弃了她，我自负地以为这是当然的结果。

我把宿命强加给我的东西牵强附会地看作是我自身的意志，我的理性的胜利。这种长年的恶癖，达到一种疯狂的妄自尊大。在我名之为“理性”的特质里，有种不合道德的感觉，其中有个冒牌的僭主，偶然的冲动遂将他推上王位。这个驴子般的僭主，甚至不能预知愚蠢的专制终将招来应有的复仇。

紧接着的一年，我是在暧昧的乐天的心情里度过的。草草学了一遍法律，机械地上学，机械地回家……我对任何事情不询问，不打听。我学会了一个年轻僧侣长于世故的微笑。我既没有觉得自己活着，也没有觉得死去。我似乎忘了，那种天然自然的自杀——死于战争——的希冀，已经断绝了。

堪称真正痛苦的东西徐徐到来了。简直就像肺结核病，一旦出现自觉症状，已经进入不大容易治愈的阶段了。

一天，我站在书店不断上新书的书架前，取下一本装订粗糙的翻译书，是法国一位作家的饶舌录。摊开一页上的一行字，蓦地刺疼了我的眼睛。一种不快的不安迫使我合上书本，将书放回书架上。

翌日早晨，猝然想起来，上学时路过学校大门附近的那家书店，买了昨天那本书。开始上民法课时，我偷偷将书摊在笔记本旁边，找到那一行字。这行字比起昨天，给了我更加鲜明的不安。

女人之所以具有力量，完全决定于她们惩罚自己恋人的不幸的程度。

大学时有个要好的同学，是一家老字号糕点店老板的儿子。初看起来，是个老实巴交、勤奋好学的学生，他对人类和人生动辄“嘿嘿”地含着冷笑所表达的感想，以及近似我的极为孱弱的体格，唤起了我的共鸣。我出于自我防卫和虚弱无力，采取同样的犬儒派[1]风格的态度，而他对此似乎具有更无危险的自信的根基。我想，他是哪儿来的自信呢？不久，他认定我是童男并凭借凌驾其上的自嘲与优越感，袒露了他经常光顾的那些花街柳巷。接着，他引诱我说：

“你要想去，只需打个电话就成，随时奉陪。”

“嗯。等我想去的时候……或许……快了，很快就下决心了。”

我回答他。他有些难为情地抽动着鼻子，这时他完全明白了我的心态，仿佛从我身上回忆起自己当年处于和我同样状态下时所流露的羞涩的表情。我感到焦躁，这是一种习惯的焦躁。我急着要把我在他眼里的状态，同现实中我的状态，紧密地化为一体。

所谓洁癖这种东西，本是秉承欲望之命的一种任性。我的本来的欲望是隐秘的欲望，它甚至不允许那种堂堂正正的任性。即

① 希腊哲学流派之一，倡导无为和自然的生存理想，轻视社会习惯和文化生活。因而，轻视既成社会，被世人视为怪人。

便如此，我的假想的欲望——对女人单纯的抽象的好奇心——赋予我几乎没有任性余地的冷淡的自由。好奇心里没有道德。抑或这就是人类所具有的最不道德的欲望。

我开始了可悲的秘密的练习。我凝神注视裸妇，以此试验自己的欲望——事情很清楚，我的欲望不置可否。借助那种恶习发作之际，进行自我习惯性训练。首先从不出现任何幻影开始，接着心中浮现出女人最淫荡的姿态。有时似乎取得了成功。然而，成功里头有着令人心碎的失望。

我决定碰碰运气。我给他打了电话，请他礼拜天下午五点在咖啡馆等我。那是战争结束后第二个新年过了半个月之后的事。

“终于下决心了？”——他在电话里哈哈大笑，“好的，我去。我一定去。你要是变卦，我决不饶你。”

——笑声留在耳畔。我很明白，为了对抗这种笑声，我只能保有不为任何人注意的呆板的微笑。不过，与其说我有一缕希望，不如说是迷信。这是危险的迷信。虚荣心使人冒险。我有一种常见的虚荣心，到了二十三岁，再也不想被人说是童男了。细想起来，下决心那天正是我的生日。

——我们彼此带着试探的表情对望了一下。他也知道，今天不论是一脸严肃或是哈哈大笑，都一样显得滑稽。他那暧昧的嘴角不住吐着烟圈儿，随便说了几句这家店的点心不好吃之类的话。我也没有好好听，这样说道：

“你自然会明白，第一次带人到这种地方来，将来要么是终生的朋友，要么是终生的仇敌，二者必居其一。”

“别再唬人了。你看我这般胆小，说什么终生仇敌，我不配做那样的角色。”

“你有此自知之明，我很感动。”

我特意摆出一副强势的派头。

“咱们不说这些。”他像个主持会场的人，“我们找个地方喝杯酒。这些外行话，一个新手不便说。”

“不，我不想喝酒。”——我的面颊有些冰冷，“去那里决不喝酒，我有这个胆量。”

接着，我们乘灰暗的“都电”，再换乘灰暗的“私铁”，在陌生的车站下车，走过陌生的街道，在排列着简陋木板房的一个角落，看到紫红的电灯，映红了女人们的脸孔。嫖客们走在化霜后湿漉漉的道路上，发出光脚步行似的足音，无言地来来往往。我没有任何欲望，唯有不安在催促着我，简直就像急着索要点心的小孩子。

“哪儿都行，我说哪儿都行嘛。”

等等，等等嘛……我真想逃离女人们撒娇般气闷的声音。

“那家的妞儿靠不住啊。行吗，那张脸？那地方倒比较安全。”

“管她什么脸呢。”

“那好，我就相对地找个美人[①]好了，过后别怪我。”

——我们一走过去，两个女子就立即盯上来了。进去一看，房子很狭小，天花板顶着头。她们就露出金牙和齿龈咯咯地笑着。那个东北口音的女人把我诱拐到三铺席的小房子里。

一种义务观念使我抱住了女人。我揽着她正要接吻，她晃动着厚实的肩膀，笑着说：

“不行啊，会沾上口红的呀。喏，要这样。”

那娼妇张开涂满口红、露出金牙的大嘴，伸出强劲的舌头来。我也学着伸出了舌头。舌尖儿交合了……普通人恐怕不会知道，那种无感觉的东西，类似强烈的疼痛。我浑身剧痛，而且感到，整个身子都因这种无感觉的疼痛痉挛了。我一头倒在枕头上。

十分钟后，确定我性无能，羞愧使我两腿战栗。

在假设朋友没有觉察的情况下，几天来，我委身于已经恢复的自甘落寞的感情之中。好比一个为不治之症而苦恼的人，一旦确定病名，反而尝到一时的安堵。他当然很明白，这种安堵只不过是临时性的。而且，内心里还要等待无法逃遁、更加绝望，因而具有永恒性的安堵。我也在静心等待无法逃离的打击，换言之，等待无法逃离的安堵。

接着的一个月里，我在学校里同那位朋友见过几次面。互相

---

① 原文为德语 Schön，过去的学生用语，即“美人”。

都没有提及那档子事。一个月过后，他带来一位和我同样亲密的好色的朋友看望我。这个青年平素夸夸其谈，爱自我炫耀，吹嘘说，他在一刻钟内就能把女人搞到手。不久，谈话落到该落的题目上了。

“我简直受不住了，自己也无法控制自己了。”好色的学生斜睨着我的脸说，“假如我的朋友中有谁是 impotenz[①]，我将多么羡慕。岂但羡慕，我更尊敬他呀。”

看到我改变了脸色，那位朋友换了话题。

“你不是答应借给我普鲁斯特[②]的书吗？想必很有意思吧。”

“嗯，是很有意思。普鲁斯特是索多玛[③]式的男子，他和男仆发生关系。”

“什么，索多玛男子？”

我佯装不知，揪住这个小问题不放，借此验证我的失态是否已被别人识破。我知道我是在为寻找反证而尽力挣扎。

“所谓索多玛男子，就是索多玛男子呗。不知道吗，就是男色家的意思。”

“普鲁斯特是男色家，我倒第一次听说啊。”我感到声音在

---

① 德语：男人性无能。

② Marcel Proust(1871—1922)，法国作家。先后受象征主义和尼采超人哲学的影响，对自身所生活的时代，法兰西第三共和国上流社会的种种现象，进行深层心理学的分析，创作长达七编十六卷的巨著《追忆逝水年华》等多元性的二十世纪新型小说。

③ 见本书开头引文注。

发颤。要是让他看到我生气，那就等于给对方一个确证。我感到一种莫名的恐怖，我担心能否忍受住此种可耻的表面的平静。那位朋友显然嗅出了一切。也许是出于心理作用，我总觉得他好像极力不看我的脸。

夜里十一点，这位该死的来客回去后，我闷在房间里，彻夜未眠。我抽抽噎噎地哭了。最后，往常那种血腥的幻想浮现出来，给了我安慰。我被身边这种无比亲近的残忍无道的幻影彻底打倒了。

我需要获得安慰。我频繁出入于老同学家中的聚会，虽然我明知这种聚会只能留下空洞的对话和惆怅的余绪。和大学的同学不同，这种穿戴颇为考究的一群，反而令人轻松愉快。这里有花枝招展的千金小姐、女高音歌唱家、未来的女钢琴家以及新婚宴尔的年轻夫人们。大家一起跳舞，喝少量的酒，做些无聊的游戏，玩点儿多少富有性感的捉迷藏，有时通宵不散。

天亮时分，大伙儿跳着跳着就困了。为了驱散睡意，我们铺上几张草席，围成圈儿跳舞。一旦唱片音乐停止，就立即解散，男女一对一抢着坐在草席上。剩下一人没有座位，便受罚做一个拿手的游戏。站着跳舞的人，互相拥挤着坐在地板的坐垫上，一团混乱。反复几次之后，女人们也顾不得体面了。那位最漂亮的小姐挤倒了，摔个屁股蹲儿，裙子卷到大腿根。看样子，她有些醉了，毫不在乎地笑着。她的大腿细腻，白嫩。

以往的我，将会利用那片刻不忘的演技，和其他青年一样，按照逃逸自己欲望的习惯，突然转移眼睛的。可是，自那日以来，我不再是从前的我了。我变得毫无羞耻——那种天生的羞耻心彻底没有了——就像盯着物质一般，凝望着那双白腿。俄而，由凝视而收敛回来的痛苦降临我的头上。那痛苦这样告诉我："你不是人。你的身子不能和人交合。你是一种不通人性的奇妙而可悲的生物。"

碰巧，官吏录用考试的准备工作临近了。我强使自己埋头于枯燥无味的学习，自然远离了那些令人身心交瘁的事情。但这只限于开头几天，随着那一夜的无力感蔓延到生活的各个角落，有几天我心情忧郁，什么事也不想干。我必须想法为自己寻找某些可能的证据，这一想法日益强烈起来。只有树立这样的证据才能生存下去，我想。话虽如此，但却找不到先天的背德的手段。在这个国度里，即使采取最稳妥的形式充实自己的机会，也是没有的。

春天来了。我平静的外观背后，蓄积着疯狂的焦躁。仿佛季节本身对我抱有敌意，犹如飞沙走石的烈风所表现的一样。每当汽车打我身旁穿过，我就在心中高喊："为什么不把我轧死！"

我喜欢给自己课以硬性的学习和硬性的生活方法。用功之余，我到街上散心，我多次感到充血的眼睛闪现着可意的眼神。在别人眼里和世俗眼里，我每天过着谨小慎微的日子，其实我明白，我过着自感落寞和放荡以及不知明天的生活，还有那酸腐的怠惰及腐蚀的疲劳。春天即将过去的一个下午，我乘在都电上，冷不防袭来一种窒息的凛冽的悸动。

透过站立乘客的空隙，我看到了对过座席上园子的身影。稚气的眉宇下，有着一双真率、审慎，难以形容的深沉而优雅的眼睛。我差点儿站了起来。这时，一位站着的乘客放开吊环向车门口移动。女人的面孔全部闪露出来，她不是园子。

我的胸口依然激动不已。那种激动要说是因为惊愕或愧疚，那是很容易说得通的；但那种说明又无法推翻刹那间感动的清纯。我蓦地回忆起三月九日早晨在月台上看到园子时的激动情景。这次和那次一模一样，没有什么不同。就连那一蹶不振的悲戚也是相似的。

这一微细的记忆是难以忘却的。使得其后的几天动荡不安。没有这回事，我还是不爱园子。我本来就不能爱女人。这种反省，反而成为急剧的对抗。尽管直到昨天为止，这种反省本是我唯一忠实而柔顺的工具。

就这样，回忆突然在心里恢复了权利。此种政变采取了明显痛苦的形式。两年前，我仔细打点好的“细小”的回忆，简直就像个正在成长的私生子，在我眼前异常地长成大人了。那不是我当时假设的“甘美的”调子，也不是我后来作为整理的便捷手法而使用的事务性的调子，回忆的每个角落，都贯穿着痛苦的调子。那如果是悔恨的话，众多的先人为我们找到了忍耐的道路。然而，这种痛苦甚至不是悔恨，它是那般异常明晰，可以说这种痛苦如同被迫从窗户俯瞰分割街道的炎夏酷烈的阳光。

梅雨时节一个阴霾的午后，我到平日不太熟悉的麻布大街办完事，顺便散散步。忽听后面有人喊我的名字。是园子。我回头看见她时，没有上回在电车上误把别人当作她时那样惊讶。这种偶然的相遇是很自然的，我仿佛预感到一切。我似乎觉得很早以前就知悉这一瞬间。

她穿一件低胸的绣花上衫，外面罩着没有其他装饰的潇洒的壁纸般花纹的连衣裙，也看不出"夫人"般的打扮。她好像从配给所回来，手里提着洋铁桶，身后跟着同样提着铁桶的老婆婆。她叫老婆婆先走，自己和我边走边聊。

"你有些瘦了。"

"啊，正在迎接考试呢。"

"是吗？你可要注意身体啊。"

我们说着，沉默了片刻。战火中幸存的邸町闲散的道路上，映照着微弱的阳光。一家人家的后门口，一只水淋淋的鸭子，笨拙地走了出来，穿过我们面前，一边鸣叫，一边沿水沟向对面走去。我感到很幸福。

"现在正看什么书？"我问。

"小说吗？《食蓼虫》[①]……还有……"

"没有读A吗？"

---

① 一般意译为《各有所好》，日本唯美主义作家谷崎润一郎（1886—1965）创作的小说。

我指的是当今流行《A……》小说的名字。

“那个裸体女人吗？”她问。

“哎？”——我愕然地反问。

“真可厌！……我是说那封面画呀。”

——两年前，她当面绝不会说出“裸体女人”之类的话的。园子已经不纯洁了，我从这些片言只语中痛楚地明白了这一点。来到一个角落，她站住了。

“从这里拐过去，走到头就是我家。”

分别的悲辛使我低下头来，目光转向洋铁桶。桶里塞满了酷似女人晒黑的肌肤似的蒟蒻。

“要是晒过头了，蒟蒻就会烂掉的。”

“是的啊，责任重大嘛。”园子含着鼻音高声说道。

“再见。”

“哎，多保重。”——她转过身子。

我叫住她，问她还回不回乡下。她淡然地回答说，这个礼拜六就回去。

分别后，我注意到一个过去从未注意的问题。今日的她看来原谅我了。她为何原谅我？哪有超过这种宽大的侮辱呢？不过，假如再一次清清楚楚经受她的侮辱，我的痛苦也许会得到治愈。

终于盼来了礼拜六。正巧，草野从京都的大学放学回家来了。

礼拜六下午，我去看望草野，聊着聊着，我怀疑起自己的耳朵来了。我听到了弹钢琴的声音。那已经不再是幼稚的音色，而具有丰满、奔逸的气势，显得既充实又明快。

“谁呀？”

“园子呀，她今天回家来了。”

一无所知的草野这样回答。我的心中一一痛苦地唤醒了所有的记忆。草野对我当时委婉的拒绝，从来不提一字，他的善意使我心情沉重。我想得到园子当时感到痛苦的证据，哪怕一点点也好，以便为我的不幸求得某些对应物。然而，“时光”再次像杂草一般在我和草野以及园子心中茂密生长，那些不通过任何意志、任何情面、任何礼仪的感情的表白都被禁止了。

钢琴声停止了。草野颇为周到地关照道，是不是把她叫过来。不一会儿，园子和哥哥一起走进屋子。三个人谈论着园子的丈夫所在的外务省[①]那些同僚们的故事，随意地笑着。草野被母亲喊走了，又像两年前那天，只有我和园子两人了。她像孩子似的告诉我一件值得自豪的事，由于丈夫的尽力，草野家免于被接收。从她做姑娘时代起，我就喜欢听她吹牛。过于谦虚的女人和颇为自豪的女人，同样缺乏魅力，但园子那种雍容大度的谈吐，洋溢着天真可爱的女人味儿。

“听着，”她静静地说下去，“有件事情，我一直想问你，

---

① 相当于外交部。

一直想问你，但始终没有能问你。我们为什么就不能结婚呢？从哥哥手里得到你的回信之后，打那时起，世上有些事我就不明白了。我天天在思考，但还是不明白。直到现在，我还是搞不懂，我为什么就不能和你结婚。真的搞不懂啊……”她像是生气了，将微微涨红的面颊转向我，一边侧着脸孔，一边朗读似的说道，“……你讨厌我吗？”

这只不过是借助提问进行事务性调查的语调。对于这种单刀直入的询问，我的心只能以一种剧烈的痛惜的喜悦加以应对。不过，这种不合情理的喜悦立刻转化为痛苦。实际上，这是一种微妙的痛苦。除了本来的痛苦之外，还含有因重提两年前往事而悲伤，进一步损害自尊心的痛苦。我想在她面前自由一些，但依然没有那样的资格。

“看来这世界上的事儿，你是一窍不通啊。你的好处也许就在于不谙人情世故。要知道，这世上的事儿，彼此相爱的人儿不一定就能结婚。我给你哥哥的信上都说了。还有……”我觉得自己就要说出那种没出息的话来了。我想就此打住，可是实在停不下来：“……还有，我在那封信中，也没有写明就不能结婚呀。我才二十一岁，还是个学生，也不必太着急。谁知道，我正在犹豫不决的当儿，你就那么及早结婚了。”

“其实，我呀，没有权利后悔。丈夫爱我，我也爱丈夫。我确实很幸福。我再也没有别的什么希求了。不过，有时也会有些不好的想法……怎么说好呢，有时我想象着另一个我，过着另一种生活。这么一想，我就糊涂起来了。我觉得我想说那些不该说的话，考虑那些不该考虑的事情。我为此而担惊受怕。每到这时，丈夫就是我最好的靠山。丈夫像对待小孩子一般呵护我。”

“或许可以说太自负了吧。那个时候，你肯定恨我，非常恨我。”

——园子连“恨”的意思都弄不懂。她显得温柔，认真，又带着几分任性。“你爱怎么想就怎么想吧。”

“能否两人单独再见一次面呢？”我似乎被逼迫着急切地哀求道，“没有什么可内疚的事，只是想见见面，我也就心满意足了。我已经没有资格表白什么了，只管沉默好了。只要求半小时就够了。”

“见面又能怎么样呢？见上一次或许还要再见上一次。丈夫家里的婆婆管得严，她总要一一地盘问去了哪儿，多长时间。怀着那种紧张的心情见面，万一……”她停顿了一会儿，“……别人在想些什么，谁又能说得清呢。”

“这个嘛，谁也不好说。不过，你也太较真儿了，还像以往那样。你为什么就不能把事情想得更乐观些呢？为什么呀？”——我满口谎言。

“你们男人倒好说，结了婚的女人不能这样啊。等你娶了夫人就会明白。我呀，不管对什么事儿都很重视，再怎么想也不为过。”

“简直像个大姐姐，又在说教啦。”

——草野进来，谈话中断了。

对话的过程中，我心里汇聚着无数个疑团。我发誓，我想见园子的心情是真诚的。但很明确，其中不含有任何肉体的欲望。想见上一面的欲求，到底属于哪一类欲求呢？已经确定为没有肉欲的这种热情，不是自欺欺人吗？就算那是真正的热情，也只不过是一缕可以抑制的微弱的火焰，经过一番拨弄又重新燃旺起来，不是吗？难道真的有完全脱离肉欲的恋爱吗？这不是明明白白的悖理吗？

不过，我还是认为，人的热情只要具有立于一切悖理之上的力量，就不能断定它没有立于热情自身的悖理之上的力量。

自从那决定性的一夜以来，我巧妙地躲避女人过日子。自那一夜以来，别说激发真正肉欲的 Ephebe 的嘴唇，连一个女人的芳唇也没有触及过。不接吻，反而遇到非礼行为，纵然碰到这样的局面……比起春天，夏天的到来威胁着我的孤独。盛夏，使我的肉欲快马扬鞭。盛夏，使我的肌体灼骨炙肉，备受熬煎。为了维护自身，有时一天需要玩上五次恶习。

赫希菲尔德将倒错现象完全作为单纯的生物学现象加以说明，他的学说使我获得了启蒙。那个决定的一夜，并非什么可耻的归结，而是当然的归结。想象中的对 Ephebe 的嗜欲，从未针对 pedicatio[1]，而是固定于经研究家们证明具有相同程度的普遍性的某种形式上。德国人中，像我这样的冲动被当作寻常事。普拉顿[2]日记就是明显的例子。温克尔曼[3]也是如此。文艺复兴时期的意大利，米开朗琪罗[4]明显和我同属易于冲动的系列。

然而，单凭这种科学的理解，依然解决不了我的内心生活。倒错之所以难以成为现实的东西，在我来说，是因为仅仅停留于肉的冲动，徒然叫喊、徒然喘息的阴暗的冲动。我只是停留于所喜欢的 Ephebe 所激起的肉欲上。皮相的说法是，性灵依然属于园子所有。我不会简单地相信"灵肉相克"那种中世风的图表式，

---

① 拉丁语：男色。

② Augusit Von Platen(1796—1835)，德国诗人。传说他是波罗的海吕根岛旧贵族后裔。在对法战争中担任陆军少尉。后入大学学习欧亚语言。其诗作受歌德等浪漫派影响，以古典诗歌形式，表达浪漫的新市民的感情。他赞扬男性美，为同性恋所苦恼。晚年移居意大利，客死西西里岛。

③ Johann Joachim Winckelmann(1717—1768)，德国美学家、美术史家。因向往古希腊罗马美术而移居意大利。他将过去仅视为古董遗品的希腊美术，回归于其创作根源进行考察，探究诸民族风土以及诸种精神力量的相互关系，将样式问题导入艺术研究之中，奠定了古典考古学和美术史学的基础。主要著作有《古代美术史》。

④ Michelangelo(1475—1564)，意大利文艺复兴盛期具有代表性的艺术家。在雕刻、绘画及建筑各领域为完善古典主义艺术做出巨大贡献。后半生强调人的内部感情的外现和男性肉体表现。其复杂的结构主体、样式的巨大场面，给后代带来重大影响。

这样说只是为了便于说明。在我来说，这两者的分裂是单纯的，直截了当的。园子是对我正常的爱、性灵的爱以及永恒的爱的化身。

可是，这样依然解决不了问题。感情不喜欢固定的秩序。它就像灏气[①]中的微粒子，喜欢自由地跳跃、浮动和震颤。

……一年之后，我们觉醒了。我参加官吏录用考试及格，大学毕业后，在某官厅担任事务官。这一年，我们有时处于偶然，有时为办理不太重要的事情，每隔两三个月，总有几次机会，利用白天一两个小时，若无其事地相会又若无其事地分手。仅此而已。我装作不管被谁看到都不会难为情的样子。园子也只是回忆往事，或对目下相互的环境有节制地开几句玩笑，绝不超出这类话题。我同她的来往，谈不上什么关系，连朋友都算不上。每逢相会，我们就考虑如何干净利落地分别。

我因此而感到满足。不仅如此，我还要面对着什么感谢此种中断的友谊的神秘与丰蕴。我没有一天不思念园子，每次相逢都享受着沉静的幸福。我仿佛感到，相会时微妙的紧张和洁净的匀整充满生活每个角落，以至于给生活带来脆弱而极为透明的秩序。

---

① Ether，古希腊时代到二十世纪开头，所想象中的弥漫整个世界的气体。亚里士多德认为是继地、水、火、风之后，构成天体要素的第五种元素。后经科学家论证，尤其是爱因斯坦相对论的提出，此种假说被否定。另一种意思是指化学中的乙醚。

然而，一年之后，我们觉醒了。我们不再居于儿童的屋子，而是大人们房间的主人，因而，那不曾重要的门扉应当立即修缮。我们的友情正像那只能开到一定程度的房门，早晚都需加以修理。不仅如此，大人们耐不住孩子般单调的游戏，我们经历过的数度相逢，聚集起来看，只不过酷似一沓整齐的纸牌，一样大小，一样厚薄，没有丝毫的改变。

处于这种关系，我毫无遗漏地尝到了只有我才明白的违背道德的喜悦。较之世上寻常的悖德，这是更进一步的微妙的悖德，精妙的毒药般清洁的恶德。我的本质，我的作为第一要义悖德的结果，使得道德的行为、毫无愧悔的男女交际、那种光明正大的手续，以及被看作道德高尚的人……所有这些，反而凭借悖德所隐含的情味，真正恶魔的情味，向我谄媚。

我们相互伸出手互相支撑着什么。那种东西就是类似某种气体的物质，信其有则存在，信其无则消失。支持此种物质的作业，乍看起来很朴素，实际上归结于巧致的计算。我将人工的“正常”显现于这个空间，诱使园子加入这种几乎每一瞬间都在支撑着虚构的“爱”的作业。看来，她一无所知地协助了这种阴谋。由于毫不知情，她的协助十分有效。不过，园子有时朦胧地感到一种不可名状的危险，它不同于世上粗杂的危险，这种具有精确密度的危险，有着难于消除的力量。

晚夏的一天，我在“金鸡”餐厅看到了从高原避暑地归来的园子。一见面，我就把辞去官厅职务的经过告诉了她。

“为什么？今后的打算呢？”

“听天由命吧。”

“啊，真没想到。”

她没有再继续追问。我们之间已经形成了这种行为作法。

高原阳光的曝晒，使得园子的肌肤失去胸脯一带炫目的洁白。戒指上过于硕大的珍珠，因暑热而笼罩着黯淡的愁云。她的响亮的嗓音本来就夹杂着哀切与倦怠的音乐，眼下听起来，同这个季节十分相合。

好大一会儿，我们又继续着一场毫无意义、夸夸其谈和不很认真的会话。仿佛感到在倾听他人会话。那番心情，宛若将要睁眼之际，不愿从香梦中醒来，力求返回梦境一样。然而这种努力最终无法将美梦唤回。我发现，那种倏忽警醒的有着失落感的不安，那种将要醒来时的梦中虚幻的怡悦，所有这些，都像恶劣的病菌一样腐蚀着我们的心灵。疾病，不约而同地同时进入我们心中，它反而使我们心情欢乐。我们互相被对方的言语所追逼，不断地开着玩笑。

园子高雅的发髻下边，纵然因日晒而稍稍搅乱了几分安详，但那稚气的眉宇，柔润的眼眸，略显厚重的樱唇，依然娴静如常。餐厅的女客们，一边看着她，一边打餐桌旁边通过。侍者捧着银盘来来往往，盘中一只巨大的冰雕天鹅，背上盛满了冷食糕点。她伸出钻戒闪烁的玉指，悄悄拉开塑料手提包的锁扣儿。

“已经倦了吗？”

“说起那些事儿，我不爱听。”

她的音调里听起来，隐含着一种奇妙的倦怠。即便称之为“美艳”也无重大差异。她的视线转向窗外夏日的街衢，缓缓说道：

“有时我自己也闹不明白，为什么要同你见面呢？但想着想着，我还是来见你了。”

“至少不是毫无意义的消极行为吧。肯定是不具任何意义的积极行动……”

“我是个有夫之妇，即便毫无意义的积极行为，也无添加的余地了。”

“真是蹩脚的数学啊。”

——我觉悟到，园子好容易走到疑惑的门口了。我觉得那扇半开半敞的门不能原样放置不管了。如今，这种可谓一丝不苟的敏感，或许在我和园子之间占据着共感的大部分，但我距离那种对一切听之任之的年龄还十分遥远。

虽说这样，一种明证突然闯入我的眼帘：我的难以名状的不安不知何时传染给了园子，或许只有这种不安的气氛成为我们唯一的共有物。园子也这么说。我不想听下去了。但是，我的嘴依然做出轻佻的应答。

“你想过没有，照这样下去会怎样呢？你不觉得我们将被迫走入两难境地吗？”

“我一向尊敬你，我对谁都不感到愧疚。好朋友见见面，又有什么不可以呢？”

“以往是这样，正像你所说的。我一直认为你很优秀，不过，谁又知道将来会怎样。尽管没干什么亏心事，可不知为何，老是做噩梦。那时我就觉得，神灵要来处罚我未来的罪过了。”

“未来”这个词儿响亮的声音使我战栗。

“这样下去，咱俩都将陷入痛苦之中。一旦苦恼到来，一切都为时已晚，不是吗？所以我觉得我们所做的，就像在玩火，你说对吗？”

“你说玩火，究竟是指的哪些事？”

“有好多啊。”

“难道都能归入玩火之中吗？我倒觉得像玩水。”

她没有笑。谈话间，她时时紧闭双唇，扭动着嘴巴。

“最近，我开始感到我是个可怕的女人。我只能认为自己是个精神龌龊的坏女子。必须做到，除了丈夫之外，别人的事，连做梦都不要去想。今年秋天，我决心要受洗了。”

园子在她这番半是自我陶醉的慵懒的告白里，反而循着女人们常有的内心的逆说，道出了一种不该说出的无意识的欲求。我忖度着她的这种欲求，对此，我既没有高兴的权利，也没有悲伤的资格。我本来对她丈夫毫无嫉妒之念，这种资格也好，权利也好，我怎么会运用它呢？又怎么会否定或肯定它呢？我无言以对。盛夏时节，望着自己白皙的手，我感到绝望。

“现在你在想什么？”

“现在？”

她低下眉头。

“现在你在想谁呢？”

“……我在想丈夫啊。”

“那么，有必要受洗吗？”

“有必要……我害怕呀。我觉得我很动摇。”

“那么，你现在怎么啦？”

“现在？”

园子无意中询问似的抬起了极其真诚的视线。她生着稀有的美丽的眼睛，这是一双一眨不眨的幽邃的宿命的眸子，永远吟唱着奔泻而出的泉水般的感情。面对这双眼睛，我总是言语尽失，遂将吸剩的纸烟头儿，猝然杵向远处的烟灰缸。细长的花瓶碰倒了，桌面上洒满了水。

侍者过来收拾桌上的水，眼看着浸水后打皱的桌布被揩拭的情景，我们心里感到很沮丧，也给我们提供了较早离开那家店的机会。夏天的街道充满急匆匆杂沓的人群，昂头挺胸、身体健康的情侣，裸露着臂膀走过。我觉得受到了所有人的侮辱，这侮辱像夏日的太阳炙烤着我。

还有半个小时我们就到分别的时刻了。很难说这是来自即将分别痛苦，一种类似热情的郁悒的神经质的焦躁，使得我很想用油画颜料般的浓稠的涂料，将余下的半小时一下子抹消。舞厅里的扩音器，面向街道播送着跑了调的伦巴舞曲。我在一座舞场门前停住脚步，往昔读过的诗句泛上了脑际：

……然而尽管如此，

这是没完没了的舞蹈。

其余的忘记了。这似乎是安德烈·萨尔蒙[①]的诗句。园子点点头，为了跳上半个小时的舞，跟着我进入陌生的舞场。

营业处的午休时间任意延长一两个小时，早来的老舞客们继续跳下去，舞场里十分拥挤。热气扑面而来。失灵的换气扇，为了遮蔽外面的阳光，竟然也加上一道厚厚的窗帘。舞场内郁闷的暑热，搅动着灯光映射下雾一般浓浊的尘埃。场内飘散着汗臭以及廉价香水和廉价发油的气味儿。安然跳舞的客人，似乎都无所感觉。我后悔不该把园子带到这里来。

然而，眼下的我已经无法退出了。我们毫无兴味地挤进跳舞的人群。分散各处的风扇，也未能感到送来几丝风。舞女和身穿夏威夷花布衫的青年，互相抵着汗淋淋的额头狂舞。舞女的鼻翼变得幽暗，白粉混着汗水，看起来像一颗颗小疱子。后背的衣服濡湿了，脏兮兮的，超过了刚才那块桌布。不论跳不跳舞，胸间总是汗淋淋的。园子窒息般地娇喘频频。

我们想换换外面的空气，随即钻出缠落着过了季节的纸花的

---

① André Salmon(1881—1969)，法国诗人，小说家、美术评论家。用叙事诗手法表现第一次世界大战时期社会的动荡与不安。代表作有反映俄国革命的长诗《议事日程》，以及《信用状》《母音发声练习》等。

圆拱门，来到中庭，坐在简陋的椅子上歇息。这里虽说有新鲜空气，但照在水泥地面上的阳光的反射，将酷烈的热气投向阴影之处的椅子上。可口可乐的甜味儿黏在口中。我感到我所觉察的所有人的侮辱的痛楚，使得园子也无言以对了。我受不住这种沉默中的时间的推移，将目光转向周围。

肥胖的少女用手帕扇着胸脯，懒洋洋倚着墙壁站立。乐队演奏着压倒一切的快四步舞曲。中庭盆景中的枞树，斜立在干裂的泥土上。庇檐下的椅子上坐满了人，向阳的椅子自然无人光临。

但是，只有一组人占据着阳光下的椅子，旁若无人地谈笑风生。他们是两个姑娘和两个青年。一个姑娘手里很不习惯地夹着香烟，装模作样地放在嘴边，每吸一口就轻咳几声。她俩都穿着浴衣改制的古怪的连衣裙，露着腕子。渔家女儿般的红红臂膀，到处分布着虫咬的痕迹。她们对于两个青年粗俗的谈笑面面相觑，应景般地笑笑。对于照在头发上的酷烈的夏阳，看来并不怎么在乎。一个青年带着稍稍苍白的阴险的面孔，穿着夏威夷花布衫，但臂膀显得很强壮。卑琐的笑意不时在嘴角闪现，旋即又笑泯了。他用指头捅捅女子的胸脯，逗她发笑。

剩下的一人吸引了我的视线。那青年二十二三岁，一副端正的黧黑的面孔，带有几分粗野。他光裸着上身，重新系好被汗水濡湿的灰色的白布腰围。他一边不住地加入伙伴们的谈笑，一边故意慢吞吞地缠裹着腰围。裸露的胸脯高高隆起，结实而又饱满。立体形的肌肉间的深沟，由胸部中央直达腹部。两侧腹胁上一道道粗绳似的肉链盘根错节，横跨左右。那副平滑而富于灼热质量的胴体，被那条稍显污秽的白布腰围严严实实地裹了好几圈儿。暴露于阳光下的赤裸的双肩，涂了油似的闪闪发光。腋窝缝里刺出的一丛乱蓬蓬的黑毛，被太阳晒得卷曲起来，闪耀着金色的光亮。

看到这些，尤其看到那结实的臂腕上牡丹花的刺青，这时我便受到情欲的袭击。热烈的注视固定在这副粗俗、野蛮，无与伦比的健美的肉体上。他在太阳下欢笑。他仰面朝天时显露出粗大隆起的喉结。一阵奇怪的心跳掠过我的胸间。我的眼睛再也离不开他的身影了。

我忘记了园子的存在。我只想着一件事情：他半裸着身子走到盛夏的大街上，同流氓们战斗。锐利的匕首，穿过腰围戳进他的胴体。那脏污的腰围浸满鲜血散射着美丽的光彩。他那沾满血污的尸体，放置在门板上，又被抬回这里来。……

“还有五分钟。”

园子尖利而哀切的嗓音流贯我的耳鼓。我惊讶地朝园子那里转过头去。

这瞬间里，我的内心被一种残酷的力量撕成两半，就像雷电劈开大树一般。我迄今满含精魂堆积起来的建筑物崩塌了，我听到那惨烈的声响。仿佛感觉看到了“我”这一存在，同某一种可怕的“不在”互换位置的一刹那。我闭上眼睛，蓦然间，我紧紧抓住冰冻般的义务观念不放。

“还有五分钟吗？真后悔带你到这里来。你不会生气吧？像你这样的人，真不该看见那种下流的家伙，下流的模样儿。听说这座舞场不讲仁义，那些家伙不管如何拒绝入场，还是白白地跑来跳舞。”

然而，看到的只有我。她看都不看一眼。她受过锻炼，不该看的决不看。她只是似看非看，只是凝睇向着那些眺望跳舞的汗流浃背的行列。

纵然如此，这里的空气不知不觉在园子心里也发生了一种化学反应。不久，她那矜持的嘴角，可以说荡漾着微笑的征兆，似乎想预先借助微笑试着说点儿什么。

“我问你一件可笑的事，你已经……了吧？已经自然懂得那种事儿了吧？”

我筋疲力尽了。不过，心中依然保留发条般的东西，它间不容发地强使我做出像样的回答：

“嗯，……你知道了？很遗憾。”

“什么时候？”

“去年春天。”

“同谁？”

——这种优雅的诘问使我惊愕。她考虑的只是那些和我交往的她所认识的女人。

“名字不好说。”

“谁？”

"别问了。"

言外之意，也许带有几分露骨的哀诉的调子，她瞬间里出乎意料地沉默不语了。为了不使她发现我突然间面色惨白的表情，我付出了全部的努力。我们等待着分别的时刻。卑俗的慢四步爵士舞曲揉搓着时间。我们在扩音器传来的感伤的歌声中不肯挪动身子。

我和园子几乎同时看着手表。

——到时间了。我站起身来的时候，再次朝阳光下面的椅子偷偷瞥了一下。看来，那几个人去跳舞了。空荡荡的椅子置于炎阳之下，桌子上洒落的一种饮料，闪耀着亮晶晶的刺眼的光芒。

——一九四九、四、二十七——

译后记

这是三岛由纪夫第一部长篇小说，写于二十四岁时的一九四九年，最初由河出书房出版发行。作者在河出书房出版月报上写了这样一段话：

“我是一个无益而精巧的逆说。这部小说就是生理学上的证明。我虽然认为自己是诗人，但或许更是诗的本身。因为诗本身抑或只能触及人类的耻部。”

假面与素颜（即真相）是反义词，“假面的告白”，意思就是“戴着假面具，诉说心里话”。这里的“假面”，是作为艺术家的假面，也就是作家所谓“逆说”的表现手法。对此，著名评论家福田恒存有过独到的见解：

“丰饶的荒凉——就是这种感觉。天真的无赖，孩子般的大人，具有艺术家才能的凡人，制造假货的骗子手。然而，艺术家，除了才能之外一无所有；艺术家，不就是骗子吗？这么说来，确乎如此——在现代看来，对于这种充满痛苦的逆说而不以为是逆说的人，或者亲自利用逆说的存在而不打算将此作为逆说的人——他，就是三岛由纪夫。”（《关于〈假面的告白〉》，1950年4月）

《假面的告白》，是作者正式迈入长篇小说文学殿堂的自画像和宣言书。借助“假面”，掩蔽“素颜”，强调虚构，表达真实。作品中涉及的事项大都是作家自己的人生经历，当然是经过艺术加工的经历。作品中“我”的身上，流贯着作者的血液，时时闪现着作者的影像。从这一意义上讲，这部作品堪称三岛由纪夫的半自传性长篇小说。作者借助自己的家庭出身、人生经历等作为素材创作小说，并不限于这部作品，其他诸如《鲜花盛开的森林》《写诗的少年》和《椅子》等，亦属此类。

小说问世的第二年，福田恒存就高屋建瓴地指出：

“《假面的告白》，不仅在三岛由纪夫的作品中占据最高位置，而且作为战后文学，是长存后世的最大收获之一。现代文学必须对今后他的工作寄予厚望，三岛由纪夫将以《假面的告白》所达到的高度为出发点，以新的步伐来回报这种期望。我们等待着他自由自在地运用这个假面。”（引文同上）

自那以来，三岛的文学创作和战后的日本文学史证明了这一点。

这里，我想再强调一下三岛文学的语言特色，评论家野岛秀胜对此有过精辟的论述。他指出：三岛是一位“用绚烂的语言铠甲，包裹纤细、脆弱肉体的独孤的现代艺术家，他将一切都赌给了语言的世界。”野岛还说：“对于他来说，人生就是‘语言’，‘语言’就是人生。未熟的肉体，已经成为烂熟的‘语言’的囚徒。正是在这种地方，有着三岛由纪夫走向人生和文学的出发点所孕育的幸福和不幸。”（三岛短篇小说集《〈拉蒂格之死〉解说》，新潮文库版，369、371 页）

多年以来，在三岛文学的翻译与研读进程中，我对于上述这段论述深有所感，并祈望广大读者朋友优先从这一角度阅读三岛文学。

译者

二〇一五年二月春雪初霁之日

于春日井高森台